O TOURO VERMELHO

Obras do autor publicadas pela Editora Record

O Touro Vermelho
O trem de ouro

MIROSŁAW M. BUJKO

O TOURO VERMELHO

Tradução de
TOMASZ BARCINSKI

EDITORA RECORD
RIO DE JANEIRO • SÃO PAULO
2010

CIP-BRASIL. CATALOGAÇÃO-NA-FONTE
SINDICATO NACIONAL DOS EDITORES DE LIVROS, RJ

Bujko, Mirosław, 1951-
B93t Touro vermelho, O / Mirosław Bujko; tradução Tomasz Barcinski. – Rio de Janeiro: Record, 2010.

Tradução de: Czerwony Byk
ISBN 978-85-01-07984-8

1. Ficção polonesa. I. Barcinski, Tomasz. II. Título.

CDD: 891.853
09-5704 CDU: 821.162.1-3

Título original em polonês:
CZERWONY BYK

Capa: Estúdio Insólito
Imagem de capa: © Bettmann/CORBIS/Corbis (DC)/Latinstock

Texto revisado segundo o novo Acordo Ortográfico da Língua Portuguesa.

Direitos exclusivos de publicação em língua portuguesa somente para o Brasil adquiridos pela
EDITORA RECORD LTDA.
Rua Argentina, 171 – Rio de Janeiro, RJ – 20921-380 – Tel.: 2585-2000
que se reserva a propriedade literária desta tradução

Impresso no Brasil

ISBN 978-85-01-07984-8

PEDIDOS PELO REEMBOLSO POSTAL
Caixa Postal 23.052 – Rio de Janeiro, RJ – 20922-97

Dedico este livro a todos os plagiadores
atormentados por dramas de consciência.

"As máquinas, por séculos, têm ultrapassado a moralidade e, quando a moralidade as alcançar, talvez não venha a ser mais necessária.
Espero que não. No entanto, neste planeta, nós não passamos de reles cupins.
Pode ser que, quando penetrarmos demasiadamente no planeta, chegará a hora de acertarmos as contas. Quem poderá saber?"

Harry Truman

"Aqui, não se trata de uma escolha entre a guerra e a paz.
O que está em jogo é a escolha entre uma guerra e outra."

Mahabharata

"Escolhestes a guerra, e eis que a tens. Tudo está pronto: guerreiros, cavalos, carros, carroças cheias de armas, comboios, tendas para feridos, lenha para piras de corpos, videntes, serpentes venenosas..."

Mahabharata

UM BREVE COMENTÁRIO DO TRADUTOR

O *Touro Vermelho*, a exemplo do livro anterior do autor, O *trem de ouro*,* é um romance de ação baseado em acontecimentos reais. No entanto, enquanto naquele os personagens reais eram periféricos, neste alguns assumem o papel de protagonistas.

Para deixar claro que se tratava de um romance — e não de uma obra de cunho biográfico —, o autor alterou alguns dos nomes. A meu pedido, concordou que, na edição brasileira do livro, eu revelasse suas identidades, com a inclusão de um apêndice em ordem alfabética dos sobrenomes dos personagens importantes no enredo, não só daqueles que foram modificados como dos que comparecem com nomes verdadeiros, mas desconhecidos pela maioria dos leitores e cujos cargos, títulos ou feitos não constam no texto. A exemplo do que fiz em O *trem de ouro*, coloquei o símbolo • após cada um desses sobrenomes na primeira vez em que são mencionados.

Outro ponto, que requereu um segundo apêndice, se refere a siglas. Todos os países têm a tendência de usar e abusar de siglas; quando se trata das Forças Armadas, a quantidade de siglas aumenta exponencialmente e, no caso específico dos países comunistas, chega às raias do absurdo. O apêndice em questão, também em ordem alfabética, contém todas as siglas mencionadas no livro, mesmo as óbvias, indicando o nome na sua língua original, a sua tradução para o português e, em casos específicos, o seu significado mais explícito. Ao longo do texto, deixei as siglas óbvias sem qualquer observação, mas nas dúbias explicitei o significado logo antes ou após aparecerem pela primeira vez (salvo nos casos em que figuravam nos títulos dos capítulos).

*Também publicado pela Editora Record, em 2007.

A questão das siglas nos leva a outro ponto: o da denominação das aeronaves. De forma geral, os americanos adotaram a sistemática de usar o tipo das mesmas: B, para bombardeiros (*bombers*); F, para caças (*fighters*); e P, para aviões de patrulha (*patrol*), seguido de um número e de um nome de fantasia (Flying Fortress, Liberator, Superfortress, Mustang etc.) e, às vezes, precedido pelo nome do fabricante (Boeing, Curtiss, Douglas, Lockheed etc.). Os russos, por sua vez, a exemplo dos alemães (Me, de Messerschmitt; Ju, de Junkers etc.), adotaram os nomes dos seus projetistas/construtores (Pe, de Petliakov; MiG, de Mikoyan-Gurevitch; Su, de Sukhoi; Tu, de Tupolev etc.), também seguidos de números.

Aqueles que não o leram *O trem de ouro* poderão achar estranho o uso da segunda pessoa do plural nos diálogos travados pelos russos. Trata-se de uma forma adotada pelo regime comunista da Rússia após a revolução de 1917, com a substituição de "senhor" por "camarada" e a introdução do "vós" mesmo quando os interlocutores se dirigiam apenas a uma pessoa. Embora incorreta do ponto de vista gramatical, ela foi usada nas conversas formais durante todo o período da existência da União Soviética, tanto na Rússia quanto nos países detrás da "Cortina de Ferro". O autor a manteve assim, e não cabe ao tradutor proceder de forma diferente. Cabe ressalvar que os poderosos do regime se permitiam ignorar ocasionalmente essa regra e chamar seus subalternos de "você", como figura nos trechos relativos a alguns encontros de Stálin com Kazedub e deste último com Smoliarov.

Poucos tradutores contaram com o privilégio de ter com o tradutor do livro um contato tão estreito como o que tive com o Sr. Mirosław Bujko. Assim como no caso do processo de tradução do seu livro anterior, também neste tive a possibilidade de consultá-lo diversas vezes, tendo sempre recebido os esclarecimentos solicitados, bem como a sua concordância em boa parte das sugestões que lhe apresentei. Diante disso, não poderia concluir este breve comentário sem expressar os meus agradecimentos pela sua paciência, compreensão e ajuda.

Tomasz Barcinski

1

Meio-dia de 29 de julho de 1944, 4.500 metros sobre a Manchúria

NUVENS, NUVENS, NUVENS. Abaixo e em torno. Era uma sensação estranha. Parecia que estavam muito perto e que bastava esticar o braço para sentir seu toque úmido. Navegam de forma majestosa, como se fossem flocos de uma doce espuma de nata que, tocados levemente por uma colher, deslizavam com suavidade sobre a superfície leitosa daquela iguaria denominada "sopa de nada".

Na infância, ele detestava aquela sopa, não tanto pelo enjoativo sabor adocicado, porém mais pelo fato de a preparação levar sua mãe a um absurdo estado de êxtase. Ela trazia aquela sopa com uma expressão triunfal no rosto, como se fosse uma vestal trazendo o fogo sagrado ao altar de Zeus. Seu irmão mais velho adorava aquela porcaria e sempre fora o principal acólito daquele culto enjoativo e doce. Embora durante anos tivesse demonstrado horror a qualquer tipo de alimento — a ponto de os seus pais terem-no apelidado de Teddy Boca Fechada —, ele passara a devorar tudo o que era lhe oferecido, comendo sem parar. Chegou a apreciar a sopa de nada, feita de leite frio, açúcar, baunilha e claras de neve preparadas com uma engraçada engenhoca de molas para bater ovos. Para piorar as coisas, na casa dos Darrell•* a tal sopa era servida em vez da sua sobre-

*Os nomes marcados com o símbolo• aparecem no Apêndice 1 da página 427. (*N. do E.*)

mesa preferida — uma gelatina de cerejas com geleia de laranja. Mas agora... — ajeitou-se no assento do piloto, porque sentira uma fisgada na coluna vertebral — agora, algumas colheres da sopa de nada lhe teriam proporcionado um grande prazer. Talvez elas lhe trouxessem à mente aquele simpático, único no mundo, aroma de baunilha da sua casa nas tardes de domingo, quando costumava surgir na mesa dos Darrell a sopa de nada, debelando o picante e pegajoso sabor do peru com amoras.

As nuvens eram magníficas. Quando as olhava sob as pálpebras semicerradas adotavam o formato das imagens mais extraordinárias. A base daquela gigantesca formação ficava a 9 mil pés de altitude. Pelo que conhecia de nuvens, aquelas eram formadas por cúmulo. No entanto, quando essas formações passavam a se juntar como um grupo de manifestantes diante de prédios públicos, sua continuidade fazia com que crescessem e se transformassem, como agora, em imponentes estrato-cúmulos e, finalmente, numa formação monumental — nimbo-cúmulos, cujo topo podia chegar a 30 mil pés.

A gigantesca nuvem à direita lembrava, de uma forma engraçada, a figura de porcelana chinesa que adornava a escrivaninha do comandante do 462º Grupo de Bombardeiros Pesados, estacionado na base A1, em Kiunglai. A figura era maravilhosa, e Darrell, durante as frequentes visitas ao gabinete do comandante, costumava olhá-la encantado, esforçando-se para não ouvir aquilo que lhe dizia o comandante "Fulano de Tal", um apelido que lhe fora dado pelos componentes do 462º Grupo, já que o dono da vida e da morte dos seus subalternos era conhecido por não conseguir sequer se lembrar do mais simples sobrenome dos mesmos. Da mesma forma, os sonoros nomes das lindas localidades da região ocupada pela 58ª Ala de Bombardeiros, na qual se encontravam diversas pistas de pouso com as secretas designações CV, TC, TR e GI — representavam um sério problema para o coronel Fulano de Tal. De acordo com as fofocas que circulavam pela base, o coronel passava horas a fio diante de um mapa, esforçando-se para guardar no seu cansado cérebro a misteriosa e incompreensível melodia de nomes como Pengshan, Kiunglai, Hsinching, Kwaghan. No entanto, todos os seus esforços foram em vão. Diante disso, segundo diziam, ele carregava no bolso pequenos pedaços de cartolina com os nomes das pistas de pouso, tirando-os nas ocasiões em que precisava dar ordens importantes. Mas mesmo assim tinha de ser ajudado nessa tarefa pelo seu ajudante de ordens, já que Fulano de Tal perdia-se no meio daquelas cartolinas. Quanto disso era verdade, nenhum membro do grupo poderia afirmar, mas o nível de inteligência do comandante era um tópico constante em todas as piadas. Uma das tripulações chegou a anotar num caderno todas as trapalhadas do coronel, que eram lidas em meio a risadas durante alegres reuniões em torno de copos de cerveja, camufladas sob o fictício nome de "tertúlias poéticas". Não é preciso acrescentar que todos eram convidados a participar, mas para poder entrar no clube dos piadistas era preciso trazer uma nova piada sobre o comandante. Essa forma de ingresso no grupo dos gozadores da hierarquia era — segundo os organizadores das "tertúlias poéticas" — uma forma de os participantes se sentirem protegidos de quaisquer tentativas de delação.

A nuvem passava agora, de forma majestosa, pelo lado direito da aeronave e, graças à transparência dos vidros da cabine (uma enorme bolha de vidro, chamada de "estufa" pela tripulação), se podia admirá-la sem qualquer empecilho. A junção de bilhões de microscópicos cristais de gelo, gotas d'água e vapor criara uma fantástica reprodução da estatueta que decorava a escrivaninha do comandante. Representava esta um velho chinês, sentado à beira de um rio, pescando. Tudo estava lá, sendo que o chapéu, perfeitamente formado pelo alto-cúmulo, tinha mais de 3 quilômetros de diâmetro. Faltava apenas a vara de pescar com um peixinho de casco de tartaruga pendurado como isca, motivo pelo qual o gigantesco velhinho parecia um pouco tolo, com sua mão direita de algumas centenas de metros estendida diante do umbigo. Parecia estar se masturbando na solidão atmosférica.

Um repentino acesso de tosse interrompeu de modo brusco a contemplação de Darrell. Seu copiloto, oficialmente chamado Forrest C. Fisher, porém mais conhecido pelos amigos e colegas como "Lenda", acendera seu segundo cigarro. O apelido tinha sua raiz nas complexas histórias que Fisher contava sobre suas façanhas sexuais. Era mais do que claro que ele encontrava um especial prazer em inventar aquelas aventuras, já que não tinha motivo para enfeitar. Aos 20 anos, era um homem de rara beleza. Darrell lhe havia sugerido que, em vez de confabular, ele escrevesse um romance e, para as garotas, falasse apenas o indispensável como prelúdio de divertimentos sexuais. Darrell deixara de fumar havia oito anos, e a pressurização da cabine fazia seu nariz escorrer como o de uma criança.

— Está mais do que na hora de você parar de fumar! — disse, num tom de reprimenda, embora houvesse naquelas palavras uma sincera preocupação, pois Darrell gostava de fato do seu substituto, apesar dos seus numerosos e insuportáveis vícios. — Você nem pode imaginar o quanto essa merda fede, e não pode imaginar porque nunca parou de fumar. Com que tipo de veneno eles fazem essa porcaria?

— Mas são Camel! — o segundo piloto defendeu ardorosamente sua marca preferida, adotando uma posição mais digna no assento (pelo menos tirou o pé de cima do painel de instrumentos, onde a sola da sua bota encostava perigosamente no vidro do velocímetro, e colocou-o lá onde deveria estar: sobre a barra dos pedais acionadores do leme).

— É isso mesmo — respondeu Darrell com frieza. — Eles fedem exatamente como cocô de camelo.

Lenda soltou um suspiro e apagou o cigarro no cinzeiro. Por sorte os cinzeiros do avião tinham uma tampa com dobradiças, o que restringia o cheiro das guimbas. No seu virginal cinzeiro, Darrell mantinha um estoque de pastilhas mentoladas.

— E como você sabe, Harold, como fede o cocô de camelo? — perguntou.

Darrell o agraciou com um sorriso de superioridade.

— Passei dois meses voando na África e estive no deserto à noite. Os árabes fazem fogueiras com ele, pois é extremamente duro e seco. É um cheiro que jamais se esquece. Quanto a você, seus dentes já estão tão amarelos quanto os de um camelo. Como as garotas conseguem beijá-lo? É como beijar este cinzeiro...

Lenda tinha um argumento pronto, e sorriu com satisfação pelo fato de a conversa ter se encaminhado para seu assunto preferido.

— Nós não nos beijamos!

Darrell ergueu as sobrancelhas numa sardônica interrogação e ficou aguardando pela resposta, ciente do senso de humor do subalterno.

— Vamos direto ao ponto. Não vale a pena desperdiçar tempo. Além disso, beijar é anti-higiênico; você sabe, aqueles micróbios todos.

— E você acha que, quando elas chupam essa sua... — Darrell ficou procurando uma palavra adequada, para não parecer vulgar — ...essa sua turbina, aquilo é higiênico?

— Para mim, sim.

Darrell não respondeu; apenas meneou a cabeça com comiseração. Mas essa compaixão era apenas uma pilhéria, pois sabia muito bem que Lenda jamais se revelara egoísta. Sempre fora atencioso e gentil com suas vítimas. Cuidava para que elas — Deus nos livre! — não ficassem grávidas, e sempre fazia questão de que atingissem um orgasmo autêntico. Em outras palavras, caso limitasse sua tendência para a bigamia, poderia ser considerado um amante exemplar.

O sol, as nuvens e a despretensiosa conversa com Fisher levaram Darrell a fazer um esforço para reassumir sua posição de comandante do avião.

— Muito bem — disse. — Vamos baixar para a altitude de cruzeiro. Diminua a rotação dos motores.

Embora ainda estivessem sobrevoando um território ocupado pelos japoneses, não corriam qualquer perigo — nem da terra, nem do ar. Sobre o alvo — a siderúrgica Showa, em Anshan — também nada ocorrera que fosse digno de ser anotado no diário de bordo. A força aérea japonesa agonizava. Não tinha pessoal, aviões ou combustível. A defesa antiaérea na região do alvo não passava de alguns canhões, cujos projéteis mal atingiam a altitude da qual se aproximavam, muito embora, é preciso reconhecer, um deles tenha explodido bem perto, e o avião sacudiu violentamente ao passar, qual um raio, no meio das nuvens de fumaça. Alguns minutos depois, quando os 96 bombardeiros começaram a derramar as quase 900 toneladas de bombas e a siderúrgica cobriu-se de bolhas alaranjadas das explosões, a deficiente artilharia japonesa parou de disparar. Aparentemente, de medo.

A missão da Superfortaleza B-29, batizada de forma jocosa de "Ramp Tramp", não começara muito bem. Há certos dias em que tudo sai errado. De qualquer modo, a ideia de despachar aviões a uma distância de 1.650 milhas já era insana em si. Quando aqueciam os motores, Anderson, o engenheiro de voo, informou que a bomba de transferência do líquido anticongelante travara. Até que a equipe de manutenção tivesse desmontado e remontado o mecanismo, passaram-se trinta tensos minutos. De acordo com as normas de segurança, Darrell deveria ter cancelado o voo e testado o equipamento, mas ele decidiu deixar as normas de lado e decolou em perseguição ao esquadrão. Para alcançá-lo, o Ramp Tramp teve de voar por duas horas com os motores em giros máximos. Acionada por quatro Wright-Cyclons que, com o auxílio de compressores de superalimentação, desenvolviam 2.200 cavalos de potência cada, a aeronave tinha a velocidade de um caça. No entanto, a velocidade cobra um preço, e Darrell, preocupado, observava os indicadores das reservas de combustível. Conseguiram alcançar os demais aviões da formação, mas, logo que abandonaram o alvo, tiveram de voltar lentamente, pois Anderson calculara que retornariam à base com apenas alguns galões de reserva. Assim, mais uma vez encontravam-se sozinhos no céu.

Lenda endireitou-se no assento e, com um gesto estudado, pôs as mãos nos manetes. Foi um gesto digno do presidente ao inaugurar a comporta principal do canal do Panamá. Depois, os acontecimentos se sucederam numa velocidade assustadora. O motor número 3 expeliu uma nuvem de fumaça negra e, no momento seguinte, vomitou grande quantidade de óleo sobre a linda e polida asa de duralumínio. O motor, desprovido do óleo lubrificante, parou imediatamente e a gigantesca hélice Hamilton Standard de quatro pás de 5 metros ficou imóvel. O problema ainda não era muito grave — sem a carga, o Ramp Tramp poderia chegar facilmente à base com apenas três motores. No entanto, o fogo antiaéreo, ao qual Darrell não dera muita atenção, provavelmente acertara em algo que tornava impossível fazer funcionar o mecanismo de passo da hélice. Apesar dos febris esforços de Fisher, as pás permaneciam na posição original, não permitindo que ele as embandeirasse. Os quase 5 metros quadrados da superfície das pás ofereciam uma monstruosa resistência ao ar. Além disso, o Ramp Tramp se agitava e tremia como sofresse do mal de Parkinson, pois para se manter no ar era preciso aumentar as rotações do motor número 4 e continuar voando com a força dos restantes Cyclons. Mesmo assim, o Ramp Tramp voava quase em zigue-zagues, como um vagabundo bêbado. Era evidente que um avião que precisa voar lutando contra a resistência oferecida pelas pás das hélices esgotaria seu combustível mais cedo do que o desejável. Era como se alguém se esforçasse em correr contra o vento com um guarda-chuva aberto diante de si.

— Que merda — disse Darrell, sem raiva na voz. — Será que não há nada que possamos fazer, Anderson? Invente algo, ou perderemos o jantar!

O engenheiro de voo já estava havia bastante tempo junto dos assentos dos pilotos. Enfiou sua régua de cálculo no bolso do blusão cheio de lápis apontados. Sua interpretação era digna de crédito, mas tinha pouca utilidade:

— Isso costuma acontecer. A gente nem chega a sentir o choque e, enquanto não se mudam os parâmetros do voo e as rotações do motor, tudo fica às mil maravilhas. Vocês não notaram que o problema só surgiu quando reduziram as rotações? Antes disso, os instrumentos mostravam que tudo estava certo. Não é verdade?

Os pilotos fizeram sinais afirmativos com as cabeças. À mente de Darrell vieram as páginas de uma apostila com o poético título *Avarias de naus aéreas*. Ele tivera de memorizar suas tabelas e ilustrações para obter seu brevê de piloto. Agora, todas aquelas explicações poderiam ser enfiadas no rabo e empurradas com uma vareta.

— Eles devem ter acertado na tampa do óleo — comentou com um sorriso, embora a situação fosse séria e merecesse figurar na página referente a catástrofes na apostila que lhe viera à mente. Aquilo era uma característica sua: toda vez que uma situação se tornava preocupante, sua primeira reação era soltar uma piadinha desnecessária e inadequada. Aquela mania decididamente não agradava à tripulação.

— Mais provavelmente, no próprio mecanismo de mudança do passo — respondeu Lenda, também sorrindo, pois imaginara o artilheiro japonês que, com uma faixa na testa e uma espada de samurai na mão, mirava o avião. O artilheiro era vesgo e tinha os dentes amarelados.

— Que seja! — suspirou Darrell, virando-se para o engenheiro. — Anderson, pegue a sua régua de cálculo e veja até onde poderemos voar com este pato manco. Diga também a Steiner o que ele deve transmitir à base.

O sargento Albert J. Steiner era o radioperador e, em função da origem germânica do seu nome, alvo de constantes provocações por parte dos demais membros da tripulação. Queriam convencê-lo de que tinha um primo muito importante em Berlim e que, caso quisesse, poderia aproveitar aquela ligação familiar para afastar Hitler do poder e acabar logo com a guerra. Chegaram a fazer para ele uma linda Cruz de Ferro (feita de lata), que ele, para surpresa e aprovação geral, pendurou imediatamente no pescoço, nunca se separando dela e afirmando que tinha o poder mágico de protegê-lo das balas inimigas. Até então a Cruz funcionara perfeitamente.

Os cálculos não levaram muito tempo e, momentos depois, Darrell ouviu a voz de Anderson pelo sistema de intercomunicação:

— Harold, deixe a pilotagem para Lenda e venha até aqui.

O comandante tirou os fones de ouvido e, com grande esforço, conseguiu desvencilhar-se do assento, já que a dor nas vértebras voltou a se manifestar. "De tanto voar sem se levantar por horas e sem se mexer por um dia inteiro", pensou, "os músculos amolecem e não conseguem mais nos manter de pé." Na verdade, as poltronas dos pilotos eram extremamente confortáveis, chegando a ter (algo que Darrell achava uma extravagância desnecessária e mais adequada aos assentos da primeira classe dos aviões comerciais) luxuosos apoios para os braços. Havia meses que prometia a si mesmo começar a exercitar-se, correr, jogar bola com os rapazes... Mas, ao retornar de uma missão e após o *debriefing* na tenda do Intelligence Service, não retornava à sua barraca. Também não tomava uma ducha, o que seria mais que indicado após um longo voo numa cabine climatizada. Com passos largos e parecendo um cavalo que pressente a proximidade da cocheira, ia diretamente para a cantina da base, para sentir o divino gosto de bourbon, acompanhado de uma lata de cerveja clara. Agora, ele bem que gostaria de tomar um trago, mas os regulamentos da USAAF não previam em suas naus aéreas a existência de qualquer tipo de álcool, exceto aquele que circulava no sistema anticongelante.

Anderson ocupava, junto com o navegador — o capitão Jack W. Litton Jr. —, um compartimento separado dos pilotos por uma parede blindada. Era um lugar acolhedor. As janelas de ambos os lados da fuselagem eram cobertas por curtas cortinas com desenhos de alegres florezinhas, um presente da namorada de Júnior, recebido ainda nos Estados Unidos. Do lado direito, para quem olha na direção do nariz do avião, erguia-se um altar decorado por dezenas de mostradores, alavancas e interruptores — o principal console de trabalho. Anderson dispunha de uma poltrona forrada de couro, uma mesinha de navegação com iluminação acolhedora e um assento giratório, e todos os instrumentos necessários para aquela tarefa. Sob a mesinha, e presa à parede do lado oposto da fuselagem, havia uma prateleira com divisórias para mapas. O posto do navegador ficava junto do boxe do excelente radar NA/APQ-23. Logo acima, e parecendo um boiler, ficava a torre do canhão superior de proa, enquanto embaixo, como se estivesse presa ao mesmo eixo e parecendo sua imagem refletida, pendia a torre inferior. Mais para trás, em direção à cauda, havia uma parede reforçada, atrás da qual ficava a despressurizada — agora vazia — e gigantesca câmara de bombas.

Anderson coçava a cabeça. Seu rosto, assim como o de Júnior (de todos aqueles nomes de Litton, sobrara apenas o Júnior), demonstrava preocupação. O navegador fez um gesto para o comandante olhar para o mapa e, sem olhar mais para Darrell, enfiou a ponta afiada do compasso na cartolina.

— Eis onde estamos — disse, pondo uma régua graduada no mapa e fazendo um semicírculo com o compasso. — E poderemos chegar a qualquer ponto que fica dentro deste semicírculo.

Darrell afastou-o delicadamente, e sentou-se na cadeira giratória. Nesse ponto, notou pela primeira vez (embora acreditasse conhecer todos os detalhes do seu avião) que as pernas da cadeira estavam firmemente presas ao piso do aparelho. O construtor fizera aquilo de forma tão engenhosa que, caso o piloto decidisse fazer um *looping* com a Superfortaleza, somente o navegador e seus instrumentos iriam parar no teto, enquanto a cadeira permaneceria fixa no lugar.

A fronteira delineada pelo semicírculo expunha a tripulação do Ramp Tramp a uma situação totalmente nova, e Darrell resolveu assegurar-se:

— Só um?

Anderson respondeu, em tom ofendido:

— Refizemos os cálculos duas vezes.

— Pelo que vejo, meus senhores, temos apenas duas opções: cair em cima da cabeça dos japoneses ou, se voarmos mais um pouco, na dos comunistas chineses, que nos cozinharão com arroz. Além disso, pelo que me consta, ali não há nenhuma pista de pouso digna desse nome. Também poderíamos retornar a Anshan e ver se a siderúrgica continua em chamas...

A piadinha do comandante não provocou a menor reação em Anderson e Júnior, de modo que Darrell voltou a ficar sério:

— Vocês veem alguma alternativa?

Júnior retirou a ponta do compasso do mapa e a enfiou em outro ponto, bem mais ao leste. Ao descrever um novo semicírculo, o buraco feito antes ficou dentro da área abrangida. Darrell olhou atentamente para a nova configuração:

— Vocês devem estar brincando! Não me digam que querem voar para a Rússia! Aliás, que cidade é essa?

— Vladivostok — respondeu Júnior com indiferença, como um governador negando uma apelação por clemência. — Uma cidade muito pitoresca. Fica à beira-mar.

— E será que eles têm uma pista de pouso? — indagou Darrell, ainda constrangido com a ideia e meneando a cabeça.

— É lógico que sim! É a base estratégica deles, e devem ter uma pista de pouso de primeira. Além disso, são nossos aliados.

Darrell tomou a decisão:

— Muito bem — disse. — Prepare o plano de voo.

Em seguida retornou à sua cabine, aboletou-se no assento e ordenou a Lenda:

— Leme a bombordo, Sr. Fisher. Vamos para Vladivostok. Júnior nos dará o novo curso.

— Por todos os santos! É onde estão os russos!

O copiloto estava realmente surpreso, o que não o impediu de fazer uma curva perfeita para a esquerda. Fisher era um inquestionável mestre de pilotagem e a sua maestria nem mesmo era diminuída pelas estranhas sacudidelas da Superfortaleza. Manobrava aquele gigante ferido com delicados toques nos pedais do leme, como um experimentado amestrador de cavalos num fogoso ginete.

— Dizem que Vladivostok fica atrás de montanhas — observou Darrell.

Tal afirmação e o novo curso fornecido por Júnior acalmaram totalmente o copiloto, a ponto de fazê-lo esquecer de fumar e ficar cantarolando baixinho algo que lembrava a melodia de "A branca rosa do Texas". Lenda adorava voar, já que, para ele, voar era um substituto temporário de cavalgar. Fora criado numa grande fazenda e, desde a mais tenra idade, jamais se separava de uma sela. Até a delicada forma como segurava o volante de três braços e apoiava suas longas pernas tortas sobre a barra dos pedais provinha de suas atividades hípicas. A cada vez que Lenda assumia seu posto no assento direito Darrell tinha a irresistível sensação de que o bem apessoado texano montava um cavalo, e que a B-29-5-BW começaria a relinchar, bufar e empinar sob um experimentado e exigente cavaleiro.

Para Harold Darrell, o ato de voar era algo totalmente diverso: era a única forma comprovada até então de sobrepujar sua maior, como pensava, fraqueza. Pois Harold Darrell considerava-se covarde. A certeza de que era medroso lhe veio na infância. O irmão, cinco anos mais velho, trepava em árvores e, sem um momento de hesitação, atravessava riachos por pontes instáveis. Para Harold, tais feitos eram inalcançáveis. Não pisava em rios congelados e, nas férias, não se aproximava de cavalos e vacas, enquanto o irmão organizava corridas com ginetes selvagens. Na escola, em pouco tempo passou a ser considerado um maricas, embora todos admirassem sua inteligência e seus talentos plásticos. A covardia se transformou num sofrimento obsessivo com extraordinária rapidez. Até os 12 anos Darrell não andava por corredores escuros, e por nada neste mundo entraria sozinho num túnel sem iluminação. Ao ver um grupo de garotos que não conhecia, desviava-se do caminho e rapidamente dobrava uma esquina.

Embora os sinais da covardia de Harold fossem mais do que visíveis, o irmão, com muito tato, fingia não notá-los. O pai no entanto sofria muito com aquilo. Harold Darrell pai lutara na guerra anterior e chegara a receber uma medalha por bravura nos campos de batalha da Europa. A covardia de Harold Júnior revelou um ímã que atraía cada vez mais momentos críticos e perigosos. Com frequência cada vez maior voltava para casa com o olho roxo ou o joelho ralado. O copo de sofrimento do pai transbordou numa certa tarde de maio, por ocasião de um incidente ocorrido diante da residência dos Darrell, quando Harold pai, através de uma fenda na persiana, presenciou a extrema humilhação de Júnior: o menino, com a cabeça baixa e lágrimas escorrendo pelo rosto, estava parado sem se defender, enquanto o líder de um bando de jovens arruaceiros o esbofeteava, não com muita força, mas com evidente prazer. Embora Darrell pai tivesse vontade de sair correndo da casa e dar uma surra no atrevido, conseguiu conter-se a tempo, mas aquilo fez com que ele agisse rápida e acertadamente. Já no dia seguinte, matriculou o filho em dois cursos — um de jiu-jítsu e outro de pilotagem de planadores.

Os efeitos daquela decisão ultrapassaram as mais ousadas expectativas do zeloso genitor. Em menos de três meses ele teve de comparecer à corte local junto com os pais do líder da gangue de arruaceiros, de quem o filho, treinado por um calado e humilde coreano, deslocara o braço numa briga de rua. O caso terminou positivamente para os Darrell, já que o arruaceiro tinha várias passagens pela polícia e atacara Harold em pleno dia, acompanhado por dois colegas. Estes, fascinados pelas possibilidades demonstradas pelo novo ídolo, quebraram o voto de silêncio e confirmaram a desproporção das forças. Harold, ao contrário do que eles esperavam, recusou-se a formar uma nova gangue com eles, que tão vergonhosamente traíram seu líder. Em vez disso, passou a dedicar-se de corpo e alma às aulas de pilotagem. O primeiro salto solo no ar — pois é difícil chamar de outra coisa além de "salto" ao breve voo livre de um minuto — por certo ficará guardado para sempre na sua mente, assim como a primeira garota.

O planador era o cúmulo de engenho e simplicidade: uma asa, um esqui com o assento do piloto e uma estrutura gradeada, à qual era presa a deriva, o leme de direção... e mais nada. No bico, tinha um gancho ao qual era presa uma corda, cujas pontas se abriam em forma de uma gigantesca letra "V", e que eram puxadas, sobre um leve declive gramado, pelos demais entusiastas do esporte. Aquilo bastava para elevar o planador a alguns metros do chão, permitindo um suave voo de algumas dezenas de metros, que terminava com um pouso violento, por falta de amortecedores. A primeira sensação fora indescritível. Posto no centro de um estilingue gigante, apertando convulsivamente o manche com as mãos suadas e os pés apoiados nos pedais, Harold se esforçava para acalmar sua respiração. Quando o esqui parou de deslizar sobre a grama e o solo afundou suavemente debaixo dele, o aprendiz de piloto experimentou uma sensação que por vários dias não soube denominar nem descrever. Algo se abrira diante dele. Uma dimensão de cuja existência jamais tivera a mínima ideia. Quando, após o demasiadamente curto (em sua opinião) voo, o planador pousou, Harold teve a incontrolável sensação de *ejaculatio praecox*.

Depois, vieram muitos outros voos com instrutor no planador da escola, até que finalmente, na madrugada de 14 de julho, no seu 16º aniversário, um exausto Avro o rebocou a 3 mil pés de altitude, onde ele pôde livrar-se do seu rebocador e, saudando-o com um balançar de asas, mergulhar no fresco e amigável céu. Aquilo foi uma nova experiência, e pela primeira vez Harold se deu conta do absurdo da dimensão do seu medo. Não tinha ele quase um quilômetro de ar debaixo de si, estando protegido apenas por uma fina camada de madeira de menos de um quarto de polegada de espessura? Como pudera ele, lá no solo, ter tido medo de pontes de madeira? Diante disso, qual era a dimensão dos tapas que recebera daquele moleque de rua? Olhando para o panorama que deslizava lentamente debaixo de si, Harold ria em silêncio, sentindo-se o rei do mundo. Foi quando teve certeza de que fora predestinado a voar e, cada vez que retornava em pensamentos àquele seu primeiro voo solo, agradecia às forças divinas o fato de o terem alçado aos céus no momento adequado.

Pouco tempo depois, pôde pilotar um avião movido a motor — aquele mesmo imortal Avro que o rebocara durante sua iniciação. Não tinha completado 18 anos quando começou ele mesmo a rebocar os planadores do aeroclube. Depois, tudo se passou tão certinho como nos romances juvenis sobre os bem-comportados meninos norte-americanos. Estudos técnicos. Escola de pilotagem. Curso da PanAm para navegadores civis, até que se tornou escravo dos feitores da Boeing. Alguns anos antes de Pearl Harbour já era um dos ases do grupo de pilotos de provas daquela empresa que, enriquecida pelas experiências com os tipos 200 e YB-9, agora se preparava para lançar ao ar o revolucionário modelo 299, precursor da Fortaleza Voadora.

— Você acha que lá haverá garotas? — perguntou Lenda, num tom tão esperançoso que provocou um sorriso em Harold.

— Claro que haverá garotas. Vladivostok é um porto, e todo porto tem garotas... — respondeu Darrell, com uma oculta irritação por ter sido interrompido nos seus devaneios.

Forrest contestou violentamente, e o brusco movimento dos seus ombros fez a Superfortaleza agitar-se.

— Não... Não estou me referindo a estas... Penso em simples garotas russas. Iguais àquelas que vi num coral, vestidas com seus trajes típicos. Usavam saias compridas, que começavam bem alto, na cintura, e uns coletes curtos que chegavam até, você sabe...

Nesse ponto Lenda soltou o manche e, com as bordas das mãos, mostrou até onde chegavam os coletes do coro russo. Darrell notou que se tratava exatamente do mesmo local — ou seja, onde terminavam as costelas — em que se encontravam os pontos mais sensíveis ao toque.

— ...E com as cabeças cobertas por panos. Em suma, empacotadas como freiras — continuou Forrest, voltando a pegar no manche com uma das mãos e gesticulando com a outra. — Era como se elas tivessem tudo coberto, exceto os rostos. Cílios compridos e virados para cima, como nas bonecas... Talvez fosse apenas imaginação minha, pois estava no balcão do teatro, distante do palco. Mas juro que aquilo só me ajudava a imaginar como elas eram de verdade, debaixo daquelas saias. Principalmente por terem meias brancas. Você não pode imaginar como eu gosto de garotas com meias brancas. Elas sempre me dão a impressão de ser mais puras.

O copiloto encerrou o monólogo colocando ambas as mãos no manche, soltando um suspiro e olhando dignamente para a frente, como se esperasse deslumbrar, em algum lugar do imenso céu da Manchúria, uma daquelas coristas desnuda.

— Você ao menos se lembra do que elas cantavam?

— Não, mas me lembro de como fiquei impressionado com a afinação delas. Bem que gostaria de ter sido o regente daquele coral... Era realmente fantástico, sendo que as coristas não só cantavam como dançavam. Delicadamente, com aqueles pezinhos enfiados em meias brancas... Eu poderia comprar um daqueles bastões de regente...

— Batuta — soprou-lhe Harold, acrescentando: — Sr. Fisher. Os seus devaneios eróticos estão assumindo proporções assustadoras. Parece que agora, para acalmar seus não tão refinados desejos, o senhor precisa de um coro comunista. Ainda bem que não um masculino ou misto...

Os pilotos se entreolharam e, em vez de cair numa gargalhada, ficaram sérios. O entendimento entre eles era extraordinário. O primeiro a falar, já em tom totalmente diverso, foi Darrell:

— Vamos ter de nos livrar de todos os códigos, mapas, módulos de curso e instruções.

Forrest olhou para ele com certa incredulidade:

— Você acha que eles poderiam...

— Formalmente, eles não estão em estado de guerra com o Japão, e eu não gostaria de ter de me explicar ao Fulano de Tal.

— Mas não deixam ser aliados nossos... — murmurou Fisher, cuja visão dos Aliados continuava sendo turvada pela imagem das coristas.

— Por via das dúvidas, faça algo com aquilo, caso eles venham a entrar no avião e começarem a xeretar.

Fisher soltou o manche, mas não abandonou o assento sem antes se assegurar de que o comandante compreendera e aprendera a controlar o incomum comportamento da aeronave. Havia muita coisa para recolher, e Lenda, tendo vasculhado todos os compartimentos da Superfortaleza, retornou à cabine arrastando consigo uma pilha de manuais e rolos de mapas. Arrumou tudo pedantemente no chão e, arfando pesadamente, voltou a sentar-se no seu trono, para consultar-se com o comandante.

A colorida pilha no chão era formada por manuais de muitas páginas, contendo instruções para a tripulação, detalhes técnicos dos motores, equipamentos e armamentos, brochuras com procedimentos de pousos e decolagens, livros de códigos e procedimentos de radiocomunicação, bem como cartazes com esquemas dos procedimentos em caso de avarias ou incêndios, arrancados das paredes e das portas. Darrell olhou com respeito para aqueles materiais, dando-se conta, não pela primeira vez, de como era complexo seu bombardeiro.

— Você tem alguma ideia de como vamos nos livrar desse lixo todo? — perguntou. — Afinal, não vamos acender uma fogueira dentro do avião...

Fisher, com evidente prazer, voltou a ocupar-se com a pilotagem, e disse:

— Se você quer jogar isso fora, deve fazê-lo agora, só que, mesmo se rasgarmos tudo em pedacinhos, há uma chance de os japoneses os recolherem, colarem de volta e ficarem estudando o resultado por horas...

Darrell, com evidente prazer, entrou na brincadeira:

— ...e depois, enriquecidos por todos esses conhecimentos, se aproveitarão deles para usá-los contra nós e acabarão vencendo essa guerra. Fora de questão. Enfie isso no compartimento do trem de pouso dianteiro.

— Você acha isso adequado? — perguntou Lenda, em tom de dúvida.

— Sim. Levante o tampo do piso. Ele é preso por parafusos com borboletas. Enfie isso no vão direito. Depois, coloque uma gaxeta e volte a aparafusar com força. Não passará na cabeça de ninguém fuçar naquele lugar. Só não caia lá dentro, senão vou soltá-lo junto com o trem de pouso. Aliás, é melhor que você continue pilotando e eu faça isso.

Soltando um suspiro, Darrell desceu até o nariz do avião e fez sair de lá (tendo antes acordado) o placidamente adormecido bombardeador. Steve Pace, apelidado de Marmota pela tripulação, era capaz de dormir a qualquer hora e em qualquer situação. Era mais do que evidente que as sacudidelas do avião não o incomodavam. Expulso do seu compartimento, soltou um bocejo e foi dormir no compartimento de navegação.

Enquanto isso, Darrell, tendo desparafusado a placa do piso e vencido a contrapressão (leve, naquela altitude), ergueu-a e, inclinando-se acrobaticamente, pôde tocar os pneus de quase meio metro de diâmetro das duplas rodas dianteiras. O compartimento do trem de pouso era fechado por duas portas simétricas que, após o recolhimento das rodas, juntavam-se como duas mãos pegando água num riacho. Quando o avião se encontrava no solo e as portas estavam abertas era possível ler um aviso de que só se permitia fumar a uma distância mínima de 90 pés do bombardeiro. Darrell chegou à conclusão de que não valia a pena enfiar um a um aqueles manuais e rolos. Saiu do apertado compartimento, foi até a traseira do avião e retornou munido de um cobertor e um rolo de corda. Lenda, absorto na pilotagem, fingiu não ver aquela agitação toda e, cerrando seus másculos maxilares dignos de Gary Cooper, manteve o olhar fixo em frente. Com grande esforço (de fato, vai ser preciso perder alguns quilos), Darrell conseguiu, afinal, enfiar o embrulho no vão. Nos tempos em que trabalhara na Boeing, sabia perfeitamente a utilidade daquele vão. Sem dúvida, haveria uma porção de justificativas para a sua existência. Agora, nem se deu o trabalho de tentar lembrar-se delas. Quando retornou ao seu assento com o rosto roxo de tanto esforço, achou que chegara a hora de alertar a tripulação. Pigarreou, e apertou o botão do microfone:

— Atenção! Fala o comandante. Não podemos retornar à base por falta de combustível. Vamos pousar em Vladivostok. Quando pousarmos, quero que todos permaneçam nos seus assentos. Caso vocês tenham consigo alguns... — pensou por um momento — ...algumas coisas que contenham segredos militares, destruam-nas agora. Vocês sabem a que estou me referindo... anotações particulares, códigos, "colas" e outras coisas semelhantes. Os russos são nossos aliados e, certamente, tudo será OK, mas é melhor que vocês façam o que estou mandando.

Bem que queria adicionar ao seu comunicado uma das suas piadinhas, mas se conteve. Desligou o sistema de intercomunicação para não ouvir os inevitáveis comentários sobre a nova situação, e perguntou a Fisher:

— Será que eles têm um bar lá? Aliás, você tem alguma ideia do que eles bebem naquelas bandas?

A pergunta fora dirigida à pessoa certa, já que, depois do sexo e de voar, a maior paixão de Lenda era degustar e colecionar bebidas de alto teor alcoólico. Nos Estados Unidos, o lugar de honra no seu alojamento, junto do sofá (o qual, evidentemente era a coisa mais importante), era uma mesinha dobrável de ébano, repleta dos mais diversos frascos e garrafas. Havia bebidas do mundo todo lá, e os amigos de Lenda jamais tiveram problema em quebrar a cabeça à procura de um presente de aniversário para o texano. Ganhar uma garrafa de bebida que não fazia parte da sua coleção lhe proporcionava um imenso prazer. O abrasador conteúdo das garrafas em exposição servia para diminuir a relutância das suas vítimas e, às vezes — vamos ser sinceros —, também de consolo após o fracasso do derradeiro ataque a uma fortaleza inexpugnável.

— É lógico que sei. Acho que você vai gostar, porque eles produzem excelentes vodcas e conhaques. E o champagne deles não é de se jogar fora. Dá para fazer misturas diabólicas. Aprendi isso com um russo, amigo do meu avô.

Lenda se perdeu em devaneios e seus olhos brilharam. Claramente estava relembrando algo muito agradável.

— Se você misturá-lo meio a meio com conhaque, terá uma bebida chamada Urso, e quando, em vez de conhaque, usar vodca ou, ainda melhor, álcool puro, terá Fogos de Moscou. Juro por tudo que é mais sagrado! É assim que eles chamam aquela mistura: *Ogni Moskvy*. É muito saborosa, mas, depois de um copo daquilo, mesmo os mais resistentes beberrões acabam caindo de bunda no chão. Vai direto para a cabeça, como fumaça... e deve ser acompanhada por um limão cortado em quatro pedaços... junto com a casca, não se esqueça. É um costume deles. Mas isso somente após o segundo copo. Após o primeiro, não é de bom-tom...

— Com álcool puro?! — espantou-se Darrell, achando que tudo, até um sacrifício diante do altar de Baco, tinha os seus limites.

— E o que você pensou? — respondeu Lenda, feliz e orgulhoso por poder compartilhar suas experiências com um colega mais velho. — É tudo uma questão de treino. Assim como o primeiro pouso solo. Se você conseguir uma vez, o resto virá sozinho...

— Até o primeiro desastre — completou calmamente o primeiro piloto, mas Fisher ignorou o comentário.

— Só precisa encher os pulmões. Para não engasgar e começar a tossir, porque isso seria a sua ruína. Em compensação, depois de 100 ml de álcool puro, as sensações são indescritíveis.

— Como assim? — Darrell gostava de definições claras.

— Um indescritível sentimento de onipotência. Nos primeiros cinco minutos, você se sente capaz de voar sobre montanhas. Se você me desse, agora, um copo de álcool puro, eu sairia desta cabine, andaria pela asa até aquele infernal número 3, lhe daria um pontapé e embandeiraria a maldita hélice.

Darrell, aceitando o jogo do companheiro e imaginando Fisher, com o seu quepe, andando sobre a asa da Superfortaleza e enfrentando uma corrente do ar de 150 nós, respondeu com um toque de tristeza:

— Mesmo assim, não teríamos condições de retornar à base...

Fisher não perdeu a pose:

— Pelo menos aterrissaríamos em grande estilo. Estou convencido de que lá deve haver muitas garotas... E nós vamos descer como um pato ferido, e não como um bombardeiro que se preza.

— Não é bem assim. Imaginemos que muitas garotas virão ver nossa aterrissagem; com apenas três motores, seremos heróis. Pena que o número três não esteja soltando fumaça... — disse Darrell, num tom quase sério.

— Pelo que andei lendo — respondeu Lenda —, vai ser muito difícil competir em heroísmo com os russos. Ouvi dizer que um piloto que teve seu caça abatido pulou de paraquedas, mas este pegou fogo, e o coitado ficou caindo preso apenas aos seus fios, como um cometa. Você pode imaginar uma coisa dessas?... É como se fosse num desenho animado de Disney. Durante a queda, foi ultrapassado pelo seu avião, que se espatifou no solo debaixo dele e explodiu... e essa explosão fez aquele sujeito voltar a subir e, depois, cair suavemente nos ramos de uma árvore. Como se isso não bastasse, caiu daquela árvore num terreno macio e pantanoso, sem um arranhão. Levantou-se calmamente, depois de ter caído de 3 quilômetros de altura! E você vem me falar de três motores! Tenho certeza de que eles, em caso de necessidade, são capazes de voar sem qualquer motor; movidos apenas pelo desejo de vitória. Além disso, sabem beber álcool. Você deveria ter visto o amigo do meu pai. Era um mestre!

Darrell interessou-se:

— E como seu avô foi arrumar um amigo russo no Texas?

— Imagine que eles se conheceram ainda no século passado. Foi por ocasião da entrega de um cruzador encomendado pelos russos a um estaleiro da Filadélfia. Aquele russo fazia parte da equipe que veio receber o navio. Quando este foi posto na água, meu avô, que embora texano até os ossos trabalhava num estaleiro, convidou aquele russo para tomar uns tragos no bar do navio. E qual foi o resultado disso? Ambos se fizeram ao mar, a ponto da minha desesperada vovó, depois de ter esperado por três dias, chamar a polícia para achar seu marido. A polícia não teve dificuldades em encontrar vovô e aquele russo; bastou visitar alguns bordéis no porto mais próximo. Estavam felizes da vida e foi muito difícil fazer meu avô desistir de viver num bordel para sempre, junto com o russo. Aquela convivência tornou-os tão íntimos que, a partir de então, eles mantiveram um contato regular através de cartas.

Fisher sorriu e interrompeu a narrativa, e Darrell notou naquele sorriso um misto de admiração e respeito, tanto pelo antepassado de Lenda quanto pelo russo. O copiloto captou aquele olhar e ficou feliz por Harold compreender imediatamente as coisas, sem necessidade de maiores explicações.

— Durante a Primeira Guerra, o tal russo voltou a aparecer lá em casa. Era oficial graduado da marinha do tsar, e viera numa missão referente a uns torpedeiros, chefiada pelo almirante... Como era mesmo seu nome? — Fisher coçou a cabeleira, o que o ajudou a lembrar-se do difícil sobrenome: — Kolchak. A missão foi se estendendo e, como você deve imaginar, o tal tipo nos visitava frequentemente. Lembro-me de que ele era simpático e muito engraçado, além de não meter o nariz onde não era chamado. Gostava dele. Decididamente, gostava dele.

Fisher lançou um olhar perscrutador para o colega, voltando a notar a desnecessidade de fornecer explicações adicionais quanto ao significado daquele "não meter o nariz onde não era chamado". Portanto, continuou:

— Depois, o russo apaixonou-se por uma jovem prima da minha avó e, apesar de ele já ter mais de 50 anos e a tal prima, somente 30, e ser uma mulher atraente, também caiu de amores por ele. Aí eclodiu a revolução na Rússia, e o russo resolveu aguardar pelo fim do conflito nos Estados Unidos. E ficou para sempre. Vovô arrumou um emprego num estaleiro na Costa Oeste para ele e desde então os dois passavam juntos uma parte das férias. Como resultado disso, vovô aprendeu a beber álcool puro e transmitiu essa arte a papai e a mim, já como uma tradição familiar. Porque é preciso que você saiba que, numa tradicional família texana, três gerações se embebedam juntas e, juntas, saem para a noite. Isso solidificava os laços familiares, mesmo nos tempos da proibição.

O copiloto sorriu, lembrando-se de algo certamente agradável, e voltou a abrir a boca para continuar suas histórias texanas, mas Darrell interrompeu-o com um gesto brusco da mão, pois no alto-falante ressoou a voz do navegador:

— Comandante. Seis milhas até o alvo.

"Isso deve equivaler a uns 15 minutos", calculou mentalmente o primeiro piloto, ordenando a Lenda:

— Informe à base que vamos desfrutar a hospitalidade russa, e tente entrar em contato com Vladivostok. Talvez alguns dos controladores de voo tenham estudado inglês na escola. Mas fale devagar e com clareza, sem esse sotaque texano. Além disso, nem pense em algum tipo de bravata... — falou olhando de soslaio para Fisher e assumindo os comandos.

Segundo o mapa que examinara no compartimento do navegador, a forma mais apropriada para chegar a Vladivostok era evitar sobrevoar a cidade vindo do sul e, descrevendo um longo arco sobre a baía de Ussuryisk, fazer uma elegante aproximação (caso isso venha a ser possível com um motor avariado), no sentido leste-oeste.

— Depois, é só esperar que eles desenrolem um tapete vermelho, tragam uma banda militar e convoquem garotinhas com buquês de flores — ironizou, mas apenas com o intuito de mascarar o nervosismo.

Enquanto isso, Fisher manipulava desesperadamente os controles de frequências de rádio, mas em vão. Por fim, desistiu e olhou com expressão soturna para o colega:

— Em casa, todos devem estar dormindo, enquanto os daqui não compreendem o que eu falo. Alguém está gritando sem cessar, mas nem uma só palavra em inglês.

— Tente falar em russo. Afinal, aquele amigo do seu avô é como se fosse um membro da sua família — Darrell mais uma vez tentou ser engraçado num momento inoportuno.

— Só sei dizer "*na zdrovie*", ou seja, "saúde" quando se faz um brinde. Mas só sei dizer isso de forma apropriada com um copo na mão.

— Então transmita uma solicitação formal para um pouso de emergência devido à avaria de um dos motores — ordenou Darrell, achando que, caso os russos mantivessem um registro das comunicações, o pedido serviria de prova de que ele seguira as normas internacionais.

O avião estava descendo, e Darrell olhava para baixo com grande curiosidade. Após alguns minutos, quando estavam a 3 mil pés, brilhou diante deles, como a espectadores acomodados num anfiteatro, a luzidia e cintilante superfície do oceano. Passados oito ou dez minutos, já puderam enxergar, sem maior esforço, incontáveis silhuetas de barcos pesqueiros deixando delicados rastos esbranquiçados atrás de si e, aqui e ali, os contornos de navios de carga, com grossos e cintilantes vestígios de navegação às suas popas.

— Muito bem. Peça autorização mais uma vez, e vamos pousar, quer eles queiram quer não. Fique atento aos flapes. Nunca pousei antes com apenas três motores e com uma hélice não embandeirada.

Darrell recuou delicadamente os manetes dos três motores e começou fazer uma curva para a esquerda, na direção nordeste. Estava muito concentrado, pois embora a tarde quente fosse excepcionalmente calma, com a velocidade reduzida e maior pressão atmosférica naquela altitude, a Superfortaleza comportava-se de forma caprichosa. Debaixo deles, foi surgindo lentamente o contorno do porto, emporcalhado por uma infinidade de ancoradouros, cais de concreto armado, armazéns e outras edificações. Apesar da altitude que, via de regra, costuma funcionar a serviço das paisagens, Darrell pôde constatar que a cidade era feia; talvez não exatamente feia, mas abandonada, mal conservada e... procurou a palavra exata... enxovalhada. Nas suas frequentes viagens pelo mundo, ele já vira muitos lugares parecidos com aquele, e sempre fizera de tudo para evitá-los, pois até os lugares mais abençoados pela natureza podem ser enxovalhados. Os mestres em emporcalhar eram as pessoas geralmente desprovidas de imaginação, assim como aqueles que não davam a mínima importância à beleza à sua volta.

— Como eles esculhambaram este lugar! Você não acha? — comentou o copiloto, certamente tendo lançado mão de telepatia para poder adivinhar com tamanha precisão a imagem tão negativa de Vladivostok na mente de Darrell.

— Quem sabe se o aeroporto não será mais bonito? — falou o primeiro piloto, sem muita convicção e vendo, bem diante do nariz da aeronave, a pista de pouso de concreto perfeitamente alinhada com o seu curso. Diante disso, ordenou: — Baixar o trem de pouso!

O copiloto acionou a alavanca de comando e ergueu uma pequena placa do chão, para ver, através de uma janelinha de plexiglas, se as rodas baixaram como deviam. Depois, pediu aos artilheiros para que confirmassem a posição correta dos flapes. Tudo estava nos conformes.

Naquele momento, estavam sobrevoando a recurvada língua da baía com o poético nome de Corno Dourado, que adentrava o solo. Quando as portas do trem de pouso se abriram e este, empurrado pelo sistema hidráulico, baixou docemente, o avião diminuiu a velocidade, e Darrell notou que todos aqueles documentos secretos que ele, com tanto cuidado, enfiara no vão do trem de pouso, flutuavam alegremente no ar e, pouco a pouco, caíam nas águas da baía, que agora, ao voar direto na direção do sol, parecia preenchida com ouro derretido em vez de água. Estava claro que a brusca mudança de pressão sugara o precioso pacote. Fisher imediatamente notou a involuntária desova e lançou um olhar irônico para o colega. Darrell, ocupado em manter o avião no curso para o pouso, comentou:

— Até que foi melhor assim. Em questão de segundos aquilo tudo ficará encharcado e irá para o fundo, e se...

Não chegou a concluir a frase, vendo, com espanto, uma saraivada de projéteis passar rente à cabine. No segundo seguinte, sem que tivesse tempo para olhar em volta, viu passar, a uns 15 metros da asa esquerda da Superfortaleza, a veloz silhueta de um avião de caça. Logo depois, dois outros caças passaram junto da asa direita. Apesar da velocidade dos caças, Darrell teve a certeza de que eram Lavochkins. O trio agressor, tendo ultrapassado qual um raio o lento bombardeiro que se preparava para pousar, fez uma bela manobra — um para esquerda e os outros dois para direita —, mostrando as estrelas vermelhas pintadas nas suas asas. Em seguida, cabraram* seus caças e, momentos depois, os pilotos do B-29 perderam-nos de vista.

— Que foi isso? Uma salva de boas-vindas? — indagou Fisher, claramente impressionado com a exibição dos russos.

— Ficou louco? Eles não estão para brincadeiras — respondeu o confuso Darrell. — O que pretendem com isso?

Faltavam apenas algumas centenas de metros para a cabeceira da pista de concreto e o solo deslizava cada vez mais rapidamente debaixo da Superfortaleza, revelando detalhes impossíveis de serem percebidos a grande altitude. Darrell notou que a grama estava ressecada pelo sol, mas a pista de pouso parecia em excelentes condições. Foi quando os russos, vindos por trás, voltaram a disparar, e as nuvenzinhas de pó causadas pelos projéteis na cabeceira da pista de pouso indicavam claramente que eles não queriam que o Ramp Tramp pousasse. Mesmo se estivesse no seu ambiente ideal — a 30 mil pés e com todos os motores funcionando —, o bombardeiro não estaria em posição confortável diante dos três caças russos. Os La-7 — pois era com esse moderno modelo que eles estavam lidando — seriam mais rápidos naquela altitude, e os três canhões de 20mm eram armas poderosas. Se pelo menos estivessem mais alto, poderiam travar um diálogo com os caças russos, com o auxílio das suas torres providas de canhões equivalentes aos dos soviéticos. Não se entregariam com facilidade. Só que agora, quase tocando o solo e com o trem de pouso arriado, não teriam chance alguma, e Darrell, adivinhando o sentido das salvas de advertência, desviou a aeronave para a pista secundária gramada. Por sorte o Boeing dispunha de uma estrutura resistente e as suas duplas rodas principais tinham mais de um metro de diâmetro, com o que Darrell conseguiu fazer um perfeito pouso de três pontos, o que mostrava seu sangue-frio. Quando rolavam pesadamente sobre a amarelada grama da pista secundária e levantando atrás de si nuvens de poeira, os pilotos dos caças demonstraram mais uma vez sua perícia na arte de pilotagem, passando perigosamente perto da "estufa". Depois, os La-7

*"Cabrar", em linguagem de pilotos, significa erguer o nariz do avião, puxando o manche. (*N. do T.*)

sumiram e Darrell desligou os motores. Caiu um silêncio, interrompido apenas pelo silvo das hélices ainda em movimento. Na cabine do navegador, alguém tossiu seca e violentamente.

Da torre de controle, partiram em sua direção três carros de assalto, pulando sobre montículos de terra. Mesmo àquela distância, dava para ver o reflexo do sol nos capacetes e nas armas dos soldados que os ocupavam, saltitando de forma engraçada, como grãos de milho numa frigideira aquecida.

2

Sede central da construtora número 29 da NKVD, no prédio do CAGI, março de 1941

ERA DE ENLOUQUECER. Tudo estava de cabeça para baixo. Mas mesmo assim era melhor do que uma cela de prisão. Nada ali lembrava uma cadeia. Embora as janelas fossem gradeadas e, nos corredores, andassem oficiais armados, seus rostos eram serenos e suas expressões, cheias de respeito. Podia-se, com quase toda a certeza, presumir que não se receberia um repentino chute nos rins ou um soco nos dentes. Até então isso não acontecera a quem quer que fosse. Bastava ser alguém insubstituível para ser tratado com respeito. Ou será que eles estavam fingindo que nos respeitam? Andrei Nicolaievitch Tumilov• tirou da gaveta um mata-borrão e limpou algumas quase invisíveis partículas de poeira das asas e da fuselagem de um lindo e esbelto modelo de bimotor pintado de verde-escuro. Mesmo naquela escala — 1:36 — o aviãozinho tinha uma aparência guerreira e predatória. Pode ser que eles estejam realmente fingindo, mas, de qualquer modo, isso era mil vezes melhor que o desinteressado desprezo e grosserias. As janelas têm grades? E daí? E são poucas as grades nas janelas de escritórios normais? Aliás, existe algo "normal" neste país? Algo como o modelo deste belo avião militar?

Naquela madrugada nevoenta, Tumilov mergulhou em pensamentos pela enésima vez, olhando para o quase invisível rio no vale. A manhãzinha era tão nebulosa quanto aquela inesquecível, do dia 5 de janeiro de 1936, quando, em virtude da péssima visibilidade, foram cancelados todos os voos de teste. Quantas coisas e situações podem mudar num período de cinco anos! Naquele dia, fora informado de que, no esplendor dos seus 48 anos de vida, alcançara o topo daquilo que sonhara e a que dedicara toda a sua vida. Lembrava-se com frequência de como, naquele dia, ficara olhando com deslumbramento para o documento, no qual as mais altas autoridades da nação nomeavam a ele, Tumilov, o principal engenheiro da GUAP — Direção Central da Indústria Aeronáutica. Seria possível dizer que, da sua poltrona, ele tinha o poder de decidir como iria se desenvolver a indústria aeronáutica e, com efeito, o que voaria nos céus russos. Como se isso não bastasse, alguns meses depois, a sua adorada Oficina Experimental número 156 fora liberada da restritiva jurisdição do CAGI — Instituto Central de Aviação e Hidromecânica —, tornando-se uma indústria independente (dentro das óbvias limitações). Todos aqueles acontecimentos maravilhosos, acrescidos do título de membro correspondente da Academia de Ciências recebido três anos antes, faziam dele um tipo de herói da Rússia da antiguidade — um semideus e demiurgo. O mais importante de tudo era o fato de que todas aquelas honrarias lhe foram concedidas — como ele achara naquela ocasião — exclusivamente por merecimento. Não por bajulação e puxa-saquismo, mas por ser um excelente projetista de aviões. Mais do que isso — por ser um gênio! Naquela época, ele achara que era assim que deveria ser: o criador dedica sua mente genial a serviço da nação e do partido, e a nação e o partido, em agradecimento, elevam o gênio ao topo do merecido reconhecimento. Aquilo lhe dava uma enorme satisfação. Quando, ao raiar o dia, parava uma limusine com motorista diante do prédio número 29 da rua Kalavieska — um prédio cujos grandes e luxuosos apartamentos eram ocupados por outros felizardos —, Tumilov, antes de se aboletar no banco traseiro, lançava um olhar cheio de orgulho e satisfação pelas redondezas, como um príncipe antes de sentar num trono. Com isso, ele queria que os transeuntes e os demais sortudos e suas famílias vissem que ele era alguém importante e necessário. Às vezes, sentia-se como o herói de um romance

— não só herói, mas quase autor, pois fora com o suor da sua fronte e a sua capacidade que ele, desde a infância, escrevera as suas páginas.

Por outro lado, Tumilov nem chegava a notar uma coisa estranha que ocorria na elegante lista dos moradores do prédio. De um modo estranhamente suspeito, desapareciam dela alguns nomes, para serem substituídos por outros que às vezes também desapareciam, sendo trocados por outros. Aquela incomum rotatividade dos inquilinos não ocupara sua mente — Tumilov estava por demais ocupado em desfrutar as benesses do próprio sucesso. Andrei Nicolaievitch não era um materialista e não dava qualquer importância ao consumo e à posse de coisas que eram objeto de desejo e de inveja dos seus compatriotas. Considerava o fato de ter um magnífico apartamento, uma limusine oficial e acesso às lojas fechadas aos demais mortais como algo normal para alguém com uma posição tão importante. A possibilidade de fazer compras sem ter de ficar por horas em filas gigantescas era, no seu caso, uma imprescindível economia de tempo, já que era um homem extremamente ocupado.

Além daquelas regalias, Andrei Nicolaievitch tinha também um carro particular: um discreto, mas infalível, Chevrolet Capitol. Comprado por um preço bastante acessível (graças à cota ministerial), o automóvel, embora não tão novo, o enchia de admiração e respeito pela simplicidade e eficiência dos americanos. Eles jamais faziam algo até se certificarem de que o caminho escolhido era o mais simples. Não confundiam nem complicavam suas construções. Quando constatavam que o caminho escolhido não os levaria a lugar algum, desistiam dele e procuravam outro. Sua filosofia construtiva podia ser resumida na seguinte divisa: "Se algo pode ser simplificado, para que complicá-lo?", e o Chevrolet Capitol confirmava plenamente aquele conceito. Quando se erguia o seu capô, tudo que se encontrava debaixo dele parecia ridiculamente óbvio: um motor adequado, um sistema elétrico simples e infalível e um eficiente sistema de refrigeração a água. Além das tradicionais manutenções, como trocas de óleo e de velas, Andrei Nicolaievitch jamais teve problemas com ele. O motor dava partida tanto no calor quanto no mais congelado dos dias, e o ato de dirigi-lo causava ao proprietário grande satisfação.

Além disso, o carro não chamava tanta atenção quanto os Packards e Cadillacs usados pelos principais membros do partido. Tumilov usava-o, quase exclusivamente, nas viagens familiares para a sua datcha à beira-mar. Aquela casa de veraneio fora construída com recursos próprios, muito embora o terreno lhe tivesse sido cedido praticamente de graça, e o preço "especial" dos materiais, assim como o custo da mão de obra, não pesou excessivamente no seu bolso. Em função disso, naqueles dias Andrei Nicolaievitch não considerara a datcha algo luxuoso. Afinal, ele tinha de descansar de vez em quando, recuperando a mente preenchida por cálculos e simulações. Caso não fizesse isso, não seria um construtor eficiente, o que era inadmissível. Em suma, de que se tratava? Ele a construíra com recursos próprios, sendo que muitos funcionários hierarquicamente inferiores tinham datchas recebidas de graça do Estado. A sua era excepcionalmente modesta, mas, em compensação, estudada em cada detalhe. No começo, Andrei Nicolaievitch pensara em construí-la ele mesmo, mas em pouco tempo mudou de ideia. A arquitetura não era sua especialidade, e a natureza do seu intelecto, que demandava comprovações, argumentos e constantes verificações do embasamento e do objeto final da construção, não lhe permitiu agir de forma sensata naquele caso. Após várias horas passadas na biblioteca da Academia de Ciências, com a cabeça cheia de nomes de materiais, tintas e peças móveis, desistiu da tarefa, confiando-a a um amigo de infância, Marko Atkonis.

O tal Atkonis — um gordo e jovial sibarita — era estoniano e ganhava grandes somas de dinheiro (para aqueles tempos) construindo e decorando os interiores das datchas dos mais proeminentes membros do partido. Seus honorários eram astronômicos graças a duas características suas: era sedutor e sem-vergonha ao mesmo tempo. A sem-vergonhice lhe permitia inventar preços exorbitantes, enquanto a sedução servia para absorver o choque do valor apresentado. Como eram amigos de longa data, Atkonis fez um preço camarada, e o excelente projeto continha várias aconchegantes soluções de decoração de interiores. O projeto não previa nenhum dos tão em moda e totalmente desnecessários mármores e pisos lustrados. Em vez de estuques e cornijas, resumia-se a um quase ascético interior, uma estufa de barro, pisos de tábuas de pinho e uma simples e bela varanda com enormes janelas. A casa chegou a agradar a Julia, muito embora a esposa de Tumilov demonstrasse clara preferência por coisas mais vistosas.

Aquele fora o tempo em que tudo lhe agradara. Sentia a necessidade de identificar-se com a realidade que o cercava. Ao ver nas ruas de Moscou um novo tipo de caminhão, ficava feliz como uma criança. Encantava-se com a nova cor dos ônibus elétricos. Sentia, assim como muitos outros, que fazia parte de algo que jamais iria se repetir; de algo que seria eterno. Aquilo lhe dava uma natural sensação de força e de convivência com o próximo. Enchia-se daquela sensação com a mesma alegria de alguém que, tendo saído de um ambiente restrito e abafado, aspira ar fresco e revigorante. Queria a todo custo contagiar a todos com a sua aprovação do mundo. Afinal, era um homem que comandava. Aprendera a comandar desse muito cedo, pois com apenas 21 anos de idade fora nomeado substituto do chefe do CAGI. E isso de uma forma democrática — embora por unanimidade —, numa reunião dos funcionários do Instituto. O ato de chefiar tinha suas vantagens até para alguém que colocava suas criações acima dos escalões hierárquicos; principalmente aquelas que permitiam lançar e forçar suas invenções — e, naqueles dias, as meninas dos olhos de Tumilov eram os metais leves que poderiam ser usados na construção de planadores.

Além disso, a posição de chefia tornava possível formar equipes eficientes e produtivas, escolhendo pessoas indicadas como se atrelam cavalos. Andrei Nicolaievitch já notara, há muito tempo, que as pessoas — ou, mais precisamente, as suas qualidades para trabalho em equipe — poderiam ser classificadas da mesma forma que peças e funções de um mecanismo. Sempre há alguém que é o motor e outro que assume as funções de combustível. Sempre haverá pessoas que possuem qualificações que poderíamos chamar de periféricas, adequadas para prender-se a detalhes; e outras, que exercem a função do mecanismo central, coordenando as tarefas dos mecanismos periféricos — pessoas que não se prendem a detalhes, mas que são capazes de pegar elementos aparentemente díspares e juntá-los num conjunto sensato e altamente funcional. Tumilov, aparentemente apenas o vice-diretor, mas na realidade — diante do acelerado processo de demência do diretor Nicolai Yegorovich Zhukovsky• — o efetivo chefe do CAGI — queria que os seus homens sentissem o mesmo que ele. Queria que, para eles, o trabalho fosse uma fonte de prazer e a razão das suas vidas. Com o tempo, o ato de comandar o absorveu a tal ponto que ele foi deixando de se preocupar com a forma pela qual seus subordinados o aceitavam. Os novos protótipos, cada vez melhores e mais complicados, preenchiam por completo sua mente. A dinâmica com qual a equipe do CAGI conseguia transpor os inúmeros obstáculos era algo digno de admiração! Desde os primeiros modelos — simples teco-tecos —, Tumilov realizava os seus sonhos: os de construir aviões leves e totalmente metálicos. Os alemães e os holandeses da Junkers já haviam feito algo semelhante, usando chapas onduladas, e era com um misto de sentimentalismo e pena que ele olhava para a fotografia do seu primeiro avião (pois depois dos teco-tecos ele também projetara um cúter torpedeiro bem-sucedido). A foto em questão, cuidadosamente emoldurada, pendia numa das paredes do seu apartamento, enquanto as paredes do seu escritório eram enfeitadas por fotos de modelos mais atraentes. O ANT-1 que aparecia numa delas, retirada clandestinamente dos arquivos do CAGI, apresentava a sua bizarra silhueta, mais parecendo uma caixa de charutos provida de asas. O construtor em pessoa, com um quepe na cabeça e uma das mãos apoiadas na fuselagem com a cabine, olhava para a objetiva de uma forma benigna, mas com um claro brilho de ironia nos olhos, como se quisesse dizer: "É verdade que ele é monstruoso e mal pode ser chamado de avião, mas aquele cara sentado na cabine [um piloto de provas do CAGI e ex-piloto de caças na Primeira Guerra] acabou de voar nele. Não só voou como chegou a fazer acrobacias!". A obra seguinte, o ANT-2 — o primeiro avião russo totalmente metálico —, era ainda mais feia. O avião parecia uma matrona com um enorme ventre de chapa ondulada. Somente o terceiro modelo, o biplano ANT-3, tinha uma aparência decente, parecendo confirmar o sábio conceito: "Se algo tem um aspecto satisfatório, também voará a contento." Aos olhos de Andrei Nicolaievitch, o avião era quase tão bem-sucedido quanto seu recém-nascido filho, Aleksei.

Efetivamente, o ANT-3 se comportava muito bem no ar, algo que não se podia dizer do seu motor. No verão de 1926, pousou em Moscou o renomado aviador francês Michel Arrochar, após um espetacular voo de Paris. Os russos decidiram não ficar para trás e resolveram que Mikhail Gromov voaria até Paris num aeroplano construído na Rússia. O ANT-3, com o pomposo nome "Proletário", pareceu ter sido criado especificamente para efetuar voos publicitários e, com efeito, comprovou sua eficácia nos primeiros 120 quilômetros do voo. Depois apareceram umas rachaduras no tanque de líquido arrefecedor do motor inglês Napier Lion, e o quente líquido se esparramou sobre a cabine do piloto. Gromov, embora herói, decidiu permanecer vivo por mais alguns anos e mais do que depressa retornou a casa. Os jornais publicaram que o voo fora interrompido por condições meteorológicas especialmente adversas. A péssima impressão deixada pela sua estreia não conseguiu ser totalmente apagada pela seguinte, dessa vez perfeita, exibição do Proletário, durante a qual ele voou mais de 7 mil quilômetros em menos de 34 horas. Apesar disso, a infeliz experiência com os motores ingleses despertou pela primeira vez o interesse de Tumilov pelos americanos. Depois de muito esforço, ele conseguiu que fossem adquiridos os direitos de produção dos motores radiais Cyclon, resfriados a ar. Graças a isso, a indústria soviética de motores para aviões tomou novo alento.

Depois, vieram vários sucessos e alguns aviões de fato excelentes. Em parte isso foi conseguido graças a Andrei Nicolaievitch, dotado de uma característica muito raramente encontrada: a capacidade de encontrar pessoas certas para determinados fins — e saber lidar com elas. O engenheiro Tumilov era capaz rapidamente, e na maioria das vezes com acerto, de avaliar as qualidades de um homem da mesma maneira como um tratador de cavalos sabe, só de olhar, o valor de um cavalo que lhe é mostrado. O cavalo em questão não precisava galopar, saltar, nem demonstrar nenhum passo complicado. Um conhecedor da matéria é capaz de prever todos esses valores apenas olhando a forma pela qual o cavalo anda normalmente.

Como era de se esperar, os engenheiros se engalfinhavam para fazer parte do seu grupo. Os salários eram excelentes. Havia prêmios, talões, cupons, medalhas, o reconhecimento das autoridades. O único senão era a demasiadamente brilhante estrela do diretor, muito difícil de ser ofuscada. Mesmo sendo o melhor dos melhores, acabava-se sendo sempre apenas um membro da sua equipe. No entanto, isso não deixava de ser um investimento numa carreira; ao destacar-se na equipe de Tumilov, abria-se caminho para formar uma equipe própria. O nome de Tumilov era uma inquestionável garantia de qualidade. Na sua equipe, não havia espaço, nem tempo, para gente de segunda linha — apenas para ases como, por exemplo, Pavel Sukhoi, que tivera a tão talentosa mão envolvida no nascimento do primeiro caça do CAGI — o ANT-5. É possível que o caça não fosse excepcional, mas não ficava atrás dos seus concorrentes britânicos e franceses.

Quando Andrei Nicolaievitch voltava seus pensamentos para aqueles tempos pioneiros, tinha a impressão de que não deveriam ter se ocupado com tudo que lhes caía nas mãos. O próximo jovem gênio criado por Tumilov — o gordinho e permanentemente sorridente Vladimir Petliakov — resolveu aceitar o desafio de produzir o primeiro bombardeiro quadrimotor russo. Apaixonado pela ideia, dedicou-se de corpo e alma à tarefa, produzindo um monstrinho gigantesco, que mais parecia um pterodáctilo do que um bombardeiro. E coube mais uma vez a Mikhail Gromov (que, antes de decolar, se benzeu às escondidas) fazer o primeiro voo do pterodáctilo, sendo que quase pagou por isso com a vida logo na decolagem, quando os manetes de mistura dos quatro Curtiss Conquerers americanos, não devidamente travados, recuaram para a posição original. No entanto, quando foram equipados com os mais possantes motores Mikulin, os pterodáctilos ANT-6 conseguiram reproduzir-se em escala industrial, chegando ao impressionante número de 819 aparelhos. Apesar da sua silhueta caricaturesca, foram os primeiros bombardeiros soviéticos dignos do nome.

Quando agora, tantos anos depois, Andrei Nicolaievitch se lembrava dos inúmeros incidentes curiosos ligados àquela construção, sorria para si próprio, mas ao mesmo tempo sentia um arrepio de medo. Era uma sensação que costuma surgir na nossa psique toda vez que nos lembramos da nossa leviandade, abençoando os céus por terem, naqueles dias, salvado a nós e a outras pessoas de uma tragédia provocada por nossas ideias malucas. A primeira delas, como se extraída de um livro de Verne, fora o projeto denominado Zveno-2. Às asas e à fuselagem do ANT-6 prendiam-se três caças biplanos Polikarpov. O tão carregado pterodáctilo alçava voo com grande dificuldade e, uma vez a determinada altitude, soltava seus filhotes, que continuavam o voo por seus próprios meios. Aquilo porém não era ainda tão estúpido quanto a ideia de os Polikarpovs, tendo concluído sua missão, terem de pousar de volta no seu porta-aviões aéreo. Bem... não exatamente "pousar", mas se engatar em trapézios especiais pendurados na barriga do pterodáctilo. Surpreendentemente, a imbecil experiência foi realizada com êxito, e ninguém morreu. A ideia seguinte foi de fato um pesadelo. Consistia em pendurar, debaixo da asa direita do gigante, um "torpedo voador", com um primitivo sistema de propulsão a jato e um suicida voluntário. Ao ser solto, o "voluntário" deveria guiar aquele mecanismo diabólico ao seu alvo — e morrer de forma heroica. Petliakov, que entrara no CAGI ainda em 1921, chegou a ser o maior especialista em revestimentos metálicos de asas, tendo calculado as estruturas de todos os primeiros bombardeiros produzidos pela equipe de Andrei Nicolaievitch, até que, em 1937, foi encarcerado — junto com a maior parte daquele grupo de gênios — na instituição penal CKB-19, perto da fábrica estatal de automóveis GAZ número 156.

Tendo deixado de lado o pterodáctilo, os engenheiros do CAGI se ocuparam do desenvolvimento do próximo *monstrum*, cujas plantas permaneceram nas pranchetas por vários anos. Algum inspirado oficial do comando da frota teve a ideia de construir um navio voador, com capacidade de carga e autonomia de voo que lhe permitisse ultrapassar os limites da frente de uma batalha naval e atacar, do ar, navios inimigos. Ou seja — uma espécie de cruzador aéreo. O seguinte gênio da equipe — Pogoskij —, a quem Tumilov entregou a tarefa de materializar aquela ideia doentia, optou por uma estrutura de fuselagem dupla, com seis motores em tandem. Na parte traseira de cada fuselagem havia uma torre armada, com o que os dois artilheiros poderiam acenar um para o outro durante o voo. Para que tudo aquilo pudesse se manter no ar, a envergadura das asas teria de chegar a 51 metros, mas, graças à experiência adquirida no desenvolvimento de quadrimotores, Petliakov resolveu o problema sem dificuldades — os seis motores Mikulin foram instalados na parte superior da asa. O primeiro modelo foi levado para o mar Negro, onde foi montado e lançado ao ar. O estranho objeto voou com dignidade, mais parecendo uma cristaleira com asas e mal ultrapassando 200 km/h, e, quando carregado com seis toneladas de bombas, conseguiu atingir a deplorável altitude de 2 mil metros. O visionário do almirantado, tendo presenciado a performance da cristaleira voadora, ficou claramente decepcionado, e o sonho de bombardear uma frota inimiga em portos distantes teve de ser arquivado.

Em 1931, os sábios do REVVOYENSOVIET, o Conselho Militar Revolucionário, tiveram uma nova ideia esdrúxula, e os membros da obediente equipe do CAGI se dedicaram a ela. Em pouco tempo chegaram à conclusão de que, para atingir suas exigências, não bastaria a modernização das técnicas usadas até então. Era preciso construir um avião que fosse leve e ao mesmo tempo capaz de carregar grande peso. Os engenheiros puseram em funcionamento suas réguas de cálculo. O problema básico consistia na pouca força dos motores e no seu peso excessivo. Andrei Nicolaievitch estava convencido de que somente pessoas desprovidas de complexos poderiam ser adequadas para resolver questões absurdas e, diante disso, a confiou a Pavel Sukhoi. O novo bombardeiro deveria ter uma autonomia de 10 mil quilômetros e, com vento a favor, até 13. O quebra-cabeça foi dificultado ainda mais pela exigência de que fosse acionado por um motor já existente — o Mikulin M 34. Sukhoi não se atolou no insolúvel problema de muitos motores. Com o seu costumeiro intelecto arrebatador, virou o problema de cabeça para baixo: o avião teria somente um motor! Com isso, surgiu um leve avião de asas baixas, com a extraordinária envergadura de 34 metros, mais parecendo um planador de chapa metálica ondulada. O conjunto era completado por uma hélice de três pás com passo variável (embora somente no solo). A utilidade do ANT-25 como bombardeiro era ilusória, já que, em condições de combate e sujeito a fogo antiaéreo e dos caças inimigos, o que costuma decidir a possibilidade de ele retornar do alvo à sua base é a quantidade de motores. Isso é um pouco como diversificar os investimentos na bolsa de valores — se aplicarmos todos os recursos nas ações de uma só empresa e esta for mal, faliremos inapelavelmente. No entanto, se aplicarmos em quatro... aí as chances estatísticas de sobrevivermos serão bem maiores. Só que Tumilov, desde o princípio, suspeitava que Sukhoi não ligava a mínima para as qualidades bélicas do ANT-25, tendo construído um avião ideal para bater recordes de voos de longa distância.

Com efeito, assim que o avião passou pelo primeiro teste no campo de provas, foi decidido que ele realizaria um voo direto de Moscou aos Estados Unidos. O primeiro a ser forçado a realizar tal feito, Sigismund Levanievski, retornou à casa do meio do mar de Barents, após vinte horas de voo e com o coração na boca. O excelente motor M 34 começara a derramar óleo em profusão. Muito embora a culpa tivesse sido do pessoal de manutenção — que se atrapalhara nas conexões do sistema de bombeamento de óleo do tanque reserva para o principal —, tendo pousado são e salvo no aeroporto Monino, Sigismund logo se pôs a vociferar. Declarou que a ideia de voar até os Estados Unidos num monomotor era completamente idiota e jurou nunca mais pôr os pés num avião construído pela equipe de Tumilov. O destino respeitou aquele desejo, matando Levanievski, junto com outros cinco tripulantes, num acidente com o quadrimotor DB-A, de Chichmariov. Mas os sábios continuavam sonhando com a repetição do feito de Lindbergh, e para tanto escolheram o mais famoso dos aviadores russos — Tchkalov, o qual, além de tudo, caíra nas graças de Stálin.

Tchkalov, tendo experiência apenas em aviões de caça, não estava muito entusiasmado em ter seus restos mortais colocados num caixão tão espetacular. No entanto, tendo testado o ANT-25, mudou de ideia e recomendou entusiasticamente o avião ao Líder Máximo. Diante disso, acompanhado por Baidukov e Bieliakov, decolou em junho de 1937. Após sessenta horas de um voo complicado, cheio de pequenas avarias e alguns problemas mais sérios, os três pilotos conseguiram pousar em Vancouver. Obviamente, foram recebidos com festas e repórteres. O próprio presidente Roosevelt prolongou o encontro com os heróis da travessia, que fora planejada para 15 minutos e acabou durando quase duas horas, enquanto os nova-iorquinos os cobriram com uma chuva de papel picado.

Tchkalov era um herói excepcionalmente precavido, que sabia que a sorte não deve ser desafiada duas vezes. Em função disso, o avião foi desmontado em surdina, e suas peças despachadas, num vapor, de volta para a pátria. A prudência não salvou Tchkalov de uma morte prematura, num acidente aéreo em 1938, em ocorrências misteriosas que nunca foram devidamente esclarecidas. Em compensação, teve o prazer de desfrutar, pelo menos por um ano, da satisfação de ver o nome da sua cidadezinha natal — Vasilievo — mudado para Tchkalovo.

A láurea pelo sucesso do voo recorde de Tchkalov e a posição de engenheiro-chefe subiram tanto à cabeça de Tumilov que ele ficou desatento.

Jamais se esquecerá daquela inebriadora sensação de sucesso. Nos fins do dia, exausto de tanto trabalho e não tendo energias sequer para tomar um banho quente após uma jornada suada, abafada e impregnada de cheiro de tabaco, caía entorpecido numa poltrona, com meia garrafa de vodca moscovita bidestilada e um pratinho com cogumelos marinados. Metido em calças com suspensórios arriados, com os pés descalços enfiados no espesso tapete e coçando o peito peludo, mergulhava num estado de autoconfiança. Chegava a devanear. Tudo parecia estar a seu favor e todos os elementos se encaixavam à perfeição nos lugares que ele previra. Tinha a impressão de ser um demiurgo, capaz de traçar o próprio destino; e não somente o dele, como o dos que dele dependiam. Além disso, sua impressão era reforçada pela sensação de que não devia seu sucesso a quem quer que fosse e que tudo fora o resultado de sua inteligência e de sua dedicação ao trabalho — o que adicionava mais um motivo para o seu orgulho. Estava convencido de que criara uma equipe excelente, e de que conseguira motivá-la através do seu extraordinário intelecto. Além disso, estava convencido de que as pessoas estavam felizes por trabalhar sob seu comando e que conquistara sua inabalável lealdade e dedicação — tanto aos objetivos que lhes traçava quanto à sua pessoa.

O talentoso construtor esquecera que uma carreira é como um cavalo que chega ao seu destino sem cavaleiro, encontrando sempre pelo caminho pessoas pequenas e de má índole. O terrível anoitecer de 21 de outubro de 1937 ficou gravado para sempre na sua memória. Após um dia extenuante, não quis voltar para casa, muito embora bastasse chamar seu carro oficial, e decidiu pernoitar no escritório, deitado num sofá — algo que fazia com certa frequência. Antes de adormecer, resolveu tomar uma dose de conhaque. Apagou a luz do teto e, à íntima luz de um abajur, derramou uma generosa dose do precioso líquido num cálice bojudo. Com os pés apoiados no tampo da sua escrivaninha repleta de esboços e anotações, preparou-se para tomar o primeiro e delicioso trago. Foi quando a porta se abriu silenciosamente, e adentraram três homens. As expressões nos seus rostos indicavam que o motivo da sua vinda era muito sério.

— Os camaradas vieram em busca de quê? — indagou de forma brusca, acostumado a ser respeitado e obedecido.

— De vós — respondeu um dos três, acrescentando, num tom que dissipava quaisquer dúvidas: — Calçai os sapatos. Ireis conosco.

Os outros dois não participaram da conversa, estando ocupados em recolher metodicamente os papéis e as anotações, colocando-os em caixas de papelão que trouxeram consigo. Tumilov teve o impulso de lhes dizer que não tocassem em nada, mas se deu conta de que não valia a pena. Os homens concluíram sua tarefa rapidamente. Depois, numa limusine com cortinas, que mais lembrava um carro funerário, levaram-no rápida e silenciosamente, pelas desertas ruas de Moscou daquela hora, para a temível prisão Lubianka.

Sentado entre dois oficiais calados, Tumilov fez um esforço — como um aluno conduzido ao diretor do colégio — para atinar com o que fizera de errado. No entanto, não lhe vinha à cabeça nada que pudesse ter despertado o interesse da NKVD. É verdade que já ouvira comentários de que era comum acabar em Lubianka por um impensado brinde no decorrer de uma festa de aniversário de um colega, mas fora-lhe mais agradável achar que aquilo não passava de observações jocosas ou declarações antipatrióticas.

Andrei Nicolaievitch sempre conseguira, até então com sucesso, isolar-se da política, achando que o nível dos seus feitos lhe dava o direito de adotar aquela postura. Agora, deu-se conta, sentindo um frio arrepio lhe percorrer as costas, de que não só se isolara como pusera a si e as suas façanhas acima de qualquer política. O regime sob qual vivia parecera-lhe satisfatório o bastante e digno de aceitação para lhe permitir criar aviões cada vez melhores e mais eficientes. Reconhecia seus aspectos positivos, esforçando-se para minimizar os negativos, achando que eram intrigas dos descontentes. Afinal, de que poderia reclamar? Vivia em conforto, ganhava um ótimo salário e, acima de tudo, podia realizar seus mais ousados e extravagantes projetos. O resto não tinha maior importância — até aquele anoitecer.

O condutor do primeiro interrogatório era um homem excepcionalmente bem apessoado, e Andrei Nicolaievitch, apesar da crescente preocupação e incerteza, olhava com interesse para o funcionário que, com os dedos de apenas uma mão — a esquerda —, folheava com destreza as folhas retiradas de uma espessa pasta de cartolina. A mão direita, coberta por uma luva, repousava calmamente no polido tampo da escrivaninha, e foi só depois de algum tempo que Tumilov percebeu que era postiça. Não fosse isso, o interrogador poderia figurar num filme, no papel de um príncipe caucasiano ou do já envelhecido capitão Nemo. Talvez tivesse quase cinquenta anos, ou seja, a mesma idade que Andrei, só que, enquanto Tumilov e a maioria das pessoas muito ocupadas não se exercitavam e engordavam, o interrogador, trajando um impecável uniforme com divisas de tenente-coronel, tinha o corpo sarado e musculoso. E aquele rosto extraordinário, com olhos bem separados e absorvendo metade do horizonte, sobrancelhas negras, nariz lembrando o bico de uma ave de rapina e lábios bem delineados. Seus cabelos levemente grisalhos eram aparados rente, com que, à luz do abajur — a única iluminação daquele gabinete quase aconchegante —, os fios da sua "escovinha" pareciam mal chegar a alguns milímetros. A mão esquerda também era atraente. Andrei, a quem a natureza não mimara com beleza, sempre quis ter mãos assim — bem delineadas, esbeltas e com belas unhas. E no entanto suas mãos eram banais e dotadas de dedos curtos e grossos. Achava aquilo um absurdo, já que, em sua opinião, as mãos de um construtor deveriam ser como as de um pianista ou um cirurgião. Essa sua imagem não passava de uma idealização, já que o mundo está cheio de pianistas geniais e extraordinários cirurgiões cujas mãos, à primeira vista, pareciam mais adequadas a pás ou a enxadas do que a bisturis, marfim e ébano.

O interrogador continuava remexendo prazerosamente os papéis, sabendo muito bem que, ao fazer isso de forma adequada, aquela simples e inocente atividade poderia se transformar em uma tortura diminuidora do grau de resistência do interrogado. E era isso mesmo que estava ocorrendo. Andrei, esforçando-se para manter uma posição cheia de dignidade numa simples cadeira com encosto desconfortável, olhava de soslaio para aqueles documentos e pensava: "Por que será que são tantos? Eles devem tê-los acumulado por anos." Reagia como qualquer cidadão inocente a quem fora dada a oportunidade de ver seu dossiê acumulado pelas autoridades — com espanto e incredulidade. Esforçava-se para descobrir os motivos que levaram alguém a arquivar coisas das quais ele já se esquecera havia muito tempo, ou preferia esquecer. Só que aqueles documentos tinham vida própria. Aqueles já reunidos em unidades temáticas, ao receberem repentinamente uma folha adicional, mudavam de configuração, adquiriam novos significados, granjeavam novas forças ocultas e pulsavam, aguardando novas revelações. Os menos importantes, referentes a fatos insignificantes e insuspeitos, aguardavam com impaciência pelo seu dia, no qual um novo documento ou mesmo uma reles anotação feita num papel amarelado pelo tempo pudesse acrescentar ao seu prosaísmo uma nova dimensão dramática. Com isso, fariam que muitos pares de olhos se voltassem para eles e, marejados de cansaço, procurassem por algo que estava oculto entre as suas aparentemente inocentes linhas. *Voilá*! Os destros dedos do interrogador encontraram um daqueles papeizinhos que pareciam tremer de expectativa pelo seu grande, embora curto, momento de importância. O interrogador aplainou cuidadosamente o papelzinho e perguntou, num tom de voz totalmente adequado aos parâmetros do seu belo corpo:

— Sabeis que, em 1924, a Junkers protocolou uma ação contra vós na corte de Haia?

Tumilov respirou aliviado. Era algo de que ele sabia:

— Não propriamente contra mim, camarada interrogador... — interrompeu, hesitante, sua resposta — ...é assim que devo vos intitular? Queirais me perdoar, mas é a primeira vez que me encontro num lugar como este...

O interrogador ergueu para ele o seu olhar caucasiano, cheio de uma — como então parecera a Andrei — ilimitada resignação melancólica.

— Sou Kazedub. Tenente-coronel Ivan Kazedub. Podeis dirigir-vos a mim como quiserdes. E então... De que tratava aquele processo?

— A ação foi apresentada formalmente contra Narkomov... — começou Tumilov, mas Kazedub interrompeu suavemente:

— Mas não fostes vós que desenvolvestes aquele alumínio bom demais?

— Bom demais?! — o absurdo da acusação fez Andrei perder a respiração, parecendo alguém que estava sufocando. — É verdade que ele era melhor do que folhas de flandres onduladas. Era mais resistente e não se desfazia em cinco anos.

— Mas vós não vos aproveitastes da tecnologia deles?

— É claro que sim. Foi por isso que o Comissariado do Povo fez um acordo com Junkers — respondeu.

Tumilov não via motivo algum para aprofundar-se naquela questão. O revestimento com chapas onduladas parecera uma solução adequada, e ele, para qualquer eventualidade, resolvera fazer suas próprias pesquisas daquela técnica. Os resultados foram excelentes, mas os alemães acharam que tinham os direitos daquela patente e, em função disso, moveram uma ação, que acabou sendo arquivada. Não podia saber que o interrogador, no seu íntimo, tinha a mesma opinião que ele, mas que precisava de algo em que pudesse se agarrar.

— Vós, pelo que vejo, gostais de ampliar horizontes. Não é verdade? — O tom de Kazedub parecia agradável, mas Tumilov ficou repentinamente atento e passou a medir cada palavra das suas respostas.

— Na minha profissão, isso é indispensável. O mundo está avançando...

— E é por isso que vós gostais tanto de viajar? Vejamos... — Kazedub não abandonava seu papel de simpático professor. — Dia 27... Áustria e Hungria, dia 28... Alemanha... novamente Alemanha... França... Áustria... Inglaterra... e, por fim... — nesse ponto Kazedub, como um ator profissional, interrompeu a frase e ergueu os olhos: — ... Estados Unidos, no dia 30. Está correto?

Tumilov sabia perfeitamente que o interrogador tinha tudo aquilo anotado nos documentos, mas confirmou com tranquilidade:

— Corretíssimo.

— E por que viajastes para os Estados Unidos? — perguntou Kazedub de forma provocativa, e Tumilov, mais uma vez surpreso, mal conseguiu controlar-se.

O interrogador devia estar brincando. Era mais do que evidente que ele sabia de tudo e talvez de outras coisas. Já em 1924, havia sido criada a AMTORG — uma aparente associação comercial americana, mas, na realidade, totalmente controlada pelo governo soviético —, que exportava matérias-primas e importava máquinas e instalações industriais. Na verdade, deveria servir (pelo menos era isso que Tumilov suspeitava) para transferir ocultamente a tecnologia americana para a União Soviética. Por isso as máquinas e instalações civis eram adquiridas às claras, enquanto os equipamentos eram ligados à tecnologia militar, através de uma complexa rede de intermediários e colaboradores secretos. Quando o nível dessas compras cresceu exponencialmente, as empresas de aviação americanas viram nisso uma oportunidade de grandes ganhos e conquista de novos mercados. A indústria aérea, depois do histórico voo de Lindbergh, se tornara o mais dinâmico ramo industrial. Os representantes da AMTORG receberam uma montanha de ofertas. E fora exatamente por isso que Tumilov viajara para os Estados Unidos — para pescar as mais interessantes propostas do ponto de vista estratégico. E, efetivamente, havia muito a escolher. A Boeing forçava o seu caça P-12, e chegou a comentar-se que os americanos ajudariam a Rússia na construção de fábricas de planadores e motores de aviões, sob licença da Curtiss. No entanto, o Departamento do Estado* jogou uma ducha fria no entusiasmo de ambas as partes. Houve até um escândalo quando a Glenn Martin ofereceu à AMTORG vinte dos mais modernos bimotores de patrulha marítima PM-2, dos Estados Unidos e provavelmente do mundo, pelo preço de 55 mil dólares cada. O Departamento negou permissão para a transação e o assunto chegou aos jornais e ao presidente Hoover, que ficou revoltado com a forma

---

*O Ministério de Relações Exteriores dos Estados Unidos. (*N. do T.*)

pela qual eram transacionadas as mais modernas tecnologias militares com a Rússia vermelha. O escândalo foi aproveitado pelos italianos, que venderam aos russos cinquenta obsoletos aviões de madeira Savoia S.62-Bis, junto com uma cara licença de fabricação e motores de reserva.

Os pensamentos de Tumilov foram interrompidos pela benévola voz do interrogador:

— Estais vendo? Aonde fostes, criastes problemas. Sabeis que, após a vossa visita, praticamente cessou a troca de informações técnicas com os Estados Unidos?

Tumilov sabia. Desde o *affaire* com a Martin, haviam sido trazidos apenas alguns esporádicos componentes de radiotransmissão e equipamentos de navegação, mas todos em pequena escala. Foi somente após as eleições americanas de 1933, com a vitória de Roosevelt, que a situação melhorou. Mas que culpa tivera ele, Tumilov, naquela confusão toda? Teria tido alguma influência no fato de Hoover ter sido um anticomunista ferrenho, ou de os idiotas da AMTORG terem agido de forma tão estúpida e apressada? Andrei Nicolaievitch decidiu defender-se das absurdas acusações:

— Posso fazer uma pergunta, camarada coronel?

Kazedub olhou para ele friamente, mas fez um sinal afirmativo com a sua bela cabeça. Estava ciente de que suas queixas eram absurdas, mas queria que o inquirido fraquejasse e dissesse algo com que pudesse elaborar um termo de acusação consistente.

— Perguntai.

— Queirais desculpar, mas vós tendes, nestes papéis, os dados do contrato dos Cyclons?

Kazedub recostou-se na poltrona, fechou a pasta e colocou sobre ela a sua morta e negra mão direita.

— Nestes papéis, camarada construtor, nós temos tudo. Pode-se dizer que estes papéis sabem muito mais sobre vós do que vós gostaríeis de saber de vós mesmo. Mas o que gostaríeis de dizer sobre aquele contrato? Podeis falar livremente.

Tumilov sentiu-se como uma bailarina na sua estreia num palco, e começou a ajeitar-se na cadeirinha e a entrelaçar as mãos.

— Daquele contrato e do papel que desempenhei na sua finalização, fica claramente demonstrado que eu nunca quis torpedear nenhum tipo de cooperação.

Ao ver o benigno — como lhe parecera então — olhar do interrogador, concentrou-se e apresentou argumentos, tendo a nítida sensação de que Kazedub já tinha pleno conhecimento de tudo que iria dizer e talvez até tivesse tudo anotado naquela apavorante pasta.

— Como por certo sabeis, camarada coronel, os acordos firmados, tanto com a Wright quanto com a Curtiss, foram extremamente vantajosos...

Lembrava-se claramente de que ficara acertado que os russos iriam receber toda a documentação, inclusive a que descrevia os processos tecnológicos, dos motores Cyclon R-1820 e dos V-1800 da Curtiss. A licença e a assistência técnica funcionaram perfeitamente! Os acordos previam também o que os americanos chamavam de *updating* — ou seja, o envio de informações atualizadas nas versões seguintes dos motores. Os americanos, ao contrário dos construtores da Europa Ocidental, não se dedicavam a motores em linha e refrigerados a líquido, já que precisavam de motores que tivessem um comportamento adequado tanto sobre a terra quanto sobre o mar, e que suportassem as pouco duradouras mudanças climáticas. Por isso apostaram suas fichas em motores radiais refrigerados a ar, e a solução americana se adaptava como uma luva às condições climáticas extremas da Rússia.

Andrei Nicolaievitch recitou tudo aquilo sem tomar fôlego, com a certeza de que muito daquele mérito dependera dele. No entanto, não lhe entrara na cabeça que, naquele lugar, méritos pessoais não tinham valor algum.

Kazedub bateu impacientemente com o dorso da mão na pasta.

— Muito bem — disse. — Está claro que gostais de manifestar vossa iniciativa. Mas vamos deixar essa questão dos Estados Unidos de lado. Prefiro que me faleis como conseguistes enfiar as plantas do ANT-25 no meio daquelas... como é mesmo o nome daquilo?... — Kazedub abriu novamente a pasta e leu um documento. — Ah, sim... longarinas.

Tumilov arregalou os olhos, chocado com o absurdo da acusação. Finalmente, conseguiu balbuciar em tom furioso:

— No meio das longarinas? Por que cargas d'água eu deveria ter escondido num avião os planos dele mesmo? Isso não passa de uma total idiotice!

Kazedub não se impressionou com o tom de voz de Tumilov. Havia conseguido abrir o primeiro furo — o interrogado estava perdendo o controle de si mesmo.

— Uma idiotice, dizeis? Pois nós sabemos que aquelas plantas, depois de chegarem aos Estados Unidos, acabaram nas mãos dos alemães. O que tendes a dizer sobre isso?

Tumilov teve de enxugar as palmas das suas suadas mãos nas pernas das calças. Aos poucos ficava claro para ele que alguém o denunciara. Ao mesmo tempo se deu conta de que, ali, a veracidade das acusações lançadas contra ele não tinha nenhuma importância. O inquiridor poderia, da mesma forma, acusá-lo de ter vendido plantas de discos voadores a marcianos, e ele poderia defender-se delas com o mesmo resultado — ou seja, nulo. No entanto, era preciso tentar. O interrogador parecia conhecer muito bem seu ofício e, com a sua experiência e rotina, seria capaz de levar um psiquiatra à depressão ou convencer Tumilov de que ele era um urso-polar, e não um construtor de aviões. Andrei reviu na sua mente as possíveis táticas da sua defesa: poderia fingir uma santa indignação e arrancar os cabelos... ou quem sabe mergulhar no mitômano espetáculo do inquisidor. Escolheu a segunda:

— Camarada coronel, serei sincero...

Kazedub acolheu aquela declaração com um olhar quente e compreensivo, mas sua mão postiça tremeu com impaciência, negando aquilo que diziam seus olhos.

— Falai.

— Estou convencido que sois um homem muito perspicaz. Aliás, tal característica deve ser indispensável no vosso serviço, ou será que estou enganado?

O inquisidor decidiu permitir aquela mudança de atitude. Quem sabe o suspeito venha a achar, pelo menos parcialmente, um parceiro naquele diálogo, perca a vigilância e cometa um erro? Diante disso, respondeu com o mesmo tom benévolo:

— Não estais enganado. Falai abertamente.

Tumilov encheu os pulmões de ar e ajeitou-se dignamente na cadeirinha. Suas mãos afinal estavam secas, e ele se sentiu mais seguro de si.

— Suponhamos que a acusação que me fizestes seja baseada em fatos e que as plantas do ANT-25 tenham caído nas mãos dos alemães. O que eles poderiam fazer com elas? Construir uma aeronave semelhante e voar para Nova York? Eles têm seus próprios construtores, que não são piores que os nossos. O camarada coronel os toma por tolos?

O conhecimento de Kazedub sobre a capacidade dos construtores alemães era pouco. No entanto, anotada num dos papéis, estava a informação de que as plantas do ANT-25 vendidas por Tumilov serviram aos alemães para o projeto do Messerschmitt Me-110. Diante disso, lançou esse argumento, como se tivesse colocando na mesa um trunfo imbatível.

Andrei esforçou-se para permanecer sério, e pediu calmamente:

— Podeis ordenar que sejam trazidas as pastas 01 e 25 do meu gabinete? Os vossos homens, pelo que pude notar, empacotaram tudo...

Minutos depois, as pastas em questão se encontravam diante de Kazedub, que, com um gesto convidativo da sua mão postiça, empurrou-as na direção de Andrei. Tumilov conhecia seu conteúdo de cor. A de número 25 continha a documentação e a história do ANT-25, enquanto na pasta 01 estavam os mais recentes documentos secretos sobre a indústria aeronáutica estrangeira. Dados a que ele, na qualidade de corresponsável pela realização da doutrina aérea do país, tinha — assim pensava — total acesso. Algum tempo depois, no tampo da escrivaninha do interrogador, apareceram várias fotografias. Tumilov, sem esperar permissão, aproximou-se da escrivaninha:

— Estais reconhecendo? É o meu ANT-25. Como podeis ver, embora o projeto fosse de um bombardeiro de longo alcance, o avião só serve para uma coisa — para quebrar recordes de voos de longa distância. Na verdade, ele não passa de um planador com motor. Não há nenhuma possibilidade de se instalar nele algum tipo de blindagem, compartimentos de bombas ou sistemas de defesa. É um tanque de combustível com asas. Só um projétil e tudo isso se transformaria em fogos de artifício. Agora, tenhais a gentileza de olhar para esta foto. Trata-se do protótipo do Me-110, um avião rápido, devidamente armado e capaz de várias atividades. Seu trem de pouso é escamoteável, o que o torna capaz de ser um caça, um caça-bombardeiro ou um avião de apoio. Não é muito adequado para quebrar recordes, muito embora tenha considerável autonomia: mais de 1.500 quilômetros. Como podeis notar, é um bimotor e o seu revestimento não é de chapa ondulada, como a do ANT-25, já que sua estrutura é monocoque.

Ao notar um brilho de incompreensão nos olhos do interrogador, apressou-se a esclarecer:

— Isso quer dizer que todos os esforços estruturais são suportados pelas cavernas e pelo revestimento. No que se refere ao nível de soluções técnicas, caberia mais a nós imitarmos os alemães do que eles a nós. Obviamente, nesse caso concreto — acrescentou desnecessariamente e se recriminando por sua falta de humildade —, qualquer profissional vos confirmará que procurar por uma analogia entre esses dois aviões, por mais distante que fosse, seria um absurdo. Além disso, camarada coronel, para ter uma noção da construção de um avião como o ANT-25, seria preciso dispor de toda a sua documentação. Sabeis quanto pesa uma documentação dessas?

Kazedub não tinha a menor ideia, bem como não sabia aonde o interrogado queria chegar. Por via das dúvidas, resolveu multiplicar por dois o peso que imaginara:

— Uns cinquenta quilos?

— Mais de quinhentos! — exclamou triunfalmente Andrei e, sem se dar conta de que as esmagadoras provas da sua inocência eram contrárias aos desejos de Kazedub, continuou sua ladainha, enquanto a morta mão do interrogador parecia tremer ameaçadoramente após cada frase. — Vós mesmos deveis reconhecer que, sobrecarregado daquela forma, Tchkalov não teria chegado a lugar algum. Finalmente, onde seria possível enfiar aquela papelada toda?

Kazedub levantou-se de repente e, também de repente, aplicou um golpe no rosto de Tumilov. A mão postiça, feita de madeira de lei e coberta por couro negro, acertou a têmpora de Tumilov, derrubando-o no chão. Por um momento, nada percebeu, nem mesmo o fato de o interrogador dirigir-se a ele no mesmo tom benévolo:

— Confessai: microfilmastes as plantas?

Andrei ergueu-se pesadamente sobre um joelho, com sua cabeça zumbindo. Pigarreou com esforço e, sem olhar para o inquisidor, balbuciou:

— São milhares de páginas e desenhos... Uma equipe de fotógrafos levaria mais de um mês...

Um novo golpe — também inesperado e ainda mais humilhante. Tumilov se deu conta da situação e, por mais absurdo que isso pudesse parecer, ficou grato por aquela sinceridade interrogatória de Kazedub. Deixou de apresentar novos argumentos, mesmo o de que o voo para os Estados Unidos tinha sido realizado em junho de 1937, enquanto o Me-110 já voava desde março de 1936. Sentiu um fino e quente filete de sangue escorrendo pelo seu rosto e, no momento seguinte, uma escura gota caiu no piso, junto do seu braço direito. Com surpreendente rapidez, o interrogador encontrou-se ao seu lado e, erguendo-o com facilidade do chão, o reconduziu à cadeirinha.

— Quer dizer que fizestes microfilmes — não mais perguntou, mas afirmou com uma expressão de alívio e, com um gesto convidativo, entregou a Andrei um lenço de papel. — Limpai o vosso rosto e conversaremos sobre os vossos colaboradores. O que tendes a dizer sobre isso?

Houve ainda mais algumas dezenas de outros interrogatórios, sendo a sua monotonia quebrada apenas pela espera na cela do prédio da prisão de suspeitos que, antes, fora sede de uma empresa comercial. Para facilitar os deslocamentos dos prisioneiros, a prisão era ligada ao monumental prédio de dez andares da NKVD por uma passagem subterrânea. Pode-se dizer que os dois prédios formavam um complexo funcional, destinado a mudar os destinos das pessoas.

Os interrogatórios costumavam ser noturnos, após as 23 horas. Tumilov era sempre conduzido pelo mesmo guarda que, em sussurros, indagava as iniciais do seu nome e sobrenome. Naquele lugar não se falava em voz alta, nem se usavam nomes completos de quem quer que fosse. O absurdo de desconfiança generalizada lá colhia os seus frutos. Primeiro, eram cortados fora todos os laços e correias das roupas dos detentos, assim como arrancados os cadarços dos seus sapatos. Esse simpático costume fazia que o acusado, ao ser conduzido ao interrogatório, dedicasse a maior parte de sua atenção a evitar que lhe caíssem as calças, não tendo tempo nem disposição para ficar olhando em volta. Daquelas idas e vindas, Andrei guardou na memória apenas o piso de concreto, infindáveis degraus de escadas e feixes de cabos e canos presos às paredes dos corredores.

Em compensação, Tumilov tinha, à sua disposição, uma excelente cela exclusiva. A cela, com três camas rudes, mas surpreendentemente confortáveis, ficava no último andar do prédio, mantendo a característica de uma mansarda, com uma bela e enorme janela no teto inclinado. Nas noites sem nuvens, dava para ver o estrelado céu de Moscou e, para Tumilov, o ato de poder contemplá-lo nem chegava a ser atrapalhado pelas barras na janela ou pelo brilho da lâmpada de cem velas permanentemente acesa sobre a porta.

Para pessoas sensíveis como Tumilov, atravessar os corredores para os interrogatórios era aflitivo. Os guardas que conduziam os presos sinalizavam sua aproximação, no intuito de não se cruzarem pelo caminho, já que os presos não deveriam ver os rostos uns dos outros, e os guardas não deveriam conhecer os rostos dos prisioneiros, exceto o do seu. Quanto aos oficiais, eles viravam os rostos ou os cobriam com pastas com documentos, para que alguém, depois de sair daquela prisão (quando aquele milagre de fato acontecia), não pudesse reconhecê-los na rua. Em função disso, os corredores de Lubianka ecoavam com o tilintar dos molhos de chaves, estalidos de línguas e, até, assovios. Cada guarda tinha o próprio sistema auditivo para anunciar sua aproximação.

Em sua cela, Andrei tinha sossego; precisava apenas se lembrar de não dormir com as mãos debaixo do cobertor. Quando o guarda que controlava a cela pelo olho mágico detectava isso, batia com o molho de chaves na porta de aço. A comida era suportável. Seis fatias diárias de pão (devia ser por razões de segurança que o pão era fatiado — para evitar objetos ou notícias ocultos no seu interior). Para o café da manhã, um chá forte, adoçado por dois cubos de açúcar cinzento. Para o almoço, uma sopa e uma porção de cevada cozida. Para o jantar, mais um prato de sopa, porém diferente da do almoço. A cada duas semanas, uma curiosa salada no jantar: beterrabas cruas cortadas em cubos, cebola crua, folhas de repolho branco e ervilhas cozidas. A bomba vitamínica era temperada com azeite e vinagre. Tumilov, um incorrigível guloso, sentia falta dos pastéis e dos *blini* preparados com tanto zelo pela esposa.

Todos os interrogatórios, conduzidos por Kazedub ou outros oficiais cujos rostos não conseguiu guardar, eram quase iguais. Crivavam-no de perguntas sobre detalhes técnicos, sobre seus colaboradores, seus contatos estrangeiros e amizades. Era rigorosamente sondado quanto a seu entusiasmo pelas autoridades e pelo regime. Nunca mais o agrediram, e ele, por sua vez, se esforçou para responder de acordo com seu conhecimento, evitando dizer algo que pudesse ridicularizar a investigação. Finalmente, lhe foi entregue uma grossa pilha de folhas de papel para serem lidos e assinados por ele. A pilha era formada por protocolos dos depoimentos dele e de outras pessoas a seu respeito. Tumilov teve vontade de ler com mais atenção aqueles últimos, mas a mão sem vida de Kazedub — pousada sobre o polido tampo da escrivaninha e movida pelo seu braço — marcava o tempo ostensivamente. Segundo o tenente-coronel, aqueles documentos representavam a "finalização do caso", e a assinatura de Andrei significava que ele tomara ciência e concordara com todas as acusações e descrições dos fatos. Com o seu estilo delicado-rapinante, o interrogador deixou claro a Tumilov que ele deveria assiná-los. Em caso de negar-se (algo que, é claro, o acusado tinha todo o direito de fazer), o caso teria de ser considerado não concluído, e tudo começaria de novo.

— Assinai — disse Kazedub, acentuando as frases com gestos largos da sua mão negra, como se fosse um avião abatido dando cambalhotas em pleno ar. — Será melhor para vós. Não gostaria que tivésseis que conhecer a totalidade dos nossos procedimentos. Para vosso conhecimento, nunca tivemos um caso em que alguém não tivesse assinado.

Tumilov, tendo imaginado o que seria a tal "totalidade dos procedimentos", pôs a sua rebuscada assinatura que, no passado, ornamentara tantos projetos bem-sucedidos e documentos valiosos. Ao assinar, pensou no seu íntimo que todos têm de deixar uma marca dessas atrás de si; uma marca de desamparo e de desistência da própria dignidade.

Para terminar, Kazedub, que chegou a levantar-se para ressalvar a importância daquele momento, acrescentou:

— Isso é tudo, Andrei Nicolaievitch, mas algo me diz que ainda haveremos de nos encontrar.

Conquanto Lubianka gozasse da soturna opinião de ser um lugar terrível, onde os suspeitos eram completamente isolados, e as rígidas regras dos procedimentos seguidas à risca, Butyrka — a outra prisão de Moscou para onde ele foi transferido — desfrutava uma fama bastante melhor.

No início, puseram-no na cela número 58, na qual poderiam ser acomodados confortavelmente até oito presos. Tumilov era o trigésimo oitavo. Dormiam no chão, deitados em colchões, sendo que, de vez em quando, cada um podia passar uma deliciosa noite em cima de uma tarimba. A comida era servida através de uma abertura na parte inferior da porta, como a cães num canil. A quantidade dos encarcerados costumava variar, e houve uma semana em que chegaram a ser quarenta. Em compensação, o nível dos companheiros — se é que podemos chamá-los assim — era da melhor qualidade: engenheiros, médicos, militares de altas patentes, até diplomatas e professores universitários, além de estrangeiros. Andrei jamais considerou o tempo passado na cela número 58 como "tempo perdido". Pelo contrário. Nunca antes nem depois teve tamanha oportunidade de conhecer tantas pessoas formidáveis. As autoridades, por uma inexplicável miopia, não as acomodaram junto com assassinos, batedores de carteiras e malversadores de bens públicos, mas mantinham-nas juntas, formando involuntariamente uma explosiva massa fermentante. Os moradores do "quartel número 58" logo notaram que não havia entre eles delatores, e passaram a confiar uns nos outros. Também em pouco tempo o "quartel" desenvolveu seus próprios costumes e regulamentos. O primeiro era o de solicitar a um recém-chegado que fizesse um completo relatório do que se passava do lado de fora da prisão.

Os ocupantes do "58" estavam interessados literalmente em tudo. Assim, o ex-redator da divisão internacional do *Pravda*, ex-membro do Comitê Central e cavaleiro da Ordem de Lênin — que já estava em Butyrka havia vários meses —, lhes relatou detalhes da Guerra Civil

Espanhola, já que havia sido, antes de ser chamado de volta para Moscou, delegado soviético e conselheiro nas questões referentes à propaganda da República. Paralelamente, o sueco Karlsten, especialista em canalizações contratado pelo governo para modernizar as instalações das mais prestigiadas estâncias hidrominerais russas, lhes contava, em alemão, as curiosas e picantes aventuras de importantes membros da elite do governo, que costumavam passar temporadas em Kislovodzka ou outros balneários em moda.

Durante algum tempo esteve no "58" um inacessível e desconfiado ex-comissário de assuntos marítimos que teve o azar de fazer parte do círculo de amigos de um certo dignitário assassinado recentemente. Deste, o grupo não ouviu nenhuma história interessante, já que ele os considerava perigosos agitadores que, mesmo dentro de uma prisão, não desistiam das suas atividades antigovernamentais. Quanto a ele, o ex-comissário afirmava categoricamente que não tinha nada contra as autoridades, considerando sua situação como um terrível engano e estando convencido de que o mal-entendido seria esclarecido a qualquer momento, quando ele, além de receber desculpas formais, seria reconduzido a seu posto, com todas as suas benesses. Um dia, ele desapareceu para nunca mais retornar, e alguns dias mais tarde os ocupantes do "58", por intermédio dos seus canais secretos, vieram a saber que ele fora condenado a cinco anos num "centro de correção". Ninguém ficou excepcionalmente entristecido com isso, já que todos haviam chegado à unânime conclusão de que, durante os cinco anos num "centro de correção", o ex-comissário teria a oportunidade de reconsiderar a sua avaliação do comportamento das autoridades e da sua tendência a cometer erros.

Já um outro companheiro da desgraça, o premiê da Mongólia e professor de história, se revelou muito mais interessante. Aguardava a sentença por um suposto conluio com os japoneses, visando a separar a Mongólia Interior da sua Mãe Marxista. Através daquele extremamente simpático cavalheiro, os seus companheiros de infortúnio souberam que Butyrka também hospedava, havia bastante tempo, o presidente da Mongólia e 12 dos seus ministros, um deles sem pasta. Contudo, o premiê estava feliz pelo fato de os demais conspiradores terem sido acomodados em outra cela. Achava-os chatos, demasiadamente conformados e completamente ignorantes da mecânica da dialética histórica. Graças a ele, os ocupantes da cela 58 tiveram a possibilidade de travar conhecimento com uma porção de dados sobre a história do seu fantástico país, tanto recente quanto antiga. No entanto, o que mais lhes agradava era ouvir as lendas mongólicas contadas e representadas de modo maravilhoso, cujos heróis eram sempre apresentados sob a forma de espertos animaizinhos. A cada anoitecer, os detentos, como se fossem criancinhas, aguardavam com ansiedade pelas lendas do premiê, e este, vendo o encantamento nos seus olhares, erguia-se ao topo da sua arte de contar, provocando ondas de aplausos, assim como de admoestações do guarda no corredor, assustado pelo barulho proveniente da cela.

De todas as lendas, Tumilov gostava mais das que envolviam uma esperta marmota mongólica, chamada Tarbagan, que, fingindo-se estúpida e ignorante, conseguia levar a melhor sobre adversários maiores, mais fortes e mais perigosos. Graças a isso, sempre conseguia atingir seus objetivos, enquanto os grandes predadores — ursos, lobos e águias — acabavam parecendo perfeitos idiotas. O método da marmota era extremamente simples. Jamais se expunha. Esperava. Ouvia. Cedia. Não se gabava da sua esperteza. Sorria e fazia reverências. Enquanto isso, incessantemente, combinava como poderia atingir seu objetivo por meio das mãos dos outros.

Quando todos já adormeciam à luz da infernal lâmpada de cem velas, Andrei sussurrava ao idoso premiê, pedindo mais uma história de Tarbagan. Aquilo os aproximou a tal ponto que o mongol passou a chamar Andrei de Tarbagan.

Numa dessas noites, quando todos já estavam dormindo, o premiê perguntou:

— Tarbagan, por que você foi encarcerado?

Tumilov sorriu calorosamente, passando a ponta da língua pelo esmalte dos seus dentes, pois, volta e meia, sentia-o descascando. Por enquanto, tudo estava em ordem, provavelmente graças às doses de óleo de fígado de bacalhau que ele conseguira através do guarda que, na verdade, nutria uma profunda admiração pela grandeza dos seus presos, apesar das informações em contrário que lhe enfiavam na cabeça no decurso das sessões de doutrinação.

— Já nem mais sei. Às vezes tenho a impressão de que é por não ter conseguido ser Tarbagan.

O mongol entendeu imediatamente o sentido daquela declaração.

— Sucesso demais?

— Algo nesse sentido.

— Você abusou dele? Prejudicou algumas pessoas?

— Talvez sem querer. Não creio que possa ter feito algo assim com má intenção, mas você sabe como é quando tudo que a gente faz dá certo. Quando nos sentimos no topo do mundo, queremos que outros sigam nosso sucesso. No entanto... — Andrei pensou por um momento e sorriu de forma sincera, mas o sorriso não foi logo correspondido pelo mongol, que aguardava pela conclusão da resposta — ...em vez disso, as pessoas mais se punham debaixo das minhas asas. Por mais de uma vez usei meu prestígio com as autoridades para ajudar alguém. Você sabe como se passam as coisas lá em cima. Sem um pistolão, você não consegue coisa alguma. Esse conhece aquele, e aquele conhece um outro. Se você prestar um favor a alguém, esse o retribuirá. Se você negar, poderá criar um inimigo.

O sábio historiador com maçãs de rosto salientes (aliás, o único sinal da sua raça, já que seus olhos eram totalmente europeus) indagou:

— E foi através destes expedientes que você atingiu sua posição?

— Não... acho que não — respondeu Andrei, contando ao mongol toda a história dos seus sucessos, sem omitir nenhum detalhe.

Quando Tumilov concluiu o relato, o experiente premiê disse:

— Sim, isso explica muitas coisas, mas vocês não costumam prender pessoas por falta de humildade. Como você mesmo disse, você foi acusado de atividades conspiratórias e espionagem. Há o dedo de alguém metido nessa história. Fale-me, mais uma vez, desse tal Levanievski. Ele tinha mesmo laços de amizade com Stálin?

Foi então, ao responder às argutas perguntas do companheiro da prisão, que Tumilov viu claramente a quem devia Lubianka e Butyrka. Lembrou-se do dia em que, provocado pela empáfia do famoso piloto, lhe disse algo num tom muito mais áspero do que deveria ser usado por um construtor de aviões a um piloto. A verdade era que ele não suportava gente assim. Sigismund Levanievski até podia ser um piloto excelente, mas não passava de um carreirista, sempre pronto para se exibir. Além disso, na opinião de Andrei, ele não tinha nenhum conhecimento técnico e costumava atribuir aos construtores todos os erros que cometera por causa dessa lacuna técnica.

— Quando me soltarem, eu vou ter uma conversa olho no olho com aquele desgraçado!

O premiê sorriu com compreensão e colocou sua mão sobre a mão de Tumilov.

— E com isso você faria a coisa mais estúpida que poderia fazer.

Tumilov não compreendeu.

— E como deverei me comportar diante daquele... — procurou em vão por uma palavra adequada para definir sua opinião sobre Levanievski.

O mongol manteve a mão na dele, e disse:

— Em primeiro lugar, não se sabe se você será solto. Mas, se conseguir sair daqui, Tarbagan, finja que não sabe e não suspeita de nada. Deixe-o na dúvida. Isso será o seu maior castigo. Depois, pense se você vai querer se desforrar. Mas pense bem!

Antes de adormecerem, ficaram se olhando mutuamente com simpatia e meneando as cabeças. Não diziam nada, mas se entendiam perfeitamente. Era uma cena curiosa: um calvo e musculoso mongol de 77 anos com um olhar caloroso e inteligente, e um gorducho intelectual de cinquenta anos com olhos cheios de raiva e ironia. Depois, o premiê voltou a colocar sua mão sobre a de Tumilov, como se quisesse transmitir-lhe uma parte da sua certeza e calma e, para se assegurar, recomendou mais uma vez:

— Pense bem, Tarbagan...

No final do outono de 1938, Andrei foi levado ao gabinete do diretor do presídio. Quando a porta foi fechada atrás dele, viu o alegre olhar de Kazedub, sentado atrás da escrivaninha. As divisas nos seus ombros indicavam que fora promovido ao posto de coronel.

Kazedub gostava de efeitos teatrais. Ergueu-se de um pulo e, com profunda reverência, pegou o espantado Tumilov pelo braço, conduzindo-o a um canto, onde havia uma mesinha, duas poltronas confortáveis e uma palmeira. Depois de o acomodar confortavelmente numa das poltronas, o coronel esfregou as mãos (e o gesto no qual se encontraram as duas extremidades — uma viva e uma morta — quase divertiu Tumilov) e passou a andar a passos largos pelo gabinete. Seus movimentos eram fluidos e dançantes. Embora falasse sem cessar, movia-se com segurança, como alguém treinando esgrima ou golpes de uma luta marcial. No meio disso tudo, abria gavetas e portinholas de uma cristaleira, cobrindo o tampo da mesinha com toda sorte de iguarias e bebidas alcoólicas. Finalmente se sentou — o que deixou Tumilov aliviado, já que toda aquela movimentação começava a perturbar sua mente — e, olhando com carinho para o construtor, anunciou:

— Vamos nos servir. Na certa, todas estas delícias foram surrupiadas pelo camarada diretor dos pacotes destinados aos locatários deste lugar. Olhai: conhaque da Geórgia, cerveja ucraniana, sardinhas, torradas, picles, nozes e... — Kazedub ergueu um pote e, com os olhos semicerrados de prazer, leu o rótulo — ...temos até caviar. E dos melhores. O que tendes a dizer a isso? Também temos pão à vontade, até uma manteiguinha...

Tumilov se deu conta de que o interrogador estava tenso e que fazia toda aquela encenação para mascarar tal fato. O Tarbagan, já totalmente enraizado no âmago de Andrei, lhe recomendou que facilitasse as coisas para o coronel, e ele disse, com discrição:

— Imagino que o diretor não ficará encantado com isso.

Kazedub olhou para ele atentamente, mas de uma forma gentil, e cobriu de manteiga um pedaço de pão.

— Isso já não é problema nosso. O camarada diretor ocupou o vosso saco de dormir. Assim, ele poderá experimentar por algum tempo a vida numa cela, o que o aproximará dos problemas que já deveria ter resolvido há muito tempo, em vez de se interessar apenas por roubar o conteúdo dos pacotes. Ah, sim! No que se refere aos vossos pertences, eles serão trazidos para cá. Mas, por favor, não vos ocupeis com esses detalhes e servi-vos.

Ato contínuo, empurrou debaixo do nariz de Tumilov a recém-concluída composição. No pedaço de pão coberto de manteiga, havia uma espessa camada de caviar, decorada com pedaços de abacaxi em conserva e temperada com gotas de limão.

Tumilov, sem se preocupar com o fato de estar consumindo algo que pertencera a outro, enfiou, com prazer, os dentes na iguaria. Sua estada em Butyrka teve o efeito de lhe ensinar a importância de uma alimentação sadia, sabendo que cada pedaço de algo rico em vitaminas que consumia retardava o aparecimento das doenças causadas por longos períodos de aprisionamento. Assim que terminou o primeiro canapé, estendeu o braço e, sem perguntar, pegou outro pedaço de pão, um pouco de manteiga e uma porção de cogumelos marinados.

Kazedub observou aquilo com a altivez de um burguês que oferece guloseimas urbanas a pobres parentes vindos do interior. Depois desarrolhou a garrafa de conhaque e encheu dois copos com o precioso líquido com cheiro de mel georgiano e terra primaveril.

— Bebamos ao esquecimento às mágoas passadas. Ainda guardais-me rancor?

O Tarbagan, que orientava Andrei quanto ao comportamento a observar, sussurrou modestamente:

— De modo algum, camarada coronel. Nem vale a pena relembrar estas coisas. Compreendo perfeitamente bem que poderíeis ter ficado zangado comigo naquela ocasião.

Os olhos do interrogador se arregalaram por um momento, mas, no momento seguinte, aprovaram a cortesia de Tumilov.

— Não guardais... Então, à vossa saúde. Como prêmio, podeis me perguntar tudo que possa vos interessar. Abertamente. Nada do que dissermos será registrado.

Tumilov achou que não poderia perder aquela ocasião. O que mais queria perguntar era como estavam sua esposa e filhos. Sabia, pelos confusos boatos que circulavam na prisão, que Julia também estava presa em Butyrka, para onde havia sido levada pouco depois dele. Sabia, também, que seus filhos estavam sendo cuidados por amigos e que estavam bem. Apesar de ansioso para confirmar aqueles boatos, Tarbagan ordenou-lhe que perguntasse, em primeiro lugar, em que pé estava o seu caso:

— Quando se iniciará o meu processo? Ficar aguardando é muito frustrante. Preferiria já conhecer o veredicto.

Kazedub ficou sério.

— É possível que haja um veredicto, mas certamente não haverá nenhum processo. Não vos basta a NKVD? Precisais ainda de um tribunal? É uma perda de tempo. Enquanto isso, eu imagino que vós gostaríeis de retomar o vosso trabalho, não é verdade?

Um lampejo de alegria iluminou os soturnos pensamentos de Tumilov, mas logo se apagou. "Ele está brincando comigo. Que safado! Não lhe basta a humilhação. Ele quer me fazer rolar sobre o tapete, como um gato faz com um rato", pensou, mas o rosto de Kazedub parecia prometer muito. O rosto do interrogador tinha a mesma expressão que deveria ter tido o bom Deus num dos mais prolíficos momentos da Criação.

— E então? Não gostaríeis de voltar a trabalhar? — Kazedub voltou à carga, mas, tendo notado uma desconfiança no olhar de Tumilov, se apressou em acalmá-lo: — Não estou brincando. Posso imaginar que vós pensais que eu desejo vos iludir e que, depois de alimentar-vos com estas delícias, vos enviarei para exercer seu ofício num campo de trabalhos forçados...

Kazedub levantou-se, caminhou energicamente até a porta e abriu-a de modo brusco.

— Estais vendo? Não há ninguém aguardando para vos levar de volta para a vossa cela. Não precisais ter medo. O que vos proponho é um retorno às vossas atividades profissionais. O que tendes a dizer a isso?

Andrei não respondeu de imediato. Com as mãos trêmulas, encheu o copo de conhaque até a borda, a ponto de surgir um menisco na superfície do precioso líquido. Suas mãos pararam de tremer, e ele levou o álcool aos lábios sem derramar sequer uma gota. Depois, devagar e com prazer — mais precisamente, como se tivesse sido ungido — sorveu todo o seu conteúdo. Kazedub observava aquele feito com aprovação, e também se serviu de uma dose generosa. Andrei soltou um profundo suspiro e, piscando os olhos lacrimejantes, perguntou docilmente:

— Quer dizer que poderei sair daqui?

— É claro que podereis. Não há a menor utilidade para a nação em vos ter trancado atrás desses muros. Sois necessário à nação. A situação internacional ficou muito complicada e não dispomos de bons aviões.

— Não precisais me bajular. Temos bons construtores de sobra — respondeu Tumilov, citando alguns sobrenomes que, contra sua vontade, soaram como interrogações — Miasichev? Petliakov? Tomachevsky?

Após cada sobrenome, olhava para o coronel, que meneava a cabeça de forma afirmativa. No entanto, aquilo podia significar que Kazedub apenas concordava que eles fossem, de fato, ótimos construtores.

— Podereis escrever à vossa esposa e ver os filhos.

Tumilov entendeu finalmente que a situação não se apresentava de forma tão rósea quanto imaginara.

— Quer dizer que não sairei?

— Como vos explicar isso? — Kazedub ficou olhando com ar preocupado para seu copo. — Vamos vos transferir para perto de Moscou. Tereis muito mais liberdade e condições mil vezes melhores, além de uma equipe exclusivamente vossa, como antes. Já recolhemos uma parte dos seus membros. Quanto aos demais, vós os indicareis de acordo com vosso critério.

Tumilov ficou pensativo. Como poderia deixar de concordar? O que ganharia com uma recusa? A manutenção da sua dignidade? Da sua honra? Ambas já lhe haviam sido tiradas fazia muito tempo, e eles as abnegou com grande disposição por estar com medo. Por outro lado, se lhe permitissem voltar a trabalhar, quem sabe se não poderia recuperar pelo menos uma parte do respeito por si mesmo? Como era patética e deplorável sua situação! Ele — um grande construtor — diante de um oficialzinho de meia-tigela que oferecia algo que, de qualquer forma, não lhe pertencia — a possibilidade de executar a sua amada atividade. Kazedub deve ter percebido o desespero e a vergonha no olhar de Tumilov. Encheu seu copo com o resto do conhaque e, amigavelmente (ou talvez quisesse dar essa impressão), disse:

— Interpreto vosso silêncio como uma concordância. Estou certo? Ótimo. Comei mais um pouco dessas iguarias e depois vamos assinar os papéis da vossa transferência... e não são poucos.

Andrei, mastigando um pedaço de abacaxi, balançou a cabeça com alívio, pois a palavra "transferência" soara como "ressurreição".

As condições no CKB 29 eram, sem dúvida, infinitamente melhores. O escritório fora instalado numa ala restaurada do presídio Bolchevo, nas cercanias de Moscou. Os quartos residenciais eram claros e magnificamente mobiliados, estando ligados às salas do escritório por uma escadaria exclusiva. Tumilov dispunha de um "apartamento" formado por uma pequena sala de estar, um quarto e um banheiro de verdade, com banheira e espelho. É verdade que as janelas tinham grades, mas eram janelas "normais", de duas folhas, que, quando abertas de par em par, permitiam que se aspirasse ar fresco e puro vindo de fora.

Os membros da sua equipe recebiam jornais diários e podiam encomendar todos os livros e materiais que desejassem. A comida também era adequada, bem preparada e servida. Comiam num refeitório comum que — como era possível supor — era formado por antigas celas, ligadas por um corredor. Dispunham de cotas de cigarros, chocolates e bebidas alcoólicas de boas marcas. Havia até algumas mulheres — eficientes e bonitas funcionárias designadas como "auxiliares de escritório". Tumilov suspeitava que elas fizessem parte dos quadros da NKVD, tendo a função de monitorar a equipe e, talvez, satisfazer discretamente as necessidades sexuais dos famintos construtores. Além disso, todos podiam passear numa parte separada — e gradeada — de um parque que ficava próximo ao presídio. Para alguém que passara uma temporada nas imundas e piolhentas instalações de Butyrka, as de Bolchevo pareciam o próprio paraíso, e Tumilov se deu conta de como um homem precisa de pouco para se sentir feliz — bastava uma "transferência".

Disposto a criar uma equipe de excelência, Tumilov requisitou — das diversas prisões e dos mais distantes campos de trabalhos forçados espalhados pelo país — cerca de 150 pessoas. Kazedub, a quem ele apresentava frequentemente longas listas de nomes de pessoas com as quais trabalhara ou das quais apenas ouvira falar bem, não fazia nenhuma objeção, e poucos dias depois começavam a parar automóveis diante do prédio, dos quais saíam homens assustados, trajando longos capotes de inverno. O que chamava atenção era o fato de todos aqueles capotes serem idênticos, com golas de pele de carneiro, com o mesmo corte e com a mesma cor acinzentada.

Tumilov — com um amplo sorriso no rosto — recebia a todos pessoalmente, enquanto estes olhavam com hesitação para as paredes internas, pintadas recentemente de branco na parte superior e, na parte inferior, de cor de pêssego. Com grande desconfiança, lançavam olhares para as escrivaninhas e pranchetas novinhas em folha, para as baterias de lápis ainda não apontados e para os virginais tira-linhas ainda não manchados de nanquim.

Andrei se alegrava com a felicidade daqueles homens, esforçando-se para se manter à sombra, embora soubesse que o fato de ter escolhido muitas daquelas pessoas lhes salvara a vida.

Em pouco tempo, a equipe foi se dividindo em equipes menores, cada uma destinada a um projeto específico: o 101 de Miasichev, o 100 de Petliakov, o 110 de Tomachevsky. Ele mesmo ficou à testa do projeto 103, muito embora preferisse referir-se a este como o "58" (em homenagem à sua cela em Butyrka), ao qual se dedicou com grande prazer, já que dois anos de inatividade lhe despertaram o apetite de projetar algo de fato excepcional. Embora rabiscasse aqui e ali alguns traços e diversas anotações de ideias que lhe vinham à cabeça, não sabia o que se passava no resto do mundo e quais haviam sido os avanços da concorrência. Dois anos de uma disputadíssima corrida entre os construtores que armavam países que se preparavam para uma guerra equivaliam a dez anos em tempos de paz.

O embasamento para o "58" lhe foi trazido, no final de 1940, por ninguém menos que Kazedub, e Andrei teve uma verdadeira — embora oculta — satisfação em corrigir os pontos fundamentais do projeto. Pôde receber o coronel no seu gabinete, o que lhe causou enorme satisfação. Obviamente, mantinha-se atento para não repetir os erros do passado e, antes do encontro com Kazedub, implorou a Tarbagan que o alertasse antes de qualquer deslize.

— E então, como está a vida? — indagou Kazedub, caindo pesadamente sobre uma poltrona e olhando com atenção à sua volta.

O rosto do coronel estava acinzentado e exausto. Andrei chegou à conclusão de que o interrogador estava assoberbado de trabalho, ou... que tinha problemas. Afinal, não há pessoas intocáveis. Será que começaram a avançar sobre ele? Diante disso, respondeu polidamente:

— Graças aos vossos esforços, bastante bem. Em que posso vos servir?

Kazedub se curvou e pôs sobre os joelhos uma pesada pasta de couro com fecho munido de segredo. Dela retirou uma pilha de papéis, que colocou sobre o tampo da escrivaninha.

— Antes, servi-me algo para beber. Assim, talvez nossas mentes possam clarear...

Andrei retirou uma garrafa de vodca pura e dois copinhos de uma das gavetas da escrivaninha, procurando um sinal de aprovação nos olhos do coronel; afinal, da última vez ele lhe servira conhaque... Mas o coronel tinha outros problemas na cabeça. Mesmo sem esperar que o construtor arrolhasse a garrafa de volta, entornou metade do conteúdo do copo.

— Sim, Andrei Nicolaievitch, era disso que precisávamos. Pelo que vejo, estais sendo bem tratado.

Kazedub esfregou os olhos e aproximou-os do rótulo da garrafa.

— Pelo jeito, os fabricantes de vodca continuam mantendo o seu padrão de qualidade — constatou. — Os tempos estão cada vez mais difíceis, mas eles continuam produzindo uma vodca excelente.

O coronel tinha a típica expressão de alguém a quem fora ordenado que falasse de coisas das quais não entendia. Tumilov sentiu-se inseguro, mas Tarbagan veio, mais uma vez, em sua ajuda:

— Permitais, camarada coronel, que eu vos indague o que vos trouxe até aqui? Se for para tratar da equipe, ela já está completa e podemos começar a qualquer momento.

— Trouxe-vos uma encomenda vinda diretamente do topo. Mas creio que seria melhor se vós mesmos examinásseis esta papelada, e eu, obviamente se for capaz, responderei às vossas perguntas — respondeu Kazedub, empurrando a pilha na direção do construtor.

Tumilov passou a examinar cuidadosamente os documentos, enquanto o interrogador, sem pedir autorização, serviu-se de mais um copo de vodca.

Finalmente, Andrei ergueu os olhos dos papéis, tirou os óculos e os limpou com um lenço.

— Sonhei com uma máquina como esta. Esta noite. Dá para acreditar? Cheguei a guardar na memória a sua silhueta. Que coisa mais incrível! Como pode haver pessoas que não acreditam em sonhos? — falou excitado, chegando a pensar em descrever ao interrogador todos os detalhes do sonho, no qual um esbelto bombardeiro bimotor, iluminado pelas chamas de incêndios distantes, atravessava colunas de fumaças negras. No entanto, desistiu da ideia.

O interrogador bateu com a mão postiça sobre os papéis.

— Podeis estar certo de que tal sonho vos foi enviado pelo camarada Stálin — afirmou.

O construtor recolocou cuidadosamente os óculos.

— Quando eu estava na ativa, era mantido informado sobre esse tipo de construção, desenvolvida pelos franceses, ingleses e até poloneses. Como sempre, o problema residia nos motores. Sem um programa de desenvolvimento de um bom motor, não se chega a lugar algum.

Tendo dito isso, Andrei olhou discretamente para o rosto do coronel, querendo certificar-se de que a menção aos seus méritos naquela questão fora devidamente notada. Kazedub era um interlocutor perspicaz:

— Devo concluir que, graças aos vossos esforços no passado, não precisamos mais nos preocupar com motores?

— Os 1.400 cavalos de potência, que, pelo que ouvi falar, têm os últimos Mikulins, deveriam ser suficientes. Mas é preciso que eu vos diga que isso é apenas uma avaliação preliminar.

— Como devo entender isso?

Kazedub estava grato pelo fato de o construtor não estar conduzindo a conversa no estilo de um profissional com um diletante, mas se esforçando para usar um tom de parceria. Ah, se os outros, lá de cima, soubessem conversar dessa maneira! Infelizmente, a única coisa que sabiam era dar ordens, na maioria das vezes idiotas. Mas, se os amigos de Stálin continuam vivendo em um mundo de cargas de cavalaria e ataques com trens blindados à retaguarda do inimigo, o que se pode esperar deles? Ainda há pouco, Budionny acusava seus ex-amigos de nutrir “intenções criminosas de formar divisões de blindados motorizados”. São todos uns ignorantes, como por exemplo Kulik — comandante-geral da Artilharia —, que olha com desprezo para qualquer desenvolvimento de canhões antitanques ou foguetes. Não é de se estranhar. Afinal, durante a guerra civil, ele comandou, no máximo, três canhões. Stálin já não confia em mais ninguém, embora disponha de alguns homens talentosos. Hesita, enrola. Chega a ser estranho o fato de ele às vezes tomar uma decisão sensata. Como esta, por exemplo.*

Tumilov respondeu, feliz por poder desenvolver seu tema preferido.

— Vede... este Mikulin 37, embora projetado para bombardeiros, é mais adequado a caças. Ele é capaz de manter certa potência mesmo a grandes altitudes. Sendo assim, poderá servir no início. No entanto, se queremos construir um aparelho universal, capaz não só de mergulhar e despejar bombas, mas também de ser eficiente em altitudes médias e baixas, teremos de partir da premissa de que receberemos motores mais potentes... Senão isto que está escrito aqui, que devemos construir um avião equivalente ao Junkers 88, ou ainda melhor que este, jamais sairá do papel...

Kazedub se preparara para aquela conversa da melhor forma possível, e agora se lembrou de alguns dados fundamentais:

— O avião deverá ter a capacidade de levar 1.800 quilos de bombas... Isso não é muito?

— Sim. Mais do que razoável — respondeu Andrei, coçando a cabeça. — Em compensação, seu raio de ação é bastante restrito: menos de mil quilômetros. Parece que eles o veem mais em ações táticas. Um avião para desfechar um ataque repentino num alvo próximo ou...

— Ou o quê? — Kazedub estava interessado, sentindo um tremor de emoção, como o que sentira na infância, ao montar modelos de aviões com o pai.

— ...ou para defesa. Sua velocidade não é lá grandes coisas, mas, com um motor de 1.200 cavalos e uma massa de 11 toneladas, não vai dar para voar mais rápido, embora sua forma seja muito atraente. A cabine é muito apertada... mas a solução adotada é bastante habilidosa. Olhai — Kazedub dirigiu o olhar para o fragmento de um desenho técnico cujo significado lhe escapava. Tumilov esclareceu: — Olhai para este trem de pouso. As

---

*Somente em fevereiro de 1939 a direção do partido convocou uma reunião no Kremlin, na qual, pela primeira vez, foi abordada a lamentável situação em que se encontrava a aviação soviética. Houve então uma série de reuniões, na primavera de 1939, que resultaram na reativação dos "escritórios de construção" dentro dos presídios. (*N. do A.*)

rodas parecem tiradas de um trator. Dá para decolar com ele de uma pedreira, mas onde abrigá-lo? Ireis deixar estas plantas comigo? Espero que...

Kazedub voltou a empurrar as plantas na direção de Andrei, com um olhar cheio de esperança. Andrei se deu conta de que o destino do interrogador também poderia depender da qualidade do seu projeto.

— Ireis fazer um melhor? — perguntou Kazedub, num tom quase suplicante.

— Esforçar-me-ei nesse sentido, mas sob uma condição: preciso ter certeza de que receberei um motor mais possante. Aí, poderemos pensar não somente em um bombardeiro de mergulho, mas num avião multifuncional. Será como... como vários aviões num só — concluiu com um sorriso, prometendo-se momentos de grande satisfação com o "58".

Não se passou muito tempo até que as autoridades percebessem que Bolchevo não era grande o bastante para abrigar todos os projetos. Além disso, o transporte de materiais de e para Moscou levava muito tempo, já que se tratava de uma instalação secreta e eles tinham de ser levados em comboios escoltados. Mas, ainda antes de serem transferidos para Moscou e instalados no prédio do CAGI (onde havia um túnel aerodinâmico no qual Tumilov poderia soprar nos seus modelos), ocorreu um fato curioso.

O projeto avançava rapidamente, até um ponto em que se tornou indispensável um modelo em escala. Vieram maquetistas de Moscou, e construíram o modelo no parque. Um idiota do aeroclube próximo viu o "58" do ar e na mesma hora comunicou à NKVD que havia um avião abatido no parque. Kazedub foi rapidamente convocado, e com visível satisfação explicou ao comandante local para que servem maquetes de aviões e o motivo pelo qual aquela específica deveria ser esquecida imediatamente, se ele não quisesse perder o emprego ou mudar de clima para um mais frio. Depois, a maquete foi coberta por uma tela de camuflagem.

A fábrica 156, no prédio de seis andares do CAGI localizado às margens do rio Yauza,* era um autêntico palácio. Lá, a equipe tinha tudo ao

*Hoje, aquela margem do rio Yauza leva o nome de Tupolev. (*N. do A.*)

alcance da mão. Andrei ocupava um quarto no último andar, com uma magnífica vista da cidade e do rio. Os demais membros da equipe também foram instalados confortavelmente no terceiro e no quarto andares. O acesso ao escritório e às instalações nas quais eram testados os modelos era feito por uma passagem secreta. Nem era preciso vestir casacos. No entanto, todos eram "reclusos" e, como tais, obviamente não tinham o direito de assinar documentos nem dar ordens. Cada um recebeu um carimbo de borracha com um número, de modo que, ao somar os algarismos gravados em cada carimbo, o resultado era sempre o mesmo: 11 — o número gravado no carimbo de Tumilov. O pessoal do CAGI os tratava com gentileza e com respeito, comportando-se de forma totalmente espontânea.

No começo, os construtores eram mantidos isolados do mundo exterior, com visitas ocasionais e imprevistas a outras fábricas, para que pudessem orientar-se quanto ao andamento da produção. O papel de mensageiros foi assumido pelos oficiais da NKVD, mas isso não deu certo. A maioria deles era estúpida e sem formação, não conseguindo dar conta com termos de natureza técnica. Diante disso, Kazedub chegou à conclusão de que as pessoas mais adequadas para desempenhar aquele papel seriam os funcionários "livres" do CAGI. A partir de então, as coisas passaram a andar rapidamente e, em pouco tempo, Tumilov pôde convidar uma alta comissão da VVS, a Força Aérea russa, para dar uma espiada no "58".

O avião era deslumbrante, e já no final de 1941 mostrou que era capaz de voar maravilhosamente bem. Haviam se passado apenas seis meses desde o início do programa e do desenvolvimento dos primeiros esboços! Os resultados dos testes foram considerados extraordinários: numa altitude de 8 quilômetros, o avião era mais rápido do que qualquer caça conhecido no mundo, atingindo a velocidade de 640 km/h. Além disso, podia chegar a uma altitude de quase 11 mil metros e tinha uma autonomia de 2,5 mil quilômetros. Aquilo era um prenúncio de grandes sucessos no futuro, e Tumilov recebeu diversos elogios, mas, lembrando-se das recomendações de Tarbagan, não estufava o peito de orgulho, apontando para os membros da sua equipe como um solista que, ao ser ovacionado, aponta para o acompanhante. Entre os que o cumprimentavam estava Kazedub, a quem o sucesso de Tumilov melhorara sensivelmente o humor:

— E então, Andrei Nicolaievitch? Na certa vós não esperáveis que as coisas se passassem de forma tão positiva, não é verdade? Estou pensando em sugerir aos meus superiores para encarcerar todos os projetistas talentosos. O que achais disso? Ficou comprovado que, quando ninguém vos perturba e vós não tendes tentações cotidianas, sois capazes de feitos extraordinários.

A piada fora de mau gosto, e Kazedub, que, apesar de tantos anos na NKVD guardara um resto de tato, se retratou na mesma hora:

— Não ficais ofendido. Estou apenas brincando, mas deveis admitir que há um pouco de verdade nisso que acabei de dizer.

Tumilov quis responder de forma sarcástica, mas conteve-se a tempo:

— É verdade. Pensamos menos em coisas levianas. Além disso, camarada coronel, isso nos dá muita gratificação... Afinal, o que mais nos restou? — adicionou baixinho, pigarreando como se sua garganta tivesse ficado irritada de repente, enquanto Kazedub fingia não ter ouvido a última frase.

3

Departamento internacional da VVS, Moscou, setembro de 1943

— AQUI ESTÁ ESCRITO QUE vós fostes promovido em segunda colocação — comentou o coronel que examinava a pasta com seus dados pessoais.

Smoliarov• era como se, novamente, estivesse numa sala de aula que deixara não muito tempo antes. Enrubesceu e, inconscientemente, juntou os calcanhares, aprumando-se na cadeira, embora já estivesse sentado de modo correto e militar. Olhava com dedicação para seu interlocutor e se esforçava para que seu olhar fosse claro e sincero. Fora o que lhe ensinaram — e ele queria fazer carreira. A época não podia ser mais propícia. Os destinos da guerra ainda não estavam claramente definidos, mas tudo indicava que, depois de meses de derrotas e recuos, o Exército Vermelho estava pronto para engatar a primeira marcha — e um exército que avança já não precisa mais tanto de heróis, mas também de especialistas. E ele — Aleksandr Smoliarov — acabara de passar pelos últimos exames no departamento de construções aeronáuticas da Academia da Força Aérea e fora promovido a capitão, algo de que sentia um profundo orgulho, tal como quando, com grande sacrifício, obtivera seu brevê de piloto.

— E como anda o vosso inglês, capitão Smoliarov? Não ficou enferrujado?

A voz do coronel trouxe o capitão de volta dos seus devaneios. O superior hierárquico não aguardou pela resposta, respondendo a si mesmo:

— Aqui está escrito que vós o escreveis e falais perfeitamente. Onde vos ensinaram isso?

Smoliarov respirou fundo, mas não respondeu. Nutria dúvidas a respeito do grau de sinceridade que devia ter sua resposta. Finalmente, propelido pelo olhar indagativo do oficial, esclareceu:

— Tive uma babá inglesa.

Em seguida, olhou com insegurança para seu interlocutor, que lhe pareceu estar de fato interessado.

— Uma inglesa? E como ela foi parar em vossa casa?

— Ela chegou aqui ainda em 1918. Como voluntária. A ideia era de que ela ensinasse inglês em algum instituto experimental. Naqueles dias, havia muitos desses institutos experimentais...

O capitão interrompeu a frase, pois quase a completara com "fracassados". Recriminou-se no íntimo, e pensou: "Só me faltava ser considerado um maldito descontente." Para desatolar-se da frase interrompida, concluiu:

— ... e como deveis saber, camarada coronel, nem todos bem-sucedidos.

O coronel sorriu:

— Sim, sim. Aqueles foram tempos muito loucos. Por outro lado, se tudo desse certo na primeira tentativa, não haveria necessidade de fazer experiências. Continuai.

Smoliarov sentiu-se um pouco mais seguro.

— Aquele instituto funcionou apenas algumas semanas, e a minha babá, cujo nome era Robertson, foi posta no olho da rua, sem meios de se sustentar.

— E então? — encorajou-o o coronel.

— Então, meus pais... porque eu fui um dos hmmm... alunos... daquele instituto, a levaram para a nossa casa, porque ela nem tinha dinheiro para retornar à Inglaterra. Na verdade, ela não parecia querer voltar para lá... algumas questões afetivas, ou familiares. De qualquer modo, ela gostou da Rússia e queria ficar aqui. Então meu pai imaginou que ela poderia conversar comigo em inglês. A bem da verdade, eu já era crescido demais para ter uma babá, de modo que ela foi uma espécie de... governanta.

— E o que aconteceu em seguida? — indagou o coronel, claramente interessado na história e sem dar maior atenção à inadequação das definições, já que não podiam ser substituídas por outras.

— Ela trabalhou conosco por alguns anos. Depois adoeceu de câncer no cérebro e morreu em poucas semanas.

Smoliarov achou que poderia terminar aí a explicação dos seus conhecimentos de inglês, e endireitou-se na cadeira. Por que deveria falar ao oficial da NKVD sobre as intermináveis conversas vespertinas, através das quais ele pudera conhecer detalhes da vida londrina e, após alguns anos, aprendera aquela língua? Também achou desnecessário revelar que a babá Robertson, apesar dos quase vinte anos de diferença de idade entre eles, fora, até aquele momento, a maior — embora platônica — paixão da sua vida.

— Bem, isso explica muitas coisas — disse o coronel. — Quando vos aceitaram na Academia, vós tínheis uma boa base...

— A tal ponto, camarada coronel, que por mais de uma vez cheguei a substituir o professor. Segundo ele, a minha pronúncia é excelente — acrescentou Smoliarov, não sem certa dose de orgulho.

— Pois essa vossa pronúncia ser-vos-á muito útil, e em breve — falou o coronel, num tom sério e severo. — Vós sereis o assistente oficial de Rickenbacker. •

Smoliarov quase caiu da cadeira.

— Aquele ás da aviação?! — exclamou.

— Então sabeis quem é ele?

— Obviamente, camarada coronel. O nome dele figura em todos os livros sobre as táticas de combates aéreos.

O coronel ficou interessado:

— É verdade? Talvez vós lembrais do que escrevem sobre ele?

— Obviamente, camarada coronel. Chamavam-no de "o ás dos ases", sobretudo por atacar de perto e de surpresa, não gostando de fazer acrobacias complicadas.

— Hmmm... — murmurou o coronel, olhando com prazer para as suas mãos.

Só então Smoliarov notou que uma delas estava coberta por uma luva preta e mantinha-se estranhamente imóvel. Levou um momento para se dar conta de que era postiça e, tendo notado isso, fez um enorme esforço para disfarçar sua descoberta. Mas o oficial da NKVD era um exímio observador, e disse:

— Estais pensando corretamente. Esta mão é de madeira. É extremamente útil quando se tem a necessidade de cumprimentar muitas pessoas. Mas voltemos a esse tal Rickenbacker. Ele gosta de combater?

— Sem sombra de dúvida, camarada coronel.

— Isso é muito bom — disse o maneta, com um sorriso. — Pessoas assim costumam ser descomprometidas, e os descomprometidos raramente são cautelosos. E são impulsivos. Portanto, escutai, capitão Smoliarov...

Só no fim da conversa Smoliarov veio a saber o motivo de ele — um recém-formado — ter sido designado como assistente de Rickenbacker. Da mesma forma, poderiam tê-lo designado para assistir Deus Nosso Senhor durante uma inspeção à Terra. Edward Rickenbacker era considerado um herói nacional. Alguns chegaram a achar que ele seria o adversário de Roosevelt nas próximas eleições. No entanto, oficialmente, Rickenbacker, observador do governo dos Estados Unidos para questões das forças aéreas aliadas, era apenas capitão. Tendo-se apegado à patente de capitão obtida nos céus da Europa no decurso da guerra anterior, ele recusara a promoção a major e a major-general, e o protocolo diplomático determinava que um acompanhante não podia ter uma patente mais alta que a do visitante estrangeiro.

Foi também no fim da conversa que Smoliarov soube o nome do seu interlocutor da NKVD, pois este lhe recomendou:

— Ah, sim, mais uma coisa! A mais importante de todas. Ireis reportar-vos diretamente a mim. Para qualquer eventualidade, dar-vos-ei um oficial de ligação, que sempre estará por perto. Caso venhais a ter qualquer tipo de problemas com comandantes ou autoridades locais, avisai-o imediatamente, e ele os colocará nos seus devidos lugares. Se ele não conseguir, eu me ocuparei deles — avermelhadas centelhas de crueldade brilharam nos belos olhos do coronel. — Durante a viagem, bastarão relatórios escritos. A cada três dias. Caso chegueis à conclusão de que aconteceu algo que eu deva saber com urgência, telefonai para este número. As ligações serão cifradas, de modo que podereis falar livremente.

Tendo dito isso, o coronel entregou a Smoliarov um papel com um número e, olhando direto nos olhos do capitão, acrescentou:

— Peçais para falar com o coronel Ivan Kazedub.

Duas semanas mais tarde, a bordo de um DC-2, nas cercanias de Tomsk

Rickenbacker era maravilhoso, e o fato de estar em sua companhia se revelou uma sequência de acontecimentos fantásticos e deslumbrantes. Às vezes Smoliarov tinha a sensação de que gostaria viajar para sempre na companhia daquele homem, dotado de um sutil senso de humor, compreensivo e sempre pronto para compartilhar, com quem quer que fosse, os mais íntimos sentimentos da sua alma imortal. As horas decorridas a bordo do lento Dakota passavam com a rapidez de minutos, e Smoliarov, com tristeza, reconhecia as paisagens vistas de cima, que prenunciavam seu retorno à entediante tarefa de guia e intérprete.

Quando estavam no ar, voando de uma fábrica ou de uma unidade a outra, podiam ficar conversando por horas, sendo apenas interrompidos nos momentos em que lhes era servido café ou conhaque. Rickenbacker revelou-se não somente um excepcional conversador como um ouvinte magistral. O fato de lhe terem designado um jovem capitão que queria saber de tudo sobre tudo não o irritara de modo algum.

— Como?! O senhor capitão participou de corridas de automóveis? Daquelas de verdade? — entusiasmava-se Smoliarov, agitando-se no apertado assento do Dakota.

— E você conhece alguma que não seja verdadeira? — respondia Rickenbacker, semicerrando um olho, o que dava um toque engraçado e quase diabólico ao seu rosto meio equino de nariz comprido e mandíbula saliente. — Mesmo quando criancinhas disputam corridas em cavalos de pau, aquelas corridas são verdadeiras. Pode acreditar em mim, e saiba que a amargura da derrota é exatamente a mesma. Sim, participei de corridas, em Indianápolis. Pilotava um verdadeiro monstro chamado Merzer. O seu motor tinha a cubagem de quatro galões.

— Quatro galões? — Smoliarov procurou na sua mente o adequado fator de conversão. — Impossível! Isto é quase 20 litros. É a cubagem dos motores dos atuais tanques de guerra!

— Não se esqueça de que isso foi há trinta anos. Precisávamos de potência. Duzentos cavalos-vapor. A melhor forma de obtê-la era pelas cilindradas; e não como hoje, pelo grau de pressão. E andava-se bastante rápido; a velocidade média chegava a cem milhas por hora. Isso não era pouca coisa. Naquela época, eu tinha 20 anos, como você agora.

Smoliarov o corrigiu orgulhosamente.

— Tenho 23.

Mas logo em seguida perguntou num tom no qual Rickenbacker reconheceu suas emoções da infância:

— E o senhor ganhava?

Rickenbacker esboçou o seu cativante sorriso equino, deixando à mostra uma fileira de grandes dentes alvos e regulares:

— Às vezes. Era conhecido o bastante para as pessoas apostarem em mim junto aos bookmakers. E isso não era algo para qualquer um.

— E qual era a sensação? A de dirigir um carro àquela velocidade — continuava a perguntar Smoliarov, que até então dirigira apenas caminhões militares e a motocicleta do irmão.

— É como decolar num caça, só que sem levantar do chão. O barulho e a trepidação são os mesmos. A única diferença é que a gente consegue controlar a direção que está seguindo, mas qualquer sopro de vento mais forte pode tirá-lo dela.

Smoliarov não lhe dava descanso.

— E quando o senhor começou a voar?

Rickenbacker sorriu para suas lembranças mais caras. Falar sobre elas lhe dava um prazer especial:

— Quando me vi no front, em 1917, eu já era um cavalo velho. Tinha 27 anos. Apresentei-me como voluntário para ser motorista, e efetivamente passei algumas semanas dirigindo o carro de um coronel. Aí, tive uma vontade louca de voar, mas tinha dois anos a mais do que a idade limite para iniciar um curso de pilotagem. Diante disso, diminuí-os da minha idade, e pronto.

— Como o senhor conseguiu diminuí-los?

— Apaguei a data de nascimento na minha certidão, e pus uma outra. Acho que o bom Deus há de me perdoar, tendo em vista quanto hunos consegui pegar pelo rabo. Você não acha?

Smoliarov fez um gesto de aprovação com a cabeça, imaginando-se alterando algo nos seus documentos militares. Só de pensar nisso sentiu-se constrangido. Depois, voltou a indagar:

— Li que o senhor não nutre um apreço especial por acrobacias. É verdade?

Rickenbacker fez um movimento afirmativo com a cabeça.

— Se você tivesse de entrar num avião daqueles em que eu precisava voar naqueles dias, também não nutriria. A cada vez que aquela junção de panos e cabos pousava no chão sem se desfazer, e eu, depois de parar, podia sair da cabine andando sobre as minhas próprias pernas, tinha a impressão de que não deveria exagerar a paciência do destino. Até hoje fico pensando como aqueles objetos conseguiam alçar voo... E você vem falar em acrobacias! Caso eu fosse fazer um *looping* ou um parafuso neles, na certa cairiam algumas peças. O melhor era subir o mais alto possível, e picar de lá sobre um huno. Em Indianápolis, eu costumava correr a apenas alguns centímetros do carro que estava à minha frente. No ar, também tive algumas oportunidades de ficar a apenas alguns metros do avião inimigo. De uma distância dessas, até um artilheiro como eu não poderia errar. Compreendeu agora como me tornei um ás?

— E o senhor chegou a pilotar o Spad XIII? — Smoliarov não parava de perguntar.

— Só mais tarde. Tudo começou com aqueles desgraçados Nieuports.* O aviãozinho até que era jeitoso, mas a sua construção... Smoliarov, se você o tivesse visto, não ia acreditar! A superfície da asa inferior era tão

*Nome de uma fábrica de aviões francesa, bimotores em sua maioria, fundada em 1909. (*N. do T.*)

estreita quanto uma tábua de passar roupa. Graças a isso o aparelho era extremamente manobrável e a visibilidade, tanto para baixo quanto para a frente, muito boa. Você já voou em biplanos? Sim? Então sabe do que eu estou falando. Só que essa asa inferior era presa apenas num ponto à fuselagem... não precisa arregalar os olhos... e por apenas uma haste. De que servia o aviãozinho ser manobrável? Quando se fazia alguma manobra violenta, a asa de baixo se dobrava e caía, aí... um parafuso e bum! — Rickenbacker transformou sua mão num Nieuport caindo num parafuso e batendo com estrondo na sua coxa. — E você ainda se espanta por não termos atração por acrobacias? O melhor é voar em linha reta e com determinação. Imagino que esteja entendendo o que tenho em mente.

— Mas quanto ao Spad? Não foi o melhor caça da sua época?

— Quando entrei nele pela primeira vez, perdoei àqueles comedores de rãs todos os pecados. Aquele, sim, era um avião à frente do seu tempo. Lembre-se de uma coisa, Smoliarov: tudo começa com o motor. Os aviões deviam ser construídos em torno de motores e pilotos. Então, teremos algo que voa bem, e não uns estranhos objetos voadores. Sabe qual foi o problema dos motores rotativos?

— A limitação da potência — recitou Smoliarov, cujo conhecimento nessa matéria era digno de inveja.

— Muito bem — confirmou Rickenbacker. — No entanto, eles também tinham suas vantagens...

Smoliarov não lhe permitiu concluir:

— Eram leves e não forçavam seu funcionamento?

Rickenbacker ergueu o cenho:

— Exatamente. E os motores em linha?

Smoliarov, feliz por poder demonstrar seu conhecimento, recitou como se estivesse prestando um exame de mecânica aeronáutica:

— São mais fortes, porém mais pesados.

— Isso mesmo! Por isso se buscaram outras soluções, e assim surgiu o motor de cilindros opostos.

Smoliarov bem que gostaria de poder exibir-se mais, mas não era de bom tom interromper o visitante. Além disso, lembrou-se das instruções que recebera. Sua função era de extrair o máximo de informações do americano, e não demonstrar os seus conhecimentos adquiridos em manuais. Enquanto isso, Rickenbacker, deliciando-se com as próprias palavras, continuava:

— Com determinado número de cilindros... digamos, oito... era possível reduzir o comprimento do motor pela metade. Mas isso não é tudo. Surgiu o monobloco. Sabe o que é um monobloco, Smoliarov?

O jovem capitão russo sabia, mas, notando o prazer do americano em explicar, respondeu que apenas superficialmente. Rickenbacker, incapaz de distinguir um gesto de cortesia de um grande interesse, ficou feliz com isso, e voltou a pontificar:

— O monobloco é um conjunto de quatro cilindros, cujos cabeçotes e alhetas de resfriamento são fundidos num só bloco de alumínio. Permite uma excelente refrigeração, é resistente e pesa pouco. Nesses cabeçotes eram enfiadas as finas paredes dos cilindros. Revelou-se que aço e alumínio combinam muito bem.

Smoliarov não aguentou:

— Mas é exatamente assim hoje em dia.

Rickenbacker parecia esperar por aquela conclusão:

— Pois é. Naqueles dias, acusavam Birgit* de ser um atraso e não ter futuro. Trata-se, Smoliarov, de um argumento para nunca se emitir opiniões precipitadas. E foi em torno de um motor desses que foi construído o Spad. Não tinha grande maneabilidade, não atingia grandes altitudes, mas era muito veloz e incrivelmente resistente. Além disso, era de extrema estabilidade em voo. Para mim, era um avião ideal. Mas lembre-se, Smoliarov, de que o melhor dos aviões é uma coisa, e um piloto... outra. Um bom piloto consegue voar em qualquer coisa, mesmo num fogão de cozinha, enquanto um bunda-mole acabará destruindo o melhor avião do mundo... Mas vejo o nosso *steward* trazendo café. Vamos bebê-lo e depois lhe contarei sobre o meu acidente com um B-17.

A bebida era forte e aromática, mas o fato de terem de tomá-la em copos enfiados em suportes de metal diminuía o charme daquela cerimônia cafeeira nas alturas.

---

*Marc Birgit: engenheiro suíço, fundador da empresa Hispano-Suiza em Barcelona e inventor do monobloco. (*N. do A.*)

— Vocês não têm xícaras na Rússia? — perguntou Rickenbacker ironicamente e, antes que Smoliarov tivesse tempo para contestar e falar sobre as tradicionais xícaras de porcelana azul-celeste fabricadas ainda nos tempos do tsar pelas indústrias em Gzel, perto de Moscou, o americano acrescentou rapidamente: — Sei que vocês têm. Estava brincando. Além disso, estamos em tempos de guerra e sei algo sobre isso. Aliás, a propósito daqueles bunda-moles de que lhe falei. De nada vale ter um avião excelente se o seu piloto é um bundão. Você diria que o B-17 não é um bom avião?

— De modo algum! — exclamou Smoliarov, quase derramando o café sobre suas calças. — O B-17 é o melhor bombardeiro do mundo!

Aleksandr sabia muito bem do que estava falando, tendo tido a oportunidade de ver a Fortaleza Voadora em várias fotografias e desenhos esquemáticos. Além disso, os feitos do bombardeiro, seus sucessos na Europa e o fato de os americanos, apesar de insistentes pedidos, não o terem incluído no programa *lend-lease*, atestavam o seu valor.

— Pois é! — alegrou-se o americano. — Você sabe muito bem que se trata de uma máquina sensacional. No ano passado, voei numa dessas fortalezas ao encontro de MacArthur, junto com alguns jovens entusiastas como você. Voar sobre um oceano é puro prazer. Só que, naquele voo, o piloto era um desses bundões a quem jamais deveria ser confiada uma máquina decente. Aquele sujeito não serviria nem para adubar um campo, pois para isso também é preciso ter alguma inteligência.

— E o que aconteceu? — perguntou Smoliarov, deixando de ser um investigador e voltando à sua postura de fã do americano.

— Você não vai acreditar, Smoliarov. O sujeito se perdeu! Em pleno dia e num céu de brigadeiro! Talvez tivesse sofrido uma insolação, ou estivesse perdidamente apaixonado, ou ainda com prisão de ventre...

Smoliarov enrubesceu como uma jovem abordada por rapazes à saída de uma igreja, e esse rubor enterneceu Rickenbacker. Disse para si mesmo que, após algumas semanas de convivência, Smoliarov se tornaria outra pessoa — e isso o agradou. Percebia naquele jovem russo uma certa dose de falsidade, mas ao mesmo tempo estava convencido de que aquela falsidade não fazia parte do caráter do rapaz. Era mais o resultado da missão específica que lhe fora confiada. Como se pode atirar um jovem que ainda nem apalpara uma garota como se deve para ser devorado por um leão como ele? O americano soltou um profundo suspiro e continuou:

— Bastava manter-se no curso, olhando para a bússola, mas aquele bundão se perdeu efetivamente. E, como se isso não fosse o bastante, não pediu ajuda, mas continuou voando na direção errada, enquanto cochilávamos nas poltronas. Depois, ficou espantado ao constatar que o combustível estava acabando e nada de terra à vista. É que lá, onde ele estava voando, não havia terra alguma, e MacArthur se encontrava trezentas milhas ao sul. Em algum momento tudo na vida acaba, até mesmo a gasolina, e tivemos de amerissar. O B-17 flutua... mas apenas por vinte segundos. Por sorte, alguém tivera a ideia de pôr botes salva-vidas no avião. Por mais estranho que isso possa parecer, ninguém morreu, mas ficamos boiando, como uns cretinos, por vinte dias, sob um sol escaldante. Tínhamos pouca água e ainda menos comida, mas o pior de tudo foi que todos aqueles rapazolas perderam a cabeça. Começaram a ter acessos de histeria e a chorar. Um deles chegou a querer se suicidar... Você pode imaginar uma coisa dessas, Smoliarov? Perder as esperanças antes do tempo?

Smoliarov indagou:

— E o senhor fez o quê?

— Não conseguia olhar para aqueles sujeitos se desmanchando. Dei um tapa na cara do que estava mais histérico, e logo, logo, os demais adquiriram mais confiança. Depois, mantive-os ocupados, do raiar até o pôr do sol: contar histórias, fazer adivinhas e charadas, pescar, esse tipo de coisas. E assim, após três semanas, fomos avistados por um Catalina. Só que ficamos com os braços e as costas totalmente descascados. Nunca mais irei a uma praia. E você precisa saber, Smoliarov, que o B-17 não é mais o suprassumo da técnica. Temos algo muito melhor... — Rickenbacker fez uma pausa e olhou de soslaio para o russo, querendo certificar-se do efeito da sua inconclusa frase.

Smoliarov engoliu em seco, esforçando-se ao máximo para responder num tom mais desinteressado:

— O senhor tem em mente o Liberator? É uma máquina e tanto. Nós já a usamos faz algum tempo...

— Não, não me refiro ao Liberator. Nós construímos um bombardeiro que ultrapassa quaisquer sonhos... — o americano voltou a interromper a frase, enquanto Smoliarov sorria gentilmente, cerrando os punhos de emoção.

Rickenbacker pareceu não notar o nervosismo do russo. O ato de surpreender seu interlocutor lhe causava grande satisfação. A ingenuidade deste último o transformava numa criança agrisalhada.

— O que você diria, Smoliarov, de um bombardeiro capaz de desenvolver uma velocidade de mais de 600 km/h?

— Já há vários assim.

— Acrescente a isso um teto de quase 10 quilômetros, uma autonomia de mais de 3 mil quilômetros e 9 toneladas de bombas...

Smoliarov ficou vermelho como um pimentão:

— Seria um superbombardeiro!

— E é. Você o chamou de forma quase correta. Nos Estados Unidos, nós o chamamos de Superfortaleza.

— Superfortaleza? — Smoliarov pareceu degustar a palavra.

— Superfortaleza Boeing B-29 — confirmou Rickenbacker.

Smoliarov não conseguiu conter sua curiosidade profissional:

— Quantos motores? Na certa, quatro.

— Obviamente — respondeu, com orgulho, o americano. — Quatro Cyclons. Com superalimentadores de 2.200 cavalos cada. Mas isso ainda não é tudo, Smoliarov. As cabines são herméticas. A 10 mil metros de altura, você pode ficar de camiseta bebericando drinques. Dá para imaginar isso?

Smoliarov mostrava estar impressionadíssimo, pois sentia que aquilo causava prazer a Rickenbacker. Mas quem não estaria orgulhoso de uma façanha dessas do seu país? E a façanha em questão era da magnitude com a qual todos os aliados — quanto mais os inimigos — dos Estados Unidos poderiam apenas sonhar. Diante disso, resolveu ter o máximo de informações possível sobre aquela máquina.

— E quanto ao armamento de defesa? — perguntou.

Rickenbacker olhou pela janelinha, como se esperasse ver através dela um caça alemão. Mas o céu estava vazio e ensolarado, enquanto nuvenzinhas esbranquiçadas deslizavam suavemente sob as asas pintadas de verde-escuro.

— Uma porção de canhões, todos automáticos.

— Como assim "automáticos"? — espantou-se sinceramente Smoliarov. — E quem os aponta?

— Os artilheiros. Só que não os seguram. Ficam sentados em umas cúpulas ou cabines, e têm diante de si miras sincronizadas com os motores dos canhões. Pasta ajustar a mira e apertar um botão — o resto é feito automaticamente. Fantástico, não acha?

Smoliarov tentou em vão imaginar como aquilo funcionava. Portanto, continuou a indagar:

— Mas por quê? Não é melhor apontar pessoalmente?

— Pois saiba que não, Smoliarov. Em primeiro lugar, é muito complicado fazer com que torres que giram e vibram sejam herméticas. Em segundo, a automatização elimina a inércia e a necessidade de se fazer esforços físicos. Basta saber ajustar adequadamente a mira. Não é mais preciso ficar se revirando na cabine ou procurando por pontos mortos, calcular a força do vento, sem falar no risco de acertar sua própria cauda ou um pedaço de asa, algo que costuma ocorrer nos B-17. Isso é técnica, Smoliarov, e nunca se deve subestimá-la. Em pouco tempo, a técnica decidirá o destino do mundo, a despeito de quanto tentarmos nos defender disso. Tente correr mais rápido que uma bicicleta. Você não conseguirá, e ela não passa de uma coisa extremamente primitiva: duas rodas, marchas, pedais e uma corrente.

Smoliarov estava impressionado. Imaginou a cara de Kazedub lendo o seu relatório — e ele o faria ainda naquele dia. Uma revelação de tamanha importância é garantia certa de promoção. Para ter um quadro mais completo precisava de algumas informações adicionais, mas teria de ser cuidadoso. Diante disso, resolveu abordar o americano por caminhos transversos:

— E para que vocês precisam de um avião desses? O B-17 não está dando conta do recado na Europa?

— Você esqueceu, Smoliarov, que nós estamos em guerra com os japoneses. O B-29 é de fundamental importância para nós. Com o seu raio de ação, poderemos alcançá-los da China e das Filipinas. Quanto às Filipinas, é apenas uma questão de tempo para que retornem às nossas mãos, mesmo se, por causa disso, o imperador venha a se borrar todo.

— Isso quer dizer que aquela superaeronave não é apenas um protótipo?

Antes de responder, Rickenbacker, pensou por alguns momentos:

— Não se faça de ingênuo, Smoliarov, pois eu, embora esteja lhe contando demais, não sou tão ingênuo quanto aparento. Mas, como vocês têm o seu serviço de inteligência militar, certamente disporão dos dados dessa máquina em pouco tempo. Sendo assim, posso confidenciar-lhe: sim, o B-29 já está sendo produzido em grande escala.

4

Setor americano de Berlim, 11 de novembro de 1946
Departamento de análises da contraespionagem militar do Exército dos Estados Unidos

O CORONEL ERNEST HEMMINGS, apesar de não reconhecer esse fato, estava feliz com aquela transferência. Não visitava a Europa desde... desde quando mesmo? Desde 1920! Deuses do céu... já se haviam passado 26 anos...

Nunca antes estivera na Alemanha, embora conhecesse bem a Inglaterra, a França, a Áustria e a Suíça. Obviamente, teria sido melhor estar na sua adorada Paris. Aliás, com qual finalidade as academias militares graduavam anualmente hordas de jovens especialistas? Deveriam ser suficientes para preencher todos os postos vagos. Mas não. Em vez disso, convocavam anciãos como ele, querendo cativá-los com um monte de elogios.

"Ninguém mais ninguém menos que o senhor, professor. Trata-se de uma missão importante e delicada. Para isso, não precisamos de garotos com enormes Colts e pênis avantajados, que ficariam paquerando as secretárias e vomitando pelos corredores. Precisamos de alguém como o senhor. Esperamos que não se recuse. Além disso, em Berlim e Hamburgo nem tudo foi consumido pelo fogo, de modo que o senhor poderá fazer suas pesquisas em várias bibliotecas. E então? Conseguimos convencê-lo? Serão apenas de 10 a 15 meses. Depois, o senhor poderá retornar aos livros e alunos, e algo me diz que o senhor acabará sendo nomeado o decano da universidade."

O sorriso do general se tornou suspeitamente pastoso, e Hemmings se deu conta de que o poder e a influência daquele homem eram bem maiores do que apregoava a sua fama.

"Convocaremos o senhor à ativa e, obviamente, dar-lhe-emos uma promoção, para que o senhor não tenha de bater continência para nenhum bunda-mole do Estado-Maior."

O general Hoyt Vandenberg, chefe do Serviço de Inteligência, estava tão certo de que Hemmings aceitaria o convite que já tinha, na gaveta da sua escrivaninha, um envelope com a carta de promoção e um jogo de divisas prateadas de coronel. Hemmings saiu do gabinete do general com a cabeça girando, segurando entre os dedos um cartão de visitas do alfaiate que fazia os melhores uniformes para a elite militar e pensando no que dizer à esposa. No pior dos casos, se ela insistir muito, poderia ir com ele para a tal Berlim. No entanto, seria muito pouco provável que ela quisesse largar sua posição na universidade. Para ela, não havia coisa mais importante do que dar aulas de filosofia do Ocidente e preparar jovens para o futuro.

Já a sua situação era diferente, e a Universidade não faria nenhuma objeção em conceder-lhe férias. Não estava trabalhando em algo específico e tivera o cuidado de preparar uma excelente assessoria. Aliás, sua mulher poderia até ficar contente pelo afastamento dele por um tempo daquela assessoria, sob a forma de uma jovem de 30 anos chamada Natalia Davies, objeto de vãs tentativas de assédio por parte de todos os colegas. Hemmings tolerava com magnanimidade aquelas tentativas frustradas, saciando-se com o seu tardio orgulho de posse. Quando falta pouco para completarmos sessenta anos, olha-se para aquelas coisas de uma forma diferente. Natalia, com sua dourada cabeleira eslava, corpo escultural e inteligência brilhante, o provia de preciosos momentos de excitação no meio do seu geral enfado para questões relativas ao sexo. Antes que ela lhe tivesse sido apresentada no baile anual promovido pelo corpo docente da universidade, Hemmings estava convencido de que sabia o suficiente sobre mulheres para deixar de se dedicar àquele mais agradável dos estudos humanos. Estava enganado.

Natalia, ao lhe estender a mão agradável ao toque, tomou a iniciativa sem nenhuma preliminar. No meio da terminologia militar, sua tática era conhecida como "reconhecimento do terreno":

— Professor Hemmings? A julgar pelas suas teses, eu esperava encontrar alguém definitivamente patriarcal, e o senhor mais parece Assurbanipal... só que aquele era mais jovem...

Diante de um ataque tão frontal, Hemmings sabia que a estratégia mais indicada era a de ceder, mas só para atrair o adversário para o interior do seu território e, depois, cercá-lo e demandar sua capitulação. Por isso não se ofendeu e, pegando Natalia Davies pelo braço, conduziu-a decididamente na direção do bar. Quando já tinham os seus drinques nas mãos (Natalia se revelou uma adepta de bourbon com gelo, assim como ele), fingiu que a provocação fora despropositada e começou o seu já tantas vezes conduzido jogo de sedução:

— Preferiria que a senhora me dissesse o motivo pelo qual as suas feições são tão nitidamente eslavas. Até este momento, só tive a oportunidade de ver uma beleza desse tipo em uma mulher, e sempre achei que aquilo não pudesse ser repetido.

Natalia, tendo reconhecido em Hemmings um adversário à altura, resolveu deixar as provocações de lado e aceitou o seu jogo:

— E o que aconteceu com ela? — perguntou, olhando para ele sobre a borda do seu copo.

— Não disponho de informações mais recentes, mas sei que, há dez anos, ela mantinha uma próspera escola de música em Fukuoka, na qual dava aulas a filhos de diplomatas e de japoneses mais ricos.

Natalia, feliz por ter tido a presença de espírito de não ter perguntado sobre Fukuoka (não tinha a menor ideia de onde ficava aquele lugar), observou:

— Imagino que agora a sua escola não esteja prosperando tanto.

Ao responder, Hemmings, que também gostaria de saber como ia a escola, consolava a si mesmo:

— A senhora não conhece aquela mulher nem os japoneses. Tanto ela quanto eles sabem entrar rapidamente num acordo. Se ela não morreu e não partiu de lá antes de Pearl Harbour, então posso assegurar-lhe de que ela está se dando muito bem. Assim como a senhora.

— E como o senhor pode saber que eu estou me dando bem? — perguntou Natalia, num tom de provocação tão bem conhecido por Hemmings.

— Um doutorado em história aos 26 anos. Um livro de sucesso. Sem marido nem filhos para atrapalhar. E tudo isso antes de completar 30 anos... Dá para invejar — respondeu Hemmings, com suave ironia. — Eu, quando tinha a idade da senhora, andava fuçando pelas ruas da Europa, à cata de complôs americanos e cooptando rapazes espertos para serem agentes da nossa causa sagrada...

— E não de raparigas? — interrompeu-o.

— Lá, onde o diabo não consegue...

Riram prazerosamente, chegando ambos à conclusão de que não valia a pena mais duelar.

Hemmings, soltando um suspiro, voltou a concentrar-se no seu trabalho. Não via Natalia havia apenas algumas dezenas de dias, e já estava sentindo sua falta. As coisas não deveriam se passar daquela maneira. Chegou a ter tênues arrepios de preocupação e ciúmes. Ele não está lá, e até os alunos fazem corte a ela, que não deixará escapar nenhuma oportunidade de viver a sua feminilidade da forma mais intensa possível. Mesmo sem nenhum propósito de traição ao seu professor... mas eles todos são tão jovens! Ah, aquela maldita juventude... Se agora, neste gabinete, surgisse um gênio alado e onipotente (até o próprio diabo em pessoa) e lhe perguntasse: "Ernest, você gostaria de ser jovem de novo?", ele teria respondido com absoluta convicção: "Não! Não quero ser jovem nunca mais. Não quero ser um escravo da minha própria impetuosidade. Da minha própria ignorância, da falta de bases e conhecimentos." Só que teria certamente acrescentado: "Mas também não quero que um rapazola qualquer, cujos valores são exatamente aqueles, esteja trepando com a minha garota!" Ao que o gênio teria respondido: "Nesse caso, você não deveria ter partido."

Hemmings sorriu com pena, e pegou o jornal seguinte, pensando: "Tanto faz se estou aqui ou lá. Se ela tiver vontade de trepar com algum outro, vai trepar mesmo. O que será bem feito, pois isso deveria me servir de lição. Na minha idade, é preciso saber exatamente até que ponto podemos nos envolver com uma assistente e por onde passa a fronteira segura naquela relação."

Aquele bem formulado pensamento o deixou mais calmo, a ponto de ele poder voltar a desfrutar seu extraordinário intelecto. Era nisso que consistia o seu trabalho — era um analista. Vandenberg conhecia a fundo o desenrolar da sua carreira e sabia do seu passado de agente de informações. Os americanos precisavam ter uma pessoa em Berlim capaz de captar todas as nuances da nova realidade. E a situação era de fato delicada. Os inimigos de pouco tempo atrás estavam se aproveitando — com uma ousadia cada vez maior — das oportunidades que lhes abria o ocupante... Não, aquela não era a palavra adequada; aquilo não era uma ocupação típica.

O coronel desamassou a página do jornal impresso num papel barato e olhou pela janela. A vista não era tentadora: desnudos galhos de árvores e montes de entulho. Os berlinenses se recuperaram rapidamente do choque inicial, e a cidade se transformou num gigantesco canteiro de obras — para ser mais exato — de reconstrução. O nível da destruição lhe dava a exata dimensão do que se passara ali. Era de se estranhar que ainda houvesse algo de pé. A movimentação dos buldôzeres e das pessoas teve nele um efeito despertador, apesar do tempo invernal e da chuva miúda que caía de nuvens escuras e baixas. Voltou a sentir-se útil, e o cinismo, que permitia incessantes observações jocosas sobre a "missão histórica americana", voltou a ocultar-se diante da realidade que se apresentava aos seus olhos. Sim, era um cínico, mas a visão através da janela era construtiva. Transmitia-lhe uma sensação de força e, embora tivesse dificuldade em admiti-lo, enchia a sua alma de orgulho. Mas, mesmo nesses seus pensamentos, não podia deixar de zombar daquele engraçado orgulho americano: "A gente vem para cá, com a nossa famosa democracia e querendo que aqueles malcomportados alemãezinhos — que tanto aprontaram — possam absorver rapidamente o nosso conceito dessa democracia. Não vamos ralhar com eles, nem nos zangarmos por qualquer coisa, mas precisamos fazê-los aprender as nossas regras o mais rapidamente possível. E temos razões de sobra para isso. Que eles reconstruam já, já, as suas cidades e o seu país. Que enriqueçam. Quanto mais rápido isso ocorrer, mais rapidamente poderemos vender-lhes os nossos produtos e as nossas ideias. É o melhor *business* do mundo. O segundo motivo também é importante: os russos. Como será melhor quando, junto da fronteira do setor soviético, surgir uma nação moderna e normal, em vez de um bando de conspiradores! É por isso que não vamos gritar com eles. Ficaremos olhando por entre os dedos para certas coisas, mas teremos de observá-los atentamente e controlá-los com discrição. E para isso não bastam os investigadores e policiais procurando por ex-membros das SS escondidos nos cantos, mas também os analistas capazes de ler nas entrelinhas."

A quantidade de jornais que surgiam crescia de forma exponencial, com um novo título surgindo praticamente a cada semana — impressos em papel melhor, com mais fotografias e cada vez mais bem redigidos. Apareciam também cada vez mais novos semanários. O trabalho de Hemmings aumentava a cada dia, e ele começou a achar que sua solitária função se transformaria num grande departamento, com dezenas de secretárias e assistentes. Desde o início decidira que jamais ocuparia a função de censor. Aquilo não era o seu papel. Não tinha problemas com a língua, muito embora muitos anos se houvessem passado desde que saíra da Áustria. Lia bastante, com o que seu alemão foi melhorando a cada dia. Além disso, ouvia a Rádio Berlim, recentemente posta de volta no ar, mas restrita, por enquanto, a apenas um programa. A bem da verdade, aquele programa lhe agradava mais do que os programas das emissoras americanas, já que costumava transmitir excelentes concertos sinfônicos ou de música de câmera.

Não havia muitos comerciais, mas, em compensação, frequentes audições literárias e adoçadas representações pacifistas. Hemmings sabia muito pouco sobre a mídia no Terceiro Reich, mas teve a impressão de que a que estava sendo criada, apesar de "politicamente correta", não deixava de ser uma continuação da anterior. Para tanto, bastava confrontar os nomes dos redatores das publicações atuais com os que figuravam nos expedientes das publicações nazistas extraídas dos arquivos. Em muitos casos, nem chegaram a substituir o redator-chefe! Aquilo não chegou a incomodá-lo. Os jornalistas sempre tiveram uma natureza de "mulheres de vida fácil" — escreviam aquilo que eram pagos para escrever.

"Tomemos por exemplo o *Der Kurier*. Tudo muito bem apresentado... fotos de um palácio sendo reconstruído... política internacional. Exatamente como um jornal americano", dizia para si mesmo, "falta apenas um escândalo ou, ainda melhor, um *affaire* internacional..."

— Que droga! — exclamou, pois esbarrara na xícara e derramara café no jornal, que logo foi sendo absorvido pelo acinzentado papel ainda de baixa qualidade.

A mancha marrom foi avançando na direção do título do próximo artigo, enquanto Hemmings, munido de lenços de papel, tentava desesperadamente reter seu avanço. O título do artigo, assinado por um certo Vlad Redke, era mais do que intrigante: "Superfortalezas com estrelas vermelhas".* Hemmings colocou rapidamente os óculos e leu ansiosamente o artigo. "Deve ser uma piada", pensou. "Mas onde esse sujeito obteve uma informação dessas? Afinal, não se trata de uma publicação humorística, mas de um jornal sério. Tenho que me encontrar com esse tipo." Ato contínuo, apertou o botão do seu telefone interno.

Em menos de duas horas, Redke em pessoa estava sentado no seu gabinete, olhando para ele gentilmente e, como pareceu a Hemmings, com certa dose de ironia. A julgar pelo estilo bombástico da notícia, o coronel teria apostado sua cabeça que esta saíra da pena de um jovem e inconsequente "foca". No entanto, o homem vestido com um blazer de lã de camelo parecia a personificação de ingenuidade e benquerença. Além disso, era ainda mais velho que Ernest. Caso o americano não estivesse trajando um uniforme, os dois pareceriam dois aposentados batendo papo. Redke, assim como Hemmings, era totalmente grisalho, só que, ao contrário do corte à escovinha dos cabelos do coronel, a cabeleira do jornalista era imponente. Redke era baixinho, com mãos musculosas, típicas de pessoas de grande força física, e um olhar claro e gentil, com um toque infantil e alegre. O olhar do alemão deixou Hemmings um pouco desconcertado. Pigarreou e ofereceu ao "visitante obrigatório" uma xícara de café e um copinho de brandy, que os aceitou com um olhar de satis-

*A reportagem no *Der Kurier* realmente existiu. (*N. do T.*)

fação. Por algum tempo os dois homens ficaram em silêncio, mexendo com colheres o aromático café brasileiro, trazido especialmente para Hemmings junto com outros aprovisionamentos provenientes dos Estados Unidos.

— Peço desculpas pelo seu sequestro. Espero que os nossos homens não tinham sido rudes com o senhor.

O olhar de Redke ficou ainda mais alegre, e ele bateu de forma significativa com o copo vazio no tampo da escrivaninha. Hemmings logo entendeu o gesto e encheu generosamente os dois copos. Agradavam-lhe pessoas que não faziam cerimônia quando se tratava de beber. Eram os melhores companheiros de copo.

— Tendo escrito aquele artigo, eu já esperava por algo semelhante. O que me deixou espantado foi a rapidez da vossa reação. Isso é algo que chegou a impressionar-me, acostumado aos métodos alemães.

A expressão "métodos alemães" soara de forma dúbia, e Redke enrubesceu, sentindo-se culpado e encabulado diante do americano, mas este fingiu não ter percebido aquele duplo sentido, o que fez Redke ficar-lhe grato.

Hemmings inclinou-se na cadeira em direção do jornalista:

— Em primeiro lugar, gostaria de me certificar de que isso não é uma piada, porque, se for, ambos teremos problemas. O assunto é sério demais para isso.

Redke ergueu o copo e examinou seu conteúdo contra a luz.

— Garanto ao senhor que não se trata de uma piada. Tenho informantes de confiança no outro lado. Informações, senhor coronel, e informações de grande valor, podem ser adquiridas hoje por um pacote de café ou de cigarros. Pelas mais importantes, pago com meias de náilon sem costura...

— Tiradas dos depósitos americanos? — interrompeu-o Hemmings.

— É a única fonte, coronel — respondeu calmamente.

— O senhor poderia me revelar os nomes dos seus informantes? — perguntou Hemmings, mesmo sabendo que não estava lidando com alguém ingênuo e pronto para fazer algo que não tivesse analisado antes.

— Posso. Só que os seus nomes não terão nenhuma utilidade para o senhor. Eles não são profissionais da área de informações, mas simples homens do povo que, por acaso ou por necessidade, se encontraram do outro lado.

— E que profissões eles exercem?

— As mais diversas. O senhor bem sabe como a guerra desloca as pessoas. Eu mesmo me flagro pensando em quem sou realmente.

— O senhor não é jornalista?

— Não. De forma alguma. Minha atividade jornalística é apenas uma forma de sobreviver nesses novos tempos. O senhor gostaria de saber o que eu fazia antes da guerra?

O silêncio confirmatório do coronel era um convite para novas revelações. Embora conhecedor da alma humana, Redke não saberia dizer em que ponto o americano deixava de ser um oficial da inteligência e passava a ser um homem comum, curioso do mundo e das pessoas.

— Antes da guerra, eu vendia automóveis Mercedes. Um negócio excelente e um produto de primeira classe. Nem mesmo a guerra conseguiu estragá-lo. Ganhei dinheiro suficiente para abrir minha própria loja, no centro da cidade. Era uma beleza: mármore, vidro, aço escovado, com poltronas de couro para clientes e *hostesses* com pernas de dois metros de comprimento e rostinhos angelicais. Por sorte, não tenho traços semíticos, e, como o negócio era apolítico e eu não tinha muitos inimigos, pude prosperar. Obviamente, chegou um momento em que tive de fechá-lo. Quem pensaria em comprar um Mercedes quando não tem água para beber, sem falar na gasolina? Tinha esperanças de retomar o negócio após a guerra...

— E o que aconteceu? — perguntou Hemmings, acreditando que um bate-papo aparentemente desinteressado sempre ajuda na obtenção de alguma informação importante. Nesse ponto, o coronel era parecido com as mulheres que adivinham o futuro.

— Quando pude finalmente sair do abrigo no metrô e ir ao local da loja, encontrei apenas uma cratera feita por uma bomba. Ainda chamuscava.

— E as *hostesses*? — Hemmings não conseguiu resistir à pergunta.

— Não tenho a mais vaga ideia do que aconteceu com elas. Espero que todas estejam vivas, mas devo lhe dizer que não tenho notícia de nenhum dos meus ex-empregados. Tudo se desfez pelos quatro cantos do mundo e eles não trabalham mais para mim, que só tenho este trabalhinho — respondeu Redke, batendo com a mão na página de *Der Kurier*.

Suas mãos eram limpas, com as unhas bem aparadas. Aquilo bastou para Hemmings simpatizar com ele — adorava pessoas que cuidavam das mãos.

— Sabe de uma coisa? — disse com convicção. — Se a nossa conversa de hoje for bastante produtiva para que eu possa fazer um relatório sensato aos meus superiores e projetar ações futuras, então... — interrompeu-se e sorriu diante da visão de Redke que, balançando gentilmente a cabeça, parecia um penitente que, num confessionário, aguardava por uma absolvição — ...então incluirei o senhor na nossa folha de pagamento, na qualidade de... consultor.

O coronel não queria usar o termo mais adequado "informante".

— Uma razoável quantia mensal... para a atual conjuntura — acrescentou.

Redke não demorou a responder:

— Estou às ordens. O senhor pode perguntar o que quiser.

Hemmings soltou um suspiro de satisfação, ligou o gravador oculto numa gaveta e disse:

— Se o senhor estiver de acordo, começaremos do início.

Washington, Departamento de Defesa, alguns dias mais tarde

— O que o senhor acha disso, general Jason? — perguntou o grisalho Henry L. Stimson, que apesar dos seus 70 anos continuava muito ativo e era uma das mais respeitadas figuras do país.

O general Jason Clark, chefe dos analistas de inteligência, fechou a pasta cujo conteúdo estudara atentamente. Sentiu-se fraco, e uma onda de calor percorreu o seu corpo quando se deu conta das consequências que poderiam advir agora, à luz das novas revelações, da decisão que tomara um ano e meio antes. Sua primeira reação foi a de agir como se aquela conversa anterior nunca tivesse existido e, tendo tomado aquela decisão, sentiu certo alívio, semelhante ao que tem uma criança que esconde a cabeça debaixo de um cobertor para proteger-se dos fantasmas da escuridão. Mais uma vez o destino lhe mostrara que a obrigação de um analista é a de não negligenciar nenhuma informação, por mais absurda e improvável que fosse.

— Meras fantasias... — conseguiu dizer com esforço. — Hemmings quer mostrar serviço a qualquer custo. Se estivesse na posição dele, eu também veria complôs por toda parte...

Stimson esticou o braço para a pasta e perguntou:

— Por que o tem em tão pouca conta, Jason? Ele é um especialista reconhecido...

Clark, um homem baixo, gordo e com um rosto que lembrava o focinho de porco adornado por um patético bigode, respondeu com um sorriso de comiseração:

— Porque é óbvio que esse sujeito não passa de um aposentado que quer fazer uma carreira tardia.

Stimson ficou sério e aprumou-se na cadeira. Não suportava Clark, a quem considerava parcial e excessivamente precipitado nas avaliações. Na opinião do secretário da Defesa, esses dois traços faziam do general um péssimo chefe de analistas da inteligência. Embora fosse costumeiramente muito gentil, não conseguiu evitar certa mordacidade:

— Jason. Hemmings não precisa fazer uma carreira tardia, pois já a fez quando jovem, nos tempos em que você corria descalço atrás de bandas militares. Não se esqueça de que fomos nós quem lhe pedimos que abandonasse seus livros e preleções e viajasse para lá. Na idade dele, o que mais apreciamos é termos santa paz, algo de que você se convencerá no devido tempo.

Stimson observava com prazer o constrangimento e a mal oculta irritação no rosto daquele porco num uniforme de general. Apesar dos anos e das toneladas de experiências em manipular pessoas, o ato de ridicularizá-las ainda o divertia.

— Que seja! — disse. — Eu lhe darei uma chance para se corrigir. Por que acha que isso não passa de um boato? Você não sabe que os russos se negaram a nos devolver alguns aviões que fizeram pousos forçados no seu território? Alguém já falou com as tripulações daquelas aeronaves?

Clark pigarreou, sentindo seu gordo cangote ficar avermelhado. Já recuperara a autoconfiança, e resolveu responder apenas à primeira indagação:

— Nem que fosse pelo fato de o B-29 ser o mais avançado avião do mundo. Para construir um bombardeiro desses, é preciso ter percorrido o mesmo caminho de pedras que nós percorremos. Não dá para tomar um atalho.

Apesar do ódio que todo tolo nutre pelos que são mais inteligentes do que ele, o tom do porco era cheio de respeito. Clark sabia muito bem da influência que Stimson tinha na Casa Branca. Diante disso, passou a enumerar seus óbvios argumentos:

— Não estamos tratando de protótipos. Os japoneses desenvolveram o tal Nakjima G8 Renzan, um bombardeiro de longo alcance quase tão bom quanto o B-29. E o que aconteceu? Produziram somente um.* O senhor poderá ver uma foto dele. Os alemães? Os alemães também chegaram bem longe, mas produzir um protótipo é uma coisa, e passar para a produção em série, outra. Não. Os russos estão longe disso; eles pararam no desenvolvimento daquele enorme Il-6 que, desde o princípio, era mais destinado a um museu. Quanto à minha opinião de que Hemmings está errado, há um ponto inquestionável... — Clark fez uma interrupção teatral. Era bom nisso, já que treinava essas cadências diante de um espelho, nutrindo esperança de vir a ser senador. — A questão do nível da metalurgia.

— Metalurgia? — Stimson pareceu degustar aquela palavra.

— Senhor secretário — Clark apoiou as mãos nas suas coxas entreabertas, parecendo o cruzamento de um porco com uma marmota ofendida. — A cobertura da Superfortaleza é de alumínio.

— Isso não é novidade — observou sarcasticamente Stimson.

— Sim, só que aquela cobertura é inacreditavelmente fina. Apenas 16 centésimos de uma polegada. Mesmo assim, sua estrutura é capaz de resistir a uma carga de 400 quilos por metro quadrado!

— E ela precisa ser tão fina assim? — perguntou o secretário da Defesa, sentindo um arrepio só de pensar em como se sentia a tripulação da aeronave, a 6 quilômetros de altura e protegida do gélido vazio apenas por uma chapa da espessura de uma lente de óculos.

Clark apressou-se a esclarecer:

---

*O general Clark estava enganado; os japoneses produziram quatro protótipos (*N. do A.*).

— Precisa, para que o avião tenha a menor massa própria possível e, com isso, maior possibilidade de carga. Uma carga maior permite levar mais combustível, o que aumenta seu raio de alcance, e mais bombas. Nenhum outro avião no mundo é capaz de levar 9 toneladas de bombas a uma distância superior a 5 mil quilômetros, àquela altitude e com aquela velocidade! — acrescentou orgulhosamente, como se tivesse sido seu o projeto do B-29.

— E o senhor parte do princípio de que só nós dispomos de engenheiros qualificados? — perguntou Stimson.

— Não posso afirmar uma coisa dessas, senhor secretário. Certamente que eles existem em outros países, como o Tumilov, ou os gêmeos Günther, da Heinkel. Mas é preciso levar em consideração que esses homens trabalharam em condições precárias, num período de guerra, enquanto os nossos tiveram muitos anos de paz e fundos suficientes para pesquisas e experimentações. E isso, senhor secretário, nenhum gênio poderá substituir. Além disso, posso saber de onde Hemmings tirou essas revelações?

— Da imprensa berlinense e, como o senhor mesmo sabe, quando algo aparece nos jornais, ou é uma verdade ou é uma mentira, a qual, por sua vez, causará um escândalo, e os escândalos podem transformar uma mentira numa verdade, ou vice-versa. De qualquer modo, há algo naquela notícia.

— E essa é a sua única fonte? Aqui está escrito... — Clark lançou um olhar interrogativo para o relatório de Hemmings. — O senhor permite?

Diante de um gesto de concordância do secretário da Defesa, Clark pegou a pasta com o relatório com tanta repugnância como se essa estivesse encharcada de excrementos de gambá.

— ...está escrito que a cópia do nosso bombardeiro está sendo produzida em escala maciça, nas diversas fábricas na região central e meridional dos Urais. Atente para isso, senhor secretário: em escala maciça.

— E o senhor, general, atente para o fato — imitou-o Stimson — de que esse *Kurier* é distribuído também nos setores francês e britânico. Se por acaso a notícia se revelar verdadeira e nós não lhe tivermos dado importância, não ficaremos bem aos olhos dos nossos aliados. O senhor sabe que a situação é extremamente instável. O B-29 é o único avião capaz de realizar missões devastadoras a longa distância. Os russos certamente bem que gostariam de tê-lo em grande quantidade. O senhor sabe também que Stálin várias vezes tentou obtê-lo de nós. Pode ser que isso pareça demasiadamente pretensioso, mas estamos tratando do futuro do mundo. Diante disso, posso pedir ao senhor que leve esse assunto a sério? Além disso, Hemmings interrogou pessoalmente o autor da reportagem e, pelo que consta no seu relatório, aquele sujeito tem seus informantes de confiança do outro lado, além de ser um tipo esperto.

— Talvez, senhor secretário... — Clark estava irritado com aquela conversa, na qual seu interlocutor, tal uma criança teimosa, não queria aceitar os mais óbvios argumentos — ...os russos estejam produzindo um quadrimotor, o que deverá ser minuciosamente investigado. Sabemos que Miaisichev andou trabalhando num projeto desses. Mas, quanto à possibilidade de estarem construindo algo como a Superfortaleza, acho extremamente improvável — Clark escarrapachou-se na poltrona e, com evidente prazer, repetiu sua conclusão — ...extremamente improvável.

Stimson olhou para ele e pensou:

"Por quantas vezes outros, assim como você agora, me disseram que algo era extremamente improvável! Tanto os mais tolos quanto os mais inteligentes do que você. No começo, eu acreditei neles... pareciam tão convincentes! Depois, comecei a duvidar. Nos últimos anos, aprendi que coisas extremamente improváveis podem ser possíveis. E mais: capazes de mudar de modo fundamental a forma do mundo em que vivemos. Isso não é resistir ao avanço da ciência: é algo completamente diverso. Tomemos, por exemplo, o caso da penicilina, descoberta, se não me engano, em 1929, mas que precisou de uma guerra mundial para que o mundo se convencesse da sua eficácia. No começo de 1943, toda a penicilina que havia no mundo daria para aplicar menos de cem injeções. Depois daquela experiência em Brigham,* em menos de um ano, a penicilina se

*No hospital de Brigham, a penicilina foi aplicada em quinhentos soldados infectados durante os combates no Pacífico. O percentual dos que ficaram curados foi tão significativo que o corpo médico do Exército dos Estados Unidos deu ao remédio a denominação de "medicamento da mais alta ordem". (*N. do A.*)

tornou o mais popular dos antibióticos, salvando a vida de centenas de milhares de soldados feridos. Se apenas dez anos atrás alguém me tivesse dito que uma bomba de menos de uma tonelada poderia matar 80 mil pessoas e deixar marcas indeléveis em várias gerações, eu o chamaria de louco. É isso que quer dizer o tal "extremamente improvável". Por que esse porco não respondeu à pergunta sobre aquelas tripulações? Elas foram submetidas a alguns procedimentos de contraespionagem? Vou ter de pedir a Hemmings que investigue isso e que exija que lhe sejam mostrados os protocolos daqueles interrogatórios. Isto é, se de fato existem e se os interrogatórios ocorreram."

— O que o senhor propõe? — Stimson queria que o porco saísse do seu gabinete o mais rápido possível.

— Acho que a coisa mais sensata a fazer é pôr a questão *ad acta* e depois avisar nossos homens de contraespionagem para que fiquem atentos.

— Isso é tudo? — assegurou-se gentilmente Stimson, tomando a decisão de apresentar na próxima reunião do Estado-Maior das Forças Armadas a proposta de transferir o porco e afastá-lo de questões importantes. De preferência para algum lugar no qual sua alegre estupidez pudesse ser de alguma valia para o exército. Só que... existiriam lugares assim?

À mesma época, num ferro-velho de peças de aviões, no estado do Kansas

A visão era excepcional e deprimente. Estava preparado para novas impressões, mas não imaginara que uma necrópole de máquinas pudesse estar tão impregnada de fluidos de morte e de passado quanto um cemitério com cadáveres humanos. Tais sensações são percebidas apenas por pessoas muito sensíveis — ou as que, como ele, têm por obrigação notar coisas imperceptíveis às demais.

Bateu a porta do seu Packard preto e, com cuidado, alisou as fraldas do seu paletó levemente amassado. Já se acostumara aos seus novos trajes: um terno cinza-escuro e uma fúnebre gravata preta. O dia, embora já fosse final de outono, era quente e seco, de modo que deixou o casaco e o chapéu dentro do carro. Embora devesse adotar um estilo americano, não conseguira acostumar-se ao uso de chapéu. O rosto frio e ossudo, aliado a um terno escuro e um chapéu, lhe dava a inevitável aparência de um gângster, e ele, sem dúvida alguma, teria se sentido mais à vontade metido num uniforme.

No entanto, naquele país, ele era um civil e, como constava no seu cartão de visitas, diretor comercial da "Vanco". A empresa em questão, de acordo com o que constava nos seus estatutos, ocupava-se com várias coisas: a compra de metais usados e de matérias-primas secundárias, o comércio de peças dos mais diversos equipamentos e máquinas, e só Deus sabe com o que mais. Alguns dos seus acionistas tinham cidadania americana, e a empresa mantinha representações permanentes em cidades espalhadas pelo país, bem como um pequeno escritório no Canadá. Seu diretor comercial, David Donald Tuskov, também era cidadão americano, muito embora seu nome verdadeiro não fosse aquele. Antes da guerra, ele trabalhara por alguns anos como representante comercial da sociedade russo-americana AMTORG. Naquele tempo, usava um outro nome, e a sua identidade, comprovada por muitos documentos, era diametralmente oposta à lenda que fora criada para encobrir a atual. Por sorte, ele se afastara da AMTORG antes daquele famoso escândalo, o que evitou uma desnecessária e perigosa exposição e lhe permitiu assumir novas e adequadas missões.

Tendo fechado cuidadosamente a porta do Packard, resolveu dar uma volta pelo ferro-velho. O terreno era extenso e separado do resto da planície por uma cerca de arame farpado. O portão pelo qual entrara era feito de forma primitiva, com toras de madeira e arame farpado, e estava aberto de par em par. Nenhum sinal. Nenhuma placa. Rajadas de vento faziam ramos de arbustos rolarem pelo chão, e uma nuvem de poeira cobriu a esmaltada pintura preta do Packard. Para onde quer que se olhasse, viam-se fileiras de aviões sem vida cuidadosamente alinhadas. Alguém que não conhecesse as dimensões e o ímpeto da indústria aeronáutica americana poderia ficar espantado com a quantidade de máquinas abandonadas. Mas ele conhecia — e não se espantou. Ficou andando ao longo da aparentemente infindável fileira de Hudsons, pesadamente apoiados em pneus sem ar e quase tocando o chão com suas vastas barrigas. A maioria parecia em bom estado, mas Tuskov viu um com a cabine totalmente destroçada e com claros sinais de ter sido alvejada. Ao aproximar-se dele, pareceu-lhe ver vestígios de sangue ressecado, mas aquilo poderiam ser apenas marcas de óleo ou de sujeira.

Depois de passar pelos Hudsons, entrou no meio das impressionantes fileiras dos B-17, que pareciam ter sofrido muito nas suas missões, com os vidros das cabines opacos e carenagens dos motores manchadas de óleo. A maior parte deles viera voando por seus próprios meios, pousando num aeroporto próximo, do qual foram rebocados à sua pousada final por pesados veículos puxadores de canhões. Em seguida, viu um grupo de Helldivers, surpreendentemente em bom estado de conservação. Sua cor azul-marinho não perdera seu lustre, e David Donald Tuskov decidiu que seu próximo terno de executivo seria feito com uma lã daquela cor. Chegou a considerar a conveniência de usá-la com uma gravata com cores da bandeira americana ou, melhor ainda, da cor verde-garrafa que adornava a hélice de um SBD que, por razões incompreensíveis, estava exposto no meio dos seus colegas mais novos e mais modernos.

Finalmente... aí estão elas! Que belezocas! Ninguém jamais construíra um bombardeiro mais lindo. Iluminado pelo sol da tarde, o alumínio brilhava com reflexos dourados, no qual se destacavam os negros algarismos e as insígnias argênteo-azuladas. Suas hélices, imóveis para sempre, eram pintadas de preto com marcas amarelas nas pontas e tinham aspecto ameaçador. Não eram muitos, não mais de vinte, mas em ótimo estado. Provinham das primeiras linhas de produção — de 1941 e 1942 — e foram substituídos por versões mais recentes, não valendo a pena serem modernizados. Não faz mal. Aquilo que o interessava não sofrera grandes modificações nas versões seguintes.

— O senhor é um amante de aviação?

Tuskov virou-se rapidamente; talvez até rápido demais. Diante dele estava um sujeito com uma cabeça que parecia sair do seu torso musculoso sem a intermediação de um pescoço. Em compensação, o rosto do homem era simpaticíssimo. Na juventude, devia ter sido muito bem apessoado. Mesmo agora, na faixa dos cinquenta, retinha algo de infantil nos cantos dos lábios e nos belos olhos esverdeados.

— Sim. Gosto de aviões, principalmente de aviões tão belos quanto estes. Chega a dar pena que fiquem aqui para sempre, deixando de voar.

— Mas eles não vão ficar aqui para sempre... irão para lá... — respondeu o sujeito, apontando para a ameaçadora silhueta de uma gigantesca prensa. Como ela estava contra o sol, Tuskov não a notara. Agora, protegendo os olhos contra os raios solares, pôde olhar com atenção para aquela terrível máquina de destruição.

— E o que vai acontecer com eles? — perguntou, achando que seu interlocutor deveria estar entediado com a sua função de zelar por aqueles aviões brilhantes e que seria preciso dar-lhe bastante tempo para desabafar antes de chegar ao ponto que lhe interessava.

O responsável pelo cemitério de aviões demonstrou vivo interesse em dar todas as explicações.

— Como assim? Serão transformados em pequenos cubos, e jogados num forno. Com isso, voltarão a voar, mas em outro corpo. É como se fosse uma reencarnação, o senhor não acha?

Tuskov tirou do bolso um maço de cigarros e estendeu-o na direção do seu interlocutor. Este, tendo olhado com apreço para os Pall Mall sem filtro, pegou um e perguntou:

— O senhor gosta de emoções fortes?

Tuskov não entendeu a pergunta de imediato, mas manteve o sorriso nos seus lábios finos e quase desprovidos de sangue. Finalmente compreendeu:

— Ah! O senhor se refere a estes cigarrinhos? Já que se fuma, é melhor fumar do melhor. Já experimentei diversas marcas e cheguei à conclusão de que os melhores são os Gitanes franceses, sem filtro. São fortes mas não arranham a garganta... como um bom café.

— ...ou um bom uísque — completou o desconhecido. — Posso convidá-lo para vir ao meu escritório? Tomaremos uns tragos.

Tuskov achou que ainda era cedo para beber, pois o sol ainda estava bem alto no céu. Mas o que não se faz em prol da uma causa...

Conversando alegremente como se fossem grandes amigos, os dois passaram pela fileira das Superfortalezas, com David contando involuntariamente as sombras daquelas naus armadas. O "escritório" do responsável pelo ferro-velho — que se apresentou como Paul Dabrowski — não passava de um barracão de folhas de zinco, mas seu interior, protegido por persianas brancas, revelou surpreendente ordem, limpeza e frescor. Os móveis e os quadrinhos pendurados nas paredes demonstravam um estilo bem-humorado. Só depois de algum tempo Tuskov percebeu que a maior parte dos objetos decorativos fora feita com pedaços de alumínio, chapas de ferro galvanizado, canos e outros elementos, evidentemente retirados dos aviões. Estava claro que aquele lugar não era apenas a sala de trabalho de Dabrowski, mas também a sua moradia e o local em que recebia visitas. Num dos cantos havia um contrabaixo muito bem conservado e, junto dele, um suporte de partituras e um banco alto com assento redondo. Havia também uma vitrola, pilhas de discos e uma geladeira, da qual o responsável pelo ferro-velho retirou duas latinhas geladas.

— A essa hora, cerveja é mais apropriada — esclareceu gentilmente.

Tuskov deu o primeiro trago com evidente prazer e, apontando com o queixo para o instrumento, indagou:

— O senhor toca contrabaixo?

— Essa era a minha profissão. Sou contrabaixista e, quem sabe, o melhor deste país. Obviamente entre os brancos — acrescentou em tom sério, perguntando logo em seguida: — O senhor também é um amante de música?

— De certa forma — respondeu Tuskov, ajeitando-se numa poltrona de alumínio recoberta de almofadas de couro e que sem dúvida ganharia uma medalha de ouro numa mostra de arte contemporânea. — E o senhor ainda se apresenta?

— Não. Toco somente para mim, ou com alguns colegas que me honram com visitas ocasionais. Mas isso ocorre de raro em raro, pois a cidade fica longe e eles dormem até tarde.

Só então Tuskov percebeu que o rosto, a silhueta e o sobrenome de Dabrowski lhe eram familiares, tanto de cartazes de antes da guerra anunciando concertos de jazz nas melhores salas como dos próprios concertos, aos quais ele, sendo um melômano, costumava assistir.

— Aquilo não rendia dinheiro suficiente? — indagou.

— Rendia — respondeu Dabrowski, com um sorriso nostálgico —, e muito.

— Então por que o senhor parou de tocar em público?

— Mudei de profissão. Agora, mato aviões. Assim como eles...

Aquela interrupção fora um tanto teatral, mas era possível ver que Dabrowski desejava que alguém revivesse com ele as suas tristezas. Tuskov, psicólogo profissional e bem treinado agente de espionagem, era a personificação de uma plateia ideal. Adotou uma expressão de tanta expectativa que Dabrowski concluiu:

— Minha namorada foi morta por um avião. Talvez ela não fosse excepcionalmente inteligente, mas era belíssima. Estávamos juntos havia apenas dois meses.

— Sua namorada foi morta por um avião? Ela estava voando nele?

Dabrowski fez um movimento negativo com a cabeça e permaneceu com os olhos fixos no chão. Parecia de fato reviver aquele momento.

— Foi durante a guerra? — insistiu Tuskov.

— Não. Não foi durante a guerra, e ela não estava voando num daqueles monstros. Estava indo para a piscina e resolveu cortar caminho através de um prado. E um desgraçado, que não sabia pilotar direito, caiu em cima dela. Ela estava sozinha, no meio de um prado, e ele foi cair exatamente sobre ela. Dá para acreditar numa coisa dessas? Pessoas são atropeladas por automóveis, morrem na guerra, mas que um avião caia sobre a cabeça de alguém? O senhor acha isso uma coisa normal?

Tuskov meneou a cabeça com compreensão:

— E é por isso que o senhor está aqui?

— Sim. Ajudo a enterrá-los. Admito que isso é muito esquisito, mas de alguma forma me alivia. O senhor deve achar que eu tenho um parafuso a menos, não é verdade?

Era evidente que Dabrowski procurava uma justificativa para as suas fobias, e Tuskov resolveu arriscar:

— Acho que o senhor é bastante biruta, mas isso não me incomoda de forma alguma.

— Biruta? É isso que o senhor acha? Pois o senhor está certo. Sou mesmo biruta, e o senhor é a primeira pessoa que acha isso divertido. Uma revelação!

O senso de humor de Dabrowski era contagiante, e ambos se puseram a rir, saboreando o significado daquela "birutice". Depois Dabrowski ficou sério e indagou:

— Mas o que traz o senhor a estas bandas? Não pode ter sido para olhar sucatas de aviões e conversar com um lelé da cuca.

Tuskov tirou seu cartão de visita:

— Minha empresa compra peças de máquinas para revender ou transformar em outra coisa qualquer, nas suas próprias oficinas. O senhor está autorizado a negociar esta sucata?

— Obviamente. Não só tenho a autorização como ainda ganho uma comissão a cada peça vendida, mas tenho que registrar tudo nos livros em detalhes. O senhor sabe, até aqui há controles, e o meu assistente me observa atentamente. Chego a pensar que ele foi enviado para cá especialmente para isso. Um bundão. Hoje ele não está aqui, porque está com pneumonia e mora a uma distância de 40 quilômetros. Aliás, hoje tudo está calmo, porque o operador da prensa também está com pneumonia. Será que temos uma epidemia? Sem ele o que opera o guindaste não tem nenhuma utilidade, de modo que lhe dei folga.

Dabrowski levantou-se a abriu a geladeira:

— O senhor quer mais uma? Não? Então vou tomar sozinho.

Tirou a cerveja da geladeira e caiu pesadamente sobre a cadeira.

— E o que o senhor gostaria de comprar? — perguntou.

Tuskov tinha a nítida sensação de que aquela forma de se expressar era de fachada. Os títulos dos livros nas prateleiras e a sua impressionante quantidade indicavam que o contrabaixista era um homem esclarecido. Lançando mão de expressões vulgares e daqueles "o senhor sabe", Dabrowski queria passar por um simplório. Como aquelas duas coisas não combinavam de forma alguma, Tuskov resolveu ficar mais cauteloso:

— Recebemos encomenda de uma fábrica de máquinas agrícolas, que quer fabricar reboques para colhedeiras. Aqueles reforçados, adaptados para receber carregamento de grãos. Devem ser muito robustos e resistentes. Então chegaram à conclusão de que um trem de pouso do B-29 seria ideal, obviamente depois de sofrer algumas adaptações, e pediram à nossa empresa que se encarregasse da sua aquisição.

Dabrowski meneou a cabeça e perguntou de forma pensativa:

— Trens de pouso do B-29, o senhor diz?

— Sim.

Dabrowski continuou indagando com o mesmo tom pensativo:

— Dianteiros ou principais?

— Ambos — respondeu Tuskov rapidamente, censurando-se pela pressa em responder, o que significava grande interesse naquela transação. — O senhor sabe, o menor ficará na parte dianteira, e o maior, na traseira.

— Com rodas e pneus? — perguntou Dabrowski, anotando algo numa folha de papel presa a um suporte de alumínio. — É preciso que o senhor tenha em mente que os pneus estão num estado lastimável... (Dessa vez Dabrowski, provavelmente por distração, usara uma forma mais erudita ao se expressar.)

— Não faz mal — respondeu Tuskov, maldizendo-se mais uma vez pela ansiedade demonstrada.

O fato era que o comportamento de Dabrowski mais parecia o de um investigador diante de um suspeito, e Tuskov, apesar de todo seu treinamento e experiência no serviço de espionagem, não conseguia deixar de se expor demasiadamente.

— É apenas um detalhe — corrigiu-se. — Por certo poderão ser recauchutados, não é verdade?

— Sem dúvida — admitiu educadamente o administrador do ferro-velho. — Para um reboque, sim, mas, para a Superfortaleza, definitivamente não. Eles explodiriam na primeira aterrissagem. Esses pneus são de pouca durabilidade, e o senhor sabe o peso que eles têm de suportar?

Tuskov fez uma expressão que mostrava que não sabia.

Dabrowski esclareceu com gentileza:

— A velocidade na hora do pouso é de 250 km/h. O senhor já viajou a uma velocidade dessas? Não? Pois saiba que é muito grande. Além disso, deve-se acrescentar o peso do bombardeiro. Mesmo se estivesse vazio, sem bombas, com apenas uns restos de combustível e sem munição, ele pesaria 32 toneladas. E ainda tem o choque com o concreto. Esses pneus só servem para uma dúzia de pousos; depois, precisam ser substituídos por outros. Mas, por que cargas d'água eu estou enchendo a cabeça do senhor com estes detalhes? — ergueu os olhos do papel e assegurou-se: — E imagino que o senhor queira, também, um sistema completo de freios, não é? Só não sei se as bombas daquela colhedeira dariam conta da pressão necessária. O senhor sabe algo a esse respeito?

Tuskov deu de ombros:

— Isso já não é um problema nosso, mas dos nossos clientes.

Dabrowski sublinhou energicamente algo nas suas anotações e disse:

— Muito bem. Um conjunto completo de um bombardeiro custará ao senhor 850 dólares, mais os óbvios custos da remoção das peças. Digamos, 150 dólares por cada conjunto. Vou precisar convocar algumas pessoas que entendem disso. Está bom para o senhor?

Tuskov converteu rapidamente o valor da transação e decidiu barganhar, no intuito de dissimular sua anterior pressa em efetuar a compra:

— Não dá para reduzir um pouco esse preço?

— O senhor sabe... São preços do catálogo, mas, se o senhor levar mais de um conjunto, podemos conceder-lhe um desconto de até 25 por cento. Quantos conjuntos senhor pretende levar?

— Se for possível... todos.

— Aquela empresa de colhedeiras deve ser uma fábrica e tanto! Neste momento, tenho aqui vinte, mas aguardo o recebimento de mais alguns. O senhor quer de fato levar todos? Isso levará certo tempo.

— Não faz mal — respondeu Tuskov, contente por tudo ter se passado tão satisfatoriamente. — No entanto, gostaria que fosse o mais rápido possível. Cada atraso diminui o lucro, o senhor compreende?

Dabrowski lhe estendeu seu suporte de alumínio:

— Então, assine aqui... e aqui. Isso é um acordo preliminar. Caso o senhor venha a desistir do negócio, perderá o sinal que terei de lhe pedir. Além disso, o senhor deverá preencher este questionário com todos os dados da sua empresa, assiná-lo e carimbá-lo. O senhor sabe... é uma burocracia e tanto, mas essas aeronaves pertencem aos militares, e eles adoram formulários e carimbos. Cá entre nós, não consigo compreender como eles, com toda essa burocracia, conseguiram vencer a guerra, a não ser que os alemães e os japoneses tenham sido ainda mais burocráticos.

O chefe do ferro-velho sorriu em silêncio, divertido pela sua observação jocosa e imaginando um arrogante funcionário que, ao retirar do armazém e entregar aos aviadores uma bomba atômica, exigisse um recibo em cinco vias, devidamente assinado e carimbado.

Depois, tendo acompanhado o visitante até o Packard negro e acenado amigavelmente até este desaparecer numa nuvem de poeira, retornou ao seu escritório e por muito tempo examinou o questionário preenchido com a cuidadosa letra de Tuskov. Por fim soltou um suspiro e, virando-se para o escuro e polido contrabaixo, falou em voz alta:

— Não acredito em uma só palavra daquela história de colhedeiras e reboques. O senhor, caro Sr. Tuskov, está tramando algo e o seu olhar não é digno de confiança. Mas isso, Sr. Tuskov, é algo para ser tratado pelos órgãos competentes.

Tendo dito isso, pegou o telefone e, quando a central atendeu, pediu:

— O escritório do xerife, por favor.

5

Moscou, Kremlin, novembro de 1943

A CERTA DISTÂNCIA AS FOTOS — lindamente arrumadas num álbum encadernado em couro e entre grossas folhas de cartolina creme — pareciam gravuras em preto e branco. Só quando se debruçou sobre elas é que ele pôde apreender seu sentido. A qualidade, considerando que foram tiradas de uma altitude de alguns milhares de metros, era mais do que razoável. Eram fotos de um gigantesco cadáver queimado numa pira de fósforo. Na mesma hora se deu conta de que, caso aquele cadáver estivesse vivo, se chamaria Hamburgo. As fotografias eram tão sugestivas que ele chegou a aspirar o ar, como se esperasse sentir o cheiro de queimado. Conhecia muito bem o cheiro de uma cidade em chamas — aquela inimitável composição de vários elementos, desde produtos químicos e os característicos odores resultantes da queima de árvores, muros, folhas e gasolina até o cheiro de bife de corpos humanos calcificados. Mas o álbum emitia apenas um cheiro de cartolina e de couro de excelente qualidade.

— O que achais disso, capitão Smoliarov? — perguntou Stálin.

Smoliarov olhou discretamente para o líder. Até então só o vira em retratos e nos filmes de propaganda ou nas produções da Mosfilm, interpretado por atores empolados. Agora, podia observá-lo de perto. Provavelmente o que mais o surpreendeu foram seus cabelos, já que o fato de o Grande Líder ser de baixa estatura era de conhecimento geral. Mas os cabelos? Stálin estava claramente ficando careca, e quando inclinava a cabeça sobre os papéis era possível ver o vermelho doentio da pele do seu crânio. Afora isso, tinha a aparência de um homem qualquer, até simpático, e Smoliarov — apesar dos temores que o assolaram antes — se sentiu à vontade diante daquele homem. Preocupava-o muito mais o já conhecido Kazedub, que, com a sua mão negra e morta, estava sentado um pouco de lado.

Quanto a Stálin, até seu olhar atento e penetrante era suportável. O líder olhava como um dos seus colegas da academia, que queria convencer a todos de que era um adivinho capaz de ler o futuro nas palmas das mãos das pessoas. Era o olhar de alguém que quer mostrar que é perscrutador e sabe muito mais do que as pessoas pensam. Apesar de jovem, Smoliarov sabia olhar para as pessoas de forma crítica e maliciosa. Graças à babá Robertson e ao fato de ter tido acesso à literatura inglesa, sabia muito mais do mundo do que um típico cadete de academia militar. No entanto, jamais se gabara da sua visão mais ampla da realidade, dando-se conta de que aquilo seria perigoso.

Tendo avaliado a índole e a força do olhar do camarada Stálin, Smoliarov sentiu-se melhor.

Fora chamado a Moscou logo depois de Rickenbacker ter concluído sua visita às fábricas e às unidades da Força Aérea russas e ter sido posto sob as asas dos chineses, que o levaram num Liberator com as insígnias da USAAF. Na certa a convocação fora o resultado do relatório telefônico que ele fizera a Kazedub. De qualquer modo, o motivo logo seria esclarecido, já que o fato de um capitão ser trazido à augusta presença do Líder Máximo não era sem algum propósito. Diante disso, sua resposta deveria ser adequada e condizente com o que se esperava dele.

— Eles obtiveram um resultado inesperado, camarada Stálin — disse. — Principalmente tendo sofrido tantas baixas.

— Inesperado, dizeis? — falou Stálin, colocando uma mão sobre o álbum. — Churchill me escreve que eles, naqueles bombardeios, chegam a lançar mais de oitocentos aviões ao mesmo tempo. Com um número desses de aeronaves, não espanta que tenham alcançado tal sucesso. Mas, sentai, camarada capitão. Não vos preocupais com a minha presença. Vou ficar andando pelo gabinete, pois, de tanto ficar sentado diante desses papéis, estou com o traseiro dolorido. Sentai e experimentai este conhaque.

Stálin passou a andar em volta dele como um mordomo em volta de um lorde inglês. Encheu uma xícara com chá tirado de um samovar prateado e passou-a a Smoliarov, junto com um pratinho de biscoitos. Era mais do que evidente que o ato de fingir ser outra pessoa lhe dava satisfação. Afinal, se todos o paparicavam, por que não inverter os papéis de vez em quando? Era como se fantasiar de garota. Encheu um bojudo cálice com conhaque armênio de cinco estrelas, e o fez com tanta habilidade que não derramou uma gota sequer. Era evidente que tinha muita experiência em encher copos.

— Sabeis beber conhaque, camarada capitão? — perguntou num tom paternal. — Não quero que, depois, tenham que vos arrastar pelas pernas para fora de Kremlin, como, sem ofensa, aos meus marechais. Sabeis? Admitais.

Smoliarov olhou diretamente nos olhos do líder:

— Sei, camarada Stálin. Até o primeiro quarto de litro. Depois, já não sei, mas o meu organismo dá uma garantia de até 250 mililitros.

Stálin soltou uma gargalhada e serviu-se também, bem com a Kazedub.

— Você ouviu isso, Kazedub? — exclamou. — Ele dá uma garantia. Como um estaleiro para um submarino. Duzentos e cinquenta gramas, e nem um grama a mais; caso contrário, irá se partir ao meio. Gostei. À vossa saúde, capitão Smoliarov. Será que não chegou a hora de vos tornardes o mais jovem major da Força Aérea? Tudo está em vossas mãos. Agora, tomai ar e contai tudo, como se estivésseis num confessionário. O que se passa com aquele superbombardeiro? O tal Ricken... como é mesmo o seu nome?

— Rickenbacker — soprou-lhe servilmente Kazedub.

— Esse mesmo — continuou Stálin, tossindo levemente, pois o conhaque irritara sua garganta ressecada pelo tabaco. — Será que esse Rickenbacker não inventou aquela história do avião? Não estaria exagerando para se mostrar? O que achais, Smoliarov?

O capitão retirou do bolso as anotações que fizera, preparando-se para aquele encontro.

— Não creio, camarada Stálin — respondeu com cautela, o que agradou seu interlocutor.

O Líder Máximo apreciava a cautela. Para ele, a cautela era a melhor forma de ataque. Qualquer imbecil consegue correr para a frente, gritando e morrendo. No entanto, o mundo pertence aos cautelosos, sempre dispostos a esperar até que acabem os disparos contra os apressados. Em função disso, lançou um olhar generoso e afável para o jovem oficial. Sabia fingir generosidade e afabilidade com perfeição, e a maior parte do seu séquito costumava cair nessa arapuca. Smoliarov fingiu também acreditar na generosidade do interlocutor e repetiu:

— Não creio, camarada Stálin. De qualquer modo, essa informação certamente logo será confirmada pelo nosso serviço de espionagem. Mas, se permitirdes, camarada Stálin, uma generalização: em toda mentira há um tênue fio de verdade, em toda inverossimilhança, algo plausível, e, em todo despiste, um desejo oculto de nos desviar daquilo que interessa. Mesmo se Rickenbacker tivesse blefado, ele o teria feito a mando de alguém, o que só pode significar uma coisa...

Kazedub ouvia com interesse cada vez maior o que dizia Smoliarov. A habilidade com a qual o jovem conduzia aquele joguinho com um parceiro tão difícil era digna de admiração, o que servia para confirmar o talento de Kazedub para encontrar pessoas adequadas às missões importantes. Aquele rapaz era um agente nato. Era tão superficial como um colegial e corava como uma donzela, mas tinha também sangue-frio. Era contido e, acima de tudo, confiava na capacidade do seu intelecto. Um intelecto que consegue ocultar as próprias falhas através de vergonha e de embaraço é o mais poderoso de todos. A força do intelecto é obtida por meio da consciente dominação das fraquezas, e não por um tolo e arrojado ataque frontal. Sua facilidade para enrubescer é algo passageiro; basta que defronte com a morte algumas vezes ou que transe com uma mulher. Todos começam enrubescendo e, depois, cessam. Depois, são capazes de disparar um revólver na nuca de alguém sem o menor rubor, sem mesmo tirar o cigarro da boca. É apenas uma questão de tempo. Certas coisas não podem ser evitadas. “Eu também costumava enrubescer no começo”, pensou. “Além disso, ele é muito bem apessoado, o que tem muito valor nessa profissão. É verdade que eu não aprecio muito esse tipo de beleza, mas conheço muitas mulheres para as quais esse Smoliarov seria tudo que desejariam na vida." Kazedub olhou atentamente para o capitão. "Ainda bem que os seus incríveis olhos verdes e cabelos louros são completados por um queixo quadrado e maçãs de rosto salientes; caso contrário, pareceria um querubim. Também é ótimo que seja alto, musculoso e tenha mãos bonitas. Isso tudo conta. Faremos dele um superagente, e as garotas se envenenarão por causa dele, bebendo iodo com prazo vencido nos banheiros. Por enquanto, ele tem de seduzir Stálin e, pelo andar da carruagem, está se saindo muito bem." Kazedub se ajeitou mais confortavelmente na poltrona, observando seu protegido.

— ...só pode significar uma coisa...

— O quê? Falai sem medo — apressou-o Stálin, em quem Smoliarov conseguira despertar um autêntico interesse.

— Isso significa, camarada Stálin, que, mesmo que eles não tenham ainda iniciado a produção em série, estão muito próximos de iniciá-la. Só isso.

— E o que vos faz pensar desse modo? — perguntou Stálin.

— Existe, camarada Stálin, um certo método. Chama-se macroanálise.

— Não digais — interessou-se Stálin. — Foi inventado pelos capitalistas?

— Exatamente, mas isso não diminui seu valor — respondeu Smoliarov.

— E em que consiste esta tal macroanálise?

— Na capacidade de saber ver os detalhes pela perspectiva dos seus efeitos em coisas grandes e básicas.

— O que estais dizendo é muito interessante. Poderíeis nos dar um exemplo?

— Sem dúvida, camarada Stálin — respondeu Smoliarov, que não era tão fácil assim de ser encurralado. Podia corar, mas seguia em frente, movido por sua inteligência acima da média: — Tarent.

— Tarent? — o Líder Máximo ergueu as sobrancelhas. — O que tendes em mente?

— Numa escala micro, camarada Stálin, Tarent foi uma vitória de alguns velhos biplanos britânicos Swordfish. Aviões de outra época. Lentos.

Desajeitados. E, no entanto, foram usados com determinação e pilotados por homens prontos para morrer ou cumprir a missão e... *just in time*...

— O quê? O que quereis dizer com isso? — perguntou Stálin.

— É uma expressão difícil de ser traduzida; seria algo como "no momento exato".

— No momento exato?

— Ou seja: nem um segundo antes, nem um segundo depois. Exatamente no momento preciso — explicou Smoliarov, corando mais uma vez.

— E o que aconteceu?

— Aconteceu que aquele museu voador eliminou a metade da frota italiana, e a composição das forças no mar Mediterrâneo mudou radicalmente. Na escala micro, o que contou foi a determinação e aquele *just in time*... bem como a decisão de usar uma força tão débil para atacar uma frota fortemente defendida. Pelo que eu me lembre, eram 12 daqueles biplanos, enquanto só de baterias antiaéreas em torno daquela frota havia milhares de canos... sem falar nos canhões dos próprios navios e dos caças pousados num aeroporto próximo.

— E na escala macro? — Stálin era um aluno aplicado.

— Na escala macro, camarada Stálin, aquilo mudou o destino do mundo — anunciou grandiosamente Smoliarov.

— O que quereis dizer com isso?

— Que um Tarent desses, só que planejado nos seus mínimos detalhes, foi aplicado pelos japoneses aos americanos em Pearl Harbour. Tereis de admitir, camarada Stálin, que, do ponto de vista de macroescala, coisas assim mudam os destinos e a forma do mundo.

— É verdade... é verdade — murmurou Stálin, alisando seus bigodes amarelados por nicotina. — A vossa explanação foi muito bem estruturada, major Smoliarov. Acredito que podereis ser um grande estrate... — interrompeu-se diante do olhar espantado do jovem. — Por que estais me olhando com olhos arregalados? Isso é algo que posso fazer por vós, pois vós me agradais. Quando terminarmos, já podereis colocar as estrelinhas e outros penduricalhos, enquanto o camarada Kazedub se ocupará das formalidades. Mas, voltando ao assunto em pauta, vós dizíeis que eles já têm esse bombardeiro e que, se quisessem...

Stálin ficou pensativo. Para que eles precisam de um bombardeiro desses? Não lhes bastam as Fortalezas Voadoras e os Liberators?

O recém-promovido major olhou para o Líder Máximo como um professor que quer ajudar um brilhante aluno na resolução de um problema complicado. E Stálin aceitou aquele papel. Parecendo, de fato, um colegial, bateu na sua testa estreita e exclamou alegremente:

— Já sei. Vós quereis, major, que eu vos faça uma macroanálise. Não é isso? Mas é óbvio! Era isso que queríeis dizer? Eles já sabem que estão em condições de esmagar os japoneses como massa de pão, mas precisam ainda de um rolo de pastel adequado. E o fizeram... o fizeram — repetiu, satisfeito consigo mesmo.

— Exatamente, camarada Stálin. O B-17 é excelente para bombardear a Alemanha, mas, se os americanos querem chegar ao Japão vindo da China ou das Filipinas, obviamente depois de tê-las reconquistado, precisarão ter um avião com um raio de ação da tal "Superfortaleza" — confirmou Smoliarov.

— E têm — disse Stálin, sentando-se pesadamente na poltrona. — E nós? Dormimos no ponto. Ficamos girando em volta, como um cachorro atrás do seu rabo. Enquanto isso eles, mesmo quando estão recuando, pensam no que está à frente. Eeeeh... não vale a pena falar disso. O fato é que dormimos no ponto. Smoliarov, afinal essa é a sua profissão... portanto, dizei-me, com toda a sinceridade: de que é capaz o nosso melhor bombardeiro e de quanto tempo precisaríamos para construir uma Superfortaleza dessas?

Smoliarov, que se especializara em bombardeiros, revelou tudo que sabia a esse respeito:

— Nós, camarada Stálin, não temos um bombardeiro estratégico digno do nome. Temos ótimos aviões para apoio tático e isolamento das áreas de combate. O Tu-2 é um aparelho e tanto. Temos cerca de oitocentos Pe-8, mas os Aliados podem se dar ao luxo de perder esse número de aviões num só bombardeio sobre a Alemanha. Além disso, em minha opinião Petliakov não foi muito feliz na construção daquele avião e ele não deu certo.

— Um momento, um momento, esperai — interrompeu-o Stálin, vivamente interessado. — Por que "não deu certo"? Todos me dizem que é um avião excelente, que é tão bom quanto o B-17 e que devemos produzir mais dele! E vós me dizeis que "não deu certo"?

Smoliarov ficou contente pelo fato de a conversa ter se concentrado no avião de Petliakov. Conhecia aquele bombardeiro muito bem.

— É grande e fraco, camarada Stálin. Com tal envergadura, é bem capaz de igualar-se à Superfortaleza, mas só tem condições para levar 2 toneladas de bombas. Como podemos chamar isso de um bombardeiro pesado? Hoje já existem caças capazes de levar 2 toneladas de bombas.

— É mesmo? Mas me foi dito que conseguia levar 4...

— Até é possível, só que com isso seu raio de ação ficará drasticamente reduzido, sem falar na velocidade... — não concluiu a frase, contando com a inteligência do interlocutor.

Stálin soltou um suspiro e ajeitou-se na poltrona.

— Então para o que, em vossa opinião, poderá servir este aparelho?

— Eu vos direi com toda a sinceridade, camarada Stálin: para jogar folhetos e projetar filmes sobre as nuvens. Assim como fez o "Maksym Gorki"*... Além disso, o Pe-8 tinha ainda mais dois problemas mal resolvidos... — continuou Smoliarov, esperando por uma indignação do líder.

Só que o líder não tinha intenção de ficar indignado. Pelo contrário, absorvia com grande interesse tudo que o jovem engenheiro tinha a dizer, encantado pelo modo como este sabia avaliar aviões. Sendo assim, falou, de forma generosa:

— Podeis falar sem medo.

— Petliakov sabia que os motores não tinham força suficiente para levar aquele aparelho a uma altitude adequada. E o que ele fez? Em minha opinião, ele deveria estar com febre naquele dia. Não vos disseram? Teve a incrível ideia de adicionar um quinto motor ao avião. E onde o colocou? Preso à fuselagem, para que aumentasse a pressão do ar para os

---

*Nome com o qual foi batizado o monstruoso avião "propagador" ANT-20, que dispunha de um equipamento que hoje chamaríamos de "*son et lumière*" e que fazia grandes shows aéreos, propagando o ideário comunista. (*N. do A.*)

quatro restantes. Só que isso resultou num aumento de duas toneladas no peso do avião, já que foi preciso instalar tubos de alta pressão. Com isso a velocidade máxima da aeronave ficou restrita a 400 km/h. Mesmo quando os quatro motores foram substituídos por outros, mais possantes, e foi liquidado aquele quinto, sua capacidade de carga não ultrapassava 2 toneladas de bombas. Só a área das asas era de quase 200 metros quadrados de duralumínio, suficiente para cobrir mais de dez caças.

Stálin, achando que fizera muito bem ao permitir que Béria prendesse Petliakov antes que este tivesse outras ideias malucas, elogiou seu novo favorito:

— Vosso raciocínio me parece muito lógico, mas ainda não me dissestes nada sobre o segundo problema mal resolvido.

— Aquilo, camarada Stálin, foi um verdadeiro horror. Um conceito que nascera na Primeira Guerra. Petliakov pôs os dois artilheiros numas câmaras de lata dentro das nacelas dos motores...

Stálin fez um gesto de impaciência com a mão.

— Estou ciente disso, mas me foi dito que, graças a isso, eles tinham uma excelente visão da área de tiro...

— Talvez até tivessem, camarada Stálin — Smoliarov o interrompeu não muito diplomaticamente —, mas imagineis o que aqueles homens deveriam sentir, a apenas 2 metros de um motor de mil cavalos de força e sem possibilidade de chegar à fuselagem em caso de um incêndio. Era como ser um escravo acorrentado numa galera...

Stálin lançou um novo olhar significativo para Kazedub.

— Muito bem. Deixai Petliakov e a sua máquina. Voltai à situação geral.

Smoliarov percebeu que se excedera, e retomou o tom anterior:

— Podemos planejar ataques aéreos num raio de mil quilômetros, para o que os nossos Iliushins são mais do que suficientes, mas, se quiséssemos ou tivéssemos de organizar missões a longa distância como as dos americanos e dos britânicos, não poderíamos, pois não temos aviões adequados para isso.

Stálin pareceu aprovar aquele raciocínio:

— E qual seria, em vossa opinião, a razão disso?

Smoliarov respondeu de pronto:

— Nós repousamos sobre as nossas láureas. Os Aliados bombardeiam o Reich, enquanto nós combatemos na terra, com infantaria e divisões blindadas. No entanto, a guerra será vencida no ar. Até os alemães estão tentando construir um bombardeiro de longo alcance.

Stálin se impacientou:

— Quereis dizer que temos maus projetistas e que a nossa tecnologia não presta?

— De modo algum, camarada Stálin. Os nossos projetistas são tão excelentes quanto os americanos ou ainda melhores... — respondeu Smoliarov, que, conhecendo os boatos que circulavam a respeito do destino da maior parte deles, acrescentou mentalmente: "E agrupados num só lugar."

O pensamento fora tão malicioso que ele esboçou um sorriso, o qual foi notado pelos presentes, que trocaram um olhar significativo entre si.

— Então, ainda segundo vossa opinião, o que nos falta? — perguntou Stálin, olhando de soslaio para Kazedub, como se quisesse dizer: "Olhe só para ele, parece que engoliu toda a sabedoria do mundo."

— Macroanálise, camarada Stálin — disparou Smoliarov, como um jogador de bridge dizendo "três sem trunfo".

— Talvez tenhais razão — murmurou Stálin, com a aparência de um velho digno de pena, com pele acinzentada e enrugada. — Talvez tenhais razão... no entanto, não nos faltam homens para dar palpites. Só que falar é fácil, enquanto fazer é difícil.

Stálin sorveu a última gota do seu cálice e olhou, com pesar, para a garrafa vazia. No entanto, ainda era muito cedo para dar início ao seu diário e regular processo de anestesia. Diante disso, olhou atentamente para Smoliarov e disse:

— Escutai, Smoliarov. Se vós fôsseis o meu conselheiro para assuntos aeronáuticos, o que me sugeriríeis? Podeis falar sem medo.

Smoliarov ficou tenso, pressentindo que chegara a mais importante fase daquele estranho encontro. Por um momento procurou inspiração olhando pela janela, mas as nuvens outonais carregadas de neve não eram uma visão atraente. Pareciam guardar em si algo muito perigoso. Por fim, juntou os pensamentos, tendo-se dado conta de que, antes de entrar no Kremlin, havia preparado cuidadosamente tudo o que iria dizer.

— Em primeiro lugar, camarada Stálin, é preciso pedir a Roosevelt que nos ceda pelo menos uma dessas Superfortalezas.

— Ele não nos dará — respondeu secamente Stálin. — Não nos deu o B-17, e não dará esse aparelho, além de perceber que não temos um bom bombardeiro.

Smoliarov tinha uma resposta na ponta da língua:

— Os americanos já sabem que não temos um bombardeiro de longo alcance, e fazer esse pedido não nos custa nada, nem que seja por um só motivo... — nesse ponto, o jovem oficial semicerrou maliciosamente seus olhos verdes.

— E qual seria? — indagou Stálin, com a expressão de uma criança que abre o embrulho de um presente.

— Ficariam convencidos de que não iremos desenvolver um projeto de bombardeiro estratégico nosso, por não termos conhecimentos técnicos suficientes para isso.

— E temos? — interessou-se Stálin.

— Obviamente, camarada Stálin. Basta equipar nossas instalações e botar os projetistas para trabalhar. Os dados preliminares já estão prontos e será preciso adaptar-se a eles. Enquanto isso, nosso serviço de espionagem deverá colher todas as informações possíveis. Só isso já é melhor do que ficar esperando, com os braços cruzados.

Stálin bateu as suas mãos de dedos grossos sobre as coxas e, com reconhecimento, olhou para Kazedub.

— E então, Ivan? O que acha dessa tal macroanálise? Você me trouxe aqui um verdadeiro espertalhão e creio que deveríamos agir como ele sugere.

— A ideia do major Smoliarov parece convincente — respondeu Kazedub, feliz por ter introduzido mais um peão no jogo do Kremlin.

— Muito bem, camarada major... — Stálin interrompeu a frase, ciente do efeito que suas palavras tinham sobre seu jovem interlocutor. —

Digamos que eu vos nomeio meu conselheiro para questões... — hesitou — ...qual seria o termo mais adequado...

— Para questões de aviação estratégica — sugeriu Kazedub.

— Isso mesmo: para questões de aviação estratégica — repetiu o Líder Máximo, saboreando aquela definição. — Então, o que vós me sugeriríeis, além daquele pedido a Roosevelt?

— Como já falei, camarada Stálin. Precisamos definir as especificações e entregá-las aos construtores. Que eles se ponham a trabalhar.

— Muito bem — disse Stálin, erguendo-se e ajeitando a camisa do seu uniforme sem cinto. — Eis a minha decisão: vós, camarada Smoliarov, preparareis as tais especificações e escolhereis quais grupos de trabalho deverão ocupar-se delas. Pelo que entendi, vós não ireis envolver Petliakov nisso. Escrevereis uma carta a Roosevelt, em meu nome, expondo-lhe em detalhes as razões pela qual estamos pedindo aquela... Superfortaleza. Da forma mais sutil possível... com luvas brancas. Podeis deixar que eu, pessoalmente, acrescentarei todos aqueles floreios diplomáticos; atentai apenas para argumentos sólidos e não inventai nenhuma bobagem.

— Com vossa permissão, camarada Stálin — Kazedub se meteu inesperadamente na conversa. — Estais lembrado de quando espalhamos aos quatro ventos os nossos ataques aéreos sobre a Prússia Ocidental?

Stálin ficou sério:

— Estou lembrado de que o nosso setor de propaganda exagerou na dose, mas o que isso tem a ver com o que estamos falando?

— Um ponto importante — respondeu Kazedub com gentileza. — Anunciamos oficialmente que estamos produzindo quadrimotores de longo alcance em grande escala, o que deve ter chegado aos ouvidos dos americanos.

— Estais vendo, Smoliarov? — falou alegremente Stálin. — Já tendes um bom ponto de partida. Escreveremos a Roosevelt que já começamos ataques aéreos a grandes distâncias, mas que a nossa produção não consegue acompanhar o ritmo dos acontecimentos e precisamos receber bombardeiros estratégicos. É um excelente argumento. Obrigado, camarada Kazedub; no entanto, compartilho a opinião de Smoliarov: só o diabo sabe se eles vão atender ao nosso pedido.

Stálin coçou um olho lacrimejante e, tirando um lenço não muito limpo do bolso das calças, ficou esfregando-o por muito tempo, piorando ainda mais a situação. A pálpebra ficou totalmente vermelha e o olho, injetado de sangue e com aspecto selvagem. Por um instante Kazedub e Smoliarov tiveram a impressão que o líder iria chorar como uma criancinha. O primeiro a adotar uma atitude foi o major Smoliarov. Tirou seu lenço limpo e encharcou-o com o chá do pires de Stálin. Em seguida, entregou-o ao lacrimejante Líder Máximo, dizendo num tom determinado:

— Com vossa permissão, se continuardes a esfregar o olho, piorareis a situação. Por favor, colocai este lenço sobre o vosso olho e mantende-o, sem esfregar, por meio minuto. O incômodo passará sozinho.

Stálin pegou a compressa com certa desconfiança, mas fez o que lhe fora sugerido. Kazedub e Smoliarov, tensos, ficaram olhando, como se fosse uma cirurgia cardíaca de peito aberto. Após um minuto, Stálin descobriu o olho, que já tinha uma aparência muito melhor, e anunciou:

— Que coisa! Tínheis razão. Isso ajudou, enquanto eu, como um velho tolo, me comportei como uma criança. Toda vez que sinto uma coceira, não consigo me controlar... e coço. E eis que... pronto, já está tudo bem. Deveríeis ser oftalmologista, e não engenheiro aeronáutico — Stálin soltou uma gargalhada, na qual foi servilmente acompanhado pelos dois oficiais. — Mas voltemos ao que interessa. O que proporíeis na questão em pauta? A quem devemos confiar a tarefa de desenvolver esse bombardeiro e que exigências deveremos fazer?

Embora ciente da sua posição de força e excitado com um desenvolvimento tão prodigioso da sua carreira, Smoliarov decidiu agir com cautela. Recolheu com cuidado as suas anotações e sugeriu:

— Se permitirdes, camarada Stálin, eu preferiria debruçar-me sobre essa questão com mais calma. Peço que me sejam dados alguns dias, para que eu possa analisar mais uma vez todos os aspectos e preparar um relatório completo para vós.

A postura de Smoliarov agradou em cheio o Líder Máximo. Bateu paternalmente na mão do major e falou em tom generoso:

— Até isso me agrada em vós. Sois ainda jovem, mas tendes mais massa cinzenta nessa vossa cabeça do que meus conselheiros. Antes mesmo de pensar, eles já sabem de tudo... "Certamente, camarada Stálin, sem sombra de dúvida, camarada Stálin, isso é óbvio, camarada Stálin." Aí, fazem as suas trapalhadas, e eu tenho de perder tempo para desfazê-las... — falou, gesticulando de forma engraçada, imitando seus conselheiros. — Está bem. Tendes três dias para preparar o relatório e o texto daquela carta.

O líder mostrou, com o seu olhar e a sua postura, que a audiência chegara ao fim. Batendo continência ao chefe supremo, Smoliarov olhou de soslaio para Kazedub, mas este continuava sentado tranquilamente, olhando com interesse para as bem cuidadas unhas da sua mão esquerda. Estava claro que, para ele, a audiência ainda não terminara.

Comandante em chefe
Camarada Stálin
Kremlin, Moscou
Respeitável camarada Stálin,

De acordo com a vossa ordem, apresento o relatório referente ao início dos trabalhos num pesado bombardeiro estratégico. Tendo examinado o que foi feito até o presente momento pelas oficinas técnicas dos Grupos Técnicos Especiais, sugiro não envolver no projeto o grupo de Petliakov. Isso está de acordo com as vossas diretrizes, de modo que não deverá prejudicar o andamento do já avançado projeto de um caça de grande altitude.

Gostaria de sugerir o envolvimento de dois grupos. Em primeiro lugar, o de Miasichev, em favor do qual há o fato de ele já ter começado, há mais de dez anos, o desenvolvimento de um bombardeiro bimotor de longo alcance. É preciso que saibais, camarada Stálin, que as ideias de então de Miasichev podiam se igualar, ou até ultrapassar, as soluções mais modernas, algo que me foi dito por Rickenbacker. A concepção do DVB-102, camarada comandante em chefe, previa a pressurização das cabines da tripulação e um sistema de movimentação a distância das torres de canhões, o trem de pouso dianteiro e a maior das câmaras de bombas até então existentes. Além disso, o projeto previa velocidades, altitudes máximas e capacidades de carga análogas às da Superfortaleza; tudo isso com um razoável raio de ação. Caso o projeto pudesse ser realizado rigorosamente dentro dessas especificações, disporíamos do mais moderno bombardeiro bimotor estratégico do mundo. Infelizmente, ainda não o temos, e o primeiro protótipo ainda está em fase de testes, acionado por dois motores de Chvietsov. A decisão de começar sua produção em série ainda não foi tomada, o que faz todo sentido, já que o problema, como sempre, é com os motores. Os 120-TK de Klimov se revelaram fracos demais, além de requererem uma revisão geral após cada 25 horas de funcionamento. Como certamente sabeis, 25 horas equivalem a apenas duas incursões aéreas estratégicas. Os de Chvietsov também não atingiram a potência necessária. Podemos presumir que, apesar de todas as inovações tecnológicas, todos os projetos dos construtores teriam podido ser realizados não fossem os problemas com os motores. De qualquer modo, as experiências de Miasichev não devem ser desprezadas.

A recomendação seguinte, camarada comandante em chefe, é o grupo de Iliushin. Iliushin é um projetista que sabe fazer contas. Ao projetar um avião, ele não espera por um milagre e demonstrou que consegue tirar o máximo de força de qualquer motor. Além disso, embora disponhamos hoje de aviões muito mais avançados que o Il-4, ele comprovou que Iliushin sabe projetar aparelhos excelentes. Os americanos, camarada comandante em chefe, chamam esses aviões de "cavalos de carga", pois são capazes de suportar quaisquer intempéries e golpes. Diante disso, em minha opinião, vale a pena envolvê-lo no projeto. Peço que atenteis para o conceito do uso de motores de alta pressão nos Il-6. O uso de Diesels em aviões não é uma má ideia, já que eles permitem atingir maiores velocidades com menor uso de combustível, e isso é algo que não deve ser desprezado no caso de bombardeiros de longo alcance. Não deveríamos ficar desencorajados com os fracassos de outros nessa questão. Refiro-me, como certamente presumis, ao infeliz exemplo do Ju-86, da Junkers. O fato é que estamos ainda em fase experimental, mas talvez, graças a melhorias, os motores alimentados por óleo combustível possam definir o futuro da aviação estratégica.

O terceiro grupo que gostaria de vos recomendar é o de Tumilov, e nesse caso acredito não ser necessário nenhum argumento adicional, já que Andrei Nicolaievitch é o projetista com maior experiência na construção de aviões multimotores.

Obviamente, as especificações do projeto do avião em questão terão de ser analisadas em profundidade. Na minha opinião, deveriam ser extremamente rígidas, o que fará os projetistas-construtores se sentirem desafiados, e vós podereis escolher o conceito mais promissor.

Em primeiro lugar, o avião deverá ser um quadrimotor. As experiências, tanto as nossas quanto as dos americanos e britânicos, já demonstraram que sem quatro motores não dá nem para sonhar com um bombardeiro de longo alcance e grande capacidade de carga. Ao mesmo tempo, deve ser abandonada qualquer ideia de usar motores em tandem, que complicam o sistema de alimentação e a construção das asas. Diante disso, ouso sugerir especificar motores com cilindros horizontais opostos a um grupo e aqueles com cilindros radiais a outro. Estou convencido de que essa estratégia será valiosa para o desenvolvimento de ambos os tipos.

Em segundo lugar, devemos estar certos de que os projetos só levarão em conta as soluções já adotadas pela Superfortaleza, ou seja: trem de pouso com rodas dianteiras, cabines pressurizadas para a tripulação e acionamento mecânico a distância das torres dos canhões. Além disso, uma câmara de bombas com um comprimento mínimo de 9 metros, o que permitirá que estas sejam dispostas em posição horizontal, facilitando seu desengate. Quanto aos sistemas de propulsão, camarada comandante em chefe, pode-se presumir que agora, quando a indústria aeronáutica já ultrapassou a fase crítica provocada pela necessidade da sua transferência para lugares mais distantes do front, as fábricas de motores irão se desenvolver rapidamente, cumprindo os parâmetros exigidos. Por isso, sugiro especificar uma velocidade da ordem de 650 km/h a grande altitude, um teto de, no mínimo, 10 quilômetros e um alcance, com uma carga de 9 toneladas de bombas, de no mínimo 2 mil quilômetros...

Stálin pôs de lado o relatório cuidadosamente datilografado e limpou os óculos com um lenço.

— O nosso gaviãozinho empreende voos altos... Mas todo aquele que mira alto acaba chegando lá. Por outro lado, se isso der certo, teremos toda a Europa ao nosso alcance e não precisaremos pedir opinião a quem quer que seja. O que acha disso tudo, Kazedub?

O coronel se levantou e, mantendo a mão morta colada ao peito, andou pelo gabinete. Em dias como aquele, invernais e úmidos, quando a pressão caía vertiginosamente, aquele coto lhe provocava uma dor insuportável, relembrando-lhe o momento em que sua mão fora separada do resto do braço. Sem parar de aninhar o coto munido de uma prótese de madeira, respondeu com cautela, sem olhar para o interlocutor, mas para a janela, da qual se via o impressionante pátio do Kremlin.

— Acho que o rapaz está sendo sincero, e agrada-me o fato de ele não se pôr de quatro e bajular. Imagino que sabeis, camarada Stálin, a que estou me referindo, não é verdade?

O líder fez um gesto afirmativo com a cabeça.

— E como! Achais que posturas como essas devem ser encorajadas, pois só homens de grande valor são capazes delas — recitou, como se fosse o trecho de uma aula. — E eu compartilho vossa opinião.

Stálin sorriu, pensando: "Podemos confiar nele, mas dentro de certos limites. Por enquanto, vou mostrar este relatório aos meus sabichões, mas dizendo-lhes que fui eu que tive a ideia. Tomara que Kazedub não dê com a língua nos dentes" — o comandante em chefe esboçou um sorriso maroto, como um aluno preparando uma travessura. "Vamos ver o que eles vão dizer. Na certa vão querer se mostrar, uns não querendo parecer menos estúpidos do que outros. Vão ficar falando sem cessar, querendo puxar meu saco."

— Sabe de uma coisa, Kazedub? — perguntou, aparentando estar chateadíssimo com a previsibilidade do resultado da reunião do Conselho de Guerra. — Só de pensar que devo mostrar isso aos meus conselheiros chego a ter vontade de vomitar... O que eu não daria para poder trabalhar com rapazes como esse Smoliarov! Aqueles lá, mal são nomeados, não pensam em mais nada a não ser assegurar seu futuro. O que eu não daria... Mas o que se há de fazer? Agora, deixe-me trabalhar em paz. Ainda preciso ler esta carta para Roosevelt. Quanto a você, mantenha o olho naquele rapaz, para que não seja fisgado por eles, senão vão fazê-lo em pedacinhos. Vale a pena treinar um falcão desses... ensiná-lo a caçar. Portanto, fique atento, Ivan. Sei que é capaz disso.

Kazedub fez uma rápida saudação militar com uma elegância que seria elogiada até pelos instrutores das academias militares da época tsarista, e discretamente saiu do gabinete. Stálin ficou por algum tempo olhando para a porta laqueada que se fechara atrás do coronel, e depois, soltando um suspiro de alívio, afundou na mais confortável poltrona de couro e puxou para perto de si uma garrafa de conhaque. Olhou em volta mais uma vez, levantou-se e arrastou uma cadeira para junto da poltrona. Agora, pôde tirar suas botas de canos altos e macios, colocando sobre a cadeira os pés inchados. As grandes doses diárias de álcool provocaram uma anomalia no seu sangue, fazendo seus pés incharem, como um cavalo muito tempo parado numa cocheira. Gostaria de poder massageá-los, mas seu volumoso e pendente ventre não permitia que os alcançasse. Diante disso, contentou-se em apenas mexer com os dedos, dentro de grossas meias de lã. Aquilo lhe trazia certo alívio e acalmava a mente. Puxou para perto de si uma lâmpada de pé com abajur creme e se pôs a estudar com atenção a carta que Smoliarov escrevera em seu nome. Fez algumas correções, mas de forma geral ficou satisfeito com o trabalho do major. O rapaz escrevera exatamente o que ele queria, e o fizera de tal forma que, com pequenas alterações, poderia ser apresentada como se fosse ele o seu autor.

Tendo terminado aquele trabalho, Stálin cruzou as pernas, entrelaçou os braços sob a cabeça já pesada de tanto conhaque e se pôs a matutar:

"É óbvio, Sr. Roosevelt, que o senhor não vai me dar aquele avião, porque o senhor, assim como os seus conselheiros, sabe prever o desenrolar dos acontecimentos. Quando o senhor anunciou sua ajuda militar à Rússia, os idiotas de Londres acharam aquilo uma loucura... os mesmos que nos quiseram bombardear por termos fornecido petróleo aos alemães. Se Hitler, tendo passado por cima da Inglaterra, também nos esmagasse e pusesse as mãos no nosso petróleo, nossas matérias-primas e, acima de tudo, nos nossos bilhões de escravos cujo único custo seria um pouco de comida e rolos de arame farpado, o que teria acontecido? Adolf, finalmente, poderia realizar os projetos geniais dos seus cientistas. Nosso serviço secreto nos informa de planos de bombardeiros capazes de voar por mais do que 20 mil quilômetros, ou de outros capazes de se reabastecer no meio do Atlântico através de tanques submersos.* Foi por isso que o

*Stálin tinha em mente o avançado projeto Blom&Voss 222. Um gigantesco hidroplano de seis motores amerissaria no meio do Atlântico, completaria a sua carga de combustível e bombas trazida por um submarino e continuaria o voo, para bombardear Nova York. (*N. do A.*)

senhor nem vacilou em nos conceder o *lend-lease*. Era a única garantia de segurança para o seu país e ninguém fez favor algum a ninguém. O senhor não me dará aquele bombardeiro, e isso não será uma surpresa para mim, pois também nesse caso o senhor sabe pensar em perspectiva. O senhor sabe que eu não preciso dele agora, mas só depois de nós, juntos, ganharmos a guerra e voltarmos a nos encontrar em campos opostos... e o senhor, Sr. Roosevelt, compreende isso muito bem."

6

Vladivostok, Base das Forças Aéreas do Pacífico, tarde do dia 29 de julho de 1944

LENDA TIROU LENTAMENTE os fones de ouvido e bateu com delicadeza com a ponta do dedo no mostrador que indicava a temperatura no interior da cabine. Não queria acreditar no instrumento, pois sentia frio e tremia. No entanto, o ponteiro dizia que a temperatura era a melhor possível. Darrell olhou interrogativamente para o copiloto.

— Estou com frio — confessou o texano, meio encabulado.

— O que é estranho — disse Darrell —, já que está coberto de suor.

De fato, a testa de Lenda estava adornada por gotinhas peroladas. O copiloto as removeu com o dorso da mão, notando que a cabine estava mergulhada em silêncio. Os dois pilotos se entreolharam e, como se tivessem combinado previamente, dirigiram seu olhar para fora, através do vidro da cabine. Os veículos já estavam próximos e Lenda, com espanto, neles reconheceu Willys americanos.

Harold levantou-se do assento e, abotoando cuidadosamente os botões da camisa do uniforme, disse a Lenda:

— Diga aos rapazes que permaneçam onde estão.

Em seguida abriu um pequeno compartimento, dele retirando um coldre com um Colt de serviço, que prendeu ao cinto.

— Você vai querer travar um tiroteio com eles? — perguntou Lenda, olhando ironicamente para o revólver. — Não terá a menor chance. Veja as metralhadoras deles; em questão de segundos, você seria destroçado. Se é para atirar, então seria melhor usar os canhões.

Harold olhou soturnamente para o seu colega.

— Não se faça de bobo. Nós representamos a USAAF e eu preciso ter a aparência de um soldado. Se eles nos convidarem para tomar uns tragos de vodca, deixaremos as armas no avião. Diga aos rapazes para colocarem os revólveres na cintura, mas que permaneçam sentados e calmos.

— O que pretende fazer? — perguntou Lenda, virando-se para trás, pois o comandante já abrira a porta e, bufando, puxava a escada dobrável.

A saída daquela parte da aeronave ficava junto do trem de pouso dianteiro, e Darrell, já na escada e com a cabeça no nível do piso da cabine, alinhavava mentalmente as questões que pretendia levantar, dando-se conta de que a sequência em que seriam apresentadas era importante:

— Em primeiro lugar, vou perguntar por que eles disparam contra aliados. Depois, exigirei... pedirei para ser posto imediatamente em contato com o mais próximo consulado americano. Por fim lhes pedirei para reservar quartos num hotel e me informarem onde se pode beber decentemente neste lugar. Ah... sim... Dê-me um maço fechado desses seus Camel.

Lenda, que acompanhara atentamente o que dissera o comandante, aprovando com um movimento da cabeça cada ponto levantado por ele, entregou-lhe um maço lacrado de cigarros e depois gritou para o buraco no qual desaparecera a cabeça de Harold:

— Não se esqueça de perguntar sobre garotas. Ouviu?

Em seguida, vendo que Anderson se preparava para sair do avião, ordenou:

— Nem pense em fazer isso. Não tirem o traseiro dos assentos, e apreciem a vista pela janela. Teremos tempo de sobra para fazer turismo.

Darrell pisou com prazer em terra firme, que, como costuma acontecer após muito tempo no ar, lhe pareceu extremamente dura. Saiu de baixo da fuselagem e, com irritação, leu o aviso escrito em letras de um vermelho berrante: "Não fumar a uma distância inferior a 90 pés". "Que pena", pensou, "que os artilheiros da defesa antiaérea japonesa não puderam ler este aviso." Pôs o maço de Camel no bolso e ajeitou cuidadosamente o bibico na cabeça. Empurrou o coldre do Colt para perto da barriga e se assegurou de que poderia sacá-lo com facilidade.

O comandante era partidário de ações conscientes. Desde que começara seus exercícios regulares de jiu-jítsu, abandonara quaisquer atos violentos e impensados no relacionamento interpessoal. O coreano que fora seu primeiro mestre costumava dizer-lhe: "Não se apresse. Apenas esteja pronto. Deve-se reagir com calma, mas no momento adequado. E mantenha sempre uma postura digna. Isso causa uma boa impressão. E não se afobe; respire lentamente."

Assim, respirando devagar, Darrell ficou olhando com calma para os soldados russos que saltavam dos seus veículos, sem dar um passo em sua direção. Decidira não se afastar da aeronave. Afinal, o Ramp Tramp continuava sendo um território norte-americano, a despeito de onde pousara. Em poucos instantes foi cercado pelos russos, mas não de forma ameaçadora. Suas metralhadoras continuavam presas aos seus peitos ou costas. Teve a impressão de que emanava deles um cheiro selvagem, exótico e um tanto acre, mas provavelmente aquele cheiro provinha do solo pedregoso, crestado pelo sol e coberto de poeira. Ficou olhando para eles com curiosidade, enquanto estes o observavam com tanto espanto como se ele tivesse caído de Marte.

Darrell fora ensinado a notar todos os detalhes, de modo que registrou tudo na sua mente: a desbotada cor cáqui das camisas desprovidas de golas e abotoadas até o pescoço e a cor um pouco mais escura das suas calças enfiadas nos canos das botas que, nos Estados Unidos, seriam consideradas mais apropriadas para montar cavalos. Apesar do calor, todos tinham pesados capacetes acinzentados nas cabeças. Seus rostos tinham a pele queimada pelo sol e eram escanhoados, mas muito deles, com a boca aberta de espanto, revelavam uma crônica falta de dentes. Notou, também, que eles não zelavam pelo aspecto das mãos e não limpavam as unhas, assim como os canos das suas incríveis botas.

Quanto a eles, olhavam com verdadeiro espanto para aquela visão desconhecida. Diante deles estava um homem com aspecto simpático e cálido. De estatura mediana, maciço e musculoso, com um agradável rosto quase infantil e cabelos cortados rente, nos quais se viam alguns fios prateados. Nunca antes haviam visto um uniforme tão bem cortado, muito embora esse fosse um simples conjunto de voo: camisa creme com ombreiras aberta no pescoço e deixando à mostra uma impecável camiseta branca, calças um pouco mais escuras e enfiadas em botas de aviador, de um macio couro amarelado. O conjunto era completado por um jeitoso bibico com duas barras prateadas. Os soldados estavam impressionados com a qualidade do couro do cinto e do coldre, bem como com a surpreendente quantidade de mostradores de vários instrumentos, entre estes o relógio de pulso Constantin et Vacheron — um presente de sua esposa. Em certo momento Darrell teve a nítida impressão de que eles gostariam de se apossar deste último.

Como ninguém se pronunciava, achou que deveria ser dele o primeiro passo. Diante disso, juntou os calcanhares, ficou em posição de sentido e, fazendo uma continência militar, recitou:

— Capitão Harold Darrell. Força Aérea do Exército dos Estados Unidos. Sou o comandante desta aeronave. A tripulação aguarda permissão para sair. Alguém daí fala inglês?

Abaixou o braço e ficou aguardando a reação dos russos. Por algum tempo eles ficaram falando uns com os outros em sua língua, e todos ao mesmo tempo. Harold não entendeu uma palavra do que diziam. A situação era patética. Por sorte chegou um Willys atrasado e dele saltou mais um dos locais, com calças normais e sem botas de montaria e que, afastando os soldados, caminhou até ele. Estava vestido normalmente, com apenas uma camisa militar sem abas e um colarinho redondo abotoado até o pescoço. Na cabeça, em vez de capacete, um quepe. Estava desarmado. Não era desdentado, mas o largo sorriso no rosto seco e ossudo revelou alguns dentes de ouro. Suas ombreiras tinham insígnias impressionantes, e Harold reconheceu imediatamente que ele era o mais graduado oficial presente. Voltou a se apresentar, o que fez o recém-chegado ficar em posição de sentido e, levando a mão à aba do quepe, retribuir a saudação militar e dizer algo formal, do que Darrell apenas conseguiu captar "*lieutenant*" e "Mishkin".

A primeira palavra lhe pareceu familiar, e Darrell adivinhou que estava diante de um tenente. Quanto à segunda, fez uma imediata associação com O *Idiota* de Dostoievski, um livro que lera com paixão na adolescência. Chegou a lembrar-se de uma passagem, muito adequada à situação em que se encontrava e na qual o agressivo sobrinho de Lebiediev critica Mishkin: "O senhor príncipe não é muito bom em aritmética, ou é até bom demais, mas quer parecer um simplório."

Depois de se apresentar, o russo apontou com seu dedo seco para a Superfortaleza e perguntou:

— *Eto vach?*

Harold não compreendeu o sentido da pergunta, mas, sem um instante de hesitação, apontou para os dizeres pintados no nariz do avião, logo acima de uma figura que representava um vagabundo em farrapos preparando comida numa lata, e disse:

— Ramp Tramp.

E, para se assegurar de que seria entendido, sacudiu energicamente a cabeça. O russo, tendo reconhecido em Ramp Tramp algo semelhante às declarações russas do tipo "Por Stálin" ou "Pela Revolução", também sacudiu a cabeça, e o fez com tal ímpeto que o quepe deslizou para cima dos olhos. Todos — incluindo o tenente — começaram a rir, e Darrell concluiu que chegara a hora de abrir o maço de Camel. Funcionou. Os soldados empurraram suas grotescas metralhadoras para as costas e estenderam as mãos na direção do maço, que ficou vazio em questão de segundos, embora Darrell pudesse jurar que não havia menos de vinte russos. Certamente alguns pegaram por engano mais de um cigarro, para dá-lo a um colega. Enfiou o maço vazio no bolso e ficou olhando com satisfação como eles se deliciavam com o gosto da fumaça. Depois, pegou Mishkin pelo braço e, tendo sentido um corpo musculoso, o forçou delicadamente a voltar o olhar para o avião. Mishkin não se opôs. Em pose bem-comportada de quem espera, soprava fumaça diretamente no rosto do americano.

Darrell, agitando desesperadamente os braços, decidiu representar o que não tinha condições de dizer. Mishkin olhava para ele de forma atenta e fazendo gestos positivos com a cabeça, enquanto ele, por meio de gestos, descrevia o bombardeio sobre a siderúrgica e o impacto do projétil inimigo, chegando a fazer o papel do artilheiro japonês, puxando os cantos dos olhos com os dedos e fazendo caretas tão bem-sucedidas que foi aplaudido pelos soldados. Tendo concluído sua pantomima, na qual fora um canhão, a tripulação, o projétil, o avião e ele mesmo de algumas horas antes, voltou a pegar o tenente pelo braço e o levou para baixo do avião, mostrando-lhe o motor avariado, com suas hélices com pás não embandeiradas e com rastos de óleo queimado na superfície da nacela. Suas mãos, treinadas para agarrar, aparar pancadas e desferir golpes, demonstravam eloquentemente a resistência do ar sobre a hélice e a dificuldade em manter a aeronave no seu curso. No fim, tendo esgotado seu estoque de gestos narrativos, pôs o tenente diante de si e, batendo no peito entre os bolsos da sua camisa, disse em alto e bom som: "Darrell." Depois, tocou no torso do tenente e disse: "Mishkin." Por fim, agarrou a mão do russo e a sacudiu calorosamente algumas vezes, dizendo:

— Darrell, Mishkin, amigos.

Mishkin, parecendo compreender o significado do gesto do americano, retribuiu com entusiasmo o aperto da mão e disse, até que corretamente:

— Amigos.

Em seguida, como se estivesse comunicando algo de fundamental importância aos seus subalternos, repetiu a palavra recém-aprendida, sem deixar de sacudir energicamente a mão de Darrell a cada repetição. Finalmente, para total espanto deste, abraçou-o e sapecou-lhe um beijo na bochecha.

Após esse gesto de amizade, Mishkin sussurrou algo no ouvido de um dos soldados, e este retornou momentos depois com um acordeom vermelho-madrepérola e um latão de transportar leite, só que um tanto enferrujado. Debaixo da espantada Superfortaleza ecoou o som da sanfona, e Darrell teve de reconhecer que o soldado que a tocava era um mestre naquela arte. A música era tão envolvente e arrebatadora que os russos começaram acompanhá-la com batidas de mãos, e dois deles, tendo se desembaraçado das suas armas, começaram a dançar. Saltavam, um diante do outro, com os braços cruzados nos peitos e, agachados, atiravam as pernas para a frente, num passo complexo e de difícil execução. Mishkin, olhando para improvisada festa com um sorriso generoso e dourado, procurava um sinal de aprovação no rosto do novo amigo.

O conteúdo do latão se revelou uma espécie de vodca, diabolicamente forte e com aroma agradável. Diante da impossibilidade de manter um tipo de diálogo, não sobrou a Darrell outra saída a não ser aceitar a bebida, servida na semienferrujada tampa do latão. A passagem da dramática sequência dos disparos dos Lavochkins para harmonia, álcool e dança era tão inesperada e surpreendente que Darrell não conseguia concatenar as ideias. Tomou um pequeno trago, mas, como a mente ansiava por álcool, consumiu todo o conteúdo da tampa, lambendo os lábios. A bebida, a julgar pelo entorpecimento da sua língua, deveria ter uns 60 por cento de teor alcoólico. Os russos claramente aprovaram seu gesto, a ponto de Mishkin encher de novo a tampa até a borda. Darrell decidiu ser valente e representar dignamente a Força Aérea dos Estados Unidos, e, afastando as pernas e plantando as solas dos pés no chão do aeroporto de Vladivostok como se estivesse num tatame, sorveu o conteúdo da tampa seguinte. Os russos pareciam aguardar apenas por isso. Como num passe de mágica, surgiram canecos de lata e o latão foi sendo vertido neles, um a um, diante do olhar de aprovação de Mishkin.

Para Darrell, o mundo pareceu ter ficado muito divertido e convidativo. A situação em que se encontrava passara de trágica para inesperadamente cômica, e Harold começou a bater palmas, tentando acompanhar o ritmo da música. Achou que sua tripulação não poderia perder aquele espetáculo e, batendo no ombro do tenente, apontou para o vão pelo qual saíra da aeronave e perguntou, esquecendo-se por completo de que o russo não entendia uma só palavra do que estava dizendo:

— Posso convidar meus colegas? Eles também merecem uns tragos.

E, sem esperar pela concordância de Mishkin, subiu alguns degraus da escadinha e gritou para dentro do avião:

— Ei! Pessoal! Venham todos para baixo. Mas tragam algo para servir de tira-gosto, porque aqui só tem vodca. E uns copos — acrescentou com prudência.

Pouco tempo depois, toda a tripulação saiu do Tramp, trazendo consigo tudo que sobrara do estoque: barras de chocolate, frutas secas, cigarros e conservas. Darrell, observando seu afã de se integrar à nova realidade, preveniu:

— Cuidado, meus senhores. Esta bebida é perigosa.

Lenda, apesar das pernas tortas, tinha uma aparência muito digna, e Mishkin, reconhecendo nele alguém quase tão importante quanto Darrell, o serviu em primeiro lugar. Fisher bebeu com grande dignidade, pigarreou e disse para Darrell:

— Eles entendem do riscado. É delicioso. Seria ainda melhor se não tivessem usado antes este latão para armazenar gasolina.

Mishkin, um homem inteligente, reconheceu a aprovação estampada no rosto e na postura do americano e, mais do que rapidamente, lhe serviu uma segunda dose.

Em determinado momento, Darrell começou a ficar preocupado. Lembrou-se de como costumavam terminar suas improvisadas bebedeiras e resolveu tomar certas medidas. Pegou Mishkin pelo braço e, esforçando-se para falar claro e pausadamente, disse:

— Cônsul americano.

Mishkin sacudiu a cabeça com o quepe entortado e confirmou:

— Cônsul.

Harold apontou para o próprio peito e recitou:

— Quero me encontrar com o cônsul americano. Você entendeu, Mishkin?

O tenente meneou a cabeça como um sátiro bêbado e repetiu: "Você entendeu, Mishkin?". Até a entonação estava correta, e Darrell achou que Mishkin, com um pouquinho de esforço, poderia tornar-se um poliglota. No entanto, queria ter a certeza de que o russo o entendera, e para tanto teve de voltar à pantomima. Entregando seu caneco de lata ao soldado mais próximo, encostou os cotovelos junto ao corpo e, parecendo marchar num desfile militar, começou a andar de modo ostensivo na direção dos hangares, falando categoricamente:

— Estou indo ao encontro do cônsul americano. Ao encontro do cônsul. Você está ouvindo, Mishkin, seu filho da mãe?

Não foi longe. Assim que ultrapassou a fronteira da alongada, àquela hora, sombra da aeronave, Mishkin latiu uma ordem, e dois soldados com armas nas mãos bloquearam seu avanço. A tripulação olhava divertida para a exibição do seu comandante — ainda não haviam tido tempo para consumir tanta vodca quanto ele. Lenda correu até ele e o pegou pelo braço, de uma forma protetora e ao mesmo tempo determinada.

— Deixe para lá. Vamos nos divertir. Ainda não é hora de discussões diplomáticas. Quando eles quiserem, nos levarão aonde for preciso. Por enquanto vamos beber.

Harold olhou para seu substituto com uma benevolência típica dos bêbados:

— Você acha mesmo?

— Lógico. Vamos deixar as medidas diplomáticas para mais tarde.

Darrell sentou-se pesadamente na grama empoeirada e cruzou as pernas. Aquela era sua posição predileta para descansar. Com resignação, ficou acompanhando o deslocamento de um gafanhoto sobre uma das pernas das suas calças. O gafanhoto parecia estar cansado do calor daquele aeroporto e dava toda a impressão de também precisar de uns tragos. Pulou da coxa de Darrell e dirigiu-se na direção da sombra da Superfortaleza. O piloto pensou em pegá-lo e oferecer-lhe um pedaço de figo seco ou um gole de suco de laranja. Mas, antes que pudesse esticar o braço na direção daquele simpático ser, este morreu esmagado pela pesada bota de um dos soldados. O soldado em questão estava sem dúvida orgulhoso do seu gesto assassino, pois ainda girou o pé, esmagando metodicamente o pequeno músico do aeroporto. Darrell ergueu os olhos para o alegre, estúpido e até que bem apessoado rosto do soldado, pensando se não seria uma má ideia levantar-se e torcer o pescoço daquele filho da mãe. Na verdade, ele poderia fazê-lo mesmo sem se levantar. Por um momento chegou a ter certeza de que iria fazer isso mesmo e, quando já se preparava para aplicar um golpe no russo, derrubando-o sobre o mesmo chão no qual morrera o inocente gafanhoto, alguém se apoiou no seu ombro e, no momento seguinte, Lenda sentava-se ao lado do seu comandante. Darrell parou de pensar em matar russos e, com alívio, virou-se para o copiloto.

— A situação não está nada boa — disse.

Fisher já tinha uma opinião pronta quanto a um provável incidente internacional:

— Enquanto eles não trouxerem um intérprete, nada conseguiremos resolver. Do ponto de vista formal, os russos ainda não declararam guerra ao Japão, de modo que a questão não é tão clara assim, apesar de eles serem nossos aliados. Mas veja o que se passa aqui. Imagine um bombardeiro soviético retornando de um ataque aéreo sobre o México, pousando numa das nossas bases aéreas e nós lhe preparando uma recepção com vodca e danças... É algo inimaginável!

Harold meneou a cabeça, pesada do longo voo e de vodca forte.

— Mas nós não teríamos disparado neles.

Lenda estendeu significativamente o braço com o caneco vazio na direção do soldado postado junto do latão que fazia as vezes de barman.

— Você tem tanta certeza assim de que não dispararíamos? E como poderíamos ter a certeza de que um bombardeiro soviético desses não atiraria algo sobre as nossas cabeças?

Harold fez um gesto de impaciência com a mão.

— As situações não são comparáveis. Eles sabem muito bem que voamos sobre a Manchúria e que um acidente como o nosso pode acontecer facilmente. Além disso, com todos os diabos, eles são nossos aliados e recebem de nós tudo de que precisam para chegar ao cu daquele cretino de bigodinho. Você sabe, Fisher, que eu sempre estou pronto para suportar qualquer coisa, mas não consigo aceitar o fato de que aquele homem... afinal, aquele desgraçado do Adolf não deixa de ser um homem... possa ser tão ridículo. Ele mais parece um barbeiro de segunda, numa cidadezinha de terceira. É um pesadelo. Como se pode tolerar um líder assim? Eu, no lugar das garotas alemãs, já teria feito uma revolução ou um atentado e escolhido alguém com mais classe para ser o meu líder.

Mishkin, que estava bebendo junto de Anderson, adivinhou que eles estavam falando de Adolf. Parou diante dos americanos sentados no chão, fez uma careta engraçada e pôs dois dedos sobre o lábio superior a título do famoso bigodinho. Depois, apontou orgulhosamente para si e para Darrell, e disse, com voz pastosa de quem bebera demais:

— Darrell, Mishkin, amigos!

Em seguida, voltou a reencarnar Adolf, e começou:

— Hitler...

Lenda não lhe permitiu concluir a frase, completando-a por ele:

— É um borra-botas.

Mishkin adorou a expressão.

— Um borra-botas — repetiu alegremente, como se tivesse compreendido o significado daquela palavra tão sutil.

— Está vendo? — disse Lenda. — Eles são dignos de confiança e dispostos a cooperar. Têm a mesma visão do nazismo que eu. É um ótimo sinal. Quando chegar a hora, espremeremos esse boboca como um limão.

Harold estava mais cético.

— Em minha opinião, ou esse boboca é tão imbecil que está arriscando a sua carreira ou, pelo menos, alguns dias de cadeia, ou então... recebeu ordens para se comportar desta forma.

— Que seja — respondeu Lenda, não perdendo seu otimismo. — De qualquer modo, não podemos sair daqui e a festa continua. Ainda há vodca e seria deselegante recusar.

Darrell parecia completamente resignado.

— Muito bem, mas espero que fique atento. Sei que nunca perde o controle, e conto com você.

Tendo feito esse pedido que, na realidade, era uma ordem, passou a dedicar-se ao consumo da vodca russa.

Mishkin revelou-se, a seu modo, um anfitrião e tanto. Quando começou a escurecer, recuou a maior parte dos seus homens, deixando sentinelas a uma certa distância do avião, junto do qual permaneceram apenas alguns soldados para fazer companhia à tripulação, a título de boas maneiras. Vindo não se sabe de onde, surgiram mesas de madeira simples e tamboretes. Foram trazidos lampiões a querosene e depois chegou, puxada por um simpático burrico, uma cozinha de campanha. Os russos ofereceram aos americanos uma cheirosa sopa de repolho marinado, na qual boiavam cogumelos, folhas de louro e nódoas de gordura. A sopa, agradavelmente azeda e muito adequada para matar a fome, era acompanhada por fatias de pão preto com manteiga levemente salgada. A tripulação gostou da comida e até do fato de ter sido servida em marmitas de lata e com "talheres militares", ou seja, uma espécie de canivete do qual saíam colheres e garfos de estanho. No fim, quando a reunião internacional estava terminando, foi trazido para junto do avião um sanitário de lata, montado sobre uma estrutura provida de rodas, com um balde novinho em folha e uma bacia pendurados numa das paredes.

Mishkin tomou um último caneco de vodca, deixando o latão ainda com alguns litros de álcool no interior. Bateu continência e, com um gesto eloquente, apontou para o sanitário móvel e o avião. Entrou no seu Willys e partiu, acenando calorosamente. Apesar de toda a cordialidade, a tripulação podia ver, fora do raio da luz dos lampiões a querosene, as silhuetas de sentinelas andando de um lado para outro. Nada lhes restou fazer a não ser permanecer no avião, o que não era muito desconfortável. Havia cobertores suficientes e amplos espaços para dormir, e os sanitários da aeronave funcionariam ainda por alguns dias.

Darrell, apesar dos esforços, não conseguia entorpecer-se com álcool. Sua mente permanecia clara e ele deixou de se preocupar com a situação. Olhava, com prazer, para o céu azul-marinho de Vladivostok, procurando constelações que lhe eram conhecidas, mas logo constatou que aquele céu era diferente do de... Pois é. De onde? Os últimos anos não estavam localizados em lugar algum; talvez nele mesmo. E, por mais estranho que pudesse parecer, aquilo também lhe agradava. Locais ocasionais, bebidas ocasionais e mulheres ocasionais. As únicas coisas permanentes eram as lembranças e os golpes de jiu-jítsu, os quais treinava às escondidas, imaginando um parceiro invisível. Naquele momento, decidiu levantar-se bem cedo e treinar debaixo do avião. Ajeitou-se no duro tamborete, e que a dureza também lhe agradou. Às suas costas, Lenda dava ordens aos demais tripulantes:

— Anderson, ligue alguns motores auxiliares. Não vamos nos deitar no escuro. Steiner, diga aos rapazes que, se querem se lavar, que façam isso agora. Se alguém quiser beber mais um pouco, que beba aqui fora. Não levem a vodca para dentro do avião. Se quiserem beber um pouco dessa água russa do sanitário, adicionem uma pílula desinfetante; caso contrário, terão uma caganeira danada. Amanhã não haverá o toque de despertar. Podem dormir à vontade.

O primeiro-piloto não prestava atenção à movimentação dos tripulantes. Lenda lidava tão bem com a situação como se tivesse sido treinado para isso. Aquilo despertou sua curiosidade, e, quando o segundo-piloto acabou de dar as ordens e, com alívio, se sentou ao lado dele com um caneco de vodca e uma garrafa se suco de laranja na mão, perguntou-lhe:

— Você já foi escoteiro?

— Sim, Harold. Jamais esquecerei aquela época. Foram os melhores anos da minha vida.

— De verdade? E o que fazia no meio deles?

Fisher acendeu um cigarro e soltou dois anéis de fumaça. O ar ficara mais fresco e estava totalmente parado. Em torno da aeronave, os amigos do grilo assassinado faziam um concerto, enquanto as brilhantes estrelas pareciam penduradas logo acima dos seus rostos virados para cima.

— Fiz muitos voos noturnos, mas as estrelas nunca me pareceram tão perto. Olhe — Fisher estendeu o braço na direção da vitrine azul-marinho de joias cósmicas —, basta estender o braço...

Darrell pegou o suco e diluiu a vodca que, nessa nova aliança, adquiriu um sabor promissor e deixou de queimar a língua e o céu da boca. Tomou um longo trago e disse:

— São lindas e tão neutras. A gente fica brigando cá embaixo, enquanto de lá não dá para ver nenhum incêndio, mesmo os de Hamburgo e Berlim.

— Dizem que, da lua, dá para ver — replicou Lenda.

— A lua não é uma estrela, além de estar mais perto, enquanto elas ficam lá longe, no infinito... Às vezes, quando penso em uísque, morte, minha primeira esposa e todas aquelas garotas que deixei de papar, fico muito triste... — Darrell não concluiu a frase.

Lenda olhou para ele de soslaio. Na tremulante luz dos lampiões, o perfil do amigo adquiriu um novo significado. Visto de lado, o rosto de Darrell não era tão infantil como quando se olhava para ele olho no olho. Sua testa era alta e maciça e levemente recurvada sobre os olhos, enquanto o nariz adunco lhe dava uma clara aparência romana. Tendo concluído o exame do tão conhecido contorno graças aos inúmeros voos que fizeram juntos, Fisher perguntou:

— Por que fica triste?

— Porque vivemos numa época em que dedicamos todas as energias... tantas nações... tantos milhões de pessoas... tanto dinheiro, tudo para nos liquidar mutuamente. Imagine se tudo isso tivesse sido dedicado ao desenvolvimento da ciência, a programas educacionais. Então, quem sabe eu pudesse viver o suficiente para ver o meu filho voando para... — de novo não concluiu a frase, e fez um gesto inútil na direção da constelação mais brilhante.

Fisher aprovou o brinde, e também fez um tintim com uma das estrelas. Sabia perfeitamente que Darrell não tinha um filho, mas resolveu não levantar essa questão. Além do mais, o comandante não lhe deu tempo para fazer nenhuma observação ao dizer:

— Mas você ficou de me falar dos seus tempos de escoteiro. O que faziam? Brincavam de desfilar e fazer tendas indígenas?

— Quase isso — respondeu Lenda. — Eu tocava saxofone numa orquestra; e até bem. Tínhamos um conjunto, grande aliás. Na verdade, não estávamos muito preocupados com atividades escoteiras, mas com concertos. Formávamos uma orquestra de instrumentos de sopro, mas não pense que tocávamos de forma amadora, como uma banda de bombeiros. Havia nela alunos de escolas de música, alguns até excelentes. Além da parte instrumental, tínhamos um coro feminino, com jovens entre 15 e 20 anos. Quase chegamos a duzentos, dos quais dois terços eram garotas. Pode imaginar isso?

— Você disse "um coro feminino"? Quer dizer que você estava como um peixe n'água. Agora compreendo seu interesse pelo folclore russo. Você já era um transviado na infância — comentou Darrell.

Lenda mergulhou, com prazer, nas suas reminiscências. Resolveu contar ao comandante algo de que se envergonhava, e até isso lhe pareceu prazeroso.

— Eu já não era mais um garoto. Tinha 19 anos e já era um piloto e tanto, tendo borrifado 1 bilhão de acres em todo o estado.

— E acabou borrifando também aquelas garotas? — perguntou Darrell, rindo meio sem jeito da sua piadinha de mau gosto.

Lenda bateu na coxa do comandante.

— Espere, Harold. Vou lhe contar algo que nunca contei a quem quer que fosse e nem sei por que lhe conto isso, mas não me interrompa, senão não lhe darei mais vodca.

— Está bem, conte, mas não enfeite — concordou Darrell.

— Então, passamos o mês de agosto viajando por todo o estado e dando concertos. Em quartéis do exército, acampamentos de escoteiros e até em salas públicas. De vez em quando éramos até pagos, mas fazíamos aquilo principalmente para viajar em boa companhia, porque havia no grupo um monte de rapazes realmente sensacionais...

Harold não resistiu:

— E raparigas sensacionais — disse.

— Pois é disso que se trata! — exclamou Fisher. — Imagine 120 garotas na mais adequada idade para serem comidas, alojadas num só acampamento, em barracas de campanha. Sem pais nem babás. Sem irmãos ciumentos com revólveres. Excitadas e desatentas. Além disso, éramos seus chefes.

— Chefes?! — espantou-se Darrell.

Mas Lenda não se aborreceu com a interrupção e, para o bem da sua narrativa, esclareceu:

— Está claro que você nunca foi um escoteiro. Existe uma hierarquia, como no exército. Ganham-se distintivos, ensina-se aos mais jovens, lidera-se, chefia-se, ou seja, transmitem-se os mais dignos ideais do escotismo: ajudar os necessitados, ser leal, ser solidário... — Lenda falava com voz cada vez mais baixa e com convicção cada vez menor, a ponto de Darrell pôr a mão no seu ombro e, sacudido por um risinho, dizer:

— Deixe isso para lá e continue a sua história.

— Pois é — disse Lenda, agradecido ao companheiro tão compreensivo. — Naquela orquestra havia uma garota que tocava trombone de vara... muito bonita. Cabelos compridos... um rostinho divino... um corpo de sonho. Era assistente do maestro...

— Quer dizer que vocês tinham até um maestro? Na certa, tão transviado como você.

— Como se você o conhecesse! — exclamou Lenda. — Uma das flautistas, que mal completara 15 anos, se apaixonou perdidamente por ele.

Para ela, ele era tudo no mundo, enquanto ele a tratava como a um animal de estimação. Chegava a bater nela e gritar: "Deitada, sua cadela"! Um verdadeiro patife.

— E ela não reagia? — espantou-se Harold.

— Que nada! Só vivia pensando nele e, provavelmente, até gostava de apanhar. Tipos como ele deveriam ser mantidos longe de mulheres. Por fim, não aguentei e, em nome dela, desferi-lhe um soco texano no nariz. Sabe, um daqueles desferidos do sudeste para o noroeste. O sujeito era até bem sólido, exceto o nariz, que explodiu como um morango pisado. Acho que esguicharam dele uns 100 litros de sangue. Desde aquele dia, nunca mais mirei um soco no nariz de ninguém. Aquilo não é um ato humanitário... é antiestético. — Lenda meneou a cabeça em apreço por sua sabedoria e sorveu mais um gole de vodca.

Darrell também meneou a cabeça, e divertindo-se com a ideia de ser um conhecedor de almas humanas, afirmou mais do que perguntou:

— E ela ficou furiosa com você?

— E como! Logo se pôs a abraçar e consolar aquele cretino... você nem pode imaginar a bronca que eu levei... nem vale a pena falar disso — Lenda fez um gesto de resignação com a mão, mas de repente seus olhos se arregalaram de espanto. — Mas como sabe disso? Eu já lhe contei essa história?

— Não — respondeu Darrell, com satisfação. — Mas, se ela permitia ser tratada daquela forma e não o largava, então o amava e, nesse caso, era claro que ficaria do lado dele. Mas esse incidente lhe deu uma, aliás, duas lições...

— Quais? Quais? — Lenda mal conseguia se conter.

— A primeira é a de nunca bancar Sir Lancelot em casos como esse. Sei que é muito difícil olhar para aquilo com os braços cruzados, mas era uma questão entre eles, e você só agiu assim porque não gostava dele e procurava um pretexto para lhe dar um soco no nariz.

— É verdade, porque era um judeu metido a besta que só pensava em si. Além disso, seu nome era Jack Kasperstein e isso, você há de convir, já era um motivo mais do que suficiente para não gostar dele.

— É claro — respondeu Harold, a quem a vodca russa deixara num estado em que se dispunha a aceitar qualquer argumento do copiloto, muito embora não nutrisse nenhum sentimento antissemita, e continuou a sua preleção. — A segunda lição é a de nunca ser o primeiro a atacar, pois pode dar a impressão de que foi você que começou a briga e poderá resultar em problemas caso o agredido leve a questão a um tribunal.

— Então, o que se deve fazer quando se quer aplicar um corretivo em alguém? — perguntou Fisher, já bastante embriagado.

— Fazer que ele o ataque primeiro. Nesse caso, você estaria apenas se defendendo. Compreendeu? E se por acaso você quebrar o nariz ou o braço do sujeito... a situação já será outra.

Lenda coçou a cabeça.

— Muito bonito, mas como fazer isso?

Darrell sorriu com superioridade:

— Há várias maneiras. A mais simples é dizer-lhe algo especialmente desagradável. Também é possível desafiá-lo para um duelo, muito embora, nesse caso, a questão jurídica possa ficar confusa, pois os duelos são proibidos. De qualquer modo, é preciso aguardar que o cara faça o primeiro gesto.

Lenda pareceu não estar convencido:

— Se eu deixar a iniciativa para o outro, posso acabar apanhando. Sempre me ensinaram que vence aquele que atacar primeiro.

— Pois lhe ensinaram errado. Mesmo nesse seu boxe, os mais possantes nocautes ocorrem nos contra-ataques.

— É difícil acreditar nisso — duvidou Lenda.

— Se você se comportar direitinho, um dia vou lhe mostrar. Por enquanto, fale daquela trombonista. Se continuar a se desviar do assunto, não terminará antes do amanhecer, além de acabarmos com todo o resto da vodca.

— Helen... o nome dela era Helen, e você pode acreditar em mim... ou não, muito embora, quando converso com você, jamais enfeite... Ela era como deve ter sido a Helena de Troia.

— O que significa...?

— Em primeiro lugar, os seus cabelos. Compridos. Até a cintura. Sem falar no rostinho. Uma criancinha de 19 anos. Olhos, nariz, lábios... perfeita.

Harold estava de excelente humor e perguntou com ironia:

— E o fato de ela soprar tanto num trombone de vara não deformou o contorno da boca?

Lenda, como um autêntico cavaleiro andante, tomou a defesa da ex-namorada sem um momento de hesitação:

— De modo algum! Pelo contrário, fez-lhe muito bem. Seus lábios eram uma ferramenta. Compreendeu? Como você poderia compreender? Já teve um caso com uma tocadora de trombone de vara? Com aqueles lábios, ela era capaz de produzir os sons que queria, não somente do instrumento, mas também de mim. Entendeu o que quero dizer?

— Que interessante — respondeu Harold. — Minha primeira namorada tocava harpa. Sabia disso?

— Não, você nunca me contou, mas isso significa que ambos temos um passado artístico.

— Sim, senhor — confirmou com orgulho o primeiro-piloto, acrescentando: — A minha harpista tinha dedos extremamente ágeis. O fato de tocar um instrumento, seja qual for, faz muito bem às mulheres. Você não concorda?

Os dois amigos riram baixinho, compreendendo muito bem o sentido oculto daquela afirmação. Em seguida, Fisher retomou o fio da meada:

— O que fazia aquela situação ser ainda mais picante era o fato de eu já ter uma namorada; uma percussionista que chegaria ao acampamento em dois dias. Quando vi a Helen pela primeira vez, durante um ensaio, não pude mais desgrudar dela. Ela logo notou meu interesse e, para o cúmulo das coincidências, o namorado dela também estava por chegar. Era mais velho que eu, um cara sério. Diante disso, resolvi agir rapidamente, e ela pareceu estar apenas aguardando por isso. Eu sabia que teria de seduzir Helen antes da chegada do ônibus com a minha garota. Mais tarde, seria mais complicado. Além disso, o pessoal todo sabia que tanto Helen quanto eu tínhamos namorados. Naquele ambiente, todos se conheciam, e não faltaria alguém para nos dedurar. Por sorte, já no primeiro dia houve uma festa com dança, e eu sou um dançarino e tanto. Em menos de uma hora ela estava aninhada nos meus braços, como um neném. No entanto, tínhamos de manter as aparências, de modo que tudo acabou em uns amassos no meio de arbustos, muito embora ela quisesse chegar aos finalmentes. Estava claro que o namorado dela não era bom de cama. No entanto, eu me controlava...

— Por quê? Você não poderia tê-la papado naquela noite mesmo? — quis saber Darrell.

— É claro que poderia. Só que aqueles arbustos ficavam muito perto do acampamento e poderíamos ser vistos por alguém. Além disso, eu não queria fazer aquilo de qualquer maneira. Já naqueles dias eu era muito romântico. Sabia que ela, assim como eu, queria apenas uma aventura passageira, sem consequências futuras. Depois, ela voltaria para o seu rapaz, e eu, para a minha percussionista.

Darrell fez um gesto afirmativo com a cabeça, e Lenda continuou:

— Passamos o dia seguinte na maior paquera. Emprestei-lhe um livro... acho que foi *O castelo*, de Kafka... mas, toda vez que nos aproximávamos a menos de dois metros, parecia haver uma corrente elétrica no ar. Sou capaz de jurar que os cabelos dela se esticavam em minha direção, como fios atraídos pelos polos de um eletromagneto. Fazia muito calor, mas eu tive de andar com um casaco até os joelhos, pois, como você bem pode imaginar, não podia desfilar como um sátiro excitado. Mesmo assim, mal conseguia andar e me sentia como um daqueles marcianos de três pernas da *Guerra dos mundos*, de Wells. Você leu?

— Sim — respondeu Darrell, ansioso por ouvir o fim do relato de Lenda.

— Então você sabe perfeitamente o que tenho em mente. Diante da impossibilidade de contatos normais, já que ambos estávamos sendo observados, ao lhe dar o livro sussurrei rapidamente, como um cafetão de Brooklyn: "Ao anoitecer, fique atenta a um sinal meu. Então, espere alguns minutos e vá atrás de mim. Atrás do acampamento há uma trilha; esperarei por você lá. Agora vá, porque já estão olhando para nós." Efetivamente, tanto os amigos da minha percussionista quanto os colegas daquele palhaço do namorado dela olhavam desconfiados para nós. Naqueles acampamentos, tínhamos o costume de nos reunir em torno de uma fogueira ao anoitecer... quer dizer, só os que tinham vontade ou não estavam transando nas tendas ou nas moitas... onde cantávamos (não se esqueça de que a maioria tinha vozes maravilhosas), contávamos piadas e fumávamos cigarros.

— Quer dizer que os escoteiros podem fumar essa porcaria? — interrompeu-o Darrell, que era antitabagista convicto.

— Podem — respondeu Lenda com impaciência, chateado com a interrupção —, desde que não estejam de uniforme ou de sentinela. Mas, como ia dizendo, estávamos todos nos balançando naquele círculo, e eu aninhava no meu peito, debaixo da camisa, um cobertor. Você há de convir que não poderia deitar uma jovem tão linda sobre algumas pinhas ou, valha-me Deus, um formigueiro. Ela também se balançava no meio das suas amigas, mas não tirávamos os olhos um do outro. Você sabe como é isso: a gente pode olhar fixamente para alguém de uma forma que só esse alguém note isso. Aquilo era muito forte; quase palpável. É como estar num bombardeiro no meio dos fachos de luz dos faróis antiaéreos; não há como escapar daquilo. Quando achei que chegara o momento adequado, sinalizei com os olhos na direção daquela trilha. Ela semicerrou os seus, o que bastou para que eu soubesse que captara a mensagem. Aguardei alguns minutos e depois me afastei do círculo, e com o coração batendo forte fui para a trilha. Depois de caminhar uns duzentos metros, já fora da luminosidade da fogueira, agachei-me junto de uma árvore e fiquei esperando. Estava tão nervoso e emocionado que nem tive vontade de fumar.

— Puxa! Você devia estar realmente excitado com aquela garota. Sem vontade de fumar? Que pena que não temos essa trombonista no nosso avião — observou Darrell, mas sem malícia.

— Harold, acredite em mim. O tesão pode ser tão poderoso que chegamos a passar mal — disse Lenda, cerrando o punho musculoso e agitando-o no ar, num gesto que lembrava a saudação republicana espanhola.

Darrell suspirou como alguém que se lembra de coisas óbvias.

— Isso, meu caro colega, você não precisa me ensinar. O tesão é capaz de matar — disse o primeiro-piloto, já bastante alto, com a entonação de um jogador de bridge dizendo “três sem trunfo”. Mas logo se corrigiu:

— Bem, não literalmente, no sentido físico, mas o tesão pode matar um sentimento como o amor, o que já me ocorreu uma vez e talvez ainda lhe conte algum dia.

— Por que "talvez"? — indagou o segundo-piloto, também bastante embriagado.

— Porque quero — respondeu Darrell com rispidez, mas a curta declaração fora acompanhada por um gesto amigável, em que encostou carinhosamente o rosto no ombro do amigo.

Lenda se deu conta de que Darrell estava num estado tal em que não se poderia esperar dele nenhuma declaração baseada em lógica ou mente clara. Aquilo o comoveu, pois significava que Harold "amolecera": que soltara as rédeas, e tudo indicava que teria de ser carregado para dentro da aeronave. Não só o comoveu como o encheu de orgulho. "Ele jamais se permitiria isso se não confiasse plenamente em mim; se não tivesse a absoluta certeza de que, em caso de necessidade, eu serei capaz de me ocupar da tripulação e tomar as decisões acertadas", pensou, acariciando afetuosamente a fria fronte do comandante, que, a julgar pela temperatura, também poderia pertencer a um cadáver.

Lenda sabia que, depois de uma bebedeira, homens como Darrell, assim como ele e assim como aqueles magníficos rapazes roncando gostosamente alguns metros acima da sua cabeça, sentiam-se solitários. Nessas horas eles sonham com a possibilidade de passar o resto da noite ao lado de uma garota. Não necessariamente de uma garota específica — mas de qualquer uma. De sentir a respiração no seu peito. De poder procurar, com o dorso dos pés desnudos, as engraçadas pregas das solas dos pés da companheira. De que fosse possível, sem nenhuma intenção oculta, colocar uma mão atenta e protetora naquele lugar onde começa aquele maravilhoso vale que divide o bumbum em duas elevações quentes e macias e onde é possível sentir aquele ponto onde termina a coluna vertebral, coberto por uma fina, amigável e quente camada de pele. De poder entrelaçar as mãos e, juntos, atravessar para o outro lado do vento boreal. De poder ter a certeza de que não acordaremos numa cama vazia, em cujos lençóis não haverá um só sinal de que fora ocupada por uma mulher. De...

— Ei! Não quer ouvir como acabou aquela história? — perguntou repentinamente ao amigo, tentando fazê-lo ficar sentado ereto.

A operação se revelou bastante complicada. Darrell parecia não ter uma só parte resistente no corpo e, mesmo quando Lenda conseguia fazê-lo sentar, imediatamente ele se dobrava como um guarda-chuva quebrado. Forrest Fisher suspirou com resignação e olhou para o latão soviético, mas não se serviu, prometendo a si mesmo que só o faria quando tivesse muita vontade. Tentou reanimar Darrell, mas todos os esforços foram em vão. O comandante estava naquele estado em que ainda se podem sentir estímulos externos, mas o mecanismo interno está completamente inoperante. Diante disso, Lenda tentou levá-lo até o avião, mas desistiu da ideia. Darrell pesava mais de 70 kg. Teria de ficar onde estava e Fisher teria de fazer algo para deixá-lo à vontade.

Com grande esforço, subiu a escadinha do Ramp Tramp. O interior da aeronave era tão aconchegante que Lenda teve um desejo sincero de deixar Darrell em paz e ir dormir. No entanto, conseguiu resistir àquela tentação, no que foi auxiliado pelo seu dever para com o amigo e por aquilo que faz que homens fortes e decididos possam demonstrar seu valor mesmo quando embriagados. Momentos depois, ele já estava debaixo do avião, munido de dois cobertores e dois sacos de dormir. À luz do lampião de querosene, escolheu um lugar plano e (como lhe parecera) não muito pedregoso, sobre o qual pôs os cobertores dobrados em dois e, sobre eles, os sacos de dormir. Agora faltava apenas tirar as botas de Harold e enfiá-lo num deles. Quando concluiu aquela tarefa e puxou o zíper do saco de dormir até o queixo do primeiro-piloto, este entreabriu os olhos, sorriu para Lenda e murmurou algo parecido com: "Obrigado".

Cambaleando, Fisher preparou seu saco de dormir, mas, antes de se enfiar nele, pegou o latão e o colocou, junto com um caneco e a garrafa de suco, perto do lugar onde ficaria a sua cabeça. Depois, com um murmúrio de satisfação, entrou no saco e o fechou, mas não completamente, a fim de ter os braços livres para alcançar o latão. A título de prêmio pelos seus esforços e pela dedicação ao comandante, serviu-se de uma dose generosa. A chama do lampião tremulou e apagou-se; na certa o querosene acabara. A escuridão ficou espessa só no começo. Em pouco tempo, a delicada luz das estrelas fez que Lenda pudesse enxergar contornos e detalhes. O segundo-piloto se acomodou confortavelmente, apoiando-se num dos cotovelos. Estava sem sono; apenas com um cansaço físico. Sua mente estava totalmente clara, e o local que lhe foi determinado para passar a noite teve um efeito afrodisíaco para ele. Com espanto notou que estava excitado e que gostaria de dar algumas voltas em torno da Superfortaleza, ou, melhor ainda — caso isso fosse possível —, mergulhar em água fria. Além disso, estava chateado pelo fato de Harold ter adormecido antes que ele concluísse seu relato. Achou que teria de concluí-lo de qualquer maneira, e para tanto voltou seus pensamentos para dez anos antes e milhares de quilômetros de distância.

Lembrou-se de que, em determinado momento, a escuridão prateada ficou mais espessa, formando a silhueta da garota. Mais um momento — e ela já estava ao seu lado, mas não se beijaram. Forrest apenas acariciou com seus lábios o dorso da mão da jovem. Entendiam-se perfeitamente e, quando saíram da trilha e ele pegou na sua mão, cujos ossinhos podia sentir com seus dedos, ela se manteve ao seu lado. Não precisaram andar muito. A apenas alguns metros da trilha, ninguém mais poderia vê-los. Forrest soltou sua mão e, abrindo o zíper do agasalho, dele retirou o cobertor. Enquanto ele, de joelhos, o estendia no chão removendo com cuidado as pinhas, a jovem não perdeu tempo. Surpreso e espantado, Lenda a viu, sem calças nem calcinhas e apenas de soquetes, ajoelhar-se ao seu lado. Suas pernas eram longas e delgadas e, ao mesmo tempo, tudo que devia ser arredondado e íntimo estava lá. Instintivamente, estendeu o braço na direção daquele triângulo escuro, mas ela foi mais rápida e, interrompendo seu movimento, abaixou-se ainda mais e começou a manipular o seu cinto. Em poucos segundos Lenda pôde certificar-se do que eram capazes os ágeis e agradáveis lábios da trombonista. Nada lhe restou a não ser brincar com os longos cabelos da jovem. A aventura se desenvolvia de forma muito promissora, já que crescia na sua boca como um bolo com fermento dentro de um forno. Com os olhos da imaginação, Lenda já via os olhares de admiração que lhe seriam lançados pelas coristas ainda não defloradas e as expressões de inveja nos rostos dos colegas, que só em sonhos poderiam imaginar possuir uma jovem tão bela.

Foi então que se ouviu o primeiro zumbido, ainda tênue e inseguro. Forrest o ignorou, achando que ouvira mal. No entanto, no momento seguinte sentiu uma picada e uma coceira no seu traseiro desnudo. Helen, querendo "limpar o campo operatório", arrancou brutalmente suas calças e cuecas, mas ao primeiro zumbido se juntou um segundo, terceiro, quarto, décimo. Os mosquitos que viviam naquele recanto deviam ter um excelente serviço de informação, sabendo, com antecedência, daquele encontro. Helen não pareceu lhes dar importância e, soltando o membro de Forrest, deitou-se de costas e, abrindo as pernas como se fossem asas de uma borboleta, puxou-o para si. Tinha apenas 19 anos, e seus pezinhos infantis, enfiados naquelas soquetes ridículas, ficaram suspensos no ar de forma engraçada e até penosa. Apesar de novas esquadrilhas de mosquitos atacarem, como caças, o seu traseiro empinado, Forrest tentou penetrá-la, no que foi ajudado pelas surpreendentemente fortes mãos da jovem, que respirava de forma ofegante e estava excitada ao máximo. Aquilo, junto com a implacável coceira no traseiro, o fizeram perder a ereção. Helen sentiu isso, mas mesmo assim conseguiu enfiar nela os tristes e flácidos restos do normalmente dedicado e impressionante membro de Forrest.

Como se não bastasse, este, que sabia controlar tão bem seus movimentos, podendo, com técnica aprumada, passar muito tempo deliciando as parceiras, não conseguiu manter o controle e esguichou como uma mangueira jogada no chão por um jardineiro. Era como se estivesse sendo abandonado por todo o orgulho de macho e pela tão merecida fama de grande conquistador. E isso, apesar de ter decidido dedicar-se a ela de corpo e alma. Só que naquele momento a única coisa que sentia eram as insuportáveis picadas dos mosquitos. Quanto a ela, também sofrera o mesmo ataque, e Forrest, ao ajudá-la a vestir de volta as calças, ficou tão comovido com isso que quase chorou como uma criancinha.

— Não se preocupe — disse ela inesperadamente, já que até então tudo se passara em silêncio. — Meu namorado faz isso ainda pior e o peru dele é muito menor. Como eu gostaria que alguém me fizesse chegar ao fim. Ele nunca consegue isso.

Aquilo fora como um tiro de misericórdia e, quando saíram daquele lugar maldito e retornaram à trilha agora mergulhada na escuridão total, ele chorou baixinho, sem lágrimas. Mesmo sem poder vê-lo, Helen deve ter percebido, pois o abraçou com força e, pegando sem cerimônia no seu membro, conseguiu que ele voltasse a ficar ereto e duro. Aquilo deve tê-la feito mudar de opinião quanto ao futuro próximo, pois lhe sussurrou carinhosamente no ouvido:

— Não fique triste. Vamos tentar de novo amanhã. Você quer?

Lenda fez um sinal afirmativo com a cabeça, espantando-se ao ver como garotas tão jovens podem ser amadurecidas. Conseguiu apenas dizer, entre soluços:

— É que acho você tão atraente que não consigo me conter. É a mesma sensação que a gente tem quando pisa num palco pela primeira vez. Consegue compreender isso?

— É lógico que sim, seu bobo. Vamos tentar novamente amanhã, só que em outro lugar — respondeu e foi correndo para o acampamento.

Lenda ergueu-se sobre o cotovelo, virou-se para o adormecido Darrell e perguntou baixinho:

— Quer saber como terminou aquela história? Quer? — assegurou-se, embora o primeiro-piloto dormisse profundamente. — Então vou lhe contar. No dia seguinte, apesar de escolhermos outro lugar, inacessível ao serviço secreto dos mosquitos, o fiasco foi ainda maior. Algo deve ter acontecido na minha psique, pois não consegui ter uma ereção decente. Acabei concluindo aquela performance comprometedora com a língua, mas a vergonha daquilo me persegue até hoje. Aliás, jamais contei essa história a quem quer que fosse e espero que você não a repita a ninguém. Você bem pode compreender como seria danosa para a minha reputação.

Aquela última afirmação tentara parecer irônica, mas soara seríssima. Lenda acomodou-se no seu saco de dormir e, olhando para as incrivelmente claras e brilhantes estrelas, sussurrou as últimas palavras daquela sua confissão que ninguém jamais ouvira:

— Alguns anos depois, vim a saber que eu, com a ajuda daqueles mosquitos, lhe fiz um filho. Aliás, dois, porque foram gêmeos: dois meninos. Helen nunca contou isso ao namorado, e ele, obviamente, achou que fossem dele. Você pode imaginar uma coisa dessas, meu irmão? Dois meninos lindos feitos com um pau num estado deplorável? O mundo é de fato incompreensível...

E, finalmente, Lenda adormeceu. Sonhou com dois lindos gêmeos soprando em pequenos trombones de vara dourados, dos quais, em vez de sons, emergiam fileiras de estrelas brilhantes que, erguendo-se no ar, se aninhavam docemente nos locais destinados a elas na cristalina esfera azul-marinho de Vladivostok.

7

Base das Forças Aéreas do Pacífico, primeiros dias de agosto de 1944, sala de interrogatórios, na ala esquerda do bloco B

EMBORA NÃO FUMASSE, agora bem que gostaria de dar umas tragadas. O russo, que também não fumava, lhe oferecera cigarros mais de uma vez, mas Harold achou que o ato de aceitar poderia abrir uma brecha na sua obstinação socrática. Como se não bastasse ter-se metido numa encrenca e, até agora, não lhe terem permitido entrar em contato com o cônsul americano, pela segunda vez na sua vida ele poderia ser vítima de um mau costume que detestava — o de se sentir culpado.

Por um motivo estranho e totalmente incompreensível, ele se recriminava por ter concordado em pousar na Rússia. Não teria sido melhor continuar voando para a base e, quando acabasse o combustível, confiar na sorte e nas boas intenções dos comunistas chineses? A parte racional do seu cérebro lhe dizia que a decisão que tomara fora a mais adequada e que até agora provara ser efetiva, já que nenhum dos membros da sua tripulação sofrera algum dano.

Já no dia seguinte àquela alegre recepção preparada de forma tão hospitaleira por Mishkin, lhes foi solicitado — de forma gentil, mas firme — que abandonassem o Ramp Tramp. Permitiram-lhes levar consigo apenas os objetos pessoais, deixando as armas na aeronave. Tudo aquilo fora feito através de mímica, já que os russos não conseguiram trazer alguém que tivesse conhecimento de inglês. Darrell resistiu o quanto pôde a abandonar o avião. Sentia-se como alguém que se rende sob condições desonrosas, abandonando seu posto. No entanto, era o responsável por sua tripulação e sabia que, em caso de resistência, ele e seus homens seriam fuzilados sumariamente pelos russos. Nem chegou a pensar em destruir as partes mais sensíveis e secretas do bombardeiro. Como poderia tê-lo feito? Bater com um martelo nas instalações ou incendiar a aeronave? Como a sorte dos capitães de navios capturados era melhor! Podiam abrir as válvulas dos Kingstons e, com honra e batendo continência, afundar junto com seus segredos. Dava graças a Deus por ter tido a ideia de jogar no mar toda a documentação que, naquele momento, poderia estar sendo analisada pelos tubarões ou outros seres marítimos que viviam naquela baía. Chegou a imaginar um tubarão com as feições do tenente Mishkin, que, cercado de seus pares, examinava com atenção o desenho esquemático da isolação térmica das cabines do B-29. A imagem era tão engraçada que ele chegou a soltar uma risadinha, esquecendo-se por completo de onde estava.

— O que o senhor está achando tão engraçado, capitão? — indagou o oficial russo, em inglês correto e com um tom severo, mas cheio de respeito.

— Queira desculpar. Pensei em algo engraçado, mas que não tem nada a ver com as perguntas do senhor.

O russo não pareceu espantado. Talvez ele também tivesse tendência a imaginar coisas engraçadas e totalmente irrelevantes. Fez apenas um gesto com a cabeça, mas Harold detectou um tênue sinal de surpresa no seu olhar.

O major Smoliarov ficara mesmo espantado, mas se esforçara para ocultar tal fato. Não lhe entrava na cabeça que alguém, numa situação tão séria, pudesse pensar em algo engraçado. No lugar do comandante americano, a quem admirava de modo involuntário, estaria extremamente sério, talvez assustado e, por certo muito atento. "Eu não teria vontade de rir, enquanto este aí tem um ar alegre. Muito bem, temos muito tempo, e quem sabe acabemos fazendo que ele, ou um membro da sua equipe, concorde em cooperar conosco."

A notícia do pouso forçado do B-29 em Vladivostok fora totalmente inesperada. Acordaram-no no meio da noite, ordenaram-lhe que empacotasse apenas os objetos indispensáveis e, num veículo a toda, levaram-no ao aeroporto. Debaixo da volumosa barriga de um Boston* aguardava-o Kazedub, metido num longo casacão de couro preto. Sua aparência era sinistra, parecendo um negro e pegajoso morcego; um vampiro à espera das próximas vítimas. No entanto, ao ver Smoliarov saindo do carro, sorriu simpaticamente, estendendo-lhe a mão esquerda e ocultando a direita às costas.

— Aleksandr — disse. — Que bom que você veio tão rápido. Disseram-lhe de que se trata?

— Apenas superficialmente, camarada coronel.

Kazedub coçou o rosto com a barba por fazer. Também ele não conseguira dormir mais do que um terço daquela noite de verão.

— Para que tudo fique claro — disse —, quero que você saiba que o estou enviando por sua conta e risco. O Líder Supremo ainda não sabe disso e os seus outros cãezinhos têm orelhas curtas demais para tomar conhecimento de algo antes de mim. Mas nós temos de assumir o controle dessa situação antes que Béria ponha suas patas em tudo isso. Preferiria que o caso fosse assumido pelo SMERTSH, o Escritório Central de Espionagem, porque eles são menos dispersos. Você sabe, Smoliarov, o que tenho em mente?

Aleksandr não conseguia reprimir bocejos, mas, elegantemente, cobria a boca com o dorso da mão. Sonhava em tomar uns goles de chá quente, de preferência com acompanhamento de geleia de cerejas. Certamente, a bordo do Boston não haveria tal possibilidade. Fez um esforço

---

*O fato de os soviéticos porem à sua disposição aquele avião era um claro indício da urgência de se interrogar a tripulação de Darrell. O Douglas A-20 Boston, capaz de voar a 454 km/h, podia levar Smoliarov para Vladivostok em dois dias. (*N. do A.*)

para afastar seus pensamentos do caneco fumegante com aquele líquido aromático e respondeu:

— Não muito, camarada coronel.

Kazedub não se espantou com aquela resposta. Pegou o major pelo braço e o conduziu alguns passos na direção do seu automóvel, pois o bombardeiro começara a aquecer seus motores e, na proximidade de dois Wrights de 1.600 cavalos, não dava para ouvir nada.

— A questão é delicada. E, se você pisar na bola, ambos poderemos acabar encostados num muro. Os americanos são nossos aliados. Enfie isso na sua cabeça. Stálin, e eu o conheço muito bem, fará de tudo para que, em caso de um escândalo, a responsabilidade não caia sobre seus ombros. Ele sempre faz isso e muitas pessoas a ele dedicadas perderam não só suas posições no governo como suas vidas graças a essa política. Pretendo continuar vivo por mais algum tempo, mas, para isso, tenho de adivinhar suas intenções. Essa é a sina de um homem de confiança dele. Tudo que estou lhe dizendo, Smoliarov, é só para os seus ouvidos e, caso você venha a fazer algum uso disso, considere-se um homem morto. Por mais que venha a se esconder, acabarei por achá-lo, compreendeu? De qualquer forma, se eu afundar, você afundará comigo. Essa é a regra do jogo.

Smoliarov parou de bocejar, livrou-se do resto do sono e perguntou:

— Se é assim, então por que me contais isso, camarada coronel? Não seria melhor eu não saber de nada e continuar fazendo o que me mandam?

— É preciso que você saiba de certas coisas. Caso contrário, cometerá erros decorrentes dessa falta de conhecimento. Portanto, ouça-me com atenção. Stálin está me usando contra Béria, mas não da mesma forma como usou Béria contra Yezhov, e Yezhov contra Yagoda. Eu, na certa, não serei o sucessor de Béria. Não aceitaria aquela função mesmo se me obrigassem. Sempre preferi agir na sombra. É muito mais fácil e mais eficiente.

Kazedub interrompeu sua preleção e olhou atentamente para o rosto do major. Depois, mudando de tom, perguntou repentinamente:

— Será que você tem alguma ideia do que eu estou falando?

Aleksandr, em resposta, usou o mesmo termo já dito anteriormente:

— Por alto.

Aquilo podia significar tudo e nada ao mesmo tempo. Tanto Kazedub quanto Smoliarov sabiam que o tal "por alto" era exatamente isso, e o primeiro não ficou chateado e disse:

— Você está aprendendo rápido, caro major. Eu diria que até rápido demais. De fato, é sempre melhor não dizer o que se está pensando. Não tenho dúvidas de que você conhece muitos camaradas que agem assim. Vivem falando sem parar, batem nas costas de todos, sorriem para todos, mas, se prestarmos atenção ao que dizem, chegaremos à conclusão de que não dizem nada de concreto. E isso funciona. São respeitadíssimos e considerados ativos e engajados. Mas se você quiser cismar com algo que disseram... não tem jeito. Porque nunca disseram nada além de palavras vãs, que tanto podem significar "sim" como "não". Assim como esse seu "por alto". Só que você trabalha para mim. Fui eu quem o achou, e sua carreira depende de mim, e não "por alto", mas cem por cento. Vamos até meu carro e bebamos um pouco de chá até que esses rapazes terminem essa barulheira.

No interior de um Packard — negro, soturno e cheirando a couro de luxo — havia uma garrafa térmica com chá adoçado com geleia de cerejas, cujo aroma fez que ambos se esquecessem por um momento da política e da guerra. Kazedub expulsou seu motorista e aguardou que ele se afastasse alguns passos e, de costas para o avião, acendesse um cigarro, protegido pela aba levantada do seu casaco militar. O dia, embora de verão, era frio e ventoso.

— É preciso que você saiba, Smoliarov — começou Kazedub, afastando seus lábios da beirada quente do caneco com o chá — que Stálin precisa, de vez em quando, "trocar a água" na qual cuida de si e do seu poder. Compreende? Para que aquele poder não murche como uma flor que absorveu todos os elementos contidos no vaso. E, para arrumar espaço para a água fresca, ele tem de jogar fora a que ficou no vaso; caso contrário, o vaso transbordará e tudo irá para o inferno.

O aturdido Smoliarov, a quem essas informações chegavam como brilhantes meteoros, só fazia sacudir a cabeça. O surpreendente era que naquele quebra-cabeça nebuloso, cheio de furos, adivinhações e elementos faltantes, as explicações do coronel se encaixavam perfeitamente.

Aleksandr, como qualquer um que vive num mundo de mistificações, era um cético. Um mundo daqueles não permite que a realidade seja vista claramente nem por um instante, já que afasta incessantemente do campo de visão todos os elementos óbvios e com significado concreto. Em função disso, a visão da realidade se apresenta, aos olhos do observador, de forma fragmentada e salteada. Agora, o coronel derramara diante dos seus olhos espantados e fascinados todas as peças que faltavam. De repente, se deu conta de que esses elementos ou, mais precisamente, as suas correlações, se adaptavam a qualquer realidade. Quando jovem, lera *Quo vadis*, do escritor polonês Sienkiewicz, bem como, para não irmos muito longe, *Os três mosqueteiros*, de Dumas. Richelieu não sacrificara Milady para salvar sua ameaçada posição na estrutura do poder? Infelizmente, os tempos de déspotas esclarecidos já passaram ao largo da Rússia. Stálin não irá arrancar as barbas dos seus boiardos para colocá-los sobre novos trilhos de pensamento. Pelo que dizia Kazedub (e não havia motivo para duvidar das suas palavras), Stálin resolvera lançar mão de métodos que até Pedro, o Grande, já chamara de “maus”.

As novas revelações fizeram Smoliarov pensar: “No entanto, isso não deveria doer. Estamos em guerra e, numa guerra, deve-se lançar mão de todos os meios. Certamente aquilo que Kazedub está fazendo não é um simples carreirismo, mas algo maior. Algo que permitirá que a Rússia saia dessa guerra mais fortalecida, e eu...? Pois é. O que esta guerra fará comigo?” Aleksandr olhou de soslaio para o belo coronel com outros olhos. “Será que é bom que as cartas sejam dadas por gente como ele? Provavelmente sim, porque o coronel é muito bem apessoado. Podem dizer o que quiserem, que a aparência não tem nada a ver com o caráter de uma pessoa, mas é bem mais agradável lidar com alguém como ele, e não com gordão fedorento e convencido da sua infalibilidade e força.”

De forma involuntária (pelo menos, era o que lhe parecera), Aleksandr começou a pensar em Kazedub não como um superior hierárquico, mas como um ser humano. Olhou para o seu perfil, que inevitavelmente trazia à mente uma ave de rapina, bem como para os ombros e o pescoço musculosos, enfiados num impecável uniforme verde-oliva. Observou a extraordinária proporção entre os dedos e o formato da sua mão esquerda, que naquele momento repousava tranquilamente sobre o excelente tecido das suas calças de montaria, e aspirou o ar pelas narinas, esperando sentir o aroma do coronel. Nada sentiu de especial além do delicioso cheiro do chá forte e geleia de cerejas. Kazedub notou aquele exame minucioso da sua figura e, com um sorriso, perguntou ao oficial mais jovem:

— O que está olhando tanto?

Embora a pergunta tivesse sido feita em tom severo, Smoliarov notou que o ato de ser observado agradara o coronel. Era evidente que ele não só era belo, mas também vaidoso e, nessa vaidade, ciente da sua aparência física.

— Em vez de ficar me olhando, é melhor guardar na memória tudo o que conversamos — acrescentou o coronel. — Você não pode falhar. Não sei o que será decidido quanto ao destino daquela tripulação, mas por enquanto tente conquistar sua confiança. Nada de ameaças, tapas na cara e assim por diante.

Dois dias mais tarde, Smoliarov pousava na base aérea de Vladivostok. Estava exausto, pois o Boston era adequado a tudo, menos a voos de longa distância. Contrariamente ao clima de Moscou, o de Vladivostok era quente e abafado. Ao sair do avião, Smoliarov começou a suar e sentiu saudades do frio matinal de dois dias antes. Seu comitê de recepção era formado por apenas um tenente, com um quepe caindo sobre os olhos. Estava claro que ele recebera instruções por telex de Kazedub, pois se apresentou de forma extremamente gentil e subserviente. Embora estivesse fazendo isso pela primeira vez na vida, Aleksandr saiu-se muito bem na posição de quem dá ordens e faz perguntas.

— Onde estão os americanos?

O tenente Mishkin o ajudou a entrar no jipe e, após colocar com cuidado a maleta do major no banco traseiro, sentou-se diante do volante e, com desenvoltura, engatou a primeira marcha.

— Mandei esvaziar uma parte destinada ao nosso pessoal. Os americanos dispõem de banheiros exclusivos lá, chuveiros e um terreno cercado, no qual podem se exercitar.

— No que fizestes muito bem, tenente — elogiou-o com magnanimidade Smoliarov, e o feliz Mishkin decidiu não acrescentar que eram frequentes as interrupções de água naqueles banheiros e chuveiros, o que, no calor de agosto, não deixava de ser um problema sério.

— E o que eles comem? — perguntava o major, olhando em volta e esperando ver a qualquer momento a primeira Superfortaleza na Rússia.

— Eles recebem alimentos da cozinha dos oficiais, mas vós deveis saber, camarada major, como é uma cozinha militar, mesmo a de oficiais. Estamos num posto avançado. Não temos iguarias; só alguns peixes e, ocasionalmente, um pedaço de carne. De qualquer modo, eles não têm reclamado, nem deixam restos de comida nos pratos, mesmo quando o único alimento é cevada com toucinho.

Smoliarov estendeu o seu lábio inferior sobre o superior, a exemplo do que vira um dos seus professores fazer na academia, e anunciou:

— Trouxe-lhes algumas provisões: café, frutas secas, conservas, conhaques, até mesmo caviar. Temos de cuidar deles, tenente. Ordenai que elas sejam descarregadas do Boston; os pilotos devem ter os respectivos conhecimentos de carga. Assegurai-vos de que tudo que consta neles esteja lá de fato... — Smoliarov interrompeu a fala, olhando significativamente para Mishkin, a fim de se assegurar de que fora compreendido e que uma parte dos mantimentos não seria desviada para fins particulares, o que costumava ocorrer em casos semelhantes. Em seguida, voltou a olhar em volta e observou: — Não consigo ver a tal Superfortaleza. Onde está?

De fato, no meio dos aviões agrupados de modo caótico, nos quais predominavam os mais recentes caças de Lavochkin e os bombardeiros táticos B-25 Mitchell fornecidos pelos Estados Unidos, não havia sinal do B-29. Mishkin perdeu um pouco da sua autoconfiança e esclareceu rapidamente:

— Não sei, camarada major, se agi certo, já que não recebi ordem nesse sentido... mas decidi... — olhou de soslaio para o oficial mais jovem, mas com patente mais alta, sem saber se seria reprimido por ter agido por iniciativa própria, e concluiu a frase — mandar cobrir os motores e os canhões, e o recolhi para um hangar. Para que todos deveriam ficar olhando para ele, como crentes para portões pintados de uma igreja?

Smoliarov ficou surpreso. À primeira vista, o tenente lhe parecera ingênuo e bobo. E eis que se revelou não só munido de iniciativa, mas também de inteligência!

— Fizestes muito bem, camarada. Por que o avião deveria ficar exposto ao sol? Como faz calor aqui — acrescentou, desabotoando o colchete da gola do uniforme. Depois, perguntou aquilo que mais lhe interessava: — E o que eles andam comentando? Qual a sua disposição de ânimo?

Mishkin adotou um ar triste e respondeu:

— O intérprete que nos mandaram não serve para nada. Está claro que não se dedicou muito aos estudos. Seus conhecimentos de inglês se limitam a algumas frases. Quanto aos americanos, não parecem contentes. Não tenho dúvidas de que tudo que querem é poder retornar para junto dos seus, mas recebi ordens para evitar, por enquanto, qualquer contato deles com as autoridades consulares. Tentamos diverti-los da melhor forma que podemos...

— O que quer dizer...? — indagou Smoliarov, com um sorriso.

— No primeiro dia, assim que pousaram, organizei uma recepção com música e bebidas. Foram consumidos em torno de 15 litros de vodca... — respondeu Mishkin, olhando de forma interrogativa para o major, sem saber como este reagiria à menção do álcool.

— Ótimo — disse Aleksandr, perguntando com curiosidade: — E eles gostaram da bebida? Ninguém ficou doente? Com que vocês fazem esta vodca?

Mishkin evitou um buraco na pista de decolagem, com o que quase tombou o jipe, e respondeu:

— Beberam até a última gota. Todos estão bem de saúde. Quanto à vodca, nós a fazemos de peras. Temos muitas pereiras junto do lago. São peras silvestres, mas a bebida é excelente e forte como o diabo. O camarada major deseja experimentar? Temos muito dela, porque as árvores estão dando frutas e mal conseguimos dar conta delas.

Smoliarov olhou com prazer para seu interlocutor. Chegou à conclusão de que até poderia vir a gostar deste Mishkin. Certamente seu respeito por ele crescia a cada minuto.

— Ainda sou jovem demais para isso — respondeu jocosamente e, mantendo o mesmo tom, indagou: — E o que os seus oficiais superiores têm a dizer sobre isso?

O tenente sorriu de forma matreira. Também começava a gostar do major, muito embora não tivesse apreço pelo pessoal de Moscou. Via de regra, eram empolados e reclamavam de tudo. Diante disso, respondeu de forma simpática e calorosa:

— Os oficiais superiores também gostam de beber, e é muito difícil terem acesso a uma vodca de marca. Tudo que há nas lojas vem dos fornecimentos oficiais, e esses fornecimentos oficiais não costumam ser regulares. Há meses em que não dá para comprar nem uma caixa de fósforos.

Naquele momento estavam passando diante de um Mitchell, e sua tripulação — uns garotos alegres e com rostos queimados — olhavam com curiosidade para o major. Na esverdeada fuselagem do Mitchell alguém pintara, aliás com muita arte, um ameaçador urso-branco. Junto da roda do trem de pouso dianteiro, o urso mostrava suas enormes presas recurvadas, e era de fato impressionante. O major nunca antes vira uma pintura dessas num avião. Estava acostumado a ver frases do tipo "Por Stálin" ou "Morte à besta nazista", mas aquele urso tinha um caráter totalmente diferente, sobretudo por ostentar uma assinatura misteriosa: "Misha B".

— Paremos por um instante — pediu Aleksandr, e Mishkin freou o Willys tão violentamente que seu passageiro quase arrebentou a cabeça no para-brisa. Smoliarov, não se sabe por que com o quepe na mão, saltou do veículo e, com um largo sorriso estampado na face, se aproximou da tripulação:

— Saudações — disse.

Os jovens se perfilaram e bateram continência. Apesar da contagiante juventude, eram veteranos.

— Posso vos perguntar uma coisa? — perguntou gentilmente e, como os jovens permaneceram calados em obediente expectativa, acrescentou: — Quem é Misha B.?

Os aviadores empurraram para frente um alto e forte garoto com um rosto infantil e queimado pelo sol. A potência física e a alegria de viver formavam uma extraordinária combinação de vitalidade com força. Um dos aviadores declarou solenemente:

— Este aí, camarada major, é Misha B.

— Ou seja...? — perguntou Aleksandr, sem conseguir reter um sorriso.

— Ou seja, o primeiro-sargento Mikhail Bojarishkin, às ordens do camarada major — anunciou alegremente o jovem, adicionando, também de forma alegre: — Este urso não foi pintado por nós, mas pelos americanos. O avião já chegou pintado assim.

— E esta assinatura? — insistiu Aleksandr.

— A assinatura, camarada major, não estava ali... — Misha B. interrompeu a frase de forma teatral, enquanto Smoliarov retinha a respiração em expectativa — ...e apareceu assim, sozinha. Alguém deve tê-la pintado à noite. Mas não fiquei incomodado com isso, porque, quando formos, finalmente, bombardear o Japão, ela será de grande utilidade...

— Por quê? — quis saber Smoliarov.

— Porque poderemos, camarada major, escrever em cada bomba "Com os cumprimentos de Misha B."

— Em russo? — duvidou Smoliarov.

— De modo algum! — exclamou Misha B., em tom ofendido por alguém ter suspeitado de tamanha besteira. — Em japonês. Temos aqui, na lavanderia, um coreano; ele vai escrever isso num pedaço de papel e nós copiaremos aquela inscrição.

Smoliarov despediu-se dos seis magníficos rapazes, achando que valeria a pena dar uma espiada naquele coreano que trabalhava numa lavanderia militar soviética e que sabia escrever em japonês.

Aquilo fora no dia anterior. Mishkin o apresentou aos americanos, e Smoliarov — exausto pelo voo de mais de 9 mil quilômetros num bombardeiro que não parava de sacolejar — só teve forças para comunicar sua chegada e anunciar um encontro para o dia seguinte. Foi, é óbvio, bombardeado por perguntas. Afinal, eles eram 11. Empurrando-se mutuamente, gritavam que queriam ver o cônsul e saber que providências foram tomadas para seu transporte de volta ao seu país. Por fim foram honrados com a presença de alguém que os entendia e que se expressava num inglês compreensível, e queriam saber de tudo imediatamente.

Para escapar do assédio, o major mandou que fossem colocados sobre uma mesa os presentes que lhes trouxera. Aquilo funcionou, e os americanos o abandonaram por um momento, examinando com curiosidade as etiquetas dos mais diversos produtos. Smoliarov aproveitou para sair discretamente e dirigir-se a seu alojamento. Só teve energia para se despir e entrar num chuveiro, do qual caía uma água tépida e fedendo a ferrugem. Depois, nu em pelo, desabou sobre a cama de ferro sem ao menos fazer o esforço de se cobrir com os cobertores militares, e caiu num sono profundo.

Agora estava sentado diante do comandante americano e, evitando seu olhar, procurava por um argumento sensato. Não tendo achado nenhum, disse, meio sem jeito:

— O senhor... o senhor e sua tripulação terão de se munir de paciência.

Aquela declaração visivelmente irritou Darrell, a ponto de ele tomar a decisão de extrair um pouco de sinceridade do oficial russo.

— Senhor major — disse. — Considerando que a nossa conversa está sendo tratada como um interrogatório, gostaria que fosse registrado como se deve o que vou lhe dizer formalmente.

— E o que seria isso? — perguntou gentilmente Smoliarov.

Darrell pigarreou e se ajeitou na cadeira. Em seguida recitou o texto que havia memorizado cuidadosamente durante o longo tempo de inatividade:

— Declaro oficialmente que, ao representar aqui a Força Aérea do Exército dos Estados Unidos e a responsabilidade da qual fui investido pela vida e saúde da minha tripulação, assim como pelo material bélico sob o meu comando, desejo formular um protesto pelos métodos adotados por um exército aliado. Sobretudo no que se refere ao estado de total isolamento a que fui submetido junto com os meus homens e ao fato de o representante do governo americano não ter sido informado dessa situação.

Darrell recitou tudo aquilo olhando atentamente para a reação do russo. Sabia o suficiente das reações humanas para chegar à conclusão de que o major pretendia limpar o rabo com o seu relatório ou, como se costuma dizer nos círculos diplomáticos, "arquivá-lo numa pasta". Smoliarov pôs mais chá no seu caneco, enquanto ordenava seus pensamentos para apresentar contra-argumentos à altura. No entanto, nada de sensato lhe vinha à mente. Enquanto isto, Darrell completou seu discurso, com voz fria e educada:

— Gostaria também de apresentar este protesto por escrito — desde que o senhor me forneça uma folha de papel. Por sorte pude ficar com a minha caneta.

A última parte da frase fora uma alusão ao fato de os americanos terem sido obrigados e entregar suas armas pessoais, "para fins de proteção mútua", como lhe explicara Smoliarov. Os russos requisitaram até os canivetes, assegurando que tudo seria devolvido "no devido tempo" (mais uma frase de efeito e sem significado concreto).

Apesar de Darrell não ser um materialista que gostasse de juntar coisas, a separação do seu adorado Colt 45 foi muito dolorosa. Não se tratava de uma simples pistola de serviço. Era uma obra de arte. Recebera-a do pai, na cerimônia de graduação como oficial do Exército. Devia ter custado uma fortuna, e na certa fora feita sob encomenda. A pistola era pesada, mas cabia perfeitamente na mão, e sua grande massa equivalia ao "coice" provocado pelo monstruoso calibre do projétil de 11 milímetros. Sua potência e precisão davam ao proprietário a sensação de estar armado com um canhão portátil. Uma pessoa atingida a curta distância era atirada para longe, como um boneco de pano atingido por um taco de beisebol. Darrell não era um apreciador de armas de fogo (exceto dos canhões e das metralhadoras instalados num avião), mas gostava demais do seu Colt. Para sermos mais exatos: não tanto dele em si, mas da sua silenciosa e sempre pronta presença. O ato de tirar a arma de alguém acostumado a viver num mundo onde o porte de armas de fogo era algo essencial é como arrancar os dentes de uma serpente venenosa. Em um mundo de pessoas que praticam artes marciais, aquilo não tinha a menor importância. Em primeiro lugar, ele mesmo — Darrell — era uma arma, e uma arma perigosa, algo de que o major russo não tinha conhecimento. Em segundo, deixaram-no ficar com o *suntetsu*, sem terem a mínima ideia do que aquilo poderia ser. Parecia ser exatamente o que seu nome queria dizer, pois *suntetsu* é "pedaço de ferro". E, efetivamente, era um pedaço de ferro com a aparência de uma caneta-tinteiro e provido de um anel à altura de um terço do seu comprimento. Ao enfiar-se o tal anel no dedo anular, tinha-se na mão uma ferramenta mortal, diante da qual o tradicional cassetete, ou mesmo um espadim, não passava de um brinquedo infantil. Darrell o recebera de um coreano que lhe dera aulas de técnicas avançadas de *daito-ryu*.

Smoliarov fingiu, até de forma convincente, que não entendera a alusão.

— Evidentemente, capitão. E queira saber que eu compreendo sua irritação. É óbvio que lhe forneceremos tudo de que o senhor precise. Por outro lado, peço que entenda que temos nossos procedimentos e instruções de como agir nessas circunstâncias. Se dependesse apenas de mim, os senhores já estariam num avião de volta para casa — disse, sorrindo para si diante da improbabilidade daquela declaração.

A atitude amável do major não diminuiu a irritação de Darrell.

— Será que os seus superiores se dão conta de que nossos países são aliados? Não confundiram as coisas? — indagou.

Smoliarov soltou um suspiro. A conversa estava baseada em argumentos dúbios. Ambos sabiam precisamente que o que estava em jogo não era o que discutiam, e ambos chegaram à conclusão de que ainda não chegara a hora de serem sinceros um com outro. Diante disso, respondeu:

— É óbvio que eles sabem, mas é preciso que o senhor se lembre de que nós, mesmo aliados dos senhores, estamos presos aos termos do pacto de abril de 1944.

— Que pacto é esse? — interessou-se Darrell.

— O que assinamos com os japoneses, pelo qual devemos permanecer neutros até 5 de abril de 1945.

— Vocês gostam deles tanto quanto cachorros gostam de gatos... — respondeu Darrell, que sabia algo sobre os sangrentos ataques travados, havia mais de dez anos, na Manchúria e na Mongólia.

— Isso não vem ao caso — replicou Smoliarov. — Meu país e o Japão não estão em guerra, mas o seu, ou seja, o senhor e a sua tripulação, está. Assim, ao pousar aqui, o senhor deveria ter levado em consideração a possibilidade de uma internação...

Darrell franziu o cenho e inclinou-se na direção do interlocutor. Parecia um urso feroz, e Smoliarov, apesar de ter um revólver no cinto, recuou instintivamente.

— O que quer dizer com "internação"? — perguntou com agressividade.

— Por favor, não leve isso tão a sério — respondeu o major. — Tenho ordens para reter os senhores por algum tempo. Não deverá ser mais do que alguns dias. Entrementes, os meus superiores decidirão quando vai ser possível enviá-los de volta...

— Muito bem — interrompeu-o Darrell. — Por enquanto peço que sejamos postos em contato com o nosso cônsul.

— Mas é claro — respondeu Aleksandr de imediato. — Estamos tentando desde a chegada dos senhores, mas infelizmente o cônsul não está na cidade.

— Ele viajou?

— Pois é — respondeu o major, aliviado por Darrell lhe ter sugerido aquela resposta.

— Mas deve haver alguém no consulado... alguém que o substitua. O senhor não vai me dizer que não há como entrar em contato com eles.

Smoliarov teve de mergulhar em águas desconhecidas e começou a dar evasivas, o que irritou Harold, embora o russo lhe tivesse causado boa impressão. Darrell não era o tipo de pessoa que sabe avaliar outras, sendo facilmente iludido pelos demais. Estava sempre pronto a acreditar nas boas intenções de todos e gostava de prestar favores a pessoas que mal acabara de conhecer; provavelmente para estas lhe serem gratas. Darrell gostava de ser apreciado e, em função disso, estava propenso a ficar amigo de Smoliarov. Mas aquilo que dizia o simpático rapaz num uniforme de major não passava de um remendo de platitudes mal costuradas.

"Como ele é jovem. Nem sabe mentir direito. Mentir é uma arte... Lenda que o diga. Mas este rapaz já tem a patente de major. O que ele fez para ser promovido tão rapidamente? Bem, não adianta chorar sobre leite derramado. Temos de aguardar o desenrolar dos acontecimentos. O que mais nos restou, além desse festival de mitomania?", pensou Harold, olhando nos jovens olhos do major — jovens e ainda não cansados pela vida.

O major deve ter percebido que suas evasivas não eram levadas a sério, porque enrubesceu e disse, já sem esperança de que aquilo parecesse verossímil:

— Aquele consulado, na verdade, se resume a duas pessoas: o cônsul e sua secretária, e esta última, provavelmente aproveitando a partida do cônsul, resolveu tirar uns dias de folga. Pelo menos é o que eu acho... — acrescentou de maneira insegura e enrubescendo ainda mais.

Darrell, de forma diplomática, fingiu não ver seu embaraço e, com pena do interlocutor, resolveu dar o interrogatório por concluído:

— Muito bem. Oficialmente, estou apresentando um protesto formal e peço uma folha de papel para registrá-lo por escrito. Já em caráter pessoal, peço ao senhor que entre em contato com as autoridades adequadas e delas receba diretivas quanto ao nosso destino.

— Será feito como o senhor pede, capitão — respondeu Smoliarov, baixando os olhos e procurando febrilmente uma solução para aquela patética situação.

O major sabia que não poderia conduzir um interrogatório brutal. Além disso, tinha certeza de que tal atitude não levaria a nada, bastando para isso ver a postura da tripulação de Darrell. Smoliarov tentou conversar com alguns dos seus membros, mas estes se limitavam a sorrir e a declinar suas patentes e o número da sua unidade, pedindo que todas as demais perguntas fossem dirigidas ao comandante. Nenhum deles, incluído aí um alegre caubói que parecia mais disposto a bater papo, dissera mais do que o necessário. Através dos teletipos enviados de Moscou, Kazedub informara que Darrell, tendo sido um piloto de testes da Boeing, sabia de todos os detalhes da construção da Superfortaleza, e que por isso era o elemento mais importante da missão. Todos os esforços deveriam ser concentrados na sua pessoa. Muito bem, mas como fazê-lo? O único caminho era conquistar sua confiança e simpatia. Não havia outro. Mas por onde começar?

A solução veio por si só. Óbvia. Através do estômago. A alma russa de Smoliarov lhe dizia que ele deveria tomar uns tragos com Darrell. Com ele e com seu copiloto. Mishkin certamente deveria conhecer um local com comida decente, bebidas fortes e damas atraentes. Não era possível que a oficialidade da base aérea não saísse de vez em quando para se divertir. E por certo não o faziam no cassino dos oficiais, mas num lugar adequado.

Smoliarov, inspirado por aquela ideia, foi em frente:

— Por enquanto, vamos deixar os problemas de lado — disse para Darrell. — Como o senhor capitão teve a bondade de afirmar, somos aliados, e isso requer certa hospitalidade da nossa parte.

Darrell observou com interesse a nova iniciativa do major, sacudindo a cabeça e mantendo um sorriso de Buda no rosto. Enquanto isso, Smoliarov foi ficando cada vez mais animado:

— A despeito do que decidirem meus superiores, cabe-me fazer as honras da casa. Sendo assim, convido o senhor e seu substituto para um jantar na cidade. Vamos nos divertir um pouco e esquecer as agruras da guerra. Peço que não recuse o convite e que esteja pronto, digamos, às 18 horas. Caso precisem de alguma ajuda para limpar ou passar roupa, é só dizer, e os soldados se ocuparão disso...

— Não. Não, tenente. Não se trata de um salão vazio com soldados apontando metralhadoras para nossas cabeças. Fazei com que a mesa seja grande o bastante e um pouco isolada. Quanto aos vossos homens, colocai-os onde quiserdes, desde que não fiquem visíveis... e que estejam sóbrios. Entendido?

Mishkin — com um sorriso suspeito demais para o gosto de Smoliarov — bateu continência e confirmou:

— Entendido, camarada major!

Smoliarov respirou aliviado. Mishkin não fazia perguntas desnecessárias. Pelo jeito, já tinha um lugar específico em mente. Aleksandr o pegou pelo braço, fez que ele se sentasse numa cadeira e, aproximando desta a sua, apresentou em voz baixa a questão seguinte:

— Além disso, se vós pudésseis arrumar... seriam muito úteis para nós... quero dizer, sobretudo para eles...

Mishkin removeu a mão do major do seu braço e perguntou objetivamente:

— E quantas garotas o major tem em mente?

Aleksandr ficou com o rosto vermelho como o de um calouro flagrado espionando pelo buraco da fechadura suas colegas da escola e teve um acesso de tosse que demorou muito para acabar. Convicto de que Mishkin tinha muito mais experiência do que ele naqueles assuntos, respondeu:

— Dois americanos, eu e vós. Acho que quatro seria um número adequado... O que achais, tenente? Aliás, será que nesta cidade existem garotas decentes?

8

Ao entardecer do dia, a caminho de Vladivostok

A PICAPE STUDEBACKER, já bem rodada, pulava violentamente. A estrada estava em péssimas condições, e Smoliarov compreendeu o motivo de Mishkin ter escolhido aquele veículo munido de grandes rodas e pneus adotados para trilhas irregulares, para o qual o terreno que percorria era indiferente.

Os americanos, segurando-se nas bordas, absorviam com grande interesse os novos panoramas. O motorista, com um bibico enfiado obliquamente na cabeça, quis demonstrar a sua perícia pisando fundo no acelerador. A base aérea distava cerca de 30 quilômetros do porto e do centro da cidade. Apesar da hora tardia, o sol continuava alto sobre o horizonte e fazia um calor intenso. Smoliarov, que até então se considerava imune a enjoos, sentiu-se mal repentinamente e, batendo no ombro do motorista, mandou que ele diminuísse a velocidade. O barulho do motor diminuiu, o que inclinou os americanos a fazer perguntas.

— Aqui é sempre tão quente e abafado? — indagou Darrell, que, ao contrário de Lenda, tinha a testa coberta de suor.

Mishkin respondia e Smoliarov, lutando contra o enjoo, traduzia:

— Favor não esquecer que ainda estamos na época das monções, mas, de fato, este ano está mais quente que os anteriores. De modo geral, o clima daqui não é muito agradável. Os invernos costumam ser muito rigorosos, o mar fica congelado por três meses e sopra um vento gelado. Não é fácil viver aqui, mas nós aguentamos firme e não reclamamos.

Mishkin deu um sorriso, mostrando seus dentes de ouro, e agilmente acendeu um Camel que lhe fora oferecido por Fisher. Depois acrescentou:

— Em compensação, as paisagens são deslumbrantes.

De fato, havia muita coisa para se ver. Estavam viajando por uma estrada com poucos trechos asfaltados, ao longo da margem ocidental da península e passando pelas raras construções do subúrbio, todas feias e malconservadas. A impressão do lugar que Harold tivera ao sobrevoá-lo se confirmou totalmente. Nos lugares pelos quais passavam, os habitantes pareciam ter feito tudo para estragar a beleza natural. O sol, lenta, mas inflexivelmente, descia sobre a margem da península, laureada por suaves elevações com contornos pontudos e que, àquela hora, tinham uma coloração acinzentada. Tinha-se a impressão de que os montes haviam sido cortados nas suas bases e agora flutuavam sobre ondas que cintilavam com bilhões de reflexos dourados. Darrell nunca vira antes um pôr do sol como aquele. Parecia ser enorme e esmagador, mas ao mesmo tempo era o elemento central de uma incrivelmente bem harmonizada composição cromática. O sol estava quase branco e, à sua volta, como círculos concêntricos de um alvo, se formavam fantasmagorias peroladas. Cada um dos círculos tinha uma tonalidade diferente: quanto mais afastados do centro, mais esmoreciam a brancura e o tom róseo, dando lugar a uma penumbra nostálgica.

Do meio daquela fantástica iluminação, abriu-se diante deles o porto, com suas instalações militares e escuras silhuetas de destróieres e navios de carga. A cidade em si estava localizada nos morros e elevações, cobertos de vegetação e deslizando majestosamente para a baía. No entanto, o seu aspecto agradável era só a distância, já que os bairros periféricos eram sujos, com casas de paredes descascadas e pilhas de lixo e entulho por todos os lados. Lá, onde a cidade descia para o mar através de ruelas estreitas, foram instalados milhares de barracos, tendas e armazéns. Os raros transeuntes se esgueiravam em silêncio, grudados às paredes, evitando olhares e escondendo-se rapidamente atrás da primeira esquina. Estava mais do que claro que veículos com homens uniformizados não gozavam de boa reputação. Já o centro tinha uma aparência mais chique, apresentando uma variedade de construções, cuja grandeza já se esmorecera com o tempo e cujos estilos, cheios de torrinhas, colunas, cúpulas, capitéis e portais, causariam forte dor de cabeça a um estudioso de arquitetura. Fisher, sentado ao lado de Smoliarov, cutucou o major com o cotovelo e disse:

— Isso deve ter sido muito bonito algum dia, não é verdade?

Smoliarov ficou sem saber o que responder. Achara a cidade muito bonita e queria ver mais coisas, de modo que ordenou a Mishkin que passasse por todo o centro da cidade. O motorista, que estava pronto para girar para a direita e entrar na primeira rua que os levasse à beira-mar, endireitou o volante e seguiu em frente. Entraram na avenida principal, que, na época de ouro da cidade, deveria ter sido uma área residencial. No seu lado direito havia uma bela estação ferroviária que, sem sombra de dúvida, traria lágrimas de emoção a um cenógrafo de Hollywood. Parecia uma junção de diversas casas de boneca, com uma porção de estuques, pequenas cúpulas, telhados inclinados, arcos pseudobarrocos e colunas. Após passarem pela estação, dobraram para a esquerda e chegaram à margem oriental da península.

— O Corno Dourado! — anunciou orgulhosamente o tenente, mandando o motorista parar o carro.

A vista era, de fato, deslumbrante. Nem Darrell nem Lenda tiveram a oportunidade de ver o esplendor de Istambul, e o panorama da baía e da cidade que se apresentou diante dos seus olhos os deixou sem ar.

— Que maravilha! — exclamou o encantado Lenda, normalmente pouco propenso a demonstrar suas emoções.

O agora avermelhado sol poente disfarçava as feridas feitas pelo homem naquele panorama, assim como a luz vermelha dos refletores num teatro oculta as falhas no cenário de um palco. Passaram-se alguns minutos de silêncio total, no qual todos deveriam estar pensando em coisas pessoais, exceto o motorista que, com o dedo enfiado no nariz, mantinha uma expressão que indicava claramente que não pensava em absolutamente nada.

— Quase como Frisco — observou diplomaticamente Lenda. — Apenas tem muito pouca gente... — interrompeu a frase, olhando de forma indagativa para Mishkin, e Smoliarov traduziu as suas palavras sem se aperceber do seu conteúdo. Só então ele notou que a cidade, apesar do seu colorido e beleza, estava morta. Àquela hora do dia, as ruas de uma metrópole portuária deveriam estar fervilhando e, no entanto, havia poucos transeuntes, os portões estavam trancados e, apesar de já estar ficando escuro, poucas luzes nas janelas.

— Vocês não têm aqui bares, cervejarias, restaurantes chineses? — impacientava-se Lenda.

Mishkin lançou um olhar interrogativo para Smoliarov que, sem saber exatamente o que o tenente pretendia contar, se limitou a traduzir o que ele dizia. À medida que o sentido foi chegando à sua mente, começou a traduzir mais lentamente e a escolher as palavras com mais cuidado. Os dois americanos olhavam para ele com espanto.

— Quando caiu Port Arthur, Vladivostok se tornou o principal porto russo no Extremo Oriente. Naquela época, ele era habitado principalmente por chineses e coreanos. Foram eles que ergueram essas construções e é daí que provém sua diversificação. Após a revolução, os japoneses assumiram o controle da cidade até 1920. Havia muitos americanos, ingleses e franceses, que investiam no local, construindo hotéis e achando que fariam excelentes negócios. E tinham motivos para pensar assim, já que a localização de Vladivostok era ideal: havia uma estrada de ferro, podia-se chegar ao Japão em menos de um dia de viagem, faziam-se negócios com a China e o Japão e ficava perto de Xangai, Hong Kong e Pusan. Depois, em 1922, chegaram os nossos e os amarelos tiveram de sair da cidade...

— Sair da cidade? — espantou-se Lenda. — Para onde?

— Isso eu já não sei — justificou-se Mishkin, continuando a falar rapidamente, num tom adotado por guias de turismo. — Estou aqui há apenas três anos, e tudo que sei foi de ouvir falar. As residências foram requisitadas para alojar soldados e funcionários. Temos uma grande base aeronaval e não é qualquer um que pode se estabelecer aqui. Basicamente, só os militares e suas famílias. Além deles, há os trabalhadores dos estaleiros, engenheiros navais e alguns habitantes locais que trabalham para os militares...

Mishkin voltou a olhar para Smoliarov, mas, como este mantinha um olhar opaco, continuou:

— Também é preciso levar em consideração que junto de um exército e de um porto sempre surgem elementos marginais, muito embora as autoridades exerçam pleno controle sobre eles...

Smoliarov traduzia cada vez mais lentamente, e Lenda resolveu vir em sua ajuda:

— Ou seja: prostitutas, cafetões, traficantes de narcóticos e outros tipos dessa espécie. Isso é totalmente normal. Há pelo menos uma coisa igual em todo o mundo. Estou me sentindo em casa, mas, diga-me, Mishkin, para onde está nos levando? Para um lugar onde se possa comer?

— E beber? — completou Harold, que se mantivera calado até então.

— Os senhores não precisam ficar preocupados — respondeu Mishkin pela boca de Smoliarov. — Tomei todas as providências cabíveis e tenho certeza de que os senhores irão apreciar a hospitalidade russa.

O local para o qual foram levados se chamava "Versalhes", instalado no primeiro andar de um hotel clássico de mesmo nome. Era evidente que o maître fora instruído previamente pois, sem perguntas, os levou até uma mesa redonda, na qual poderiam ser acomodadas confortavelmente mais de dez pessoas. A mesa, coberta por uma toalha engomada, ficava numa plataforma separada do resto do salão, tal como uma daquelas que separam o altar da nave de uma igreja. Por causa do calor, as portas de vidro que levavam ao balcão estavam abertas de par em par, permitindo uma magnífica visão da baía, sobre a qual o luar já fizera uma trilha dourada.

Darrell, esparramando-se confortavelmente numa poltrona forrada de feltro vermelho, examinou o salão com curiosidade. Era comprido, com pé-direito alto e teto decorado com pinturas de flores e folhas, do qual pendiam pesados lustres com pingentes de falso cristal e lâmpadas atarraxadas em pequenos tubos brancos imitando velas. Algumas das lâmpadas estavam queimadas. O chão era de mosaico com motivos campestres, mas o local já perdera muito do seu glamour. Os estuques das paredes eram sujos e acinzentados, as cortinas de cor bordô estavam desbotadas e empoeiradas e os pratos de porcelana — com um elegante "V" dourado —, lascados. A única coisa impecável era o paletó branco do maître, tão engomado que Darrell achou que ele poderia rachar a qualquer momento.

No lado oposto do salão havia um conjunto musical, formado por contrabaixo, bateria, guitarra, saxofone e piano. Todas as mesas estavam ocupadas, em sua maioria por militares de todas as armas. Sobre um fundo branco ou azul-marinho, brilhavam insígnias de oficiais da marinha majestosamente douradas, destacavam-se medalhas nos peitos de pilotos e, mais discretamente, viam-se os verdes e cáquis uniformes da artilharia e infantaria. Os rostos eram, em sua maioria, jovens e queimados de sol. Alguns oficiais grisalhos de patentes mais avançadas e muitas mulheres com vestidos estampados e surpreendentes *blazers* masculinos cobrindo os braços desnudos. Em torno de duas mesas juntadas perto deles, Smoliarov viu o grupo de Misha B. e acenou alegremente para eles. Os jovens se levantaram na mesma hora e ergueram os cálices em sua direção. Quase todos fumavam, o que deixou Darrell horrorizado. Lenda também acendeu um cigarro, tendo oferecido um dos seus Camel ao prestativo Mishkin. Havia ainda alguns civis, mas estes se mantinham à parte, falando baixinho e evitando os olhares dos demais comensais.

— Será que eles aceitam cheques? — indagou Darrell, sonhando com a visão dourada de um copo com bourbon e gelo.

Smoliarov não se deu conta de que Darrell estava brincando e respondeu num tom ofendido:

— Por favor, capitão! Os senhores são nossos convidados e peço deixar tudo por nossa conta. É uma honra para nós...

Darrell o interrompeu com uma resposta não muito diplomática:

— A melhor forma de nos honrar seria nos deixar voltar para casa!

Houve um curto intervalo de silêncio constrangedor, interrompido rispidamente por Lenda:

— Deixe isso para lá. Vamos beber!

— Isso mesmo! — exclamou Mishkin, afastando a boca do ouvido do maître inclinado ao seu lado. — Aqui temos um provérbio: *Gulat' tak gulat' — strelat' tak strelat*!"

— E o quer dizer isso? — quis saber Lenda.

— "Ou vamos nos divertir, ou vamos disparar", ou seja, "Tudo a seu tempo" — traduziu e interpretou Smoliarov e, virando-se para Mishkin, perguntou:

— E então, tenente, o que o senhor tem para nos oferecer?

Mishkin adotou uma postura séria e ajeitou-se na sua poltrona. Parecia um secretário do partido abrindo um debate sobre o programa da eletrificação do país. Sentindo-se como um peixe n'água, iniciou uma longa preleção, acentuado os pontos mais importantes com largos gestos das mãos:

— Considerando que o camarada major me deu plena liberdade nessa questão, achei que vós, camaradas americanos, por estarem baseados na China...

— E quem disse ao senhor que estamos baseados na China? — provocou-o Darrell, mas Smoliarov o acalmou:

— É mais do que evidente, prezado capitão. Não existe outra possibilidade, a não ser que os senhores tivessem vindo de Tóquio!

Em seguida, inclinando-se na direção de Darrell, sussurrou no seu ouvido:

— Vamos deixar que o tenente termine. É óbvio que ele gosta de discursar.

Mishkin lançou um olhar de agradecimento ao major e voltou a falar:

— Diante disso, achamos que os senhores já devem estar cansados de cozinha chinesa e, após longas consultas ao diretor deste local, decidimos oferecer-lhes um menu russo; tanto no que se refere à comida como, obviamente, à bebida.

Fez um gesto para os garçons e estes imediatamente trouxeram à mesa pratos com tira-gostos e uma garrafa de vodca num balde de gelo. Com a mesma destreza e rapidez, encheram os copos com o líquido quase pastoso de tão frio, e Mishkin, reassumindo o papel de anfitrião, fez um brinde:

— À saúde dos Aliados!

Os copinhos, com aparência inocente e mais parecendo cálices de vidro espesso, tinham a capacidade de conter, como avaliou Lenda com precisão, 75 mililitros. A vodca era deliciosa e os olhos de Harold brilharam de felicidade. Expelindo o ar dos pulmões, olhou para as iguarias dispostas na mesa, mas, antes que pudesse esticar o braço em sua direção, a orquestra tocou o hino nacional e todos se puseram em posição de sentido, cantando em harmonia algo que tinha um tom extremamente patriótico. Quando se sentaram, e Harold se preparava para pegar um dos tira-gostos, soou o hino norte-americano e todos, seguindo o exemplo de Smoliarov, ficaram de pé. Após aquela introdução oficial, o guitarrista entoou uma canção, no que foi acompanhado melodicamente por todos. A julgar pelos seus rostos, a melodia, e por certo a letra, devia ser melancólica e comovente. Uma parte dos presentes saiu para o terraço, enquanto pares se abraçavam na pista de dança, embalados por uma valsa. A rapidez com que os russos conseguiram passar de um estado de elevado entusiasmo para um de tristeza e nostalgia era impressionante. Harold parou de olhar para o salão e, virando-se para os russos, disse:

— Estamos profundamente gratos a vocês por esse gesto, mas os senhores hão de convir que...

Smoliarov não permitiu que ele concluísse a frase:

— Foi o tenente que organizou tudo... Vejo que o senhor tem certa dificuldade em escolher uma das iguarias. Permita que eu lhe sugira esta saladinha. Trata-se de uma ótima entrada... — disse, apontando para uma pequena travessa.

Harold, tendo-se assegurado previamente de que a salada não continha nenhum tipo de carne vermelha, acatou a recomendação do major. Achou-a deliciosa, com um gosto especial graças a uma combinação de mirtilos, tomates, pepinos, ervilhas e cebolinhas. A quantidade de tira-gostos era impressionante, e Lenda fez questão de prová-los todos, sob o olhar de admiração e simpatia dos dois russos.

— Não dá para dizer que estamos numa guerra — afirmou Darrell. — Pelo menos, não nesta mesa. Há muito tempo não comia tão bem. Isto é caviar? — perguntou, apontando para um vasilhame cheio de minúsculas pérolas negras.

Smoliarov apressou-se em esclarecer:

— Sim, nós o chamamos de *cziornaia ikrá*, caviar preto. Por favor, pegue esta torrada e cubra-a com uma fina camada de manteiga. Agora ponha bastante caviar... assim... está ótimo... e só falta um pouco de limão... — e, como Darrell não sabia exatamente o que fazer, Aleksandr espremeu um quarto de limão e borrifou a torrada com o suco.

— Humm. Que delícia! Experimente, Fisher. Nunca comi algo tão bom — falou Harold com a boca cheia.

Mas Lenda estava fascinado com outro problema. Segurando seu copo cheio de vodca contra a luz, indagava:

— Como vocês conseguem produzir algo tão fantástico? É inacreditável. Conheço muitas marcas de vodca, mas esta aí é diferente das demais, e nem dá para descrever seu sabor sem falar na sua consistência. Mais parece óleo do que álcool. Será que tem um peso específico diferente?

— Já vou explicar tudo ao senhor — disse Mishkin, parando de olhar com impaciência para o relógio e puxando sua poltrona para junto de Lenda. — O segredo reside em duas coisas. Primeiro, em bidestilação...

— Ah, bem. Isso eu consigo compreender, porque nós também temos algumas bebidas bidestiladas, mas nenhuma dá essa sensação de estar e não estar bebendo ao mesmo tempo. Se eu sobreviver a essa maldita guerra, abrirei uma empresa que distribuirá essa sua vodca nos Estados Unidos. Mas para isso você, Mishkin, terá de me explicar direitinho o que fazem para que ela tenha esse sabor — falou Fisher, batendo nas costas do tenente.

Mishkin pigarreou e voltou a falar:

— Quando já temos esse produto bidestilado, é chegada a hora dos aditivos...

— Aditivos? — Fisher estava visivelmente decepcionado. — Esta vodca não é pura? Que tipo de aditivos?

— Isso depende — respondeu Mishkin, mantendo o ar sério, muito embora Smoliarov, ao traduzir suas palavras, fizesse todo tipo de careta. — Como os senhores estão vendo, estamos bebendo dois tipos de vodca. Esta aqui é a Stolnitchnaja que, como bem observou o camarada Fisher, é delicada e quase oleosa. Tal consistência se deve ao açúcar.

— Açúcar? — duvidou Lenda, que, para se certificar, encheu seu copo e bebeu o conteúdo num só gole. — Aqui não há nenhum açúcar. É vodca pura — concluiu.

— Pois saiba que há — respondeu Mishkin, com um sorriso de satisfação. — Só que numa dosagem mínima, apenas o suficiente para guiar o sabor do álcool na direção desejada.

— E essa outra? — indagou Fisher.

— É a Moskowskaja, à qual é adicionado um pouco de soda.

— Soda? — perguntou Lenda. — A mesma que colocamos na massa de um bolo?

— Exatamente a mesma — afirmou Mishkin.

— Mas não dá para sentir seu gosto! — retrucou Fisher.

— Porque a quantidade é ínfima, apenas o bastante para fazer esse efeito — explicou pacientemente Mishkin.

Darrell, já bastante alto, resolveu se meter na conversa:

— Não seja teimoso, Fisher — disse. — Todo o segredo dos condimentos reside na quantidade adequada. Pegue, por exemplo, o caso do perfume. Se a sua garota derramasse sobre si um vidro inteiro, você nem teria condições de se aproximar dela, a não ser com a cabeça coberta por uma máscara contra gases. Mas uma gotinha atrás das orelhas e no decote...

— E na barriguinha e entre as coxinhas... — interrompeu-o Lenda, deixando Smoliarov encabulado.

— Ah! Finalmente chegaram as damas! — exclamou Mishkin, levantando-se de um pulo e, com longos passos rente ao chão, que o fazia parecer o mais velho dos irmãos Marx, deslizou na direção das quatro jovens que acabavam de adentrar o salão e olhavam em volta.

— Você viu só? É inacreditável! — Lenda cutucou Harold com o cotovelo e, baixando a voz para não ser ouvido pelo major, acrescentou emocionado: — Ele arrumou garotas para nós... Isso sim é ser um aliado...

Em seguida virou-se para Smoliarov e disse:

— Major, será que estou enxergando direito? Vamos ter companhia feminina? Tenho de confessar que o senhor ultrapassou as expectativas.

— Pelo menos no que se refere às garotas, porque parecem jovens e bonitas — acrescentou Darrell.

— Não tive mérito algum — retrucou Smoliarov, ainda mais encabulado. — Não sou daqui, não circulo pela cidade e não conheço ninguém. Tudo foi arranjado pelo tenente Mishkin — concluiu humildemente e baixando os olhos.

— Do que se conclui que o camarada Mishkin sabe circular muito bem — exclamou Lenda, levantando-se da cadeira com um impulso como se tivesse tido o traseiro mordido por uma cascavel texana.

As jovens, conduzidas pelo tenente que, como um cão pastor, zelava para que não se desviassem do caminho, foram se aproximando. Lenda de imediato se sentiu atraído por uma alta e esguia loura, com lábios lindamente delineados e ombros largos. Levantou-se de um pulo, aproximou-se dela e, pegando-a pelo braço, fez que se sentasse ao seu lado. A jovem agradeceu-lhe a deferência com um sorriso, o que o fez ter segurança quanto à sua escolha. Seus fortes dentes brancos, cabeleira loura e pernas longuíssimas com soquetes dobradas nos tornozelos e enfiadas em discretos sapatinhos pretos sem salto faziam dela uma candidata perfeita a figurar em um calendário.

Enquanto isso, o pegureiro Mishkin conduziu à mesa as três jovens restantes e, enquanto os garçons enchiam com perícia os cálices, houve um momento de silêncio constrangedor, durante o qual homens e mulheres ficaram se observando mutuamente. A função mais complexa e mais difícil coube ao major, pois apenas uma das jovens falava inglês e ele teve de servir de intérprete para todos. Ao mesmo tempo, desejava escolher uma delas para si, com o que perdia a concentração. Muito embora não tivesse muita experiência nessas questões, as jovens não lhe pareceram prostitutas. Eram bonitas demais, além de ostentar uma timidez até compreensível diante de situação tão inesperada. Não tinha como perguntar a Mishkin onde as arrumara, e teve de traduzir as apresentações conduzidas pelo jovial tenente:

— As camaradas permitam que eu apresente os camaradas aliados. Este é o capitão Darrell e este, o capitão Fisher, ambos dos Estados Unidos. E este aqui é o camarada major, que chegou de Moscou para, em nome do camarada Stálin, saudar condignamente os nossos amigos americanos.

Achando que cumprira satisfatoriamente sua função de mordomo, Mishkin desabou sobre uma das poltronas, serviu-se de uma generosa dose de vodca e concluiu:

— Quanto às camaradas, que se apresentem elas mesmas.

— Sou Maja Morozova — falou com determinação a escolhida por Lenda, sorrindo para ele de um jeito que o convenceu definitivamente quanto ao acerto da escolha.

— Sou Lena Kulikova — disse outra, de tez mais escura e vasta cabeleira negra que cobria parcialmente seu rosto simpático e adornado por olhos enormes e um narizinho arrebitado. Disse-o olhando direto para o major, pois, embora tivesse preferido ficar com um dos americanos, o mais bem apessoado dos dois já fizera sua escolha, enquanto o outro não lhe pareceu atraente, principalmente por ter um quê de irônico no olhar, algo que detestava nos homens.

Mishkin estava claramente inclinado por uma gorducha, com atraente rosto infantil e lábios feitos para beijar. O miúdo e magrinho tenente estava evidentemente fascinado pelo volumoso, embora jeitoso, busto que saía de um ousado decote num vestido apertado. A jovem se apresentou como Katiucha, sem acrescentar o sobrenome, e nem Mishkin nem o resto da comitiva expressaram alguma curiosidade em conhecê-lo.

À primeira vista, a jovem que falava inglês poderia parecer a menos atraente de todas, mas para Harold, que num gesto de cavalheirismo lhe sugerira que sentasse a seu lado, bastaram alguns minutos de observação e conversa para se convencer de que a jovem era fascinante. Era material para *connaisseurs*. Falava baixinho, mas com clareza, respondendo às suas perguntas com um inglês simples, porém correto. Seus movimentos pareciam automáticos, sendo calmos e suaves. Ao conversar, ou virava a cabeça e olhava direto para a frente, ou, inesperadamente, estabelecia um forte contato com o interlocutor, quando seu olhar se tornava inquisitivo e penetrante.

Darrell não conseguia definir se a sua postura era natural ou estudada. Até o seu nome era estranho — Amora. Bebia vodca como um homem, inclinando bruscamente a cabeça para trás e atirando a última gota no chão, para os deuses locais. Não enrubescia e respondia com desembaraço às zombeteiras provocações de Darrell.

— Amora — perguntou ele, sorrindo para o seu belo rosto de olhos azuis e queixo quadrado —, como vocês vieram parar aqui? Não posso acreditar que vocês sejam garotas de programa profissionais.

— Somos e não somos — respondeu Amora, torcendo a cabeça de uma forma engraçada, como fazem os pássaros quando olham para as pessoas de cima de galhos.

— O que quer dizer com isso?

— Somos um grupo de comandos banqueteadores — respondeu Amora, com centelhas azuis de ironia brilhando no olhar meio sério meio sapeca.

Como Darrell continuou sem entender, ela explicou calmamente:

— Vladivostok é uma cidade estranha. Nada aqui é normal. Até o pôr do sol é como se fosse num teatro. Você viu o de hoje?

Darrell fez um gesto afirmativo com a cabeça, espantado por outras pessoas terem também observado aquele fenômeno com atenção redobrada.

Amora, tomando pequenos goles de água mineral, continuou:

— Frequentemente chegam aqui autoridades militares em viagens de inspeção. Importantes. De Moscou. Nunca abaixo de general. Querem se divertir. Nós temos ótimos empregos na administração militar, cartões de racionamento, acesso a lojas especiais etc. Podemos fazer cursos... foi assim que aprendi inglês. Temos um excelente apartamento funcional no centro da cidade. Dá para entender? Podemos levar uma vida confortável, mas temos de estar sempre prontas.

— Para tudo? — perguntou Harold, querendo que ela o negasse, enquanto o olhar de Amora se endurecia:

— É preciso que você saiba. Afinal, hoje você é a figura mais importante de todas. Só que não é um general, mas um capitão. Mas, para mim, isso não faz diferença alguma. Você gostaria que eu lhe dissesse que tomaremos uns tragos, dançaremos algumas músicas e tudo acabará nisso? Posso lhe dizer, mas se o fizer... assim será. Não quero que, depois, fique arrependido por ter sido tão curioso — disse, pegando seu copo e batendo a borda na do copo de Harold, mudou de tom. — Pare de meditar. Olhe como seu colega está se divertindo; melhor ainda: me convide para dançar.

Lenda, de fato, estava se divertindo ao máximo. Tendo subido no pódio do conjunto musical, apropriou-se do saxofone e, diante de aplausos gerais, tocou um *boogie-woogie*. Os demais músicos do conjunto, que deveriam ter escutado esse tipo de melodia em discos contrabandeados, o acompanharam corretamente. Feliz com seu desempenho, Lenda devolveu o saxofone ao dono e, sob aplausos do público, abriu os braços e pulou do pódio diretamente nos braços de sua escolhida, enquanto a orquestra passava a tocar melodias suaves, ideais para serem dançadas de rosto colado.

Harold não gostava de dançar, mas, cedendo ao convite de Amora, levantou-se pesadamente e encaminhou-se para a pista. A jovem aninhou-se nos seus braços e ele pôde sentir através do leve tecido do seu vestido como eram duros e vigorosos seus seios e suas coxas. Mal deram uns passos, quando Darrell sentiu umas leves pancadas no braço e, ao virar-se, viu diante de si um possante oficial de marinha querendo tirar Amora dos seus braços. Harold afastou-se com a jovem, mas o marinheiro, evidentemente embriagado, não queria desgrudar, não restando a Harold outra saída a não ser interpor-se entre a jovem e o insistente marujo, dando-lhe um leve empurrão no peito. Este, sem os usuais gestos ou expressões provocadoras, desfechou um possante direito no queixo de Harold. Para os praticantes de *daito-ryu*, aquela forma de ataque era ideal. Ao aparar o golpe, a mão esquerda de Darrell descreveu um movimento como se o capitão quisesse alisar os seus cabelos. Depois, bastou entrelaçar as mãos e apossar-se da força do ímpeto do inimigo. Embora Harold tivesse efetuado a manobra de forma mais amena, o marinheiro caiu de costas e, não sabendo amortecer a queda, bateu com a cabeça no chão e perdeu os sentidos.

Na mesma hora, parecendo uma estudada sequência cinematográfica, levantaram-se dois outros lobos do mar. Harold afastou-se do corpo imóvel do primeiro marujo e, deixando os braços pendendo ao longo dos quadris, ficou aguardando o desenrolar dos acontecimentos. Como se estivessem atendendo a seu mais secreto desejo, os dois marujos se atiraram ao mesmo tempo sobre aqueles braços, agarrando-os com toda força. Um leve abaixamento dos quadris, um recuo e alguns passos que pareciam de dança — e dois corpos seguintes desabavam sobre o chão, não antes de descreverem uma bela cambalhota no ar — enquanto Harold permanecia na posição agachada, na qual se sentia mais seguro e pronto para enfrentar outros agressores. Não foi preciso. No meio do tenso ar do salão ecoou uma série de disparos de metralhadoras, enquanto dezenas de soldados, com capacetes nas cabeças e armas automáticas nas mãos, olhavam para as pessoas aglomeradas no salão. Obviamente eram os homens de Mishkin, dispostos pelo tenente em pontos estratégicos. Pedaços de gesso caíam do teto e uma lâmpada explodiu. Uma mulher começou a chorar. Mishkin e Smoliarov se espremiam entre as pessoas, querendo chegar perto de Harold, que, erguendo-se do chão, sentia o delicioso gosto de adrenalina percorrendo seu corpo.

— Não foi nada! Não foi nada! Continuem dançando. Foi um mal-entendido — gritava para Smoliarov, que finalmente chegou até ele.

— Não lhe aconteceu nada, capitão? — perguntou estupefato, olhando para os três corpos em uniformes de marinha de guerra caídos aos seus pés. — Foi o senhor que fez isso com eles...?

— Sim — respondeu Harold com modéstia —, mas o senhor pode escrever no relatório que eles tropeçaram num piso polido por terem bebido demais. O que eu fiz foi apenas ajudá-los a cair de forma elegante... Oh! que merda! — exclamou repentinamente ao ver o primeiro atacante querendo erguer-se do chão, com o braço pendendo numa posição não natural. — Tenho de recolocar o braço dele na junta. Venha me ajudar, major Smoliarov.

Darrell sentou-se no chão, tirou um sapato e, pondo o pé calçado apenas com a meia sob a escápula do marinheiro caído no chão, rápida e eficazmente recolocou o braço dele no devido lugar.

— Diga-lhe que vá imediatamente ver um médico e peça que seja engessado. Caso contrário, isso vai lhe ocorrer com frequência — disse Harold para o major, levantando-se do chão e dando um leve tapa nas costas do marujo. — Sinto-me culpado por isso... é que bebi demais — acrescentou.

— Culpado de quê? — perguntou Smoliarov, pegando Darrell pelo braço e conduzindo-o à mesa. — Foram eles que o atacaram. A culpa é toda deles. Nunca gostei do pessoal da marinha. Eles bebem demais.

Mishkin já conseguiu recolher sua guarda pretoriana e, junto com Lenda, encheu os cálices de todos. Quando eles os ergueram, o conjunto musical atacou com bravura *Yankie Doodle* e todos se levantaram, erguendo os copos na direção dos americanos. As mulheres aplaudiam e apareceu o maître, com um garrafa de champanhe num balde de prata.

— Nós não encomendamos champanhe — disse o tenente, que, apesar do olhar turvo e da voz pastosa, continuava controlando tudo que se passava à sua volta.

— É um brinde da marinha, como um pedido de desculpas. Eles não têm coragem de vir pessoalmente... — explicou o maître.

— Devem estar com medo de que o camarada capitão atire todos no chão, como fez com aqueles três — comentou Mishkin, feliz pelo fato de o incidente internacional ter terminado tão rapidamente e com tão poucas baixas humanas e materiais. — Nunca vi nada igual em toda a minha vida. O camarada major viu? Nossos comandos também sabem atirar os inimigos no chão, mas o camarada americano não atirou ninguém; eles mesmos é que deram cambalhotas no ar. Como seria bom se o camarada capitão nos ensinasse isso...

— O que está dizendo o tenente Mishkin? — perguntou educadamente Harold, muito embora não estivesse interessado na resposta, deliciando-se com o toque da mão de Amora, que procurara a sua por baixo da mesa e a colocara sobre a sua coxa. O capitão decidiu não abusar do que lhe foi tão gentilmente oferecido debaixo da mesa de um restaurante, deleitando-se apenas com o toque da mão sobre a coxa. A adequação da sua postura foi confirmada pelo alegre e positivo olhar da jovem com nome de fruta silvestre.

— O tenente Mishkin — apressou-se a traduzir Smoliarov — diz que o senhor é um mágico e que ele bem que gostaria de aprender alguns dos seus truques.

Darrell, que principalmente depois de ter bebido bastante gostava de reforçar as palavras com gestos, soltou a mão de Amora com relutância e disse:

— Por favor, diga-lhe que só o que fiz foi usar meus conhecimentos profissionais, o que jamais deveria ter feito...

— E esperado que eles quebrassem uma garrafa na sua cabeça? — Amora meteu-se na conversa, mas Harold, lançando-lhe um olhar de reprovação, resolveu ignorar a provocação.

— Jamais — repetiu. — O senhor sabia que os manuais desses golpes que o tenente Mishkin chama de truques são impressos em números muito limitados e vendidos exclusivamente para os iniciados?

— Assim como, no passado, os livros sobre a magia negra? — tentou gracejar Smoliarov, mas Darrell já havia embarcado no seu assunto predileto, que, como de costume, o deixava empolgado.

— Exatamente — respondeu. — E o senhor sabe por quê? Para as técnicas desta arte jamais caírem nas mãos de alguém que não estivesse devidamente preparado, nem que fosse para evitar que fizesse mal a si mesmo.

— Agora, capitão, eu acho que o senhor exagerou — duvidou Smoliarov. — Para que não fizesse mal a alguém, isto eu ainda posso compreender, mas a si próprio?

— Não sei como explicar isto ao senhor, mas o fato é que uma técnica mal assimilada e mal executada costuma ser muito mais danosa a quem a pratica. E isto não só no sentido fisiológico, como no... — Harold não conseguiu encontrar a palavra adequada, de modo que fez um gesto enigmático com a mão em torno da sua testa e voltando a colocá-la na coxa de Amora. — Tentarei explicar isto ao senhor amanhã. Agora, a minha mente esta confusa, além de estar morto de fome — acrescentou, olhando para Mishkin que parecia estar apenas aguardando por isto, pois, assim que o major traduziu o que fora dito, declarou:

— Já está mais do que na hora de comermos algo quente.

Como num passe de mágica, surgiram na mesa vários pratos russos, dos quais os que fizeram maior sucesso foram os pierogi — uma espécie de pastéis cozidos — recheados com repolho, cogumelos e especiarias, e o chlodnik — uma sopa fria de beterrabas, temperada com creme de leite e pedaços de pepinos e tomates crus. Todas as explanações culinárias foram feitas pelo tenente Mishkin, que as concluiu com:

— Vamos beber algo. Aqui, na Rússia, costumamos dizer que só os tolos não bebem junto com sopa.

— Eis um provérbio muito sábio — concordou Darrell assim que Smoliarov o traduziu e, virando-se para ele, aproveitou para indagar: — A propósito, major, será que amanhã poderei visitar o nosso Ramp Tramp?

Smoliarov olhou para ele atentamente e Darrell se sentiu obrigado a apresentar alguma justificativa. Para tanto, resolveu adotar um tom jocoso:

— Queria fazer-lhe uma visita. Gosto muito daquele avião e temo que ele possa se sentir muito sozinho e abandonado.

As centelhas esverdeadas nos olhos do major se apagaram, e ele respondeu educadamente:

— Mas é claro. Estava mesmo querendo propor isso ao senhor. Se o senhor concordar, vamos visitá-lo juntos. Acredito que será o lugar mais adequado para trocarmos algumas ideias quanto à nossa colaboração — respondeu, esquecendo-se da costumeira reserva e falando cada vez mais rápido e estupidamente. — Sonho conhecer seu maravilhoso aparelho, e não poderia encontrar um cicerone melhor para mostrá-la do que o senhor. É verdade que não passo de um diletante no assunto, mas estou certo de que ficarei fascinado. Acho que nem conseguirei dormir depois...

Darrell forçou-se a um sorriso gentil, pensando consigo mesmo: "É possível que você seja um diletante, mas só como agente de espionagem, pois algo me diz que você é um especialista em aviões. Não acredito que o teriam enviado de Moscou com essa pressa toda se fosse um amador. Por enquanto, meu pombinho, vamos mudar de assunto e só voltar a se preocupar com isso amanhã." Tendo resolvido teoricamente o problema, inclinou-se junto do ouvido do major e sussurrou:

— Pois é, o senhor mencionou a questão de dormir. O senhor não poderia pedir ao tenente Mishkin que nos arrume alguns quartos para passarmos a noite aqui?

Darrell sentiu um aperto afirmativo da mão de Amora debaixo da sua. A impressão era de que não sussurrara baixo o bastante no ouvido do major. Assim que Smoliarov traduziu suas palavras, Mishkin se levantou e, num tom ofendido por ter sido suspeito de tal falta de tato, falou durante muito tempo sobre aquele tema discretamente abordado por Harold, enquanto as jovens, à exceção da sempre calma Amora, soltavam risinhos de colegiais.

— O camarada Mishkin informa que tudo está arranjado e, tão logo o senhor queira, pode encaminhar-se a um dos quartos no andar de cima, já devidamente reservados para nós — traduziu Smoliarov, sentindo o coração bater mais forte.

— Fantástico! — exclamou Harold. — Forrest, você ouviu? Vamos dormir aqui!

— Ouvi — respondeu Lenda, num claro estado de entendimento corporal com sua opulenta e alegre companheira, a quem o fato de o americano estar enfiando a mão nas calcinhas por baixo da saia não parecia causar nenhum incômodo.

Ainda uma hora antes, Harold estava convencido de que desfrutaria Amora até a madrugada. Agora, depois de uma ducha quente, a questão se apresentava de forma diversa. Aquela não foi a primeira vez em que seu desejo de consumir álcool se sobrepôs a... Pois é. A que mesmo? À satisfação de levar, graças ao seu talento, ao máximo de prazer aquela bela jovem que acabara de conhecer algumas horas antes? Para vê-la, submissa e indefesa, abrir seus lábios infantis e fechar seus olhinhos, como uma daquelas bonecas nas quais se dá corda nos *Contos de Hoffmann*? Na verdade, ele não estava com vontade de dar corda em quem quer que fosse. Deitado, com a cabeça girando como num mar revolto, segurava seu copo com uma mão, enquanto com a outra abraçava, de forma amigável, o desnudo corpo de Amora colado ao seu. A jovem fora perspicaz o bastante para adivinhar que Harold não tinha mais nada em mente a não ser bebericar do seu copo aquela mistura de vodca com suco de peras e pedras de gelo. Quanto a ela, contentava-se em tocar seu corpo com os dedos dos pés, encostando suas coxas e barriga no seu corpo e esmagando seus seios pequenos e munidos de mamilos duros contra o torso dele. Batendo com a bem cuidada unha do dedo indicador no seu copo, perguntou:

— Por que você bebe tanto?

— Porque gosto — respondeu automaticamente.

— Você não deveria dissolver seu cérebro em álcool — sussurrou, embora ninguém os estivesse ouvindo. — Sempre bebeu tanto assim?

Estava claro que a jovem perguntava com real interesse e não por obrigação profissional. Diante disso, Darrell respondeu sinceramente:

— Estamos em guerra e tenho uma profissão perigosa.

— Seu amigo também bebe muito, mas de forma diferente — constatou ela, pegando o seu copo e tomando um trago.

— Diferente, como? — interessou-se Darrell.

— Ele bebe para se embriagar. Um pouco como os russos. Bebem sempre como se, no momento seguinte, viesse o fim do mundo.

Darrell ergueu-se sobre os cotovelos, pegou o copo da mão da jovem e perguntou:

— Por que você se refere aos russos como "eles", e não "nós"?

Amora ficou séria, o que realçou ainda mais sua beleza.

— Porque não sou russa, mas estoniana, e o meu sobrenome é escandinavo — respondeu, adotando pela primeira vez um tom mimado. — Aliás, pelo qual você nem perguntou...

— Então pergunto agora. Qual é seu sobrenome? — satisfez seu desejo.

— Persen. Meu nome é Amora Persen — respondeu.

— Muito bem, Srta. Persen. Agora é a minha vez de perguntar. Em que sentido minha maneira de beber é diferente da do capitão Fisher?

— O capitão Fisher — respondeu ela — bebe para ficar de porre. Para dar um murro na cara de alguém. Para dançar. Para fazer alguma loucura. Para levar uma garota para a cama...

— E eu? — perguntou Harold.

— Você não bebe para esquecer — respondeu Amora. — Bebe por beber. Sente prazer no próprio ato de beber, e um prazer tão grande que nem pensa em... — não quis concluir para não ofendê-lo.

— E você teria preferido que eu me forçasse a algo, que fingisse algo que não sinto? Creia-me que, às vezes, o ato de beber é até melhor do que... — faltou-lhe a palavra adequada.

— Do que transar comigo? — sugeriu-lhe ela.

— Do que transar de um modo geral — admitiu com alívio. — Estou contente por você compreender isso. Você diz que só o ato de beber... Talvez tenha razão. Já houve um tempo em que eu bebia como Lenda. Agora, a bebida tem sobre mim um efeito diferente... — o estado ao qual fora levado com o auxílio da Stolnitchnaja e da Moskowskaja era extraordinário. Dava para perceber as coisas de forma totalmente clara e precisa. Tudo era simples e óbvio. Mesmo o fato de ele (em geral se sentindo pressionado nas questões relacionadas ao sexo) não estar, naquele momento, com vontade de transar com Amora Persen, apesar de achá-la tão atraente. — Quem sabe se isso não seria por causa do meu casamento? — pensou em voz alta.

— Você é casado? — interessou-se Amora, sem nenhuma pretensão, mas até, como pareceu a Harold, com certo entusiasmo.

— Ainda sou, mas agora não tem mais nenhum significado — respondeu, dando-se conta de que era isso mesmo; que o que dissera não fora apenas uma frase de efeito. — Esse negócio de casar não foi uma boa ideia e vai me servir de lição de uma vez por todas. Nunca se deve fazer uma coisa apenas para provar algo a alguém, ou a si mesmo. Lembre-se, Amora, não se case por viiingaaançaaa... ou pooorqueee... — Harold bocejou e adormeceu imediatamente, sem soltar o copo da mão nem tirar a outra mão de cima do gostoso traseiro desnudo da jovem.

Amora liberou-se delicadamente, tirou o drinque da mão de Harold e sorveu-o de um gole. Colocou o copo no chão e, apagando a luz, ficou por muito tempo com os olhos abertos, olhando para as sombras que deslizavam no teto. Do mar, vinha uma brisa fresca e ela sentiu duas coisas ao mesmo tempo: que estava feliz e que gostaria poder chorar à vontade.

O som de alguém se mexendo no quarto o despertou. Já estava bastante claro e a primeira coisa que viu foi a linda bundinha de Amora, que, parada sobre o tapete, vestia a calcinha. Dessa vez, todos os mecanismos de desejo que haviam falhado na noite anterior despertaram com tal intensidade que ele esticou impulsivamente o braço, agarrou o pano das calcinhas e puxou Amora para si. Algo se rasgou e, momentos depois, ele a tinha, nua e fresca, junto de si. Começou a beijá-la com a língua inchada de tanto beber, sorvendo o frescor que dela emanava. Sentia-se espantado de como aquilo podia ser tão gostoso e espontâneo. Havia meses que não sentia um prazer puramente físico ligado a uma excitação que ele não precisava abafar com resignação e sacrifício. Chegou a imaginar que um prazer como aquele só poderia ser alcançado no paraíso maometano.

Os corpos de Amora e Harold concluíram que o prelúdio e a *overture* da obra que estavam por começar já haviam sido executados durante a noite e, diante disso, o corpo de Amora não reclamou quando Harold o virou de barriga para baixo. Agarrando as bordas da cama com as mãos infantis, ela ficou, meio ajoelhada e meio deitada, aguardando humildemente pela ação do parceiro. O membro de Harold estava intumescido pelo acúmulo da abstinência e a quantidade de álcool ingerido no dia anterior, mas não lubrificado o bastante, a ponto de Amora soltar um grito de dor diante do assalto do aríete ao seu portal. Apesar disso, estava evidentemente excitada e pronta, a ponto de Harold espantar-se com a energia com que se entregava ao ato. Além disso, não teve a sensação de que a jovem o satisfazia com tanto prazer por ser uma profissional treinada para isso. Caso o fosse, seu comportamento e a sensação dele não seriam tão autênticos, e as pequenas mãos da jovem não se contrairiam tão espasmodicamente debaixo das dele, que Harold, para reforçar os movimentos dos quadris, também apoiara sobre as dela nas beiradas da cama. Quando estavam terminando, Harold chegou a se assustar com a possibilidade de os guardas de Mishkin, alertados pelos gemidos de Amora, derrubarem a porta e adentrarem o quarto, apontando para eles os canos das suas armas. Por sorte, nada disso aconteceu, e eles permaneceram ainda ligados por muito tempo, arfando pesadamente. Harold tinha a impressão de ter-lhe entregue, nas suas contrações espasmódicas, o corpo e a alma, enquanto ela se sentia envolvida pelo seu corpo e sua mente.

Começara a esfriar; o céu estava encoberto e o hotel cheirava a café recém-preparado. Harold acariciava a suada testa de Amora Persen, enquanto ela retribuía a gentileza, passando suavemente o dedo sobre a exausta e intumescida cabeça do aríete. Harold afastou sua mão e perguntou, sabendo de antemão qual seria a resposta:

— E então, foi gostoso?

— Não poderia ter sido melhor — respondeu ela.

Antes de pensar se deveria, ele perguntou:

— Muitos homens...

Ela parecia esperar por aquela pergunta, respondendo de imediato:

— Você foi o terceiro... e sem dúvida o melhor. De onde tirou essa técnica? Diante dela, uma mulher não tem o que dizer, pois só pode estar satisfeita.

Harold coçou preguiçosamente o seu peito peludo:

— Sou um engenheiro...

Amora soltou uma gargalhada:

— Mas de aviões, e não de mulheres.

A resposta veio rápida:

— Certas coisas funcionam de forma igual. Para um motor pegar, também é preciso prepará-lo adequadamente, e saiba que há dias em que tudo parece estar certo e o motor não quer funcionar de modo algum. Os aviões também possuem uma alma...

Amora entristeceu-se, pois teria gostado de conversar com ele sobre o seu trabalho e sobre aviões, mas os que lhe ordenaram fazer companhia a Darrell lhe deixaram muito claro o que ela podia — e o que não podia — falar.

9

Moscou, final de agosto de 1944

— PELO QUE OUVI DIZER, Aleksandr, você se divertiu bastante — falou Kazedub, andando pesadamente sobre o tapete com os braços entrelaçados às costas, enquanto Smoliarov permanecia sentado ereto na cadeira, mais parecendo um colegial pego numa travessura.

Estava mais do que claro que o coronel já tinha um relatório completo do que ele andara aprontando, e Smoliarov enrubesceu até a raiz dos cabelos. Se ele não fizesse tanta questão de fazer uma carreira, não teria de se explicar diante de ninguém pelo que se passara naquelas noites às margens do oceano Pacífico. Será que não teria? O severo olhar do seu mentor fez que Aleksandr não tivesse tanta certeza disto.

— Camarada coronel... — começou hesitantemente, mas, à medida que foi falando, sua voz soava cada vez mais forte. — Fostes vós mesmos que me ordenastes que conduzisse a questão de forma delicada... por motivos operacionais...

— Mas não o mandei organizar orgias em hotéis e divertir-se com mulheres à custa do governo! — gritou Kazedub como um Zeus furioso, muito embora risse internamente ao imaginar o que acontecera no Versalhes. Passar uma descompostura em Smoliarov lhe causava um grande prazer. Como era gratificante ter a noção de que o destino de alguém tão inteligente e bem apessoado repousava nas suas mãos! "Também a mim, meu garoto, quando era apenas um capitão, passavam espinafrações semelhantes" — ficou meditando, andando cada vez mais rápido sobre o tapete. "As atividades para as quais você se propõe não dependem apenas de aptidões mais adequadas para um açougueiro num matadouro. Mesmo assim, até nelas é recomendável um pouco de humanismo. Por outro lado, é bom que você passe por isso, assim como eu tive de passar. Sem vivenciar a experiência de maltratar alguém, você jamais atingirá a plena condição humana. Vamos ter de pensar também nesse aspecto do seu treinamento, pois você terá de aprender a maltratar pessoas somente quando receber uma ordem nesse sentido. Aí, e somente aí, isso deixará de fasciná-lo e você se livrará da inútil necessidade de assassinar; a não ser você adquira um prazer especial de fazer aquilo e não possa mais se livrar. A verdade é que não preciso de pessoas assim. Só criam problemas e, para se livrar delas, só há um jeito... O prazer em matar obceca a mente, assim como o vício pelo álcool nos priva do prazer de beber. O ato de matar deve ser algo prazeroso, e não uma necessidade. Só então causará um verdadeiro deleite... e isso, meu caro garoto, também vou lhe ensinar."

— Mas fostes vós mesmos, Ivan Viktorovitch, que me dissestes que os americanos deveriam ser amaciados e convencidos...

Kazedub já sorria abertamente, mas se mantinha de costas para que o major não notasse que a tempestade passara.

— Você deveria tê-los levado para visitar museus, ou para passear num parque — sugeriu jocosamente, e Smoliarov, esquecendo-se de onde estava e com quem falava, exclamou de modo impulsivo:

— Isso mesmo! Era exatamente com isto que eles sonhavam! O camarada coronel deveria ter conhecido o tal Fisher...

Involuntariamente, as imagens do que se passara em Vladivostok voltaram à sua mente. Era provável que corasse até o fim dos seus dias pelos seus feitos. Darrell fora o primeiro a se despedir e, acompanhado pela bela jovem de cabelos louros e queixo quadrado, subira para o primeiro andar. Depois, como por encanto, Mishkin e a sua gorducha sumiram. Sobraram eles quatro: Lenda, com a sua enorme Morozova, e ele, com Lena — uma jovem com belos traços semitas e um nariz aquilino. Pelo que se lembrava, chamava-se Kulikova. Após uma série de alegres brindes e risadas sinceras provocadas pelas piadas contadas por Lenda e Smoliarov, o americano chamou o maître e, apontando para as garrafas e travessas, ordenou, enquanto Smoliarov, já mais do que bêbado, traduzia as suas palavras literalmente, sem usar as rebuscadas formas gramaticais comunistas:

— Mestre! Faça a gentileza de pegar isso tudo e vir conosco. Só lhe peço que não se esqueça de nada...

Depois, Lenda anunciou que chegara "a hora H", como ele a chamara, e, quando os quatro esvaziaram o último cálice daquela vodca diabólica, dirigiram-se, não sem dificuldade, para as escadas, indo direto para o quarto de Lenda, já que o capitão nem queria saber que Smoliarov tinha um quarto reservado exclusivamente para ele.

— Nem me fale disto, Alexandre, o Grande — Lenda havia inventado aquele epíteto para ele. — Sim, meu caro Alexandre, o Grande, não estamos na Macedônia, mas em Vladivostok... Isso mesmo, Vladivostok. E vamos todos para o meu quarto... aliás, para o nosso quarto — corrigiu-se, fazendo uma mesura para a sua dama e quase caindo das escadas.

Aleksandr, apoiado em Lena, não fez mais objeções, temendo vomitar no tapete vermelho que cobria as escadas. Como costuma acontecer nessas ocasiões, Smoliarov se esforçava para guardar na memória o formato do rebuscado corrimão. Estava convencido de que a lembrança dos detalhes daquela decoração era algo de fundamental importância para um ás da contraespionagem.

Quando o maître, tendo deixado as garrafas e as travessas no quarto, se retirou discretamente, dando uma piscadela cúmplice para Smoliarov, Lenda bateu pela última vez no peito do major e declarou:

— Agora, vamos farrear! Você verá, Alexandre, o Grande, como se farreia nos Estados Unidos!

Smoliarov sentou-se acanhadamente na beira da cama que ocupava mais da metade do apartamento, esperando pelo início das ações preliminares, flertes, cortejos e coisas semelhantes, coisas às quais estava acostumado no decurso das reuniões promovidas pelos colegas mais ousados na ausência dos pais. Esperava tudo menos que o texano, sem mais nem menos, se pusesse a despir a parceira. Com olhos arregalados de espanto, viu Fisher tirar todas as peças da roupa com uma rapidez desconcertante. É verdade que eram poucas: vestido, anágua, sutiã, calcinhas e aquelas engraçadas soquetes brancas. Lenda deixou as soquetes onde estavam e, abaixando as suas calças e cuecas militares, atirou-se sobre uma poltrona, puxando Morozova para cima de si. O atordoado Smoliarov olhava fascinado para a jovem que, tendo se ajeitado sobre o americano, se comportava como uma prisioneira tártara se deixando empalar voluntariamente. A outra jovem, a de nariz aquilino e belo rosto semita, vendo que o oficial russo não estava pronto para agir, despiu-se sozinha e, sentando sobre o braço da poltrona em questão, começou a beijar os pequenos porém duros seios de Morozova, que já gemia de prazer. Trabalhando intensamente para satisfazer a parceira, Lenda ainda teve a presença de espírito para avaliar a situação e, enfiando a cabeça por baixo do braço da sua garota, sugeriu para o colega mais jovem:

— Smoliarov, o que há com você? Precisa de uma babá? Tire a roupa e ocupe-se da sua garota, pois, se ambas forem esperar tudo de mim, acabarei morrendo.

Instruído dessa forma, o major se despiu como um autômato, dobrando cuidadosamente seu uniforme e pondo-o no chão, como se se preparasse para uma apresentação diante da comissão de recrutamento. Para piorar sua situação, não estava nem um pouco excitado e, sentado agora na outra poltrona do apartamento, sentia-se como um paciente antes da intervenção cirúrgica. Fisher cutucou Kulikova, e esta, olhando para Aleksandr, compreendeu a situação e imediatamente se pôs a trabalhar. Nua em pelo e andando com passos estudados ou vistos num filme, estendeu uma das mãos num gesto de *vamp* e, segurando seus fartos seios com a outra, aproximou-se do major e, quando este quis se levantar, empurrou-o delicadamente, de tal forma que ele, aliviado, voltou a sentar-se. A persuasão do major, que afinal das contas era um homem, não levou mais de meio minuto, e, quando seu membro ficou pronto, Kulikova enterrou-o nela com facilidade, a exemplo da colega. Atirando seus longos cabelos negros às costas e olhando para um ponto acima da cabeça do rapaz, iniciou uma galopada tão violenta que o major teve a impressão de que, junto com a poltrona, ele sairia galopando do hotel. A habilidade e a perícia demonstradas por ela contrastavam com a sua aparência inocente.

Aquilo que se passou depois, Smoliarov preferia não lembrar, pelo menos não naquele momento, temendo que o coronel pudesse detectá-lo no seu rosto. Basta adicionar que, do repertório das ideias que Lenda teve naquela noite inesquecível, a prosaica troca de parceiras fora a menos extravagante de todas. O major tinha uma expressão tão envergonhada e se esforçava tanto para ocultar seu acabrunhamento que Kazedub resolveu intervir.

— Está bem. O relatório do que se passou chegou às minhas mãos antes de você, e... — nesse ponto o coronel fez uma pausa, enquanto o major aguardava ansiosamente — parará aqui e não precisa ser visto por mais ninguém. Como você teve a gentileza de usar a expressão "motivos operacionais", vamos presumir que toda essa atividade alcoólico-sexual foi realizada para fins operacionais, de modo que você teve a oportunidade de ampliar seus discretos conhecimentos nessa área tão específica e tão ocidental, como, por exemplo, a técnica... — o coronel olhou para o relatório — da "penetração dupla", "zênite" e "motocicleta com *side-car*" (o agente que espreitara os feitos de Smoliarov e Lenda usara aquelas expressões, mas Kazedub só poderia imaginar o seu real significado). Quem sabe foi bom vocês terem feito aquelas loucuras. Imagino que, depois disso, o tal Fisher e você se tornaram bons amigos, estou certo?

"Certamente", pensou Smoliarov, "sobretudo depois de eu ter tido a ideia de tirar o lustre do teto e em seu lugar pendurar Kulikova presa num lençol enrolado e que, ao ser baixada, aparafusava-se no membro de Fisher deitado sobre a mesa." Lenda, encantado com a criatividade do novo amigo, chamara aquela manobra de "contorção espanhola".

— Agora, sente-se e fale.

Kazedub forçou o jovem oficial a ocupar seu lugar e, ficando de costas e olhando pela janela aberta para o avermelhado pôr do sol moscovita, passou a fazer perguntas objetivas:

— Você ganhou a confiança daquele Darrell?

— Na medida do possível, camarada coronel — respondeu Smoliarov, mas, vendo a mão negra de Kazedub começar a mexer-se nervosamente como um ponteiro indicando que o combustível estava chegando ao fim, apressou-se a acrescentar: — Ele é um tipo totalmente diverso daquele farrista, mas também muito simpático. O problema é que muito fechado. Sorri, é cortês, mas nunca fala demais...

— Aqui está escrito que ele foi atacado no restaurante... — comentou o coronel, continuando a olhar pela janela.

— Não foi atacado — corrigiu Smoliarov. — Apenas queriam tirar a garota dele, aliás muito bonita. A mais bonita da sala — acrescentou, como se quisesse explicar um importante detalhe técnico.

— Sei que ela é bonita. Tenho fotos dela — interrompeu-o Kazedub, voltando ao interrogatório: — Só isso? No relatório consta algo sobre um braço deslocado, quebra de articulações, perda de consciência e avaria cerebral. Esse Darrell é um boxeador?

— Não exatamente. Não entendo dessas coisas, mas parecia que seus oponentes caíam por si mesmos. E eram rapazes gigantescos, camarada coronel. Marinheiros.

O coronel perdeu-se em pensamentos, querendo entender que arte era aquela que permitia a um simpático e cortês aviador destroçar alguns marinheiros mais altos e mais fortes que ele. Mas, como já vira na vida muitas coisas espantosas, apenas meneou a cabeça com compreensão, virou-se da janela e, sentindo uma dor aguda no braço sem mão, disse:

— Você recebeu a pasta sobre Darrell. Entendeu seu significado?

— Sim, camarada coronel. Examinei-a cuidadosamente. Há muitas lacunas.

Kazedub fez um gesto impaciente com a mão postiça, que, assim como começara a doer, espontaneamente havia parado.

— Apesar das lacunas, imagino que se tenha dado conta de que esse Darrell é um verdadeiro tesouro. Engenheiro aeronáutico. Piloto de testes da Boeing e, acima de tudo, participante de todo o processo da construção daquele aparelho. Aleksandr! — exclamou, colocando ambas as mãos, a viva e a morta, nos ombros de Smoliarov, e o major teve a impressão de que a morta era muito mais pesada. — Saiba que deposito grandes esperanças em você. Precisa convencer esse homem a cooperar. Como vai conseguir é um problema seu. Mas uma coisa é certa, e peço que leve isso em consideração: dentro de uns dias, a despeito de nossa vontade, teremos de pôr esses rapazes em contato com o cônsul deles em Vladivostok. E sabe por quê? Porque, antes de pousar em Vladivostok, eles avisaram sua base, e os americanos já estão perguntando por eles. Não dá para nos fazermos de bobos por muito tempo mais.

— Já conversei com ele — reportou Aleksandr. — Como vós me instruístes. Com ele, e com o resto da tripulação. Sobre os detalhes da operação, táticas, organização dos voos, procedimentos...

— E então? — impacientou-se o coronel.

— Descrevi tudo no meu relatório...

— Já li seu relatório! — interrompeu-o Kazedub. — Fale!

— Pois é... da mesma forma poderia conversar com o burrico que puxa a cozinha móvel no aeroporto. Todos são muito gentis, mas não consegui arrancar deles nada que não pudesse descobrir por mim mesmo. O que chama atenção neles, camarada coronel, é que, apesar da forma livre e espontânea como se comportam, do ponto de vista militar são muito disciplinados e solidários...

— O que quer dizer...? — quis saber Kazedub.

— De acordo com os procedimentos normais: quanto menor a patente, menos se fala...

— Assim como nas nossas forças armadas — resumiu Kazedub, mas Smoliarov sorriu e corrigiu:

— Entre nós, os recrutas não falam por dois motivos: por terem recebido ordens para ficar calados e por não saberem efetivamente de nada...

— E no caso deles é diferente?

Smoliarov chegara metodicamente a uma conclusão que surpreendera até a si próprio:

— Minha impressão é de que toda a tripulação é bem escolada e conhece os vários aspectos da missão. O motivo de não falarem não são apenas as ordens que receberam nesse sentido, mas simplesmente o fato de não quererem. Não sei se consegui me expressar com clareza — quis se assegurar Aleksandr, e, quando o coronel fez um sinal afirmativo com a cabeça, completou: — Fornecem seu número, sua patente e o código da sua unidade. Em suma, dizem apenas o que lhes foi permitido revelar.

— Você perguntou sobre a documentação? — perguntou Kazedub, querendo agarrar-se a algo concreto.

— Foi a primeira coisa em que pensei, e reviramos toda a aeronave. Cheguei a mandar que fossem desaparafusadas algumas chapas do piso, olhamos por trás dos forros, em todos os vãos, até nos sanitários. A única coisa que encontrei foi isto... — respondeu Smoliarov, pondo diante de Kazedub um baralho cujas cartas, em vez das figuras tradicionais, tinham magníficas e realistas imagens de jovens desnudas, representando damas, reis e valetes.

Kazedub ficou olhando distraidamente para as cartas, retendo o seu olhar por mais tempo no curinga, personificado por uma bela morena com chapéu de bobo da corte adornado por guizos nas pontas, nua da cintura para baixo e mostrando o belo traseiro. Para completar o quadro, é preciso acrescentar que a jovem tinha os pés calçados em botinas providas de patins para deslizar sobre gelo. Por fim, arrumou as cartas numa pilha, colocando-a cuidadosamente sobre o tampo da escrivaninha, com o reverso para cima. Sentou-se e, juntando — se é que se pode usar esse termo — as mãos, voltou a perguntar:

— Você o interrogou?

— Sim, camarada coronel. Logo no dia seguinte àquela reunião social...

— Quer dizer, assim que se curou da ressaca, não é? — Kazedub não resistiu à tentação de fazer um comentário sarcástico.

— Sim, camarada coronel. No final do dia. Darrell queria ver a aeronave, algo que já me havia pedido no dia anterior... — respondeu Smoliarov, olhando de forma hesitante para o coronel e buscando um sinal de aprovação nos seus olhos.

Kazedub não estava encantado. Apoiou-se no encosto da sua poltrona e perguntou num tom gélido, como se não quisesse acreditar no que ouvia:

— E você lhe permitiu?! Isso é inacreditável! Já vejo que teria sido melhor enviar para lá um açougueiro em vez de um garoto que acabou de se formar em engenharia e que só pensa em mulheres e vodca. Inacreditável — repetiu, muito embora no seu íntimo não estivesse zangado com o major. Se estivesse no seu lugar, teria agido da mesma forma, mas tendo ficado extremamente atento. Bastaria um momento de desatenção, e o avião poderia ser incendiado ou explodido. Só os diabos sabem que tipo de dispositivo os americanos teriam instalado para proteger os segredos da sua tecnologia.

Como se tivesse adivinhado seus pensamentos, Smoliarov logo se pôs a explicar:

— Eu estava armado e não tirei os olhos dele, enquanto ele não tinha arma nenhuma, já que mandei confiscar todas as da tripulação...

— Só que ele estava no seu ambiente e, pelo que demonstrou em Versalhes, poderia tê-lo esganado junto com a sua pistola, ou, em menos de três segundos, esmagar o seu cérebro dentro da sua cabecinha de vento. Oh, Aleksandr! — suspirou com pesar, pois gostava realmente do major. — Você ainda tem muito a aprender!

Só então Smoliarov se deu conta de que aquilo poderia mesmo ter acontecido. Mas não aconteceu. Voltou os pensamentos para o momento em que, seguido por Darrell (que, cortesmente, o deixou entrar primeiro), adentrou o avião. O americano olhou em volta e com um gesto convidou o major para o interior do compartimento do engenheiro de voo, onde era mais confortável de se sentar e esticar as pernas. Lá havia até uma pequena geladeira, e Smoliarov ficou contente por não ter permitido que nada fosse tirado do avião, exceto as armas. Evidentemente, os motores auxiliares estavam desligados, mas o ar, apesar de o avião estar num hangar, era fresco e a cerveja tinha uma temperatura agradável. Aleksandr nunca havia visto uma cerveja assim — acondicionada numa lata parecida com a parte superior daquelas granadas alemãs e feita de um aço certamente inoxidável. A tampa da lata tinha um anel. Darrell lhe mostrou como usá-lo e a lata se abriu, revelando uma convidativa abertura triangular, através da qual a cerveja podia ser sorvida com facilidade. A bebida serviu como um bálsamo para a língua e a mente do major. Darrell também bebia com evidente prazer e, passando a língua sobre seu "bigode de espuma", ficou olhando gentilmente para o major.

Este, com a cabeça mais sóbria graças ao divino líquido feito de milho (porque a cerveja era americana), se sentiu tão feliz que estava propenso a abraçar o capitão. Ficaram em silêncio por um bom tempo, até o russo começar a falar com todo cuidado:

— Peço a gentileza de me explicar como é possível que num bombardeiro de tais proporções não haja nenhum documento, instruções e todos os outros papéis usualmente existentes numa missão. É verdade que eu não entendo muito dessas coisas — mentiu, encorajado pela cerveja —, mas, pelo que sei, todo avião de determinado porte deveria tê-los...

Darrell inclinou a cabeça como um pássaro quando olha de um galho e, tendo aberto uma nova lata de cerveja, olhou com malícia para o major:

— E havia. Mais de cinquenta quilos.

— E o que aconteceu com eles? — perguntou Aleksandr.

— Imagine o senhor que eles saíram voando — respondeu Darrell, olhando desafiadoramente para o aliado, enquanto este, não tendo ainda se dado conta de que o americano se divertia à sua custa, fez logo a inevitável pergunta seguinte:

— O que quer dizer com "saíram voando"?

— Foi assim: queríamos examinar algo e, como estávamos fazendo isso com a janela aberta, os papéis saíram voando por ela. Acho que foi quando estávamos sobre o mar.

Smoliarov sentiu-se ofendido, mas não quis abandonar sua postura de diletante para não se revelar um completo idiota:

— Cinquenta quilos? Por favor, não me faça de bobo. Vocês os jogaram fora?

— Não aja como uma criança, major. É óbvio que os jogamos fora. Temos os nossos procedimentos para casos assim, embora um procedimento como esse não deve ter sido previsto pelas nossas autoridades.

— Então, o senhor resolveu jogá-los fora por segurança? — adivinhou Aleksandr.

— Exatamente — confirmou Darrell. — E, como o senhor pode ver, fiz muito bem. Para que precisam da nossa documentação? Tudo o que vocês sabem resulta dos entendimentos entre os nossos governos. Quanto ao resto, tudo é propriedade do exército e do governo dos Estados Unidos, e não pertence nem a mim nem ao senhor, incluindo esta poltrona na qual o senhor está sentado. Vamos, responda-me com toda a sinceridade, para que o senhor precisa disto? O que vocês querem?

— Eu tenho as minhas ordens e peço que o senhor compreenda minha situação. Pessoalmente, nem me passaria pela cabeça...

Darrell já estava farto daquela conversa que não levava a lugar nenhum e encerrou-a num tom que deixara claro ao major que não responderia mais a novas perguntas referentes àquela questão.

— O senhor tem as suas ordens e eu tenho as minhas, e isso deve bastar — falou. — E há mais uma coisa. Peço-lhe, major Smoliarov, que pare com essa encenação de que o senhor é um diletante, pois só de ver a forma como o senhor entrou no avião dá para reconhecer um especialista. Além disso, vocês não teriam enviado para cá um bunda-suja qualquer...

— Bunda-suja? — perguntou Smoliarov, que desconhecia aquela palavra.

— É algo que tem a ver com o buraco do cu — esclareceu gentilmente o americano, enquanto o major procurava na cabeça uma expressão correspondente em russo.

— Deve ser algo equivalente ao nosso *mraz*.

— *Mraz* — repetiu Darrell corretamente a palavra, degustando seu som. — Isso também quer dizer o buraco do cu? — perguntou, interessado.

— Não — respondeu Smoliarov, meneando negativamente a cabeça. — É como se o senhor espalhasse merda numa parede.

— Que beleza! — exclamou Harold, tomando mais um trago de cerveja. — Quer dizer que vocês não têm nada equivalente a "bunda-suja"? A palavra que o senhor disse soa demasiadamente poética...

— Para isso nós costumamos dizer *krietin* ou *jopa*, mas, para definir aquilo que o senhor teve a gentileza de dizer, a palavra *mraz* me parece a mais adequada.

— Muito bem — disse Harold, parecendo totalmente satisfeito com as explicações —, mas voltemos ao que interessa, ou seja, que vocês não teriam enviado para cá um bunda-suja qualquer. Portanto, meu caro major, conte-me qual é a sua especialidade. Prometo que não contarei a ninguém.

— Bem... — Smoliarov estava cheio de dedos, mas Darrell insistiu:

— Tanto faz o senhor me contar ou não; de qualquer modo só lhe direi aquilo que quiser, e continuaremos na mesma. Por outro lado, se o senhor se abrir comigo, poderemos conversar como dois profissionais...

O argumento pareceu sólido, de modo que o major respondeu:

— Sou formado em engenharia aeronáutica...

— Em qual especialidade? — insistiu Darrell.

— Em duas — respondeu Smoliarov, não sem um certo orgulho pela sua formação acadêmica. — Em estruturas e motores.

— Que beleza! — o americano usou a mesma expressão com que avaliou o sinônimo russo, acrescentando tristemente: — Que pena nos encontrarmos nestes tempos. O senhor tem um olhar muito simpático... Que pena. Compreendo sua situação. Pode perguntar o que quiser, mas, depois dessas confidências, o senhor também deverá compreender minha situação e o fato de não poder lhe dizer muita coisa.

E, tendo dito isso, Darrell olhou nos olhos de Aleksandr, e o major compreendeu que o interlocutor era um homem inteligente e muito experiente. Naquele olhar não havia nenhum sinal de pena, de provocação, nem de triunfo. Era apenas uma delicada tentativa de entender outro ser humano e Smoliarov se sentiu desamparado como uma criança, o que na verdade ainda era um pouco.

— Muito bem — a voz de Kazedub trouxe Smoliarov de volta à realidade moscovita. — Pelo que você está dizendo, ele arrancou de você mais informações do que você dele. Você lhe perguntou sobre a autonomia de voo, altitude operacional, velocidade?

— Lógico que sim, camarada coronel.

— E ele lhe disse algo de interessante?

— Respondia como queria.

— O que quer dizer...? — quis saber Kazedub, apesar de todos os dados que o major conseguira constarem do relatório.

Smoliarov soltou um suspiro.

— Quando eu perguntava sobre a autonomia, ele respondia que bastava olhar para o mapa e calcular. Quanto à altitude operacional, disse apenas que "era adequada", e quanto à velocidade, que "ele não reclamava, mas que preferiria que fosse maior", e nesse ponto ele acrescentou: "Nunca fui um entusiasta de velocidades exageradas em nenhuma atividade, ao contrário do que acha o capitão Fisher."

Kazedub chegou a se questionar se Smoliarov deveria continuar naquela missão. No entanto, chegou à conclusão de que qualquer outro que enviasse conseguiria o mesmo resultado — ou seja, nada — e, além disso, teria de começar pelo começo, percorrendo o mesmo caminho já trilhado pelo major. Melhor ou pior, de modo mais estúpido ou mais inteligente, mas já percorrido.

— Muito bem — disse, fazendo a última pergunta: — Acha que esse Darrell tem alguma noção do que está em jogo?

Dessa vez Aleksandr, ao contrário do costume, não respondeu de imediato, mas repetiu a pergunta do superior hierárquico:

— Se ele tem alguma noção do que está em jogo? Não sei, camarada coronel. Afinal, o que está em jogo?

— Ouça-me bem, Aleksandr. Com muita atenção. Você tem de fazer esse tal de Darrell vir a Moscou, de preferência de livre e espontânea vontade, para passar algum tempo aqui. Melhor seria se ele concordasse em cooperar conosco e, para tanto, você está autorizado a lhe prometer o que lhe vier à cabeça: dinheiro, casa na cidade, casa no campo, influência, posição — e isso nós lhe daremos. O melhor de tudo seria se ele concordasse em vir para cá pilotando aquele avião.

— Junto com toda a tripulação? — indagou Aleksandr.

Kazedub olhou para ele atentamente.

— Não — respondeu. — Só ele. Seria mais palatável para os americanos. Diríamos que o convidamos; que ele é um convidado nosso. Quanto aos demais tripulantes, vamos fazer que entrem em contato com o seu cônsul e arrumar um lugar para eles... por algum tempo.

Lentamente Aleksandr foi absorvendo o significado do que lhe dizia Kazedub. Enchendo-se de coragem, indagou:

— Com a permissão do camarada coronel, para que precisamos daquela Superfortaleza e do seu comandante?

Kazedub fez um gesto com a mão como se quisesse espantar uma mosca.

— Você saberá no devido tempo. Por enquanto basta que saiba o que já sabe. Se ele não quiser, você deverá metê-lo no avião à força. Porei sob o seu comando alguns dos mais experimentados pilotos de bombardeiros e dois engenheiros e pilotos de testes do OKB, aquele centro de projetos especiais. Você deverá providenciar o conserto daquele Ramp Tramp, pegar Darrell e voltar para cá com a Superfortaleza o mais rápido que puder. Quanto aos detalhes, vamos acertá-los mais tarde, através de teletipo. Tem alguma pergunta?

— Muitas, camarada coronel, mas vós não ireis respondê-las de qualquer modo, não é verdade?

— Isso mesmo — respondeu Kazedub, estendendo-lhe a sua negra mão de couro, mas, ao mesmo tempo, batendo carinhosamente nas suas costas com a mão boa. — Vá, e cumpra a sua missão.

10

À mesma época, na sala de ginástica da base aérea de Vladivostok

MISHKIN, TENDO CONSULTADO SMOLIAROV, atendera a seu pedido. Graças a isso ele podia desfrutar uma enorme área livre com um piso em excelentes condições. No passado, nos bons tempos, talvez tivesse sido uma sala de ginástica ou uma quadra esportiva. Agora, metade do seu amplo espaço estava ocupada por cordas, das quais pendiam úmidas roupas de baixo e lençóis. Smoliarov sumira, tendo dito apenas que partia para Moscou em busca de instruções. Por sorte deixou que Darrell, que dispunha de um quarto exclusivo, pudesse desfrutar a companhia permanente da Srta. Persen, o que o deixou muito satisfeito.

A tripulação, sob o comando de Lenda, desfrutando um campo de futebol abandonado, organizara um time de beisebol simplificado, enquanto ele decidira aproveitar as férias forçadas para se pôr em forma. Passou a exercitar-se duas vezes ao dia por três horas, reduziu drasticamente o consumo de álcool a apenas uma cerveja ao anoitecer, e todas as manhãs corria em volta do campo de futebol, sob o olhar atento dos sentinelas. Naquele lugar, metade varal, metade sala de ginástica, ninguém o perturbava, de modo que pôde treinar à vontade os *kata* e os demais movimentos técnicos. No primeiro dia, não deu importância ao esbelto asiático com uma longa trança que, volta e meia, aparecia e desaparecia no meio dos lençóis pendurados.

— Não se preocupe com o coreano — dissera-lhe Mishkin, por intermédio de Amora. — É um tipo estranho, mas inofensivo. Eu já lhe falei que um americano importante irá treinar no seu varal. Tenho certeza de que ele não vai atrapalhar o senhor em nada.

— Ele é dono desta lavanderia? — perguntou Harold.

— É preciso que vós saibais, camarada capitão, que aqui já faz muito tempo que ninguém é dono de nada. Ele administra esta lavanderia há anos, empregando alguns chineses. Já estava aqui quando eu cheguei. O exército lhe paga um soldo regular e ele está autorizado a aceitar serviços de fora, do pessoal da cidade. Acabou de investir numa calandra de manivela e tem duas garotas chinesas que costuram as peças rasgadas. Na certa ele dorme com elas — concluiu Mishkin, piscando um olho.

— Quer dizer que lhe foi permitido ficar aqui e trabalhar por conta própria? — quis saber Darrell. — Mas o senhor não acabou de dizer que...

Mishkin não gostou do rumo que a conversa estava tomando. Portanto, respondeu de forma curta e grossa:

— Não tenho nada a ver com isso. É um assunto do comando. Aparentemente ele tem alguns méritos, e por causa deles é tolerado. Além disso, é coreano...

No dia seguinte, ao entrar na sala para treinar, Harold viu, no centro do piso, um objeto quadrado. Ao chegar mais perto, reconheceu com espanto um traje para exercícios de lutas marciais conhecido como keikogi, cuidadosamente dobrado, e sobre ele uma faixa de uns dez centímetros de largura chamada obi que os lutadores enrolam três vezes na cintura, fazendo um laço com as pontas soltas. Seu coração bateu em disparada, pois o traje dobrado corretamente (algo que ele nunca conseguira fazer com perfeição) dava a clara impressão de ser um presente. Sentou-se diante do keikogi e, mal acreditando nos seus olhos, tocou naquele objeto com todo o cuidado para não desfazer suas dobras perfeitas. Jamais vira um traje tão maravilhoso. Tinha a maciez e a textura do algodão, mas trançado como uma esteira japonesa do tipo tatame, de tal modo que formava uma junção de pequenos quadrados, o enlace de cada quadrado formava um ângulo reto com o seu vizinho. Quanto à obi, achou que era também de algodão, mas não tinha absoluta certeza disso.

Darrell ficou comovido e só então se deu conta de que entrara na sala apenas de cuecas e uma camiseta esverdeada. Na sua modesta bagagem não tinha outra coisa para vestir. A sala não contava com um espelho, e foi só diante da visão daquele traje maravilhoso que ele notou como estava inadequadamente vestido. No entanto, sentiu-se encabulado em aceitar aquele presente. Quem sabe se o coreano não o deixara ali por distração? Ajeitou a obi sobre o traje e recuou o braço.

— Bichos-da-seda selvagens.

A frase ecoara tão inesperadamente que ele nem teve tempo de se assustar. Virou-se devagar e viu, sentado às suas costas, o chefe da lavanderia. Trajava um gibão chinês de cetim negro, calças do mesmo tecido e estava descalço. Inclinou-se respeitosamente, e a Harold nada restou a não ser retribuir a reverência. Caso alguém os estivesse observando, não saberia dizer quem cumprimentava quem. Os dois homens mostravam respeito mútuo e nenhum deles quis ser o primeiro a tirar a mão do piso. Por fim, como se empurrados pelo mesmo impulso, fizeram-no ao mesmo tempo. Darrell ergueu os olhos e encontrou o calmo e educado olhar do coreano de rosto ossudo e adornado por um fino bigodinho acinzentado. O asiático era esbelto e estava em excelente forma física.

— Bichos-da-seda selvagens — repetiu, num inglês macio e correto. — Só eles são capazes fazer algo assim. O senhor mesmo se convencerá. Isso refresca no verão e aquece no inverno. O tecido é muito resistente e duradouro. Esse traje tem 20 anos, e o senhor há de convir que não aparenta ter essa idade. Além disso, pode ser lavado na água, não deforma e, uma vez passado, permanece assim por muito tempo.

O coreano terminou sua fala com mais uma reverência e, com um gesto gentil, empurrou o pacote na direção de Darrell. Estava claro que se tratava de um presente, mas Harold, não sabendo como receber um mimo de pessoas do Oriente, resolveu adiar o ato de aceitação.

— O senhor fala um inglês primoroso. Não acredito que o tenha aprendido aqui, estou certo?

O coreano ficou triste e baixou os olhos.

— Há muitos anos, estudei na Europa. Aqui, a única coisa que se pode aprender é desprezo por outras pessoas e por si mesmo. Vejo que o senhor tem escrúpulos em aceitar este traje. Peço fazer-me essa honra e aceitar este singelo presente. Trata-se do meu antigo keikogi e me sentiria muito orgulhoso em saber que passou para mãos tão dignas. Eu fiquei olhando o senhor treinar ontem e tive a impressão de que cuecas militares não harmonizam muito bem com uma arte tão antiga e tão digna.

— O senhor conhece *daito-ryu*? — alegrou-se Darrell.

— Se conheço? — respondeu sorrindo o coreano. — Digamos que sei tanto quanto quero saber.

— Queira me desculpar, mas não entendi... — murmurou Darrell, desejando do fundo da alma que o asiático explicasse o sentido das suas palavras.

— Muito bem — disse este. — Vou explicar ao senhor o que quis dizer. Cada conhecimento e cada arte podem ser levados à perfeição, o que demanda muito tempo e, como o senhor bem sabe, traz muito suor e lágrimas. E digo que o senhor sabe porque o nível que o senhor alcançou, algo que eu, um humilde laico e observador ouso apreciar, é avançado. Dá para ver que o senhor se dedica a isso de corpo e alma e que encontrou pelo caminho muitas dúvidas e receios. Estou certo?

— Sim, sim — respondeu avidamente Darrell. — Tudo se passou como o senhor está descrevendo. Por mais de uma vez quis parar, mas, talvez o senhor nem acredite nisso, após cada interrupção, voltava a vontade de recomeçar. Após alguns anos, cheguei à conclusão de que aquelas crises, hesitações e desânimos pelos quais culpamos nossos mestres são na verdade...

— Uma parte do aprendizado. Não é isso? — interessou-se educadamente o asiático, enquanto Darrell exultava por ter encontrado alguém que entendia do assunto e dos problemas a ele relacionados.

— Exatamente! E o senhor sabe de uma coisa? Por mais de uma vez fiquei pensando sobre uma coisa muito tola: será que os meus professores já tiveram os mesmos questionamentos que eu? Será que sofreram tanto?

— A capacidade de fazer o aluno se questionar e jamais fazê-lo querer desistir de continuar praticando demonstra o talento e o nível do mestre — respondeu o coreano: — E, pelo que vejo, o senhor teve mestres que souberam muito bem dosar essas proporções.

— O senhor sabe o que mais me desagrada em um professor? — continuou a indagar Darrell, dando-se conta não só da emoção, mas também do prazer com que desfrutava aquela conversa como o asiático.

— Só posso adivinhar, mas preferiria que o senhor mesmo me dissesse. Quem sabe se, ao fazer isso, não ficará mais claro ao senhor o que quer dizer, e isso é muito importante.

— Então vou dizer ao senhor — disse Darrell, deslizando seu corpo sobre o piso para mais perto do coreano, cuja única reação foi esticar os braços e estufar orgulhosamente o peito na direção do interlocutor. — O que mais detesto é quando o professor quer se mostrar, provar que é capaz de aplicar um golpe com perfeição por tê-lo treinado milhões de vezes. Acho isso algo muito tolo e desestimulante; um triunfo de alguém que sabe sobre um outro que ainda não aprendeu.

— Mas não deixa de ser uma provocação — respondeu com calma o coreano. — Além disso, o senhor deve levar em consideração que um mestre é um ser humano e não precisa estar livre das fraquezas humanas.

— O que quer dizer...? — quis saber Darrell.

— Quero dizer que até os mestres precisam de aceitação. Um mestre que não é aceito definha. O senhor ainda não teve a oportunidade de enfrentar uma situação dessas, mas saiba que é frequente. Isso, sim, é uma verdadeira desgraça. — O chefe da lavanderia concluiu suas palavras com um enérgico movimento da cabeça que indicava que a não aceitação de um mestre era o maior problema do mundo.

— Um momento, por favor! — exclamou Harold, sentindo-se confuso. — O senhor disse que conhece tanto de *daito-ryu* quanto deseja conhecer.

— Isso mesmo — respondeu o coreano. — Pode-se treinar pelo próprio prazer do treino. Pode-se treinar para ser o melhor de todos. Pode-se treinar para vencer. Que opção o senhor escolhe?

— Nenhuma — respondeu Harold, sem um momento sequer de hesitação.

— E o senhor está em condições de propor mais uma?

Harold ficou surpreso. Ninguém até então lhe havia feito uma pergunta assim.

— Acho que não — respondeu finalmente —, mas a minha motivação é uma combinação das três que o senhor mencionou.

— E por que não? Nada impede que se interprete o treino dessa forma. Aproveitar-se dos conhecimentos adquiridos dependendo de cada situação, assim como o senhor fez no restaurante.

— Vejo que as notícias correm rapidamente e eu já sou uma estrela mais brilhante do que aqueles que ganharam medalhas por dedicação ao serviço e cujas fotos estão penduradas nos corredores — brincou Darrell, mas o coreano não reagiu com um sorriso e apenas perguntou:

— E isso lhe causa satisfação?

— Tenho de admitir que sim. Sobretudo quando sou admirado por mulheres e por aqueles sujeitos com estrelas nas ombreiras e que acham que tudo lhes é permitido. *À propos*, eles sabem que o senhor fala inglês?

O coreano deu um sorriso no qual havia a sombra de um pedido:

— Não sabem, e tenho a esperança de que, após a nossa conversa, sua avaliação quanto aos meus conhecimentos linguísticos permaneça inalterada.

— O senhor pode contar comigo — assegurou-o Harold. — Não tenho nenhum interesse em informá-los. Agora compreendo por que me deixaram treinar aqui. Além disso, quem sabe se eu não poderia contar com a sua ajuda para informar nosso cônsul?

— O cônsul já foi informado e, dentro de poucos dias, os senhores terão um encontro com ele — respondeu calmamente o coreano.

— O senhor é um homem muito bem informado — disse Darrell, inclinando-se em reconhecimento.

O coreano retribuiu a reverência e explicou:

— A lavanderia é como um mercado público. Aqui vêm pessoas de toda a cidade, e as cuecas do general não diferem muito das cuecas de um vendedor no bazar. Com as pessoas, chegam notícias e boatos. Quando se sabe separar o joio do trigo, podem-se concluir muitas coisas. Aqui há poucas diversões; portanto as pessoas gostam de fazer fofocas, e eu sei escutar. Só isso.

— Nem sei como me dirigir ao senhor... — observou Harold.

— Tenha a bondade de me chamar de Kim. É um sobrenome muito comum entre os coreanos, de modo que isso não o comprometerá de forma alguma.

— Ótimo — respondeu Darrell. — Meu primeiro professor nos Estados Unidos também se chamava Kim. Um sujeito maravilhoso, mas já deve ter morrido. Quando comecei, há 15 anos, ele já tinha quase setenta, mas era muito ágil. No nosso *dojô*, ninguém teria conseguido derrotá-lo... na verdade, ninguém teve a coragem de tentar. Aliás — acrescentou, olhando em volta com preocupação —, será que os russos não estão nos espreitando?

— Minhas garotas estão atentas e nos avisarão caso avistem alguém. Então vou desaparecer e o senhor poderá continuar treinando.

— E quanto a esse traje? — perguntou Darrell.

— O senhor pode deixá-lo aqui. Ele estará aqui todas as manhãs, lavado e passado. Acredito, aliás espero, que tenhamos a oportunidade de treinar juntos. Eu poderia aprender muito com o senhor.

— Por favor, não exagere — respondeu Darrell, enrubescendo de prazer pelo elogio feito com tanta cortesia e acrescentando logo em seguida: — Mas havíamos começado a falar de *daito-ryu*, e o senhor acabou não me explicando o significado do que queria dizer com aquele "só sei dele tanto quanto quero saber."

Darrell lançou um olhar cheio de expectativa e quase suplicante para os atentos e gentis olhos de Kim, e este respondeu:

— As artes marciais, quando tratadas com o devido respeito, deveriam complementar-se. Como o senhor certamente deve saber, no passado, o rei era o arco, porque se lutava muito em campos abertos e se tinha de matar a distância. Foi assim na China, na Coreia e, finalmente, no Japão, que importava tudo de nós. O símbolo de pertencimento à estirpe dos guerreiros era exatamente o arco. Depois veio a época das espadas, que demandava complementações com lutas sem espada, contra a espada e assim por diante. E é daí que provêm as diversas escolas e os mais complexos estilos, que, de modo geral, consistiam na possibilidade de resistir no campo de batalha. Caso pudéssemos viver o bastante, seria aconselhável aprender todas aquelas escolas e aqueles estilos, pois todos provêm do mesmo tronco e se completam. Só que a vida é curta, portanto... — O coreano quis se assegurar de que o americano o ouvia atentamente e, vendo a postura receptiva de Darrell, continuou: — Portanto, é preciso pelo menos ter uma compreensão daquela associação. Para exemplificar, veja o meu caso: eu pratico kenjutsu, mas, se quisesse me concentrar exclusivamente em torno da espada, não seria o bastante.

— Por quê? — perguntou Harold.

— Nem que seja para conhecer os contextos que ajudam a compreender toda a questão. No caso do senhor... queira me perdoar por ousar sugerir uma coisa dessas... seria recomendável travar algum conhecimento pelo menos com as bases de kenjutsu. Então, suas formas seriam mais conscientes e, por causa disso, mais efetivas.

— Na certa o senhor tem em mente o "espírito da luta". Mas nós estamos tratando apenas de kata, enquanto uma luta de verdade já é uma outra história, muito embora eu já me tivesse defrontado com algumas. O senhor sabe disso. Nem que seja aquele meu último feito... — Darrell notou que interrompera Kim e calou-se repentinamente.

O coreano sorriu com compreensão.

— Por favor, não diga que uma luta e uma forma são duas coisas diferentes. São a mesma coisa, só que, para se conscientizar dessa igualdade e da falta de diferença entre elas, é preciso, antes, reconhecer e eliminar todas as diferenças.

— Confesso que estou um pouco perdido — admitiu Harold, e o asiático se apressou a esclarecer:

— Na arte japonesa da espada, a qual respeito e aprecio, existe um provérbio: "Há um canto e não há um canto".

— Continuo sem compreender. Reconhecer que não há diferenças pelo fato de haver diferenças?

— Exatamente isso — confirmou o coreano. — No entanto, talvez o senhor esteja numa fase em que tais especulações não lhe sejam convenientes ou sua mente esteja ocupada com outros problemas.

— Admito que não me faltam problemas, mas assim mesmo gostaria de compreender. Aquele provérbio japonês... — nesse ponto, Darrell involuntariamente fez uma careta ao enunciar a palavra "japonês", algo que não passou despercebido pelo asiático — o que quer, de fato, demonstrar?

— Que todos os contrários são, simultaneamente, uma unidade. Assim como esta prega atrás do *hakama* — o coreano desdobrou as calças e mostrou a Darrell uma prega na parte traseira. — Sabe o que significa?

— O que significa?! — espantou-se o piloto. — Como uma prega pode significar alguma coisa? É um problema para alfaiates...

— Pois é. Eis uma típica observação ocidental. Quando vocês conseguem inventar um nome para um problema, já ficam satisfeitos, mesmo sem o terem resolvido, mas isso não lhes dá nenhuma pista para a compreensão da realidade. Quantas barras o senhor tem no seu uniforme? Duas. E o senhor não discute o fato de que isso significa que o senhor é um capitão. Só que, como o senhor mesmo já deve ter notado, o significado daquelas duas barras não para por aí. Essas duas barras obrigam os que têm menos barras que o senhor a lhe bater continência, mas também colocam sobre os seus ombros mais obrigações e mais responsabilidade do que sobre os ombros de quem não as tem. Também significa que a ideia que faz de si mesmo é diferente, até diametralmente oposta à que faria caso lhe tivessem costurado mais, ou menos, dessas barras. Finalmente, significa que o caminho da sua vida está sendo norteado por sua fase atual, ou seja... a de duas barras.

O coreano inclinou-se para trás e bateu com as mãos nas coxas, com visível satisfação pela forma como formulara seu raciocínio, enquanto Darrell teve de admitir no seu íntimo que a visão do problema apresentada por Kim era interessantíssima.

— Vejo que o senhor não se opõe à minha interpretação — continuou Kim. — No entanto se espanta com o fato de que outra cultura possa encontrar significados diferentes para as mesmas coisas. Essa prega significa, ao mesmo tempo, ligação e separação, harmonia e desarmonia, unidade e diferenciação. Tradicionalmente, é aceita como um símbolo duplo. Peço desculpas por usar definições em japonês, mas são as que representam de modo mais adequado a realidade das coisas: *chugi* e *meiyo*, ou seja, lealdade e honra.

— Mas o senhor não acabou de dizer que aquela prega indicava as contradições da unidade?

— E lealdade e honra não podem ser contraditórias? — retrucou o coreano. — É fácil ser leal quando se esquece da honra, bem como não é difícil salvar a honra quando ninguém demanda de nós lealdade. Quem sabe em breve o senhor não enfrentará um dilema desses? Então poderá pensar nessa prega. Nenhum dos valores do mundo funciona isoladamente. Não se pode falar de coragem se, antes, não se experimentou medo. Um homem grosseiro só poderá reconhecer o valor da boa educação depois de ser confrontado com esta. Num lugar onde só há homens grosseiros e pessoas que não conhecem as boas formas de comportamento, ninguém poderá compreender a importância de modos refinados.

Nesse ponto, o coreano virou o hakama para mostrar as pregas das calças e disse:

— Nesta, o senhor tem *yuki*: coragem; nesta, *jin*: misericórdia; nesta outra, *gi*: legitimidade; nesta aí, *rei*; cortesia; e, finalmente, nesta última, *makuto*: veracidade. Existem ainda interpretações confucionistas, mas não sinto grande atração por elas, embora sejam as mais indicadas no caso da minha cultura.

— E por que não se sente atraído por elas? — quis saber Darrell.

— Porque o confucionismo fez mais mal do que bem à Coreia. O senhor entende algo disso?

— Um pouco — respondeu o piloto. — Trata-se de uma filosofia exemplar.

— Ainda bem que o senhor aborda o assunto do ponto de vista filosófico, e não religioso ou político, porque a tragédia da Coreia vem exatamente daí. Aliás, como o senhor certamente já percebeu, a tragédia de todas as culturas ameaçadas de extinção provém da ortodoxia e da incapacidade de perceber as ideias e os valores sob uma luz diferente. Veja, por exemplo, o que se passa aqui — o asiático sacudiu o queixo num gesto de desaprovação de tudo que era soviético. — Eles criaram um ideal belíssimo, mas a forma ortodoxa como o implementaram, aliada a um total desconhecimento desse ideal, os levou para onde estão. Transformaram uma cultura magnífica e extraordinária num desejo de expansão e uso de força, rompendo todas as regras e bases da civilização. É o princípio do seu fim. O senhor não concorda?

— E os seus japoneses? Não fizeram o mesmo? — replicou Harold. — Não deixaram de lado as tradições seculares que encantavam o mundo e se concentraram apenas em expansão, deixando atrás de si rastos de cadáveres e crimes hediondos? Será que valeu a pena? O senhor, sendo um coreano, deveria saber disso melhor do que eu. Aliás, não consigo compreender sua aceitação dos que ocuparam o seu país. O senhor deveria odiá-los de corpo e alma.

O coreano respondeu imediatamente:

— Peço não confundir os que violam mulheres coreanas com a cultura japonesa. São duas coisas diferentes em fases diferentes.

— Ah, é? — retrucou Harold. — Então o senhor deveria dizer isso às coreanas violadas. Talvez, graças a isso, elas possam vir a suportar melhor a sua humilhação e ficar-lhe gratas. O senhor não acha?

— Talvez — respondeu o coreano, ocultando seus sentimentos. — Gostaria de lhe dar mais um exemplo para confirmar o que estou dizendo.

— E que exemplo seria? — interessou-se o piloto.

O coreano levantou-se e, apontando para o presente, disse:

— Vista isto, por favor. O que vou lhe mostrar é algo que, no seu país, é chamado de demonstração.

Harold, vestindo os folgados gi, pensou: "Como é confortável! Nenhum botão. Basta apertar ou folgar a faixa. Todos os problemas de medidas são eliminados".

— O senhor permite? — perguntou o coreano, percebendo que o americano, embora conhecesse os fundamentos, não sabia lidar com detalhes. — Estas faixas devem ser amarradas de tal forma que os centros dos nós dos laços fiquem na horizontal.

— E faz alguma diferença? — perguntou Harold.

— Sim — respondeu o coreano. — Essa forma de amarrar os laços é usada tanto na Coreia quanto no Japão quando se veste um cadáver. Não creio que o senhor queira parecer alguém que já morreu. Se passar as fitas por baixo e amarrá-las assim, os laços ficarão na posição horizontal. Além disso, com a sua permissão, o hakama não deve ser amarrado tão alto, porque acabará se soltando e, durante o treino, o senhor terá de interrompê-lo para se vestir de novo. Por que o aperta tanto?

Harold sempre achara que, quanto mais alto amarrasse o hakama, mais tempo este ficaria no lugar. Normalmente, durante o treino, suas calças acabavam caindo, por mais apertadas que as fitas estivessem.

— Imagino que o senhor ache que, quanto mais alto amarrar as calças, mais firmes elas ficarão. Pois saiba que é exatamente o contrário. Não lhe falei da unidade das contradições e daquele provérbio japonês?

— Que há um canto e não há um canto? — perguntou Darrell.

— Exatamente — respondeu o asiático, ajudando-o a se vestir. — Quanto mais baixo e mais folgado o senhor as amarrar, tanto mais firmes elas ficarão no seu corpo. Garanto-lhe que ficarão no seu lugar durante um treino intensivo de três horas — finalizou, girando o interlocutor já completamente vestido.

Darrell sentiu no toque de Kim que as suas mãos eram ágeis, fortes e escorregadias ao mesmo tempo — exatamente como galhos úmidos de uma árvore.

— E mais uma coisa — disse Kim. — Não deixe estas pontas das faixas penderem tão livremente. Isso é algo para praticantes de aikidô. O senhor treina uma arte mais antiga e deve atar suas calças de forma guerreira... como se fosse partir para um campo de batalha. As pontas das faixas não podem ficar soltas. Isso é adequado para essas modernas escolas esportivas, mas não para o senhor. E elas não devem ser presas em cima, mas em baixo. Se o senhor não quer que algo caia para baixo, é exatamente embaixo que deve amarrá-lo.

— Será que na cultura oriental tudo é sempre ao contrário? — indagou Harold, que, embora irritado, não podia deixar de admirar aquelas simples e infalíveis ideias.

— Nada é ao contrário — corrigiu-o Kim. — Tudo está no seu lugar, mas cada coisa tem o seu oposto e ambas as características têm de formar uma unidade. Simplesmente isso.

O americano experimentou o traje, fazendo gestos bruscos na intenção de danificá-lo. Mas nada aconteceu, e — o que o deixou ainda mais espantado — se sentiu totalmente livre; nada o apertava e nada prejudicava sua respiração. Quando se vestia sozinho, sempre sentia certo desconforto e uma sensação de que engordara na cintura.

— O senhor sabe por que se sente tão bem? — perguntou o coreano, sem ocultar o orgulho e a satisfação na voz. — Porque se sente livre e, ao mesmo tempo, tem o controle total sobre seu corpo.

— Mas como é possível que, quanto mais folgado, seja mais firme? — perguntou Harold, embora já pudesse adivinhar a resposta.

— Porque nessa configuração o senhor pode controlar seu traje com a barriga. Basta estufá-la um pouco e o traje ficará firme. É o que chamamos de "controle do traje" e é um dos maiores segredos dessa arte. Está claro?

— Sim, porque funciona — respondeu Darrell. — Mas, agora, peço-lhe que me explique a necessidade de conhecer os fundamentos de *kenjutsu* e de *daito-ryu*.

— Com o maior prazer, mas antes o senhor precisa se aquecer — respondeu o coreano. — Enquanto isso, vou buscar as espadas.

Na ausência do asiático, Harold executou rápidos e superficiais movimentos de *taiso*, sem se preocupar com sua sequência ou detalhes. Ele os estava concluindo quando o coreano retornou com duas espadas de madeira, chamadas de *boken* e usadas para treinar *kenjutsu*. Aproveitara a ausência para vestir keikogi, no qual se apresentava de uma forma mais atraente e digna do que quando vestido com o gibão e as calças chinesas.

Ficou olhando por um momento para o aquecimento do americano e logo se pôs a reclamar:

— Vejo que o senhor nunca conseguiu lutar bem por não ter se aquecido de forma adequada. O aquecimento é tão importante quanto o treino, mas o senhor o faz de forma desleixada. Vamos tentar fazer como se deve.

Kim lançou um olhar indagativo para o americano, e quando este, envergonhado, fez que sim com a cabeça, disse:

— Favor imitar os meus movimentos. Tenho certeza de que o senhor já conhece a maior parte dos exercícios, e os novos lhe parecerão conhecidos.

Os 15 minutos seguintes se revelaram para Darrell, que sempre acreditara saber tudo sobre aquecimento corporal, uma comprometedora aula para principiantes. O coreano começou com movimentos mais simples e aos poucos foi passando para exercícios que demandavam grande equilíbrio e elásticos movimentos de alongamento. Aparentemente óbvios, revelavam-se dificílimos e dolorosos, sobretudo nas sequências de tai-chi, em que era preciso sobrepujar a dor dos músculos e controlar a respiração. O asiático, que de acordo com a avaliação de Darrell deveria ter pelo menos trinta anos mais que ele, os fazia com uma leveza graciosa e, além disso, falando sem cessar:

— Respire! — insistia. — Tenha a bondade de apoiar a barriga nas coxas e não estufá-la. O senhor pode acreditar que seu corpo gosta disso e que lhe ficará grato.

Por mais de uma vez Harold estava próximo de interromper os exercícios ou dizer que precisava ir ao banheiro. No entanto, a vergonha de ser tão desajeitado se sobrepôs àqueles desejos. Estava impressionado: ele, capaz de jogar por terra três marinheiros, não se sentia em condições de suportar algumas dezenas de segundos numa posição agachada e com os músculos retesados. Enquanto isso, o velho Sr. Kim parecia estar no seu elemento. Não se ouvia sua respiração, enquanto Darrell, esforçando-se para respirar pelo nariz, arfava como uma locomotiva puxando dezenas de vagões morro acima.

Quando terminaram, Darrell se sentiu leve, surpreendentemente bem e capaz de fazer qualquer coisa, como subir pelas paredes e andar sobre o teto. Kim notou o ar satisfeito do americano e sorriu.

— Está vendo? O senhor está tão cheio de energia que chega a emanar vapor, como uma chaleira sobre o fogo. E a questão é exatamente essa. Nunca deixe de se aquecer adequadamente, sobretudo quando for dar aulas. Assegure-se de que seus alunos façam o mesmo. Então o senhor não terá problemas com contorções, acidentes e esse tipo de coisas. Acho que estamos prontos para começar. O senhor já teve algum *boken* nas mãos? Não? É muito simples. O segredo consiste em não segurá-lo com força e com total liberdade do movimento dos ombros. Assim. Muito bem. Exatamente assim.

Harold era um aluno aplicado e, em questão de minutos, aprendeu a aparentemente simples, mas na verdade muito sofisticada, técnica de golpear com a espada. Pensou: "Simples e complicado. Há um canto e não há um canto. Está claro. Tomara que continue sendo assim."

A espada de madeira era bem balanceada, e Darrell logo se deu conta de que ela não era uma prosaica espada de treinamento, mas algo dotado de vontade própria e de energia. A espada parecia ter notado que Harold a tratava com o devido respeito e que suas mãos, embora não acostumadas a ela, tinham bastante conhecimento de outros tipos de luta. Kim também olhou para ele com satisfação.

— Como se sente? — perguntou, e o americano, sem interromper a sequência de golpes simples, respondeu:

— É inacreditável! Este *boken*... é assim que se pronuncia?... tem seus próprios caminhos. Tenho a impressão, e talvez esteja dizendo uma bobagem, mas tenho a impressão... Não! Tenho certeza de que ele sabe muito bem como se mover e que só precisa de um impulso.

Kim não cabia em si de contentamento. Pela primeira vez em toda sua longa vida de praticante e mestre encontrara alguém que percebera isso em tão pouco tempo.

— É isso mesmo! — exclamou. — Mas o senhor não deve dar esse impulso com muita força. Deixe-me mostrar uma coisa.

Foi até o canto do salão e retornou com uma segunda espada de madeira. Parou ao lado de Harold e, segurando o seu *boken* à mesma altura que o americano, falou:

— Agora, favor erguer a espada sobre a cabeça. Assim como eu. Depois, baixe-a como se quisesse pará-la logo acima da cabeça do oponente. Muito bem. Agora, vamos fazer o seguinte: o senhor vai desferir o golpe com toda a sua força e com a maior rapidez possível, enquanto eu soltarei a minha, sem lhe dar nenhum impulso. O senhor está pronto?

Harold resolveu agir imediatamente, mas, apesar de o coreano ter soltado sua espada uma fração de segundo depois, esta ultrapassou a do americano em pleno ar.

— O senhor está vendo? — disse o asiático em triunfo. — Basta deixá-la cair, e o seu golpe será mais rápido do que o senhor aplicaria com toda a força. Quando o senhor apara um golpe, faz uso de força? Claro que não. Imagine que eu esteja munido de uma espada afiada e queira desferir um golpe em sua cabeça, enquanto o senhor está desarmado. Defenda-se!

Kim ergueu o braço sobre a cabeça de Harold, e este instintivamente, aplicou a primeira posição defensiva de *daito-ryu*. Como resultado, o ato de Kim não passou de uma tentativa, pois seus braços foram retidos pelas mãos de Darrell. Depois, um curto golpe *atemi*, derrubada do adversário, retenção do braço contorcido do oponente e um fulminante golpe na sua fronte, evidentemente suspenso a alguns milímetros do crânio.

— Excelente! — exclamou Kim, erguendo-se agilmente do chão. — Acho que o senhor compreendeu que tudo deriva da espada e que as lutas sem espadas são apenas consequências disso. Caso o senhor fique aqui ainda por algum tempo, poderei mostrar-lhe outras conotações dessas, que lhe poderão ser úteis em treinamentos futuros...

— Seria ótimo, mas não vivemos em tempos em que isso possa ser de alguma utilidade. Não estamos na época das espadas... — respondeu Darrell com tristeza, acrescentando: — Estou surpreso que o senhor, sendo coreano, conheça tão bem as escolas japonesas de luta...

Kim respondeu como se a observação do americano lhe tivesse desagradado:

— Talvez um dia o senhor venha a compreender que de cada cultura só se deve pegar o que é melhor. É possível aprender com o Japão sobre o militarismo e o desejo de ser o umbigo do mundo, o que equivale a sentir desprezo por tudo que não seja japonês. Mas também se pode aprender aquilo que acabei de lhe ensinar...

— Ou seja...

— A compreensão dos princípios e a sua observância. Se o senhor quisesse me recomendar um valor específico da sua cultura, qual seria?

A pergunta era difícil e surpreendente, e a primeira conotação que veio à mente de Darrell foi a inscrição na nota de cinco dólares, *In God we trust*. O mais curioso é que Harold não acreditava em nenhum deus, exceto no da guerra, e certamente não era este que os desenhistas da nota tinham em mente ao incluir aqueles dizeres. Uma segunda conotação, ainda mais despropositada, foi a coleção de objetos de índios americanos vistos numa exposição: cocares, *tomahawks*, cachimbos e coisas assim. Não sabia o que responder. Passaram-lhe pela cabeça várias imagens: as Montanhas Rochosas, um urso de pé sobre patas traseiras, música country, literatura, *Moby Dick* e o Exército da Salvação. Diante disso, teve a humildade de admitir:

— Que coisa mais interessante: nada me vem à cabeça, o que é de estranhar, já que os valores americanos, aquelas coisas em que acreditamos, parecem simples e óbvias. Se fossem os russos que me tivessem feito essa pergunta, eu a teria respondido de pronto.

— E o que o senhor lhes diria? — indagou Kim, com autêntico interesse.

— Eu lhes diria que o que se destaca mais positivamente na cultura americana é o que falta na deles: princípios. Princípios férreos, que devem ser seguidos. Caso contrário, perde-se a confiança dos amigos e aliados.

— E é isso que está sendo feito no seu país? — duvidou o asiático, e Harold ficou encabulado, dando-se conta de que a política e o que declaram os políticos eram duas coisas bem diferentes. Diante disso, fez um gesto impaciente com a mão e perguntou: — Por que me fez essa pergunta?

— Por vários motivos — respondeu calmamente Kim —, mas sobretudo para que o senhor não emita conceitos apressados sobre outros. O senhor despreza os russos e odeia os japoneses, mas quem sabe se vocês não foram exatamente escolhidos para ajudar essas nações a se renovar e retomar as trilhas dos antigos valores?

— Escolhidos? — duvidou Harold. — A que preço? Já morreram milhares de pessoas. Se for esse o caminho da nação escolhida para ajudar outras a retomar as trilhas do passado, agradeço, mas não quero. Além disso, o senhor acha que basta derrotar um país para que ele melhore? Os japoneses têm de ser esmagados por completo, assim como Hitler, queimando a terra com lança-chamas e cobrindo de flores. E, por via das dúvidas, deixar uns soldados com carabinas nas mãos por vários anos.

— Nenhuma nação pode ser eliminada por completo — retrucou Kim. — Assim como nenhuma cultura. Sempre sobrará algo que será a semente do renascimento. Sempre foi assim, e agora o Japão tem de escolher entre dois inimigos muito poderosos e optar pelo seu futuro. Não resta dúvida de que perderá a guerra. Os russos, que já se livraram dos apuros na Europa, mais cedo ou mais tarde virarão seus olhos para o Oriente. Tem de ser assim, porque assim sempre foi; quando eram expulsos pela porta, voltavam pela chaminé. Eles são muito obstinados e esse tal Stálin é um grande jogador. O maior de todos os jogadores vivos, acredite em mim. Atacarão a Manchúria, e depois o meu país. Milhões de soldados, milhares de tanques e aviões que vocês lhes deram.

— Emprestaram... — corrigiu-o instintivamente Harold, mas Kim não lhe deu atenção e continuou:

— O senhor tem alguma ideia da razão por que os estão retendo aqui? Por motivos formais? Por terem um pacto de não agressão com o Japão? Por favor, não seja ingênuo. O senhor nem suspeita do real motivo?

— O avião? — perguntou Darrell, espantado por não ter dado a devida atenção àquele detalhe. — Talvez esteja certo, mas não sei se devo conversar sobre esse assunto com o senhor. Afinal, nada sei a seu respeito. O senhor pode ser um espião japonês, e talvez eu devesse sugerir ao major Smoliarov que o prendesse. O que acha disso?

— Eu até poderia ser um espião japonês — respondeu Kim com calma. — Mas, sinceramente, o senhor acredita nisso?

— Não. Não acredito. Os russos podem feder e ser mal-educados, mas são espertos demais para deixar que um agente japonês lave as suas cuecas no meio de uma base militar — respondeu, olhando de soslaio para Kim, que soltou uma sincera gargalhada, desfazendo o temporário mal-estar.

— Não se esqueça, capitão, de que os agentes inimigos costumam infiltrar-se exatamente no meio das bases militares, nem que seja para terem algo a informar aos superiores. Mas deixemos as piadas de lado. Não lhe quero mal, e até posso lhe dar alguns conselhos, porque conheço os russos de sobra. O senhor gostaria de me ouvir?

Darrell fez que sim com a cabeça, porque se sentia atraído por aquele homem. Kim sentou-se sobre suas pernas cruzadas, apoiando as mãos sobre os joelhos levemente erguidos, e Harold o imitou, espantando-se com a facilidade com que adotara aquela posição.

— Se eles os deixarem falar com o seu cônsul, não se iluda pensando que vão deixá-los a sós com ele. Mesmo se foram convidados a se retirar, o senhor pode estar certo que ficarão ouvindo tudo através de buracos nas paredes e no teto. Diante disso, o que senhor vai fazer?

— Escreverei um relatório e o entregarei ao cônsul — respondeu Harold.

— Muito bem. E o que o senhor ressaltará naquele relatório?

— Recomendarei que o nosso governo esteja muito atento quanto ao avião e a sua tecnologia e que exija a imediata devolução da aeronave antes que os russos a desmontem por completo.

— Muito bem — voltou a elogiá-lo Kim. — E depois, o que pretende fazer?

— Como assim, "depois"? Após o contato com o cônsul eles serão obrigados a nos libertar, pois o cônsul informará o nosso governo e este adotará as medidas necessárias — respondeu Darrell cheio de si, enquanto Kim balançava a cabeça e sorria com pena, como um professor que está ciente de que o aluno, apesar de várias admoestações, voltara a cometer o mesmo erro.

— E se não os libertarem? Ou se libertarem todos, exceto o senhor? — perguntou. — Já tem um plano para essa eventualidade?

— E por que não nos iriam libertar?

— Pois é. Por quê?

— É verdade. Eles poderão arrumar uma porção de desculpas. Aliás já arrumaram, porque estamos aqui dez dias a mais do que deveríamos...

— Peço que o senhor se esqueça das obrigações, uma vez que, desde que os bolcheviques assumiram o poder, estas não existem para eles. O senhor deve começar a pensar de forma mais intuitiva. O que acontecerá após o encontro com o cônsul e a entrega do seu relatório?

Harold quis responder, mas Kim antecipou-se, respondendo ele mesmo:

— Nada. Os seus conterrâneos vão protestar, e com vigor, mas não romperão a aliança com Stálin por causa de um avião e uma tripulação. Sendo assim, vão espernear por algum tempo, e depois esquecerão o incidente. Os Estados Unidos, capitão, por causa dos seus interesses na Europa e no Pacífico, não podem ser muito agressivos com Stálin, e o senhor se meteu entre espadas de dois poderosos esgrimistas, não por culpa sua, mas por causa de algo que se chama "política internacional".

— E o que o senhor me sugere? — perguntou Darrell, e Kim respondeu de imediato, como se já tivesse tudo planejado minuciosamente:

— O senhor deverá jogar o seu jogo. Planejar e executar seu papel.

— E que papel seria esse?

— Em minha opinião, se continuar teimando em ser libertado, informando suas autoridades etc., o senhor acabará num daqueles agradáveis campos da Ásia Central, onde permanecerá até o fim da guerra, entediando-se ao extremo e jogando cartas com seus colegas. Não lhe farão nada de especialmente mau, mas cortarão seu contato com o resto do mundo, porque não vão querer alimentar o escândalo até o fim do conflito. Quando este terminar, o incidente cairá no esquecimento, porque haverá coisas muito mais importantes para serem discutidas: punir os culpados, premiar os heróis, dividir territórios, romper alianças e criar novas. É assim que terminam todos os confrontos, e o fim de cada guerra é o início da próxima. Então ninguém se preocupará com a injustiça cometida com o senhor, e nem mesmo o senhor terá vontade de mover processos e exigir explanações. Eu lhe proponho uma outra solução, que talvez lhe permita entrar para a história e, quem sabe, até influir no seu curso. Devo continuar?

— Continue... — decidiu Darrell, sentindo que estava pisando num terreno minado.

— Como já lhe disse, conheço bastante os russos e posso lhe dar algumas sugestões de como agir diante deles. Se acharem que o senhor não tem nenhuma utilidade para eles, vão simplesmente eliminá-lo. Não fisicamente, embora tudo se possa esperar deles, mas afastá-lo para um canto; tanto o senhor quanto a sua tripulação.

— E o que me resta? — perguntou Harold, com resignação na voz.

— Pelo que podemos perceber até agora, está claro que eles precisam do senhor e da sua aeronave. Não se organiza uma festa com garotas daquele calibre para prisioneiros de guerra, nem mesmo para delegações estrangeiras. Aquelas garotas são para uso exclusivo das autoridades de Moscou ou para os que estas desejam cooptar. Uma boa garota é um bem precioso, e o senhor há de concordar que é possível encontrar no meio delas autênticos diamantes.

— Diante disso, eu não deveria ficar ainda mais precavido? — indagou Harold, cada vez mais convencido pelos argumentos do coreano.

— É lógico que sim, mas ao mesmo tempo o senhor deveria pelo menos tentar descobrir o que querem do senhor. Então, quando souber algo da tática deles, lhe será mais fácil influir no desenrolar dos acontecimentos. Imagino que o senhor queira perguntar: mas como? — Kim antecipou-se à pergunta de Harold. — Concordar com certas coisas, ou pelo menos fingir que está concordando. Impor condições. Sondar as intenções. Participar do jogo. E, no momento adequado, quando já tiver reconhecido os pontos fortes e fracos do adversário, fazer a contraofensiva. Ao aplicar um golpe adequado, pode-se deter um ataque; sentado num campo de prisioneiros, só se poderá ganhar uma partida de bridge ou de pôquer. Pense bem sobre isso.

— Por que me conta isso tudo? — perguntou Darrell. — Seus conselhos não parecem os de um amigo nem os de um inimigo. Tudo o que senhor diz, parece... são como indicações técnicas numa sala de treinamento de lutas marciais. Qual é o seu objetivo, então? Não vamos nos enganar. O senhor não é um simples chefe de lavanderia — falou Harold, olhando atentamente para o rosto do asiático.

Kim semicerrou os olhos e respondeu devagar, dando ênfase especial a determinadas palavras:

— Eu gostaria que, após essa guerra, seus conterrâneos tivessem mais a dizer do que os russos nesta parte do globo terrestre. Conheço os russos e temo o seu instinto expansionista ainda mais que o dos japoneses. Sem falar dos chineses, que, como o senhor já deve ter notado, jogam dos dois lados, embora tendam mais para os russos. Dois impérios ditatoriais têm mais chances de entrar num acordo do que o império soviético e essa tão afamada democracia americana. E é em função disso que acho que o senhor deveria jogar o jogo dos russos. De qualquer modo, o senhor fará o que achar melhor. Pode ser que fique patente que este velho chefe de lavanderia está enganado e que os russos devolverão o senhor, junto com o seu avião e a sua tripulação, ao seu país. Então o senhor deverá esquecer essa nossa conversa e voltar a bombardear as cidades japonesas. Quanto mais cedo quebrar seu espírito de luta, mais rapidamente o Japão poderá retomar a trilha da renovação. Já está mais do que na hora, pois aquela nação está se derretendo como a neve num dia ensolarado. E, agora, vamos deixar a política em paz e treinar mais um pouco. Eu lhe mostrarei uma bela forma antiga, mas para isso preciso trazer uma espada adequada. Peço a gentileza de me aguardar um momento.

Retornou em pouco tempo, trazendo um desbotado estojo de seda tingida de azul-marinho. Sentou-se diante de Darrell e, lentamente, dele retirou uma espada acondicionada numa discreta bainha. O estojo, embora feito de laca no rebuscado estilo *chaichime*, estava bastante gasto. Suas ferragens eram simples e feitas de metal oxidado. Kim retirou a espada do estojo e pôs a arma diante de si. Em seguida, erguendo seu olhar cheio de orgulho por ser dono daquele objeto para Harold, perguntou:

— O senhor já havia visto uma espada japonesa?

Darrell mordiscou seu lábio inferior e observou maliciosamente:

— Como coreano, o senhor deveria ter uma espada coreana, ou será que estou enganado?

Kim respondeu, também de forma maliciosa:

— Talvez, mas o senhor já viu uma espada coreana? Não? Então vou lhe explicar. É um objeto que não tem nenhuma serventia, a não ser a de dar um ar de importância a quem a possui. Eis um exemplo de degeneração cultural. Portanto, vale a pena ouvi-lo. Como o senhor sabe, a cultura coreana é muito antiga, bem mais antiga que a japonesa. Travamos conhecimento com a tecnologia de fundição antes dos japoneses e soubemos fazer boas armas, mas não devidamente adequadas a um combate. A espada coreana é reta e com o gume apenas de um lado, parecida com o ken, só com uma guarda diferente. Além disso, não se sabe por quê, a tradição exigia que ela fosse sempre carregada na mão, e não enfiada ou pendurada num cinto. Mesmo montado, tinha-se de segurá-la com a mão, obviamente embainhada. Como o senhor bem pode imaginar, isso limitava o seu uso, mas era assim que mandava a tradição, evidentemente confuciana. Ao sacar da espada, era necessário jogar a bainha no chão ou segurá-la na mão esquerda. Embora suas formas fossem deslumbrantes, ela não servia para nada. Talvez tivesse alguma utilidade num circo, mas, para matar alguém, seria melhor usar um daqueles martelos que se usam para amaciar a carne na cozinha. É o melhor exemplo de uma disfunção resultante da deformação de uma cultura. Preciso explicar isto ao senhor? — perguntou, olhando interrogativamente para o americano.

— Não. Acho que sei aonde quer chegar — respondeu Harold. — E quanto a esta espada aqui?

— Esta é uma espada japonesa, chamada katana. Muito mais funcional em comparação com a coreana, só que, não fosse pelos conhecimentos metalúrgicos dos coreanos e chineses, jamais teria surgido. Os japoneses que, para usar a sua descrição, são pouco criativos, chegaram ao primor na arte de aperfeiçoamento e são capazes de aperfeiçoar qualquer coisa e torná-la funcional. Pegaram aquela simples espada coreana, e não só passaram a copiá-la, mas também a transformá-la e adaptá-la. Em pouco tempo os ilhéus chegaram à conclusão de que ela era ótima para perfurar, mas pouco adequada para desferir golpes cortantes. Assim, já no século VIII, na época Nara, surgiu o ken, ou seja, uma espada de dois gumes, com a qual se podiam desferir golpes de cima para baixo e de baixo para cima sem precisar girar a lâmina. Além disso, ela começou a se curvar, já que, ao usá-la contra os oponentes, se tornava cada vez mais claro que uma lâmina recurvada era mais eficaz do que uma reta. A curvatura da lâmina, quase imperceptível no início, foi se ampliando, até chegar, a 2,5 centímetros, como a desta espada — concluiu a preleção, desnudando delicadamente uma parte da lâmina.

Harold, que nunca havia visto uma espada de samurai, esperava ver algo mais brilhante, como um espelho. No entanto, o aço da lâmina lhe lembrava mais a cobertura de duralumínio do B-29 — uma superfície meio opaca, como a face de um espelho no qual se soprara levemente. Mas, enquanto a cobertura da Superfortaleza mostrava uma forma uniforme, a superfície da lâmina apresentava uma infinidade de efeitos inesperados, trazendo à mente delicados e minúsculos veios de madeira. Kim girava a lâmina lentamente, e o aço parecia mudar seu formato e sua cor a cada segundo.

— Será que eu poderia pegá-la? — indagou timidamente o americano.

Como qualquer guerreiro de alma sensível, ele queria ver a lâmina em toda a sua extensão, tocá-la e sentir seu peso. Era uma sensação parecida com a de um garoto que, ao ver parte da coxa de uma jovem ajeitando sua meia, gostaria de se convencer imediatamente de como aquela parte combinava com o resto do corpo.

— Já vou entregá-la ao senhor, mas peço que me prometa que só fará com ela o que eu lhe disser. Nada de tocar a lâmina, soprar sobre ela ou agitá-la de um lado para outro.

Harold, excitadíssimo, fazia que sim com a cabeça a cada recomendação de Kim.

— Muito bem — disse este. — Levante-se e pegue a espada com ambas as mãos, mantendo o polegar da mão direita sobre a guarda, um pouco de lado... assim. E nunca incline a espada na direção da sua empunhadura. Se o fecho estiver fraco, a espada pode desembainhar-se só com o seu peso e causar-lhe um dano. Agora, procure a primeira volta da obi na sua cintura com o polegar da mão esquerda e enfie por trás dela a ponta da bainha... Muito bem. E agora o senhor deverá, lentamente e com... como se diz isso em inglês?... ah, já sei... com dignidade, enfiá-la toda, de tal modo que a empunhadura fique diretamente no lugar do seu umbigo. Isso orienta a espada e o corpo em relação ao centro. Agora preciso dizer-lhe algo de fundamental importância. A arte da espada é, basicamente, a arte do uso da bainha. Peço que, com a mão esquerda, retire a espada, junto com a bainha, de trás da faixa da obi... muito bem, vejo que o senhor sabe intuitivamente como evitar que a lâmina saia da bainha... e devolvê-la a mim. Em seguida, sente-se um pouco mais longe, junto da parede.

Os 15 minutos seguintes Darrell jamais esqueceria. Kim demonstrava formas, e diante de Harold se descortinou um mundo novo e fascinante. Caso isso fosse possível, ele gostaria de passar os próximos anos naquela lavanderia, aprender tudo aquilo e ficar conversando com aquele asiático de rosto ossudo, agradável e com perfil de um chefe índio norte-americano.

— Isto é o *hoki-ryu* — explicava Kim. — Uma escola antiga, baseada nas táticas guerreiras do século XVI e logo adotada por todos os defensores, pois tem receitas para as mais estranhas e inesperadas ameaças. Tem muitos elementos iguais ao seu *daito*, não é formalizada e continua sendo diabolicamente efetiva. Como o senhor pode constatar, ela é praticada de perto e, via de regra, no chão. O que não significa que a distância não possa ser ainda mais reduzida em caso de necessidade. Para isso basta aproximar seus quadris do adversário. Veja — demonstrava —, o inimigo quer sacar da sua espada, mas eu bato com a minha empunhadura na mão dele, aproximo meus quadris dele e, embora não possa mais desferir um golpe de longe, consigo encostar o gume na sua jugular e puxar com a mão esquerda, com o que o adversário ficará estonteado e se inclinará para a frente. Aí... Ahhh! — o grito ecoou como um disparo, e Harold encolheu-se num gesto instintivo, enquanto Kim, apoiando-se nos pés descalços, enfiava a ponta da espada na barriga do seu oponente imaginário.

Imóvel, perfeitamente equilibrado nos dedos dos pés e com a ponta da espada enfiada no fígado do adversário, Kim explicava os detalhes dos movimentos, enquanto Darrell cada vez mais se convencia de que ele não era nenhum chefe de lavanderia, e muito menos um coreano.

— O senhor deve mirar logo acima da faixa e, mesmo que a espada penetre apenas três centímetros, e se o paciente — Kim realmente usou a expressão inglesa *pacient* — ainda estiver resistindo, não será difícil afastar-se um pouco e acabar com a luta — concluía Kim, desferindo um golpe final na cabeça do ensanguentado oponente que se arrastava no chão. — Mas isso seria pouco provável, porque ele estaria com os dedos quebrados, a jugular cortada e um buraco no fígado. É por isso que eu gosto tanto de hoki; ele permite aplicar golpes em vários lugares quase simultaneamente, e pelo menos um deles deverá ser mortal. Quando o senhor refletir sobre isso, poderá chegar à conclusão de que, mesmo sem uma espada, a questão, ou seja, a forma do ataque e da defesa, é muito semelhante, o que confirma o que eu lhe disse desde o início: tudo provém da espada... o resto não passa de detalhes.

Harold estava impressionadíssimo. Seus olhos brilhavam e ele teve um irresistível desejo de manusear a katana.

— Sempre achei que uma espada silvasse quando se aplica um golpe — murmurou.

— E o faria, caso tivesse... — Kim procurou pela palavra adequada em inglês — um talho na parte oposta ao gume... Sim, sem dúvida se poderia ouvir o seu silvo, especialmente num lugar tão deserto e silencioso como este. Só que ela não tem o tal talhe. Sua lâmina é da escola de Bizen. Quando é usada de forma adequada, não pode emitir nenhum som. Não tem o direito de se expressar. Então, podemos ter certeza de que o golpe fora desferido de forma correta. Vejo que o senhor gostaria de experimentar. Esteja à vontade. O senhor já deve ter percebido em que consiste a função da bainha, não é verdade? Portanto, peço que leve isso em consideração.

Harold, tendo colocado a espada por trás do cinto, sacou-a de acordo com as instruções de Kim e espantou-se com a sua leveza.

— Agora — disse Kim —, tenha a bondade de erguer a espada sobre a sua cabeça, mas não alto demais; apenas o suficiente para ver seu adversário logo debaixo do seu cotovelo esquerdo. Em seguida, queira simplesmente deixar que ela caia por si mesma, sem retesar os braços e aproveitando todo o alcance da lâmina. Está vendo como é simples? Agora, o senhor precisará de apenas dez anos de treino diário e mil *suburi* a cada dia para tornar-se um mestre, além de uma pessoa do seu lado para corrigir seus erros.

— Como é simples — disse Harold, embora não fosse isso que quisesse dizer, devolvendo a espada e sorrindo para o homem a quem deveria denunciar ou tentar matar. Sentira que algo mudara na sua atitude, notando a confirmação dessa mudança nos olhos do asiático. Aquilo não era tão simples e fácil assim, mas era fascinante.

— Quer dizer que o senhor acha que qualquer resistência da minha parte seria inútil? — quis se assegurar.

— Acho que um certo Hisayasu, que descreveu há muito tempo coisas das quais lhe mostrei algumas, tinha certa razão ao afirmar que "o ideal da arte guerreira é a de não guerrear". Mas de que adianta isso? Para vocês, homens do Ocidente, o destino e o livre-arbítrio são duas coisas excludentes. No entanto, meu caro senhor, elas se completam perfeitamente.

Harold balançou a cabeça de forma pensativa, e murmurou lentamente:

— Há um canto e não há um canto...

11

Aeroporto de Izmailovo, nas cercanias de Moscou, final de junho de 1945

AQUILO LHE PARECIA DEMORAR séculos. Já estavam ali fazia mais de trinta minutos, protegendo os rostos de uma chuva miúda com a gola dos casacos. A chuvinha era tão insistente que mais parecia uma coluna de vapor emergindo de uma chaleira esquecida sobre o fogo numa cozinha.

Vestindo um novo casaco de couro, Kazedub praguejava sem cessar, olhando para o céu que parecia pender próximo às suas cabeças. Voltou a sentir dor na mão que lhe faltava, e seu estado de espírito fora estragado de vez pela reunião com Stálin na parte da manhã. Tumilov aguardava resignado, como se estivesse numa fila para comprar arenques, mas, toda vez que Kazedub se afastava com passos de cegonha, medindo com impaciência a extensão do piso de concreto, erguia a manga do seu casaco e olhava para o relógio de pulso, transformando instintivamente os minutos em consumo de combustível dos quatro Cyclons. Embora estivessem em pleno verão, o tempo não era o mais adequado para um voo, e o avião tinha um longo trajeto a percorrer. O teto não chegava a 500 metros e a aproximação não seria fácil. A temperatura baixava e a pista, coberta de poeira acumulada por muitos dias de calor, estava se transformando num lamaçal. Dava a impressão de estar escorregadia, e Tumilov, para certificar-se, testou a sua superfície com a sola do sapato. A impressão que teve era de estar deslizando sobre uma camada de gelo. Só restava confiar na habilidade dos pilotos e na excelência da tecnologia americana.

Andrei tinha muita curiosidade de ver aquela aeronave. Queria conhecer o aspecto de um aparelho que conseguira atingir todos os parâmetros que ele não conseguira. Já em 1943 lhe haviam ordenado preparar um projeto e uma maquete de um bombardeiro pesado, capaz de voar a altitude elevada, com uma velocidade de mais de 500 km/h e capacidade de carga de 10 toneladas de bombas a serem levadas a 5 mil quilômetros — parâmetros praticamente idênticos aos conseguidos pelo avião americano. O projeto deveria ter duas utilidades: a de um bombardeiro e a de um avião de carga que, após a guerra (evidentemente vencida), poderia ser transformado sem dificuldade em um avião de passageiros. Em pouco tempo ficou claro que o avião, baseado no conceito do ANT-42, pesaria duas vezes mais do que deveria, o que evidentemente significava que jamais atingiria os parâmetros desejados.

Os motivos para tal estado de coisas eram mais do que evidentes. O único acesso que os russos tinham a novas tecnologias era o encontrado nas revistas especializadas, e assim mesmo só por fotografias. Não era uma simples questão de métodos de construção, mas antes de tudo de nível de conhecimento da metalurgia e das demais técnicas associadas. Na opinião de Andrei, o atraso dos russos naquele campo era de no mínimo dez anos. Em 1943, ninguém pensara em utilizar uma parte dos recursos destinados ao combate aos alemães em pesquisas e experimentos. Assim mesmo, o primeiro esboço já estava pronto em agosto de 1944, e o modelo tinha tudo que o serviço secreto conseguira descobrir sobre as aeronaves estrangeiras. No papel e na maquete, o avião se apresentava como um elegante bombardeiro quadrimotor, capaz de realizar missões diurnas estratégicas sobre as mais distantes retaguardas do inimigo. Tudo indicava que o aparelho seria capaz de levar até 18 toneladas de bombas (as mais pesadas chegariam a pesar cinco toneladas), e a tripulação, instalada em cabines hermeticamente seladas, não precisaria usar pesadas instalações de oxigênio, mesmo a uma altitude de 10 mil metros. Para completar o quadro, o avião disporia, para a sua defesa, de quatro torres com canhões de 23 milímetros. Uma verdadeira obra de arte. No papel, tudo parecia estar às mil maravilhas.

Para reduzir seu peso, mesmo hipoteticamente, foram projetados pequenos motores elétricos, em substituição aos pesados sistemas hidráulicos, só que os tais motores existiam apenas no papel. Tumilov chegou a pensar na possibilidade de usar motores de alta pressão, pesados como o diabo, mas capazes de aumentar a autonomia graças a um menor consumo de combustível. Como sempre, os motores representavam os maiores problemas, já que mesmo no papel estava claro que os disponíveis não teriam potência suficiente para fazer voar uma máquina de tal peso. O problema seguinte, que só poderia ser resolvido por um milagre, consistia na necessidade de um dispositivo de mira automático e panorâmico. Sem ele, o ato de jogar bombas de tal altitude e através de nuvens poderia ser comparado a atirar caroços de cerejas numa mosca em pleno voo. Nesse campo a criatividade soviética estava — como se costuma dizer — apenas engatinhando. Os militares de Moscou, não se dando conta do caráter mítico ao extremo do bombardeio, desenvolviam estratégias que Tumilov apelidara jocosamente de "digamos que". Sonhavam com um bombardeiro que desenvolvesse uma velocidade máxima de 630 km/h, capaz de voar a 11 mil metros de altitude e com autonomia estratégica. Além disso, aquele milagre "digamos que" deveria poder decolar de uma pista de apenas 800 metros!

De acordo com o princípio "manda quem pode e obedece quem tem juízo", Tumilov detalhava projetos e mais projetos que eram enviados aos altos degraus da hierarquia soviética, o que provocava uma chuva de congratulações e distinções aos subsequentes elos daquela corrente de mitômanos e nenhum resultado prático.

O fato de que iria ver a Superfortaleza era, ao mesmo tempo, excitante e desagradável. Imaginava que era assim que se sentiriam as crianças de um jardim de infância às quais se pedisse alguns trabalhos manuais e que, com os rostos em brasa de tanta emoção, esticavam as mãozinhas para mostrar suas pobres obras à professora, enquanto esta, num gesto de extrema crueldade, lhes mostrava algo feito por um profissional.

O encontro com Stálin, contrariamente ao que Tumilov dele esperava, fora decepcionante. O Líder Máximo não era um homem em que fosse possível encontrar algum apoio, ou mesmo algum tipo de motivação.

Tumilov continuava sendo uma pessoa cujo estado era indefinido — existia e não existia ao mesmo tempo. No início de 1941, apesar das promessas de Kazedub, o Tribunal Superior o condenara a 15 anos de prisão (um veredicto definitivo e inapelável), mas já em junho estava em liberdade. O mesmo Tribunal Superior lhe concedera — a ele e a mais vinte engenheiros aeronáuticos — um perdão (nesse ponto, deve ficar claro que um perdão não significava a alteração do veredicto), e Andrei teve de, às pressas, mudar-se para Omsk, uma cidade até bonita, mas que ele não teve a oportunidade de explorar, pois estava sendo reconstruído o CKB-29, ao qual foram acrescentadas quatro letrinhas: NKVD. A equipe de Tumilov instalou-se, até adequadamente, numa incompleta fábrica de caminhões, cujo maquinário e equipamentos foram transformados para produção de aeronaves. As quatro letrinhas atrapalhavam o que podiam no desenvolvimento de um bombardeiro de mergulho que, para a grande satisfação de Andrei, recebera a denominação Tu-2. Por fim, alguém com a cabeça no lugar acabou livrando-os da burrice e interrupta desconfiança dos oficiais e, no outono de 1942, o grupo teve a honra de trabalhar na "Fábrica de aviões número 156". Por via das dúvidas, havia agentes disfarçados de operários andando pelos corredores, mas Andrei podia tomar decisões ligadas ao planejamento e à produção com mais liberdade.

A limitada liberdade fora consequência do sucesso da produção em série do Tu-2 com motores ASh-82, de Chvestov. O avião tinha grande manobrabilidade, um teto de quase 9 quilômetros e autonomia de até 2 mil quilômetros. No entanto, mal tendo produzido vinte aviões, alguém lá de cima teve a brilhante ideia de transformar a fábrica de Omsk num grande centro de produção de um caça de Iakovlev não muito bem-sucediddo. Para sermos mais exatos, só os protótipos ficaram bons, de modo que os aparelhos que saíram da linha de produção não conseguiam atingir as velocidades de subida e de cruzeiro. Para sermos mais precisos ainda, devemos acrescentar que o primeiro protótipo fez um excelente voo inaugural, mas espatifou-se no solo durante o segundo voo, matando o piloto. Foi somente após receber os fantásticos motores ASh-82 FN com a nada desprezível potência de 1.850 cavalos que ele encantou a todos os pilotos, afugentando dos céus até os mais modernos caças alemães.

Diante disso, foi preciso abandonar aquele lugar ao qual Andrei já se acostumara e retornar a Moscou, já livre da ameaça fascista. Ali era possível levar uma vida quase normal, tanto profissional quanto familiar, mas Andrei não conseguia vencer a constante sensação de medo e insegurança. Andando pela rua ou descendo as escadas, olhava sempre em volta, temendo ver a silhueta da limusine negra. A pena de 15 anos pesava nos seus ombros, e Andrei sonhava com ela todas as noites. Por mais estranho que pudesse parecer, aquele estado de tensão permanente e de vigilância animalesca tinha um efeito positivo sobre seu intelecto. Era um excelente treino mental, e as deficiências materiais ligadas à guerra e à inadequada administração da economia bélica o obrigavam a inventar cada vez mais modificações essenciais. Por mais de uma vez, inclinado sobre a prancheta, pensava no seu estado de ânimo. Estava quase certo de que fora ferido na alma, mas, por outro lado, ele não estaria pensando nisso caso não tivesse ocorrido. Portanto, havia algo de aproveitável em tudo que vivenciara. Para poder avaliar a situação, ou melhor, a realidade na qual fora condenado a viver, ele precisaria de coisas que não lhe foram dadas. Suspeitava — apenas suspeitava — que fazia parte de um imenso complô imundo, patrocinado por sua nação. Também não estava muito seguro de si mesmo, sobretudo porque suas suspeitas variavam todo dia, e o ponteiro indicativo de sua autoconfiança, dependendo da situação, por mais de uma vez ficou no limite.

Num ponto daquela escala havia a certeza de que tudo estava como deveria estar e que não havia no mundo realidade melhor. Era uma questão da sensibilidade das pessoas. Quando todos os elementos da realidade são dispostos de tal modo que indicam apenas seus aspectos positivos, as pessoas param de se indignar e começam a ver aqueles aspectos positivos em tudo que as cerca. Os psicólogos costumam chamar isso de "álgebra de emoções". É algo que provém do fato de que, em cada ser humano, a natureza, aliada à cultura, montou uma espécie de válvula de escape que, num constante estado de estresse e perigo, obriga a mente a sorrir e permitir-se uma folga, nem que seja por um breve momento. E é por isso que os prisioneiros num campo de concentração são capazes de rir e fazer piadas na véspera de seu extermínio. Podemos dar a isso o nome que quisermos, mas o mecanismo de humor macabro é benévolo. A alma humana se baseia na cooperação das emoções com o intelecto. Mesmo quando sua parte intelectual nos alerta de que vamos atolar num lamaçal, a parte emocional nos manda rir do fato de que, com isso, sujaremos nossos sapatos preferidos. No entanto, a mesma válvula de escape, quando exposta por muito tempo a condições extremas, pode ficar desregulada. Por isso, aqueles que escaparam com vida de um campo de concentração têm tanta dificuldade em rir em liberdade. E no entanto sabiam rir quando estavam com a corda no pescoço! O que aconteceu? Nada de especial. A válvula de escape ficou desregulada e já não consegue funcionar nas condições para as quais foi projetada. Em metalurgia, chamamos isso de "fadiga de material", o qual foi obrigado a trabalhar em condições de temperaturas extremas ou sob pressão excessiva.

Tumilov se servia dessas comparações técnicas, o que não o fazia aproximar-se nem um passo da verdade sobre si mesmo. Sabia apenas de uma coisa — que o trabalho era o melhor remédio. Melhor do que vodca, pois, apesar de dar a mesma sensação de desligamento do mundo, não embaraçava a mente. Só que, agora, a motivação pelo seu trabalho era totalmente diversa.

Antes de ter sido preso, tinha orgulho do fato de criar algo para o bem da sociedade que o elevara ao topo do mundo dos construtores. Também estava convencido de que, dessa forma, estava pagando uma dívida contraída durante a juventude. Tinha a sensação de que realizava algo que lhe dava uma imensa satisfação. Não nos iludamos com a ideia de que os gênios criam para si mesmos e que os artistas trabalham exclusivamente em função da arte. Todos precisam de público, mesmo os que nada criam, mas apenas destroem. No passado, ele vivera no meio de aplausos e suas lapelas não aguentavam mais o peso de tantas condecorações. Agora, quase nunca era elogiado. Mas estava vivo e podia trabalhar. É verdade que precisava criar alguma motivação para a sua existência. Sabia que sobrevivera graças ao seu intelecto e a sua capacidade profissional. Outros usaram meios diferentes para sobreviver: garras afiadas, força ou falta de compromissos; houve até alguns que sobreviveram por saberem eliminar outros, o que também não deixava de ser um meio. Cada método tinha o seu mérito, e Andrei não recriminava os que foram seus partidários. Queria apenas compreender seus mecanismos, sem julgamentos morais. Abordava a realidade da mesma forma como uma construção. Algo funcionava ou não funcionava, e isso não era bom nem ruim. Graças a essa abordagem, Andrei formou uma teoria social para seu próprio uso. Vamos chamá-la de "funcionalista", já que não sabemos que nome ele lhe deu. Era muito simples e confortável. Se algo funcionava, era útil e deveria ser aproveitado; se não queria funcionar, poderia ser eliminado ou substituído por outra coisa. Também era possível pegar algo que não queria funcionar e, por meio de melhorias e adaptações, torná-lo funcional. Essa forma de raciocínio permitia a Andrei qualificar tanto máquinas quanto pessoas com a mesma facilidade. Embora Tarbagan, o semiadormecido, mas ainda presente no seu íntimo, tentasse se opor a essa metodologia, Andrei só ouvia o que ele tinha a dizer em questões ligadas à ocultação das intenções e ao fingimento de humildade ou de entusiasmo. Nas demais, nem se dava ao trabalho de consultá-lo.

Graças a essas especulações — na verdade, à arte de iludir a si mesmo — Tumilov conseguiu reconstruir em si algo semelhante a orgulho. Havia momentos em que dava boas gargalhadas, assim como outrora, desfrutando uma conversa amena com amigos em torno de um copo, embora os que o conheciam de longa data pudessem perceber claramente uma constante vigilância em seus olhos cansados. Esse zelo preventivo não escapou a Stálin, que (quando queria) sabia olhar nos olhos das pessoas e a partir daí tirar as devidas conclusões.

— E então, camarada construtor? Por que estais olhando como uma lebre que atrás de uma moita pressente a presença de cães de caça? Estais com medo de algo? — perguntou e, sem esperar pela resposta, soltou uma das suas famosas piadinhas das quais só ele achava graça. — Será que Kazedub exagerou em suas atribuições? É isso? Não deis muita atenção ao coronel. Ele morre de inveja das pessoas que sabem fazer algo concreto. Kazedub só sabe irritar os meus amigos, mas fazer algo útil... disso ele é incapaz.

Apesar do tom provocativo, Stálin sorria para Ivan, que ouvia aquelas bobagens com grande dignidade e em silêncio estoico.

— Quando uma pessoa é desastrada, costuma-se dizer que tem duas mãos esquerdas — continuou o Líder Máximo, oferecendo chá com geleia ao construtor —, mas o que podemos dizer do coronel? Ele só tem uma, e ainda é a esquerda! Ha, ha, ha!

Tumilov, de forma completamente irracional, estava com inveja de Stálin por ele poder zombar impunemente de alguém tão perigoso quanto o coronel. Sabia que Stálin não esperava nenhuma reação às suas provocações, de modo que ficou sentado da forma mais discreta possível, mexendo o chá com a colher e prestando atenção para não esbarrar nas paredes do copo de cristal entalhado com imagens de flores campestres.

— Não tenhais medo — ronronava Stálin. — Agora, quando o vosso Tu-2 está se comportando tão bem no front, nem mesmo Kazedub ousará vos perturbar, isto sem falar de mim. Vós fizestes de fato um excelente trabalho, porque os pilotos não têm palavras para tecer elogios a vós. Imagino que estais com saudades de condecorações, não é verdade?

O comandante em chefe lançou um olhar cheio de compreensão e generosidade para Andrei, e este quase chegou a acreditar na sua sinceridade.

— Então, aceitai isto de mim — disse Stálin, tirando da gaveta um estojo de veludo e colocando-o diante de Tumilov, que, embaraçado, não sabia o que lhe cabia fazer. — Vamos, abri-o. É para vós. E perdoai por ser tão singelo, mas vós tendes uma condenação nas atas dos tribunais, e não vos posso condecorar com a Ordem de Lênin ou de Herói da União Soviética.

Andrei abriu com cuidado a caixinha e viu uma Medalha de Bandeira Vermelha de Primeira Classe belamente esmaltada.

— Perdoai se a entrego sem a devida pompa e aplausos, mas peço que leveis em consideração que eu mesmo vou colocá-la no vosso peito — falou Stálin, manipulando com belos dedos delgados a medalha e a lapela do paletó do construtor. Os dedos contrastavam com o pesado corpanzil e os rudes traços do rosto do Líder Máximo.

Tendo pendurado a medalha, o comandante em chefe afastou o construtor até o limite dos seus braços estendidos e ficou olhando com satisfação, não tanto para o condecorado quanto para a condecoração.

— E agora dizei-me como está indo o projeto desse novo bombardeiro. Vamos ter um avião de verdade, ou tudo não passa de um desejo? —

perguntou e, sem esperar pela resposta, continuou a perorar. Era evidente que falar mal dos seus homens de confiança lhe causava grande satisfação. — Os meus especialistas vivem me trazendo avaliações cada vez mais positivas, mas pelo que sei o bombardeiro ainda está no estágio de uma pipa com uma linha. Falai abertamente, como num confessionário. Não precisais me iludir com números e cálculos.

Andrei tocou na sua lapela para se assegurar de que a medalha continuava no lugar e, erguendo seus olhos para o líder, perguntou:

— Posso ser sincero, camarada Stálin?

— Falai! — incentivou-o o georgiano, contorcendo os bigodes grisalhos e com pontas amareladas por tabaco.

— Todo o problema reside no nosso atraso tecnológico. De que adianta termos os melhores construtores se nos faltam materiais, tecnologia, pesquisas e instalações? Caso me perguntásseis, camarada Stálin, pelos motivos disso, eu vos diria que são vários, mas os principais derivam da nossa história. Aqui nada se desenvolveu de forma harmoniosa, por si mesmo. Sempre por saltos. Como aquela história da barba dos boiardos. Foi preciso cortá-las para que todos compreendessem que podemos viver sem barba. Quereis outro exemplo? Peguemos o caso da frota. Durante muito tempo não tivemos nenhum navio de guerra digno deste nome; apenas uns cascos flutuantes. Aí veio o tsar e... bum! A Rússia se tornou uma potência naval e começou a ganhar batalhas marítimas. O mesmo ocorreu com outras armas, como por exemplo com tanques de guerra. Começamos como os últimos na Europa, copiando e imitando os outros. Agora, olhai onde estamos. No topo... Essas interrupções e essas convulsões, camarada Stálin, provêm da existência de muitos tolos entre nós... — Andrei se interrompeu, dando-se conta de que avançara demais, mas o líder o incentivou generosamente a continuar:

— Dizei o que tendes na ponta da língua. Não ficarei ofendido, e Kazedub fingirá que não está ouvindo... Não é verdade, Ivan? — perguntou ao coronel, que ergueu a cabeça, sorriu e respondeu gentilmente:

— Eu penso exatamente como Tumilov e gostaria de acrescentar algo da minha parte. Isto é, caso estejais de acordo, é claro.

Stálin fez que sim com a cabeça, e Kazedub ajeitou sua mão negra sobre o tampo da mesa, dizendo:

— Não é preciso filosofar muito para se dar conta das razões. A tecnologia do Ocidente é movida por dinheiro. Para eles, isso é a coisa mais natural do mundo e, embora não aprovemos essa metodologia, temos de admitir que ela traz resultados rápidos, tanto em tempos de paz quanto em tempos de guerra. Aqui nós também premiamos os bons, porém com mais frequência temos de castigá-los já que, motivados pela rivalidade pelos privilégios, ele se esquecem do que devem fazer. Peguemos, por exemplo, o caso de Tumilov aqui presente — continuou, inclinando-se respeitosamente diante do espantado construtor. — Sempre há alguém junto dele, gritando e ameaçando-o com um chicote. No entanto, caso o tivéssemos deixado em paz e lhe dado o poder de tomar decisões, certamente o novo bombardeiro já estaria voando. Não é verdade, Tumilov?

A pergunta era capciosa, mas Andrei, sentindo-se apoiado por Kazedub, sacudiu solenemente a cabeça e confirmou:

— O camarada coronel tem razão. Nosso problema é que os argumentos políticos recebem tanta importância quanto os técnicos. Por exemplo — animou-se, deixando de lado sua costumeira cautela. — Alguém decidiu interromper a produção do meu Tu-2 em Omsk e adaptar a fábrica para produzir aquele caça de Yakovlev. Dizem que a decisão foi tomada por prioridades estratégicas, mas acho que não existem prioridades que demandem o desperdício de trabalho humano e experiência. Aquele Yakovlev poderia ser construído em vinte outros lugares tão bons quanto Omsk, mas eu tive de interromper algo que apenas começara a apresentar resultados...

Stálin ficou pensativo, coçando seu rosto mal barbeado e ocultando seus olhos astutos debaixo de pálpebras pesadas. Concluiu que não precisava explicar àqueles homens qual fora sua participação naquela decisão. Mas a verdade era que ele fora, como de costume, aconselhado a fazer aquilo por alguns dos seus conselheiros mais próximos. Na certa um deles tinha um parente a quem queria nomear diretor daquela fábrica em Omsk... Ele, que detinha todo o poder, não conseguia compreender a ânsia com que outros queriam chegar a este, especialmente sabendo que de uma poltrona de diretor tanto se pode ir para o palanque num desfile militar quanto ser encostado num muro...

— Pois é — disse. — Pode ser que tendes razão, mas deveis compreender que, quando uma casa está em chamas, o seu dono fica correndo para todos os lados, sem saber o que fazer primeiro. Por isso não deveis se espantar com decisões desse tipo. Agora dizei-me, com toda a sinceridade, qual é a real situação deste bombardeiro?

— Precisamos de quatro a cinco anos para que ele possa começar a voar — admitiu abertamente Andrei. — E isso, se forem alocados recursos para pesquisas em metalurgia e subconjuntos.

— O que quereis dizer com isso? — perguntou Stálin, claramente preocupado, enquanto Andrei seguia em frente, convencido de que poderia conseguir em alguns minutos algo que levaria meses para obter pelos caminhos normais.

— O problema, camarada Stálin, está na cobertura da aeronave. Nos dias de hoje, a cobertura não é apenas a pele do avião, mas também sua proteção. Além disso, é parte do processo de construção, sofrendo as mesmas tensões e forças vetoriais. A cobertura precisa ser dura e leve. A nossa é dura e pesada, porque nosso duralumínio é muito grosso.

— E os caças? — indagou o líder.

— Nos caças, o duralumínio só é usado nas asas e no local onde a construção da fuselagem se transforma na nacela do motor. O resto é de pano.

— E os bombardeiros tácticos? — Stálin não se dava por vencido.

— Estes podem ser cobertos totalmente por duralumínio, pois com seus gabaritos e motores adequados são capazes de voar.

— Se compreendi direito, até determinada envergadura a cobertura pode ser de duralumínio grosso. É isso?

Andrei fez um gesto com a cabeça em reconhecimento pela inteligência do interlocutor.

— Exatamente isso, camarada Stálin. Depois, as superfícies se tornam tão extensas que o seu peso ultrapassa a capacidade dos motores. É como fazer uma pipa de cartolina em vez de papel de seda. Além disso, quanto maior for o aparelho, mais coisas existem no seu interior: armamento, agregados, motores secundários, sistemas hidráulicos, canos, cabos e assim por diante. Então, funciona o mesmo princípio: tudo que é colocado num aparelho menor e é multiplicado no maior tem influência direta na autonomia de voo. De modo geral, nosso menor problema é o do sistema de defesa, pois nossas metralhadoras e canhões são mais leves do que os ocidentais, mantendo os mesmos parâmetros, ou ainda melhores. Mas de que adianta termos armas mais leves se as torres e seus sistemas de acionamento são mais pesados?

— E, em vossa opinião, em quantos anos estamos atrasados nessa questão de metalurgia?

Tumilov respondeu de imediato, pois não parava de pensar no problema:

— Entre quatro e cinco anos, desde que nos dediquemos integralmente a pesquisas e experimentos. Também não poderemos abrir mão de contratos de licenciamento, pois muitas coisas que ainda temos por descobrir já foram desenvolvidas por outros e, diante disso, para que arrombar uma porta aberta?

Inesperadamente, Kazedub se meteu na conversa:

— Não seria melhor, camarada Stálin, pôr Tumilov a par do assunto? Afinal, deveremos estar no aeroporto dentro de duas horas...

— Muito bem, explicai — respondeu o líder, feliz por não ter de se envolver numa conversa sobre tecnologia.

Já Kazedub, como de costume, estava solidamente preparado para a tarefa. Levantou-se e começou a andar pelo tapete oriental, cheio de arabescos e de contornos de camelos estilizados. Finalmente, o belo coronel sentou-se diante de Tumilov e, olhando com suavidade nos seus olhos, indagou:

— Sabeis que dentro de duas horas podereis ver a Superfortaleza?

Andrei fez que sim com a cabeça, retendo a respiração.

— E sabeis o motivo pelo qual vós sereis o primeiro em Moscou a quem queremos mostrá-la?

— Mas isso não é óbvio?

— O que é tão óbvio assim?

— Para que eu a examine detalhadamente, faça uns esboços, fotografias, tire medidas. Seria formidável se, antes de devolvê-la, pudéssemos fazer alguns testes em voo. Isso adiantaria nosso trabalho em alguns anos...

— E quem vos disse que pretendemos devolver a aeronave? — perguntou Kazedub, semicerrando um olho, com o que seu belo rosto adquiriu um aspecto satânico.

— Ninguém. Achei que era evidente, já que são nossos aliados...

— Pois não precisais preocupar-vos com isso — esclareceu docemente o coronel, e os olhos do construtor brilharam de felicidade.

— Quer dizer que vou poder trabalhar à vontade nessa máquina? — indagou.

— Nela e em algumas outras. Nem todas idênticas, pois foram montadas em fábricas distintas e têm equipamentos diferentes.

— Mas é fantástico! — quase gritou Andrei. — Poderemos copiar uma porção de detalhes e aplicá-los no meu projeto...

— Esquecei, por enquanto, do vosso projeto — Stálin intrometeu-se de repente na conversa. — Quero dizer: não fechai completamente o programa, já que deve haver nele várias coisas que vos poderão ser úteis, mas retirai dele os melhores homens e não o forçai em frente.

— E o projeto de Miasichev? — quis saber o construtor.

— Vamos fechá-lo aos poucos — respondeu Kazedub, em nome de Stálin. — Não temos condições de financiar dois projetos de desenvolvimento de dois aviões semelhantes. Deveis concentrar-vos no B-29, e não copiar apenas alguns subconjuntos, mas o avião todo, para que possamos produzi-lo em série o mais rápido possível.

Tumilov deixou cair o copo com o chá, que desabou sobre o pires, mas sem se quebrar. O que ouvira era inesperado. Sentia-se incapaz de dizer se era uma notícia boa ou má. Como construtor, tinha o orgulho e a dignidade resultantes do ato de criar. Já pensara nisso diversas vezes, sentindo pena das pessoas desprovidas da habilidade que possuía até em excesso. Não conseguia imaginar como seria passar uma vida inteira sem acrescentar, a cada dia, mais um tijolinho à construção de uma casa. Para ele, a vida de alguém condenado a apenas copiar esquemas desenvolvidos por outros era algo incompreensível. Tentava imaginar qual tipo de satisfação poderiam ter os operários que apertavam milhões de porcas em milhões de parafusos idênticos numa linha de montagem. Ele, ao terminar um projeto e sentindo-se orgulhoso como a fêmea de um falcão que ensinara o filhote a atacar pombos, olhava para o céu no qual voava o modelo, e sentia, além de orgulho, certa ansiedade. Ao concluir um projeto, tinha a necessidade — para sermos mais precisos, fome — da próxima criação. Era uma espécie de coceira da mente, semelhante à que deveriam sentir nas mãos os artesãos ao concluir uma obra-prima. Uma coceira que só poderia ser abrandada pelo início do trabalho na obra seguinte. Tumilov estava viciado no ato de criar, assim como um drogado dependia da morfina. E agora o obrigavam a copiar!

— Mas vai ser preciso desmontar o original até o último parafuso, recolher e analisar amostras, submetê-las a testes... Muitas poderão acabar sendo destruídas durante o processo e, depois, o avião não estará mais em condições de ser devolvido aos americanos... — murmurou, lançando um olhar suplicante aos interlocutores.

Stálin ergueu-se pesadamente de trás da sua escrivaninha, aproximou-se do construtor e apoiou a mão sobre seu ombro, forçando-o a permanecer onde estava. Tirou do bolso da camisa um cachimbo gasto e, tendo esvaziado seu conteúdo num cinzeiro de cristal, tranquilizou-o:

— Não vos preocupeis com isso. Vossa tarefa é a de construir, o mais rapidamente possível, um avião igual àquele e prepará-lo para ser construído em série...

— Em série? — Tumilov era a personificação de espanto. Não lhe conseguia entrar na cabeça a possibilidade de se poder, assim sem mais nem menos, aproveitar-se impunemente de esforços de outros.

— Exatamente — Kazedub voltou a participar da conversa, tendo antes trocado um olhar cúmplice com Stálin. — Compreendemos que podeis estar espantado com esta recomendação, mas querei entender os nossos argumentos. Muito em breve terminarão as atividades bélicas na Europa. Vamos nos sentar com nossos aliados para discutir as esferas de influência... Na certa vós podeis vos dar conta disso, pois não sois tolo. Pelo contrário, sois inteligente e dotado de extraordinárias capacidades mentais. Poderíamos não vos explicar coisa alguma, dando-vos apenas ordens e avaliar-vos pelos resultados. No entanto... — nesse ponto, Kazedub lançou um novo olhar na direção de Stálin e, vendo nos seus olhos um indício de aprovação, voltou a lecionar: — chegamos à conclusão de que vós vos saireis melhor dessa empreitada se conhecerdes todos os seus detalhes e vos orientardes da situação. Estamos fazendo isso sob uma condição apenas: a de que tudo que ouvirdes aqui jamais será repetido a quem quer que seja. Estamos entendidos?

Tumilov engoliu em seco e fez que sim com a cabeça.

— Muito bem. Vamos analisar a questão ponto por ponto. Os japoneses estão apanhando feio. A queda deles é apenas uma questão de tempo e de meios. Na certa não sabeis, mas eles já entraram em contato conosco para intermediarmos uma eventual rendição aos americanos, o que significa que estão com os traseiros ardendo. Sabeis, também, que o nosso país não está em guerra com o Japão, mas isso é apenas uma questão de alguns meses, se não semanas. Estamos simplesmente aguardando que eles sangrem um pouco mais para poder, com as menores perdas, nos apropriar da parte do seu espólio. Por que estais com essa cara de santo? Gostaríeis de dizer que isso não é muito honroso? Então vou vos responder, com a permissão do camarada Stálin — Kazedub consultou o comandante em chefe com um olhar, e este abaixou as pálpebras num sinal de consentimento, fingindo estar ocupado em acender seu cachimbo. — Basta de heroísmos, que só servem para cartazes e filmes de propaganda. Agora, é preciso negociar bem e obter o máximo pelo menor preço. E para isso, camarada construtor, é preciso ter trunfos nas mangas. Compreendeis?

Tumilov apenas sacudia a cabeça, mordiscando os lábios. O teor da conversa fez que já não conseguisse imaginar o que era ou não permitido.

— E agora vem a parte mais importante — disse Kazedub, removendo da testa alumas gotas de suor, embora, conforme já dissemos, o dia fosse excepcionalmente fresco. — Estais lembrado de que, quando vos fornecemos os parâmetros para aquele bombardeiro de longo alcance, havia a exigência de que as câmaras das bombas pudessem acomodar bombas de cinco toneladas?

— Evidentemente — confirmou Tumilov, acrescentando: — A mesma exigência constava dos parâmetros para o avião de Miasichev. Mas isso não é um problema. O meu Tu-2N tem a capacidade de carregar uma bomba de três toneladas... — Andrei não resistiu à tentação de se gabar, mas Kazedub o cortou secamente, dizendo:

— Três toneladas não são cinco e, além disso, temos de levar esta bomba a 5 mil metros, e não a 2,5!

Tumilov estava pronto para perguntar: "por que tão alto assim?", mas, como a resposta era evidente, permaneceu calado. Abaixou as pálpebras e ficou imaginando várias coisas, mas Stálin não lhe deu muito tempo para reflexões. Tendo finalmente acendido seu cachimbo, indagou:

— De quanto tempo precisais?

— É muito difícil responder assim de pronto, camarada Stálin. Antes, preciso examinar cuidadosamente aquela máquina. Depois, preparar um cronograma, escolher pessoas, definir um orçamento e distribuir tarefas, o que me custará cerca de três semanas. É uma pena dispormos de apenas um aparelho desses, pois, caso tivéssemos mais, poderíamos distribuir as tarefas entre várias equipes em trabalho simultâneo, o que reduziria em muito o prazo.

Kazedub e Stálin voltaram a trocar olhares, algo percebido por Tumilov, que fingiu não tê-lo notado. O coronel se ajeitou na cadeira e declarou:

— Dentro de pouco tempo, além da Superfortaleza que está vindo para cá, vós tereis mais três. Ao todo, quatro, sendo três inteiras e uma em pedaços.* O que tendes a dizer a isso?

— Isso muda radicalmente o panorama — respondeu Andrei. — Acho que poderíamos considerar um prazo de trinta meses. No entanto, gostaria de que... — hesitou por um momento, não querendo que suas palavras fossem interpretadas como um ultimato — gostaria... de que o trabalho não sofresse interrupção... de que eu não fosse atrapalhado...

Kazedub respondeu de imediato:

— Podeis estar certo de que vos asseguraremos tudo de que necessitardes...

Tumilov resolveu mergulhar de cabeça:

*No dia 20 de agosto de 1944, um outro B-29 avariado pelo fogo antiaéreo japonês conseguiu atravessar a fronteira russa. Sua tripulação saltou do avião de paraquedas e este se espatifou no solo. O B-29 seguinte se perdeu numa tempestade de neve em 11 de novembro do mesmo ano, pousando quase sem combustível em Vladivostok, onde, dez dias depois, fez um pouso forçado o terceiro B-29, avariado por caças japoneses. Bem mais tarde, em agosto de 1945, um quinto B-29, também atingido por caças japoneses, conseguiu pousar numa base aérea na região de Kanko. Como a Rússia já havia declarado guerra ao Japão, a aeronave foi consertada e devolvida à USAAF. (*N. do A.*)

— Não era a isso que eu estava me referindo, camarada coronel — disse. — O que quero é que não apareçam alguns... controladores, e deem ordens contrárias às minhas. Em suma, gostaria de ter plena responsabilidade pelo projeto e poder decidir o que achar adequado.

O comandante em chefe soltou um filete de fumaça pela boca e respondeu friamente:

— Estou vos dando plena responsabilidade. O que significa que tendes a minha total confiança, mas não vos esqueçais de que... no caso de um fracasso, vossa responsabilidade também será plena. Fui bastante claro?

Stálin enrugou a testa, com o que adquiriu a aparência de um leão preguiçoso e envelhecido, e passou a falar da questão seguinte:

— O camarada coronel vos proporcionará pleno conforto para as vossas atividades, para que não tenhais de se preocupar com mais nada. Se alguém vos incomodar, deveis informá-lo imediatamente. Caso venhais a precisar de algumas interferências especiais, não temais expressá-las. Imagino que sabeis que, para mim, nada é impossível. Não é verdade, Ivan?

Nesse ponto, Stálin teve um acesso de tosse e, agora, parecia um dragão cujo mecanismo de soltar fogo pelas ventas falhara e, diante disso, soltava uma tênue fumacinha da boca. Por fim, conseguiu gaguejar uma pergunta, enquanto Kazedub e Tumilov se deram conta de que a primeira pessoa do país era um homem envelhecido, adoentado e sendo destruído lentamente por um modo de vida sobre o qual circulavam boatos pelos corredores.

— E quanto... àquele... àquele americano. Como é mesmo o nome dele?

— Darrell — disse Kazedub.

— Esse mesmo — confirmou o Líder Máximo. — Também está vindo para cá?

— Sim, camarada Stálin — respondeu Kazedub —, o capitão Darrell está a bordo...

— Não diga! — espantou-se Stálin, com um amplo sorriso. — Está vindo por livre e espontânea vontade ou obrigado?

Kazedub sorriu com tristeza.

— Dei-lhe um ultimato... ainda no ano passado. Prometi-lhe algo em troca da sua cooperação, mas não sei se vós, camarada Stálin, ficareis zangado comigo...

Como o Líder Máximo continuava sorrindo, Kazedub confessou:

— Ele passara quase seis meses naquele campo onde estão internados os aviadores e marinheiros americanos. Então, eu lhe disse que, caso ele concordasse em treinar os nossos pilotos e vir a Moscou sem nenhuma obrigação... na qualidade de mero observador, nós permitiríamos que a sua tripulação retornasse para casa...

— Então os liberai — concordou Stálin —, mas não de imediato...

Kazedub aspirou profundamente, como se o ar de repente tivesse ficado abafado.

— Já os liberei, camarada Stálin. Não esqueçais que vós me destes plenos poderes nessa questão. Achei que deveria ter agido assim nem que fosse para que as tripulações, ao retornar para os Estados Unidos, não soubessem de nada sobre os nossos planos.

— As tripulações? — espantou-se Stálin, semicerrando suas pesadas pálpebras.

— Quarenta e três homens. De quatro aeronaves — admitiu Kazedub.

Stálin soltou um suspiro. Tinha outros planos, mas achou que não valia a pena chorar sobre o leite derramado. Agraciou o coronel com um sorriso sinistro, que fez este sentir um gélido formigamento na espinha dorsal, e observou:

— Na verdade, tanto faz... Espero que tenhais feito aquilo de forma inteligente — e, sem esperar pela resposta, fez uma nova pergunta: — Achais de fato, que esse tal Darrell é tão valioso assim?

Kazedub respondeu por partes:

— Ordenei que lhes fossem devolvidos os documentos e objetos pessoais. Depois, mandei que fossem levados até a fronteira com o Irã e que a escolta sumisse discretamente por alguns minutos. Quando esta retornou aos caminhões, não havia mais ninguém. Sempre poderemos dizer oficialmente que os americanos escaparam* e adicionar tudo que acharmos conveniente.

---

*De fato, foi esta a desculpa que os russos apresentaram para justificar o sumiço das tripulações que, de acordo com o pacto de não agressão vigente com o Japão, deveriam ter permanecido internados (*N. do T.*)

— Como o quê, por exemplo? — perguntou Stálin, já totalmente conformado com o fato e voltando a ficar admirado da sagacidade do coronel.

— Como a de eles terem se envolvido em atividades de contraespionagem, ou algo nesse sentido... Quanto ao capitão Darrell, acredito piamente que ele possa nos ser útil. Decidi trazê-lo para Moscou assim que fui informado pelo major Smoliarov do que nossos pilotos andaram aprontando com aquelas Superfortalezas. Faltou pouco para eles provocarem um desastre de grandes proporções, embora estivessem apenas taxiando na pista do aeroporto. Eles podem ser excelentes pilotos, mas não entendem uma só palavra de inglês e tentavam levantar voo munidos apenas de dicionários! Mas perguntemos a Tumilov, que é a pessoa mais indicada para dizer se a presença de Darrell é importante ou não.

Andrei não tinha a menor ideia de quem era o tal Darrell, de modo que permanecia calado, aguardando que Stálin e Kazedub mudassem de assunto. Sua mente estava ocupada em imaginar a aeronave, suas dimensões e seu interior.

— Andrei Nicolaievitch — na voz de Kazedub, provavelmente pela primeira vez desde o seu estranho relacionamento com ele, havia um tom de respeito e admiração. — Andrei Nicolaievitch, se pudésseis dispor da ajuda de um especialista americano... um ex-piloto de testes da Boeing e engenheiro aeronáutico que tem voado nos B-29 praticamente desde o primeiro voo, o que diríeis?

Andrei não pensou muito tempo. As vantagens daquilo seriam óbvias.

— Seria uma ajuda inestimável. Poderíamos apressar o projeto em alguns meses e, com certeza, provocaríamos menos danos ao desmontar as máquinas — afirmou categoricamente.

— Está ouvindo isso, Kazedub? — disse Stálin. — Você não poderia convencer esse imperialista a cooperar conosco? Prometa-lhe montanhas de ouro ou chantageie-o. Você é um especialista nesse tipo de coisas. Afinal, aprendeu comigo.

Kazedub olhou com seriedade para o rosto do superior hierárquico e, num tom tão sério quanto o olhar, respondeu:

— Não vos preocupeis, camarada Stálin. Prometo-vos que saberei como convencê-lo.

Stálin soltou uma risadinha. Claramente, pensara em algo engraçado.

— Só não o mate com a sua argumentação — falou jocosamente. — Precisamos dele vivo e disposto a cooperar. Convença-o a ficar na Rússia. Prometa-lhe que traremos sua família; prometa-lhe tudo o que for possível: dinheiro, posição, poder, gratidão do governo soviético. Em suma, tudo o que ele quiser, desde que não queira entrar no Politburo...

— Não vos preocupeis, camarada comandante em chefe — repetiu Kazedub. — Vamos convencê-lo. Tenho os meus meios. Além disso, acredito que o camarada Andrei Nicolaievitch me ajudará nessa tarefa. Temos de receber o americano de forma calorosa e mostrar-lhe que entendemos de aviões, e ninguém mais capacitado para isso do que o camarada Tumilov.

"É lógico que sei como ser gentil. Aprendi isso na cadeia", pensava Tumilov, aguardando pelo ronco dos motores da Superfortaleza. "Só que aqui se trata mais de conquistar sua confiança; então, será muito mais fácil tirar dele alguma coisa..."

O construtor esperava ouvir o som grave de possantes Cyclons, mas o que chegou aos seus ouvidos foi o leve sussurro de dois pares de aviões de caça que, fazendo uma bela manobra, pousaram tão suavemente que ele nem chegou a ouvir o característico barulho de pneus tocando uma pista. Passaram-se ainda alguns minutos de tensão e Andrei ouviu um som semelhante ao zumbido de um monstruoso besouro. Os motores russos não tinham aquele ronco que trazia à mente uma imediata associação com força e autoconfiança. A Superfortaleza emergiu das nuvens, como um dragão voando sobre uma região que destruiria com o seu fogo. A visão era quase fantasmagórica, já que os contornos do gigante foram se revelando aos poucos no meio da chuva miúda, cujas gotinhas, chegando ao alcance dos giros das hélices, formavam figuras fantásticas e mutáveis. O avião era prateado, e o construtor percebeu que a sua cobertura de duralumínio não era pintada com nenhum tipo de tinta. Além disto, as suas hélices (pelo menos assim parecera a Tumilov) giravam lentamente. Como o céu estava cinzento e as nuvens tinham uma tonalidade mais clara, o aparelho parecia dissolver-se no ar. O trem de pouso estava abaixado, e o eixo de ligação das rodas dianteiras à estrutura pendia provocativamente, parecendo um gigantesco pepino. O Boeing, passando sobre as suas cabeças, pousou suavemente na pista de concreto e, sem sacolejar ou quicar, rolou sobre a pista, desaparecendo na neblina. Os motores silenciaram por um momento, mas logo voltaram a roncar de forma cada vez mais audível, já que a aeronave virara e taxiava na direção do lugar em que eles se encontravam. Kazedub e Tumilov só voltaram a vê-la quando a aeronave, tendo saído da pista, foi se aproximando, guiada pelas bandeirinhas agitadas por um homem que aparecera desafiadoramente diante da máquina ameaçadora. Os Cyclons roncaram mais uma vez e se calaram aliviados, mas as quatro hélices continuaram girando ainda por algum tempo, dispersando a neblina. Finalmente, tudo ficou em silêncio, no qual se pôde ouvir com clareza o som da porta dianteira sendo aberta. Tumilov estava impressionadíssimo e, num primeiro impulso, quis dirigir-se ao avião. Kazedub no entanto o reteve delicadamente pelo braço e recomendou:

— Vamos aguardá-lo aqui.

12

Instituto Experimental de Voo na cidade Zhukovsky, perto de Moscou 4 de agosto de 1945

PODIA MOVIMENTAR-SE LIVREMENTE por toda a imensa área do instituto, interligado com um complexo de aeroportos. Era preciso reconhecer uma coisa nos russos: quando se dispunham a fazer algo, faziam-no em grande estilo. Teve a mesma sensação quando fora levado pelas ruas de Moscou. As artérias de comunicação da cidade foram projetadas de tal forma que parecia não haver engarrafamentos. É verdade que circulavam poucos carros de passeio — a maioria eram veículos de carga, ônibus e caminhões militares —, mas, mesmo se a sua quantidade fosse aumentada mil vezes, ainda assim não conseguiriam lotar as tão monstruosamente largas avenidas. O LII, ou seja, o Instituto, também era impressionante e, com suas dimensões, lembrava as instalações da Boeing em Seattle. Até o formato das construções era semelhante, trazendo-lhe à lembrança a planta I, da qual, em agosto de 1942, fora transferido, para a planta II, o parcialmente desmontado protótipo XB-29-1. Para isso foi preciso atravessar o rio Duwamish, e a fuselagem, apesar de desprovida do leme de cauda, mal passara pelo portão do hangar, mesmo com a regulagem mínima dos amortecedores do seu trem de pouso. Já no mês seguinte, Harold fazia parte da tripulação de Eddie Allen•, e pôde, instalado na poltrona direita, participar dos primeiros voos do "Superbombardeiro", o nome pelo qual o B-29 fora conhecido nos primeiros dias. Aquilo se passara havia quase três anos, e o B-29 continuava sendo o mais avançado bombardeiro do mundo.

Seus pensamentos foram interrompidos pelo aparecimento de um guarda, que bloqueava a sua passagem. Harold mostrou-lhe um passe plastificado e com uma larga tarja vermelha que indicava acesso irrestrito a todas as instalações, e o guarda bateu continência e retornou à bendita sombra da qual emergira inesperadamente, como uma aranha alertada por um movimento na sua teia.

Harold entrou num gigantesco hangar, do qual uma das paredes — a virada para sudoeste — era formada quase exclusivamente por janelas. As dimensões do hangar indicavam claramente que os russos o construíram pensando em aeronaves do porte do B-29. No seu interior, e apoiados sobre cavaletes, encontravam-se duas Superfortalezas, nas quais trabalhavam equipes distintas. Uma delas (a aeronave em que Darrell voara de Vladivostok) estava sendo toda desmontada. Já estava desprovida do nariz, de quase toda a cobertura das asas, do trem de pouso e dos estabilizadores. Os operários do CAGI, que tomaram a aeronave de assalto como formigas à procura de algo valioso, já haviam conseguido remover muitas das placas da câmara de bombas, e o avião tinha o aspecto de uma estufa devastada por um vendaval que quebrara uma parte das suas vidraças. Suas peças estavam sendo retiradas metodicamente e, dispostas sobre carrinhos, levadas para o interior do hangar. Harold tinha certeza de que seriam pesadas e medidas, bem como desenhadas e fotografadas.

O outro avião tinha um aspecto melhor, já que deveria servir para a análise das suas partes mecânicas e elétricas, que, também metodicamente, estavam sendo retiradas do seu interior. Sua estrutura tinha aberturas exclusivamente nos lugares de acesso àqueles equipamentos.

Darrell estava acostumado com a visão de Superfortalezas incompletas, mas só nos estágios da sua construção. Aqui, acontecia exatamente o oposto, e o piloto, olhando para aquilo, se sentiu constrangido. Por sorte, nenhuma delas era o Ramp Tramp, já que este fora levado antes para um outro aeroporto por dois pilotos russos a quem ele ensinara a pilotar ainda em Vladivostok, e só chegara ao instituto alguns dias antes.

Agora estava parado em outro canto do hangar. Por enquanto, ainda não estava "coberto de formigas", e Harold foi em sua direção. Ao passar pelos aparelhos semidesmontados, os que neles trabalhavam lhe lançavam olhares curiosos, sem interromper suas atividades. O fato de estar ali, e ainda por cima trajando um uniforme norte-americano, continuava a despertar curiosidade.

No hangar, apesar do portão e das janelas abertas, fazia muito calor, já que o teto de zinco aquecia impiedosamente seu interior. À sombra das imponentes asas do Ramp Tramp, Harold viu duas silhuetas e, reconhecendo ambas, dirigiu-se para elas. Tumilov, a quem conhecera logo após ter pousado em Izmailovo, imediatamente lhe ofereceu um cigarro, enquanto Smoliarov sorriu para ele como se fossem amigos de longa data.

A aparência do construtor russo já não o chocava tanto quanto por ocasião do primeiro encontro. Antes de sair da Superfortaleza, e sabendo que iria ver o mais poderoso de todos os gigantes da ciência aeronáutica russa, imaginara-o completamente diferente. Estava convencido de que ele teria uma aparência semelhante à de Allen que, caso não houvesse sido um engenheiro genial, teria certamente feito uma espetacular carreira como galã de Hollywood, graças às suas espessas sobrancelhas, corpo atlético e bronzeado, rosto másculo e um mortal bigodinho sobre o lábio superior. Tumilov, por sua vez, era a antítese de um demiurgo construtor. Parecia mais um simpático professor de geografia, biologia ou outra matéria de menor expressão de uma escola pública. Não lançava olhares mortais nem adotava movimentos estudados e decididos. Em seus pensamentos, Darrell o chamava de "paizinho".

— O senhor continua considerando-se um prisioneiro? — perguntou o construtor, encabulado pela rejeição de Harold ao cigarro que lhe oferecera.

Em compensação Smoliarov, que não era fumante, aceitou o cigarro e logo teve um acesso de tosse. Harold tirou o cigarro da mão dele, atirou-o no chão e, esmagando-o com a sola da sua bota, apontou para o aviso escrito na fuselagem da Superfortaleza com a proibição de fumar a menos de 90 pés de distância da aeronave, e advertiu o major, de quem passara a gostar:

— Nem tente isso. Daqui a vinte anos, quando já tiver fumado centenas de milhares desses canudos e alguém o assustar de verdade, o senhor vai querer nunca ter começado esse vício nojento. Nem tente — repetiu. — Não existe pior porcaria do que esta em todo o mundo.

Tumilov não pareceu preocupado com as admoestações do americano e, tendo acendido seu cigarro, inalou a sua fumaça fedorenta. Olhou de forma amigável para o piloto e repetiu a pergunta:

— O senhor continua a considerar-se um prisioneiro?

— O senhor se refere ao fato de eu poder andar livremente e todos me baterem continência? — replicou Darrell. — E se eu quisesse ir até a embaixada americana, ou mesmo ao correio? Continuariam a me bater continência?

Tumilov apagou o cigarro e, não sabendo como retrucar, mudou rapidamente de assunto. Falava num inglês engraçado, fazendo erros de concordância, mas Darrell o compreendia perfeitamente:

— Mas aqui, no CAGI, o senhor pode andar por onde quiser e ninguém lhe barra o caminho, não é verdade?

— De fato. Só faltava isso — respondeu amargamente Harold, acrescentando com um brilho irônico no olhar: — E como está indo a desmontagem das aeronaves?

Tumilov arriscou uma piada:

— Não devemos ter pressa; afinal, não se trata de uma noite de núpcias.

Harold deu um sorriso forçado:

— Teria preferido se vocês não fizessem isso. Mas, diga-me, Sr. Tumilov, como podem ter certeza de que isso seja de alguma utilidade no seu projeto? Até o sistema métrico é diferente...

— Pudemos notar esse fato — interrompeu-o Tumilov. — O que podemos fazer? Teremos de convertê-lo para o nosso e, em caso de necessidade, conto com a sua ajuda, Sr. Darrell.

Harold fez uma careta e explicou mais uma vez algo de que tanto o construtor quanto o major estavam plenamente conscientes:

— Concordei em vir para cá única e exclusivamente para que as tripulações, tanto a minha quanto a das demais aeronaves, pudessem voltar para casa. Jamais lhes prometi que iria ajudá-los no roubo da tecnologia americana. Nos Estados Unidos, a minha atitude poderia ser considerada uma traição, passível de pena de morte — disparou, dando-se conta repentinamente de que aquilo era possível.

Mas o que mais poderia ter feito? Deitar-se diante do avião e rasgar as roupas? É verdade que poderia não ter concordado, mas, nesse caso, todos os seus rapazes, bem como os demais tripulantes, teriam de permanecer naquele maldito campo, onde as únicas distrações eram jogos de baralho, partidas de basquete e filmes soviéticos exibidos à noite e com tradução simultânea durante a projeção. Os filmes eram até engraçados, mas tanto Harold quanto Lenda não conseguiam se conformar com o ideal soviético da beleza feminina. Em sua opinião — compartilhada pela maior parte dos cativos —, as atrizes eram gordas, com bundas grandes demais e pernas curtíssimas. "Que os diabos carreguem aquele maldito coreano. Afinal, foi ele que me convenceu disso", pensou.

Ainda em Vladivostok, Harold teve a oportunidade de treinar e conversar por mais algumas vezes com aquele estranho chefe de lavanderia. Os sucessivos encontros resultaram numa mudança da sua atitude, tornando-o cada vez mais calmo e indiferente ao que acontecia à sua volta. Não teria tido nenhuma objeção em permanecer por mais tempo em Vladivostok, só para poder desfrutar a companhia de Kim. Sobretudo depois de o coreano lhe ter dito: "O senhor não deve desperdiçar energias tentando justificar seus atos. Não queira saber se são bonitos ou feios, nem se preocupe com o que os outros acharão deles. Concentre-se em observar atentamente a sua postura e o seu comportamento. Isso lhe deveria bastar." E, efetivamente, aquilo pareceu funcionar — Darrell sentiu uma calma como nunca antes sentira na vida. No entanto, não deveria culpar Kim pela sua decisão final, que resultara de uma conversa com Lenda, que, como era de se esperar, queria vir a Moscou com Darrell, mas Harold nem quis ouvir falar disso;

— Lá, basta um idiota. Dois seria demais.

— Pelo amor de Deus, Harold. Dizem que o tal Stálin é um monstro e devorador de judeus — dizia Fisher, fingindo brincar, mas, na verdade, triste e apavorado com a ideia de separar-se do amigo.

— Como não sou judeu, não corro perigo — respondeu Darrell, no mesmo tom jocoso.

— O que será ainda pior — Lenda continuou mantendo a brincadeira. — Se ele não puder devorá-lo e descobrir as suas qualidades, talvez acabe nomeando-o marechal de campo.

— Escute-me, Forrest... — falou Darrell em tom sério, agarrando o segundo piloto por um dos botões da camisa. — Conto com você. Acha que eu não gostaria que você fosse comigo para Moscou? É lógico que gostaria...

— Acredito piamente — Lenda não conseguia, ou não queria, adotar um ar sério à conversa. — Levaríamos Mishkin conosco, e ele organizaria um baile para nós no Kremlin, ainda melhor que aquele do Versalhes. Estou certo de que as garotas de lá seriam muito melhores que as de Vladivostok. Meu Deus! O que eu não daria para ter aqui aquela louraça de soquetes brancas. Você se lembra?

Harold meneou liricamente a cabeça, pois alguns meses sem Amora Persen e sem nenhuma visão de uma mulher em geral o deixaram com bastante desejo carnal. Os dois amigos ficaram recordando aqueles momentos, sem que Darrell largasse o botão de Lenda.

— Conto com você — repetiu. — Se vocês forem soltos e retornarem a casa, corra para quem puder. Quanto mais alto, melhor. Não comece por álcool e garotas, mas soe o alarme. Você conhece os bundões do estado-maior; vão ficar empurrando o caso com a barriga e criando mil dificuldades. Não os deixe em paz. Sei que vão querer investigar tudo mil vezes, pedir provas concretas, e acabarão achando que você está enganado. Mas você não pode desistir. Informe a quem de direito que os russos têm três ou quatro aparelhos e estão preparando algo. Diga-lhes que estão aprendendo a pilotar os B-29. Diga-lhes que aceitei viajar para Moscou para poder ficar de olho no que eles estão aprontando. Diga-lhes, também, que não se esqueçam de mim e que não deem crédito ao que os russos falarem sobre isso. Você sabe muito bem que não sou um espião e que tomei essa decisão achando que valia a pena ficar aqui para que 43 outros pudessem voltar para casa. Diga tudo isso e, além de dizer, faça um relatório por escrito. Não deixe que isso caia no esquecimento. Promete?

— Pode ficar tranquilo, Harold — respondeu Lenda, removendo delicadamente seu botão dos dedos do amigo. — Será feito tudo o que for preciso.

— Imagino que o senhor gostaria que não danificássemos seus aviões, não é verdade? — a voz de Tumilov interrompeu os pensamentos de Darrell, trazendo-o de volta à realidade.

O construtor acabara um novo cigarro e já enfiava outro na sua piteira transparente e manchada de nicotina, enquanto olhava amigavelmente para Darrell através das suas lentes espessas. Era claro que sofria de miopia. Darrell, que nunca pretendera ser um conhecedor de moda e muito menos ainda de beleza masculina, aproximou-se repentinamente de Andrei e pegou-o pelo braço. O movimento fora tão fluido e rápido que Smoliarov se assustou e, instintivamente, levou a mão ao coldre.

— Sabe de uma coisa, Sr. Tumilov? Estes óculos não combinam com o formato do seu rosto.

— Não compreendo — respondeu o surpreso construtor, que pagara uma fortuna pelos óculos no melhor especialista de Moscou. — Não compreendo — repetiu.

— O problema é a armação — esclareceu gentilmente Harold. — O senhor deveria usar uma menor e mais arredondada. O seu rosto é quadrado, e estes óculos acentuam ainda mais essa característica. Em minha opinião, óculos menores e mais arredondados combinariam muito melhor com o senhor.

Tumilov tirou os óculos e ficou olhando para eles como se os estivesse vendo pela primeira vez.

— O senhor acha? — quis assegurar-se.

— Sim. Estes óculos o envelhecem. Parece ser um detalhe secundário, mas é algo importante. Ninguém lhe disse isso antes? — espantou-se Darrell, enquanto Tumilov sorriu com amargura e pensou:

"Se você soubesse, simpático homenzinho vindo de outro planeta, que ultimamente não tive ocasião de ver o meu reflexo nos olhos de admiradoras, você não teria feito essa pergunta". Aquele "ultimamente" queria dizer "há muitos anos", e a torção de amargura nos cantos dos seus lábios ficou mais evidente. Decidiu não acender mais o cigarro que acabara de enfiar na piteira e começou a retirá-lo dela metodicamente, mas o papel barato se desfez, e o construtor atirou o destroçado cigarro no chão. Na mesma hora, um anão vestido com macacão azul-marinho e munido de uma vassoura pareceu emergir do solo. Pegou rapidamente os restos do cigarro e desapareceu tão rapidamente quanto surgira.

— Teria de mudar as lentes — murmurou Tumilov, a quem falar de coisas simples causava uma inesperada satisfação.

Harold pegou os óculos e, olhando para eles contra a luz, afirmou:

— Não vai ser preciso. Poderão ser lapidadas facilmente.

— O senhor entende disso? — espantou-se Tumilov, enquanto Harold, não sem certo ar de superioridade, confirmou:

— Minha mulher é desse ramo... Smoliarov, como se diz isso em russo?

— *Optik* — esclareceu o major, enquanto Tumilov voltou a pensar: "Que coisa mais incrível! Eis aí um homem que casou com uma *optika* e ambos levam uma vida normal. Ninguém os recrimina por isso e não os mete numa prisão. Seria interessante saber quantos *optikos* nossos estão presos no momento, e se há algumas mulheres entre eles..."

— A propósito, Sr.Darrell, o senhor poderia me dizer se as janelas da cabine não distorcem a visão do que está do lado de fora? — perguntou, apontando para o nariz do avião logo acima deles.

As molduras das janelas do bombardeiro pareciam formar a parte frontal da cabeça de uma gigantesca aranha, e era possível imaginar um par de suas pinças emergindo da que ficava na ponta.

Darrell olhou para ele com um sorriso e decidiu soterrar o russo com tantos detalhes que este acabaria por se dar conta da dimensão do vão tecnológico que separava as duas nações. Pegou o construtor pelo braço e sugeriu:

— Vamos entrar no cockpit, e eu lhe explicarei tudo dentro dele.

Uma vez na cabine, Harold se sentiu à vontade, como se tivesse retornado ao lar após uma longa ausência. Tumilov, desacostumado ao reduzido espaço das aeronaves, entrou atrás dele com grande dificuldade. Darrell o colocou sobre a poltrona direita e, sem querer saber se o construtor entendia alguns termos técnicos específicos, começou a recitar uma lista de detalhes. Smoliarov, embora não convidado, foi o último a entrar e, não vendo um lugar para si, acomodou-se humildemente na pequena poltrona destinada ao responsável pela liberação das bombas, que, de acordo com as normas de segurança, não podia ocupar sua posição de combate em pousos e decolagens, tendo de permanecer na cabine dos pilotos durante essas etapas.

— Como o senhor pode ver, temos, nessa parte da fuselagem, 18 janelas. Em sua construção foram usados dois tipos de materiais, certamente conhecidos pelo senhor: vidro orgânico e silicato. Quatro delas... estas e estas, são de vidro orgânico, enquanto estas oito têm vidraças feitas com três camadas de silicato. Elas são formadas de acordo com a curvatura da fuselagem, ou seja, não planas, mas côncavas. Temos ainda dois tríplex, mas estes, como o senhor pode perceber, são totalmente planos...

Tumilov localizou os tríplex sobre as cabeças dos pilotos e fez um gesto afirmativo com a cabeça.

Darrell resolveu testá-lo e perguntou:

— O senhor sabe para que servem?

— Para observar as estrelas durante a astronavegação — respondeu o construtor, sem um momento de hesitação.

— Exatamente — confirmou o piloto, olhando com maior respeito para o "paizinho" e continuando: — Temos ainda mais dois tríplex, um de cada lado dos pilotos, que podem ser abertos, deslizando... assim — demonstrou. — Após o fechamento, a cabine fica selada hermeticamente. Durante a montagem, antes da pressurização, a distância entre a moldura e a borda do vidro não pode ser superior a 0,05 polegada — Tumilov fez uma rápida conversão mental, chegando a menos de meio milímetro — e, após a pressurização, a estrutura é capaz de resistir até 100 libras por polegada quadrada (um novo cálculo mental de Tumilov chegou à impressionante cifra de 20 quilos por centímetro).

— E isto? Para que serve? — perguntou o russo, apontando para pequenas telas planas de vidro, presas por dispositivos reguláveis diante dos pilotos e da posição do bombardeiro.

— Por favor, abra um destes estojos — pediu-lhe o piloto, apontando para umas bolsas que pareciam grandes porta-níqueis fechados.

Tumilov abriu uma delas e, com espanto, retirou do seu interior três pedaços de vidro colorido (um verde, um laranja e um cor de fumaça), que se adaptavam perfeitamente às pequenas telas. Ficou olhando para eles sem compreender de início, mas logo em seguida adivinhou do que se tratava.

— Filtros ópticos — murmurou, com admiração.

O piloto confirmou e, continuando a preleção, completou:

— Nos dias ensolarados, são indispensáveis. Tenho um no meu carro, e o senhor pode acreditar que é uma coisa sensacional. Chegamos a cogitar a possibilidade de tingir assim todas as janelas, mas esses filtros se revelaram mais práticos. Além disso, é preciso que o senhor saiba que, na questão das vidraças, isso não é tudo. Temos ainda um vidro à prova de balas, aqui, na frente dos pilotos. Tem quatro centímetros de espessura e é capaz de resistir a projéteis de até 20 milímetros, sendo facilmente removível quando não prevemos atividades de caças inimigos. O mesmo tipo de vidro protege as janelas da torre traseira.

Tumilov, excitado, se agitava na poltrona. Tinha ainda mais uma dúvida.

— E se isso tudo ficar embaçado? Seria útil ter a bordo uma camareira com um pano...

Darrell estava orgulhoso por ter uma resposta pronta àquela observação.

— O senhor não notou, mas todas as vidraças são aquecidas. Olhe.

Tumilov inclinou-se e constatou a presença de dutos e ventiladores. O sistema lembrava um pouco o desembaçador dos automóveis de luxo. Da mesma forma, por meio de dutos com ar aquecido por um dispositivo elétrico (que Darrell também lhe mostrou), ele era capaz de evitar que os vidros da "estufa" ficassem embaçados.

Naquela seção da fuselagem, havia vários outros dispositivos simples, que Tumilov via pela primeira vez. Na posição do bombardeiro, as partes laterais e inferiores do nariz envidraçado podiam ser cobertas por cortinas, e Tumilov logo adivinhou que serviriam para proteger o responsável pelo lançamento das bombas dos ofuscantes fachos dos refletores antiaéreos. No piso do lado esquerdo da poltrona do copiloto havia um alçapão e, debaixo dele, um visor de plexiglas, que lhe permitia verificar se o trem de pouso dianteiro baixara adequadamente. Até os cinzeiros eram excelentes, com uma tampa com mola, e Tumilov concluiu que a sua cópia também teria o mesmo tipo de cinzeiros, embora os regulamentos da VVS proibissem fumar a bordo. Mas todos fumavam sem cessar e, com cinzeiros como aqueles, suas vidas seriam mais confortáveis.

O construtor ficou espantado com a simplicidade do painel de instrumentos diante dos pilotos, esperando que, num avião com aquela complexidade, ele contivesse um número maior de comandos e mostradores. A razão para isso consistia no fato de a maior parte do "monitoramento" ficar a cargo do engenheiro de voo, que não poderia se queixar da falta de mostradores, botões e alavancas. Tinha-os até em excesso e, certamente, não se entediava durante as longas missões. Tumilov pôs delicadamente a mão sobre o manche e constatou que este ficava numa posição ideal, e a poltrona, regulável sobre dois trilhos, permitia ao piloto ficar em posição confortável. Era um cockpit sensacional, e Tumilov ficou pensando no aperto dos da sua construção, dando-se conta de que as soluções adotadas por ele sacrificavam o conforto da tripulação em prol dos parâmetros do voo, sendo que na maioria das vezes eram simplesmente pouco inventivas.

— E é gostoso de pilotar? — indagou a Darrell, que, sentado na outra poltrona, estava imerso em pensamentos.

O piloto sorriu e respondeu com uma pergunta:

— O senhor já teve a oportunidade de dirigir um automóvel americano?

— Há muito tempo, tive um Chevrolet Capitol — respondeu Tumilov e se entristeceu, já que, entre as lembranças do prazer de dirigir aquele carro e o momento em que estas lhe vieram à mente, ocorreram várias passagens obscuras e desagradáveis.

— Então o senhor pode ter uma ideia de como é dirigir esse gigantesco pepino voador, muito embora o Capitol já seja peça de museu. Que pena que o senhor não tenha visto os últimos modelos de Chevrolet. São como um sonho. Talvez sejam grandes demais, mas os americanos adoram motores potentes e espaço. E isso este avião tem de sobra, além de voar muito bem. Não é um aviãozinho qualquer. É uma dama. Forte, possante, cheia de si e resistente a golpes, sendo que, quando é preciso, sabe dar o troco... e de forma poderosa. Mas para que, Sr. Tumilov, devo entediá-lo com detalhes? Quando tiver desmontado essas máquinas até o último parafuso, o senhor constatará por si mesmo do que essa Superfortaleza é capaz.

— O senhor sabe muito sobre o B-29 — bajulou-o Tumilov, ciente de que todo aquele conhecimento não tinha nenhuma utilidade, já que Darrell tomava todo o cuidado para não revelar mais do que o necessário.

O americano conhecia a aeronave como ninguém, e era capaz de descrever todos os seus detalhes com os olhos fechados. Além disso, falar do B-29 lhe causava imenso prazer, a despeito do interlocutor. Era um prazer comparável certamente ao que desfrutava o chefe da lavanderia ao descrever os detalhes da sua espada. Mas será que a aeronave não era também uma espada daquelas? Ou, mais precisamente: uma ferramenta de guerra? Excelente, funcional e linda? Não seria o mais expressivo exemplo de uma grande cultura, uma cultura que se especializara em fabricação de ferramentas excelentes?

13

Horas mais tarde. Apartamento de Darrell no LII. Fim do dia

Ao ouvir as batidas na porta, abriu os olhos com desagrado e, com a mesma sensação de aborrecimento, se lembrou de que viria ao seu apartamento um novo intérprete e anjo da guarda numa só pessoa. Ainda antes do almoço fora informado disso por Smoliarov, que dissera, com um sorriso maroto:

— O senhor tem de compreender, capitão, que eu tenho agora muitas obrigações e não poderei mais me dedicar por completo ao senhor. O coronel Kazedub me trata como se eu fosse um burro de carga e, caso continue assim, acabará comigo de vez. Por sorte, o camarada coronel encontrou em Moscou uma pessoa, e afirma que sereis... que o senhor ficará satisfeito. Peço que o senhor se dirija ao seu novo assistente com todos os eventuais problemas ou desejos, pois ele terá a mesma autoridade que eu. No entanto, caso não fique satisfeito, e foi assim mesmo que o camarada coronel se expressou, ele se esforçará em encontrar alguém mais adequado para o senhor.

Darrell conhecera aquele coronel de nome esquisito e bela aparência logo após o pouso. Agora, caminhando para a antessala com os pés descalços e erguendo os suspensórios sobre o seu dorso desnudo, Harold meditava filosoficamente: "Estou curioso em saber se esse novo assistente sabe beber tão bem quanto o senhor, camarada Smoliarov, e se será possível sair com ele em busca da garotas." A lembrança das delícias de Vladivostok lhe provocou tal ereção que ele teve de ajeitar as calças sobre os quadris. "Só faltava eles pensarem que eu ando me satisfazendo solitariamente", pensou, encaminhando-se lentamente para a porta. Despertado de uma soneca na qual mergulhara após ter tomado duas garrafas de cerveja ucraniana (pelo que conseguira decifrar dos seus rótulos), não estava muito propenso a conversas introdutórias com o novo assistente. No entanto, tendo se comprometido a isso, não ficaria bem despachar o sujeito de volta. Mesmo numa situação tão estranha como aquela em que se encontrava, reconheceu que deveria observar algumas regras.

Bocejando e coçando o peito peludo, abriu a porta e... ficou paralisado ao ver quem lhe fora enviado. Se alguém pudesse ter tirado a sua foto naquele momento, Darrell teria de confessar que jamais tivera, e provavelmente jamais voltaria ter, uma expressão tão idiota e tão espantada em toda a vida. A antessala e o corredor eram pouco iluminados — na verdade, a única luz provinha de uma lâmpada dentro de um recipiente de vidro alaranjado preso à parede da antessala. Certamente era por causa disso que a fofa e clara cabeleira da jovem, iluminada por trás, parecia formar uma auréola. Estava parada discretamente, com uma pasta sem alça debaixo do braço e que, na certa, lhe servia de bolsa. Naquele primeiro instante, Darrell nem pôde notar claramente os traços do seu rosto, mas pressentiu que a jovem era de rara beleza. Concluiu seu bocejo com tanto ímpeto que quase quebrou um dente e mordeu a ponta da língua. Enquanto isso, a jovem ficou aguardando que ele se afastasse, desbloqueando a entrada do quarto.

No entanto, Harold, que raramente ficava atordoado, continuava parado onde estava, com a mão esquerda no peito, como alguém que estivesse tendo um ataque cardíaco. Diante disso, a jovem transferiu a pasta de baixo de um dos braços para de baixo do outro, e falou, num tom de voz que pareceu a Darrell ser de um menino, de tão baixinho e sonoro. Pronunciava as consoantes palatais de forma engraçada, recuando a língua, o que encantou Darrell ainda mais:

— Sou Kira... Kira Vidmanskaia, mas peço que me chame de Kira. Não vai me deixar entrar?

Harold finalmente recuperou a capacidade de raciocinar e perguntou, numa voz rouca e trêmula:

— Queira desculpar, mas será que não ocorreu um engano?

Ao mesmo tempo, desejava de todo coração que não houvesse possibilidade de ter havido um equívoco.

— Um engano? — espantou-se a jovem e, não vendo nenhum gesto de boas-vindas da parte de Harold, afastou-o gentilmente da porta para poder entrar no interior do apartamento.

Harold cedeu-lhe passagem e foi atrás dela, que repetiu a pergunta num tom que mais parecia uma paródia de espanto do que o próprio espanto:

— Engano? Mas o senhor não estava aguardando à visita do seu novo assistente? Ah, entendo — continuou, em tom zombeteiro. — O senhor preferiria trabalhar com homens. Sinto muito. Vai ser preciso pedir ao *tovarish* Kazedub que lhe ache outra pessoa.

A expressão "camarada" dita em russo, aliada à forma como ela pronunciava as consoantes palatais, soaram de forma intrigante. Kira olhou em volta da sala e, sem pedir licença, sentou-se comodamente no sofá coberto de livros e almofadas. Estava vestida com calças de cetim marrom afuniladas nos tornozelos e munidas de bainhas, meias num tom um pouco mais claro e sapatos quase masculinos e sem salto. A parte superior do seu traje consistia numa blusa bege com bolsos, solta sobre as calças e presa por um fino cinto de couro, cuja ponta pendia da fivela até os joelhos. Nos Estados Unidos, aquele traje era usado pelas jogadoras de pela.

O piloto permanecia descalço, só de calças e suspensórios. Continuava sem ver direito o rosto da jovem, pois dessa vez era o sol poente que iluminava por trás a sua auréola. Harold resolveu cerrar as cortinas e acender a luz. Puxando as cordas das pesadas cortinas, declarou:

— Tenho de admitir que a senhora tem um estilo nada convencional.

A jovem parecia apenas aguardar aquela provocação, e respondeu:

— Pelo que entendo, o senhor teria preferido que eu fosse mais formal. Será que nunca notou que as pessoas formais costumam ser burras? Tente lembrar-se do discurso de fim de ano do diretor da sua escola quando o senhor recebeu o seu diploma...

Darrell procurou trazer à sua mente a imagem de uma pessoa formal e com o estilo mais convencional possível. Encontrou-a não na pessoa do diretor da escola, mas na do comandante do Grupo de Bombardeiros Pesados, coronel Fulano de Tal. A lembrança foi tão engraçada que ele esboçou um sorriso, algo que, aparentemente, a jovem também parecia apenas aguardar.

— Finalmente! — exclamou. — Tenha a bondade de abaixar de uma vez essas cortinas e me preparar algo para beber. Estou morta de sede. Andei feito uma louca pela cidade. — E, como se quisesse confirmar as suas palavras, tirou os sapatos e começou a mexer seus dedos dos pés pequeninos e enfiados em meias castanhas. Em seguida, antes mesmo que Darrell pudesse fazer algum gesto ou observação, disparou a pergunta seguinte: — É verdade que a maioria das mulheres americanas têm os pés grandes? Ouvi dizer que o número 44 é quase uma norma. Por favor, diga-me qual é a aparência de uma jovem com pés daquele tamanho.

— A de um caçador de ursos-polares com raquetes contra neve nos pés — conseguiu responder Harold, indo para a cozinha à procura de copos limpos e meneando a cabeça de admiração pela energia mental da sua inesperada visitante.

Uma vez na cozinha e fora do campo de visão da jovem, encheu um copo com vodca russa e bebeu-o de uma vez, como se fosse remédio. Sentiu-se melhor, mas envergonhado por estar de calças e suspensórios. Uma jovem como aquela deveria ser servida de paletó branco e uma gravata-borboleta preta. Livrou-se do sentimento de autopiedade e, olhando para as prateleiras, tentou adivinhar o gosto de Kira. A escolha não era grande, pois os russos o aprovisionaram de álcool segundo seus próprios conceitos das necessidades de um homem que gosta de beber regularmente: algumas garrafas de vodca russa, uns suspeitos conhaques da Armênia e da Geórgia que ele ainda não experimentara, vinho tinto georgiano e um monte de cerveja ucraniana. Ah, sim! Havia ainda algo que eles chamavam de *shampanskoie* — um vinho branco agridoce— que experimentara numa noite após uma longa sessão regada a vodca e cerveja. Adorara seu sabor, que acalmara a ardência provocada pelo consumo de vodca, mas, no dia seguinte, acordara com a cabeça pesando uma tonelada e a língua coberta por uma camada esbranquiçada. A cozinha tinha ainda uma geladeira (da marca Saratov, e Darrell estava convencido de que era o nome de um dos incontáveis heróis soviéticos) certamente copiada de uma americana e com porções generosas de caviar, sucos de frutas e água mineral. Quanto às refeições, ou mais exatamente tudo o que pudesse ser encontrado sem carne vermelha, Harold comia na cantina dos oficiais.

Depois de muitas elucubrações, resolveu preparar uma mistura de vodca com suco de peras servindo-a numa das grandes taças usadas para *shampanskoie*, adornada com uma rodela de limão. Preparou a mesma mistura para si, apenas alterando drasticamente as proporções: uma suave combinação na taça da jovem, e dois terços de Stolnitchnaja e um terço de suco de pera na sua. Ao trazer os drinques numa bandeja de aço, sentiu-se tão tolo que suas mãos começaram a tremer, algo que a jovem notou de imediato e, levantando-se com a leveza de um gato, aproximou-se dele, pegando as taças. Seus movimentos foram tão rápidos e fluidos que Harold imediatamente percebeu que ela tinha um corpo atlético. Agradeceu-lhe com um sorriso e pediu:

— Por favor, fique aqui e sinta-se em casa, enquanto eu...

Kira o interrompeu logo após o primeiro gole:

— Por favor, permaneça assim como está. Os seus trajes me agradam. Dispensam a necessidade de ajustes de dobras, abertura e fechamento de botões, correções na posição de gravata e outras coisas semelhantes. Assim como está, pelo menos o senhor é autêntico. O senhor já notou que o que parece natural em mulheres vestidas com apuro se revela completamente bobo nos homens? — perguntou e, sem esperar pela resposta, continuou: — Isso deve derivar de algum atavismo. No passado, as fêmeas seduziam os machos com suas cores, penas, cheiros e outras coisas assim, enquanto os machos...

Dessa vez, tendo sorvido um grande gole da bebida, Harold resolveu derrotá-la com a sua própria arma, interrompendo-a no meio da sua preleção:

— Os machos também dispõem de seus meios. Pense, por exemplo, no desnudo traseiro violeta dos babuínos. A senhora teria condições de enxergar alguma naturalidade num pretendente com o traseiro desnudo e, ainda por cima, violeta?

Kira olhou para ele com respeito, e respondeu:

— Já sobrevivi a coisas piores...

— Pois saiba que existem vários métodos, e todos, na certa, derivam da evolução das espécies. Pode-se, por exemplo, conseguir o seu intento agindo como bodes, batendo cabeça contra cabeça com os chifres. A mim, de todos os meios da natureza para impressionar a fêmea e eliminar a concorrência, o que mais me agrada é...

A expressão da jovem revelava um misto de admiração e curiosidade. O fato de ter sido interrompida fez que reconhecesse o valor do interlocutor, achando que este deveria ter todo o direito de expressar-se. Harold notou isso e daí tirou uma imediata conclusão bélica — a de que a melhor forma de enfrentá-la era aproveitar suas iniciativas. Anotou o fato na memória e continuou:

— Existe um certo passarinho. Não sei se na África ou na América do Sul, cujo nome não me lembro. Li algo sobre ele quando ainda era menino. É uma espécie de pássaro construtor. Os machos, ao participar do concurso para ganhar os favores das fêmeas, constroem casinhas. Não se trata de simples ninhos, mas de verdadeiras construções, bem pensadas e úteis, com paredes e teto feito de folhas apoiadas sobre uma estrutura formada de grama. Peço que acredite em mim — assegurou-lhe ao ver um sorriso de descrédito nos cantos dos lábios de Kira. — E, quando concluem a construção, a fêmea se instala na casinha mais bonita.

— Isso me lembra mais uma exposição industrial do que um galanteio. Além disso, a corte pode ser muito mais simples. No que se refere a mim, o pretendente não precisa logo construir palácios, embora a ideia não seja de todo ruim. Basta algo bonito, sedutor. O senhor, por exemplo, tem um corpo sólido e, certamente, seria um excelente procriador...

— Quem?! — perguntou Harold, engasgando no seu drinque.

— Uma pessoa que as mulheres escolhem para perpetuar a espécie.

Kira entregou-lhe um lenço de papel, com o qual Harold limpou a boca e o queixo.

— A senhora deve ter lido muito. Para uma pessoa tão jovem, os seus conhecimentos e seu vocabulário são impressionantes. Aliás, por falar nisso, onde a senhora aprendeu um inglês tão bonito? — indagou.

— No início, com o meu pai — respondeu Kira, com tristeza na voz. — Mais tarde, estudei numa escola administrada por freiras britânicas.

O piloto tentou imaginar onde ficava aquela escola, mas nenhum lugar lhe vinha à cabeça. Diante disso, fez a pergunta seguinte:

— Devo supor que a sua língua materna é o russo.

Antes de responder, a jovem se levantou e acendeu um abajur, algo que Harold deveria ter feito havia muito tempo. Atordoado pela inesperada aparição da jovem, ficou de pé no meio da sala com a taça na mão, e continuou assim, parado, por um bom tempo após ela ter acendido a luz. Todas as suas suspeitas se confirmaram. A beleza da jovem era extraordinária. Mulheres como ela só eram vistas em capas de revistas, mas a comparação talvez não fosse muito feliz, pois Kira Vidmanskaia não combinava com a beleza que lhe queriam impingir as revistas americanas e, certamente, poucos soldados pendurariam a foto dela nas paredes das suas camas. A melhor forma de descrever sua formosura era contrapô-la ao ideal de beleza lançado pelas revistas de moda e filmes de Hollywood; uma beleza que obrigou Harold a sentar-se no tapete, numa posição de sentinelas japoneses denominada *hoki-ryu*, apoiando no chão o lado interno do pé esquerdo e a planta do pé direito — a única posição que não lhes permitia adormecer em serviço.

Em primeiro lugar, seus cabelos não haviam sido submetidos a um processo de ondulação artificial, mas caíam livremente sobre seus seios e costas, ondulavam-se de forma natural, como nuvens rasgadas por um vendaval. Em segundo, seus belos olhos azul-claros não tinham aquele típico formato suave, mas brilhavam como duas compridas aberturas, lembrando as viseiras dos elmos dos guerreiros da antiguidade. Eram quase transparentes e a brancura da sua alva, apesar da luz abafada pelo abajur de pano, era impressionante. Do meio das suas retas e quase horizontais sobrancelhas emergia um nariz reto e decidido ao qual, como um contraponto ideal, se revelava um par de lábios lindamente delineados e um tanto grossos. À delicada depressão acima do seu lábio superior sobrepunha-se uma adorável covinha no queixo. É indispensável acrescentar que os lábios de Kira estavam quase sempre entreabertos, brilhantes (embora ela não usasse batom) e úmidos. O leitor, na certa, já deve ter chegado à conclusão de que os seus dentes eram perfeitamente alinhados e alvos.

Rostos assim, que tanto poderiam pertencer a anjos quanto a demônios e eram irresistíveis, costumam adornar corpos imperfeitos. Mas, nesse caso, a verdade era outra. O corpo da jovem era digno do seu rosto, ou melhor — o seu rosto não decepcionava o corpo. Kira não era alta, mas tinha membros longos e delgados, ventre plano e seios volumosos que, a cada movimento, se agitavam livremente por baixo da blusa. Era evidente que não usava sutiã.

Tendo notado o encantamento de Harold, sorriu para ele, assegurando assim estar ciente da sua formosura. Pode-se supor que Harold não fora o primeiro homem em cujos olhos vira admiração.

— Tenho várias línguas maternas, capitão — respondeu, enquanto ele notava que havia algo no seu rosto que lhe lembrava uma coisa já vista antes.

— O que quer dizer com isso? — perguntou.

— É preciso que o senhor saiba que sou de raça mista: europeia e asiática. Fui educada em japonês, polonês, russo e inglês. Falo com a mesma desenvoltura as quatro línguas, talvez pior o inglês que as demais.

— Polonês? — espantou-se Darrell. — O seu pai era polonês?

— A mãe — esclareceu Kira, perguntando: — O que o espanta tanto?

— Nada. Nesse caso, o japonês foi o seu pai.

Kira deu uma risada e observou:

— O senhor deduz como Sherlock Holmes. Conhece a piada sobre o método pelo qual Holmes chega às suas deduções? Não? Então vou lhe contar, mas quero adverti-lo de que nem todos acham graça nas minhas piadas.

Não lhe deu tempo para retrucar e, com evidente prazer, pôs-se a contar a piada; não só contar, mas também representar os personagens:

— Anoitecer. Casa de Sherlock Holmes na Baker Street. Sherlock está sentado na sua poltrona, fumando cachimbo. A expressão no seu rosto indica que está ocupado com uma intensa atividade mental. O Dr. Watson trabalha nas anotações para um livro sobre os métodos dedutivos de Sherlock. Em dado momento, Holmes tira o cachimbo da boca e pede: "Watson, meu caro, faça-me a gentileza de ir até a janela e olhar para a rua." Watson se levanta e vai até a janela — nesse ponto, Kira faz o mesmo —, afasta a cortina — Kira faz o mesmo —, olha para a rua e diz:

"Pronto, já olhei. O que quer mais?" Sherlock coça a testa e diz: "Watson, há um menino com uma vaca vermelha lá na esquina?" Watson olha pela janela mais uma vez e responde: "Não, Sherlock, a rua está vazia." Holmes ergue de forma significativa o dedo indicador da mão direita e anuncia triunfalmente: "Foi o que pensei".

Kira, com expressão triunfante, dedo erguido e olhar digno do profeta Moisés, tinha uma aparência tão engraçada e linda ao mesmo tempo que Darrell sentiu algo se desprendendo no seu interior. Soltou um profundo suspiro e disse:

— Por favor, não zombe de mim. Às vezes, sou muito lento de raciocínio. Normalmente isso ocorre quando estou diante de algo que me agrada muito. Prefiro contemplar a deduzir. Quanto à piadinha, é excelente. Lírica e boba, embora o mundo esteja cheio desse tipo de idiotas que ficam falando de métodos. São até homenageados, recebendo prêmios e medalhas, enquanto as estudantes chegam a desmaiar ao vê-los. Mas se formos perguntar a um desses bobos: "O que o senhor sabe fazer realmente?", chegaremos à conclusão de que não sabem nada. "O senhor sabe cantar, tocar um instrumento, escrever algo ou consertar alguma coisa?" Não. Nada. Sabem apenas copiar fragmentos de livros de outros, mudando um pouco o estilo e assinando aquela colagem de sabedorias roubadas, afirmando que são os criadores de determinado "método". Tenho a sorte de trabalhar num ramo no qual o destino humano pode ser calculado numa régua logarítmica, e em que tudo, exceto a coragem e a honra, é mensurável. Para ser sincero, não sei por que estou dizendo isso para a senhora neste momento...

— Nem eu — respondeu Kira objetivamente, acrescentando: — Por favor, faça-me rapidinho um outro coquetel desses, e depois de tê-lo tomado talvez consiga convencer o senhor a nos tratarmos por "você".

Darrell foi rápido para a cozinha a fim de preparar os drinques, e nesse processo quase deixou cair as taças de tanta ansiedade. Tinha a sensação de que qualquer segundo não passado perto da jovem era uma perda irrecuperável. Nunca antes se sentira assim. Quando retornou e entregou a taça à jovem, esta bateu com a mão na almofada ao seu lado no sofá, convidando-o a sentar. Darrell, reprimindo heroicamente o desejo de estar perto dela, voltou a sentar-se no tapete, na posição do sentinela japonês.

— Sinto-me melhor assim — disse. — Dessa forma, posso olhar para a senhora mais livremente.

— E isso lhe causa um prazer especial? — perguntou ela.

— Indescritível. Aliás, embora possa lhe parecer imaturo, quero que a senhora saiba que aprecio muitíssimo a sua companhia. Sinto-me tão bem junto da senhora como jamais me senti ao lado de outra mulher.

— Se é assim — disse Kira, erguendo a taça e inclinando levemente a cabeça —, se o senhor se sente dessa forma apenas vinte minutos após nos conhecermos, o que me lisonjeia, acho que já está mais do que na hora de bebermos um *Brüderschaft*.* É um costume horrível, de origem alemã, mas é muito útil nos contatos sociais, especialmente quando precisamos resolver um assunto importante durante uma recepção.

— *Brüderschaft*? — Harold repetiu a palavra. — E no que consiste?

— Já vou lhe mostrar. Não, não se levante. Fique onde está.

Dito isso, Kira se levantou do sofá com tanta fluidez que Harold nem chegou a vê-la estender a perna e, no momento seguinte, encontrou-a ao seu lado, sentada na mesma posição que ele. Espantou-se com o fato de ela ter sentado com tal facilidade, pondo os pés diretamente na posição adequada e apenas abaixando os quadris e dobrando as pernas. Em toda a sua vida, vira apenas um homem capaz de fazer aquilo com tal desenvoltura. Estava muito próxima, e ele pôde sentir o agradável cheiro de chá e de algo mais, cujo aroma lhe era desconhecido.

Kira entrelaçou seu braço direito ao dele, que, imitando-a, sorveu um gole da bebida. Depois a jovem tocou delicadamente a bochecha de Harold com os lábios, e Harold, cheio de emoção, fez o mesmo. Kira transferiu a taça para a mão esquerda e estendeu-lhe a direita.

— Sou Kira — disse. — Para os amigos, Ki.

— Harold, e também Harold para os amigos — recitou formalmente o piloto, olhando fascinado como ela, inclinando o corpo esbelto para trás sem auxílio dos braços e, pondo os pés sob a sua bem formada bundinha, ergueu-se do solo como se auxiliada por um macaco hidráulico. Mais uma vez, deu-se conta de que só vira um homem capaz de levantar-se daquela maneira.

---

*Irmandade, em alemão (*N. do T.*)

— Sabe que é a primeira vez que bebo *Brüderschaft* com alguém?

— Por quê? Não teve a oportunidade de fazer isso na Polônia?

— Nunca estive na Polônia. O que sei sobre aquele país ouvi dos relatos da minha mãe.

— Então, por que disse que é um costume horrível? Achei-o muito bonito.

— Porque, na Polônia, quando todos já beberam bastante, bebe-se *Brüderschaft* com qualquer um. Depois, quando as pessoas ficam sóbrias, espantam-se quando alguém lhes bate nas costas e os chama de "você".

— E o que há demais nisso? — espantou-se Harold. — Nos Estados Unidos, costumamos nos tratar dessa forma e ninguém fica ofendido. Há várias outras maneiras de se demonstrar respeito.

— Meu caro, há países e culturas em que esse tratamento hierárquico tem grande importância. Na Polônia, muita gente bebe esse tal *brudzio*, como eles o chamam na Polônia, só para resolver algo rapidamente. Para obter um contrato ou uma promessa de Harold, e não do senhor presidente Harold...

— Compreendo. Mas espero que o nosso *brudzio* tenha sido feito com a intenção de uma amizade sincera.

— Evidentemente — respondeu Kira, fazendo um gesto positivo com a cabeça e sorrindo com doçura. Depois fez a sua pergunta: — Sinto que você está preocupado com algo? Tem algumas dúvidas?

— Basicamente, duas.

— Desembuche.

— A primeira é: por que você não tem nenhum traço oriental? Você não tem olhos repuxados, cabelos e olhos escuros nem cor de pele que possam indicar que você nasceu... — hesitou por um instante, e resolveu arriscar — no Japão.

— Não tenho a menor ideia. Todos me perguntam isso. Parece que os genes da minha mãe se sobrepuseram aos do meu pai, mas sei muito bem o que herdei de cada um.

— Bem, está claro que a beleza foi da mãe.

— Não só isso... herdei dela também a determinação para alcançar os meus objetivos, além de talentos musicais e mais um talento... graças ao qual posso conduzir os homens pelo nariz. Oh, sim, já tive várias comprovações disso — afirmou categoricamente, rindo com a satisfação de um alquimista que por mais de uma vez conseguira transformar merda em ouro. — Mas não fique chateado, estou apenas brincando — acrescentou ao notar que o que acabara de dizer não agradara ao novo amigo. — Pronto, já passou.

Kira completou a frase aproximando-se de Harold e, num gesto maternal, beijou sua testa, enquanto este, fascinado pela dinâmica dos seus atos, não teve a coragem de abraçá-la.

— E quanto à segunda dúvida? — perguntou, voltando a sentar-se no sofá. — Vejo pela sua expressão que tem algo a ver com política, e essa é uma área na qual não sou forte. Mas pergunte. Responderei com a maior boa vontade e dentro dos limites do que sei.

Harold adotou um ar sério.

— Pare de se fazer de boba por um instante e me responda honestamente o que está fazendo neste quarto. Que papel lhe foi dado nessa questão e quem a enviou para cá?

Ao contrário de Harold, Kira não ficou séria, e estava claro que se divertia.

— O major Smoliarov não lhe disse? — perguntou, com um estudado ar de surpresa, e Darrell perdeu a noção da fronteira entre mistificação, simulacro, aparente sinceridade e autêntica naturalidade. Diante dela, era como se estivesse voando sem um mapa sobre uma terra totalmente desconhecida. — Foi-me confiada a tarefa de ser sua assistente e intérprete.

— Posso compreender sua função de intérprete. Mas assistente? Em que você poderá me assistir? Será que suspeitam que eu pretendo instalar aqui uma célula de espionagem? Que coisa mais ridícula!

— E se você quiser sair para a cidade, ir a um teatro ou mesmo dar um simples passeio? Não pensou nisso? Aqui no instituto você pode andar à vontade, mas não podemos impedi-lo de ir até a cidade. Alguém vai precisar organizar isso, garantir sua segurança, facilitar suas compras e outras coisas do gênero. A propósito... — estendeu o braço, pegou sua pasta e dela tirou um envelope. — Aqui tem dinheiro para pequenas despesas e compras de suvenires. Não imagino que você vá querer voltar sem algumas lembranças e umas garrafas para seus amigos.

— Não posso aceitar dinheiro de vocês. Só faltava isso!

— Pare com essa palhaçada — disse Kira, atirando o envelope em sua direção com tal perícia que ele pousou diretamente entre as suas coxas. — Não se trata de somas pelas quais são vendidos segredos estratégicos, mas apenas de dinheiro de bolso. De qualquer modo, se você quiser, o governo soviético poderá lhe fornecer comprovantes das quantias que lhe deu e, depois, pedir ressarcimento ao seu governo.

Aquele era o momento mais adequado para perguntar que chances tinha de retornar rapidamente a seu país, mas algo o impediu de fazer essa pergunta e, em vez disso, resolveu provocá-la:

— Muito bem. Digamos que fôssemos a um restaurante ou um teatro e eu decida dar no pé? E aí, senhora assistente, o que vai acontecer?

— Não acredito que você seja ingênuo a tal ponto — respondeu Kira, ajeitando-se no sofá. — Saiba que eu também conheço alguns truques, e além do mais nunca estaremos desacompanhados. Lembra-se do Versalhes, lá em Vladivostok? — falou, aproveitando-se das informações lidas nos relatórios. — Você derrubou alguns sujeitos, e o que aconteceu? De trás de cada pilastra surgiu um soldado com metralhadora. Você é rápido e ágil, mas há certas coisas que não podem ser derrotadas com tanta facilidade. Além disso, tenho uma arma — bateu de forma significativa com a mão na sua pasta —, mas para que haveria de precisar dela? Estamos nas cercanias de Moscou e para onde você poderia fugir? Você não conhece ninguém, não sabe falar russo, e a nação soviética é especializada em delatar. Os russos delatam porque sabem que, caso não o façam, estarão sujeitos a passar longos períodos de férias num clima severo, tendo apenas mosquitos por companhia. Eis como se apresenta a minha função de assistente. Quanto ao resto... — nesse ponto se interrompeu de forma promissora — vamos ver com o passar do tempo.

— Quer dizer que, se eu quisesse, poderia levá-la amanhã a um teatro ou a um restaurante? — sondou-a.

— É só me convidar. Mas seria melhor que você estivesse em trajes civis. Não precisamos causar sensação, e eu me sentiria mais à vontade.

Foi a vez dele de provocá-la:

— Só espero que você não venha vestida de calças. Se eu devo ser raptado, pelo menos que seja por alguém que use vestido de noite e sapatos de salto alto. Aliás, onde eu vou arrumar trajes civis?

— Não precisa se preocupar com isso, ser-lhe-ão entregues amanhã cedo. E agora, basta de tecnicalidades. Vamos beber e bater papo...

Darrell estava impressionado. A jovem era incrível, a despeito do papel que lhe fora destinado no espetáculo. Não tinha a menor ideia de como considerá-la: amiga ou inimiga? Pelo que lhe dissera, ela não era russa, mas provavelmente polonesa ou, o que seria ainda muito pior, japonesa. Ficou matutando sobre isso um bom tempo, sem chegar a nenhuma conclusão. Não tinha a menor dúvida de que, caso ele fizesse algo contrário às suas instruções, ela o mataria sem hesitação, apesar da aparente simpatia pela sua pessoa. Mas quem sabe se isso não fazia parte do jogo? Aliás, por que lhe enviaram essa mulher de outro mundo, e onde Smoliarov ou aquele seu chefe vampírico conseguiram achar alguém como ela? Pensava em tudo isso sem tirar os olhos da jovem, enquanto ela parecia ler sua mente através dos seus olhos, algo a que Harold não se opunha de forma alguma.

"Que tipo fantástico", pensava Kira, olhando para o piloto sentado no tapete e se perguntando se a sua pele seria cheirosa e agradável ao toque. O americano lhe lembrava um pouco seu pai. Ele tinha aquela calma e harmonia interior que a atraíam tanto quanto o fato de ser musculoso, ter a pele bronzeada e um "pneu" de gordura na região do umbigo. Embora fosse pesado demais em relação à altura, aos seus olhos as proporções dele eram excelentes. Jamais se sentira atraída por homens que malhavam nas academias e levantavam pesos para adquirir bíceps impressionantes. O pai, durante os treinos, costumava lhe dizer:

— A verdadeira força só nasce naquele momento do treinamento em que estamos tão cansados que não podemos mais treinar. Mas, conseguimos vencer aquele momento, e então cada novo movimento será uma nova força, uma nova possibilidade. O mesmo acontece no decorrer de um luta. É exatamente quando estamos prontos a nos render, convencidos de que não temos mais chance e conformados com a ideia de morrer... que surge o melhor momento para virar o jogo a nosso favor.

O seu pai era um homem musculoso e magro; com a magreza típica das pessoas que não tinham problema de peso. Era como uma daquelas centelhas impossíveis de apagar, pois quanto mais nelas se soprava, mais vivas ficavam. Já aquele homem semidesnudo sentado diante dela dispunha de uma força diferente. Era mais parecido com um pedaço de carvão vegetal ardente que a cada momento tem de vencer a si mesmo, pois seu corpo é pesado demais, mas sua mente é clara e alerta. Kira gostaria de saber do que ele era capaz realmente. O relatório dos órgãos de segurança não lhe dizia muita coisa; apenas que ele, sozinho, conseguira derrubar alguns asnos da frota antes de seus defensores se terem dado conta do que estava acontecendo. Já no relatório daquela Persen constava que ele era um amante experiente e que conseguira levar ao êxtase até ela, a mais refinada e experiente garota da contraespionagem militar de Vladivostok. Finalmente, o material que lhe fornecera Kazedub revelava que ele era um excelente piloto e um engenheiro talentoso.

"Por sorte", voltou a pensar, "poderei testar todas as suas qualidades, já que, exceto nas que se referem à pilotagem, sou uma especialista nelas todas, meu ursinho. Com o tempo poderei lhe dizer uma coisa ou duas, mas, por enquanto, continue me considerando como o que lhe pareço ser — uma agente de contraespionagem soviética com um passado nebuloso e relações ainda mais nebulosas."

De fato, Kira era uma excelente parceira e oponente de Darrell. Na flor dos seus 25 anos, orgulhava-se do seu diploma de engenheira metalúrgica da renomada universidade de Kiusiu-Dagaku. Era fervorosa adepta das artes marciais, treinada pelo seu pai desde quando completara seis anos, além de uma maestrina na cama, capaz de provocar uma ereção na estátua de pedra do Buda. Essa arte em particular fora desenvolvida sob a supervisão da mãe, que escolhia criteriosamente os parceiros e zelava para que a filha não sucumbisse diante dos traiçoeiros sentimentos de amor. Até a sua iniciação sexual — aos 16 anos — não fora um ato do acaso, mas fruto de uma escolha criteriosa, lembrando a escolha de um parceiro para o acasalamento de um animal valioso. Naquela época Kira não sabia, mas hoje se dava conta de que aquele bem apessoado tenente da Marinha Imperial fora um peão colocado no tabuleiro de xadrez num jogo supervisionado pelos pais, e a quem ela se entregara com prazer, achando estar quase apaixonada pelo jovem marinheiro. Quase, já que suas emoções jamais se sobrepunham ao seu intelecto. Kira tinha aquele raro dom — provavelmente herdado dos genes dos pais — de saber parar de beber no momento em que o cálice seguinte poderia tornar-se perigoso, confundindo a mente e prejudicando a análise sóbria de uma situação. Era capaz de parar de se enfurecer e frear a agressão no momento exato em que a fúria e a agressividade poderiam afetar a rapidez da reação. Era capaz até de, ao achar alguém muito atraente, encontrar nele alguns defeitos secundários. Aquilo lhe permitia manter certo distanciamento em relação ao parceiro, garantindo assim uma segurança emocional. Em suma, conseguia controlar o corpo e a alma, sem saber exatamente como fazia aquilo e que consequências daí poderiam derivar.

Encaminhada pelo pai ao longo dos primeiros metros da trilha zen, estava na direção certa para ser — como o definem os praticantes daquela cultura — "chefe de tudo". No entanto, ninguém lhe ensinara como seguir por aquele caminho. Embora soubesse desfrutar a vida sem dar importância demasiada a coisas materiais, era por demais dependente da missão que lhe fora confiada, o que prejudicava seu raciocínio, assim como um praticante de zen que luta com reflexos que independem dele e que, ao tentar livrar-se deles, apenas aumenta sua importância. Ninguém lhe dissera que dúvidas são coisas naturais e que, em vez de retê-las, era melhor deixar que aflorassem para se poder analisar sua natureza. Em suma, é possível dizer que seu treinamento de agente secreta fora incompleto.

Para complicar a situação, Kira não tivera chance de aperfeiçoar-se por si mesma, muito embora tivesse, no seu rico repertório de experiências, a de ter matado seis pessoas. Duas delas apenas com as mãos, sem uso de instrumentos, como, por exemplo, aquele *suntetsu* deitado na mesinha ao lado do balde com gelo, cuja forma ela reconhecera logo ao entrar. Como são estúpidos estes russos! Eles poderiam, da mesma forma, lhe ter deixado uma granada! Com aquele instrumento aparentemente inofensivo, pode-se, num piscar de olhos, fazer um furo no crânio do adversário, quebrar seu fêmur, estraçalhar o seu delicado conjunto dos ossos da mão, vazar um olho, quebrar um dente e, finalmente — quando se é de fato perito no seu uso —, perfurar o esterno e parar a atividade cardíaca.

Pessoalmente, Kira não se sentia atraída por tal tipo de instrumentos, preferindo métodos mais "brandos", como um xale ou mesmo um simples barbante de algodão com meio metro de comprimento. Os homens adoram objetos de aço, revólveres e lâminas afiadas como navalhas. Mas, meus caros senhores — os tempos são outros! Numa revista, ninguém dará importância a um inocente pano de cabeça ou um pedaço de barbante. Como é engraçado que seus atuais empregadores não tenham a menor noção de como a ferramenta que contrataram é perigosa. Sabiam que Kira tinha boa pontaria, que conseguia colocar discretamente um narcótico ou um veneno num cálice e que falava fluentemente inglês e polonês. Sabiam, também, que, lançando mão da sua beleza e do seu conhecimento da psique masculina, seria capaz de enganar a metade dos membros do Politburo em menos de três semanas, convencendo-os a abandonar a filosofia do marxismo-leninismo e passar para a da economia do mercado. No entanto, não sabiam de mais nada, e era melhor que continuassem sem saber.

— Harold, o que é isso? — perguntou ingenuamente, apontando para o *suntetsu* com seu dedo delgado. — Posso vê-lo?

Darrell fez um gesto afirmativo, encantado de poder gabar-se de algo que ela certamente não conhecia. Kira estendeu a mão num movimento estudado e pegou no objeto, tomando cuidado para que ele não reconhecesse nela uma profissional. O *suntetsu* não era uma simples cópia, feita para uso de gângsteres e fabricados em oficinas de segunda, mas um digno espécime da renomada escola Shinto-Tenshin, feito de aço forjado e dobrado diversas vezes. O anel estava colocado na posição ideal para que a arma fosse girada facilmente dentro da mão, e a parte pontuda e afiada, adequada para desferir um *atemi*, não aparecia demais por entre os dedos. Ao examinar o objeto metálico com mais atenção, Kira notou uma discreta assinatura, indicando que o ferreiro que fabricara aquela arma provinha do vilarejo Osafuna.

— O que é isto? Um abridor de garrafas? — perguntou, querendo adivinhar quantas das 12 formas de ataque lhe eram conhecidas, ou se ele já fora iniciado e conhecia as 12 formas secretas adicionais.

— Não — respondeu Darrell alegremente. — É uma espécie de brinquedo japonês. Vou lhe mostrar.

Kira observou-o enquanto ele erguia o seu pesado traseiro do tapete e, com passos de urso, encaminhava para junto do sofá.

14

Washington, D.C. Sede dos analistas do Estado-Maior do Exército dos Estados Unidos. Segunda-feira, 6 de agosto de 1945

ESTAVA CANSADO. Talvez aquilo não estivesse sendo um caminho de tortura, mas certamente um caminho de incompetência. E já se passaram dois meses desde o momento em que nele entrara.

Conforme lhe pedira Harold, logo no dia seguinte à sua chegada à base militar na Costa Oeste, apresentou-se ao comandante, pedindo a abertura de um inquérito. Os procedimentos que se seguiram foram cansativos e estúpidos, e ele teve de repetir a mesma história a inúmeros oficiais, cada um com mais estrelas nas ombreiras, expondo a cada vez os motivos pelos quais ele insistia em ocupar as suas mentes num momento tão delicado para a pátria e para todo o mundo democrático. Sua tarefa era ainda mais complicada pelo fato de ele ainda não ter se recuperado por completo da prolongada estada no campo de internação. Os muitos meses lá passados o haviam tirado do prumo no qual ele estava acostumado a funcionar. Um prumo simples e óbvio. Queria sentir-se útil e, no entanto, os últimos dois meses pareciam uma continuação daquela sonambúlica inatividade que conhecera no cativeiro.

De nada adiantaram os incontáveis encontros amorosos, sua promoção a major ou a transferência para uma base de treinamento no Texas, onde dispunha de muito tempo livre e estava cercado por belas garçonetes na cantina dos oficiais. Nem mesmo o fato de poder visitar frequentemente os pais e passar os fins de semana cavalgando com eles numa fazenda de amigos lhe trouxera a tão almejada paz de espírito.

Agora, após dois meses, tudo levava a crer que seus esforços estavam chegando a um final feliz. Conseguira chegar ao general Jason Clark, chefe da equipe dos analistas do Estado-Maior do Exército dos Estados Unidos em pessoa, e este, a julgar pela expressão e a simpática esfregação das suas mãos polpudas, parecia estar cheio de sentimentos mais calorosos.

— Quer dizer, major Fisher, que o senhor acha que os russos têm planos específicos para aqueles quatro aviões? — perguntou o general, que, apesar do amplo sorriso, pareceu repugnante a Lenda. (Quando mais tarde Lenda relatou aos companheiros da sua unidade aquele encontro, usou da seguinte expressão para descrever aquele rosto e aqueles sorrisos: "Aquele porco ao qual finalmente me deixaram chegar era tão gordo como um cãozinho com o qual os chineses fazem sopa, e o seu focinho tinha tal aparência que dava vontade de martelar nele uns pregos.")

— Não só acho, general, como estou convencido disso — afirmou Fisher, esforçando-se para não imaginar o que poderia fazer com um general tão pomposo, estando com ele num ringue ou num bar do Texas, mas sem as estrelas e sem se preocupar com a hierarquia militar.

Por sorte, Clark não tinha o dom de telepatia e não recebia os comunicados mentais de Lenda. Seus pensamentos estavam exclusivamente voltados para se pavonear com a sua perspicácia na análise da situação. Embora se dirigisse ao major num tom simpático e educado, no fundo dos seus olhos porcinos se ocultava um ar de desdém.

— Na verdade, essa sua convicção não aparece com clareza no seu relatório, que é um exemplo da forma pela qual devem ser reportados os fatos, sem a inclusão de opiniões e sugestões impensadas, mas... — Clark suspendeu a voz de forma teatral. — O senhor menciona que os russos aprenderam a pilotar os B-29 e que chegaram a usar um desses aparelhos em voos regulares. Será que o senhor, ao registrar tal fato, está sugerindo que eles possam estar pensando em formar um esquadrão com aqueles quatro bombardeiros e, no futuro, atacar Nova York?

Lenda abaixou a cabeça como um touro prestes a atacar. Imaginou-se dando um pontapé com a ponta de uma bota de caubói no cóccix do general. Depois, quando a raiva passou, ajeitou-se na desconfortável cadeira que Jason deveria usar expressamente para humilhar seus inconvenientes e demasiado confiantes interlocutores e respondeu, olhando inocentemente nos olhos de porco de Clark:

— Não fiz nenhuma sugestão dessas, mas só o fato de eles terem retido os aparelhos deveria ser verificado e analisado cuidadosamente, além dos muitos outros detalhes descritos em minúcias no meu relatório. O mais chocante de tudo é que eles estavam, e certamente continuam a estar, fazendo testes com os nossos aparelhos!

— Mas, meu caro major, é mais do que compreensível! Os suíços, mesmo depois da capitulação da Alemanha, não libertaram imediatamente nossas tripulações, e até hoje não devolveram os aviões. E não são poucos; só de B-17 eles mantêm mais de uma dúzia.* Todos estão sendo examinados, algo que sabemos por meio do nosso serviço de contraespionagem, e os suíços sabem que nós sabemos, e ninguém está revoltado com isso. E tem mais, meu caro major. É bom que o senhor saiba, mas não precisa fazer alarde, que nós, também... hmmm... de certa forma... conseguimos vários exemplares das mais recentes construções russas e também as testamos exaustivamente. Aliás, não só aéreas. Não tenho dúvidas de que os russos estão cientes disso, mas ninguém faz barulho a esse respeito. Nos tempos que nos coube viver, isso não espanta ninguém. Obviamente, nós já pedimos aqueles aviões de volta mais de uma vez, mas até agora sem resultado. Em minha opinião, tendo as tripulações de volta sãs e salvas, o caso deveria ser arquivado e o senhor não deveria mais se preocupar. De qualquer modo, se formos analisar a questão do ponto de vista puramente diplomático, os russos se comportaram melhor do que os suíços, porque libertaram as tripulações apesar de os Estados Unidos estarem em estado de guerra com o Japão, e a Rússia, não.

---

*Ao todo, 186 aviões. No entanto, é preciso acrescentar que os suíços, com o mesmo zelo, retiveram todos os aviões do Eixo que fizeram pousos forçados no seu território. (*N. do A.*)

— Conforme descrevi no meu relatório, general, a tal libertação foi muito estranha. Certo dia os russos devolveram todos os nossos pertences e nos puseram em caminhões com toldos fechados. Viajamos por vários dias... talvez uns 12... perdemos a conta. Parávamos somente à noite, quando era impossível saber onde estávamos. Fazia muito calor de dia e, à noite, um frio diabólico, mas os russos nos aprovisionaram com cobertores e sacos de dormir. Tínhamos comida em conserva e vodca. Depois, num determinado dia, os caminhões pararam e nós só ouvimos passos de pessoas se afastando. Ficamos dentro do caminhão por mais uma hora, mas, como nada acontecia e o sol estava cada vez mais escaldante, acabamos saindo. Vimos que estávamos a apenas algumas dezenas de metros de uma pequena ponte pênsil e, do outro lado, havia uma guarita de fronteira iraniana e, junto dela, alguns espantados guardas fronteiriços iranianos. Nem sinal dos russos; provavelmente, haviam se escondido atrás de uns rochedos. Quisemos chegar à fronteira em grande estilo, dentro dos caminhões, mas os russos foram espertos e levaram as chaves de ignição. Diante disso, fomos até o Irã a pé. Tentamos explicar a situação aos guardas fronteiriços, obviamente em inglês, do qual eles não entendiam patavina, mas sacudiam as cabeças como se entendessem. Depois, apareceu um general deles que, além de falar inglês tão perfeito quanto o de Churchill, não parecia espantado ao ver quarenta homens aparecendo assim, de madrugada. Os russos devem tê-lo prevenido, pois não fez perguntas idiotas, e ficou apenas nos parabenizando pela nossa fuga... Uma fuga! O senhor está se dando conta disso, general? — exclamou Lenda. — Não fomos nós que fugimos dos russos, mas eles de nós. Nem chegaram a se despedir! Foi a primeira vez na vida que participei de uma farsa dessas!*

*Ao libertar os aviadores americanos, os russos correram sérios riscos. Caso os japoneses não aceitassem a pouco verossímil "fuga" através do Irã e, lançando mão do pretexto da quebra da neutralidade, atacassem a Rússia do leste, o país, concentrado na sua luta contra a Alemanha no oeste, se veria numa situação bastante difícil. Por isso, todos os americanos libertados dessa forma tiveram de prestar um juramento de não comentar esse fato com ninguém. Caso o episódio viesse à tona, o fluxo dos "fugitivos" (pois o expediente fora utilizado não só no caso das tripulações dos B-29, mas também nos de outros americanos internados) seria interrompido imediatamente. (*N. do T.*)

— Está vendo, major?! — exclamou o porquinho com uniforme de general, claramente satisfeito com o relato de Lenda, dito num acentuado sotaque sulista. — Isso apenas confirma a minha teoria. Os russos, apesar da impropriedade legal, queriam que vocês voltassem para casa, e foi o que fizeram. Acho que os aviões também serão devolvidos, mas só depois do fim da guerra. O senhor está se preocupando à toa. É melhor deixar esse caso para ser resolvido por diplomatas. Só há um ponto que me preocupa...

Clark interrompeu a frase no meio, achando que com isso deixaria Fisher confuso. No entanto, Lenda já sabia controlar as provocações que, há vinte anos, na escola, o teriam deixado furioso. Diante disso, o general tentou abordar Lenda por outro lado:

— O senhor mantinha laços de amizade com o capitão Darrell?

Lenda conseguiu disfarçar o desprezo e lançou um olhar claro e sincero para o general:

— Continuo sendo amigo dele, e conto com o seu apoio, general, para que o capitão Darrell possa rapidamente retornar ao nosso país.

— Sabe de uma coisa, major? — disse Clark, inclinando-se para trás como se procurasse uma inspiração no teto, enquanto Lenda pôde apreciar, por um longo momento, os dois furos de nariz de porco e a parte inferior do queixo do general. — O comportamento de Darrell não me parece totalmente claro. O senhor poderia me ajudar a compreender as intenções do seu amigo?

Fisher concentrou-se, sabendo que os próximos minutos da conversa poderiam ser decisivos e ele não queria cometer nenhum erro.

— Descrevi tudo em detalhes no meu relatório, general — respondeu como era de se esperar, mas querendo que Clark lhe fizesse mais perguntas sobre Harold e, para a sua grande satisfação, foi exatamente o que aconteceu.

— Deixemos, por um instante, o seu relatório de lado — disse. — Gostaria de ouvir certas coisas diretamente do senhor. Em total confiança e sem nenhum registro do que o senhor me disser.

O general levantou-se com grande esforço de trás da sua escrivaninha decorada com fotografias emolduradas e uma pequena bandeira americana nas mãos de um soldado de chumbo com o uniforme de *marines* do começo do século. Além de baixa estatura, o analista tinha uma volumosa pança e, enfiado num uniforme exageradamente ajustado ao corpo, era um tampinha gordinho e em outras circunstâncias Lenda teria sorrido com comiseração ao ver como o cinturão militar dividia o general exatamente ao meio, enfiando-se no seu mole corpanzil. Clark encaminhou-se até a janela e, olhando para a distante perspectiva de gramados e árvores, manteve-se de costas para o piloto sentado humildemente na cadeira, e perguntou de forma gentil:

— Como o senhor avalia a decisão do seu colega? Ele precisou mesmo ficar?

Lenda já tinha a resposta pronta:

— Estou convencido de que o capitão Darrell agiu de forma correta. O nosso encontro com o cônsul, logo no início, não levou a nada. Os russos participaram dele e, embora basicamente pudéssemos falar o que queríamos e o capitão Darrell tenha entregado ao senhor cônsul um protesto formal por escrito, chegamos à conclusão de que a reunião fora uma perda de tempo. Na nossa avaliação, aquele cônsul... queira me desculpar pela sinceridade... é uma pessoa desprovida de qualquer iniciativa.

— Nossos representantes obedecem a instruções, e ele, certamente, agiu como devia, enquanto vocês dois, sem nenhuma objeção, se deixaram levar pelos russos para orgias em locais noturnos.

Nesse ponto, Clark semicerrou os olhos e pensou por um instante em como gostaria de ter participado de uma aventura tão suspeita e vivenciado todas as delícias descritas pelo major, incluindo as cenas de arruaça na pista de dança e as de sexo explícito com mulheres que, na certa, eram agentes de espionagem soviéticas. Infelizmente, no caso da vida exemplar do general, até então nada de parecido ocorrera, fato que compensava em discussões com a esposa, aterrorizando os sogros e, também, com um excessivo amor por bebidas alcoólicas.

— Não era apropriado recusar. Eles estavam sendo tão gentis que o capitão Darrell e eu chegamos à conclusão de que aquilo poderia facilitar nosso entendimento com eles.

— Muito bem. Vamos esquecer isso. Afinal, os regulamentos não preveem formas de confraternização com aliados, mesmo que acabem num bordel...

— Aquele local era muito distinto, general — corrigiu-o o major —, era anterior à guerra... — acrescentou rapidamente ao ver os dedos em forma de salsicha se agitarem às costas do analista que acabou se virando para Lenda.

— E eles o obrigaram mesmo a ficar? — perguntou.

— Sim, senhor general. Disseram que, caso ele não concordasse em acompanhar o exame da Superfortaleza, todos nós, ou seja, todas as tripulações, permaneceriam internadas até o fim da guerra. O capitão Darrell, tendo discutido o assunto comigo, chegou à conclusão de que isso também seria proveitoso do ponto de vista militar.

— E como o senhor interpreta isso? — quis saber Clark, transformando seus lábios num focinho com um bigodinho que parecia um fino cadarço.

O general não sabia controlar seus gestos, apesar de estudar zelosamente seu reflexo num espelho. Lenda abaixou os olhos e mordeu os lábios. Sabia que não podia se permitir nem a sombra de um sorriso.

— Quis ficar com ele, mas ele me proibiu. Disse... resolveu que, mesmo que não pudesse enviar de imediato algumas informações do que os russos estavam fazendo com os aviões, ele estaria lá, mantendo pulso firme, e que certamente surgiria uma oportunidade. Contava também com a certeza de que o Exército dos Estados Unidos se ocuparia dele.

— O que não é de todo tolo — reconheceu Clark, coçando o queixo. — Eles não podem liquidá-lo às escondidas, porque muitos dos nossos sabem da sua decisão. Vamos solicitar aos russos que soltem o capitão... Embora não fosse de todo ruim que ele ficasse por lá por um algum tempo... — (a última frase Clark dissera apenas na sua mente). — No entanto, se olharmos para a questão sob outro ponto de vista, a decisão do seu amigo poderia ser classificada nas categorias de traições...

As palavras de Clark despertaram uma chama de fúria e impaciência nos olhos de Lenda. Levantou-se da cadeira e, apoiando os punhos fechados no tampo da escrivaninha do general com tanta força que as juntas dos dedos ficaram pálidas, disse:

— Não diga uma coisa dessas, general, nem brincando. De que traição o senhor está falando? No lugar dele, o senhor não teria se sacrificado em prol dos outros? Na verdade, o que ele merece é uma medalha por ter ficado como refém. E, quando ele retornar, o senhor terá uma ideia do que os russos estão tramando. Não fosse o nobre gesto de Harold... do capitão Darrell, todos ainda estaríamos naquele campo, 44 famílias viveriam em desespero e o senhor não saberia de nada sobre os nossos aparelhos.

Clark adotou uma expressão que deveria sinalizar ao major que concordava com ele e que se esforçaria para trazer Darrell de volta:

— Talvez o senhor tenha razão. Quem sabe? No frigir dos ovos, talvez a decisão do seu amigo prove ser útil. De qualquer modo, o senhor pode retornar ao seu trabalho com a consciência limpa. Não vamos deixar que seu amigo seja devorado por Stálin.

Lenda bateu continência e saiu do gabinete. Sentia um misto de alívio e preocupação, pois o general Clark não despertara nele um sentimento de simpatia e — menos ainda — de confiança.

Após a saída do texano, o general Clark, a quem Lenda irritara com sua postura, autocontrole, inegável masculinidade e bela aparência, ficou meditando por muito tempo. Em seguida, pegou a pasta com o relatório e, na ponta dos pés, colocou-a na prateleira mais alta do seu armário blindado. Decidira não tomar nenhuma providência quanto àquela questão, que lhe parecera delicadíssima. Os russos, apesar de estarem prontos para isso, continuavam adiando suas atividades militares contra o Japão, apenas concentrando tropas na fronteira com a Manchúria. Caso a atacassem, como já declararam várias vezes que fariam, enfrentariam as grandes forças do inimigo, o que facilitaria a invasão das quatro principais ilhas do Japão. Pelo menos era essa a versão oficial do Estado-Maior.

Na opinião do general, o presidente Truman se comportava diante de Stálin como um guarda-livros de uma firma semifalida na presença do seu diretor-geral. Para Clark, aquilo era um mistério. O presidente não tinha motivo algum para adotar posição tão submissa diante do líder soviético; estava numa posição na qual poderia lhe fazer frente com destemor, mas não o fazia. Por uma razão que o general não conseguia entender, os britânicos adotavam a mesma atitude. Sem nenhum sentido, entregaram aos russos dezenas de milhares dos seus compatriotas salvos no mar ou libertados dos campos de prisioneiros alemães, que foram fuzilados ainda nos portos, mal tendo desembarcado dos navios ingleses. Um horror! Truman tinha de ter algo na sua consciência. Algo que o fazia ceder diante da postura dos soviéticos.

"Não posso acreditar que esteja ligado ao fato de termos nos apropriado dos arquivos de von Braun. Nesse *affaire*, não só os russos foram passados para trás, mas também os ingleses. Afinal os russos também possuem um bom serviço secreto e devem ter se apropriado de uma porção de segredos militares alemães sem nos dar nenhuma satisfação. É a lei da guerra. No passado, os vitoriosos permitiam que suas tropas saqueassem, violassem e incendiassem. Hoje, apossamo-nos da tecnologia que poderá representar um trunfo duradouro. Quem sabe uma bomba?", pensou.

Clark olhou para um mapa-múndi, sobre o qual havia relógios indicando as horas nos mais diversos pontos do planeta. Pela posição dos ponteiros, aquilo ainda não acontecera. Mais algumas horas — e o mundo mudará por completo. Pois é. Truman anda em volta de Stálin com essa bomba como um gato em torno de uma tigela com leite quente demais. Como se tivesse medo de o líder soviético ficar ofendido pelo fato de os americanos terem desenvolvido a mais poderosa das armas sem nada dizer sobre isso aos Aliados. Pela forma negligente como Stálin trata dessa questão pode-se concluir que os russos estão trabalhando no mesmo brinquedo e, portanto, devem fingir que não sabem do que se trata. Das duas, uma: ou Truman está sendo cuidadoso demais, ou ingênuo demais. O presidente acha que Stálin não se dá conta das possibilidades de uma bomba dessas. "Stálin, senhor presidente, sabe muito bem do que essa bomba é capaz, mas, como os russos estão atrasados no seu desenvolvimento, ele tem de se fingir de bobo. Só pode ser isso. E se for assim", matutava Clark, "então seria até melhor se os russos não atacassem a Manchúria. A bomba romperá o espírito de luta dos japoneses e nós daremos conta deles sem a ajuda daquela segunda frente que resultaria numa invasão do território japonês pelos russos. É óbvio que, se eles puserem um pé lá, não vão mais sair e toda aquela região ficará sob a sua esfera de influência. Por que cargas d'água nós precisaríamos disso?"

Clark bocejou e, não sem dificuldade, colocou os pés na mesa. "Quanto à questão deste tal Darrell e daquelas Superfortalezas retidas pelos russos, é melhor nem tocar neste assunto", resumiu. "Ninguém está interessado em mexer neste vespeiro."

Tendo chegado a essa conclusão, o general entrelaçou as mãos sob a cabeça e se pôs a sonhar com a sua carreira que, até então, se apresentava de forma bastante promissora.

15

Num barco no lago Tchíste Prudy. Final da tarde de 5 de agosto de 1945

APÓS UM DIA INTEIRO ANDANDO pela cidade, a ideia de estar num barco no extenso lago Tchíste Prudy se revelara excelente. O ato de se encontrar sobre água fora um desejo repentino de Harold, mas Kira não se espantou. Darrell odiava as chamadas excursões tradicionais e disse isso à jovem assim que ela apareceu de manhã no seu apartamento. O desejo de visitar lugares considerados dignos de serem visitados lhe era totalmente desconhecido. O ato de andar por lugares com pouca gente ou simplesmente ficar à toa sentado no banco de um parque ou deitado num gramado lhe dava muito mais prazer do que a contemplação de feitos arquitetônicos ou a admiração pelas coleções expostas em museus. Não conseguia entender os motivos que levavam as pessoas a ir correndo ver as coisas recomendadas nos guias turísticos. Já sua esposa, Lucy, estava irremediavelmente viciada naquele tipo de visita.

Antes da eclosão da guerra, ele e Lucy participaram de várias dessas excursões. Harold retornava delas 10 quilos mais magro e furioso por ter permitido ser levado a museus, montes sacros e outros lugares tão insignificantes quanto estes, sentindo-se como um burrico açoitado por um impiedoso tropeiro. Já um mês antes da partida, Lucy juntava mapas e guias e, estudando-os atentamente, preparava um plano de viagem irrepreensível do ponto de vista logístico. Na sua concepção de "visitar", não havia lugar para coisas ocasionais. Com seu talento para prever e organizar, ela teria sido uma valiosa aquisição para qualquer Estado-Maior das Forças Armadas de um país que se preparava para invadir o território de outro. Seus planos eram sempre sobrecarregados, já que ela preferiria desistir de algum programa não previsto a ter de interromper as "visitas programadas".

Já a visão do turismo de Harold era totalmente outra. Consistia em ir, logo após à chegada a determinado lugar, a um simpático bar e tomar uns tragos e, no dia seguinte, em torno do meio-dia, ir a um bar diferente para beber uma cerveja ou um drinque antes do almoço. Gostava de permanecer por mais tempo num lugar — pelo menos alguns dias. Tinha prazer em se acostumar aos quartos dos hotéis, às suas piscinas, seus gramados, suas camareiras e garçons. Na sua concepção, essas atividades se completavam à perfeição com um gelado caneco de cerveja e a visão dos seios das jovens à beira de uma piscina, mas não perto demais, pois o incessante falatório das jovens turistas o irritava profundamente. Em sua opinião, era assim que deveriam ser passados os primeiros dias, aguardando o surgimento do apetite por uma nova excursão, de preferência para um vilarejo próximo e conhecido pela excelência dos seus bares ou algo nesse sentido. A essas excursões Harold se entregava com prazer, principalmente por poder, a qualquer momento, retornar à piscina e avaliar o avanço do bronzeado na pele das jovens, não observadas por alguns dias.

No entanto, tais planos só podiam ser postos em prática após alguns dias de viagem, já que Lucy tinha sede de visitar e vivia em constante movimento, e essa visão diametralmente oposta do que era turismo resultava em discussões, sobretudo quando ele, num evidente movimento de revolta, se desviava de um trajeto pré-traçado para poder, nem que por um momento, apenas, instalar-se numa confortável poltrona na varanda de um simpático hotelzinho e ficar olhando para a torrente de turistas que, empurrados por uma força estranha, se dirigiam a outros lugares dignos de serem vistos. A constante oposição à tirania turística da esposa resultou num arranjo satisfatório para ambos, no qual, mesmo viajando juntos, passavam as férias separados — ele aproveitava os dias espreguiçado à beira da piscina ou, quando enjoava disso, andava calmamente pelas redondezas, comprando bugigangas, experimentando bebidas locais e conversando com garçons — e Lucy, tangida pelo imperativo turístico, se inscrevia em todas as excursões propostas pelo hotel, abandonando o aprazível lócus ainda de madrugada e retornando exausta, porém feliz, no fim do dia. Para Harold, tal arranjo era excelente.

É verdade que houve ocasiões em que ele também foi contagiado por aquela febre que faz que uma pessoa de mente sã tenha, repentinamente, um incompreensível desejo de escalar uma montanha até o pico. Numa delas, estavam passando as férias nos Pireneus franceses. Daquela vez, fora ele quem estudara o mapa e traçara o trajeto a ser percorrido, partindo ainda antes do nascer do sol depois de tomar o café da manhã no quarto. Nas horas seguintes, num calor úmido e insuportável, foram subindo uma montanha íngreme e coberta de vegetação, sendo implacavelmente mordidos por mosquitos e outros insetos. Quando enfim, exaustos a ponto de nem terem forças para brigar, chegaram ao topo da montanha, este se revelou tão coberto de árvores e arbustos que era impossível ver alguma coisa. Depois, com a mesma lentidão e sofrendo ataques ainda mais violentos dos insetos voadores, desceram a montanha, escolhendo os caminhos onde a mata era menos espessa, ou seja, os leitos barrentos de pequenos riachos. Quando, já quase ensandecidos, saíram para uma estrada, a força aérea dos insetos parou de atacá-los, enquanto eles se defrontaram com um nativo olhando espantado pelo fato de terem saído da floresta exatamente naquele ponto, já que a apenas alguns metros havia uma ótima trilha usada por excursionistas. O nativo, achando que turistas estrangeiros tinham todo o direito de fazer coisas estranhas, fez um gesto de desdém e seguiu em frente. Ficou patente que Darrell, um piloto e navegador experiente, capaz de encontrar o caminho certo se guiando por estrelas ou mesmo numa noite escura, não conseguira encontrar uma trilha definida como "fácil", já que era usada em excursões programadas por instrutores de crianças na idade pré-escolar.

Já em outra ocasião, quem deu vexame foi Lucy. Quando um teleférico os levou quase ao topo de uma montanha, ela descobriu que havia uma trilha pela qual, com as próprias pernas, se podia chegar a um ponto mais alto ainda, do qual a vista era deslumbrante. Harold se dera por satisfeito com o panorama que podia apreciar de onde estava — no terraço de um adorável restaurante decorado com convidativos cartazes anunciando marcas de cerveja, poltronas de vime e bancas de revistas. Lucy, tendo lhe lançado um olhar de desdém, seguiu em frente. A ideia de que ela, tendo sido alçada a tal altitude, não pudesse subir mais alto era algo inconcebível. Harold acomodou-se confortavelmente numa das poltronas e ficou bebericando uma cerveja espanhola, olhando para o céu coberto de nuvens. Não estava com vontade de discutir com a esposa, mas teria se contentado se a natureza ficasse do seu lado naquela questão. E a natureza ficou. Alguém, lá no meio das nuvens, deve ter lido a mente de Harold, pois, no momento seguinte, desabou uma tempestade, que transformou a trilha que levava "ao ponto mais alto" num alegre riacho lamacento, trazendo de roldão a sua esposa. A definição de "enlameada" não descreveria por completo seu estado lamentável, mas Harold foi magnânimo o bastante para não tecer nenhum comentário irônico e, cavalheirescamente, lhe cedeu a sua japona e pediu um grande copo de vinho aquecido. O casal ficou admirando a magnífica exibição da natureza dos Pireneus e, naquele momento, teve a impressão de que se entendia às mil maravilhas. De qualquer modo, Harold e Lucy nunca mais discutiram suas visões tão contraditórias do modo de fazer turismo.

Foi por isso que Darrell preveniu lealmente Kira, que, conforme combinado, veio às 8 horas da manhã, num sedã Opel cinza e trajando um casaquinho de linho, uma saia comprida, também de linho e fechada com grandes botões, e os pés calçados em tênis brancos. Apesar de um par de grandes óculos escuros com armação de plástico lhe darem certa aparência de inseto, sua beleza continuava deslumbrante.

— Nenhum museu. Nenhuma visitação de locais famosos. Nenhum guia. Apenas me mostre a cidade. Se eu tiver vontade de ver algo em particular ou entrar em determinado lugar, lhe direi. Estamos de acordo?

Kira fez um sinal afirmativo com a cabeça, olhando com prazer para a sua aparência em trajes civis, com calças de algodão e uma camisa branca à moda de Tolstói, ou seja, sem colarinho. As roupas lhe foram entregues de madrugada, junto com um boné de ciclista, que — não querendo colocá-lo na cabeça — Harold segurava na mão.

— Deixe este boné horrendo no apartamento. Ou melhor, vamos guardá-lo no porta-malas do carro — sugeriu-lhe Kira, achando que, caso ele o vestisse, teria um ar de pateta.

Os russos adoravam adornar as cabeças com os mais diversos tipos de gorros, bibicos militares e chapéus de feltro, de linho e até de palha. No caso de Darrell, excluindo-se o bibico, todos os demais adereços pareceriam ridículos. No seu íntimo, achou que o mais adequado às feições de Darrell seria um daqueles capacetes de samurai adornados com chifres de cervo, como aquele que laureava a armadura de laca vermelha no salão de recepções na casa paterna...

Quando ainda garotinha, Kira gostava de ficar naquele imenso salão, cujos únicos adornos eram a armadura colocada num suporte especial, almofadas no chão para as visitas e um pequeno "apoio de cotovelo" para o dono da casa. Naqueles dias, quando sua cabecinha loura mal chegava às luvas da armadura, ela a achara engraçada, certamente, por causa da máscara de laca vermelha, com os lábios retorcidos numa careta e adornados por um vasto bigode feito de pelos de texugo. A máscara, com os olhos vazados e boca vazia (em cujo interior ela bem que gostaria poder olhar caso sua altura lhe permitisse) e com a barba amarrada com uma corda de algodão como o maxilar de um defunto, parecia debochar dela. Quando cresceu e começou a se dar conta do significado das coisas, aquele objeto vermelho deixou de lhe parecer tão engraçado. Compreendeu que aquela maravilha, formada por milhares de pequenos elementos ligados de forma cuidadosa, combinava à perfeição com a madeira-de-lei do piso e as sempre impecavelmente limpas esteiras.

Nos dias de calor, quando o salão era aberto para um jardinzinho com uma fonte murmurante e cuja água, retesada por uma minúscula barragem, formava um pequeno lago artificial com carpas multicoloridas, Kira procurava encontrar, no lado de fora da casa, contrapontos ao guerreiro de laca, como, por exemplo, a corroída estatueta de Buda esculpida em calcário, que manifestava uma calma pacífica diante do dramático grito dos lábios do guerreiro privado de alegrias bélicas. O Buda do jardim parecia saber tudo, e por isso dava à pequenina Ki a sensação de total harmonia, enquanto a armadura desprovida do guerreiro parecia demandar pela próxima batalha, na qual o seu rosto retorcido e o bigode hirsuto encontrariam seu instinto assassino.

Já adolescente, Kira ficava imaginando como deveria se sentir um guerreiro enfiado numa proteção de tal complexidade, que, para ser vestida por um homem experiente, requeria quarenta minutos. Atendendo a seus insistentes pedidos, o pai organizara uma sessão demonstrativa do ato de vestir a armadura. Fora um espetáculo e tanto! A cerimônia, a exemplo de todas as cerimônias japonesas, teve seus ritmos e significados. O pai começou apertando as folgadas pernas de suas calças para poder colocar mais facilmente a proteção dos pés e da parte frontal das pernas. Em seguida, vestiu a armadura, enlaçando-a com três voltas de um cinturão branco. Então, chegou a hora de colocar o capacete *kobuto* e pegar a espada *tachi*. Por fim, uma cobertura sem mangas, com a imagem de um dragão sobrevoando ondas. Assim vestido, o pai pegou uma lança e tentou sentar-se dignamente numa cadeirinha dobrável usada pelos oficiais superiores antes da batalha. Algo se desprendeu da armadura e, no segundo seguinte, a família inteira foi tomada por um acesso de riso, olhando para o samurai adornado de chifres que tentava se virar para pegar o objeto caído.

— Papai — perguntou Kira, contorcendo-se de tanto rir —, o que um deles fazia quando, pouco antes do início da batalha, já vestido com tudo isso, tinha vontade de fazer xixi?

O pai, rindo com os demais, estava engasgando por trás da máscara e teve de retirá-la para responder.

— Ele deveria ter pensado nisso antes. Além disso, se acontecesse pouco antes do início da batalha, já com o inimigo à vista, ele estaria pensando em tudo, menos em fazer xixi. Mas, se apesar disso... — o samurai ficou tateando as partes logo abaixo do ventre — se apesar disso ele tivesse de fazer... teria de fazê-lo nas calças. Não vejo outra saída.

— Tire logo essa armadura, senão algo semelhante poderá acontecer com você — disse rindo a mãe, na certa encantada com aquele espetáculo que lhe permitira olhar para o marido de um ângulo totalmente diverso.

No entanto, o espetáculo ainda não terminara, pois seu irmão postiço também quis experimentar a armadura.

Enquanto o pai vestia o garoto, Ki saltitava em torno dele como um gafanhoto, bombardeando-o com perguntas e mais perguntas:

— Papai, esta armadura protege de tudo? A pessoa que a veste não precisa ter medo de uma espada ou de uma lança?

— Não sei, filhinha — respondia o pai, envergonhado por não saber dirimir todas as dúvidas da menina. — Teria de me vestir com isso e pedir a alguns amigos para tentar me acertar. Mas acho que não protege por completo. Sempre haverá um meio de atravessar a armadura ou encontrar um ponto no qual o corpo não está totalmente protegido. Lembre-se sempre do que dizia Lao Tse: "As armaduras mais confiáveis são ferramentas de desgraça", e antes que a filha pudesse absorver o significado da máxima continuou a preleção, "cada armadura, cada forma de defesa, é uma provocação àqueles que querem nos atacar"... Veja.

O pai pôs o seu filho postiço diante de si e lhe ordenou que o agarrasse pela garganta. Este, ensinado a obedecer cegamente, agarrou a garganta com as mãos enluvadas, enquanto o pai demonstrava os métodos de defesa, falando ao mesmo tempo:

— Está vendo? Ele me pegou pela garganta. Assim como no jiu-jítsu, eu desvio e me enfio debaixo das suas axilas. Por quê? Exatamente como você pensou, filhinha... porque só posso pegar nele pela armadura. E agora... — bufou com esforço — uma rasteira, e ele cai no chão.

O pai pôs delicadamente o filho postiço na esteira, enquanto este, embora pela primeira vez trajasse a armadura, amortizou instintivamente a queda com o antebraço direito.

— Agora — continuou o pai —, quando o temos no chão, este capacete assustador vai nos servir para quebrar seu pescoço. Assim... — demonstrou com todo cuidado para não machucar o garoto. — Está vendo? Se ele não tivesse esta armadura, seria muito mais difícil matá-lo. Uma armadura só serve contra golpes dados com uma arma. Protege-nos de espadas e lanças. No entanto, quando enfrentamos um sujeito desarmado, mas cheio de determinação, rápido e conhecedor de artes marciais, então é mais um empecilho do que uma ajuda. Bem, acho que consegui mostrar-lhe o que queria — concluiu, ajudando o filho postiço a erguer-se do chão.

O irmão postiço de Kira, vinte anos mais velho que ela, tinha os mesmos cabelos louros mas, por certo, não podia ser filho da mesma mãe, já que esta tinha apenas oito anos a mais do que ele. Não tinha traços japoneses, mas claramente europeus, e seu corpo musculoso tinha cerca de vinte centímetros a mais que o da maioria dos seus colegas. Em família, chamavam-no de "irmão postiço", mas, na verdade, era um órfão adotado durante a estada de seus pais na Sibéria.

"Gostaria de saber se você tem alguns lugares expostos na sua armadura nos quais eu poderia enfiar uma lâmina", pensou Kira, sentada no banquinho na proa do barco e observando o americano remar com categoria, mergulhando apenas a metade da pá dos remos na água. "Onde aprendeu a remar assim? Aliás, existe algo que você não saiba?"

— Existe algo que você não saiba? — perguntou em voz alta.

Darrell recolheu os remos e pegou uma das quatro cervejas austríacas que ela o ajudara a comprar na Torgsin — a loja exclusiva para estrangeiros.

Tendo aberto uma e sorvido rapidamente a metade da garrafa de meio litro, semicerrou os olhos de satisfação e respondeu, recolocando a garrafa no fundo do barco e voltando a pegar nos remos:

— Sim. Por exemplo, não consigo imaginar os motivos pelos quais se pode comprar com moeda forte e em lojas especiais uma cerveja tão deliciosa quanto esta e uma porção de outras coisas, enquanto com esses seus rublos e em outras lojas não dá para comprar coisa alguma. É uma violação das regras do mercado... Pelo menos é o que diria o meu professor de economia na universidade.

Kira sorriu, lembrando-se da indiferença com que ele atirara uma nota de cinco dólares no balcão da loja, a ponto de o atendente vestido com um jaleco engomado enrubescer diante de tal desprezo demonstrado pela moeda americana. Uma nota de cinco dólares era algo raramente visto naquelas bandas e, caso alguém a tivesse na mão, carregaria com a maior dignidade, como um ostensório diante de um altar. Na Torgsin, cinco dólares equivaliam a uma quantidade de álcool suficiente para embriagar cinco beberrões de primeira, junto com os tira-gostos. Harold comprara com eles as cinco garrafas de cerveja e um litro de uísque irlandês e, como ainda queriam lhe dar troco, forçou Kira a aceitar, de presente, uma garrafa de um licor exótico.

— Aqui, meu caro capitão, a economia é outra — falou.

— Como assim, "outra"? — espantou-se Darrell. — Economia é economia em qualquer parte do mundo. Caso contrário, deixa de ser economia e passa ser enganação. É como se você dissesse "outra termodinâmica" ou "outra física", na qual mais é menos e que só podemos imaginar existir em outras galáxias. Se existisse neste planeta, a Boeing já teria domado a gravidade e eu poderia voar sobre este lago.

— Pois saiba que você está numa outra galáxia e que teria de viver aqui por alguns anos como um cidadão médio para compreender as suas regras.

— O que quer dizer que aqui, além de cidadãos médios, existem outros, não médios? — perguntou sarcasticamente, como se a julgasse responsável pela absurda organização social soviética.

Kira deu de ombros e desabotoou alguns botões da sua saia para sentar-se mais confortavelmente, com o que revelou um short de mesmo tecido e um par de coxas esbeltas, lindas e, ao mesmo tempo, fortes e cheias.

— E na sua terra também não é assim? — perguntou. — O que tem a dizer sobre as cantinas de oficiais nos aeroportos, com cotas especiais de cigarros e bebidas?

— Queira me desculpar, mas a comparação é inadequada — retrucou Harold. — Só dispomos desses privilégios nas bases militares e em tempos de guerra. No resto do país, poder ou não comprar algo é apenas uma questão de ter dinheiro para isso.

— Pois, se aqui dependesse apenas de dinheiro, em menos de um segundo não haveria mais nada nas lojas. Aqui falta tudo. Você não sabia disso?

— Como, assim, "tudo"? Dê-me um exemplo.

— Papel higiênico, manteiga, pão, legumes, frutas, sabão, pasta de dentes, algodão, lápis, sapatos, fósforos, cigarros e, acima de tudo, um pingo de inteligência na cabeça dos que mandam nessa bagunça.

— E você não está com medo de que os seus superiores possam não ficar encantados pela forma como você apresenta a realidade soviética a um estrangeiro?

— Não — respondeu Kira desafiadoramente, fazendo um coque com sua cabeleira rebelde. — Quem vai me denunciar? Você? — perguntou, segurando a presilha de cabelos entre os dentes e, mudando de assunto, retomou a pergunta anterior: — Prefiro que você me conte de onde tirou essas aptidões marítimas. Você rema como se tivesse nascido num barco.

— Sempre fui atraído por oceanos... tanto os aquáticos quanto os celestes...

Harold ergueu os olhos para o céu moscovita, que naquele momento, ao cair da tarde, apresentava um impressionante espetáculo de luzes e cores, enquanto as douradas bordas das nuvens o faziam pensar nas incríveis formas que estas adquiriam. O céu era exatamente igual àquele de um ano antes, quando voavam para Vladivostok após terem bombardeado aquela infeliz siderúrgica. A única diferença era que, naquele dia, ele olhava para as nuvens no mesmo nível, enquanto agora estas olhavam para ele de cima, pequenino, lá embaixo, navegando sobre um lago num barquinho com a mais bela e mais desejável de todas as jovens que conhecera na sua vida. Além disso, Harold tinha plena convicção de que as margens do lago estavam cercadas por colegas da companheira, já que seu barquinho era o único no lago e era de se supor que, num dia de tanto calor, mais de um moscovita gostaria de poder desfrutar aquele privilégio. Afastou o olhar das nuvens e resolveu responder à indagação de Kira:

— Você deve saber que a água limpa a mente e a alma. E eu acredito piamente nisso. Gostaria de morar um dia num lugar do qual tivesse visão de muita água. Não precisaria ser um oceano. Bastaria um lago, muito embora preferisse um rio. Não gosto de sentir que estou atravessando algo que ficará para trás, e um rio não nos dá tal sensação...

Teve um repentino desejo de pegar na mão de Kira, mas, no último momento, entrou em pânico, sentindo uma excitação igual à que sentira certa vez, quando tinha cerca de 12 anos. Naquela ocasião, uma menina da sua idade o convidara pela primeira vez a ir a sua casa. Harold estava apaixonado por ela havia vários meses, mas, embora se sentisse à vontade na sua presença, nunca teve coragem de atravessar aquela fronteira mágica, tão importante naquela idade. O fato de lembrar-se dela vinte anos mais tarde só corroborava o fato de ter estado apaixonado. Quando finalmente se encontraram a sós no seu quarto, teve o desejo de fazer aquilo com que sonhara por semanas — pegar nas mãos dela e olhar nos seus olhos, mantendo suas mãos nas dele. Chegou até a esboçar um gesto, mas parou no meio, olhando para ela e alcançando apenas parcialmente o seu desejo. Quanto a ela, assustada com a intensidade do seu olhar, afastou-se para um canto do quarto, e ele nunca mais tentou pegar na sua mão. Aquela não realização de um desejo mútuo (pois certamente ela também se sentia atraída por ele — caso contrário não o teria convidado) eliminou qualquer possibilidade de um namoro futuro. Passaram a encontrar-se cada vez menos, e em pouco tempo cada um já tinha um novo par. Viu-a muitos anos mais tarde, ainda bonita, mas com seios pendentes debaixo do vestido, e até chegaram a se beijar numa noite de bebedeira, aproveitando-se da ausência do marido. Só que ela não se lembrava daquele momento da sua hesitação, tão importante e decisivo nas suas vidas. Aquele ato de não se lembrar de momentos importantes e decisivos fora uma das características básicas das mulheres com que cruzara em sua vida. Quando as encontrava anos mais tarde, cheio de esperança de que elas guardassem nas suas memórias os mesmos momentos de elevação e anseio, descobria que nem sabiam do que ele estava falando. Ou fingiam não saber. Quem sabe sentiam vergonha de se lembrar? Com base nessas observações científicas dignas da prosa de Conrad, Harold chegou à conclusão de que a sensibilidade das mulheres a leves hesitações, ondulações e discretas demonstrações de afeto era muito menos desenvolvida que a dele.

Olhou para as mãos de Kira, naquele momento entrelaçadas sobre os joelhos. Eram bronzeadas, delicadas, com ossos finos e com aspecto forte. Suas unhas estavam aparadas rente, como as de uma enfermeira, violinista ou praticante de artes marciais. Não tinha adornos nos dedos, mas também não os tinha no pescoço nem nas orelhas. Apenas alguns grampos na sua vasta cabeleira. Lembrou-se de um ditado latino e o recitou:

— *Remum dukat, qui nihil didicit*. Quem nada sabe que se dedique ao remo. Quem sabe não foi essa a minha vocação? Mas o fato é que adoro água, exatamente como a deste lago: calma e segura. Como ele se chama?

— *Tchíste Prudy* — respondeu ela, logo traduzindo o nome para o inglês.

— Lagoas Limpas — repetiu Harold. — Quem será que as chamou assim? Pois elas são realmente limpas.

— Por acaso, posso lhe dizer, já que acho que sei. É uma história típica deste país. No final do século XVII, esta região era ocupada por açougueiros, de modo que você pode imaginar qual era a aparência destes lagos. Naquela época não havia esgotos e tudo era jogado onde se queria. Depois, o grande tsar... você deve ter ouvido falar dele, o controverso reformista Pedro... doou todas estas terras a um amigo, um certo Mientshykov. Está vendo aquela torre? Ela foi encomendada por Mientshykov a um arquiteto. Na verdade, nem ele nem o tzar eram tolos. Apostavam em jovens educados e encomendavam-lhes tarefas. Antes de se mudar para cá, Mientshykov ordenou que os lagos e toda a região fossem completamente limpos, transformando este lugar num autêntico paraíso. Após a morte de Pedro, Mientshykov, como se costuma dizer por aqui, "*popadl v nemilost'*", ou seja, caiu em desgraça e acabou na Sibéria.

— Popadl v nemilost' — repetiu Harold, com pronúncia correta e a testa franzida.

— É uma definição genérica universal. Cada sistema tem uma definição dessas. Aqui, ele funciona perfeitamente. Todos estão em postos elevados e têm algo a dizer e, ao mesmo tempo, ganhar ou perder, têm o direito de pertencer a duas categorias: ou estão nas graças, ou...

— Popadl v nemilost'! — completou a frase Harold, com uma expressão de alguém que acabara de fazer uma grande descoberta.

Kira soltou uma gostosa gargalhada.

— Mais um pouco e você falará russo como um espião de verdade — disse.

Harold deixou passar a piadinha de mau gosto e voltou ao tema anterior:

— Quer dizer que ou é isto, ou a Sibéria? Muito engenhoso — disse, resolvendo ofender-se com a observação de Kira, mas o fez com cara de menino castigado injustamente, e esta logo percebeu que ele estava fingindo. — Por que está fazendo esse tipo de alusões? Você sabe muito bem que não existe ninguém menos adequado do que eu para ser um espião. Além disso, caso o fosse, teria desembarcado de um submarino numa praia deserta, com uma mochila cheia de revólveres, venenos e radiotransmissores, e não desabado do céu com três motores e uma tripulação de débeis mentais, mulherengos e alcoólatras.

Kira voltou a rir, e observou:

— E, nestas duas últimas atividades, você foi seu líder inconteste, especialmente após o pouso...

— Vejo que você teve acesso a todos os relatórios. Estou curioso em saber o que mais leu neles — respondeu Harold, agora aborrecido de verdade.

— Tudo que o serviço de contraespionagem conseguiu descobrir; e saiba que ele não está interessado apenas em diplomas e números de unidades — respondeu ela, sorrindo de forma tão sardônica e com um sinal tão claro de aprovação que nada lhe restou a não sorrir de volta.

Kira olhou para ele com atenção e pensou: "É óbvio que você não é um espião; pelo menos não é assim que se considera, embora nenhum de nós saiba com certeza se é ou não um espião. Isso depende do que querem que a gente seja. Podemos ser um espião mesmo sem perceber."

Valendo-se da sua prodigiosa memória, que lhe permitia lembrar-se de tudo que lera ou ouvira alguma vez, procurou por uma das leituras preferidas do seu pai — *A arte da guerra*, de Sun Tzu — e, examinando mentalmente rolos após rolos cobertos por caracteres chineses, chegou ao fragmento adequado:

> Não existe algo que não possa ser usado adequadamente a serviço de espionagem, embora se trate de um assunto delicado. A atividade de descobrir quem o inimigo nos enviou para espionar é de fundamental importância. É preciso suborná-los para que passem para o nosso lado... De todas as pessoas próximas ao comando, nenhuma desfruta de mais confiança do que um espião. De todas as recompensas, as mais valiosas são as destinadas aos espiões. De todas as questões, as que se referem à espionagem são as mais secretas.

"Faremos de você um espião", pensou, "mais rapidamente do que você imagina e, ainda por cima, um espião duplo ou triplo. Em pouco tempo, você não saberá mais a quem está servindo e quem tira proveito da sua atividade. Restará ainda a questão do que Sun Tzu chama de 'recompensa valiosa'. Gostaria de saber qual é o seu preço e se é exatamente dessa forma que você deseja ser pago. Já sei algo sobre a moeda na qual poderiam ser pagos os seus honorários. Assim que você abriu a porta, pude notar como você perfurava o espaço à sua frente como um navio quebra-gelo abrindo passagem numa superfície congelada. Vamos ter de confirmar isto."

— Harold, tenha a bondade de levar o barco para o centro do lago — falou, desviando seus olhos do olhar interrogativo do americano. Adorava aquele momento no qual se iniciava uma espécie de jogo conspiratório, e logo encontrou uma justificativa para o seu pedido: — Estamos perto demais das margens, e logo seremos atacados por mosquitos.

O piloto remou para o meio do lago e, uma vez lá, olhou para o céu avermelhado e para o relógio. Eram quase 19 horas.

— Já não está na hora de voltar? O sol já está se pondo — disse apenas por estar com vontade de reforçar as duas garrafas restantes de cerveja com um copo cheio de uísque.

Kira olhou atentamente para as margens. Tudo parecia estar indo bem. Caso os agentes tiverem binóculos —, que certamente teriam —, vão ter algo com que se divertir, embora as bordas do barco não irão lhes permitir uma completa visão dos detalhes. Deslizou do seu banco para uma boia salva-vidas em forma de roda de cortiça que o zeloso responsável pelo barco pusera no seu interior. Assim como no dia anterior, seu movimento foi fluido e determinado, mas, dessa vez, Harold assustou-se e recuou.

— Largue os remos — disse Kira, apoiando suas mãos nos joelhos do piloto e olhando direto e atrevidamente nos seus olhos. — Ontem à noite notei que você tem um problema...

— Que tipo de problema? — perguntou Harold.

— Aquele que costumam ter os meninos que ficam sem ver mulher por muito tempo... — respondeu Kira. — Pois é — constatou, com uma satisfação parecida com a de um jardineiro que, tendo entrado de manhã no jardim, notara que o fato de ter regado as plantas no dia anterior tivera nelas um efeito positivo. — Vejo que não me enganei — concluiu, deslizando suavemente suas mãos sobre as coxas de Harold. — O seu problema é de fato sério e demanda uma intervenção imediata.

Mantendo seus olhos fixos nos de Darrell, começou a avançar com as mãos cada vez mais alto, enquanto ele, totalmente submetido àquele olhar, semicerrou os olhos e, apoiando o corpo sobre os cotovelos, permitiu que sua cabeça pendesse para trás. A partir daquele momento, sentiu-se dominado pelo movimento daquelas mãos. Já se passara muito tempo desde alguém se ocupara dele daquela forma, mas, desde o primeiro instante em que compreendeu aquele jogo e se submeteu seu corpo se lembrou de tudo que deve ser lembrado num momento assim.

Os dedos de Kira, contrariamente ao que se podia esperar, tiveram dificuldade com os botões da sua braguilha. As mãos de certas pessoas têm a capacidade de concentração e de enviar correntes de energia. Quando regidos por um maestro experimentado, os músicos de uma orquestra conseguem sentir melhor um discreto movimento das suas mãos do que os largos gestos da sua batuta. Os mestres de sinuca, mesmo sem a ajuda de um taco, têm o dom de orientar as bolas a se posicionar nas mais surpreendentes configurações, como uma matilha de poodles amestrados. E, certamente, era esse tipo de mãos que tinham as treinadas cortesãs. Kira sabia dosar sua energia de acordo com sua experiência nas lutas marciais. Naquele momento, não se dava conta de que estava agindo de forma contrária à que lhe fora ensinada e exigida pelos que a treinaram naquela arte, já que experimentava uma sensação completamente nova. Era algo que deve ter sentido o aprendiz de feiticeiro de Paul Dukas, cujo inocente encanto provocara resultados inesperados. Havia sido muito bem instruída quanto ao comportamento a se adotar com homens diante dos seus desejos. Ensinaram-lhe como manipular as fases e os estados daqueles desejos, mas todos aqueles treinos sempre foram acompanhados por um método de ocultar as próprias emoções. Dessa vez, ela só conseguia aproveitar uma parte daqueles ensinamentos, sentindo uma excitação tão intensa que chegou a temer que acabasse arrancando os botões. Para piorar a situação, ao constatar que na roupa de baixo de Harold, evidentemente projetada para outro tipo de atividades, não havia nenhuma abertura frontal, quase entrou em pânico. Com um sussurro rouco, falou quase implorando:

— Levante-se por um instante.

Harold parecia aguardar exatamente por isso e, quando ergueu os quadris do banquinho, ela pôde, sem maiores esforços, "limpar o campo operatório". Estava exatamente diante dele, e passou a agir como um cirurgião, a quem os assistentes prepararam todos os instrumentos necessários para realizar uma operação delicada. Entregou-se àquela tarefa como alguém que fora contratado temporariamente e que, a todo custo, queria provar sua eficiência para ser efetivado no cargo. Agachada sobre a roda de cortiça, concentrada e cuidadosa, passou a acariciar o intumescido membro de Harold com sua mão experiente e... espontânea. De vez em quando, lançava um olhar para Darrell, a fim de verificar em qual fase de excitação ele se encontrava. Controlava os movimentos com todo o cuidado, pois, quando sentiu que o corpo do parceiro estava atingindo o clímax, diminuiu o ritmo e afrouxou o toque. Finalmente, ao sentir com os dedos e graças a uma intuição só concedida às melhores amantes que ele estava prestes a explodir, soltou-o delicadamente, a ponto de ele se contorcer de dor — o que ficou evidente no seu olhar.

— Ai! — exclamou. — Você vai me deixar nesse estado?

Kira ergueu-se da roda e voltou a se sentar sobre o barquinho, colocando as mãos debaixo das axilas, como se quisesse limpá-las de algo que nelas não havia, e respondeu:

— Temos de voltar. Vista-se.

Harold engoliu em seco, sentindo um gosto amargo na boca.

— Temos que retornar? Vamos nos ver de novo ainda hoje? Em Zhukovsky?

— Sim. Temos de voltar — respondeu ela com calma, lançando um olhar para as já mal visíveis margens do lago. — Mas virei visitá-lo ainda hoje, só que bem tarde. Depois da meia-noite, porque preciso ir a uma recepção. Não posso deixar de comparecer. Prometa-me que não vai adormecer, nem se embriagar.

E ele prometeu solenemente.

16

Na mesma noite, no apartamento de Darrell

VEIO, CONFORME PROMETERA. Bem tarde, à uma da manhã, cheirando a conhaque de cinco estrelas e trajando um discreto vestido longo com as costas desnudas. Vestida daquela forma, pareceu-lhe mais velha e mais madura. O negro tecido de seda destacava ainda mais as melhores partes da sua silhueta: seus fartos e bem distribuídos seios e uma cinturinha delgada que poderia ser motivo de inveja para todas as beldades enfiadas em apertados espartilhos da metade do século passado. Darrell teve a impressão de que, caso a segurasse pela cintura, poderia entrelaçar os dedos das mãos. Com a vasta cabeleira dourada caindo sobre as costas, olhos também dourados pelo conhaque, sapatos de salto alto e um cinto apertado, Harold teve de admitir que tinha diante de si a mais bela mulher que já vira em toda sua vida.

Assim que entrou, Kira tirou os seus sapatos elegantes e acomodouse no sofá, massageando os dedos dos pés.

— Odeio estes sapatos — afirmou. — São contrários às leis da natureza.

— No entanto, você fica linda neles — replicou Harold, sentando-se no chão, como no dia anterior.

— Aquelas dezenas de milhões de chinesas a quem quebraram os ossos dos pés também deveriam parecer lindas aos olhos dos conhecedores da beleza feminina de então. Você sabia que os pés contêm quase a metade de todos os ossos do corpo humano? São ferramentas magníficas e, com eles, se pode andar até sobre carvões em brasa.

— Você chegou a experimentar? — interessou-se Harold, não conseguindo imaginar como algo tão lindo e delicado como o pé de Kira pudesse ter estado em contato com uma brasa de 800 graus. Naquela temperatura, o aço adquire uma coloração de cereja e, a 400 graus, a cobertura de duralumínio da sua aeronave arderia alegremente, como um punhado de magnésio na travessa de um fotógrafo de cidade de interior.

— Você deveria tentar — afirmou. — É a maior prova de fé que conheço.

— Fé em quê?

— Em suas próprias possibilidades.

— E como foi? — perguntou Harold de forma irônica, já que não era adepto a acreditar em tais coisas. — O que você sentiu? Ficou com cicatrizes? Deixe-me ver!

Kira, em vez de responder, levantou-se do sofá e suspendeu a aba do vestido. Olhando direto nos seus olhos, desabotoou as ligas das meias, começou a desenrolá-las lentamente e, ao mesmo tempo, estendeu as pontas dos pés na direção de Harold. Este, puxando as pontas das meias, sentiu-se como um colecionador que remove a camada protetora de uma obra de arte recém-adquirida por uma fortuna. Kira, profunda conhecedora daqueles jogos eróticos, manteve os dedos dos pés esticados — e o finíssimo tecido negro caiu no chão.

Harold examinou atentamente as solas dos pés da jovem, não encontrando nenhum sinal de terem sido expostas a temperaturas elevadas algum dia.

— Você andou mesmo sobre brasas? Por quanto tempo? — quis saber.

— Muito pouco; apenas uns dez metros.

— E como foi? — repetiu a pergunta que fizera havia alguns segundos. — Qual a sensação?

— Você deveria conhecê-la muito bem.

— Mas não costumo andar sobre carvões em brasa — respondeu Harold, curioso em saber o que Kira tinha em mente.

— Você tem certeza? — perguntou ela, erguendo as sobrancelhas.

Harold ficou pensativo, após o que perguntou, como alguém que pede conselho a um amigo próximo:

— Você acha?

Kira não respondeu. Apenas meneou a cabeça como um cientista experiente a quem um dos assistentes mostra vestígios de micróbios. Em seguida ficou animada e exclamou:

— Como é, capitão Darrell? Não vamos beber algo? Afinal, a noite é apenas uma criança.

— Mas é óbvio! — respondeu ele, erguendo-se rapidamente do chão. — O que gostaria de tomar?

— Deixo a seu critério, desde que seja algo que faça minha cabeça girar logo.

Harold foi até a cozinha, logo retornando com dois copos de uísque diluído com uma amarga e sulfurosa água mineral que, apesar do cheiro desagradável, se revelou muito saborosa.

— Hummmmm! — falou ela, com um gesto de aprovação após ter tomado o primeiro gole. — Muito bom. Você sabia que um copo destes derrubaria no chão um japonês médio?

— Não diga. Eles não sabem beber? — espantou-se ele.

— Eles sabem e adoram beber — assegurou-lhe em nome dos habitantes do país no qual viera ao mundo. — O problema é que o organismo deles não é resistente a isso. Parece que não têm certas enzimas que neutralizam o efeito do álcool. Mas saiba que, quando eles passam por um treinamento fora do país, como na Europa por exemplo, se tornam ainda mais resistentes à bebida do que os ocidentais. Foi o caso do meu pai. Ainda me lembro de quando hospedamos um famoso escritor da Polônia que trouxe para papai uma enorme garrafa de vodca polonesa de presente. Papai resolveu abrir a garrafa, porque mamãe teve vontade de relembrar o sabor do álcool polonês, e os três ficaram bebendo, junto com cerveja clara, já que a vodca não combina com saquê. Aquele escritor, que era duas vezes maior e mais pesado que papai, deve ter achado que papai cairia no lago de carpas ou derrubaria uma das paredes de papel. Mas o que ele não sabia era que papai passara muito tempo na Europa e conhecia seus costumes. Se não os da Europa, pelo menos os da Rússia. Porque é preciso que você saiba que, quando um japonês começa a acostumar seu organismo a bebidas fortes, aquelas enzimas se desenvolvem em proporção ainda maior. A festança acabou quando os vizinhos, perturbados com a cantoria dos dois homens na beira do lago de carpas, chamaram a polícia, e papai teve de passar uma semana fazendo visitas de cortesia pedindo desculpas pelo mau comportamento. Mas nenhum dos vizinhos estava aborrecido pelo fato de eles terem urrado como dois ursos, mas por não terem parado de beber na hora certa. Gosto dos japoneses, porque eles são muito compreensivos e capazes de aceitar muitas coisas.

— Você se sente japonesa? — perguntou Darrell, e, embora não tivesse tido essa intenção, a pergunta soou como uma repreensão.

— De modo algum, muito embora tenha nascido naquele país. Da mesma forma poderia me sentir polonesa, apesar de nunca ter estado na Polônia. Não me sinto ligada a nenhuma nação do mundo. Você deveria experimentar isto, pois é uma sensação maravilhosa, embora às vezes dê uma certa tristeza. O patriotismo, sem dúvida, é muito mais prático, mas é um sentimento tão tolo... Mas não creio que você possa compreender isso, não é verdade?

— Não, acho que não — respondeu Harold de modo hesitante, embora no íntimo tivesse a certeza de que compreendia.

— Então vamos falar de outra coisa. Que tal falar da sua esposa ou do maior amor da sua vida?

Harold lançou-lhe um olhar de desaprovação. Sentia-se como uma panela de pressão cuja válvula de segurança emperrara havia muito tempo. Não fosse o fato de ela conseguir mantê-lo a distância com o seu olhar dourado — assim como os responsáveis pelos refletores antiaéreos mantêm um bombardeiro sempre iluminado apesar de todas as manobras evasivas do piloto —, ele já teria se atirado sobre ela há muito tempo e, como um selvagem, rasgado sua roupa de seda negra.

— Muito bem. Já que você não quer, então vou lhe contar algo, mas aproxime-se um pouco, porque está muito distante.

E, quando ele se aproximou, Kira acariciou delicadamente a parte frontal das suas calças e disse:

— Pois é. Lembrei-me de que não concluímos um assunto, e vejo que todos da casa estão mais do que prontos a receber visitas.

E, sem bater na porta nem aguardar pela concordância do anfitrião, abriu a braguilha e cumprimentou-o com intimidade, como a um conhecido de longa data.

— Sabe de uma coisa? — perguntou. — Ele é muito bonito.

— Assim como a maioria dos seus colegas — respondeu arfando Harold, sentindo seu coração disparar e forte pulsação nas têmporas.

— Não diga uma coisa dessas! — exclamou a quase indignada Kira. — Já vi muitos mais feios e alguns até nojentos.

— E isso tem alguma importância?

— Fundamental — afirmou ela. — Não sei como é com você, mas eu gosto de ficar olhando e, por isso, nunca apago a luz. Você não dá importância à aparência das coisas? Seria capaz de voar num avião monstruoso?

— Provavelmente sim, só que com menos prazer.

— Está vendo?! — exclamou com satisfação. — Você gostaria que eu o pusesse na boca? É verdade que eu ia lhe contar algo; portanto, decida o que você quer que eu faça primeiro: ponha-o na boca ou conte o que queria contar.

Aquilo, obviamente, era um teste, e Harold adotou uma postura heroica:

— Quero ouvir primeiro o que você vai me contar.

Os olhos dourados de Kira brilharam em sinal de reconhecimento. Não recuou a mão e, com leves toques e carícias, deixou claro que mantinha a situação sob controle.

— Vou lhe contar sobre Obon... — começou num tom parecido com o usado pelos locutores nos programas de rádio para crianças.

— Sobre quem? — sussurrou Harold, a quem todos os estímulos que recebia condicionavam a uma receptividade capaz de detectar quaisquer sinais, por menores que fossem.

— Obon. É uma forma japonesa de celebrar almas. Nos Estados Unidos, vocês têm o Halloween e, na Polônia, celebra-se o Dia dos Mortos, mas em novembro. Já no Japão, Obon é celebrado em agosto e tem uma dimensão diferente. No Ocidente, esses dias são dedicados a esquecer a morte e a lembrar a ausência dos que morreram. Já no Oriente, sua função é lembrar a morte e esquecer a ausência dos que já se foram. Deu para entender?

— Não...

— Não faz mal — respondeu Kira, com um sorriso. — Você já vai entender. O melhor lugar para testemunhar aquela celebração é na ilha Tsuschima. Sabe onde ela fica?

— Sim — confirmou Harold. — Entre o continente e as demais ilhas.

— Exatamente. É uma ilha incrível. Dista apenas algumas horas de Kyushu, mas durante aquela travessia se podem experimentar mais coisas que Simbad vivenciou em dez anos.

— Por quê?

— Porque é uma viagem mágica...

— Já sei — interrompeu-a Harold. — Cheia de piratas, sereias e monstros marinhos.

— Nada disso. É que as condições meteorológicas mudam a cada instante. Parte-se num dia lindo, pois agosto costuma ser um mês agradável. O porto de Fukuoka está cheio de barcas, balsas, barcos e pesados navios de carga. Nos conveses das barcas e no cais do porto, grupos de pessoas alegres e descontraídas agitam lenços e chapéus, soltando gritos de boa viagem. O mar tem um alegre colorido esverdeado e, embora esteja ventando e haja pequenas ondas adornadas por crinas de espuma, a proa da barca nem chega a senti-las. Como é agradável sentar-se na parte traseira do convés, onde quase não há vento. Então, podemos sentir os quentes raios solares e ver a costa, as construções e as montanhas desaparecerem atrás da linha do horizonte.

Harold permanecia calado, com olhos semicerrados e sorvendo o que ela dizia, enquanto Kira, sem parar de acariciá-lo, entregou-se ao simultâneo prazer de falar e de tocar o seu ouvinte.

— Já no mar aberto, a barca parece ser a única coisa naquela imensidão. No entanto, não por muito tempo, pois logo é cercada por todos os lados de navios pesqueiros em busca de atuns e bonitos, e estes últimos, parecendo não dar a mínima importância à trepidação daquele ônibus marítimo, deslizam alegremente diante da sua proa. De repente, o ar fica frio, e o mar perde sua otimista coloração esmeraldina, adquirindo a de aço escovado. O vento fica cada vez mais forte, parecendo ter posto em fuga os navios pesqueiros, já que não há mais nada diante da proa da barca. É preciso abandonar o convés superior e refugiar-se no interior, pois, para piorar a situação, começa a cair uma chuvinha irritante. As ondas crescem a ponto de o vento elevar flocos de espuma das suas crinas. A barca começa a balançar violentamente e parece ter diminuído de tamanho. Os passageiros se calam e ficam sérios. Alguns empalidecem e adquirem uma coloração esverdeada nos rostos. Apenas as crianças, cuja alegria ninguém consegue conter, continuam a correr por todos os conveses. Mas as ameaças marítimas não duram muito tempo e, ao chegarmos à ilha Iki — o balneário preferido dos japoneses ricos —, o tempo já está de novo lindo. Boa parte dos passageiros desembarca naquele lugar paradisíaco, e o resto da viagem transcorre em paz. Podemos nos deitar nas espreguiçadeiras colocadas no convés superior, perto da roda do leme, e voltar a olhar para o disco solar e para novos pesqueiros brancos e amarelos que parecem ter emergido de repente das águas esmeraldinas. A superfície do mar já está totalmente tranquila, e o sol começa a cobrir-se com uma névoa esbranquiçada. A temperatura volta a baixar, mas o ar continua quente e agradável. Quando se chega ao porto de Izuhara, seus montes cobertos de florestas estão semicobertos pela neblina e nuvens baixas, dando a impressão de um cenário perfeito para um filme de terror. Num ambiente desses, as florestas às margens devem estar cheias de espectros e demônios com furos no lugar dos olhos.

— Por que me fala de mortos e do dia da sua celebração?

Ao fazer aquela pergunta, Harold segurou a mão de Kira, mantendo-a por um momento onde estava, pois sentiu que os mecanismos da sua excitação estavam prestes a explodir e ele teria de ir ao banheiro em busca de uma toalha. A mão de Kira compreendeu o gesto, e seus dedos recuaram em direção do umbigo de Harold, que imediatamente se arrependeu por tê-la retido. No entanto, resolveu dar uma folga à sua excitação e, esforçando-se para não girar o corpo, estendeu o braço para pegar o copo. O uísque já estava quente, o que não o incomodou de forma alguma. Kira tirou o copo da sua mão, também sorveu um trago e respondeu:

— Talvez por Obon não ser exatamente o Dia dos Mortos ou... por sentir muito a presença da morte. Muito mesmo. A tal ponto que começo a não diferenciar uma morte em particular e sentir algo uniforme e apavorante, cujo significado não consigo lhe explicar.

— Aqui?

— Não sei. Acho que aqui e de modo geral. Talvez seja apenas uma impressão minha. Não quero parecer boba e fingir que sou pitonisa. Talvez por causa dessa guerra e de todas que a precederam...

Kira ficou pensativa e bebeu o resto do conteúdo do copo de Harold, dando-lhe o seu, ainda cheio, e retornando às suas reminiscências:

— Por sorte, quando você acorda na manhã seguinte, não há mais sinal de neblina, e as florestas de Tsuschima ecoam como loucas com o canto de cigarras e de pássaros...

— Sei como soa o canto de cigarras — interrompeu-a Harold.

— Mas você nunca assistiu a um concerto da sinfônica de Tsuschima. Lá, cada músico quer ser melhor do que outro e se esforça ao máximo. Mas, afinal, você quer ou não ouvir o resto da minha história?

— Quero — assegurou-lhe Harold.

— Pois bem. Lá em Tsuschima, minha aparência devia parecer suspeita. Eu tinha apenas 15 anos e estava vestida como as japonesas da minha idade: com um uniforme escolar, gola de marinheiro, soquetes brancas, boina e, evidentemente, com tranças adornadas com laços. Você teria enlouquecido caso tivesse me visto naqueles trajes. O seu pintinho destroçaria o seu crânio.

— Posso imaginar... — murmurou Harold, enquanto Kira retomava o fio da meada:

— Meus pais tinham ido à capitania dos portos para resolver alguns problemas formais, enquanto eu fui passear ao longo do cais, olhando para os barcos e navios. De repente, parecendo surgir de baixo da terra, fui agarrada por um agente de polícia secreta que quis ver o meu passaporte. Imagine! Pedir um passaporte a mim, nascida em Fukuoka e filha de alguém que fora condecorado pelo próprio imperador! Por um momento pensei em aplicar-lhe um golpe e destroncar o seu braço, mas por sorte o meu pai estava se aproximando. Você precisava ver o que o papai fez com aquele tipo! Primeiro, mostrou-lhe os seus documentos e depois falou longamente algo baixinho no seu ouvido, enquanto este lhe sussurrava algo de volta. Em seguida, fez algo fantástico: com a mão aberta, assim...

Nesse ponto, Kira fez uma rápida demonstração, e o ar silvou perigosamente.

— ...lhe deu um tapa no ouvido com tanta força que cheguei a pensar que arrancaria fora a cabeça do outro. Papai não é um homem alto, mas é incrivelmente forte e rápido. O agente secreto girou sobre si mesmo, com o rosto virado na direção da qual viera me importunar. Papai parecia esperar exatamente por isso, pois lhe aplicou um pontapé no cóccix. Depois, como se nada tivesse acontecido (embora o agente secreto uivasse e se arrastasse no piso de concreto do cais), papai me pegou pela mão e me levou ao encontro da mamãe, que naquele momento estava saindo da capitania. E você sabe o que o tal agente dissera ao papai? Que recebera uma denúncia de que havia um espião no porto. Pode imaginar uma coisa dessas? Mais tarde, papai nos contou que, numa ilha pequena, as pessoas costumam fazer denúncias a toda hora. No entanto, acho que o tamanho de uma ilha não tem nada a ver com isso. Ah! Sim! Notei ainda uma coisa muito interessante: antes de eu ter sido abordada por aquele agente, o cais estava cheio de pessoas que sorriam para mim e me cumprimentavam. Mas, assim que ele me pegou pelo braço, todos desapareceram, inclusive os pescadores dos conveses dos barcos.

— Você ia me falar de mortos, e não de agentes secretos — observou Darrell, ansiando por ser tocado novamente pelas mãos de Kira.

— E ainda vou — respondeu esta, tendo sentido o seu apetite sexual e, com a perfeição de um violinista que coloca os dedos na posição adequada no braço do seu instrumento, tocou o manche-bastão por meio do qual controlava com maestria o desejo do piloto. — Antes, preciso lhe contar sobre Tsuschima. Imagine uma floresta emergindo diretamente do mar. Papai adorava aquele lugar e, caso pudesse, viajaria para Tsuschima em qualquer época do ano. Tinha um amigo lá; um fotógrafo provinciano que se achava um grande artista. Era um homem muito simpático e engraçado. Chamava-se Ogura e tinha um Ford caindo aos pedaços, no qual se deslocava pela ilha. O carro mal conseguia subir uma montanha, e Ogura foi o pior motorista que já vi em toda minha vida. Tinha quase 60 nos, todos passados em Tsuschima, e conhecia a ilha como a palma da sua mão. Graças a ele, pudemos visitar pequenos templos tão escondidos no meio da vegetação que jamais os teríamos descoberto sozinhos. Mostrou-nos uma praia na qual tentaram desembarcar mongóis, e o forte de pedra, atrás do qual os japoneses os expulsaram com suas flechas. Levou-nos até o cume mais alto de Tsuschima e nos mostrou vilarejos tão pobres e imundos que o esgoto escorria a céu aberto. Num daqueles vilarejos, aos quais mal dava para chegar a pé, mostrou-nos um grupo de garotos executando uma dança ritual. Estavam com roupa de samurai e tinham espadas de madeira cobertas com papel prateado. Quando me viram, começaram a tremer, a ponto de um deles cair no chão. Era evidente que eu lhes parecera muito bonita, mas eles nunca haviam visto antes uma menina loura e, ainda por cima, metida num uniforme com gola de marinheiro. Ogura, obviamente, tinha uma máquina fotográfica, e precisávamos tirar fotos em todos os lugares em que parávamos. Você precisava ver como ele nos arrumava... com se diz mesmo? Ah, sim... enquadrava. Um verdadeiro diretor de cinema. No fim da tarde, papai e ele ficavam tomando saquê, e eu e mamãe passeávamos por Izuhara. Imagine duas louras numa ilha na qual jamais pisara alguém de cabelos claros. Espere... — repreendeu-o ao notar que ele se impacientava. — Eu lhe prometi, e sempre cumpro a minha palavra. Primeiro, você terá de ouvir sobre os mortos e, depois, terá a sua meia hora. Aliás, seria bom que você fizesse novos drinques, pois está chegando o momento mais importante.

Quando Darrell retornou com as bebidas, Kira beijou sua mão, num gesto de aprovação ao notar que ele servira doses duplas.

— Então, na tarde de uma quarta-feira, acende-se uma pequena fogueira diante de cada casa. É para convidar as almas dos que nos foram próximos a nos visitar. Essas fogueiras permanecem acesas até tarde da noite, e todo o ar de Izuhara é impregnado de aroma de fumaça e resina. O fogo tem de ser mantido aceso para que as almas dos entes queridos que partiram estejam seguras das intenções dos que continuam vivos. Esse costume existia também na Polônia, mas as pessoas de lá já se esqueceram há muito tempo de que as fogueiras são um convite para que os mortos se juntem aos vivos. Em Tsuschima, todos sabem disso, e as fogueiras são mantidas acesas como se fossem faróis marítimos para mostrar o caminho aos navegantes, já que os mortos navegam naquele outro mundo. E é no meio dessas fogueiras, daquele perfume e daquele canto de cigarras que se vai comer *okonomijaki*, que são feitos na hora, diante dos nossos olhos, numa chapa de ferro colocada sobre fogo. E aí, Harold... ocorre uma sinfonia de cheiros e um banquete aos olhos.

— O que são *okonomijaki*? — quis saber Darrell.

— Imagine as mais diversas hortaliças cortadas em longas tiras. As mais diversas: repolho, tomates, alho-poró. Um pouco de cenoura, de cogumelos e tudo mais que lhe vier à mente. Pode ter até toucinho, embora eu prefira *okonomijaki* de legumes e frutos do mar. A chapa é aquecida e besuntada com óleo de arroz, e você já tem uma massa, parecida com a de panquecas, feita de farinha e água. Pode-se comê-las abertas ou fechadas, como achar melhor, com acompanhamento de molho de raiz-forte misturado com maionese e, o que vai interessá-lo mais do que tudo, de cerveja gelada. Aliás, não pode haver um lugar no mundo em que a cerveja seja mais gostosa do que no Japão. Você deveria experimentar.

— Faltou pouco para que isso acontecesse, mas, por enquanto, estou em trânsito na Rússia, e não sei se conseguirei pegar um avião para Tóquio.

Aquilo parecera amargo e com uma entonação de ressentimento, como se a jovem descalça sentada ao seu lado pudesse ser parcialmente culpada pela situação em que ele se encontrava. Kira não ignorou aquele tom, mas não disse nada; apenas beijou levemente a bochecha do piloto.

— Não reclame. No momento, sua situação não é tão terrível assim — brincou. Mas logo voltou a ficar séria e retomou a descrição da festividade de Obon. — Assim, quando as almas dos que nos são próximos se sentem convidadas, elas comparecem e podemos conviver com elas por três dias.

— Conviver?! — espantou-se Darrell.

— No Oriente, a maior parte das coisas é compreendida através do seu oposto. Para um japonês, o conceito de "rápido" é entendido em oposição ao de "lento", ou seja, "algo é rápido porque, antes, foi lento".

Harold ergueu as sobrancelhas e Kira, não desencorajada pela ironia contida naquela expressão facial, seguiu em frente, adquirindo mais confiança a cada argumento:

— Imagino que você deve ter lido muitos livros, ouvido homilias ou participado de conversas nas quais foi levantado o tema da ressurreição.

— De Cristo? — quis assegurar-se Harold.

— Se essa limitação puder facilitar seu raciocínio, que seja a de Cristo. Se não estou enganada, e caso esteja por favor me corrija imediatamente, no Ocidente a ressurreição é encarada e interpretada de forma literal. Alguém que foi morto ou morreu de morte natural costuma reaparecer com uma auréola brilhante sobre a cabeça ou meio obscurecido por uma névoa e com um doce sorriso nos lábios...

Ao ouvir isso, Harold lembrou-se do quadro que adornava o altar-mor da igreja católica da sua cidade natal. O quadro representava exatamente a ressurreição de Cristo e, de fato, o Filho de Deus descia de uma nuvem e, diante dos extasiados mas também assustados mortais, abria graciosamente os braços (cujas mãos, é óbvio, continham chagas causadas pelos cravos) e sorria com jeito bondoso, mas também com certa dose de triunfo. Exatamente como na certa deveria estar sorrindo Phileas Fogg ao entrar no Reform Club de Londres após uma viagem de oitenta dias ao redor do mundo, e proclamar as históricas palavras: "Senhores! Eis-me aqui!"

— ...com um doce sorriso nos lábios — Kira, cheia de confiança, continuava a sua teoria. — No entanto, as pessoas às quais são contadas essas histórias certamente não se dão conta de que a ressurreição tem mais a ver com a vitória de uma ideia, do seu retorno, do seu triunfo, e não com o fato de alguém ter ressuscitado fisicamente e, novinho em folha, ter saído do túmulo. Por isso, no Ocidente o Dia dos Mortos é uma ocasião para lembranças, de convivência com a memória dos que morreram, e não da convivência com os mortos em si. Todos que participam daquela celebração expressam tristeza e pena, já que é isso que se espera deles. Assim, na verdade ninguém mais sabe quem é quem, porque, no caso de vocês, tudo ficou misturado. Para vocês, basta o tal sorridente e nebuloso ser ressuscitado para ficarem satisfeitos. Estou certa? — perguntou, cutucando Harold, que estava pensando no que ela dizia.

— Não sei se está ou não está — respondeu ele. — Tenho uma maneira diferente de compreender essas coisas e só quando criança as entendia de forma tão literal. Lembro-me de que na escola eu fazia uns desenhos baseados em cenas bíblicas que a professora costumava elogiar. Mas os fazia mais pelo prazer de desenhar, e a Bíblia é um tesouro de bons temas para um desenhista, do que por ter sido religioso. Saiba que, a bem da verdade, eu nunca fui muito religioso e ainda muito cedo, por minha própria vontade, me desliguei do seio da Igreja. Cheguei a ser um ateu militante, achando a religião uma coisa tola e danosa. Naquela época, eu devia ter uns 13 ou 14 anos, e ninguém tentava me convencer de renunciar à fé. Depois, fui chegando à conclusão de que toda aquela baboseira de acreditar ou não acreditar não me interessava. Mas continue, pois o que você está dizendo é muito interessante. Desde que parti para a guerra, é a segunda pessoa que tenta me convencer de que as coisas são, ao mesmo tempo, o que são e algo que é totalmente diverso. Continue, por favor.

— Muito bem. Como eu estava dizendo, as pessoas em Tsuschima convidam os mortos e, caso estes aceitem o convite, pode-se comer, beber e conversar com eles por três dias. Com isso, a festividade é alegre e descontraída. As pessoas se comportam como se os mortos estivessem de fato nas suas casas, sentados com elas à mesa. É um tempo dado aos mortos para que eles possam, embora temporariamente, alegrar-se com a presença no meio dos vivos. E ninguém finge coisa alguma; nem a alegria de cear com o falecido vovô ou pai, nem tristeza, já que esta não faria nenhum sentido. E se você perguntasse àquelas pessoas de Tsuschima se os mortos estavam, de fato, nas suas casas, elas responderiam que sim, que era óbvio que estavam, embora todas se dessem perfeitamente conta de que isso não era verdade. Mas é só quando se adota essa postura e essa compreensão que se pode "conviver" com os mortos. Por isso, o Dia dos Lampiões...

— Um momento — interrompeu-a o piloto. — Você tinha dito que o nome desta celebração é Obon.

— É chamada Obon somente em Tsuschima; nas demais regiões do país, ela é chamada de *bom-matsuri* ou Dia dos Lampiões. Mas o nome

Obon me parece o mais adequado, pois, imagine você que o terceiro dia, aquele no qual os mortos têm de partir, é o mais agradável de todos. Tudo se passa no porto, ao anoitecer. Tsuschima é famosa pela pesca de lulas, e o porto está cheio de dezenas, talvez centenas, de barcos dedicados àquela atividade. Você chegou a ver um deles? Não? É como se fosse um farol flutuante. Não se sabe por que, mas a luz é a melhor isca para lulas, obviamente à noite. Diante disso, os tais barcos são equipados com geradores e têm dois mastros, no topo dos quais são colocadas as mais possantes lanternas que se podem comprar nas lojas. Quando um desses barcos parte para o alto-mar e acende as tais lanternas, basta mergulhar na água centenas de linhas com pequenas âncoras presas nas suas pontas; as lulas se enrolam nas tais linhas e, então, basta puxá-las para o convés.

— E por que elas se enrolam? — quis saber Harold, imaginando Kira como uma dessas âncoras, e a ele como uma pequena e inocente lula, cega pela lanterna de mil watts da sua beleza.

— Não sei, mas papai me disse certa vez que as lulas tomam aquelas pequenas âncoras por parceiros sexuais e, atraídas pela luz, se deixam enganar. Mas, como eu estava dizendo, ao anoitecer do terceiro dia todos os habitantes de Izuhara, sem exagero, vão ao porto, e cada família leva consigo um barquinho cheio de guloseimas e flores. A maioria dos barquinhos é simples e singela, mas as famílias mais ricas compram, ou fazem, autênticas maravilhas. Vi alguns que chegavam a ter dois metros de comprimento e tinham de ser carregados por quatro pessoas. Os barquinhos, como já lhe disse, estão cheios de coisas gostosas, como bolinhos de arroz, frutas... e até uma garrafinha de saquê. Além disso, cada barquinho é provido de uma lanterna, que será acesa mais tarde.

— E para que tudo isso? — perguntou Harold que, embora já soubesse a resposta, quis agradar à jovem, encantada com seu relato. — Não bastaria o saquê, mas numa garrafa maior?

— Como, assim, para quê?! — espantou-se Kira, sem se dar conta da intenção de Harold. — O caminho para o país das sombras é longo, e os barquinhos precisam ser devidamente abastecidos para que as almas não sintam fome e que nada lhes falte...

— Sabe de uma coisa? Isso que você acabou de me contar não faz sentido. Qual a diferença entre esse ritual e a nossa interpretação literal da ressurreição? Não é possível que você não saiba que, assim como é impossível que alguém que já morreu ressuscite, também é impossível que um morto volte à terra por três dias, especialmente um que precisa se alimentar com panquecas e beber saquê de boa qualidade.

— A diferença — respondeu calmamente Kira — reside no fato de a ressurreição ocidental ser a única coisa apresentada para ser compreendida e vivida, e vocês já se esqueceram por completo do seu verdadeiro significado, pois lhes é muito mais cômodo aceitar esse milagre do que pensar profundamente e com sinceridade em seu significado mais profundo. Já um japonês aborda a questão de um ponto de vista diferente. Ele realiza o ritual com gravidade e alegria, pois isso lhe provoca um verdadeiro prazer, embora saiba muito bem qual é seu significado e sua serventia. E é por isso que não finge estar triste, mas alegra-se de verdade, principalmente por achar que dessa forma demonstra o devido respeito aos mortos, os quais devem ter sentido prazer por desfrutar as delícias dos vivos, mesmo que por apenas três dias... Deu para entender?

— Não de todo. Quem sabe se, para entender de fato, não seria preciso morrer antes?

Aquilo era para parecer uma piadinha, mas nenhum dos dois sorriu, permanecendo ambos em silêncio por um bom tempo, imersos nos seus próximos pensamentos. Finalmente, Kira voltou a falar:

— Permita-me finalizar o meu relato. Embora aquela celebração seja supostamente budista, dela participam muitos sacerdotes *shinto*, e os seus cantos se misturam entre si, assim como os sons de gongos e sininhos. A multidão no porto é tão compacta que as pessoas pisam umas nas outras, mas ninguém reclama. Agora, chega o momento culminante. Os navios pesqueiros acendem os seus sóis e se aproximam do cais. Atracam, e as pessoas já podem entregar às tripulações os seus barquinhos com os mortos, as provisões e as lanternas. Uma noite azul-marinho, cheia de estrelas e cantos de cigarras. O barulho dos motores dos navios pesqueiros girando em ponto morto, gongos e sininhos dos monges e seus cantos monótonos. A multidão se cala, pois o momento é de grande emoção, e os marinheiros recolhem aqueles barquinhos num silêncio cheio de respeito e dignidade. A luz é ofuscante, pois é muito branca, e a enorme lua pendurada quase na linha do horizonte não tem condições de concorrer com aquela luminosidade. Enquanto olhava para aquilo pensei que, caso os pescadores lunares tivessem atirado dela aquelas linhas com âncoras, teriam pescado a maior das lulas, que, com graça e carinho, se enrolaria na isca lunar. Quando todos os barquinhos já se encontram nos barcos de pesca, estes desatracam e viram suas proas na direção do mar aberto. Navegam até um ponto em que as tripulações já podem sentir o vento marítimo nos seus rostos e braços. Então, param. Os marinheiros acendem as lanternas de cada barquinho e, lentamente, as colocam sobre a calma e levemente oleosa superfície d'água. Em pouco tempo, centenas de barquinhos com os mortos partem para o leste, na direção do país das sombras, iluminando o caminho com suas lanternas.

— Sempre tive a impressão de que o país das sombras ficava a oeste — sussurrou Harold.

— Deixe de ser implicante — sussurrou ela de volta. — Talvez fique a oeste. Talvez os barquinhos, tendo desaparecido atrás da linha do horizonte, deem meia-volta, contornem a ilha e partam para o oeste, em direção à Coreia. Isso não faz nenhuma diferença... Gostou da minha história?

— Sim — respondeu Harold. — Gostaria de ter presenciado aquilo. Quem sabe se um dia você não me leva até lá?

— Quem sabe... — respondeu ela e, mudando de tom, quis se assegurar de algo de que ela mesma tinha muita vontade. — E então? Você gostaria que eu o colocasse na boca? — perguntou e, sem esperar por uma confirmação da qual tinha certeza, ordenou: — Então vá se lavar e, já que vai estar de pé, encha novamente os copos.

Quando retornou enrolado numa toalha branca, Harold encontrou Kira sentada no sofá, mas já sem o seu elegante vestido preto. Enquanto ele lavava escrupulosamente o seu manche-bastão num jato de água quente e, depois, olhava por bastante tempo para o reflexo do seu rosto no espelho, observando o rubor das suas bochechas e os olhos já enevoados pelo excesso de álcool, ela retirara aquela roupa de seda e, agora, estava apenas de sutiã e calcinha preta. Harold sentou-se ao seu lado e, esperando recuperar a iniciativa naquele jogo disputado de forma tão estranha, sugeriu:

— Será que não poderíamos simplesmente...?

— Não. Não poderíamos. Pelo menos, não hoje — respondeu ela de forma categórica.

— O que há de errado em agirmos normalmente... assim como todo mundo?

— Não agora, Harold, tente compreender. A despeito dos papéis que representamos e dos objetivos que pretendemos alcançar...

Harold interrompeu-a brutalmente:

— Ou pelos quais somos pagos.

— Ou pelos quais somos pagos... — repetiu ela, derrotada pela sua sinceridade. — A despeito disso... Compreenda. Se eu me entregasse agora a você, nunca mais poderia lhe opor nenhuma resistência. Não complique as coisas e deite-se de costas.

Harold fez o que ela lhe mandou e, instintivamente, relaxou os músculos, enquanto ela, num gesto rápido e eficiente, desenrolou-o da engomada toalha branca.

— Capitão Darrell?

— Siiim...?

— O senhor poderia tocar o meu rosto, mas de uma forma tão delicada como se estivesse tocando um objeto feito de cinzas vulcânicas e que se desfaz apenas com um sopro?

Estava junto dele. Chegara de uma forma tão ligeira e silenciosa que Harold, predisposto a sentir sua aproximação, mal se deu conta dela. Era rápida e experiente. Cada movimento seu começava de forma lenta e preguiçosa e terminava com a rapidez de um raio. Era um ser feito para artes marciais em todas as incontáveis formas — inclusive aquela. Debruçou-se sobre ele cheia de significados e segredos, e este, deitado docilmente de costas, estendeu a mão em direção do seu rosto e, da forma mais delicada de que era capaz, como se afastasse a areia em torno do mecanismo acionador de uma mina extremamente sensível, tocou a sua pele. Kira entregou-se àquela sensação por bastante tempo, não permitindo que as mãos do piloto tocassem nenhuma outra parte do seu corpo, e se imaginando um peixinho dourado brincando com ouriços-do-mar e bancos de corais nas quentes e calmas águas de Tsuschima. Depois, calma e lentamente, abaixou-se ainda mais, acomodando-se entre as coxas do homem e, naquela posição, ficou olhando para a sua vítima — e no seu olhar havia algo de uma tigresa segura a presa.

Harold teve vontade de olhar para ela, mas lhe era difícil manter a cabeça erguida naquela posição, e tudo indicava que Kira não queria ser observada. Diante disso, cerrou os olhos, apoiou sua cabeça confusa no tapete e passou a absorver as fases seguintes daquela operação apenas através de toques. Talvez fosse até melhor assim, pois aquela forma de fazer amor libera a imaginação e nada deveria perturbá-la. Além disso, havia algo de musical naquilo, pois toda a consciência do homem, retesada pela expectativa, se transfere da cabeça para aquele exato lugar e, depois, graças aos toques íntimos seguintes, se libera repentinamente e passa a flutuar acima do corpo estendido como um balãozinho preso por uma linha tênue e que quer, a todo custo, elevar-se no ar. O balãozinho é preenchido por lembranças e sombras de sensações vividas em ocasiões semelhantes, e por um momento se tem a impressão de que aquele momento divino foi, é e sempre será igual. É uma drenagem da psique; um momento de relaxamento absoluto e da mais pura sensação.

Kira parecia estar tocando clarinete ou, mais precisamente, tentando tirar daquele instrumento sons harmoniosos sem conhecer a técnica da respiração e do seu manejo. Naquele instante Harold teve a impressão de que, pela primeira vez desde que se conheceram, aquela estranha jovem estava sendo exatamente o que era, e que não havia distância entre si mesma e o que fazia no momento. Mantinha os olhos cerrados, e os músculos da sua face, bem como a sua língua, estavam completamente concentrados numa passagem complicadíssima. Estava mais do que claro que os seus esforços e as delícias deles derivados eram da mais absoluta sinceridade.

— Você tem certeza de que é assim? — perguntou Harold, com voz embargada.

A jovem abriu os olhos, e Harold pôde notar neles a irritação de um virtuose a quem as palmas do público atrapalham a maestria da interpretação. Fez um sinal afirmativo com a cabeça, embora o movimento fosse limitado pela amplitude do retesado clarinete. Depois, ambos fecharam os olhos e, juntos, começaram uma lenta escalada, querendo atingir o almejado teto.

Precisamente seis horas a leste, outro conjunto, tão bem sintonizado quanto Kira e Harold, também começava uma escalada. Uma hora antes, quando Kira tomava seu primeiro drinque, um dos membros daquele conjunto entrara, pela última vez, no compartimento de bombas, para trocar as tomadas verdes por outras, de formato idêntico, mas de cor vermelho-berrante. Ainda uma hora antes, o mesmo homem, ajudado por outro tripulante, desparafusara uma pesada chapa de aço e enfiara quatro tiras de cordite nas respectivas tomadas, assegurando-se de que suas pontas vermelhas estavam na posição correta. Depois, foi até o compartimento do engenheiro de voo, onde, num quadro previamente preparado, conferiu todos os circuitos de controle. Após a conexão das tomadas, foi preciso ligar os motores internos. Agora, aquilo que ocupava boa parte da câmara de bombas começou a ter vida própria e independente, como um recém-nascido após o corte do cordão umbilical que o ligava à placenta.

Às 8h40, o avião, praticamente igual ao de Harold, já estava em pleno ar. O altímetro acusava uma altitude de 2,5 mil metros. Chegara a hora de calibrar a pressão interna nos setores herméticos e aumentar a temperatura. O termômetro externo indicava 20 graus negativos. Em menos de dez minutos, a linha demarcatória que claramente visível separava a terra do mar sinalizaria que estavam chegando a Shikoku. Embora os caças japoneses já não representassem perigo, todos, exceto os pilotos, puseram capacetes e coletes à prova de estilhaços, enquanto o comandante ordenava à tripulação que protegessem os olhos com óculos providos de filtros especiais contra raios danosos.

Ainda a 32 quilômetros de distância, o alvo foi facilmente reconhecido graças ao característico delta atravessado por sete rios. O bombardeador exclamou "Estou vendo!" e ligou o dispositivo de mira, assumindo o controle do voo. O operador de radar passou a fornecer-lhe correções de curso, que este ajustava nos botões de controle do piloto automático. Embora o avião já estivesse sobre o mar Interior, sua velocidade máxima de 530 km/h fez que o bombardeador não notasse um desvio de cinco graus a oeste. Ainda teve tempo de observar que havia oito navios de grande porte junto do ancoradouro, mas daquela altitude não era possível distinguir se eram naves de guerra ou apenas navios de carga.

Harold estava num teto elevado, que escalava ardorosamente pelos cintilantes degraus daquele fascinante processo. Não podia parar, pois qualquer hesitação, demora ou pausa poderia, como uma violenta turbulência, atirá-lo centenas de metros abaixo do ponto que já alcançara. Kira desligara o equipamento de sucção e agora operava apenas com a lisa e escorregadia pontinha da sua língua, e a junção daquelas duas lubricidades, uma vítrea e perolada, outra cálida e abarcante, fez o corpo e a alma do piloto trepidarem, como o eixo de um motor com rolamento quebrado e prestes a travar.

No meio dos traços no painel do excelente dispositivo de mira da marca Norden dava para ver uma ponte atravessando um rio. Era um bom ponto para servir de marco; muito melhor que as instalações militares e as centenas de casas de trabalhadores. O bombardeador, tendo notado que haviam se desviado para oeste, fez um pequeno ajuste no painel de controle e recomendou ao radioperador que informasse às duas outras aeronaves que faltavam apenas dois minutos. Na tela do Norden, a cidade deslizava lenta e majestosamente, de oeste para leste. Era como se alguém estivesse puxando um mapa sobre o piso de um hangar. O jovem bombardeador, com mais de sessenta voos de bombardeio realizados no inferno da Europa, não tinha nada mais a fazer. O Norden assumira o controle e, no momento adequado, deixou cair a bomba de quatro toneladas. As linguetas de segurança emergiram dos seus ninhos e acionaram os mostradores, enquanto a aeronave, liberada daquele peso, pulou como um garoto que não precisa mais carregar uma pesada mochila pendurada no peito. O comandante desligou o piloto automático e assumiu os controles, fazendo o avião mergulhar para afastá-lo o mais rápido possível daquela carga pendurada num paraquedas.

Harold já pôde desligar a consciência que ajudava a jovem na condução da sua fisiologia e psique ao alvo final. Esta, por sua vez, cessou de usar as mãos e, guiando-se pelo instinto com o qual são providos todos os mamíferos, finalizava sua performance com leves toques das gengivas e da ponta da língua. Eram apenas pequenas correções na velocidade e na abrangência, que levavam o parceiro aos limites do êxtase.

Embora já estivessem a uma distância de 200 quilômetros do epicentro, o artilheiro da cauda notou, maravilhado, que toda a transparente esfera aérea tremera, como se alguém tivesse agitado um gigantesco aquário. Até então, jamais vira algo ou alguém que tivesse tido o dom de agitar o ar daquele modo. O interior da aeronave foi iluminado por um brilho ofuscante, como se alguém tivesse disparado um flash de proporções inimagináveis. O bombardeiro deu meia-volta e, aí, todos puderam ver o que fizeram. A cidade inteira estava coberta por uma nuvem de fumaça ardente. Sentiram um gosto de chumbo nas bocas, mas talvez fosse só impressão.

Debaixo das suas pálpebras, Harold teve a visão de algo como nuvens ou colunas de fumaça. Em seguida, a visão se tornou tão ofuscante que ele precisou cerrar os olhos com mais força, enquanto seu corpo sentia um alívio convulsivo e ele teve a impressão de que lá embaixo escapavam dele a sua alma e até a sua consciência. Mas não. Certamente não. Maravilhado pela explosão, Harold tinha até consciência demais.

Após a primeira onda direta, veio uma segunda, ricocheteada do solo, e o avião, atingido por um punho invisível, começou a pular, tremer e ranger como um velho paiol campesino atingido por pedras atiradas pelos moleques do vilarejo. Quando isso cessou, voltaram a olhar para a cidade. A negra nuvem de poeira e fumaça continuava a fervilhar, enquanto línguas de fogo começavam a sua lenta escalada pelas montanhas em volta.

Do centro do esfumaçado cadinho, emergia o tronco de um monstruoso cogumelo, cujo topo em forma de guarda-chuva, aparentemente estático, era formado por uma massa borbulhante. O cogumelo pairava sobre uma superfície constituída por camadas de fumaça, escombros e cinzas, com centenas de metros de extensão. Sentiram um alívio que provavelmente só pode ser acessível aos deuses da destruição.

O alívio que sentiu, era um daqueles só concedidos aos deuses que controlam o gozo humano. Achou que, depois daquela experiência, jamais poderia aproximar-se de outra mulher. Era algo que valia a pena ser lembrado para sempre.

Acharam que a guerra terminara no momento em que plantaram aquele cogumelo, pois nada mais impressionante e mais hediondo poderia ser feito.

17

Aeroporto de Tushino, 3 de agosto de 1947

"É PRECISO DAR UM JEITO NISSO — e rápido!" Estas eram as palavras mais mais pronunciadas por ele no decurso dos últimos dois anos. Apesar das suas recomendações, ordenaram-lhe que os primeiros exemplares estivessem prontos exatamente para aquele dia — o Dia da Frota Aérea.

Que estúpida e totalmente incompreensível mania de ter determinadas coisas prontas para diversos aniversários e feriados! Como estes eram incontáveis, sempre era preciso correr, o que prejudicava os projetos. Às vezes, quando estava de melhor humor, costumava se indagar os motivos daquela mania de comemorar aniversários. Será que outros países também sofreriam da mesma doença? Chegou a perguntar isso a Darrell, que coçou a cabeça e levou algum tempo para responder:

— Para ser completamente sincero, devo confessar que nunca pensei nisso. É óbvio que comemoramos diversos feriados e as pessoas gostam disso. Paradas, desfiles, bandas militares... mas, no caso de vocês, ocorre algo que ultrapassa minha capacidade de compreensão. É verdade que até na Boeing comemorávamos o aniversário da empresa, mas era uma festa com danças, distribuição de prêmios, champanhe, discurso do presidente e nada mais. Ninguém, em sã consciência, partia do princípio de que algo específico deveria estar pronto para aquela ocasião. Para isso há os cronogramas dos projetos a serem seguidos. Não deixamos de ter as chamadas *dead lines*...

— O que vem a ser isso? — quis saber o construtor.

— Numa tradução literal, é a linha divisória entre vida e morte e, nesse sentido, existe até certa analogia entre nós, já que, aqui, o ato de atravessar aquela linha pode resultar num tiro na cabeça, não é verdade?

Tumilov não respondeu. Fez apenas um gesto afirmativo e olhou em volta para se assegurar de que ninguém os ouvia. Enquanto isso, aproveitando-se da sua posição privilegiada, o americano continuou a ironizar:

— Durante uma guerra, os projetos são conduzidos com pressa, e então os prazos são levados mais a sério, já que deles podem depender vidas humanas, mas certamente não a de um construtor. E aqui? Aqui isso parece uma doença. Para concluir um projeto num dia predeterminado, que não se diferencia do anterior ou do que virá na semana seguinte, vocês correm que nem loucos. Se algo não estiver afixado propriamente, vocês o amarram com um pedaço de arame e se dão por satisfeitos, sem se importar com o fato de que, logo após o desfile, tudo se desfaz em pedaços. É uma insanidade.

— Certamente — respondeu Tumilov —, mas não se deve falar dessas coisas abertamente. Quanto ao que lhe parece absurdo, temos uma vasta experiência nesse quesito, até histórica. O senhor já ouviu falar dos "vilarejos de Potiomkin"? Não? No século XVIII, Potiomkin, o governador da Nova Rússia, organizou uma expedição fluvial ao longo do Dniepr para a tsarina. Quis mostrar como administrava com competência aquela região recém-tomada dos turcos. O tal Potiomkin era um sujeito esperto: mandou construir alguns "vilarejos móveis" e os colocou nos pontos mais visíveis ao longo do rio. Além disso, vestiu os "habitantes" daqueles vilarejos com roupas limpinhas e os treinou para que, quando vissem a nave da tsarina, acenassem alegremente, soltando vivas em homenagem à monarca e ao seu cortejo formado por dignitários estrangeiros. Assim que a nave desaparecia atrás de uma curva do rio, seus homens desmontavam aquele cenário e, durante a noite, voltavam a montá-lo num ponto mais avançado a beira-rio. Não creio que aquela mulher não soubesse disso, já que dormia com aquele espertalhão. Acho que aquele espetáculo foi preparado principalmente para impressionar os observadores internacionais, e que toda aquela farsa havia sido montada pelos dois na cama dela. Essas nossas comemorações que tanto divertem o senhor derivam daí. O que vale é o que se vê, e não o que existe de fato...

Tumilov interrompeu sua prelação e mais uma vez olhou em volta, achando que estava se permitindo demais.

"É preciso dar um jeito nisso — e rápido!" Voltou a soar na sua cabeça. Em poucos minutos o resultado daquela política se revelaria. Pagaria uma fortuna para que aquele dia já terminasse e tudo saísse a contento. O dia estava lindo e Tumilov, apesar da ansiedade, sentia-se feliz no seu uniforme branco de verão. Nas suas largas e rijas ombreiras brilhavam duas estrelas e um galão dourado. Logo acima do bolso esquerdo do dólmã ostentava uma discreta série de fitas de medalhas e, penduradas simetricamente abaixo das clavículas, as duas medalhas completas das quais mais se orgulhava — a da Ordem de Lênin e a da Bandeira do Trabalho. O quepe branco, com sua banda azul-marinho, também era digno de admiração, e o emblema dourado com a estrela era tão belo quanto qualquer um da época do tsar. Seus óculos eram igualmente atraentes. Seguindo a sugestão de Darrell, comprou um par mais leve e delicado. Além disso, emagrecera de tanto trabalhar e adquirira um bronzeado ao assistir às provas de voo do bombardeiro.

Ao seu lado, estava sentada uma atraente mulher de 35 anos, Valentina Siergievna Grizobieroznaia, pois Tumilov, convencido por Darrell, finalmente resolvera arrumar uma amante. O construtor estava quase convencido de que a educada e atraente Vala, de lábios grossos e narizinho arrebitado, era uma agente de Kazedub, que sempre gostava de saber o que ocorria nas camas dos seus pupilos. Uma das confirmações daquela sua tese fora o estranho e inesperado aparecimento de Vala em sua vida. Mas aquilo não incomodava Andrei de forma alguma. Esforçava-se para, na sua presença, limitar ao máximo suas reclamações quanto às condições do país (já que um silêncio total da sua parte quanto a esse assunto seria extremamente suspeito) e aproveitava todas as benesses daquele arranjo, dentro dos limites da sua saúde e condição física. Dava-lhe uma grande satisfação desfilar na companhia de uma mulher linda e sensual, sabendo que ninguém faria nenhum comentário maldoso quanto àquele relacionamento, já que este fora, de uma certa forma, arranjado "de cima". Além disso, Andrei tinha nela uma médica particular, já que Vala era laringologista.

Tudo começara quando, num certo dia, Tumilov se queixou ao major Smoliarov — que o seguia como uma sombra durante o desenvolvimento do projeto — de uma sinusite crônica, e este, dois dias mais tarde, se ofereceu para levar o construtor a um laringologista. A primeira consulta ao discreto consultório foi, em certo aspecto, um divisor de águas na sua vida. A lembrança daquela visita permaneceu em sua memória por muito tempo.

Smoliarov sugerira cortesmente que aguardaria o construtor no carro, e Tumilov, que de modo geral tinha horror a médicos e remédios, subiu as escadas do prédio meio a contragosto. A porta do consultório foi aberta por uma bela mulher de olhos castanhos e lindos cabelos lisos presos num coque. Andrei achou que ela fosse uma enfermeira e esperava ser recebido por um senhor grisalho com um pincenê dourado sobre o nariz. No entanto, quem revelou ser laringologista — e uma das melhores, pois seus conselhos eram seguidos por todos os generais da Força Aérea — foi a que ele pensara ser a enfermeira, a Dra. Grizobieroznaia em pessoa que, depois de instalá-lo numa poltrona, fitou-o com olhos gentis e curiosos ao mesmo tempo e indagou:

— Em que podemos ajudar, camarada construtor?

Naquela forma de se expressar havia um misto de delicado tom de ironia com um distanciamento da realidade, e Andrei confessou que, havia mais de um ano, estava lutando contra um demônio que se instalara na base do seu nariz e que, em sua opinião, a melhor forma de lidar com ele seria a usada pelos feiticeiros siberianos. Ao que a doutora, pondo delicadamente a mão na testa realmente febril de Andrei, falou:

— Por favor, encoste sua cabeça aqui. Já vamos dar uma espiada nesse tal demônio.

Quando terminou, sentou-se diante dele cruzando suas pernas bem torneadas e enfiou os punhos nos bolsos de um impecável guarda-pó branco.

— O senhor seria um excelente diagnosticàdor. É realmente um demônio, e muito bem instalado. Suspeito que nos seios da sua face pastem todos os tipos de estreptococos, estafilococos e outras bactérias conhecidas na laringologia. Faremos uma raspagem e vamos descobrir quantos diabos o senhor carrega e quais são os seus nomes. Depois, faremos um feitiço e os expulsaremos para sempre. Como o senhor tem dormido?

— Mal — queixou-se. — Meu nariz está sempre entupido e tenho de dormir quase sentado, além da sensação de sufocamento.

— E ninguém tentou ajudá-lo?

Andrei estava encantado por ela não se dirigir a ele por "vós" e não ter rido da sua teoria sobre demônios. Quanto a ela, continuou falando num tom cheio de respeito, bem diferente daquele usado por especialistas:

— O fato é que às vezes o senhor se sentia melhor e às vezes pior, mas, na verdade, ninguém o curou completamente, e essas infecções, após alguns períodos de hibernação, voltam a ficar ativas. O senhor mesmo disse que isso o aflige há mais de um ano, não é verdade?

Tumilov fez um gesto afirmativo, feliz por alguém finalmente acreditar nele.

— O senhor poderia passar um mês no mar Negro e banhar-se pelo menos duas vezes por dia?

Andrei sorriu como se tivesse ouvido uma piada, e ela não precisou de esclarecimentos adicionais.

— Neste caso, o senhor terá de transformar sua banheira num balneário — concluiu a doutora e, erguendo-se da cadeira, encaminhou-se sobre suas belas pernas (que pareceram a Andrei um trem de pouso de um avião esportivo) para a sala ao lado, que deveria servir de sala de estar e de dormir ao mesmo tempo. Quando retornou, trazia nas mãos um jarro com um acinzentado sal grosso.

— Este sal provém do mar Morto. Toda manhã e ao anoitecer, quando for tomar banho, peço que dissolva uma colher dele num caneco com água morna e aspire profundamente, expelindo o ar em seguida.

— Assim, vou acabar me afogando — protestou Andrei.

Valentina Grizobieroznaia, o acalmou com um leve tapa no joelho:

— Não se preocupe. Só será desagradável no começo; depois o senhor se acostumará e após uma semana os seios da sua face ficarão tão limpinhos como este recipiente — falou, apontando para uma bandeja esmaltada, cheia de instrumentos laringológicos e outros objetos de tortura.

De fato, já após alguns dias Andrei pôde dormir melhor e as duas pesadas pedras que, como lhe parecera, carregava nos dois lados da testa foram ficando cada vez mais leves. Na consulta seguinte já foi sem o major, levando um buquê de rosas, o que não a espantou, como se esperasse por aquilo. Já tinha os resultados das análises, que confirmaram sua diagnose. Os seios nasais de Tumilov hospedavam diversas culturas de bactérias, sendo algumas — conforme afirmara Vala — muito raras.

Depois de um mês de tratamento, durante o qual Andrei teve de se submeter a várias intervenções desagradáveis (que, feitas por ela, não deixavam de conter certo encanto masoquista), suas vias respiratórias superiores começaram a funcionar como deviam e o ato de respirar voltou a ser prazeroso. Vala aproveitou a ocasião para convencê-lo a parar de fumar, o que ele considerou uma ordem e, sem nenhuma pena, abandonou aquele vício venenoso. Começaram a se encontrar. No princípio no seu consultório, sob o pretexto de problemas nas vias respiratórias inferiores. Mas, após dois meses, Vala o convenceu a se apresentar oficialmente com ela, já que diante da sua posição e prestígio o romance acabaria se tornando público. Devia estar certa do que dizia, porque ninguém fez nenhum comentário a respeito. Naquela etapa da sua vida e carreira, Vala era uma amante e parceira perfeita. Além disso, jamais se metia nos terrenos reservados à sua — já caducante — vida matrimonial e familiar.

Tumilov não fazia exigências e não a atormentava na cama, enquanto sua companhia garantia a Vala a possibilidade de circular nas órbitas mais próximas do poder. Com um chapéu branco, cujas abas sombreavam seu rosto bronzeado, um costume bem cortado e com pequenas ombreiras de algodão (o auge da moda naquela estação) e salpicada com um perfume parisiense, Vala se sentia encantada, olhando esperançosa para o céu de Tushino. A tribuna estava cheia de gente importante, e o casal construtor dispunha de excelentes lugares na ala esquerda, embora não na primeira fila. Na tribuna principal estavam todos que deveriam estar, inclusive o Líder Máximo. Havia também muitos observadores e jornalistas estrangeiros. Estava mais do que claro que Stálin desejava que o mundo visse com os próprios olhos os avanços da tecnologia soviética.

Andrei estava surpreendentemente calmo, embora ciente das consequências caso algo desse errado, como um dos quatro aparelhos explodindo em pleno ar ou mergulhando na tribuna repleta de pessoas importantes. Coisas desse tipo não devem acontecer nas paradas anuais. Lembrou-se de quando, ainda antes da guerra, numa demonstração de acrobacias aéreas, dois caças I-16 deveriam cruzar-se no meio de um *tuneaux*, um girando para a direita e o outro para a esquerda — e tudo isso apenas a 50 metros do solo! Durante os treinos, tudo se passou às mil maravilhas e a manobra foi realizada com sucesso por mais de uma vez. No desfile, o efeito foi ainda mais espetacular, pois os caças começaram a manobra com atraso e bateram de frente, a uma velocidade conjunta de 600 km/h e bem diante da tribuna de honra. O estrondo fora como se todo o céu sobre o aeroporto tivesse explodido. A colisão aérea fora de tamanha magnitude que pouca coisa caiu sobre o solo; apenas algumas peças e uns pedaços de pano chamuscados. Outro acidente que lhe veio à mente foi o ocorrido durante a demonstração do último modelo do jato I-300 da dupla Mikoyan e Gurevitch. Quando o jato sobrevoava a tribuna a apenas 200 metros de altitude, uma peça se desprendeu da sua asa esquerda, e o avião ficou de dorso, fez um *looping* e caiu, provocando uma explosão que arrancou os chapéus dos espectadores. Tudo indica que o jato havia apresentado estranhas vibrações nos testes de voo, mas veio uma ordem "de cima", e a problemática máquina matou mais um herói.

A mania das comemorações anuais quase matou o próprio Mikoyan, quando o Kremlin decidiu que, durante o desfile de 7 de novembro, cada um dos construtores de jatos — ou seja, Mikoyan, Jakovlev e Lavochkin — prepararia uma esquadrilha de dez a 15 aviões. Os construtores se puseram a trabalhar como loucos, pois todos aqueles aviões ainda estavam no estágio experimental e ninguém conseguia prever o que eles fariam no voo seguinte. Mikoyan tirou três dias de férias e levou a mulher e a filha para a Crimeia. Entrou no mar — e enfartou — mas conseguiram tirá-lo da água a tempo. Durante os febris treinos para o desfile, os jatos ainda mataram diversos pilotos, e, quando finalmente conseguiram 32 homens corajosos dispostos a correr o risco, o dia 7 de novembro amanheceu com o céu encoberto, começou a nevar, e toda a brincadeira teve de ser cancelada.

Caso algo semelhante ocorresse com uma das suas construções, certamente seria o fim da sua carreira. Voltaria à prisão, ou até seria fuzilado. Por outro lado, talvez nada disso acontecesse. Com o projeto num estágio tão avançado, ele se tornara indispensável. Sorriu, pois até a ideia de ser fuzilado não o assustava. "Poderia ter sido um contador ou atendente num balcão de uma loja. Ser o maior construtor de aviões dos dias de hoje é uma profissão de alto risco."

— Por que está tão pensativo? — indagou Vala.

— Estou ansioso para que isso comece logo. Você deve compreender que me sinto um pouco como o diretor de um circo que anunciou, pela primeira vez, um número especial com um elefante recém-treinado. O que vai acontecer se o animal se recusar a ficar num barril numa só pata e, em vez disso, correr em volta da arena ou fazer cocô no seu centro?

— Você está exagerando — respondeu ela, apertando carinhosamente sua mão. — Passe-me os binóculos. Quero olhar para os presentes, e quem sabe se através de leitura labial eu não consigo descobrir se estão fofocando sobre nós — completou, rindo da sua piada, que não fora de todo uma piada.

— Só não faça isso de forma muito ostensiva. Não me agrada essa atenção toda à minha pessoa. O que mais gostaria é poder partir para uma ilha deserta, apenas com um punhado de companheiros confiáveis, como por exemplo o capitão Nemo. Uma vez lá, construiria em segredo uma máquina voadora jamais vista. Ela poderia... poderia... — continuou num tom de brincadeira, tendo notado que aquilo a divertia — voar e navegar tanto na superfície quanto debaixo d'água, disparando e desaparecendo. Depois, passaria a aterrorizar o mundo todo; todos os países com a mesma intensidade, até que me entregassem todas as suas donzelas. Que pena que um amigo que fiz na prisão não esteja aqui...

— E quem é ele? — perguntou Vala com curiosidade.

— Um velho mongol. Um primeiro-ministro — respondeu Andrei, indagando-se mentalmente quanto de Tarbagan ele conseguira preservar durante todos aqueles anos. — Ele costumava me contar histórias sobre Tarbagan.

— Sobre quem?

— Uma marmota esperta das estepes, que enrolava todos, mas de forma honesta, se é que isso é possível. A todos — repetiu, e pensou: "Qual das partes daquele Tarbagan eu consegui preservar? Há anos estou enganando todos, inclusive esta simpática jovem enviada para me espionar. Chego a enganar a mim mesmo. Mas será possível enganar a si mesmo? Ah... Tarbagan, Tarbagan! Existe alguém a quem você não engana? Você não estaria fazendo isso não só para se salvar, mas também para mascarar a dura realidade?" De repente se deu conta de que havia um homem a quem poderia perguntar... Não, não perguntar. Pedir um conselho? Não, também não era isso e, de qualquer forma, era tarde demais. Talvez o melhor fosse conversar com ele e saber o que acha do ato de se desembaraçar de si mesmo. É isso mesmo! — concluiu satisfeito e quis procurar com os olhos aquela pessoa que não poderia encontrar no meio dos espectadores.

De repente, ouviu-se um forte ronco de motores, e Tumilov interrompeu suas amargas meditações. O desfile estava sendo aberto por três formações dos últimos modelos de Lavochkin: nove caças de longo alcance que, tendo passado num voo rasante, se elevaram aos céus numa *chandelle*. "Sim", pensou Tumilov, "os La-11 devem representar o máximo que pode ser obtido com motores convencionais. Com motores de 1.850 cavalos e uma velocidade de quase 700 km/h, eram ideais para longas distâncias. Caso tivéssemos porta-aviões, seriam perfeitos para eles." Após a passagem dos La-11, surgiram os melhorados caça-bombardeiros de Iliúchin. Também eram aviões excelentes e, segundo o serviço de contraespionagem, os americanos bem que gostariam de copiá-los, já que, tendo observado por anos os sucessos dos caça-bombardeiros soviéticos, acabaram se dando conta das vantagens daquele tipo de aeronave.

Depois, o coração de Tumilov bateu mais forte, pois emergiram de trás do horizonte dois pupilos seus ou, melhor dizendo, dois vira-latas ou filhos bastardos. Até sua equipe não resistira à febre dos jatos. Por enquanto, Andrei se limitara a substituir os dois motores de pistão do seu Tu-2 devidamente adaptado por turbinas Rolls-Royce. Embora aquela estranha engenhoca até voasse bem, fosse estável em voo, tivesse a capacidade de levar cargas expressivas e atingisse velocidades exigidas, o construtor estava ciente de que a ideia era meio capenga e que seu amado "58" (a designação original do Tu-2, a qual permaneceu para sempre na mente do construtor) serviria apenas como uma espécie de estante para aquela nova moda de propulsão. Mas o que se pode fazer? Não dá para ignorar o avanço da tecnologia. Será preciso mudar toda a concepção dos motores convencionais para a das turbinas. Tumilov estava ciente de que o motor a jato tinha inúmeras vantagens: menor número de peças móveis, maior potência em relação ao peso e — quando fossem sanados todos os problemas iniciais — também maior confiabilidade. No entanto, os jatos, embora eficientes, consumiam grande quantidade de combustível, com o que os caças tinham de pousar para reabastecer após apenas algumas dezenas de minutos de voo. Além disso, os motores precisavam passar por uma revisão a cada dez horas, enquanto os pneus dos trens de pouso só resistiam a vinte pousos e decolagens e depois disso tinham de ser jogados no lixo, já que a longa distância a ser percorrida no solo demandava o uso excessivo de freios. Os burocratas de plantão inventaram várias soluções provisórias para aqueles problemas: os aviões não podiam usar os motores para taxiar e, no caso de serem bimotores, eram obrigados a desligar um deles antes do pouso. Assim que conseguiam finalmente parar na pista, eles eram logo ligados a tratores que os puxavam pela pista como a uma vaca num pasto, levando-os de volta à cabeceira para uma nova decolagem ou para serem reabastecidos. Aquilo era uma violação do princípio básico de um caça: o de estar sempre pronto para entrar em ação. Depois de uma série de acidentes e catástrofes, chegou-se ao ponto de proibir aos jatos toda e qualquer acrobacia aérea.

Para deixar as coisas na devida perspectiva, é preciso acrescentar que Tumilov, cuja mocidade fora passada à sombra de hélices em movimento, tinha paixão pela forma tradicional da propulsão dos aviões. Além disso, em certos aspectos, aquela forma tradicional ainda era insubstituível. A revolução dos jatos, embora inevitável, trazia consigo vários problemas. Era preciso adotar outro modo de encarar a aerodinâmica, já que nunca antes haviam feito aviões em forma de cano de esgoto no qual entrava o ar por uma ponta e, depois, comprimido e misturado com querosene, saía pela outra, como um peido aquecido. As forças sobre os lemes e os *ailerons* eram de tal magnitude que era preciso imaginar uma forma da sua disposição para que o avião pudesse ser pilotado e os pilotos saberem o que estava acontecendo com o aparelho. Também foi necessário mudar o conceito das formas de ataque e defesa, já que as balas, disparadas próximo às entradas do ar nas turbinas, eram desviadas por estas e modificavam as características térmicas do ar. Finalmente, foi preciso pensar em como permitir uma evacuação segura do piloto no caso de avaria a uma velocidade tão elevada. Sim. A era do jato representava uma revolução numa escala jamais vista.

A atração seguinte do programa era uma encenação aérea, cujo conceito não agradara a Andrei, embora, é óbvio, ele não tivesse demonstrado seu desagrado. Quando estava categoricamente contrário a algo ou quando uma ideia lhe parecia tola e absurda, Andrei, antes de emitir uma opinião, se lembrava da pancada que recebera da mão de madeira do coronel durante aquela inesquecível conversa, bem como do gosto de sangue que sentira na boca naquele momento. O conceito em questão consistia num ataque simulado de três pares de jatos MiG sobre nove "58". Era evidente que aquele que planejara o espetáculo desejava forçar os idosos comandantes presentes à exibição, já que, a pensar no meio dos membros do Estado-Maior, apesar das inúmeras experiências adquiridas no decurso da guerra, não faltavam apóstolos de cargas de cavalaria e combates em trincheiras. Por isso a simulação do ataque fora preparada de tal forma que a superioridade dos jatos sobre bombardeiros com motores de pistão (mesmo tão maravilhosos e amados como os "58") ficasse evidente: os jatos atacariam vindo de cima e, aproveitando o poder de propulsão das suas turbinas, voltariam a elevar-se rapidamente aos céus. As manobras se repetiam sempre da mesma forma: um rápido mergulho seguido de uma rápida manobra de subida. Enquanto isso, os bombardeiros, unidos num grupo hesitante como um bando de cegonhas atacado por um falcão, não tinham nada a dizer, apontando apenas os seus canhões para os inalcançáveis adversários. O espetáculo fora uma demonstração do confronto de duas épocas — a velha e a nova.

— Gostaria de ver, minha cara, como essas barricas voadoras teriam se comportado num combate real, mesmo se fosse com aqueles La-11 que passaram mais cedo — comentou com Vala, querendo envolvê-la naquele assunto. Por mais de uma vez Andrei notara que gostaria muitíssimo que as pessoas que lhe eram mais próximas entendessem tanto de questões aeronáuticas quanto ele.

— Por quê? — perguntou ela. — Em que eles se diferenciam?

Para Vala, um avião era um avião e todos lhe pareciam iguais. Talvez pudesse notar uma diferença na quantidade de motores, mas isso era tudo. Ela, capaz de reconhecer num microscópio a diferença entre um estreptococo e um outro quase idêntico e dona de uma mente aberta e liberal, não conseguia compreender a paixão dos homens por tal tipo de considerações.

— Em tudo — respondeu Andrei, feliz por ela lhe ter dado um pretexto para falar do seu tema preferido. — Um jato precisa voar rápido e ter grande capacidade de ascensão. É um cano voador que, para fazer uma curva, precisa de um quilômetro de espaço. E é por isso que esses MiG adotam uma tática de mergulho: desabar do céu, disparar, atravessar o bando e, antes que este possa se reagrupar, voltar para o alto. Para um bombardeiro de mergulho, o meu "58" é até bastante manobrável, mas não o suficiente para escapar desses piratas. Já aqueles caças de Lavochkin, que você viu passar mais cedo, são diferentes. Conseguem girar sobre si mesmos. Quando os MiG desabassem do céu, o lugar que pretendiam atingir estaria vazio e, no momento seguinte, os La-11 estariam às suas caudas, forçando-os a travar um combate aéreo cheio de curvas, algo do que eles não são capazes.

— Então por que a encenação foi feita dessa maneira?

— Porque alguém quis mostrar que o futuro está nos jatos. Aliás, com toda propriedade. Até eu compartilho essa visão.

Vala, entretida na observação pelos binóculos dos dignitários e representantes da imprensa internacional, não disse mais nada. A demonstração exibicionista dos jatos causara forte impressão, mas foi somente o possante som de motores de bombardeiros pesados que eletrizou a plateia, que se agitou como num estádio de futebol no momento da entrada em campo do time local.

"É preciso dar um jeito nisso — e rápido!" Daí a pouco, junto com os quatro bombardeiros, chegarão os mais compridos dois minutos da sua vida. Na mente de Andrei, passavam imagens com a velocidade de um filme rodado mais rápido do que deveria. Involuntariamente, apertou a mão de Vala com tanta força que esta chegou a dar um grito de dor. Como a um homem prestes a se afogar, passaram diante dos seus olhos todas as etapas do projeto.

Andrei começara organizando o "cérebro" de todo o empreendimento, formado pelos chefes das diversas brigadas envolvidas. Cada membro do "cérebro" assumiu a responsabilidade por determinado detalhe do projeto. A de Markov foi tomar ciência de todos os problemas logísticos ligados à produção em série em três locais diferentes ao mesmo tempo e, depois, à distribuição dos clones nas esquadrilhas da Divisão Estratégica da Força Aérea e da VMF — a Aviação Naval.

No verão de 1945, Andrei conseguira montar uma equipe provisória, uma espécie de grupo operacional, que preparou um álbum com esboços dos principais elementos da aeronave. O álbum em questão passou a ser a Escritura Sagrada, um texto canônico que determinava regras e etapas do grande plágio. Já de saída, Tumilov defrontou-se com uma barreira aparentemente intransponível. A análise dos dados confirmara sua intuição inicial de que não havia como copiar o avião sem antes virar de cabeça para baixo toda a indústria metalúrgica. Caso o projeto do B-4 (bombardeiro com quatro motores) fosse condenado a ter a cobertura feita com o duralumínio produzido por aquela indústria, ele não se ergueria do chão, assim como uma ave com as asas encharcadas. As coberturas do avião americano eram feitas com chapas cuja espessura variava entre menos de um milímetro e dois centímetros, enquanto a indústria soviética produzia chapas de uma só espessura — de 1,5 milímetro. Como se sabe, o duralumínio, também conhecido por "dural", é obtido pela fusão de magnésio, cobre e zinco, pois o alumínio puro é muito fraco para resistir a golpes ou manter a estrutura da aeronave. As proporções dos elementos fundidos, bem como a própria tecnologia da fusão, permitem criar um dural resistente a corrosão, altas temperaturas e golpes mecânicos. Os construtores de aviões precisavam de um dural resistente a deformações e ao tempo, já que um que não fosse devidamente fundido poderia envelhecer e iniciar o seu processo de corrosão apenas duas horas depois de ter saído do forno de uma siderúrgica. Aliás, aquela havia sido uma das maiores dores de cabeça das chapas produzidas antes da guerra. A cobertura dos aviões aguentava apenas alguns meses e depois disso ficava corroída e se transformava em pó. Por sorte, a expectativa de vida dos aviões durante a guerra fora muito curta, e estes, antes de desfazer, acabavam explodindo em pleno ar ou se destroçavam ao bater no solo ou na água.

Para forçar os diretores dos estabelecimentos metalúrgicos a fazer os mais extravagantes experimentos em pedaços de dural tirados dos aviões americanos, foi preciso lançar mão da ameaçadora presença de Kazedub. Pendendo como uma espada de Dâmocles sobre as suas cabeças, o terrível coronel repetia a categórica diretiva de Stálin — a de "não ser admitido nenhum desvio, por menor que fosse, de todos os parâmetros de materiais, detalhes ou instalações". Tudo TINHA de ser idêntico. Para piorar as coisas, o Líder Máximo estava convencido de que aquele plágio era totalmente factível, já que para seus construtores nada era impossível. "Talvez ele esteja com a razão", matutava Tumilov, "se até eu, mesmo tratado dessa forma, entrego-me com tanto entusiasmo e satisfação a esta causa." Allen, o principal construtor do B-29, certamente fora um homem de visão e conseguira que os responsáveis pelos estabelecimentos metalúrgicos fizessem avanços tecnológicos até mais adiantados que os necessários para a construção daquele bombardeiro. Só que Edmund Allen na certa não encostava uma pistola na cabeça dos seus subordinados, enquanto o coronel Kazedub o fazia. Tumilov chegou a presenciar a seguinte cena em Kazan:

— Mas isso é totalmente impossível em tão curto espaço de tempo, camarada coronel — exclamava um furioso diretor. — Certas etapas não podem ser saltadas, a não ser que sejais um feiticeiro!

— Pois, por uma feliz coincidência, acontece que sou um feiticeiro e já vou vos permitir presenciar um milagre — respondeu Kazedub e, diante dos espantados olhos do diretor de Kazan, que não entendera a piadinha do homem vindo do Kremlin, sacou com a mão esquerda o seu adorado Colt e, encostando o cano na testa do interlocutor, disse: — Um milagre tem duas faces, camarada. A primeira, mais espetacular, consiste em uma mudança radical na forma de atuação do vosso estabelecimento. A segunda variante, embora menos vistosa, mas também espantosa, é a de vos dar uma chance de mudar a vossa visão do que é possível e do que é impossível. Qual das duas vós escolheis?

E através desses métodos é que foram sendo reorganizadas a produção, a tecnologia e a postura das pessoas responsáveis por tudo aquilo. Embora tal método funcionasse até certo ponto, os produtos obtidos daquela forma às vezes precisavam sofrer "correções" conduzidas por Kazedub e seus oficiais, tão brutais quanto ele, porém menos bem-apessoados.

A barreira seguinte foi o problema da diferença nos sistemas de pesos e medidas: o métrico — utilizado pelos russos — e o britânico — adotado pelos americanos. Tumilov, incapaz de tomar uma decisão numa questão de tal importância, resolveu apelar para seu "consultor" americano, na pessoa de Darrell. Este, desde que começou a ser viso na companhia da deslumbrante Kira Vidmanskaia, demonstrava uma predisposição cada vez maior a compartilhar com Tumilov seus conhecimentos da aeronave.

— Harold, por favor, tome essa decisão por mim. Eu não consigo — queixava-se Andrei, segurando o americano pelo cotovelo.

— E o que lhe diz a sua intuição, Andrei Nicolaievitch? — perguntou o piloto.

— Minha intuição me diz que, caso eu não me decida rapidamente, o projeto vai afundar junto comigo.

O americano riu com vontade, o que, embora simpático, não era apropriado. No entanto, aquilo surpreendentemente melhorou o estado de espírito do construtor. Diante disso, o piloto manteve seu ar zombeteiro:

— Se o senhor for fuzilado, as autoridades nomearão Kazedub como responsável pelo projeto. Isso na certa representaria o fim desse plágio, o que não me deixaria triste.

— Por favor, pare de brincar. Eu de fato não sei o que fazer, e todas as etapas seguintes do projeto dependem dessa decisão.

Darrell adotou um ar sério e respondeu:

— Bem, já que o senhor não quer se entregar à intuição, o que teria sido o melhor para o senhor, preciso lhe dar um conselho. Mas antes devo preveni-lo de que, em meu entendimento, as pessoas não deveriam pedir conselhos. Eles não valem nada.

— Assim mesmo, peço a sua opinião.

— O senhor teme que, ao passar do sistema de polegadas para o métrico, todos os parâmetros poderão ficar alterados?

— Sim. É exatamente disso que tenho medo. Cheguei a fazer algumas conversões, mas vi que isso, além de muito complicado, levaria pelo menos dois meses...

— Se não levar dois anos... Em minha opinião, já que o senhor tem de copiar o meu avião, faça-o de forma completa, usando o sistema britânico e abandonando o métrico. Com isso, o senhor ficará imediatamente livre de uma porção de problemas e, quanto mais cedo optar por isso, melhor.

— O senhor acha? — quis assegurar-se Tumilov.

Darrell fez que sim com a cabeça, achando que respondera como um advogado do diabo. No entanto, os meses seguintes demonstraram que o conselho fora excelente, pois ocorreu algo inacreditável: em apenas algumas semanas, Tumilov conseguiu impor a toda a equipe uma forma de pensar e agir em outra realidade dimensional, e todos passaram a raciocinar em polegadas, pés e libras, imaginando as dimensões e os pesos sem mais se referir a centímetros ou quilogramas.*

Outra série de problemas se referia aos equipamentos. Alguns puderam ser copiados; outros — como o sistema de identificação "nosso-não nosso" — puderam ser substituídos por equipamentos locais tão bons quanto os americanos. Em outros ainda, Tumilov pôde desfrutar curtos triunfos, mostrando ao americano uma maior criatividade soviética em determina-

---

*O mais surpreendente é que, vinte anos mais tarde, muitos estabelecimentos aeronáuticos soviéticos continuaram a usar o sistema britânico. (*N. do A.*)

dos aspectos técnicos. Foi o caso dos equipamentos de comunicação radiofônica por ondas curtas. Os americanos eram até bons, talvez até melhores que os nacionais, mas sua construção era ultrapassada e, diante disso, Tumilov resolveu não copiá-los. Já no caso de outras comunicações radiofônicas, os equipamentos dos Mitchell B-25, recebidos dentro do programa de *lend lease*, eram ideais. Eram mais modernos que os do B-29 e tinham melhores parâmetros que os produzidos na União Soviética. Diante disso, não seria melhor copiar os dos B-25? Embora a Força Aérea tivesse admitido que a solução proposta por Tumilov fosse a mais apropriada, lhe foi ordenado que copiasse os equipamentos dos B-29.

Tal decisão deixou Darrell estupefato.

— Sr. Tumilov — perguntou, irritado —, como é possível misturar argumentos políticos com mecânicos, elétricos, químicos e físicos? Será que os vossos chefes acham que o partido, através dos seus postulados, poderá alterar a resistência de um condensador ou de uma tubulação hidráulica?! Isso não faz o menor sentido!

— Por favor, não se exalte — mitigava-o o construtor. — Se o senhor viver aqui por mais tempo, acabará se acostumando.

— Tenho cá minhas dúvidas — respondeu Darrell. — Muito antes disso, vou acabar sendo trancado num manicômio.

"Você já está num manicômio", pensou o construtor, "só que na ala dos paranoicos menos perigosos e ainda não se dá conta de que o diretor do hospital é o mais louco de todos", e respondeu em voz alta:

— Aqui é preciso demonstrar humildade e tentar fazer o que é certo. Vou confessar-lhe, pois sei que o senhor não sairá correndo para contar a Kazedub, que já mandei alguns entendidos em radiocomunicações pegar algo dali, algo daqui e algo de acolá, e...

— E o quê? — quis saber Darrell.

Andrei adotou um ar de moleque e completou triunfalmente:

— ...e teremos uma radiocomunicação melhor que a dos Mitchell, da Superfortaleza e de todos os nossos aviões somados. Como o senhor pode notar, até as ações mais estúpidas têm o seu lado positivo.

— Tenho de admitir que é a primeira vez na vida que defronto com tal tipo de argumentação.

— E direi ainda mais ao senhor. Obviamente, em sigilo ainda maior. Temos construtores maravilhosos e, o que é de espantar, ainda têm uns restos de autonomia e iniciativa... Como o senhor deve saber, a palavra vem do latim, *initiare*, ou seja, começar algo...

— Lógico que sei. Iniciação sexual etc. — interrompeu-o com malícia Darrell, que adorava provocar simpaticamente o "paizinho", como Tumilov era chamado no hangar e pelos corredores.

— Bem, talvez não nesse sentido — continuou o construtor. — De modo geral, a iniciativa é muito apreciada pelos escalões superiores, o que quer dizer que, quando eu ou algum dos meus colegas mostramos iniciativa, os que estão lá em cima ficam contentes e nos elogiam.

— E o que resulta de tal iniciativa? — perguntou com ceticismo o piloto, já sintonizado com a realidade soviética.

— Assumamos, por exemplo, que eu apresente a iniciativa de adiantar o prazo de entrega do protótipo para os testes de voo — recitou Tumilov, divertindo-se com a conversa tanto quanto o americano.

— O senhor enlouqueceu? E o que acontecerá com o timing, ou seja, o cronograma, que foi elaborado em função de parâmetros rigorosamente definidos e dimensionados? Como poderia ser encurtado? Isso resultaria num prejuízo incomensurável de todo o projeto...

— Pois saiba que o senhor está redondamente enganado — Tumilov corrigiu seu interlocutor, conduzindo-o mais para dentro do mundo do absurdo. — Lá em cima, todos ficarão contentes com essa minha iniciativa e hão de me elogiar. Da mesma forma como o fariam caso eu conseguisse diminuir a quantidade de material e, em vez de usar uma tonelada, usasse apenas 800 quilos de duralumínio na cobertura das asas.

— Agora não entendi mais nada. Eu, no lugar deles, acharia que o senhor é um sabotador. Com uma redução dessas, todo o avião iria se despedaçar e muitas pessoas perderiam suas vidas.

— Diante da iniciativa, meu caro senhor — respondeu o construtor, como um professor concluindo a explicação de um problema complexo —, essas coisas não têm nenhuma importância. O mais importante de tudo é mostrar iniciativa e gabar-se disso nos jornais. Mas também existem iniciativas inadequadas. Eu lhe darei um exemplo.

O americano ergueu as sobrancelhas, espantado com o novo aspecto da charada.

— Em Leningrado, há uma divisão radiotécnica de um OKB, até há pouco conduzida por um certo diretor. Era um homem esperto e excelente organizador. E, obviamente, cheio de iniciativa. Ele sugeriu desenvolver um equipamento de radiotransmissão criado pela sua equipe para os B-4. Um equipamento que, tenho de admitir, era revolucionário.

— E o senhor chama a isso uma iniciativa "inadequada"? — perguntou Darrell, para quem os absurdos já ultrapassavam da medida.

— É um autêntico prazer conversar com o senhor — respondeu Tumilov, baixando a voz ao notar alguém se aproximando.

Darrell também baixou o tom de voz, mas queria saber o final da história. Diante disso, perguntou baixinho, notando que, involuntariamente, absorvia o comportamento conspiratório dos russos:

— E o que aconteceu com o tal diretor?

— Como assim, o que aconteceu? Aconteceu o que tinha de acontecer. Ele não é mais diretor. Mas por que devemos nos espantar com isso? O nosso dirigente... e o senhor deve saber muito bem a quem estou me referindo... nos ordenou que copiássemos até os cinzeiros, embora nossas tripulações estejam proibidas de fumar a bordo. Ainda bem que não mandou que copiássemos os números de identificação, as insígnias e as letras USAAF!

A intimidade entre os dois engenheiros estava ficando cada vez mais estreita. Tumilov tinha no americano um inestimável auxiliar, e na maioria das vezes em que se defrontava com um problema que parecia "insolúvel", o piloto encontrava uma solução apropriada. No início, o construtor recebia os conselhos do piloto com certa desconfiança, mas em pouco tempo se convenceu de que podia confiar nos seus conhecimentos e na sua boa vontade. Também notou que Darrell estava passando por um estranho processo de transformação. Comportava-se como se estivesse com febre e era visível que algo o queimava por dentro. Executava suas tarefas com zelo e precisão, mas Tumilov podia sentir que os pensamentos e a mente do piloto estavam em outro lugar, e que Darrell agia como se estivesse sonhando, movendo-se com cuidado para que nada pudesse perturbar aquele sonho que, a julgar por seu olhar ausente, deveria ser extremamente agradável.

Tumilov tinha quase certeza de que a razão do comportamento sonambúlico de Harold era aquela extraordinária jovem de pernas compridas, cintura de vespa, seios cheios e cabeleira leonina. Em Zhukovsky, sussurrava-se que ela era agente de Kazedub, mas sua beleza e a expressão inocente do seu rosto eram tão incompatíveis com aqueles sussurros que Tumilov não podia aceitá-los como verdadeiros. Quando Kira estava por perto, o corpo de Darrell era percorrido por um tremor de natureza claramente eletromagnética. Era como se ele tivesse o dispositivo de que são providos os tubarões, com a diferença de que, enquanto estes o utilizavam com o objetivo de encontrar presas para serem devoradas, Darrell dava a impressão de alguém disposto a sacrificar uma parte do seu corpo a fim de evitar que a jovem sofresse algum mal.

Certo dia, quando ambos estavam debruçados sobre as plantas do avião, Tumilov criou coragem para perguntar. Provavelmente o fez por estar ele mesmo sob o impacto da sua primeira visita ao consultório de Vala:

— Sr. Harold, queira me desculpar por meter o nariz onde não estou sendo chamado, mas o senhor dá a impressão de estar perdidamente apaixonado por aquela jovem...

— Sr. Tumilov — respondeu Darrell. — O senhor usou o termo "apaixonado". Não estou apaixonado. Eu, prezado Andrei Nicolaievitch, estou perdido de amor... Não olhe assim para mim... Eu enlouqueci, fiquei desvairado, perdi a razão. Se pudesse, trancaria aquela jovem numa caixinha e a carregaria pendurada numa corrente. Quando ela não está por perto, mal consigo respirar. Não vivo; apenas me consumo, como um incenso. O senhor consegue imaginar tal grau de insanidade? Só me faltava isso. Não bastasse o fato de estar traindo meu país, o preço dessa traição tem de ser a possibilidade de possuir alguém que tomou conta de todos os meus lemes. Não consigo mais voar por mim mesmo, quanto mais tomar alguma decisão.

— E isso é sensato? — perguntou Tumilov, realmente preocupado, mais pelos conselhos de Darrell do que por ele mesmo. Quando se deu conta disso, ficou com vergonha, mas ao mesmo tempo se alegrou por ainda ter condições de se envergonhar de seus pensamentos egoístas e desumanos.

— E isso tem algo a ver com sensatez? — respondeu Darrell, fazendo um gesto de desalento. — É como a tal "iniciativa" de vocês. Ruim com ela e pior sem ela.

— Eu quis perguntar se era seguro — corrigiu-se Tumilov. — O senhor sabe... na sua situação, já tão complicada por si só.

— E o que posso fazer? Sei que ela me foi plantada como uma espiã... Mas imagine o senhor que isso não me atrapalha em nada. Até ajuda. É como se fizesse parte daquele "jogo introdutório"; o senhor sabe a que estou me referindo? — perguntou Darrell, arrependendo-se logo em seguida, por ter percebido que, involuntariamente, magoara o construtor.

— Já soube — murmurou Tumilov —, mas bem que gostaria de poder relembrá-lo. Parece que a doença que se apossou do senhor é contagiosa.

— O senhor também? — exclamou Darrell. — Não posso acreditar!

— Conheci uma pessoa, mas não consigo juntar coragem suficiente. O senhor sabe, na minha idade...

— E o que a idade tem a ver com isso? O senhor tem uma esposa? Seus filhos já estão criados? Sim? Então, meu caro senhor, se algo despertou o seu ardor, deixe de lado todas as hesitações e ressalvas e vá em frente. Essas coisas são como brasas quase apagadas que precisam ser sopradas para que não se apaguem de todo...

Foi a vez de Tumilov interromper o piloto, cujas palavras lhe deram coragem e fizeram seus olhos brilhar, como se tivessem avistado o portão do paraíso se abrindo.

— É que eu temo as consequências — sussurrou, sentando-se ao lado do piloto.

— Que tipo de consequências?

— Tenho a impressão... Não. Estou quase de certo de que nosso primeiro encontro não foi casual. Fui levado a ela por Smoliarov, pois ela é médica, aliás excelente.

— E o senhor acha que ela foi plantada? — adivinhou Darrell, sentindo-se feliz por estar ligado a Tumilov por algo mais do que a ambivalente situação de estarem copiando um bem do governo americano.

Tumilov fez que sim com a cabeça, e o seu rosto adquiriu um ar dolorido. O piloto, num gesto que chegou a surpreender a si mesmo, colocou carinhosamente o braço nos ombros do "paizinho".

— E mesmo se tivesse sido — perguntou —, que diferença faz? Ela o atrai? O senhor sente um desejo irresistível de fazer aquilo com ela? Sim? Já vejo que sim. Então, solte aquele animal que está preso dentro de senhor e, quando finalmente pousar na sua cama... desculpe-me por falar assim, mas é disso mesmo que se trata, não fale muito, e quando falar aborde apenas assuntos ligados à cama. Além disso — pensou em voz alta, tendo em mente sua própria situação —, quem sabe se um dia o senhor não consegue trazê-la para o seu lado e até na cama ela venha a cooperar com o senhor?

— Mas... — o construtor continuava a resistir à decisão final, embora o estivesse fazendo mais por um absurdo sentimento do dever do que por convicção. Estaria pensando que essas hesitações o absolveriam diante da própria consciência?

— Mas o quê? — insistiu Harold.

— Qual o futuro disso? Não poderemos nos encontrar para sempre às escondidas em hotéis. Aliás, aqui entre nós, nada pode ser feito em segredo, pois até a responsável pela limpeza dos banheiros iria nos denunciar. Afirmo ao senhor que o nosso país foi transformado num bando de delatores profissionais... — respondeu Tumilov, elevando a voz a ponto de Darrell ter de silenciá-lo.

— Deixe o futuro em paz — aconselhou. — Nada sabemos sobre ele, e isso é ótimo. O senhor já se preocupou demais com o futuro e chegou a hora de fazer algo para si. Quanto ao fato de ela poder ter sido plantada, o senhor não deve se inquietar. O senhor verá como isto pode ser excitante. Isso mesmo. Excitante. É uma sensação capaz de munir de asas qualquer um, de qualquer idade. Aliás, o senhor não é tão velho assim — completou, olhando com ar de especialista no assunto —, e existem muitas coisas que podem atrair as mulheres.

— O senhor acha que ela não se sentirá forçada por ter recebido ordens naquele sentido? Será que não é desagradável para ela? — hesitou Tumilov, recolhendo instintivamente a barriga e estufando o peito.

— Vou lhe dizer uma coisa — respondeu Harold, olhando bem nos olhos do construtor. — E peço desculpas de me dirigir ao senhor nesse tom, já que o senhor tem vinte anos mais do que eu. Na vida, nada é gratuito. Não há mulheres desinteressadas, assim como não há homens desinteressados. Tudo tem de ser pago. O seu papel é apenas avaliar o preço e a forma de pagamento dessa transação. Mas, pela forma como o senhor reage ao simples fato de pensar naquela mulher, vejo que ela vale muito.

— Ela é maravilhosa — confessou o encabulado Tumilov.

— Então, enfie uma flor na lapela e parta para o campo de batalha. E agora, voltemos ao nosso trabalho.

Na primavera de 1947, o primeiro da série dos B-4 se ergueu de forma majestosa aos céus. Para aquela ocasião, todos os engenheiros da equipe de Tumilov voaram para Kazan. Em pouco tempo conseguiram montar o segundo e o terceiro aparelhos. Haviam recebido ordem de montar, até agosto, mais três, a fim de terem, em caso de avarias e catástrofe, reservas para o desfile aéreo. Além disso, o plano previa a entrega de vinte aeronaves até o fim daquele ano. Quando a equipe concluiu os projetos e a produção em série começou, Tumilov, sentindo-se repentinamente liberado da correria desenfreada na qual estivera imerso até então, decidiu, junto com o também "liberado" Markov, aproveitar o conceito básico do bombardeiro para criar a partir dele... um avião de passageiros com cabine pressurizada. Era um aparelho que, sem nenhum complexo, poderia igualar aos mais novos aviões comerciais do Ocidente, como os Boeing C-97 ou Douglas C-118, a ele aparentados através da Superfortaleza. As modificações seriam de pouca monta; bastava abrir algumas janelas ao longo da fuselagem e adaptar seu interior para a instalação de poltronas, compartimento de bagagens e um espaço para a tripulação de cabine, com a sua "despensa".

Para que o avião tivesse um aspecto mais civil, Andrei decidiu desistir daquela estufa em forma de pepino no nariz, substituindo-a por um bico tradicional, com um compartimento envidraçado para o navegador. Obviamente ninguém lhe permitiria aquelas extravagâncias pseudocivis caso ele não tivesse antes enfiado nas obtusas cabeças dos militares a ideia de que aquele aparelho, aparentemente civil aos olhos da inocente opinião mundial, poderia com facilidade ser transformado num avião de transporte militar ou de patrulha, capaz de sobrevoar mares e oceanos à procura de navios de superfície e submarinos — ou até em um avião-tanque para reabastecimento em pleno ar.

Enquanto os "abutres militares" teciam planos dignos de Jules Verne ligados a novas incorporações ao Tu-70,* Tumilov participava daquelas reuniões como um aluno de série superior colocado na sala de aulas de um curso ginasial. Sabia muito bem o que poderia ser desenvolvido naquelas construções e como suas possibilidades eram limitadas. Ainda em 1925, ele andara brincando com aquilo, projetando seu "terceiro", que, nos 15 anos seguintes, se transformara num "burro de carga" capaz de tudo — desde rebocar planadores e transportar paraquedistas até prosaicos bombardeios. Naquele ano, eles — os "abutres" — corriam, com pistolas nas mãos, atrás de especuladores. Agora, sonhavam com a dominação do mundo, e isso com a ajuda das mágicas bigas flamejantes de Tumilov.

O Tu-70 voava às mil maravilhas, certamente pelo fato de Tumilov ter decidido aproveitar, na sua construção, todas as peças das duas Superfortalezas desmontadas e já inúteis (por precaução, ele deixara a terceira intacta, caso as cópias não quisessem voar). O construtor, nascido num vilarejo, achava que nada deveria ser desperdiçado. Com isso, já dispunha de longarinas, motores com nacelas, *ailerons*, flapes, leme traseiro, chassis de trem de pouso com o mecanismo completo do seu recolhimento e a maior parte de motores secundários. No entanto, Andrei concluiu que, ao contrário do original — cujas asas ficavam no meio das laterais da fuselagem —, seu avião teria as asas fixadas mais abaixo, o que exigiu um reestudo de todo o cálculo estrutural. Além disso, Andrei quis enfrentar o desafio de construir uma fuselagem pressurizada com 360 centímetros de diâmetro, com bastante espaço entre as poltronas. Nas revistas ocidentais dedicadas a assuntos aeronáuticos, ele pôde analisar

*Nome dado à versão civil da cópia da Superfortaleza. (*N. do T.*)

em detalhes o conceito do avião de passageiros e carga da Boeing, também diretamente desenvolvido a partir do B-29. Apesar da impressionante performance do Stratocruiser americano, sua fuselagem desproporcional não lhe agradara. Embora fosse claramente confortável, o avião parecia um sapo inflado. Já o seu "septuagésimo" era realmente lindo. A cabine, com capacidade para abrigar 48 passageiros, fora projetada de forma chique e num estilo pós-guerra, com aquecimento central, ar-condicionado, sanitários e uma "cozinha" provida de geladeiras.

Quando as autoridades "de cima" viram o projeto, desabou sobre as cabeças dos ousados projetistas uma autêntica tempestade de objeções, no meio das quais as expressões "degeneração burguesa" ou "bordel voador" poderiam ser consideradas as mais suaves. Foi preciso apertar os futuros passageiros a ponto de a aeronave poder acomodar 72. A tripulação da cabine foi reduzida de quatro para duas aeromoças. As modificações foram feitas, mas, através de uma diretiva secreta transmitida por Smoliarov, os construtores tiveram de guardar toda a documentação da versão "burguesa", que, no futuro, deveria desempenhar o papel de um salão aéreo para uso exclusivo de altos funcionários. Para tanto, os construtores deveriam prever algumas modificações naquela versão futura, transformando-a numa íntima sala de estar, com poltronas que mais pareciam sofás e um sistema de comunicação ligado diretamente ao Estado-Maior.

A performance do Tu-70 era surpreendente, sendo até difícil acreditar que um aparelho "civil" pudesse voar tão rapidamente e para tão longe, pois o Tu-70, com seus quatro Cyclon originais, chegava a atingir a velocidade de 630 km/h e, na altitude de cruzeiro de 5 a 6 mil metros, podia voar até quase 5 mil quilômetros. O novo avião de passageiros poderia fazer o trajeto Moscou-Vladivostok em vinte horas, com apenas dois pousos para reabastecimento. Os Li-2*, que faziam aquela rota com uma velocidade de cruzeiro de apenas 350 km/h, tinham de pousar nove vezes,

*Denominação dada aos DC-3 produzidos na União Soviética sob licença da Douglas. (*N. do T.*)

e a viagem durava 32 horas. Além disso, sua capacidade de carga era limitada a 18 passageiros. Tais pulos tecnológicos talvez fossem os únicos aspectos positivos de uma guerra. Naqueles dias, Tumilov ainda não se dera conta de que o plágio da Superfortaleza pesaria nas seguintes construções saídas do seu escritório por muitos anos. Caso viesse a saber que mesmo nos aparelhos construídos após a sua morte se poderiam detectar muitos algoritmos da Boeing, certamente não se orgulharia de tal fato.

18

Ainda no aeroporto de Tushino, na tribuna de imprensa

NO MEIO DOS MILITARES de vários países, o coronel Ernest Hemmings se sentia um peixe na água. Estava em trajes civis, pois passava por um correspondente inglês do jornal *Herald Tribune* e sua credencial continha um nome fictício. Os tempos de se sentir diminuído no meio de uniformes ficara para trás. Agora, no outono da vida, a maturidade e a compreensão do seu próprio valor o faziam não dar nenhuma importância a tal tipo de detalhes. Trajando um leve casaco esverdeado com cordinhas nos punhos e na cintura, calças esportivas e sapatos de camurça, portava uma impressionante Leica profissional munida de teleobjetiva e um caderno de notas com capa de couro. Vestido dessa forma e com tais materiais, sentia-se um repórter de verdade, achando graça no interesse que despertara numa jovem repórter do *Le Monde* que, encantada com a Rússia e com os russos, queria compartilhar seu deslumbramento com quem quer que fosse. Com o seu jeito leviano e brincalhão, lembrava sua assistente, Natacha Davies. Igualmente bela e sensual, era, no entanto, muito mais jovem. Isso, aliado à possibilidade de apreciar a maciez da pele dos seus joelhos desnudos (que ela, ciente da beleza de suas pernas, não tentava cobrir com a saia), fez que ele não mudasse de lugar na tribuna destinada a militares e à imprensa. Os anfitriões não separaram os repórteres dos observadores militares, no meio dos quais Ernest chegou a notar um de turbante. Assim mesmo, os milicos se mantinham num grupo fechado, olhando com superioridade para os civis.

— O senhor sabe se vamos ter de esperar ainda por muito tempo? — perguntou a jovem, num francês caloroso e doce.

Indagado dessa forma, Ernest lembrou-se na mesma hora dos tempos que passara em Paris e respondeu num francês que, tanto no estilo quanto na forma de se expressar, era muito mais sofisticado que o dela.

— A senhora não deve se impacientar. Os organizadores costumam criar essa atmosfera de expectativa para aquecer a plateia. Quando o espetáculo começar, vão nos recompensar por isso, desde que nenhuma das suas máquinas voadoras desabe sobre as nossas cabeças.

A jovem não respondeu, procurando por alguém conhecido no meio da tribuna. Não tendo encontrado quem valesse a pena abordar, olhou com mais cuidado para o vizinho. Apesar de mais de trinta anos de diferença de idade entre eles, a jovem gostou do que viu. O estilo do "repórter inglês" lembrava o do seu pai e ele era extremamente asseado, uma qualidade que apreciava em homens de qualquer idade. Diante disso, resolveu testar suas garras num homem mais velho, olhando de forma simpática para o seu perfil, extremamente másculo apesar dos anos.

— É que eu estou morrendo de sede. Nem sei se conseguirei aguentar.

— Se a senhora não desprezar... — disse Ernest, tirando do bolso do casaco uma chata garrafinha metálica.

— O que tem aí? — perguntou a jovem num tom desconfiado. — Uísque?

— Minha cara senhora, como eu poderia oferecer uísque a uma dama a essa hora? É conhaque, e de primeira qualidade. Infelizmente, meu mordomo se perdeu na multidão e, caso a senhora não despreze o meu convite, teremos de beber pelo gargalo da garrafinha — respondeu Ernest.

Ao ver que a jovem continuava hesitante, acrescentou:

— A senhora está preocupada com o que os outros vão pensar? Posso lhe garantir que eles ficarão com inveja da senhora. Tenho certeza de que bem que gostariam de fazer o mesmo, mas não tiveram a presença de espírito de se preparar devidamente para a ocasião. Caso a senhora não queira beber, eu beberei à saúde da imprensa francesa, e a senhora terá de aguardar que algum vendedor de bebidas ou de sorvetes apareça. Só que, nesse caso, recomendo-lhe não fazer comentários, pois na maior parte das vezes são agentes disfarçados e dominam vários idiomas.

A jovem ficou tão impressionada com tal informação que, sem mais pensar, pegou na garrafinha e sorveu um trago digno de admiração. Na certa ela não perdera tempo durante a ocupação, treinando a arte de beber nas reuniões conspiratórias em Paris, nas quais se falava muito da "*France libre*", muito mais se bebia e ainda mais se deliciava com encontros amorosos que, naquela atmosfera, deveriam ter um sabor totalmente especial.

Tendo saciado sua sede, a jovem começou a olhar atentamente em volta, procurando ver um daqueles agentes secretos. Quando apareceu um, disfarçado num vendedor de sorvetes com uma placa com a palavra "Marasquino" pendurada sobre a barriga, começou a olhar para ele de forma desconfiada, como se esperasse que, em vez de retirar da caixa um novo sorvete, ele tirasse uma granada ou um lança-chamas desmontável. Como nada disso aconteceu, Hemmings acenou para o rapaz e comprou sorvetes para os dois. O marasquino, apesar da pretensão do nome, se revelou excelente, oferecendo uma gama de prazeroso buquê de aroma de peras e melões maduros.

— Eles fazem sorvetes excelentes — admitiu Hemmings. — Se os aviões também forem tão bons, teremos um espetáculo e tanto.

— O senhor entende de aviões?

A jovem fizera aquela pergunta na esperança de que ele pudesse ajudá-la a evitar gafes técnicas na sua reportagem. Na verdade, ela viera para o Dia da Frota Aérea puramente por acaso. Seu colega na redação adoecera de repente, e ela, como sua assistente, fora despachada em seu lugar, sobretudo por conhecer a língua, já que seu pai era um emigrante russo e a sua mãe, também russa, descendia de uma família que se estabelecera na França ainda no tempo das guerras napoleônicas.

— Muito pouco — respondeu com cautela, constatando que sua resposta a decepcionara.

— Eu tinha esperança... Pensei — corrigiu-se — que o senhor fosse um especialista no assunto.

— Infelizmente, não é o caso...

O desapontamento da jovem o divertiu imensamente, tendo, de imediato, adivinhado seu motivo. Como os jovens são tão óbvios nos seus interesses e como é fácil reconhecer os seus tolos e prosaicos motivos! Será que eu era assim quando tinha a idade dela? Por um momento tentou rememorar aqueles tempos distantes, mas nenhuma lembrança concreta lhe veio à mente.

— Se o fato de eu, em 1919 ou 1920, ter atravessado quase todo este país num aparelho de dois lugares feito de papelão amarrado com arame e não ter morrido naquela empreitada possa ser aceito pela senhora como o início de uma carreira de especialista, então a senhora tem todo o direito de me considerar um expert em aviação internacional.

Tendo dito isso, Enest inclinou levemente a cabeça na direção da jovem, que, impressionada com alguém capaz de formar frases tão complexas com tamanha facilidade, olhou para ele com respeito e admiração. Este, por sua vez, provido do dom de captar tais sinais, achou que sua viagem a Moscou poderia acabar tendo aspectos mais simpáticos e desejáveis do que o esperado, e resolveu que logo após o desfile aéreo convidaria a jovem repórter para um almoço e se ofereceria para ajudá-la na elaboração dos seus despachos para o jornal, já que, contrariamente ao que parecera mostrar, era um profundo conhecedor do assunto.

Desde o momento em que Redke aparecera no seu escritório em Berlim, Ernest passou a colecionar os relatos do seu novo "consultor", junto com os dados obtidos pelas vias oficiais e os provenientes dos relatórios do serviço secreto. Aos poucos, a documentação passou a formar um quadro completo, especialmente depois de Redke ter posto em ação os mais valiosos dos seus contatos — os cientistas alemães, tanto os que foram detidos pelos russos quanto os que cooperavam de livre e espontânea vontade com os soviéticos. Além disso, haviam chegado até ele relatos dos Estados Unidos informando um repentino interesse de empresas comerciais ligadas ao campo comunista por peças e equipamentos das Superfortalezas desativadas. O incompetente Clark fora demitido e substituído pelo comandante Steven D. Pace, que, em comparação com Clark, podia ser considerado um autêntico gênio da análise militar. Como cabia ao chefe de tais atividades, Pace era capaz de manter uma relação harmônica entre razoáveis doses de suspeita e imaginação criativa. Pouco a pouco, as peças do quebra-cabeça foram se encaixando em seus lugares, e, quando finalmente foi analisado o depoimento de um dos copilotos que estiveram internados em Vladivostok — um certo Forrest Fisher —, aqueles que se orientavam nas drásticas mudanças na política internacional do pós-guerra e no avanço da tecnologia atômica dos soviéticos ficaram com os cabelos em pé. Passaram a montar febrilmente extensas redes de espionagem no território russo e no dos demais países da Cortina de Ferro, esforçando-se ao máximo para captar todos os indícios daquela atividade.

Stálin mais uma vez se revelara um jogador melhor, enquanto eles novamente deixaram que ele os fizesse de bobos. Às vezes, políticos e militares são tão ingênuos quanto crianças. O fato de Stálin por muito tempo não ter demonstrado entusiasmo nem mesmo grande interesse pela nova arma fora percebido como uma encenação. A bem da verdade, ele não poderia mesmo estar muito entusiasmado, já que seus cientistas, começando com considerável atraso, tinham de fazer das tripas coração para recuperar o terreno perdido. Assim, o líder soviético fez o que era mais inteligente fazer — manteve o sangue-frio e a postura de um experiente jogador de pôquer. Sua bem montada e eficiente rede de espionagem sabia havia muito, e muito bem, de todos os detalhes do Projeto Manhattan, e Stálin sabia que tinha de correr e se fingir de tolo. Agora, convidara seus antigos aliados para esse desfile aéreo, no qual certamente tiraria pelo menos uma parte dos seus trunfos da manga — caso contrário não os teria convidado. O Líder Máximo não era um político que gostava de se gabar apenas movido pela vaidade ou por uma demonstração de força. O convite teria de ter um outro motivo.

Era claro que no grupo dos militares profissionais americanos convidados para a demonstração havia observadores especializados, mas tanto Vandenberg quanto Pace fizeram questão de que ele — o coronel Hemmings — também estivesse presente, e aquilo que o primeiro lhe dissera pelo telefone soara convincente:

— Sei que uma viagem dessas pode ser cansativa. Sim... é óbvio que lá estarão os nossos observadores, mas gostaria de lhe pedir que o senhor também fosse... Como?... Não... Em trajes civis, disfarçado de jornalista... Um repórter britânico. Vamos providenciar os documentos e as credenciais necessários. Por que o senhor?... Mas isso é mais do que óbvio. Pace compartilha a minha opinião. O senhor está envolvido nesse caso desde o seu início, e na certa será capaz de chegar às suas próprias conclusões. Os especialistas militares têm a tendência de assumir papéis de superespiões, o que confunde suas mentes e faz com que não notem detalhes de fundamental importância ou, pelo contrário, vejam coisas exageradas em outros, secundários. Precisamos ter alguém ali com a sua perspicácia e moderação. Pace e eu lhe pedimos que concorde em ir. Naturalmente, a missão será gratificada... Além do mais, o senhor poderá relembrar os velhos tempos.

Provavelmente o último argumento fora o mais convincente de todos, e Hemmings aceitou a tarefa com prazer e uma excitação que não sentia fazia muito tempo. Ah! Se ele pudesse ainda ter ao seu lado a sua antiga parceira, de preferência com a idade que tinha naqueles "velhos tempos"! Suspirou com nostalgia e pensou que a repórter francesa com joelhos bronzeados e narizinho arrebitado poderia, de alguma forma, substituir as lembranças do passado. Virou-se para ela, querendo apresentar-se e indagar seu nome, quando, no mesmo instante, ouviu-se um crescente ronco de motores.

A jovem o agarrou pelo braço e, lambendo o palito do marasquino com sua língua rosada e infantil, exclamou excitada:

— Estão vindo! O senhor está ouvindo? Meu nome é Nicole Lusin. Do *Le Monde*.

— Westland. Paul Westland. *Herald Tribune* — respondeu Ernest, tendo de se esforçar para lembrar o nome que constava no seu passaporte.

Depois, ambos se ergueram um pouco das tábuas da tribuna e apertaram-se as mãos. Em seguida, voltaram a sentar e, protegendo os olhos com as mãos, olharam para o céu.

Aviões a jato não eram novidade para Hemmings. O serviço secreto revelara que os russos, com a mesma acuidade dos americanos, aproveitaram tanto os próprios conhecimentos quanto os dos nazistas para desenvolver aquela tecnologia e, tendo obtido a boa vontade do novo governo britânico, rapidamente atingiram o mesmo nível no que se referia às turbinas, firmando contratos de licenciamento com a Rolls Royce. Os jatos russos não eram superiores aos americanos, de modo que a competição naquele tipo de armas não o preocupava. O ensaiado ataque dos jatos com os Tu-2 não lhe agradara, assim como a Tumilov, tendo tirado dele as mesmas conclusões que o construtor russo. Resolveu compartilhá-las com *mademoiselle* Lusin:

— Como podemos ver, no Estado-Maior russo também deve haver velhuscos com mentes atrasadas, às quais é preciso demonstrar a superioridade de uma nova tecnologia.

— Por que o senhor disse "também"?

— Porque o nosso Estado-Maior está cheio deles, assim como todos os Estados-Maiores do mundo. Com a diferença de que, entre nós, além das necessidades históricas e bélicas, ainda existe o lobby. Trata-se de pessoas contratadas pelas indústrias aeronáuticas e de armamento em geral, cuja função é convencer as autoridades civis e militares de que as máquinas mais modernas costumam ser mais eficazes que as antigas. Só que lá a intenção é ganhar dinheiro numa guerra. E aqui? De que se trata? Nem o próprio diabo seria capaz de compreender isso. De qualquer modo, como a senhora pode ver, eles estão fazendo um lobby no céu.

— E o senhor acha que os jatos — a jovem pronunciou aquela palavra com muito cuidado, como se temesse uma explosão — acabarão com os aviões movidos por hélice?

— Talvez não de imediato, mas creio que terão o mesmo destino que teve a cavalaria. Já nos anos 20 surgiram doutrinas que previam sua lenta liquidação, mas isso, imagine a senhora, num período de cem anos. Sim. É muito difícil aceitar certos fatos. Seu compatriota, Verne, tinha muito mais imaginação do que os atuais generais dos Estados-Maiores. Mas, olhe, algo muito mais pesado está vindo para cá.

No meio de vibrações de possantes motores, aproximavam-se quatro gigantescos aparelhos, voando a uma altitude extremamente baixa para uma demonstração aérea. Três deles numa precisa formação em "V", e um quarto destacado, algumas centenas de metros atrás. A primeira reação de Hemmings foi limpar as lentes dos seus óculos com um lenço, enquanto as tribunas se calavam, espantadas. De forma majestática e com uma velocidade não superior a 200 km/h, as aeronaves que sobrevoavam as cabeças dos espectadores eram — Superfortalezas! E com estrelas vermelhas pintadas nas caudas, asas e fuselagens! Seu porte, sua silhueta, a cobertura de duralumínio das asas e o nariz envidraçado em forma de pepino eram inconfundíveis. Tudo levava a crer que os soviéticos haviam conseguido fazer que os bombardeiros internados durante a guerra voassem. Até sua quantidade estava de acordo. Hemmings tentava febrilmente lembrar-se dos detalhes. Eram cinco; uma havia sido devolvida, e outra se espatifara no solo. Portanto, eram três aviões nossos, despudoradamente adornados com estrelas vermelhas de cinco pontas! Devem ter conseguido treinar as tripulações e dominar os procedimentos — algo digno de maior admiração. Mas por que estariam voando sobre as cabeças de experts internacionais com aparelhos roubados? A formação dos bombardeiros se afastava dignamente, mostrando seus canhões das caudas, quando surgiu sobre a tribuna de Tushino um quarto... Quarto?! Que quarto? Sua silhueta era um pouco diferente, com um nariz que lembrava o Constellation da Lockheed no qual Hemmings voara até a Europa, e com as asas instaladas um pouco mais abaixo que as dos B-29. Mas não deixava de ser um B-29!

Não havia dúvida. Hemmings, concentrado, esforçou-se para contar as janelas na fuselagem do avião de passageiros. Eram 11. Quis tirar algumas fotografias, mas a "Superfortaleza de passageiros" já estava longe.

Quer dizer que eles copiaram o bombardeiro e o transformaram num avião de passageiros! Na certa para mostrar como sua indústria aeronáutica estava avançada. Mas por que desfilaram aqueles outros três?

Pelas chagas de Cristo! À mente de Hemmings chegaram as últimas peças do quebra-cabeça, e o coronel tirou disso a acertada e apavorante conclusão: aqueles aparelhos não eram as três Superfortalezas originais! Se eles conseguiram copiar uma e adaptá-la para uso civil, as outras três também eram cópias! Cópias de Superfortalezas — que voavam! Que os diabos carreguem todos aqueles imbecis convencidos da superioridade tecnológica americana, dispostos a sacrificar suas vidas pela tese do atraso soviético! Pois os soviéticos não estavam atrasados. Eram capazes da fazer tudo o que nós fazemos. À luz do desfile aéreo, as revelações de Redke sobre a produção secreta em série em Kazan adquiriam outro peso.

Hemmings começou a repassar na mente tudo o que sabia sobre os B-29. Se o que eles fizeram à base da nossa máquina tiver a mesma autonomia de voo... Isso significaria que, caso decidissem realizar uma missão suicida apenas num sentido e sem possibilidade de volta, poderiam chegar, com algumas toneladas de bombas, a Chicago, Nova York ou Los Angeles. E, se fizessem um desembarque na Islândia e lá construíssem uma base de apoio, estariam em condições de bombardear a Nova Inglaterra ou Ohio. E se, de algum modo, conseguissem construir uma base na Groenlândia, não teriam dificuldades em alcançar Denver e Nova Orleans! Além disso, se decidiram revelar que fizeram essas cópias, então...

Não havia um minuto a perder. Tinha de correr para a embaixada e entrar em contato com Vandenberg.

No entanto, mesmo nos momentos mais críticos e que exigiam ação imediata, o coronel Hemmings jamais perdia a cabeça nem uma oportunidade que poderia não se repetir. Pegou delicadamente na mão da francesa e, afastando a borda da sua luva, levou-a até os lábios.

— Nicole — disse. — Tenho de me despedir da senhora. Lembrei-me de algo muito importante e que não pode ser adiado. Estamos hospedados no mesmo hotel. Gostaria de convidá-la para jantarmos juntos. Caso estiver de acordo, peço que desça à recepção em torno das 17 horas.

E, ao vê-la borboletar os cílios em sinal de espanto, sorriu e completou:

— Vou lhe explicar tudo e, quem sabe, poderei acrescentar algo sensacional ao seu artigo.

Ao esgueirar-se no meio das fileiras da sua tribuna, o coronel Hemmings lançou um olhar na direção da tribuna de honra. O Líder Máximo, visivelmente satisfeito com o impacto produzido pela exibição nos presentes, distribuía sorrisos a torto e a direito; sorrisos aparentemente generosos, mas na verdade terríveis — como os de um sátrapa oriental entediado com os vivas dos seus submissos servos e pensando no fundo da sua alma em como acabar de vez com aquela odiosa massa ignara.

19

Sala de reuniões do Departamento do Estado, Washington D.C., agosto de 1947

OLHAVAM PARA ELE DE FORMA nada amistosa. Para eles, ele era um ser de outro mundo — escrevia livros de história, era professor de uma excelente faculdade de filosofia e não precisava se preocupar com a aposentadoria. Quanto a eles, quando escreviam, produziam tratados teóricos na área da física ou artigos para o *Bulletin of Atomic Scientist*, ou ainda relatórios e ordens. Certamente muitos deles conheciam suas aventuras siberianas, e estes eram os que o olhavam com maior desconfiança, como se esperassem ver nos seus dedos vestígios de pó de ouro.

A reunião foi aberta por Carl Spaatz, o comandante do SAC, o Comando da Força Aérea Estratégica, que parecia achar que o que tinha a dizer era o mais importante de tudo e o mais adequado para servir de introdução:

— Logo de início, devo informar aos senhores que dispomos de apenas 13 bombas no nosso arsenal atômico, das quais só metade está em condições operacionais. Evidentemente Teller e os seus homens estão trabalhando sem cessar para que possamos ter uma bomba digna de respeito. Nesse momento estamos tentando resolver questões ligadas à tecnologia industrial, já que, em teoria, tudo está dentro dos conformes. Pelo menos é isso que afirma o Sr. Teller — concluiu, lançando um olhar para o cientista.

Edward Teller, o chefe dos cientistas de Los Alamos, aceitou elegantemente o convite mudo:

— Estamos lidando com uma indústria como outra qualquer, só que com uma tecnologia muito mais complexa. As linhas de produção em Hamford vivem apresentando problemas e, para sermos sinceros, temos de admitir que produzem apenas metade da sua capacidade. A tarefa de tornar o arsenal plenamente operacional depende mais de engenheiros que de cientistas.

— Calma, meus senhores — disse o general Hoyt Vandenberg, convencido de que desse jeito a reunião não levaria a lugar nenhum, já que logo nos primeiros minutos estava ficando evidente que ela se transformaria numa discussão entre especialistas. — Gostaria de lembrar-lhes que não é para isso que estamos reunidos.

Em seguida, virou-se para Ernest e pediu:

— Coronel Hemmings, o senhor poderia nos relatar o resultado das suas análises?

Hemmings tirou e afastou os óculos e, pegando outro par de um estojo, colocou-o sobre o nariz. Agora, não poderia mais enxergar os sorrisos de escárnio e as trocas de olhares cúmplices daquele bando de pessoas metidas a besta, mas, em compensação, poderia aproveitar suas anotações. Começou com conceitos concretos, deixando de lado as invocações costumeiras em ocasiões semelhantes:

— Os últimos anos foram desperdiçados pelo nosso desleixo e por uma visão excepcionalmente limitada de pelo menos dois problemas cruciais. Além desses, há ainda um terceiro, sobre o qual tecerei comentários no fim da minha análise. Em primeiro lugar, partimos do incompreensível princípio de que os russos estavam atrasados em mais de dez anos em comparação com o nosso programa nuclear. Dispomos de vários indícios de que é bem provável que os russos se igualem a nós nessa matéria em menos de dois anos, desenvolvendo uma bomba ainda mais respeitável do que a que, nesse momento, está sendo desenvolvida pelo Sr. Teller. Já no inverno e na primavera de 1945, recebemos relatórios confirmando que os soviéticos, apesar do aparente *désinteréssement* de Stálin pelas armas nucleares, deram instruções aos seus comandantes nos territórios recém-conquistados, retomados, ocupados ou qualquer nome que se queira dar a eles, para que tivessem o cuidado de se apossar de todos os planos e instalações alemães que poderiam servir para o desenvolvimento e a produção de algum tipo de armamento atômico. Data da mesma época a diretriz de tornar a cidade tcheca Jáchymov uma "zona de exclusão". Como todos os presentes devem saber, Jáchymov é o único lugar da Europa Central onde são exploradas minas de urânio. Nosso serviço secreto confirma que aquela região está cheia de especialistas e técnicos soviéticos.

Nesse ponto Hemmings interrompeu sua preleção, querendo dar mais dramaticidade ao que viria a seguir:

— O segundo problema ao qual não foi dada a devida atenção é a possibilidade de a indústria soviética estar em condições de copiar o Boeing B-29. Mais uma vez, e por razão desconhecida, estávamos convencidos de que os russos não seriam capazes de realizar uma operação de tamanha complexidade. No entanto, se os senhores olharem dentro das pastas que estão à sua frente, nelas encontrarão fotografias dos quatro primeiros exemplares do novo bombardeiro soviético Tu-4, bem como da sua versão civil, o Tu-70. O trabalho naquela empreitada, considerada impossível por nossos especialistas, levou menos de dois anos e, conforme os dados de que dispomos, está claro que até o fim do corrente ano os russos já disporão de algumas dezenas dessas aeronaves. Se a sua capacidade industrial continuar no ritmo que temos observado até o presente momento, dentro de dois a três anos os soviéticos terão uma força aérea estratégica de mais de mil aviões. Cabe ainda informar aos senhores que o Tu-4 é uma cópia excelente e que, segundo alguns boatos, chega a ser superior à nossa em determinados pontos, além de ser capaz de carregar bombas atômicas. Se os senhores levarem em consideração todos esses dados e informes, só pode haver uma conclusão: a de que a ameaça de um ataque nuclear ao nosso país é uma questão de meses. Diante disso, devemos presumir inquestionavelmente que Stálin ordenou aquele plágio com toda a premeditação. Nesse ponto, não me cabe tirar daí quaisquer conclusões de natureza estratégica, já que sou apenas um analista. Mas, em minha opinião, os fatos que acabei de relatar deveriam resultar numa profunda alteração na nossa doutrina de defesa...

— E quanto à terceira questão? — indagou uma voz emocionada.

— É fruto, basicamente, da minha intuição e experiência de muitos anos de análise dos fatos. Sendo assim, não posso apresentar aos senhores provas concretas, nem mesmo premissas. Só posso compartilhar com os senhores a minha firme convicção. Estou convencido de que os russos há anos têm pleno conhecimento dos nossos trabalhos relacionados com armamento nuclear.*

— Mas não dispomos de provas disso, coronel — quis assegurar-se Vandenberg.

— Acredito, general, que a essa altura, a questão de termos ou não provas de que nosso sistema de proteção aos segredos militares é falho passou a ser secundária — interrompeu-o com determinação o secretário de Defesa, fechando a pasta com as fotos dos clones e lançando um olhar cansado para os rostos dos presentes. — De acordo com os cálculos feitos pelos especialistas de Carl, podemos concluir que, caso eles decidam realizar uma missão suicida, estaremos ao seu alcance. Caso desenvolvam a capacidade de reabastecimento em pleno ar, e ouso afirmar que isso é plenamente plausível, poderão ainda retornar às suas bases. De uma forma ou de outra, não devemos voltar a subestimar os russos, nem as suas possibilidades. Temos de estar preparados. Vou passar a palavra a Carl, já que ele ficou acordado a noite inteira pensando sobre a questão.

— Esse assunto, meus senhores, deve ter prioridade máxima, em detrimento do desenvolvimento de novas bombas que só serão usadas como armas de retaliação. Como pudemos constatar no caso do Irã, só o fato de ameaçarmos com um ataque nuclear se revelou eficiente,** e só se pode fazer uma ameaça quando se tem o estilingue e a pedra. Nós temos os dois, enquanto eles estão apenas preparando o estilingue. Nos próximos meses,

*Só depois da prisão de Klaus Fuchs,• em 1950, Washington soube que, graças à sua atividade de espionagem, desde 1943 os russos tinham acesso ao "segredo atômico". (*N. do A.*)

**O general Spaatz tinha em mente a crise do Irã de 1947, quando Truman ameaçou os russos com um ataque nuclear caso eles não retirassem as tropas daquele país. Os russos recuaram em 24 horas. (*N. do A.*)

precisaremos ter capacidade de detectar e abater os tais Tu-4 ainda fora da nossa área de perigo, presumindo, naturalmente, que os alvos hipotéticos seriam as cidades maiores e instalações industriais. Tal ação será baseada em redes de radares terrestres, radares instalados em aviões de patrulha e uma bem organizada defesa aérea com aviões de caça. Com o tempo, conseguiremos desenvolver instalações de foguetes terra-ar, mas esse é o aspecto mais duvidoso do programa. Caso os senhores tenham alguma pergunta ou sugestão, façam-na agora. Caso contrário, temos de levar isso imediatamente ao conhecimento do presidente.

Durante algum tempo a sala ficou em silêncio, enquanto os presentes ruminavam o que haviam acabado de ouvir. Hemmings teve a impressão de que alguns deles já estavam sentindo o acre cheiro de uma explosão atômica. Resolveu melhorar seu humor e sugeriu:

— Falta, apenas, encontrar um nome para a Superfortaleza russa. Confesso que "Tu-4" não parece bastante expressivo... — disse sorrindo.

Seu sorriso foi respondido por outro do secretário de Defesa Forrestal:

— Que tal "Bull"? — sugeriu, acrescentando: — Não creio que os russos venham a se ofender...

20

Vladivostok, Base das Forças Aéreas do Pacífico, 27 de setembro de 1947

O CÍRCULO DOS ACONTECIMENTOS se fechava lentamente, e Darrell se sentia como um homem a quem uma multidão prendera numa porta giratória. Estava de volta ao ponto de partida — na pista de concreto do aeroporto em que pousara quatro anos antes. No entanto, o avião que o aguardava não era o seu Ramp Tramp, mas um dos produzidos em série na fábrica número 22. Era um dos que foram levemente modificados para missões especiais, já que, preso entre os dois motores da asa direita, pendia um monstrinho a jato. Era um misto de foguete e avião que os soviéticos tiraram dos alemães e que, após algumas melhorias e com um piloto alemão a bordo, ultrapassara a barreira do som em voo horizontal. Darrell participara daquele projeto desde o início e estava satisfeito com os resultados obtidos até então. Pelo menos tinha a convicção de que participara de algo importante e inovador e de que poderia fazer um relato no futuro, quando retornasse ao seu país — isto é, caso conseguisse escapar.

Por enquanto, nem pensava em escapar, e o motivo para isso era sempre o mesmo — não conseguia imaginar-se vivendo sem ela. Embora a situação em que se encontrava tivesse duplo significado, Harold não era cego nem incapaz de avaliá-la de forma sóbria. Pelo contrário; dava-se conta de tudo de que participara e estava contente com isso, com a sensação de dever cumprido. Ao contrário do que se poderia imaginar, não se guiava por hesitações de ordem moral, sendo a única concessão naquela matéria a constante avaliação de seus próprios feitos. Surpreendentemente, aquilo parecia lhe bastar para manter pleno controle dos seus atos, bem como para não se sentir estagnado ou perdido no meio de coisas e estados aos quais lhe coubera ser exposto.

Kira, sem abandonar sua função de agente soviética, cercava-o com a auréola de um desempenho cada vez melhor e mais novo. Ele, por sua vez, tinha a sensação de plena compensação por aquilo que ela lhe dava, já que ia se entregando aos poucos, algo que antes, na sua agora esquecida e enevoada vida, o teria derrubado de vez. Considerando que as vantagens proporcionadas pelos seus conhecimentos, experiência, habilidade e, finalmente, tesão podiam ser mensuráveis, aquele frágil arranjo, que poderia ser aniquilado por uma simples recomendação de Kira, funcionava às mil maravilhas, parecendo satisfazer a todos.

Quando os trabalhos relacionados com o início da produção em série dos Tu-4 foram concluídos e Tumilov passou a se dedicar ao desenvolvimento de outros projetos, Harold foi incumbido de ajudar na reconstrução dos procedimentos e na sua adaptação aos padrões soviéticos, tanto os logísticos quanto — o que era de espantar — os mentais. Os russos não eram tolos e sabiam muito bem da importância dos aspectos psicológicos das instruções que, na específica organização do seu pessoal de voo, não eram desprezíveis. Darrell, já dominando um pouco o russo, passou várias noites com Smoliarov, redigindo instruções e manuais de procedimentos. A mentalidade russa continuava presa aos tempos em que os procedimentos eram menos importantes do que a determinação, a capacidade de se sacrificar e a resistência aos caprichos do tempo ou de falhas de equipamentos. No entanto, numa máquina tão complexa quanto o Tu-4, formada por dezenas de milhares de peças e subconjuntos, aquela forma de abordagem era muito arriscada.

A atitude de Harold diante dos procedimentos parecia trazer resultados e, embora as novas máquinas estivessem a milhas de distância da perfeição do original, a quantidade de acidentes não aumentava, mantendo-se numa proporção aceitável. Os problemas mais frequentes ocorriam com o sistema de abaixamento do trem de pouso, e muitas tripulações tiveram de pousar de barriga, e isto, numa máquina que, mesmo sem combustível e munição, pesava três toneladas, não era algo muito agradável. Outro problema era causado pelo desprendimento das pás das hélices, o que pode parecer não ser muito sério, mas, se imaginarmos o peso e a energia de uma pá de dois metros e meio desprendida a uma velocidade de 2,5 mil rotações por minuto, estaremos falando de uma catástrofe. No melhor dos casos, o motor acabaria se soltando da nacela e destruindo uma parte da asa, enquanto a pá, com um "bom" conjunto de vetores, se elevaria no céu ou acertaria o motor vizinho. Já nos casos fatais, a pá atingiria a fuselagem na altura da câmera de bombas, e todo o aparelho se despedaçaria em pleno ar. Já no rol dos problemas secundários, podia-se incluir a inadequada colocação dos vidros na "estufa", que deformaria a visão e provocaria terríveis dores de cabeça nos pilotos.

O voo para o qual Darrell fora trazido a Vladivostok prometia ser excitante, nem que fosse pelo fato de o foguete-avião ser pendurado, pela primeira vez, numa aeronave soviética. Nos anteriores, fora utilizado um Boeing original. Os alemães da Heinkel e da DFS haviam desenvolvido o modelo do 346 ainda em 1944, mas não tiveram tempo de concluí-lo a tempo antes da capitulação. No entanto, conseguiram fazer, e com sucesso, todos os testes num túnel de vento, chegando à conclusão de que o DFS, elevado a uma altitude de 10 mil metros e tendo ligado a sua turbina, poderia chegar a uma velocidade duas vezes superior à do som. Fizeram todos os planos e cálculos, juntaram todo o material necessário e chegaram a preparar duas turbinas Walter — uma versão aperfeiçoada das Walter R1 que impulsionavam os jatos "Komet", da Messerschmitt.

E esse lindo conjunto, com pilotos experientes e um pessoal treinadíssimo, foi assumido pelos soviéticos, que o transferiram na mesma hora para a cidadezinha de Podberiezie, obviamente sem se gabar disso perante os Aliados. A bem da verdade, estes se comportavam da mesma forma, levando em segredo instalações completas, projetos, modelos, planos, materiais e pessoas para seus respectivos países. Houve casos em que os americanos roubaram os pedaços mais suculentos dos britânicos, e vice-versa, apesar da parceria formal existente entre as duas nações. Darrell veio a saber de tudo isso através da análise dos documentos, bem como pelos relatos de Smoliarov, que via naquela rivalidade na disputa pelo espólio alemão algo semelhante a uma competição esportiva, acompanhando, com excitação, o seu desdobramento.

O primeiro protótipo do DFS fora concluído ainda no ano anterior, e os pilotos alemães o testaram em voo, mas apenas planando, sem propulsão própria. Como os testes foram positivos, tomou-se a decisão de seguir em frente. Um certo Zeise, piloto de provas da Siebel, tendo treinado em planadores (aliás, também alemães) a pilotar em posição deitada (pois assim foi projetada a posição do piloto no avião-foguete), foi levado até a altitude de 10 mil metros, na direção do mar aberto. Uma vez lá, desprendeu-se do avião, ligou a turbina e... ultrapassou a velocidade do som. O mais espantoso de tudo foi o fato de o avião-foguete não se ter desfeito no ar e o alemão ter conseguido pousá-lo suavemente, muito embora durante o voo supersônico o aparelho tivesse apresentado estranhas vibrações no leme e nos *aleirons*. O sucesso encorajou os russos, que logo preparam mais dois protótipos que, com o seu comprimento de 11 metros e feitos de duralumínio, poderiam desempenhar o papel de naves espaciais num filme de ficção científica. O avião-foguete tinha a aparência de um charuto metálico, com curtas asas enviesadas e também curtos leme de direção e profundores, estes últimos também enviesados. Seu nariz era todo envidraçado, e de sua ponta emergia, qual uma lança, um tubo de Pitot de três metros de comprimento, com a função de medir a velocidade. Debaixo da cauda havia duas turbinas, montadas uma sobre a outra. As Walter eram alimentadas por uma mistura da famosa T-Stoff com algo chamado C-Stoff. E isso foi uma sorte, pois a mistura usada antes pelos alemães era tão tóxica que representava perigo mortal para quem a manuseasse. O casamento de T com C também não era muito seguro, mas, desde que fossem tomadas as adequadas medidas de segurança, o perigo de intoxicação era menor.

O novo experimento consistia no seguinte: como o DFS com os tanques cheios pesava cerca de 5,5 toneladas, o Tu-4, com metade do combustível e sem munição, deveria chegar a uma altitude de 11 a 12 mil metros, quando o DFS seria desprendido. As modernizadas turbinas Walter, com um novo e mais eficiente combustível, deveriam permitir que o "346" chegasse aos limites da estratosfera e ultrapassasse a velocidade de 2 Mach planejada pelos alemães.* Depois, caso não tivesse explodido, o avião-foguete voltaria planando de cima do mar para a terra, enquanto o bombardeiro acompanharia pelo radar o seu retorno à base, informando ao pessoal em terra sobre o desenrolar do experimento. Isso porque o DFS não dispunha de instalações radiofônicas, mas apenas de um primitivo intercomunicador, que só permitia contato com o bombardeiro até o momento do seu desprendimento. A tripulação do Tu-4 seria formada por Darrell na qualidade de comandante, um segundo-piloto, um bombardeador na qualidade de observador, um engenheiro de voo, um operador de radar e rádio e um único artilheiro, com a função de segundo observador. Decidiu-se que, para esse tipo de experimento, o artilheiro da cauda era desnecessário. Por outro lado, diante de experimento tão complexo, haveria necessidade de um intérprete, função a ser exercida por Smoliarov. Mas esse demorava a chegar e Darrell decidiu iniciar os procedimentos de pré-decolagem sem ele. Os russos já estavam a postos, aguardando com paciência sob a sombra da asa esquerda, enquanto o suicida alemão, fechado hermeticamente no avião-foguete, devia estar suando em bicas, amaldiçoando o dia em que se deixara convencer a partir de seu país.

De repente, um jipe freou bruscamente perto da aeronave, e mais uma pessoa, trajando macacão de voo, saltou do seu interior. O coração de Harold bateu mais forte. Era Kira!

— E o major Smoliarov? — indagou Harold, mal podendo acreditar que a jovem fosse acompanhá-lo no voo. Assim ela poderá ver como ele pilota, pensou, sentindo-se como na ocasião em que fora pela primeira vez buscar uma garota no seu próprio automóvel.

---

*O dobro da velocidade do som. (*N. do T.*)

— O major Smoliarov teve uma séria crise de apendicite e está hospitalizado. Diante disso, fui designada para ser sua intérprete, capitão Darrell — respondeu ela, em posição de sentido, mas em inglês.

— Muito bem — disse Harold. — Fique perto de mim e traduza, pois vamos começar os procedimentos.

Em seguida, virou-se para os demais e disse:

— Rapazes! Vamos começar a inspeção da aeronave. Vocês conhecem a camarada Vidmanskaia? Ela vai traduzir minhas instruções. E vamos cumpri-las rapidamente, senão o alemão vai acabar cozido naquele foguete. Podem deixar os capacetes e os coletes à prova de balas; não vão precisar deles.

Ao ver os jovens ocuparem suas posições, Harold lembrou-se do pomposo filme instrutivo preparado pela Boeing. Na parte introdutória, um locutor anunciava: "Estamos vos entregando o avião pelo qual tanto esperastes. O maior, mais rápido e mais moderno bombardeiro do mundo... Ele voa melhor do que qualquer coisa provida de asas... Valeu a pena esperar por ele por tanto tempo... Ele representa tudo o que vos fora prometido..."

A esses rapazes ele não prometia nada, mas eles receberam o Tu-4 com aparente entusiasmo, e em pouco tempo a inspeção pré-decolagem teve início. Novamente lhe veio à cabeça mais um trecho do filme: "...pilotá-lo é um trabalho maravilhoso, importante e, ao mesmo tempo, difícil!" Pensou que, caso alguém alterasse as insígnias na aeronave e o texto narrado pelo locutor fosse vertido para o russo, o filme poderia ser mostrado ali, em Vladivostok. A pompa, a beleza artificial dos pilotos e dos tripulantes (certamente escolhidos a dedo)... a grandiosidade do palavreado e o tratamento por "vós" sem dúvida seriam devidamente apreciados. Será que, no fundo, somos tão diferentes assim?

Afastou aqueles pensamentos e passou a ocupar-se de suas tarefas. Examinou pedantemente as condições dos amortecedores de um dos trens de pouso, enquanto o copiloto examinava as condições do outro. Essa atividade era aparentemente prosaica e poderia ser executada por um mecânico da equipe terrestre. No entanto, o estado dos amortecedores poderia definir a qualidade do pouso. Tudo estava nos conformes. Um dos mecânicos lhe entregou um manômetro, com o qual ele mediu a pressão de todos os pneus, examinando, ao mesmo tempo, as condições das suas superfícies. Quando encontrava algo que não lhe agradava, indicava o local para um dos homens da manutenção, e este, munido de uma escovinha, retirava as eventuais pedrinhas enfiadas entre as ranhuras. O passo seguinte foi a verificação das entradas de ar para a refrigeração dos motores. Olhava-as de baixo, erguendo a cabeça e, caso encontrasse algo que precisasse ser examinado de mais perto, lhe traziam uma escadinha e ele, subindo os degraus, tocava nas partes que haviam despertado a sua atenção. Qualquer peça que lhe parecesse suspeita tinha de ser substituída. Aquilo não agradava aos russos, que costumavam adotar outra postura — a de que, enquanto algo não caía ou não explodia, servia. O mesmo ocorria por ocasião da inspeção dos próprios motores, quando era preciso procurar atentamente qualquer sinal de vazamentos. Para os russos, a existência de um vazamento era um claro indício de que havia líquido suficiente na instalação — e não de que havia algo de errado. Nessas inspeções, Darrell tinha sempre à mão um pano de algodão. Quando, depois de esfregar um ponto duvidoso, o vazamento voltava a aparecer, ordenava que a peça em questão fosse retirada e substituída por outra.

Havia ainda centenas de outros pontos a serem examinados, mas Harold achou que, antes, deveria dar um espiada no alemão que, trancado por mais de 40 minutos, permanecia deitado naquele projétil diabólico. Junto com os técnicos destacados para o projeto, examinou as asas, os profundores e o leme, bem como o dispositivo que prendia o DFS à asa da aeronave. Mandou que alguém limpasse por fora a ponta envidraçada do avião-foguete e acenou amigavelmente para o alemão, que lhe respondeu com um sorriso amarelo de gim engarrafado. Enquanto não aquecessem os motores, o alemão podia respirar o ar de fora. Depois, teria de passar para o seu próprio sistema de alimentação e oxigênio. Harold não sentiu inveja daquele sujeito. Só de pensar que teria de partir sozinho, a 10 mil metros de altura, num equipamento desses e tendo no traseiro algumas toneladas de um líquido explosivo, sentiu-se mal. Acenou mais uma vez ao suicida em potencial e ordenou à equipe que entrasse na aeronave.

O pessoal de terra, agrupado em pares, se preparava para pegar nas pás das hélices e dar, por 15 vezes, 3,5 voltas nos eixos dos gigantescos motores radiais. Enquanto Darrell, tendo aberto a janela do cockpit, olhava a bem executada operação, o engenheiro de voo observava atentamente o seu painel de controle, assegurando-se de que tudo estava como devia. Caso um dos motores começasse a funcionar... só Deus sabe qual seria o resultado daquela catástrofe. Mas todos os mostradores confirmavam que o que tinha de ser ligado estava ligado e o que não deveria ser não estava. A finalidade daquela operação, supervisionada em terra pelo copiloto, era espalhar óleo nos cabeçotes dos 18 cilindros dispostos numa estrela dupla. Quando foi concluída, o copiloto entrou na aeronave o ocupou seu assento.

Com a parte dos procedimentos terrestres de inspeção terminada, chegara a hora de inspecionar os equipamentos pessoais, que consistiam num macacão de voo aquecido eletricamente, um paraquedas, uma máscara de oxigênio e uma garrafinha metálica com um quarto de galão de água — tudo copiado rigorosamente dos modelos americanos, inclusive a incomum capacidade de armazenamento da garrafinha. Todos já estavam a bordo, e o operador de radar fechou as portas, ligando o sistema automático de pressurização. Até a altitude de 3 mil pés, a pressão seria a equivalente à de 3 mil metros, e depois aos poucos baixaria.

Darrell pediu a Kira que se acomodasse provisoriamente na cadeira dobrável às costas dos pilotos; mais tarde, ela poderia instalar-se com conforto na poltrona do navegador. De qualquer modo, o voo não duraria muito. Olhou para o relógio e, no mesmo instante, notou com o canto do olho que Kira queria chamar sua atenção. Conhecia-a de sobra, e sabia que aquilo era sinal do início de uma sequência de minúsculos e quase imperceptíveis entendimentos mútuos. Diante disso, apenas virou a cabeça em sua direção, dando-lhe a entender que, a partir daquele momento, estava totalmente receptível a eles. Para Kira, aquilo bastava. Mesmo vestida com um macacão de voo e calçada com botas de aviador, sua beleza continuava a despertar admiração. Naquele momento, esforçava-se para enfiar a vasta cabeleira debaixo de um pano preto, semelhante ao usado pelos piratas debaixo dos seus chapéus para absorver o suor. Quando terminou, disse, em inglês:

— Não quero que DEPOIS possam me atrapalhar.

A palavrinha "depois" fora dita de forma significativa, e Harold confirmou a recepção do segundo sinal. Em seguida, ajeitou mais uma vez sua máscara de oxigênio, já que os procedimentos exigiam que, mesmo numa cabine pressurizada, pelo menos uma pessoa de cada compartimento estivesse com máscara no rosto durante as seguintes fases do voo: por ocasião da decolagem, do pouso, no meio do fogo antiaéreo e sobre o alvo. Quando tudo estava pronto, Harold ligou o intercomunicador e, no seu russo capenga, pediu ao engenheiro de voo que lhe trouxesse a tabuleta da checklist, com formulários detalhadamente preenchidos com símbolos e rubricas de todos que participaram da inspeção. Aquilo era uma vitória da burocracia sobre o bom senso, já que o comandante tinha de verificar todas as rubricas, dando especial atenção às referentes aos equipamentos mais *defective*, ou seja, os mais propensos a apresentar problemas. No meio deles, um era o fantástico sistema de descongelamento, o qual um traiçoeiro ato de Darrell tornara ainda mais *defective*. Embora tal fato lhe provocasse certo constrangimento, o maravilhoso sol de outono parecia indicar que ele, mesmo a grande altitude, não precisaria dos serviços daquele invento diabólico, evitando assim cair vítima da própria armadilha. Deixando suas preocupações de lado, Darrell conferiu a checklist, apôs sua assinatura e passou-a para o engenheiro de voo, dando início aos procedimentos da decolagem.

Estes também eram muitos e demorados, mas o Tu-4 não era um simples biplano, cujos procedimentos se limitavam ao ato de ligar dois magnetos, girar manualmente a hélice, enrolar o pescoço com uma echarpe e baixar óculos de aviador sobre o nariz. Além de verificar todos os instrumentos dos painéis — tanto o dos pilotos quanto o do engenheiro de voo —, era preciso destravar os freios da sua posição de "estacionado", bem como os lemes, *ailerons* e flapes. "Será que tudo neste avião, quando está no solo, tem de ser travado?", passou lhe pela cabeça um pensamento que sempre o atormentava a cada decolagem, pois os manetes também tinham travas e precisavam ser testados após seu desbloqueio. As instruções para isso (e ele as copiara diligentemente das originais, guardadas na sua memória) indicavam que fossem movidos "devagar e intuitivamente". De modo geral, todas as instruções se referiam a um "comportamento delicado" em relação aos mecanismos. Na certa seu redator tinha alguma experiência com mulheres e com o modo como elas constumam se relacionar com máquinas. Os russos pareciam mulheres dirigindo automóveis e, na maioria das vezes, não dispunham da tal "intuição". Quando algum mecanismo lhes oferecia resistência, eles se enfureciam e — num cego e infundado desejo de vingança — lançavam mão de força bruta.

Finalmente, chegou a hora de acionar os motores. Tal ação competia ao engenheiro de voo, que abriu as válvulas de alimentação, pôs o sistema anti-incêndio numa posição que permitiria cobrir de espuma o motor número 1, ativou os magnetos e, por fim, apertou o botão de partida. Cada motor, antes de começar a roncar, girava duas vezes, acionado pelo motor de arranque. Quando o número 1 começou a funcionar regularmente, era preciso mantê-lo a 1.200 rotações por minuto. A operação foi repetida com os três motores restantes, e o barulho e as trepidações, mesmo dentro da aeronave, tornaram-se cada vez mais ameaçadores. Quando o coro dos baixos profundos ficou uniforme e deu mostras do desejo da conquista do espaço, chegou o momento de se fazer a verificação final dos mostradores, com especial destaque ao altímetro, cuja aferição devia ser confirmada com o pessoal da torre de controle. Apesar de as instruções determinarem que isso deveria ser feito pelo comandante da aeronave, o russo de Darrell não era muito bom, e a aferição foi feita pelo copiloto. O pessoal de terra retirou os blocos das rodas e se afastou. Harold soltou os freios, e apenas aquelas 1.200 rpm foram suficientes para que o bombardeiro se deslocasse suavemente.

Agora, ao taxiar, era preciso se lembrar de manter os flapes levantados. Caso estivessem abaixados, as pedrinhas levantadas pelo possante fluxo do ar provocado pelas hélices perfurariam sua superfície. Também não se devia deixar levar pelo desejo instintivo de usar freios, já que estes haviam sido projetados para pousos, e não para decolagens. Era preciso contentar-se em controlar a velocidade do rolamento sobre a pista apenas com a força dos motores, e não fazer isso de forma violenta, tendo em mente que o Tu-4 era, realmente, um avião gigantesco — uma cópia perfeita do B-29...

"E quanto a mim? Não seria eu, também, uma cópia dessas?", permitiu que um pensamento desses percorresse sua mente, muito embora normalmente, ao taxiar, se esforçasse em pensar de forma clara e objetiva. Mas nesse caso Harold se permitiu divagar por um momento:

"Será que eu já não sou uma cópia de mim mesmo? Uma cópia tão benfeita quanto aquela? Será que roubaram a minha alma? Roubaram a mim mesmo? Não teria eu negociado minhas obrigações, meus amigos e meu país em troca de uma mercadoria que me foi oferecida? Quem sabe se eles não conseguiram me desmontar em pedacinhos e reproduzir cada parte do meu corpo com um outro material, não americano? É verdade que, no início, eles tiveram alguns problemas comigo, mas agora eu estou sendo testado em voo, exatamente como este avião, copiado graças ao talento de Tumilov. Desde o primeiro momento o considerei um conformista e ladrão de patentes de outros, o que não me impediu de gostar dele. Será que, no fundo da sua alma, ele também não sente desprezo pela minha pessoa? No entanto, ele já deu diversas provas de confiar e gostar de mim. Quem sabe se Tumilov não fez uma cópia de mim, junto com o avião? E Kira? Será que é autêntica? Ou faz parte desse esforço de me copiar? Naquela tarde... no lago... Não teria sido aquele o início da empreitada de me desmontar, para depois me remontar, fazendo essa cópia do Darrell original? Por outro lado, não teria sido eu que, nos meus sonhos, devaneios e desejo, copiara Kira para servir a meus propósitos? Quem sabe jamais existiu uma Kira autêntica e eu tenha começado a fazer uma cópia dela antes de ter conhecido o original? Será que algo assim é possível?"

Darrell sacudiu a cabeça, como se quisesse livrar-se de um mosquito incômodo, e voltou a pensar nas instruções, concluindo, com sua característica indiferença que, fosse uma cópia pilotando uma cópia ou um original pilotando um original copiado, não devia perder tempo com divagações.

"Sim. Com um avião tão pesado quanto este, se abusarmos dos freios, estes logo se acabarão e teremos problemas no pouso. Acho que o mesmo ocorre com os homens e os seus freios", pensou.

Pôs o avião na cabeceira da pista e, já completamente sóbrio, olhou com prazer para a linda visão da pista de concreto com 3 quilômetros de comprimento. "Vou precisar de toda a potência dos motores", pensou, "afinal, numa das asas, estou carregando cerca de três toneladas, com aquele Hermann, qual um caroço dentro de um pêssego."

Harold, mantendo a aeronave freada, elevou as rotações do motor número 1 para 2.000, aguardando a confirmação do engenheiro de voo de que o magneto estava funcionando. Depois, reduziu-as para 600, voltando a elevá-las para 1.200, repetindo a mesma operação com os três motores restantes. Em seguida, fez um sinal para o copiloto baixar os flapes a 25 graus. Finalmente, pisou com força nos pedais dos freios, empurrou o manete para a frente e, quando todos os quatro motores radiais atingiram 2.400 rpm, lançou um rápido olhar para os tensos rostos do copiloto e de Kira, soltando os freios.

O Tu-4, que, qual um touro numa arena, se agitara nos últimos 15 segundos, disparou com determinação, com os motores roncando aliviados. A aeronave trepidava um pouco, mas, graças aos enormes pneus e perfeita calibração dos amortecedores, seguia em frente em linha reta. Era uma sensação que não pode ser comparada a nenhuma outra, assim como é difícil descrevê-la a alguém que nunca tivera o prazer de levantar do solo uma máquina tão pesada como aquela. Quando já se atinge uma velocidade na qual dá para sentir que o aparelho não teria objeção em elevar-se no ar, é preciso acrescentar mais duzentas rotações aos motores — o máximo que podem suportar. O velocímetro indica 90 milhas por hora, o que já é suficiente para erguê-lo da pista, mas é melhor reter o touro no pasto por mais um instante, para que ele adquira a irresistível vontade de voar. Agora, basta puxar delicadamente o manche para si.

Uma invisível e gigantesca mão pegou o bombardeiro pela barriga e ergueu-o no ar, de forma suave, mas decidida. Olhando pelos vidros da "estufa", parecia que o avião estava empurrando a terra para baixo graças a uma energia invisível, enquanto esta se deixava empurrar docilmente. Já estavam numa altitude suficiente para Darrell pisar nos freios a fim de cessar o movimento rotatório das rodas provocado pela decolagem e instruir o copiloto a recolher o trem de pouso. O copiloto puxou a alavanca e, depois, erguendo uma tampa no piso, constatou visualmente que o trem de pouso se recolhera. Embora as luzes no painel tivessem indicado aquilo, as instruções assim o exigiam, não confiando de todo nos controles. Já estavam a 160 milhas por hora e a uma altitude de 600 pés, com o que os flapes puderam ser retornados à posição original, voltando a fazer parte das asas.

21

Sobre o mar do Japão, em pleno voo do Tu-4

DARRELL OLHOU PARA BAIXO, para a cidade e as docas do porto que deslizavam sob o avião, e aquilo lhe pareceu um filme já visto, só que rodado de trás para a frente. Lembrou-se de tudo que Lenda comentara sobre a visão de Vladivostok, e sorriu internamente. Em algum lugar lá embaixo o coreano deve estar estendendo as roupas nas cordas, examinando cuidadosamente os longos corredores brancos com cheiro de sabão. Na certa devia estar tocando os panos com as mãos, querendo certificar-se de quanto tempo ainda demoraria para que ficassem bem secos. E também certamente estaria se sentindo feliz, assim como se sentem felizes todos os que exercem uma atividade monótona e repetitiva, mas o fazem com seriedade. Por um instante, Harold chegou a se imaginar andando descalço sobre aquele piso quase esterilizado, e aquela imagem lhe causou um grande prazer. Pagaria uma fortuna para poder tirar suas pesadas botas de aviador e grossas meias de lã e pelo menos um momento pisar naquele tablado. Em algum lugar lá embaixo, Mishka B. e sua tripulação deviam estar se preparando para uma nova missão no seu Mitchell ou no que estiveram voando nesses dias, obviamente desde que ainda estivessem vivos. E por certo estariam, pois dispunham do mesmo sentimento de indestrutibilidade que tanto caracterizava Fisher; o mesmo tipo de ânimo que lhes permitia permanecer calmos e contando piadas, mesmo no meio das explosões de projéteis antiaéreos. Em algum lugar lá embaixo, Amora Persen poderia estar olhando para o céu, pensando se a bordo daquele bombardeiro quadrimotor não estaria um homem com o qual dormira.

E Mishkin? Por mais que tentasse, Darrell não conseguia imaginar o que estaria fazendo aquele sujeito, pois jamais lhe fora permitido destrinchá-lo. Quem sabe se ele, com um buquê de flores e um pote de conserva na mão, não estaria na porta de um hospital militar, pensando se não seria cedo demais para visitar alguém que teve uma crise de apendicite? E quanto àquele soturno, terrível e ameaçador Kazedub, vagando pelo aeroporto como uma alma penada?... Por que viera a Vladivostok? Não teria bastado Smoliarov para supervisionar aquela experiência supersônica? Talvez Kazedub tivesse vindo para manter um olho em Kira. Quem sabe não estava com ciúmes? Mas, afinal, Kira era sua agente e na certa fora ele quem lhe ordenara que entrasse na sua cama. Então por que viera? Devia estar desconfiado de algo. Ou então, estaria zelando por Kira como se fosse seu pai, não querendo que algum mal pudesse acontecer à sua protegida. Não. Definitivamente não. Neste mundo não há lugar para sentimentos, pois pode ser perigoso. Trato é trato.

Embora ninguém lhe tivesse dito isso, nem mesmo sugerido, estava mais do que claro que, enquanto continuasse a cooperar com os russos na cópia da Superfortaleza e no treinamento dos seus pilotos, lhe seria permitido desfrutar a jovem. O fato de ter enlouquecido por ela deve tê-los deixado contentes, já que, graças a isso, eles mantinham um completo controle sobre ele. Mas nesse caso por que Kira estava a bordo da aeronave? A parte racional da sua mente lhe soprava: "Porque, seu tolo, o major teve uma crise de apendicite." No entanto, a parte intuitiva e emocional, afiada por anos de treinamento e missões de bombardeios, parecia lhe dizer: "Algo está para acontecer. Algo vai mudar. Sorria e esteja preparado."

Já estavam a mais de 10 mil pés, voando em linha reta sobre o mar do Japão. A 600 quilômetros de distância ficava Tóquio e o país no qual nascera a jovem com a qual, havia quase dois anos, ele passara quase todas as noites e todos os momentos livres do dia. Às vezes isso ocorrera em situações as mais inesperadas.

Certa noite, Kira e Harold foram assistir a um espetáculo exclusivo para pessoas importantes; uma mistura de esquetes de cabaré com números musicais. Os esquetes eram bobos e repletos de um puxa-saquismo das autoridades totalmente incompreensível para ele mas executados com grande virtuosismo. Estavam distantes do palco, sentados junto de uma mesinha para dois coberta por uma pesada toalha que chegava até o chão. Quando se sentaram, Darrell sorriu de forma cúmplice, e Kira logo entendeu o significado daquele sorriso. O entendimento entre eles era perfeito, como se fosse telepático. Para qualquer entendido em artes marciais e na forma de entendimento mútuo entre seres humanos, era evidente que aquele par estava antenado de forma absoluta e irretocável. Assim que o garçom pôs os drinques diante deles e se afastou, Harold imediatamente sentiu a mão de Kira tocando a sua coxa. Em menos de 12 segundos seus corpos e almas estavam unidos, esforçando-se para manter expressões nos rostos e postura adequadas a um acontecimento público e social, algo não muito fácil, já que era necessário aprofundar-se no parceiro. Do ponto de vista técnico, a ação de Kira era mais simples: bastava endireitar o cotovelo do braço esquerdo. Já Harold, usando a mão direita, tinha de estender o braço para fora, empurrando as costas da jovem para baixo. Embora esta aproximasse os quadris e fizesse de tudo para facilitar a tarefa exploratória do parceiro, o casal, no decurso das duas horas do espetáculo, não conseguiu atingir os pontos que tanto almejavam. Sua performance fora tão perfeita que ninguém, nem mesmo os agentes secretos que certamente os estavam espionando, notou o que se passara debaixo da toalha.

Quando o espetáculo terminou, Kira e Harold ajeitaram suas roupas e, com os rostos em brasa, quase correram para o carro e não trocaram uma palavra sequer até o momento em que, fechando com estrondo a porta do apartamento, arrancaram as roupas um do outro e caíram sobre a cama de casal, macia demais para oferecer a necessária resistência a dois corpos que se devoram. Darrell, provavelmente pela primeira vez na sua vida, experimentara naquele momento a sensação de uma luta de jiu-jítsu, pois todas as fases correspondiam perfeitamente às de *bunkai*: prontidão, espera pelo ataque do adversário, reconhecimento do instante mais adequado para a interceptação do ataque, assunção da iniciativa, absorção da energia do oponente e avanço sobre ele de forma que ele não possa recuar nem para trás nem para o lado. Finalmente, o momento oportuno para o golpe final, aplicado de tal forma que não precise ser repetido.

Naquela noite, tomaram coragem de executar uma antiga e difícil posição, que ainda não haviam praticado, embora Darrell já tivesse pensado nela em várias ocasiões, mas sem permitir que seu corpo pudesse dar à jovem uma indicação daquele seu desejo. Também nunca o expressara verbalmente, querendo que aquilo acontecesse de forma natural, não estimulada e, o que era mais importante, que fosse uma criação mútua. Dessa vez, embora a impetuosidade da sequência inicial sugerisse uma rápida conclusão dos já domados e aceitos esquemas, o corpo da jovem deitada de bruços pareceu sentir, através de algum canal fisiológico desconhecido no Ocidente, o desejo do parceiro. Ao sentir o membro de Harold aproximar-se do seu traseiro, relaxou os músculos anais, aguardando a penetração. Assim como em Termópilas apenas um punhado de guerreiros pôde impedir a passagem de centenas de milhares de inimigos, também ali, não fosse a decisão de não resistir dos defensores, o ponto principal jamais poderia ter sido alcançado. Na concepção de ambos, aquela forma, tão profundamente aprimorada pelos samurais que gostavam de rapazolas na degenerada época Edo, era a única na qual o seu significado ou, para sermos mais exatos, a compreensão do seu significado, era mais importante do que sua execução, mais ou menos adequada. Como qualquer coisa de caráter marcante e definitivo, a experiência fora dolorosa do ponto de vista físico e, de mútuo acordo, foi interrompida logo após o portão ter sido atravessado. No entanto, a decisão não foi acompanhada por um sentimento de derrota, já que ambos se davam perfeitamente conta de que não havia forma mais evidente de declaração de total lealdade e entrega...

O ponteiro do altímetro indicando "10" trouxe Harold de volta à realidade da cabine. Agora, cabia-lhe ordenar ao copiloto que vestisse a máscara de oxigênio e pedir a Kira que transmitisse a mesma ordem ao artilheiro. Também ele poderia vestir aquele focinho de borracha e respirar a mistura da garrafinha que tanto secava a garganta, mas, na qualidade de comandante da aeronave, permitiu-se o luxo de ficar sem ela. O copiloto cobriu o seu rosto com a máscara, e a aeronave continuou o seu voo ascendente, até a prevista altitude de 11 mil metros. Aquilo deveria levar cerca de 15 minutos, e depois disso deveriam nivelar, dar meia-volta e soltar o alemão para que este, sozinho, retornasse à base.

Kira entregou a Harold um objeto metálico com um anel e, falando baixo e em inglês, disse:

— Capitão, coloque o seu *suntetsu*.

Depois, sem sequer olhar nos seus olhos e esperar por uma confirmação ou anuência daquilo que deveria acontecer em seguida, virou-se as costas e se encaminhou para o compartimento do engenheiro de voo.

Harold nem teve tempo de tomar uma decisão, que, afinal, já havia sido tomada. Apenas pegou o *suntetsu* e confirmou seu recebimento com um aceno da cabeça. Na verdade, aquele objeto era apenas um símbolo, já que ele decidira agir com as mãos desnudas. Os pensamentos se tornaram repentinamente claros, vazios e indiferentes, enquanto sua mente parecia levitar em algum lugar distante do corpo. Sua primeira ação foi a de ligar o piloto automático, e o avião parou de subir, passando a voar nivelado. Em seguida, desligou o equipamento de radiotransmissão e, depois, o da ligação com o avião-foguete. O simpático e sardento copiloto mal teve tempo de se espantar e virar o rosto para o companheiro americano; Harold já estava atrás da sua poltrona. Nunca havia matado alguém com as mãos e de tão perto. Havia uma considerável diferença entre olhar, do alto de 7 mil metros, para milhares e dezenas de milhares de vítimas anônimas e tocar o quente e confiante corpo da vítima. Era como se estivesse lutando com um samurai numa armadura, já que o copiloto tinha a cabeça coberta por um capacete e o rosto pela máscara de oxigênio. Com a mão esquerda, segurou a parte inferoposterior da cabeça do companheiro de voo e, com a direita, agarrou seu queixo coberto pela parte inferior da máscara, quebrando-lhe o pescoço. A máscara chegou a ajudar naquela tarefa, e o copiloto morreu, deixando pender a cabeça sobre o peito.

Tendo matado o copiloto, Harold virou-se para o bombardeador, mas este, desvencilhado de todo o emaranhado de fios e conexões, partiu para cima dele com os punhos fechados, privando-se assim de qualquer forma de defesa. Aquilo era típico deles; antes de se orientarem da situação e avaliarem as chances, partiam às cegas contra o adversário, como aquele caça que, em 1941, tendo confundido a época, se lançou contra os nazistas, atirando seu aparelho contra os do inimigo. Adversários assim não eram perigosos. Darrell permitiu que ele avançasse e, recuando educadamente, agarrou seu braço esquerdo, torcendo-o com violência e derrubando o bombardeador no chão. Em seguida, imobilizou-o com o joelho e, com um gesto curto e preciso, lhe desferiu um golpe na têmpora direita. Não foi mortal, mas permitiu a Harold pegar aquele corpo inerte e nele repetir a técnica usada no copiloto, quebrando seu pescoço. Depositou cuidadosamente o corpo da vítima no chão e retornou à sua poltrona, desligando o piloto automático e voltando ao módulo de ascensão. Não ficou olhando para trás, confiando plenamente nas habilidades de sua garota. O ato de matar o deixara excitado, e ele chegou a pensar se não daria para...

Quando Kira entrou no compartimento do radio-operador e do engenheiro de voo, estes olharam para ela com espanto e encantados com a sua beleza. Será que ela lhes explicaria o motivo pelo qual o comandante desligara o equipamento de radiotransmissão? Kira olhou em volta, avaliando o espaço disponível, cumprimentou os russos e anunciou alegremente, como fez Aleksandr Nevski aos habitantes de Novgorod:

— Muito bem, camaradas! Chegou a hora de brincar!

Quando retornou à "estufa", já estavam a 30 mil pés. Com o rosto rubro de excitação, sentou-se pesadamente no chão. Harold colocou uma das mãos sobre a sua cabeça e ficou fazendo cálculos mentais. Se voassem à velocidade máxima, mesmo se os caças já tivessem decolado, já estariam fora do seu alcance. Se a base de Vladivostok tivesse caças a jato... Mas naqueles dias ainda não havia jatos em Vladivostok, e os aviões de patrulha marítima se mantinham a 50 quilômetros da costa. Veio-lhe à mente que sabia pouco sobre os caças soviéticos baseados na Coreia. Talvez fossem jatos, mas, antes de decolarem alarmados por Vladivostok, onde ninguém sabia o que estava acontecendo no Tu-4 — e, por algum tempo, ficariam ainda sem saber —, este a cada segundo se distanciava mais 150 metros. Além disso, mesmo se houvesse algo no ar, a tarefa de encontrar uma aeronave solitária a 10 mil metros de altitude e voando rapidamente não era fácil. Portanto, deveriam partir do princípio de que estavam seguros, rumo ao sul. Por outro lado, havia ainda alguns problemas a serem resolvidos.

O primeiro era o do alemão. Com sua ligação com a aeronave interrompida, ele devia estar começando a sentir muito frio. Naturalmente, poderia disparar seus foguetes, mas, caso tivesse preservado um pouco de lucidez, jamais faria isso estando ligado à nave-mãe. O dispositivo de soltura ficava no console do engenheiro de voo, cuja poltrona sem dúvida estava vazia. Assim, caso viesse a acionar os Walter, mesmo preso à asa do Tu-4, ele mataria toda a tripulação e a si mesmo. Para economizar espaço e peso, o avião-foguete não dispunha de equipamentos de rádio. Na certa, ele deveria achar que o Tu-4 estava com algum tipo de problema e por isso o sistema de aquecimento do DFS não estava funcionando. É claro que em pouco tempo ele notaria que estavam voando para o sul, já que dispunha de dispositivos de navegação, o que não significaria muita coisa. Obviamente, havia a opção de desprendê-lo, mas Harold não queria reaparecer, após tantos anos, como um filho pródigo com as mãos vazias — e o avião-foguete era um presente e tanto. Pesando os prós e os contras, decidiu arriscar o pouso com uma bomba de algumas toneladas presa à asa. No pior dos casos, o avião-foguete explodiria e todos morreriam com estrondo e em chamas. Seria um final apropriadamente dramático.

O segundo problema tinha a ver com o artilheiro principal. Na certa ele também já havia desconfiado de que algo estranho estava ocorrendo. Quem sabe se já não estava se esgueirando pelo estreito túnel não pressurizado? Isso teria de ser resolvido por Kira. Harold a ajudou a vestir a máscara de oxigênio e a fez entrar no túnel, fechando hermeticamente a porta atrás dela. Por sorte, o artilheiro ainda não entrara no túnel;

estava se preparando para isso. Ao ver Kira emergir dele, recebeu-a graciosamente, mas com um ar de preocupação. Provavelmente, imaginara que a jovem viera em sua ajuda, mas, quando ela tirou a máscara, deu-se conta de que ela viera para matá-lo. Sacou uma faca, o que alegrou Kira que, durante a travessia do túnel, não conseguira encontrar uma forma adequada para atacá-lo. Quando ele desferiu o golpe, Kira agarrou graciosamente o seu punho e, girando-o junto com a lâmina afiada, enfiou a faca na sua jugular. A sua morte foi, também, rápida e quase indolor, e o artilheiro teve apenas meio segundo para se orientar do que acontecera. Além disso, teve o prazer de levar consigo, na sua viagem final, a imagem de um rosto deslumbrante.

Quando ouviu batidas na porta do túnel, Harold a entreabriu com cuidado. Ao ver Kira, ajudou-a a entrar na cabine de comando, fechou a porta e voltou a pilotar. Ambos evitavam se olhar nos olhos, engolindo em seco o metálico gosto da morte.

Kira sentou-se na poltrona do copiloto, que Harold já esvaziara, colocando o corpo do seu ex-ocupante no chão, junto do corpo do bombardeador. Ficaram algum tempo calados, com uma unção digna de dois condenados à morte aguardando a hora da execução.

— Tem alguma sugestão? — indagou Harold, evitando fazer uma típica piadinha macabra, na qual a pergunta seria feita no plural e dirigida aos outros tripulantes. O horror dos seus atos chegara finalmente à sua consciência, e ele se deu conta de que jamais conseguiria repeti-los. Matar é como arrancar um pedaço da alma de si mesmo. Um ato irreversível. Na verdade, já pouco sobrara da sua, arrancada aos poucos no decorrer dos últimos anos. No entanto, queria preservar pelo menos um pedaço dela para aquela jovem, sentada calmamente numa poltrona, com dois cadáveres às costas e mais um na parte posterior da fuselagem.

— Acho que o melhor seria pousarmos na base naval de Kure — respondeu ela. — O aeroporto deve estar funcionando, pois trata-se de uma base importante. Tem várias pistas de pouso. A aproximação tem de ser feita pelo lado da baía. Mesmo se eles dispararem, sempre poderemos amerissar. Além disso... — hesitou, e ele transferiu o olhar do mapa para o rosto dela. Não precisou de argumentos adicionais, pois seu dedo, que deslizava sobre o mapa na direção de um círculo com o nome "Kure", descortinou outro círculo.

Teriam de sobrevoar Hiroshima.

Ao mesmo tempo, no DFS 364

Finalmente, algo chiou nos fones de ouvido, e Peter Vomela saiu do seu torpor. Deitado na cabine embaçada por sua respiração ofegante fazia mais de uma hora, estava morrendo aos poucos, sentindo a perda de sensação na ponta dos dedos. Algo tinha acontecido naquele bombardeiro de merda. Os mais estranhos pensamentos lhe vinham à mente: será que todos os tripulantes teriam desmaiado? Estariam embriagados? Envenenados? Através dos vidros do seu charuto, pôde ver uma jovem — e que jovem! — esgueirando-se pelo túnel de acesso à cabine do artilheiro. Talvez eles estivessem transando, enquanto ele continuava suspenso ali, como um cagalhão não expelido por um abutre e preso ao cu da ave.

A comunicação com o bombardeiro se interrompera trinta minutos após a decolagem. Depois, parou o sistema de aquecimento. É verdade que ele poderia acionar o seu próprio, mas para isso teria de ligar os motores. No entanto, até a luzinha vermelha no seu painel de controle não indicar que eles haviam destravado o dispositivo que o prendia à aeronave e ele poder avistar a barriga do bombardeiro a, pelo menos, 50 metros de distância, aquilo resultaria numa catástrofe para ambos os aparelhos. Mesmo durante a guerra, quando voava naquele diabólico jato Messerschmitt, nunca se vira em tais apuros ou sentira tanto medo.

— Aqui é o Tu-4 para o avião-foguete. Você está aí? Responda — soou, em russo, nos fones.

Por já trabalhar com os russos há bastante tempo, aprendera o russo e entendeu a mensagem. Confirmou-a na mesma hora, só então se dando conta de que a voz era de uma mulher. Era como se estivesse ouvindo um anjo, e o alemão chegou a se esquecer de que estava com frio.

— Piloto do DFS para o Tu-4. Que merda vocês estão aprontando? Estou quase congelado. Por que desligaram o aquecimento? Por que não deram meia-volta?

A voz da jovem adquiriu força:

— Cale a boca e ouça com atenção. Já vamos religar o sistema de aquecimento, mas, se você não se comportar direitinho, voltaremos a desligá-lo. Houve uma mudança de planos. Estamos voando para os americanos e, se você quiser, poderá trabalhar para eles. Acho que essa proposta é muito atraente. O que tem a dizer?

Agitou-se com desconforto e, por via das dúvidas e achando que aquilo poderia ser um ardil, ameaçou:

— Sempre posso soltar a cápsula...

Teoricamente, podia. O DFS dispunha de pequenos explosivos que o soltariam da nave-mãe em caso de grave avaria. A cápsula tinha um assento ejetável, e o assento era dotado de um paraquedas.

— É verdade — respondeu educadamente a jovem, interrompendo a conversa, como se estivesse consultando alguém. — Você pode, mas o capitão Darrell diz que, com isso, acertaria diretamente nas hélices, e todos teremos problemas. E, mesmo se você não acertar, não se esqueça que a costa mais próxima fica a 200 quilômetros daqui. Temos outra sugestão. Está me ouvindo?

— Falem — concordou o alemão, sabendo que a jovem tinha razão. A ideia de soltar o avião-foguete não era brilhante, mas, por outro lado, pousar pendurado sob a asa do bombardeiro também não lhe pareceu algo seguro.

— Solte todo o combustível! Está ouvindo? Se fizer isso, poderemos pousar com você pendurado na asa e ninguém ficará ferido...

Vomela hesitou por um momento. A ideia não era de todo má, já que a perigosa mistura combustível pesava 3 toneladas, enquanto seu aviãozinho de 11 metros, uma vez com os tanques vazios, não chegava a 1,5 tonelada. Com isso, uma aterrissagem, mesmo com ele preso à asa do bombardeiro, era algo factível. Finalmente, resolveu fazer uma exigência absurda, como uma criança que quer uma garantia de que um pesadelo não voltaria a se repetir:

— Que o capitão Darrell me garanta que nenhum mal irá me acontecer...

22

Ao mesmo tempo, na lavanderia da Base das Forças Aéreas do Pacífico

COMO É GOSTOSO RESPIRAR o frescor do ar matinal! Todas as janelas estavam abertas de par em par, e os maravilhosos raios do sol outonal dançavam no meio das infindáveis fileiras de fronhas e lençóis brancos. O dia era excepcionalmente fresco e lindo. Um dia perfeito para resolver questões importantes. Num dia como aquele, os deuses costumam olhar de forma generosa para os anseios dos homens e ajudam na sua realização. Além disso, aquele era o dia do seu aniversário. Qual deles? De sessenta e poucos. O número exato não tinha importância. O que há de positivo em se dar conta de quantos outonos se viveu? Nada. É melhor pensar naquele outono que, nesse momento, estava olhando para ele pela janela.

A pequena Ki e aquele guerreiro americano deveriam estar terminando a sua viagem. O americano tinha ânimo suficiente para não se deixar capturar ou abater. A missão havia sido planejada com todo o cuidado, e tudo indicava que seria bem-sucedida; a não ser que o ator principal daquele drama encenado no espaço viesse a falhar, o que não era de todo improvável considerando a forma como os russos se dedicavam ao trabalho sério e à sua execução. Os originais americanos não falharam quando, ao levar aquela bomba de potência indescritível, ajudaram, de forma macabra, a pôr um fim àquela guerra tão sem sentido. Sem sentido? Ele pensara sobre isto inúmeras vezes, pois mesmo ali, apenas como chefe de uma reles lavanderia, participara dela. De que lado? Como assim, de que lado? Do lado da sua pátria, que, como de costume, apostara errado naquele jogo político-imperial.

No começo, todos acharam que o adversário seria apenas um, sendo os demais meros peões, como Coreia ou China. Portanto, resolveram adotar a estratégia de derrotar o mais importante. Depois, revelou-se que aquele mais importante se multiplicara. Agora, havia a chance de que começassem a brigar entre si, o que melhorava a situação. Embora fosse um patriota, jamais fora um ferrenho nacionalista. Quem sabe se não foi exatamente por ter sido patriota que não fora nacionalista? Para o país, o que aconteceu talvez tenha sido a melhor das possibilidades, embora ao custo de tantas vítimas e tanto trabalho. Agora, exatamente agora e só nesse momento, poderemos começar a trilhar o verdadeiro caminho de modernidade e democracia. Não havia outro. Nesse caso, sua missão em Vladivostok chegaria ao fim, já que não tinha a menor intenção de trabalhar para os americanos, embora estes bem que gostariam que ele o fizesse. Mas sua situação estava ficando cada vez mais perigosa e, caso sobrevivesse aos próximos dias, seria indicado mudar de ares. O melhor seria retornar. Caso ele conseguisse, teria a oportunidade de passar vários anos em paz com a pequena Ki, com o filho postiço e com a esposa; isto é, se os dois últimos ainda estivessem vivos, pois não tinha notícias deles havia mais de dois anos. E quanto à pequena Ki? Ela estivera aqui alguns dias antes. Mal conseguira acreditar que fosse pai de uma jovem tão bela. A última vez que se viram fora há sete anos, quando ela era apenas uma promissora adolescente. A adulta e esbelta guerreira que aparecera no vão da porta da lavanderia era a personificação de tudo o que desejara. O encontro deixara ambos embaraçados, e eles sentaram nas esteiras, esperando por um pretexto para iniciar a conversa. Essas coisas não são nada fáceis.

— Papai... — começou ela, mas ele a interrompeu e disse:

— Espere um momento. Vamos ficar sentados e calados por um momento, para nos acostumarmos um pouco um com outro. Um minuto.

Ficaram sentados em silêncio por mais de um minuto. Depois, Kira se aproximou do pai por trás, abraçou-o e apoiou a cabeça nas suas costas, ouvindo as batidas do coração paterno. Este abaixou a cabeça e, com espanto, sentiu lágrimas lhe escorrendo pelo rosto. Os dois ficaram assim por um bom tempo, balançando-se suavemente, cada um imerso nos próprios pensamentos. O pai se perguntava intimamente se fizera de tudo para que a filha tomasse a vereda certa e se o caminho que lhe indicara se tornara, de fato, o seu caminho. Ela poderia ter tido uma vida totalmente diversa, morando na Europa, nos Estados Unidos ou em qualquer outro lugar do mundo. Poderia ter constituído família, com filhos e tudo, ter as mãos calorosas e preparadas para flores e carícias, e não as mãos frias de alguém que já matara diversas vezes.

— Papai — repetiu ela. — Você sabe...

— Sei — interrompeu-a novamente. — E não só aquilo que se pode saber pelas vias oficiais, mas tudo o que quero saber. Vivemos numa época em que até os agentes têm os seus agentes, e até agora isso tem dado certo...

— E o que você acha? — perguntou Kira, sem nem mesmo se espantar. Não era a primeira vez que o seu pai demonstrava ser capaz de colher informações.

— Tenho a impressão de que você faz muita questão dele e que não está fazendo isso para se mostrar ou por ter recebido ordens nesse sentido. Agora a questão passou a ser pessoal. Ou será que estou enganado?

A pequena Ki não respondeu e, meneando a cabeça pesada de tantos pensamentos e dúvidas, indagou:

— E isso é ruim?

— Não sei a quem devo responder primeiro: se à filha ou à pessoa que você encarnou. E não pense que vou avaliar os seus atos. Você é adulta e deve tomar suas próprias decisões. O máximo que posso fazer é compartilhar com você as minhas próprias incertezas, o que não é fácil, já que conheço aquele americano. Ele esteve aqui dois dias atrás. Treinamos um pouco, e ele me trouxe um presente.

— Você conhece Harold?!

A pequena Kira estava surpresa e até indignada. Estava claro que ela imaginara deter o monopólio sobre Darrell, e o pai notou aquilo. Olhou para ela com severidade e disse:

— Conheço. Há mais de três anos. Não se esqueça de que ele pousou aqui. Chegamos a ficar amigos e gostei de revê-lo. Mas ele mudou muito. Acho que a sua permanência neste país acabou envenenando-o. Já não é mais tão resistente. Não — fez um gesto com a mão, retendo a negação da filha, sendo aquele o primeiro gesto seu durante toda a conversa. Sempre fora econômico nos gestos, e preferia que os interlocutores tivessem a exata noção do significado das palavras. — Não creio que lhe falte caráter ou aquilo que, nos bons e velhos tempos, chamávamos de honra. Simplesmente ele perdeu uma boa parte da sua resistência. Além disso, fez o que fez por ter se apaixonado por você. Pelo menos com a mesma intensidade que você por ele. Além do mais, a sua performance ainda não terminou.

— Você ia falar sobre as suas incertezas.

— Ah... Sim — seu pai raramente perdia o fio da meada, e Kira pensou por um momento se ele não estaria envelhecendo. — Pois é. Sinto-me feliz porque minha filha escolheu alguém como ele. Ele tem muitas virtudes e muitas dúvidas, mas também tem um longo caminho pela frente. Gosta de tomar decisões e seguir em frente. É um bom parceiro, mas acho que não preciso lhe lembrar que qualquer ligação com alguém significa entrar na trilha da dependência e que, na sua vida, qualquer tipo de dependência tirará um pouco da sua força, até o ponto em que você passará a ter medo da morte. Minha maior incerteza é despertada pelo fato de que vocês, ao tecerem planos próprios e diferentes daqueles que lhes foram traçados, estão arriscando suas vidas. A não ser que queiram morrer... — interrompeu-se ao notar que a última observação não fora adequada, mesmo numa conversa entre pai e filha. — O que estão planejando? Isto é, juntos, como imagino?

— É exatamente por isso que estou aqui, papai. Surgiu a oportunidade de sequestrar aquele plágio soviético e levá-lo para o nosso país. Ainda por cima, com uma arma secreta presa a uma das suas asas.

— Aquele avião-foguete?

Kira sorriu com admiração e respondeu:

— Isso mesmo, papai, você sabe tudo o quer saber.

— Deve ser uma característica da nossa família — respondeu ele, fazendo uma mesura e erguendo uma das sobrancelhas de uma forma engraçada.

— Eu poderia estar a bordo, pois quando Harold está no comando, como ele é o chefe das tripulações envolvidas nesse projeto, sempre tem de haver um intérprete profissional junto dele, e esse intérprete é o major Smoliarov...

— E vai ser preciso fazer algo que o impeça de voar?

— Sim, mas sem matá-lo. Eu já poderia tê-lo matado cem vezes, mas precisamos de algo que pareça inocente e acidental...

O pai meneou a cabeça, puxando as pontas do seu fino bigodinho. Não lhe agradara o fato de Kira falar de assassinatos com tamanha leviandade.

— Muito bem, filhinha. Vamos fazer com que pareça que ele teve uma crise de apendicite ou uma infecção no fígado. Mas, antes, precisamos saber se o major ainda tem o apêndice ileocecal. Você tem como descobrir? — Kira fez um gesto afirmativo com a cabeça, e ele prosseguiu. — Os efeitos durarão por 48 horas. Mesmo se o operarem, só um grande especialista poderá determinar a causa. A medicina deles não é muito experiente com venenos naturais. O mais provável é que digam que foi uma intoxicação alimentar.

A vida nada ensinara ao coronel Ivan Kazedub. Costumamos falar da "escola da vida", mas, na verdade, a vida não é capaz de nos ensinar coisa alguma. Só nós mesmos podemos decidir se queremos mudar e nos desenvolver ou se não é mais confortável permanecer no ponto ao qual chegamos algum tempo antes. Isso não deixa de ser um desenvolvimento, mas de outro tipo. Ele é baseado no aperfeiçoamento das técnicas de como se comportar perante outras pessoas, bem como na diferenciação cada vez maior entre aquilo que, no caminho das nossas vidas, é puramente técnica e o que poderia dar apoio àquela técnica, ou seja, ser uma alteração na alma. Para melhor compreensão do que pretendemos expor, é preciso acrescentar que tais mudanças não precisam, necessariamente, ser "para melhor". Basta apenas mudar ou, melhor ainda, "estar aberto a mudanças". Uma alteração, na sua essência, é sempre algo desejável e... altera. E isso é mais do que suficiente.

O coronel Ivan Kazedub não chegara àquela tão importante necessidade no momento adequado, embora não lhe tenham faltado oportunidades para isso. Enquanto o mundo à sua volta mudava a uma velocidade impressionante, ele, para acompanhar seu ritmo, apenas aperfeiçoava seus métodos, o que fazia — temos de admitir — com resultados extremamente eficazes. Caso alguém, ao longo de todos aqueles anos, lhe tivesse feito uma pergunta incisiva sobre a natureza da sua alma, ele (caso quisesse ser realmente sincero) teria respondido:

— Sempre me esforcei. Sempre tive vontade de ser necessário e útil. Quis ser amado e admirado. Quis fazer a felicidade de outros e, com isso, também ser feliz. Depois, quis ser importante, cada vez mais. Quis exercer uma influência no mundo para que este não mudasse com tanta rapidez; que me desse um pouco de tempo para que pudesse avaliar o que era importante e o que não tinha significado... para poder definir a mim mesmo. Depois, quis me ocultar nas sombras e mudar o mundo nas costas de outros. Mas isso também não funcionou, porque aqueles em cujas costas eu me escondia passaram a ter medo da minha sombra. Minha consciência passou a pesar e comecei a compreender que meu papel no meio dos outros só tinha importância para mim. No entanto, mesmo aquelas reflexões não me fizeram tomar uma atitude. Eu poderia ter me afastado; deixado o país, mesmo correndo o risco de levar um tiro pelas costas. Em vez disso, passei vários anos da minha vida zelando por um tesouro, sem deste tirar proveito, como um dragão no sopé de uma montanha. Aliás, que tesouro era aquele? Um monte de ideias estúpidas e uma estrutura autocontrolável, formada por um grupo de espertalhões que acham que poderão controlar o mundo com a mesma facilidade com que se apossaram da minha alma.

O coronel reduziu a velocidade do jipe, fazendo uma curva na estrada próxima à pista de pouso. A cada mudança de marcha tinha de segurar o volante com os joelhos e, com a mão esquerda, empurrar com força a dura alavanca de câmbio. Soltou um palavrão e, apesar de tudo no jipe balançar e ranger, pisou fundo no acelerador. Tendo diante de si um longo trecho em linha reta, começou a matutar sobre sua vida:

"Quando surgiu Smoliarov, eu tive uma ilusão. Tratei-o como a um filho, ou talvez tivesse naquilo ainda algo mais, que não consegui confessar a mim mesmo. Afinal, todos, mesmo pessoas como eu, têm os seus devaneios, e estes não eram obscuros, como um soturno sonho de poder. Meu sonho era poder recuar o tempo, enrolá-lo como um casaco escuro com o seu forro vermelho-sangue para fora, e me encontrar de volta no ponto em que começara essa parte da minha vida. Por mais de uma vez tive esse sonho ao alcance da mão; bastava seguir ainda mais para o leste... Então talvez não precisasse iludir a mim mesmo de que tenho alguém, alguém como um filho. E o que aconteceu? Smoliarov se revelou um perfeito idiota, algo de que eu não me dera conta antes. Mas vamos deixar que outros encontrem um meio de destruir a sua carreira tão promissora. Depois, apareceu Kira, e eu, mais uma vez, tive a impressão de que a minha família aumentara. Ela me lembrava alguém, mas de uma forma muito tênue e nebulosa, talvez por ter me dominado completamente, assim como uma daquelas outras, e eu ter sido o homem mais bobo de toda a União Soviética. Nunca houve nada entre nós, mas devo admitir que, caso tivesse havido, aquele teria sido o dia mais feliz da minha vida. Jamais alguém, sem me oferecer coisa alguma, preenchera a minha vida como aquele ser de um outro mundo. Ela fora uma das melhores, capaz de executar qualquer tarefa com perfeição, e eu, sentindo-me feliz por ter a sua confiança, me esqueci do princípio básico que, na nossa profissão, não pode ser quebrado em nenhuma situação e por nenhum motivo: o de que só ela devia confiar em mim, e não eu nela. Mas será que um sentimento de confiança pode ser unilateral?", Kazedub sorriu amargamente, enquanto o sopro do ar seco fez seus olhos lacrimejarem. "Eis um exemplo do que ele vale. Sua atitude só fez mostrar que não consegui conquistar sua confiança. Caso o tivesse, ela não me teria traído. Não teria feito todos parecerem uns idiotas, exceto ela e aquele americano. E eu, o maior idiota de todos."

Nesse ponto, sem se aperceber disso, o coronel passou a falar em voz alta para si mesmo:

— Não nos iludamos, Ivan Viktorovitch. É o fim de tudo. Vou ser fuzilado. O que mais poderia ter feito? Os caças decolaram de uma base na Coreia, mas tudo indica que aqueles dois estavam voando rápido e alto demais... E ainda há esse maldito chefe de lavanderia. Tantos anos! No meio de nós! Um coreano... Ele é tão coreano quanto eu sou bispo... Smoliarov chegou a me falar dele e eu nem ao menos consegui tomar alguma providência.

Uma fria sensação de pressentimento percorreu o corpo do coronel, e ele ficou satisfeito por não ter levado soldados consigo.

"Eles acabarão indo para lá, de qualquer modo", pensou. "Viram como eu pulei no jipe e parti em disparada, como se fosse apagar um incêndio. Alguém tomará a iniciativa de me seguir, mas isso agora não tem importância. Esse tipo de coisas não se resolve com auxílio de soldados."

Kazedub não fez nenhum esforço para ocultar sua chegada, e o coronel Eiso Kidera o ouviu mesmo antes que ele adentrasse a lavanderia. Estava preparado. Vestia um *samue** limpo, talvez não pomposo o bastante, mas excelente para ser usado para trabalhar ou lutar, além de também adequado para nele se morrer. A porta foi aberta com estrondo e o piso de madeira ecoou com o som de botas pesadas. Alguém que entra assim, sem ser convidado, deve ter um assunto muito importante para resolver. O chefe da lavanderia estendeu a mão para uma prateleira na qual, atrás de umas caixas de sabão, estava escondida uma pistola carregada. Destravou-a, mas pensando melhor voltou a travá-la e, sem fazer nenhum som, deslizou ao longo da parede para pegar a espada. Naquele momento, para o qual ele já estava preparado fazia vários dias, o uso de armas de fogo não faria sentido. Sua única dúvida era se os soviéticos primeiro cercariam a lavanderia ou derrubariam a parede com as lagartas de um tanque e fariam um ataque frontal, com granadas. O que não esperava era que aparecesse apenas um homem, e precisamente aquele. Agora, sem ser visto, observava o alto e — apesar dos anos — ainda belo oficial metido num uniforme inimigo. Com satisfação pôde constatar que, mesmo após tanto tempo, conseguia reconhecer todos os detalhes daquela impressionante silhueta.

---

*Traje comum até os dias de hoje, formado por uma blusa em estilo de quimono e calças folgadas. (*N. do A.*)

Como era estranho que os deuses que comandam os ciclos dos acontecimentos pudessem fechá-los de forma tão elegante e num momento tão adequado... Os dramaturgos que preparam espetáculos nos palcos dos teatros deveriam aprender com eles, e aqueles cujas obras entusiasmavam o público com a energia dos acontecimentos dramáticos certamente haviam tirado proveito daquele aprendizado. Pois o que estava por acontecer nada tinha de extraordinário: dois peixes de grande porte, mesmo nadando por muitos anos no mesmo lago, no dia em que se entediarem de devorar peixinhos, certamente acabarão se atirando um contra o outro.

Vestido com o *samue* branco, Kidera deslizava como um fantasma entre as fronhas e os lençóis estendidos. Se Kazedub tivesse se deitado no chão, talvez visse um par de pés calçados com meias *tabi*, também brancas, que, sem emitir nenhum som, corriam pelo piso da lavanderia. A maestria com a qual Kidera executava aqueles passos teria sido, na certa, elogiada pelos maiores mestres do teatro *nô*. Era uma forma de se deslocar dominada apenas pelos melhores atores ou esgrimistas. Mas Kazedub não teve aquela ideia. Apontou a esmo o seu Colt e gritou:

— Ei, seu coletor de trapos! Sei que você está aqui. Saia e mostre sua cara. Já sabemos que você está espionando para os americanos. Você não tem escapatória... o prédio está cercado — acrescentou, mesmo sabendo que os soldados ainda não haviam tido tempo de chegar.

— Não trabalho para os americanos, Sr. Kazedub — ecoou uma voz no meio dos panos que, abafando o som, não permitiam localizar o adversário.

Kazedub apontou a arma na direção mais próxima e disparou. Foi como se tivesse atirado num pudim, e o projétil foi retido num dos lençóis. Diante disso, resolveu mudar de tática, avançando para o centro do salão e empurrando, com a mão postiça, as intermináveis roupas de cama que, penduradas bem alto, não lhe permitiam olhar por cima, mesmo se ficasse nas pontas dos dedos.

— Sou um coronel — anunciou, parando repentinamente e dando meia-volta, pois tivera a impressão de que algo se movera às suas costas. Apontou a arma para um lençol ainda úmido e quis disparar, mas Kidera, que surgira como se tivesse emergido do piso, não teve dificuldade em arrancá-la da sua mão e, com displicência, atirá-la para um canto, no meio de rolos de cordas.

— Isso é ótimo, porque eu também fui promovido — constatou Kidera, com evidente prazer. — Poderemos morrer como iguais.

— Tian... — sussurrou Kazedub, reconhecendo o homem que, 25 anos antes, decepara sua mão direita. — Você, de novo... — falou incrédulo, sentindo uma inesperada dor no punho da mão decepada.

Kidera adotou um ar sério e respondeu num tom calmo e perfeitamente adequado à teatralidade da situação. Estava satisfeito porque o fim seria realizado de forma digna e tradicional.

— Cada um de nós, coronel, tem um papel a desempenhar neste mundo. Não se pode sair do palco antes do final. Pelo que vejo, o senhor não aprendeu muito no decorrer desses anos todos.

— Por quê? — perguntou Kazedub, demonstrando uma necessidade imperiosa de entender a afirmação.

— Caso contrário, o destino não nos teria posto novamente um contra outro... É preciso confiar nesses acontecimentos.

Kazedub sorriu, sentindo-se tolo e sem dúvida parecendo um tolo, com a cabeça saindo do meio de lençóis.

O coronel Eiso Kidera não dispunha de muito tempo. Precisava preparar-se para o grande final.

O golpe duplo que decidira desferir pode ter diversos nomes. Para simplificarmos, usemos o mais simples de todos — *kesa giri*, ou seja, corte sobre *kesa* —, a dobra de um quimono budista, que a lâmina da espada deve percorrer. Há pessoas que afirmam que foi inventado porque o quimono budista é uma veste sagrada e não se deve cortá-la de forma brutal, mas ao longo da dobra. Mas deve tratar-se apenas de uma bela lenda. O primeiro movimento deve ser feito como uma continuação do ato de desembainhar a espada, girando a espada e a bainha para que a lâmina, cortando de baixo para cima, percorra uma trajetória oblíqua, do quadril direito do adversário até sua clavícula direita. Já o segundo consiste em girar a lâmina de tal forma que esta possa descer pelo mesmo caminho, só que agora de cima para baixo.

A escolha fora acertada, já que o primeiro movimento cortara o lençol, a corda que o sustentava, o dólmã, a camisa, a pele e os músculos da caixa torácica e da barriga de Kazedub. O golpe descendente tinha mais ímpeto e liberdade de ação, abrindo totalmente a caixa torácica e chegando a cortar algumas costelas. O corpo do oficial caiu pesadamente sobre os joelhos, enquanto seus olhos pareciam olhar fixamente num ponto distante, como se Kazedub esperasse ver algo especial lá. Como ele poderia ficar morrendo assim por alguns longos minutos, Eiso Kidera se postou do seu lado esquerdo — no lugar destinado a um assistente — e lentamente ergueu ambos os braços. Embora fosse a primeira vez que assumia o papel de assistente, sabia como agir, de forma que o *kami tetewari** saiu perfeito, e a cabeça de Kazedub ficou pendurada por uma tênue película. Kidera puxou delicadamente a espada na direção dos seus joelhos, e a cabeça caiu. O coronel japonês pegou um dos lençóis dependurados e nele enrolou a cabeça do russo, colocando-a ao lado do corpo. Em seguida, inclinou-se respeitosamente e disse:

— A última lição é muito importante.

Depois, deixando de lado a já desnecessária bainha e mantendo a espada junto do corpo com a ponta virada para baixo, encaminhou-se para o centro da lavanderia para, com toda a dignidade, aguardar a chegada dos soldados soviéticos.

*Literalmente, "cortar os cabelos" — uma das formas clássicas de decapitação. (*N. do A.*)

PÓS-ESCRITO

Meio-dia de 13 de maio de 1964, na altitude de 5 mil metros sobre o Reservatório de Tsimliansk,* a bordo de um Tu-16z

Os procedimentos eram complicados e perigosos, e Smoliarov os aplicava invariavelmente com o coração na boca. Primeiro, era preciso soltar da asa direita da sua aeronave uma mangueira que tinha na ponta uma cestinha estabilizadora, parecida com a parte superior de uma peteca de *badminton*. Depois, aquele que seria abastecido — e naquele dia, tratava-se de um Tu-16K carregado com uma bomba atômica — teria de efetuar manobras delicadas para encaixar o terminal num dispositivo especial de junção, instalado no bordo dianteiro da sua asa esquerda.

Smoliarov gostava de voar no "16", provavelmente por sentir que tivera um papel relevante na sua confecção. Passara sete anos na cadeia, de que se libertara em 1954 e, para surpresa geral, fora autorizado a voltar a pilotar. Após um ano de curso intensivo, obtivera a licença de comandante e, depois de dois anos pilotando o "Bull" — nome-código do Tu-4 adotado pela OTAN —, passou para a geração seguinte dos bombardeiros projetados pelo "paizinho".

O "16", cujos conceitos básicos provinham do "4", fora projetado para ameaçar as bases americanas na Ásia e na Europa com ataques convencionais e atômicos, atacar os aliados de Washington e bombardear a concentração de navios da OTAN em mares e oceanos. Revelou-se digno do seu protoplasma — o B-29. Impulsionado por turboélices Mikulin, era capaz

*Grande lago artificial, entre os rios Don e Volga. (*N. do T.*)

de atingir velocidades de quase 1.000 km/h e levar uma carga de nove toneladas. Em pouco tempo, veio a substituir o "4" na frota da VVS. Smoliarov sentia-se à vontade naquela aeronave, mas, por razões desconhecidas, fora destacado para a versão de avião-tanque e, apesar dos inúmeros pedidos para ser transferido para esquadrões de bombardeiros, invariavelmente voava na qualidade de comandante dos esquadrões de reabastecimento em pleno ar. Embora tivesse recuperado a sua patente e estivesse reabilitado, os anos na prisão deixaram marcas profundas na sua alma, e as lembranças ligadas à defecção do Tu-4 para o Japão provocavam nele sentimentos de rancor e raiva, já que estava convencido de que não tivera nenhuma culpa naquele episódio. Logo após o ocorrido, muita gente perdeu a vida ou a liberdade, e o incidente serviu para que se promovesse mais uma "limpa" nos quadros das Forças Aéreas.

O Tu-4, do qual foram produzidos 1.300 aparelhos, voava ora bem ora mal e, embora se desincumbisse de forma adequada das missões para as quais era destacado, dizia-se a boca pequena nos esquadrões que a quantidade de acidentes era desproporcionalmente elevada. É óbvio que ninguém tinha acesso a estatísticas exatas daquelas ocorrências, e as tripulações só sabiam o que poderia ser obtido através dos boatos. O Tu-16 engrossou as nefastas estatísticas, embora nenhuma destas tivesse sido tornada pública e todo aquele que fizesse algum comentário corria o risco de não só perder sua patente, mas até de acabar num campo de concentração. No íntimo, Smoliarov achava — uma opinião que não compartilhava com ninguém, nem mesmo com a esposa — que o Tu-4 e todos os seus descendentes estavam amaldiçoados pelo pecado original do plágio, de acordo com o conceito de que "o crime não compensa".

— Estão conectados! — a voz do artilheiro da cauda interrompeu os soturnos pensamentos de Smoliarov, e ele se inclinou para a frente, olhando para a direita.

A uma distância de 50 metros e voando um pouco atrás, o portador da bomba atômica engatara a cestinha no dispositivo. Logo em seguida, o engenheiro de voo confirmou a perfeita execução da manobra, o que também foi confirmado pelas luzes no seu painel de controle. Smoliarov examinou os demais instrumentos e, constatando que tudo funcionava perfeitamente, ordenou ao engenheiro:

— Comece a bombear.

O combustível começou a percorrer o interior da mangueira, enquanto o piloto observava atentamente os instrumentos, rezando para que a operação fosse a mais rápida possível, para poder desconectar-se e recuperar a liberdade de movimentos. No sistema de reabastecimento "asa a asa", o par das aeronaves lembrava dois condenados ligados por uma corrente. Caso fosse preciso fugir...

Por sorte, a pior parte já passara. O piloto do "bezerrinho", ou seja, do aparelho que estava sendo abastecido, não tinha condições de ver a ponta da mangueira soltada pela "vaca", e só podia se guiar pelas informações do artilheiro, transmitidas pelo intercomunicador.

Quando o bezerrinho já tinha mamado a metade da teta da vaca, a aeronave de Smoliarov cabrou violentamente, e o manche endureceu.

— O que está aconteceu? — perguntou ele, ainda com calma, embora um sininho de perigo soasse na sua cabeça.

— Está congelando! — relatou o copiloto.

Smoliarov olhou para ele espantado. "Com este tempo e nesta altitude?", pensou.

Abaixo deles, a 5 quilômetros de distância, brilhava a superfície do gigantesco reservatório de água. A aeronave continuava a subir e, embora o copiloto o ajudasse no esforço de empurrar o manche para a frente, Smoliarov não conseguia fazê-lo. No "16" o acionamento do profundor era mecânico; a aeronave não dispunha de um sistema hidráulico. Os projetistas não o acharam necessário, confiando na eficiência dos compensadores, que, em condições normais, funcionavam eficazmente. Agora, embora os dois pilotos empurrassem os manches com toda a força, a aeronave, com o nariz empinado, continuava a subir, mesmo após eles terem diminuído a força dos motores. Estava claro que algo emperrara, embora nem Smoliarov nem o copiloto tivessem a menor ideia do que fora. O bezerrinho, querendo ou não, precisava acompanhar o desvairado comportamento da vaca, e ambos os aparelhos, quase se chocando, continuavam a subir rapidamente.

— Ligar o sistema de descongelamento — urrava Smoliarov, apesar de a luz verde no seu painel indicar que estava ligado.

Uma nova sacudida, dessa vez mais violenta e espantosa e um estrondo, como se as asas se tivessem desprendido da fuselagem. Totalmente aturdido, o major olhava para seu painel, no qual luzes vermelhas piscavam sem parar e sem nenhum sentido. Por fim, compreendeu. As travas do trem de pouso se soltaram e este emergiu de dentro da fuselagem, fazendo o avião trepidar violentamente, com um barulho ensurdecedor. O copiloto também se deu conta do que acontecera e, antes que Smoliarov tivesse tempo de dizer qualquer coisa, puxou a alavanca do assento ejetável. A cobertura do cockpit se abriu com estrondo, provocando uma repentina queda de pressão, que quase fez Aleksandr perder os sentidos. Quando sua vista clareou, percebeu que o copiloto e o seu assento haviam sumido do compartimento cheio de geada branca. O avião girou sobre seu eixo vertical, parou de subir e, batendo com a asa no bezerrinho sempre ligado a ele, entrou numa lenta espiral descendente, na direção da incrivelmente azul superfície do reservatório. Mais três assentos foram expelidos dos dois aparelhos, mas apenas dois paraquedas se abriram.

No interior de dois aparelhos que giravam em sentidos opostos, junto com Aleksandr empreendiam sua última viagem sete homens muito mais jovens do que ele. Assim, o major tinha a sua própria tripulação e não precisava se sentir solitário ou indefeso.

Algumas dezenas de segundos, quando são os últimos, passam de forma muito lenta, e Smoliarov pôde calmamente meditar sobre o preço pago por acometimentos que, tempos atrás, haviam sido tão óbvios e cheios de significado.

APÊNDICE 1

Dados biográficos dos principais personagens históricos

Allen, Edmund T. "Eddie" — Piloto de testes e diretor de Pesquisas e Voo da Boeing. Foi o principal responsável pelo desenvolvimento e sucesso da Superfortaleza. Morreu em um acidente quando testava um dos seus modelos experimentais. Caso os americanos adotassem o sistema russo ou alemão de dar o nome dos construtores às suas aeronaves em vez das empresas que as construíram, o Boeing B-29 por certo se chamaria Allen B-29.

Darrell, Harold Jr. — Nome fictício usado pelo autor para o comandante da Superfortaleza que pousou em Vladivostok — Veja Jarrell.

Fuchs, Emil Julius Klaus — Cientista nascido na Alemanha, mas residente e cidadão da Grã-Bretanha, que trabalhou no desenvolvimento de armas nucleares durante a Segunda Guerra Mundial, inicialmente na Inglaterra e mais tarde no Projeto Manhattan, em Los Alamos. Comunista e contrário ao monopólio nuclear dos Estados Unidos, passou segredos atômicos aos russos. Preso em 1950, foi condenado a 14 anos de prisão, dos quais cumpriu apenas nove e meio. Depois disso perdeu a cidadania britânica e partiu para Dresden, na Alemanha Oriental, onde faleceu em 1988.

Jarrell, Howard R. — Capitão do Exército dos Estados Unidos (naquela época ainda não havia uma Força Aérea Norte-Americana, que só foi criada em 1947 — até lá, os aviões e os pilotos ou eram do Exército ou da

Marinha) que comandou o B-29 batizado de Ramp Tramp, o qual, em 29 de junho de 1944, fez um pouso forçado na base aérea de Vladivostok, dando a primeira oportunidade aos russos de porem suas mãos numa Superfortaleza.

O relato do voo do Ramp Tramp é verídico em todos os detalhes, inclusive o fato de ter se atrasado na decolagem, de ter sofrido avaria num dos motores após bombardear uma siderúrgica na Manchúria, de ter jogado no mar as pastas com informações sobre a aeronave e até o fato de caças russos o terem obrigado a pousar numa pista secundária da base.

Os demais detalhes, referentes à infância do capitão Jarrell e ao que ele fez após o pouso, têm mais a ver com a imaginação literária do autor do que com fatos reais.

Rickenbacker, Edward "Eddie" Vernon — Um dos pioneiros de corridas de automóveis, participante das primeiras 500 Milhas de Indiannapolis e "ás dos ases" dos pilotos norte-americanos durante a Primeira Guerra Mundial, na qual derrubou 26 aviões inimigos, um recorde só superado durante a Segunda Guerra.

Todas as referências a ele no livro correspondem à verdade, inclusive o relato da sua amerissagem no oceano Pacífico e o fato de ele ter viajado à União Soviética em 1943 e ter sido, durante aquela viagem, o primeiro americano a informar aos soviéticos sobre a existência do B-29 — principal motivo de o autor tê-lo usado como personagem do livro.

Smoliarov, Andrei I. — Capitão da Força Aérea Russa que, segundo o livro, deve a inclusão do seu nome nos anais de aviação apenas ao fato de ter sido capitão e falar inglês, já que os rigores cerimoniais não permitiam que Eddie Rickenbacker (que tinha a patente de capitão) fosse acompanhado durante sua missão à Rússia por um oficial com uma patente superior à dele.

Na opinião da maioria dos especialistas, nenhum general, por mais graduado que fosse, teria estabelecido um contato tão íntimo e informal com o ilustre visitante como o conseguido pelo recém-formado jovem capitão

engenheiro aeronáutico e fã do "ás dos ases" norte-americano, a ponto de este último revelar a existência do B-29.
A história formal do capitão Smoliarov termina com o relatório da sua descoberta, e tudo que figura no livro quanto ao que se passou com ele depois deve ser creditado à criatividade literária do autor.

Tumilov, Andrei Nicolaievitch — Nome fictício usado pelo autor para o engenheiro, projetor e construtor de aviões russos — Veja Tupolev.

Tupolev, Andrei Nicolaievitch — Proeminente projetista e construtor de aviões, que trabalhou no CAGI (ou TsAGI, como alguns preferem denominá-lo) desde 1929, no qual foi desenvolvida mais de uma centena de aviões, principalmente bombardeiros (como o Tu-26) e de passageiros (como o Tu-134 e o Tu-154).
Detido pela NKVD em 1937, exerceu sua atividade na qualidade de prisioneiro, junto com outros colegas de infortúnio, até ser libertado em 1944. Sua reabilitação total só foi obtida uma década após a morte de Stálin.
As referências a ele no livro (embora romanceadas e sob o pseudônimo de Tumilov) são baseadas em fatos reais, inclusive sua importância na cópia do B-29, que recebeu a designação de Tu-4 na União Soviética e o nome código "Bull" (Touro) na OTAN — o que deu origem ao título do livro.
Seu filho, Aleksei, também foi um célebre projetista de aviões comerciais, em particular o Tu-144, apelidado ironicamente no Ocidente de *Konkordosvki*, em virtude da sua inquestionável semelhança com o Concorde anglo-francês.

Zhukovsky, Nicolai Yegorovich — Chamado de "pai da aviação russa" por Lênin, foi professor da Escola Imperial. Em 1904 criou o primeiro instituto de aerodinâmica do mundo. Após a Revolução de Outubro, permaneceu no país, onde, em 1918, assumiu a direção do CAGI, no qual construiu o primeiro túnel de vento da Rússia.
Em sua homenagem, uma cidade perto de Moscou, uma base aérea, a Academia Militar de Aviação e... até uma das crateras da lua foram batizadas com seu nome.

APÊNDICE 2

Significado das siglas

AMTORG — Amerikanskaja Torgovaja Organizacja — Corporação Comercial Americana, empresa de fachada para transações obscuras com materiais militares entre os Estados Unidos e a União Soviética e que, mais tarde, abrigou vários espiões russos.

CAGI — (também conhecida por *TsAGI*, já que a sua primeira letra é pronunciada como "c" e não como "k") — Centralnyj Aero-Gidrodinamithestki-h Institut — Instituto Central de Aerodrodinâmica.

CKB — Centralnnoiye Biuro Konstruktorskoiye — Escritório Central de Construções.

DFS — Deutsche Forschungsamstalt für Segelflug — Instituto Alemão de Pesquisas de Voo a Vela, no qual foram desenvolvidos os protótipos de aeronaves levadas presas sob a asa de um bombardeiro e soltas em pleno voo, pousando por meios próprios.

GAZ — Gorkovsky Automobilni Zavod — Fábrica de Automóveis Gorky, fundada, em 1929, em cooperação com a Ford norte-americana.

GPU — Gosudarstvennoye Upravlenie — Diretório Político do Exército Vermelho, responsável pela moral e propaganda no meio das tropas.

GUAP — Glavnoye Upravleniye Aviacijonnoj Promyshlennosti — Direção Central da Indústria Aeronáutica.

LII — Letatellnyi Issledovatel'nyi Insititut — Instituto Experimental de Voo.

NKVD — Narodnoi Komissariat Vnutrennikh Del — Comissariado Popular para Assuntos Interiores, órgão supremo de segurança da União Soviética, sucessor do GPU.

OKB — Opytniye Konstruktorskiye Biura — Centros de Projetos Especiais.

OTAN — Organização do Tratado do Atlântico Norte.

POLITBURO — Politiycheskoe Byuro — Comitê executivo do partido comunista.

REVVOYENSOVIET — Revolucionny Voyenny Soviet — Conselho Militar Revolucionário, cujo primeiro presidente foi Liev Trotski.

SAC — Strategic Air Command — Comando da Força Aérea Estratégica.

SMERTSH — "Smert' shpionam" — "Morte aos espiões", sigla adotada pela Direção Central da Contrainteligência, subordinada ao Estado-Maior das Forças Armadas soviéticas.

USAAF — United States Army Air Force — Força Aérea do Exército dos Estados Unidos, sucessora do USAAC (US Army Air Corps) e que, por sua vez, foi substituída, em 1947, pela vigente até agora USAF (United States Air Force).

VMF — Vozduchnii Morski Flot — Aviação da Frota Marítima.

VVS — Voyenno-Vozdushniye Sily — Força Aérea.

Este livro foi composto na tipologia
Revival565 BT, em corpo 11/15, e impresso
em papel off-white 80g/m² no Sistema Digital Instant
Duplex da Divisão Gráfica da Distribuidora Record.